古希腊神话故事

A collection of greek mythology

鲁硕◎编译

煤炭工业出版社

·北　京·

图书在版编目（CIP）数据

古希腊神话故事／鲁硕编译．－－北京：煤炭工业
出版社，2016（2022.3 重印）
ISBN 978-7-5020-5091-7

Ⅰ.①古… Ⅱ.①鲁… Ⅲ.①神话—作品集—古希
腊 Ⅳ.①I545.73

中国版本图书馆 CIP 数据核字（2015）第 306620 号

古希腊神话故事

编　　译　鲁　硕
责任编辑　刘少辉
责任校对　郭浩亮
封面设计　左小文
封面插画　严文胜

出版发行　煤炭工业出版社（北京市朝阳区芍药居 35 号　100029）
电　　话　010-84657898（总编室）
　　　　　010-64018321（发行部）　010-84657880（读者服务部）
电子信箱　cciph612@126.com
网　　址　www.cciph.com.cn
印　　刷　唐山楠萍印务有限公司
经　　销　全国新华书店

开　　本　710mm×1000mm$\frac{1}{16}$　印张　18　字数　240 千字
版　　次　2016 年 2 月第 1 版　2022 年 3 月第 4 次印刷
社内编号　7942　　　　　　　定价　58.00 元

目　录

第一章　普罗米修斯

天地被创造了出来，呈现出一派全新的景象。大海波浪起伏，拍击海岸，击起了层层浪花。鱼儿在水里嬉戏，跳起欢悦的舞蹈。鸟儿在空中飞翔，唱着美妙的歌。成群的动物在陆地上欢快地奔跑着，整个世界生机勃勃。但没有灵魂可以支配周围世界的生物，这时，普罗米修斯降生了，他是被宙斯放逐的神祇的后裔，是地母盖亚与乌拉诺斯的后代伊阿珀托斯的儿子。他聪慧而睿智，知道大地上孕育着天神的种子，于是就用河水将泥土湿润，这样那样地捏塑着，使之成为神祇——世界主宰的形象。为了给这些泥人以生命，他从各种动物的灵魂中摄取了善与恶，将它们封存进人的胸膛里。苍穹之下，繁华世上，普罗米修斯有一位朋友，即智慧女神雅典娜。雅典娜惊叹这提坦神之子的创造物，于是便朝具有一半灵魂的泥人吹起了神气，使它获得了灵性。这样，第一批人就被创造出来了，他们繁衍生息，不久便遍布各处。然而有很长一段时间他们不知道怎样使用自己高贵的四肢和被吹送进入身体里的圣灵，他们视而不见，听而不闻。如同梦中的人形，漫无目的地走来走去，却不知道发挥自身的作用利用宇宙万物。此外，对于凿石、烧砖，或利用树木建造房屋等高深的艺术，他们更不可能问津。他们如同忙碌的蚂蚁，聚居在没有阳光的山洞里，觉察不了冬去春来夏至；他们做样样事情都毫无计划。

于是，普罗米修斯便来帮助他的创造物。教他们观察日月星辰的升落，教他们驾驭牲畜为其劳作，教他们计算、记录和交流。他还发明了船帆，使之在海上航行。他关心人类生活中的一切活动。以前，病人不知道如何用药物治疗病痛，许多病人便因缺医少药而悲惨地死去。现在普罗米修斯教导人们如何调制药剂，如何医治疾病。他还教人们预知未来，看鸟雀飞过和牺牲的预兆，为他们解释梦和异象。他引导人们做地下勘探，发现了金、银、铁等矿石。总之，他教会他们各种生存和生活的技术，使他们的生活更美好。宙斯放逐了他的父亲克洛诺斯，推翻了古老的神祇族，普罗米修斯便出身于这个神祇族。新任主宰的诸神们注意到了这个新的创造物——人类。诸神很愿意保护人类，但要求人类以服从他们来报答。有一天，在希腊的墨科涅，神祇们集会商谈来确定人类的权利和义务。普罗米修斯作为人类的顾问出席了会议，他设法使诸神在他们作为保护者的权力中不要给人类太重的负担。

普罗米修斯聪慧无比，他决定愚弄众神一番。他代表他的创造物宰了一头大公牛，请神祇拿取他们喜欢的部分。普罗米修斯将公牛分割，分两堆摆放，其中一堆放了牛肉、内脏和脂肪，用牛皮遮盖着，上面放上牛肚子；而另一堆放的全是骨头，用牛的板油巧妙地包蒙着，这一堆看上去比较大一些！全知全能的宙斯识破了普罗米修斯的骗局，便说："伊阿珀托斯的儿子，尊贵的王，我的好朋友，你对公牛的分配那么不公平啊！"普罗米修斯以为自己已骗过宙斯，暗笑着回答："显赫的宙斯，你，万神之王，随意拿取你所中意的吧！"宙斯无法抑制心头怒火，但却从容地伸出双手去拿那雪白的板油。当他将它剥开后却发现是剔光的骨头，他装作此时才发觉被骗，气愤地说："我深知道，伊阿珀托斯的儿子，你还没有忘掉你欺骗的伎俩！"宙斯决定惩罚普罗米修斯。他拒绝向人类提供完成他们文明所需的最后一样东西——火。但伊阿珀托斯之子非常机智，想出了一个巧妙的办法补救这个缺陷。他摘取木本茴香的一枝，走到太阳车那里，当它从天上驰过时，他把茴香秆放在它的火焰里，直到树枝燃烧，然后带着闪烁的火种回到地上，很快，第一堆木柴燃烧起来，火越烧越旺，烈焰冲天。宙斯看到人间燃烧着十分旺盛的火焰，大发雷霆。

但现在人类已经有了火种，便不能再从他们那里夺取。为了泯灭火种所带给人类的利益，宙斯立刻为他们想出了一个新的灾害。火神赫淮斯托斯因为有高超的技艺而远近闻名，宙斯命令他创造了一尊美丽少女的形象。雅典娜由于渐渐嫉妒普罗米修斯，也对他失去了好感，亲自给这位妇人穿上了闪亮的白袍，蒙上了面纱，头上戴上了花环，束上了金发带。这金发带也是出自赫淮斯托斯之手，他为取悦父亲，还为它装点上各种动物的形象。神祇之使者赫耳墨斯馈赠这妩媚的祸水以语言的技能；爱神阿佛洛狄忒则赋予她一切可能的媚态。于是宙斯给这美丽的形象注入了恶毒的祸水。他称这女子为潘多拉，意即"有着一切天赋的女人"。因为天上的众神都送给了她一些有害于人类的赠礼。最后，宙斯让这年轻的女子潘多拉降落在人间。人们都十分惊奇这无与伦比的创造物，因为他们从来没见过这么迷人的女人。同时，潘多拉找到了普罗米修斯的弟弟厄庇墨透斯，厄庇墨透斯心地善良，毫不猜疑。

普罗米修斯曾经警告过他的弟弟，不要接受奥林匹斯山上宙斯的任何赠礼，要求他立即把它退回去，否则人类很可能会遭到灾祸。然而，厄庇墨透斯忘记了这一忠告，他欣悦地接纳了这位年轻貌美的女人。后来随着祸端不断地出现，他才意识到当时的轻率。在此之前，人类没有灾祸，没有过分辛劳，也没有长久疾病的困扰。现在，这个姑娘双手捧上礼物——一只紧闭的大盒子。她走到厄庇墨透斯面前，突然就掀开盖子，于是飞出一大群灾害，迅速地散布到地上。但盒子最下面藏着唯一美好的东西：希望！但潘多拉依照万神之父的告诫，趁它还没有飞出来的时候，赶紧关上了盖子，因此，希望也就永远地关在盒内了。从此，数不清的形形色色的悲惨充满大地、天空和海上。疾病日夜在人类中间徘徊，十分狂虐却又悄无声息，因为宙斯没有给他们以声响，各种不同的热病侵袭着大地，而死神，过去原是那么迟缓趔趄着来到人间，现在却以飞快的步履前进了。

紧接着，宙斯又对普罗米修斯本人进行报复。他把这名罪人交到赫淮斯托斯和两名分别叫作强力和暴力的仆人的手里，吩咐他们将其拖到中亚细亚斯库提亚的荒山野岭，在那里，面临凶险的峡谷，他用坚固的铁链将普罗米修斯锁在高加索山岩的一个悬崖绝壁上。赫淮斯托斯很勉强地执行他父亲的命令，他爱这提坦之子，他视普罗米修斯为他的同类，是神的后裔，是他的曾祖乌拉诺斯的子孙。他被逼迫不能不执行残酷的命令，却说着让那两个仆人所不喜欢的话。因此普罗米修斯直挺挺地吊在那里，不能入睡，而且永不能弯曲他疲惫的双膝。"无论你发出多少控诉和悲叹，但这一切都没有用，"赫淮斯托斯说，"因为宙斯的意志是不可动摇的，凡是刚刚从别人那里夺得权力并据为己有的人都是狠心的。"

宙斯对他判定的磨难是永久的，或者至少有三万年。普罗米修斯大声悲吼，并呼叫风、山川、河流、海洋、大地之母以及无物可以隐藏的虚空，让它们为他的苦痛做证。但是，他的精神却是顽强的。"无论谁，只要他学会承认定数的不可制伏的威力，"他说，"就必须忍受命运女神所判给的痛苦。"他一点儿也没有屈服于宙斯的恐吓。宙斯的威胁也没能劝诱他去说明他的不吉的预言，即一场新的婚姻将使众神之王败坏和毁灭。宙斯言出必行，他每天派一只鹫鹰去啄食囚徒的肝脏。但肝脏被吃掉多少，很快便又长出多少。这种痛苦的折磨将延续到有人自愿为他献身为止。

就宙斯对他的宣判来说，这一天比普罗米修斯期望得来的更早一些。当他被吊在悬岩绝壁上度过许多悲苦的岁月以后，这一天，大英雄赫拉克勒斯为寻觅夜神赫斯珀洛斯的金苹果来到了这里，他看见神祇的后裔被锁在高加索山上，想询问他怎样才可以寻到金苹果，英雄禁不住同情他的命运。因为他看见鹫鹰正栖身于他的双膝，啄食一个可怜的人的肝脏，大英雄赶紧放下大棒和狮皮，拈弓搭箭，射死了苦难人肝脏旁边那只残酷的鹰。接着，他解除了普罗米修斯身上的锁链，给他自由，将他带离了悬崖。但为了满足宙斯所规定的条件，他用肯陶洛斯家族的半人半马的喀戎当作替身。喀戎虽也可以要求永生，但却情愿为其放弃永生的权利，甘愿为解救普罗米修斯而献出自己的生命。为了充分执行宙斯的判决，被判决在悬崖绝壁长期受苦的普罗米修斯也必须永远戴着一只铁环，并镶上一块高加索山的石子。这样，宙斯可以自豪地宣称，他的仇敌仍然被锁在高加索山的悬崖上。

第二章 人类的世纪

神祇所创造的第一纪人类乃是黄金的一代。当时克洛诺斯（罗马神话中的萨图恩）统治天空，他们无忧无忧虑地生活着，没有劳苦和忧愁。生活如同神祇一样，他们也不会衰老。他们的四肢仍然有着强壮的力量。四肢柔软，不生疾病，一生享受着盛宴和快乐。神祇们同样也爱护着他们，给他们提供了各种各样的果实，丰茂的草地上牛羊成群。当死亡来临的时候，他们便会沉入温暖而又祥和的长眠中。但是当他们活着的时候，他们有着许多如意的食物，大地也为他们长出十分丰富的果实。他们的需要都能够得到满足，大家在和平康乐中幸福地生活着。当命运女神判他们离开大地，他们便成为仁慈的保护神，他们在云雾中随处行走。给予人类赠礼，维护法律和正义，惩罚一切罪恶。后来神祇创造了第二代人类白银的人类。

第二代在体型和思想上都与第一代不同，他们的子孙百年都保持着童年，不会成熟，接受母亲的照料和溺爱。当这样的孩子成长到壮年，留给他们的就只剩下短短的一段生命。放肆的行为使这代人陷入苦难的深渊，因为他们无法控制他们的情感。他们粗野而傲慢，互相违戾，不再向众神献祭适当的祭品。宙斯很恼怒他们对于神缺乏崇敬，所以他想使这个种族从大地上消失。但由于白银的种族并非全然没有道德，因而也有某种光荣，在终止生命后，他们仍然可以作为魔鬼在大地上漫游。

后来天父宙斯创造了第三代人类，即青铜人类，这又完全不同于白银时代的人类。他们心性残忍，行为粗暴，习于战争，总是相互杀害。他们掠食动物的血肉，损害田野中的果实。他们思想僵化，顽如刚石，他们长得高大威猛，宽厚的两肩上长出无可抵抗的巨臂，非同一般。他们穿着青铜的铠甲，使用着青铜武器，居住在青铜的房子，并以青铜农具耕种田地，因为那时还没有铁。可是，尽管他们长得高大威猛，手段极其残忍，但是他们同样也无法抗拒和逃遁死亡。他们离开晴朗而光明的大地之后，便会下降到阴森可怕的冥府之中。当这代人完全灭亡后，宙斯又创造了第四代人，他们依靠大地上成长的万物来生活。他们比以前的人都高贵而且公正，他们乃是古代所称的半神的英雄们。不过，这批人最后也陷入仇杀和战争，有的在忒拜的城外为俄狄浦斯过往的国土战争，有的为美丽的海伦乘船到特洛伊原野。当他们在战争和灾祸中结束了在地上的生存的万物时，宙斯就把在暗夜的海洋里向着光明的极乐岛送给他们。极乐岛在无边的大海里，风景优美。他们过着宁静而幸福的生活，富饶的大地每年三次提供给他们甜蜜的果实。

古代诗人希西阿说到世世代代的人类传说时，他以这样的结尾慨叹道："唉，如果我不生在现今人类的第五代的话，如果我早一点去世或迟一点出生的话，那该多好啊！因为现在正是黑铁的世纪。这时的人类完全是罪恶的。他们夜以继日地劳作和忧愁，神祇使他们有越来越深的烦恼，但是最大的烦恼却是他们自己带来的。父亲反对儿子，儿子敌视父亲，客人憎恨款待他的朋友，朋友之间也互相憎恨。甚至于弟兄们也不像以前那样坦诚。父母的白发也得不到尊重，年老的人不得不忍受可耻的语言并承受打击。啊！无情的人类哟，难道你们忘记了神祇给予的裁判，敢于辜负年高的老人的抚育之恩吗？强权霸道横行，拐骗欺诈弥漫天下。人们恶毒地毁灭着对方的城市。守约、良善、公正的人得不到好报，而作恶和坏心肠的渎神者则备受荣光。善和文雅不被人尊敬。恶人被允许伤害善良的人，说谎话，赌假咒。这就是这些人不幸的原因，不睦和恶意的嫉妒追随着他们，并使他们眉头紧锁。从前至善和尊严的女神还常来地上，如今也悲哀地用白衣裹住美丽的身躯，离开了人间，回到永恒的神祇世界。此时，留给人类的只有绝望和痛苦，没有一点希望。"

第三章　丢卡利翁和皮拉

世界的主宰宙斯不断地听到青铜时代的人类的恶行，于是，他决定扮作凡人降临到人间去查看。而不论走到什么地方，他发现事实远比传闻糟糕得多。

一天傍晚，快到深夜的时候，他来到并不喜欢客人的阿耳卡狄亚国王吕卡翁的大客厅里。吕卡翁待客冷淡，而且以残暴成性著称。宙斯以神异的先兆和表征来证明自己的神圣的来历，人们都跪下向他膜拜。但吕卡翁嘲笑他们虔诚的祈祷，"让我们考证一下，看看他到底是凡人还是神祇！"于是，他暗自决定趁他深夜熟睡的时候将他杀害。

最初，他曾悄悄地杀了摩罗西亚人送来的一名可怜的人质。把杀掉的人质洗剥之后，吕卡翁派人剁下他的四肢，把一部分肉体丢在沸水里烧煮，另一部分在火上烧烤，做成美味菜肴，给客人当晚餐。宙斯把这一切都看在眼里，他被激怒了，从餐桌上跳起来，唤来一团复仇的怒火，投放在这个不仁不义的国王的宫殿里。吕卡翁战栗地逃到宫外去，他发出的第一声绝望的呼喊转眼间变成了凄厉的号叫，他的皮肤变成粗糙多毛的皮，双臂竟然颤悠悠地落到地上变成前腿，于是他被变成了一只嗜血成性的恶狼。然后，宙斯回到奥林匹斯圣山。他与诸神商量，决定根除全部可耻的人。他正想用闪电鞭挞整个大地，却及时住手，因为他害怕天国会被殃及，宇宙之枢轴会因此被烧毁。所以他放下了库克罗普斯给他铸造的雷电，决定以暴雨降落地上，用洪水淹没人类。这时，北风和所有能够使天空明净的风都被锁在埃俄罗斯的岩洞里。只有南风被放出来，于是，南风隐藏在漆黑的夜里，扇动着湿漉漉的翅膀飞到地面。洪水顺着他的白发奔流而下，雾霭遮盖着他的前额，大水从他的胸膛中涌出。他升到天上，用一只手紧紧地抓住浓云，凶狠地挤压它们。顿时，雷声隆隆，大雨如注。暴风雨摧残了地里的庄稼。农民的希望破灭了，整整一年的辛劳都白费了。

宙斯的弟弟，海神波塞冬也不甘寂寞，急忙赶来帮着破坏，他把所有的河流都召集起来，说："泛滥你们的狂澜！吞没房屋，冲垮堤坝吧！"河流们欢腾雀跃，听从他的命令。同时他自己也上阵，拿着三叉戟掘地为洪水开路。洪水撞开缺口，汹涌澎湃，势不可挡。泛滥的洪水涌上田野，犹如狂暴的野兽，冲倒大树、庙宇和房屋。水势不断上涨，不久便淹没了宫殿，连教堂的塔尖也卷入湍急的旋涡中。顷刻间，水陆莫辨，整个大地一片汪洋，无边无际。人类面对滔滔的洪水，绝望地寻找救命的办法。有的爬上山顶，有的驾起木船，航行在淹没的房顶上。鱼在葡萄枝蔓间挣扎，逃遁的牡鹿和野猪则为浪涛所淹没。所有的人都被大水冲走，那些幸免的也饿死在生长着杂草和苔藓的荒芜的山上。在福喀斯国，有一座高山，它的山峰高出洪水之上，那就是帕耳那索斯山。普罗米修斯的儿子丢卡利翁事先得到父亲的警告，造了一条大船。现在他和妻子皮拉驾船来到这座山上，没有人比这一对夫妇更善良和虔诚的。宙斯看到人类几乎全部被大水吞没，千万人中只有一对可怜的夫妇还漂泊在水中，善良而又敬仰神祇。宙斯平息了怒火。他唤来北风，北风驱散了团团乌云和浓浓的雾霭，让天空重见光明。掌管海洋的波塞冬见状也放下三叉戟，使滚滚的海涛退去，海水驯服地退到高高的堤岸下，河水也回到了河床。树梢从深水中露了出来，树叶上粘满污泥。群山重现，平原伸展，大地复原。丢卡利翁看看周围，大地荒芜，一片泥泞，如同坟墓一样死寂。丢卡利翁看着这一切，他不禁落下泪来。他扭头，对妻子皮拉说："我的唯一的挚爱的伴侣哟，极目所至，我看不到一个活物。我们两个人是大地上仅存的人类，其他人都被洪水吞没了，可是，我们也很难生存下去。每一片云影都使我惊恐。即使一切的危险都已过去，仅仅两个孤独的人在这个被众神遗忘了的世界上，又能做什么呢？啊，我多么希望我的父亲普罗米修斯将创造人类和吹圣灵于人的技术教给我呀！"皮拉听了他的话，也悲伤不已，两人不觉哭泣起来。于是他们来到正义女神忒弥斯的半荒废的圣坛前跪下，向着永生的女神祈祷："女神啊，请告诉我们，该如何创造已经灭亡了的一代人类。啊，帮助沉沦的世界再生吧！""离开我的圣坛，"一个声音回答，"戴上面纱，解开腰带，然后把你们母亲的骸骨扔到你们的身后去！"两个人听了这神秘的言语，十分惊讶，莫名其妙。皮拉忍不住打破了沉默，说："高贵的女神，请宽恕我的浅知，如果我违背了你的意愿，因为我踌躇着，不想以投掷母亲的遗骸来冒犯她的阴魂！"但丢卡利翁的心里却豁然明朗，他顿时领悟了，于是好言抚慰妻子说："如果我的智慧没有骗我，女神的话中并没有隐藏亵渎和不敬。大地是我们仁慈的母亲，石块必定是她的骸骨。皮拉，我们应该把石块扔到身后去！"话虽这么说，但两个人还是将信将疑，他们想不妨尝试一下。于是，他们转过身子，蒙住头，再松开衣带，然后根据女神的指示，把石块朝身后扔去。

不料奇迹出现了：石头突然不再坚硬、松脆，而是变得柔软、巨大，逐渐成型。它们不断地生长，变化出很多具体的形象，如同人形，起初还不十分清楚，只是颇像艺术家刚从大理石雕琢的粗略的轮廓。石头上泥质湿润的部分变成肌肉，结实坚硬的部分变成了骨骼，而纹理则变成了人类的脉络。神奇的是，丢卡利翁投掷的石块都变成了男人，而皮拉投掷的石块都变成了女人。直到今天，人类并不否认他们的起源和来历。这是坚强、刻苦、勤劳的一代。

人类永远记住了他们是由什么物质造成的。

第四章　宙斯和伊娥

珀拉斯戈斯王伊那科斯他们的国王乃是一古老王国的君主。他的女儿伊娥才貌俱佳。一次当她在勒耳那草地上为他的父亲牧羊时，奥林匹斯圣山上的宙斯看到她后对她万分垂青，宙斯心中的爱情之火越来越炽热，于是他扮作男人，来到人间，用甜美的语言引诱挑逗伊娥。

"哦，年轻的姑娘，能够拥有你会是多么幸福啊！世界上任何凡人都无法与你媲美，你只适合做万神之王的新妇，除了你再也没人适合做至高无上的神的妻子了。听我说，我就是宙斯，不，你不要躲开，你不必害怕！看看，中午的时候酷热无比，快跟我到左侧树林的阴影下面去休息，你何苦遭受折磨，在当午的炎热中劳苦呢？你走进阴凉的树林，不用害怕，那里的野兽们都蹲伏于幽暗的溪谷中，我愿意保护你。我手中执有天国权杖，可以把闪电直接送到地面。"姑娘非常害怕，为了逃避他的诱感，飞快地奔跑起来。要不是这位具有至高法力的神施展他的权力，使整个大地陷入一片黑暗，姑娘必定可以逃脱的。现在，她被裹在云雾之中。她因担心撞在岩石上或者失足落水而放慢了脚步。因此，不幸地落入了宙斯的手中。诸神之母赫拉是宙斯的妻子，她早已熟知丈夫的不忠实。他常常背着她，对凡间的女子或半神的女儿滥施爱情。赫拉从来不会控制她内心的愤怒和嫉妒，她始终怀着疑心密切地监视着宙斯在人间的一举一动。她十分惊奇地发现，有一块地方在晴天也迷蒙着云雾。那不是从河川升起，也不是从地上，也不是由于别的自然的原因，赫拉即刻起了疑心。她寻遍了奥林匹斯神山，睁大眼睛到处观望，可就是找不到宙斯。"如果我没有弄错，"她十分恼怒地自言自语，"丈夫一定有着伤害我感情的重大罪过！"

于是，她离开高空，腾云驾雾来到地上，并将包裹着引诱者和他的猎物的浓雾赶快散开。宙斯预料到了妻子的到来，为了让心爱的姑娘逃脱妻子的报复，他把伊那科斯可爱的女儿变为一头雪白的小母牛。即便这样，灵巧的伊娥依然是美丽的。赫拉立马看透了丈夫的诡计。她假装夸赞这漂亮的动物，问道："这是谁家的小母牛？从哪里来？它吃什么？"由于窘困和想打断赫拉的问话。他撒谎说："这头母牛只不过生于大地，没有什么。"赫拉故作镇定，假装对他的答复很满意，但要求丈夫把这头美丽的动物作为礼物送给自己。现在欺骗遇到了欺骗，该怎么办呢？他左右为难，要是答应把小母牛送给她，那他必定会失去可爱的情人；要是不答应，势必也会引起她的猜疑和嫉妒，最终这位不幸的姑娘还是会遭受恶毒的报复。思来想去，他决定暂时放弃姑娘，于是他把光艳照人的生物送给了赫拉。宙斯自以为自己的秘密隐藏得很好。

赫拉装作心满意足的样子，用一条带子系在小母牛的脖子上，然后得意扬扬地牵着这位遭劫的姑娘走了。小母牛的心怀装着人类的悲哀，在兽皮下面跳跃着。然而，女神虽然得到了母牛，却仍然放不下心来。她要是找不到安置自己情敌的可靠地方，总是感觉不放心的。于是，她急忙去找阿利斯多的儿子阿耳戈斯，这个怪物好像特别适合于看守的差事，他有一百只眼睛，在睡眠时只闭上一双眼睛，其余的都睁着，如同星星一样发着光，明亮有神，恪尽职守。赫拉雇了阿耳戈斯看守可怜的伊娥，使得宙斯无法劫走他的落难的情人。伊娥在阿耳戈斯五十双眼睛的严密监视下，一天到晚被放牧在肥嫩的草地上，无论她走到哪里，即使躲在他的身后，阿耳戈斯也能找到她，他睁开一百只眼睛，密切监视着她，忠实地执行自己的任务。太阳下山时，他用沉重的锁链锁住她的脖子。姑娘吃的是一些枯草和树叶，睡在坚硬而又冰凉的泥地上，在泥泞不堪而又污浊的水塘里饮水。这一切只是因为她是一头小母牛。伊娥时常还认为自己是人类，她想伸出纤细的双手，试图用甜美的、感人的言语博取阿耳戈斯的可怜和同情。然而，她突然意识到手臂已经不属于自己了，她伸出的是两条前腿。她苦苦地哀求着，然而从她嘴里发出来的却是哞哞的叫声，这声音把她自己也吓了一跳。阿耳戈斯不是总在一个固定的牧场看守她，因为赫拉吩咐他不断地变换伊娥的居处，使宙斯难以找到她。阿耳戈斯牵着她到处走动。

直到有一天，伊娥被不知不觉地牵到了她的故乡，来到一条河边，这里是伊娥小时候常玩耍的地方。这时，伊娥第一次从清澈的河水中看到了自己的面容。看到水中出现一个有角的兽头时，她惊吓得不由自主地往后退了几步，不敢再看下去。由于渴望，姑娘来到姐妹们和父亲伊那科斯身边，但大家却都不认识她。伊那科斯轻抚着她美丽的身体，又从树丛中摘了一把叶子，送到小母牛的嘴里。伊娥感激地舔着他的手，用泪水和亲吻爱抚着他的手，可是老人却一无所知，他不知道自己抚摸的是谁，也不知道刚才谁在向他感恩。伊娥终于想出了一个拯救自己的主意。虽然她变成了一头小母牛，可是她的思想却没有受影响，这时她开始用脚在地上画出一行字，这个举动引起了父亲的注意。伊那科斯很快从地上的字体得知，原来站在面前的竟是自己的亲生女儿。"天哪，多悲惨哪！"老人惊叫一声，伸开双臂，紧紧地抱住呜咽的女儿两角和颈项。"我在全世界到处找你，想不到竟是这样见到你！让我心痛啊！你怎么不说话？连一句话也无法说出，只能用一声哞叫答应我！我以前真傻啊，一心想给你挑选一个般配的夫婿，想着给你置办新娘的火把，办未来的婚事。现在，你却变成了一头牛……"

阿耳戈斯是个忠于职守的看护，他还没等悲痛的国王讲完，就把伊娥从他父亲面前牵走了。然后，自己爬上一座高山，用他的一百只眼睛警惕地注视着四周。宙斯不能忍受姑娘长期横遭折磨。他把儿子赫耳墨斯召到跟前，命令他运用机谋，诱使阿耳戈斯闭上所有的眼睛。赫耳墨斯带上一根催人昏睡的荆树木棒，从父亲的宫殿降落到人间。他将帽子和翅膀放在一边，手拿木棒，怀揣牧笛，看上去就像是个放牧的人。羊群被赫耳墨斯赶到附近的草地上，这儿是伊娥被放牧的地方。来到牧场，赫耳墨斯从怀中掏出牧笛，牧笛优雅别致，古香古色。他的笛声穿过云石，萦绕天空，真是世间绝无。阿耳戈斯被这笛音迷住了，他从坐着的石头上站了起来，喊道："吹笛子的朋友，不管你是谁，我都热烈地欢迎你。来吧，坐到我身旁的岩石上，休息一会儿！别的地方的青草都没有这里的茂盛鲜嫩。瞧，这儿的树荫下多舒服！"赫耳墨斯道谢之后，爬上山坡，坐了看守旁边，两个人交谈起来。他们越说越投机，不知不觉白天快过去了。阿耳戈斯打了几个哈欠，一百只眼睛睡意朦胧。赫耳墨斯重新拿出牧笛，想把阿耳戈斯彻底催眠。尽管他的一百只眼皮都快支撑不住了，他还是拼命同瞌睡做斗争，让一部分眼睛先睡，而让另一部分眼睛睁着，紧紧盯住小母牛，提防她乘机逃走。虽然阿耳戈斯有一百只眼睛，但从未见过那种牧笛。他对牧笛非常感兴趣，想打听这支牧笛是如何得来的。

"我很愿意告诉你，"赫耳墨斯说，"如果你不嫌天色已晚，并且还有耐心听的话，我很乐意告诉你。以前，在风景秀美的阿耳卡狄亚雪山山地上住着一位著名的名叫哈玛得律阿得斯的山林女神，她也叫绪任克斯。正在那时，许多森林神和农神萨图恩都迷恋她的美貌，他们朝思暮想，夜不成眠，百般追求，可是总能被姑娘巧妙地摆脱掉，因为姑娘恐惧结婚，希望像月亮和狩猎女神阿耳忒弥斯一样，始终保持单身贞洁。绪任克斯时常跟阿耳忒弥斯一起外出打猎，两位姑娘结成了好朋友。

一天，强大的山神潘在森林里游玩，正好碰到了绪任克斯，于是，他便依仗自己显赫的地位，虽然依旧怀着自己的尊严和骄傲，但他仍然急切地向姑娘求爱。她拒绝了他，夺路而逃，不一会儿就消失在茫茫的草原上，她一直逃到拉同河边。河水缓缓地流着，可是河面很宽，她无法蹚过去。姑娘非常焦急，哀求地呼唤她的守护女神阿耳忒弥斯，希望得到她的帮助，在大神没有追到她以前，改变她的形体。然而此时，山神潘已经飞奔而来，他张开双臂，双手拥抱住她。但等他定睛一看，被他抱在怀里的竟然只是一根芦苇，并不是一个少女。山神忧郁地悲叹一声，声音深入芦苇秆，声音逐渐变大，引起了如泣如诉的回声。奇妙的曲调总算安慰了失望的神的悲痛。'好吧，变形的情人哟'，他在快乐和痛苦中叫起来，'尽管如此，我们依然还可以结合为一体！永不分开！'说完，他把芦苇切成长短不一的小段，用蜡黏结起来，并以美丽女神的名字命名声色优美的芦笛。从此以后，我们就叫这种牧笛为绪任克斯。"

赫耳墨斯一面讲故事，一面目不转睛地看着阿耳戈斯。故事还没有讲完，阿耳戈斯的眼睛一只只地依次闭上。最后，他已深深熟睡，一百只眼睛的光芒也渐渐地消失。时机已到，赫耳墨斯停止吹奏牧笛，用手中的魔杖逐一轻触了阿耳戈斯闭上的百只神眼，以使他睡得更深。阿耳戈斯终于呼呼大睡，赫耳墨斯迅速抽出藏在牧人身上的一把利剑，在最靠近头的地方砍下他的头颅，他的头和身子滚下山去，喷溅的鲜血染红了山上的岩石。

伊娥获得了自由。她仍然保持着小母牛的模样，但是已除掉了颈上的绳索。她兴奋地在草地上自由地跳来跳去。当然，这里发生的一切都逃不出赫拉的眼睛。她寻找一种新方法折磨她的情敌，碰巧抓到牛虻，她让牛虻叮咬可爱的小母牛，一直叮到小母牛发狂。小母牛非常惊恐，被牛虻追来追去，逃遍了世界上的每一个角落。到高加索，到斯库提亚，到亚马孙人那里，到基米里人的博斯普鲁斯海峡和俄罗斯的阿瑟夫海，它穿过海洋到达亚细亚。最后，经过长途跋涉，它绝望地来到了埃及。在尼罗河河岸上，伊娥疲惫万分，她前脚跪下，昂起头，仰望着奥林匹斯圣山上的宙斯，眼睛里流露出哀求的目光。宙斯深深地怜悯着可怜的小母牛，他急忙来到赫拉那里。拥抱她，求她放过可怜的姑娘，他说明她并没有诱惑他趋于不义。宙斯来到神立誓的斯提克斯河，即阴阳交界的冥河边上对妻子发誓（因为神祇常是那样发誓的），从此以后他永远放弃对姑娘的爱慕。就在这时，赫拉也听到小母牛朝着奥林匹斯圣山发出求救的哀鸣声。这位神祇之母终于心软了，允许宙斯恢复伊娥的原形。宙斯急忙来到尼罗河边，伸手抚摸着小母牛的背。奇迹立刻出现了：乱蓬蓬的牛毛不见了，牛角缩了进去，牛眼变小了，牛嘴变成了小巧的人唇，肩膀和双手也渐渐恢复原状，牛蹄也消失了，小母牛的身上，除了美丽的白色，其他的全都不见了。伊娥从地上慢慢地站起来。她重新恢复了楚楚动人的美丽形象，容光焕发。就在尼罗河的河岸上，伊娥为宙斯生下了一个儿子厄帕福斯。伊娥这个神奇地得了救的人，受到当地人的爱戴，人们把她尊为女神。伊娥作为当地的女君主，在那里统治了很长时间。然而，她始终没有得到赫拉的彻底宽恕，不得安宁。赫拉唆使野蛮的库埃特人偷去她年轻的儿子厄帕福斯。伊娥不得不再次到处漂泊，徒然寻找她的儿子。后来，宙斯用闪电劈死了库埃特人，她才在埃塞俄比亚的边境找到了儿子。她带着儿子一起回到埃及，让儿子辅佐她治理国家。厄帕福斯长大后娶门菲斯为妻，生下女儿利彼亚。从此以后，利比亚，因为厄帕福斯的女儿闻名。埃及人非常尊敬和爱戴厄帕福斯和他的母亲。在他们死后，为纪念他们，埃及人为他们建立庙宇，把他们当作神来崇拜，他们分别是伊西斯神和阿庇斯神。

第五章　法厄同

太阳神的宫殿，是用华丽发光的圆柱支撑的，镶着闪亮的黄金和璀璨的宝石。飞檐嵌着雪白的象牙，两扇银质的大门上雕着美丽的花纹和人像，记载着人间无数美好而又古老的传说。一天，太阳神赫利俄斯的儿子法厄同来到这华丽的地方寻找他的父亲。但他不得不与父亲保持着一定距离，因为他无法忍受那耀眼的光芒。赫利俄斯穿着紫袍，坐在装饰有耀眼的翡翠的宝座上，在他的左右依次站着他的文武随从：日神、月神、年神、世纪神和四季神。年轻的春神光艳美丽，颈脖间戴着鲜花发带；夏神目光炯炯有神，身披金黄的麦穗衣裳；秋神姿态万千，手上捧着让人垂涎欲滴的葡萄；冬神卷发雪白如同冰雪，展示着无限的智慧。赫利俄斯正襟危坐在他们中间，慧眼的他立刻在他们当中发现了正在默默惊奇于他周围荣耀的这个青年。于是，便询问道："你为什么要到这里来，我的孩子？"

"尊敬的父亲，"儿子法厄同回答道，"因为大地上有人嘲笑我，谩骂我的母亲克吕墨涅。他们说我自称出身天堂，而实际上不过是一个十分平凡的人类的儿子而已。所以我来请求父亲给我一些凭证，让我向全世界证明我的确是您的儿子。"他讲完话，停了一会儿，赫利俄斯收起头间的万丈光芒，让他儿子走上前来，拥抱着儿子，说："我的儿子，你的母亲克吕墨涅已将真相告诉你，我永远也不会在世人面前否认你是我的儿子。为了消除你的疑虑，你就向我索要一份礼物吧。我对冥河发誓，一定会满足你的愿望！"

法厄同好容易等他父亲把话说完，立刻喊道："那么，请你首先满足我梦寐以求的愿望吧，让我有一天能够独自驾驶你的那辆带翼的太阳车！"太阳神一阵惊恐，脸上流露出后悔莫及而阴暗的神色。他连连摇了三四回头，最后忍不住大声喊道："啊，儿子哦，你诱致我说了轻率的话，但愿我能够收回承诺！因为你还不具有相当的力量。你年纪还轻，你是人类，但要求的却是神祇的事。因为除了我以外，他们中间还没有一个人能够站在喷射火焰的车轴上。只有我能站立在从空中驶过便喷射着火花的灼热的车轴上，我的车必须经过陡峻的路。即使是在清晨，在他们精力旺盛时，马匹都难攀登，路程的终点在天之绝顶。我告诉你，在那样的高度，当我站在金车上到达最高点时，也常常因恐怖而震动。当我俯视无边无际的陆地和海洋时，我就会吓得双腿打战，头发晕。过了中点以后，行动的道路又开始急转直下。这时，我必须牢牢地抓住缰绳，谨慎地驾驶。即使是每次都高兴地接纳我的海洋女神也时常为我担心，生怕我一不留神便会摔下万丈悬崖。还有别的危险你要考虑，天空在不停地快速旋转，我必须奋力与它保持着平行逆转。因此，即使我把车借给你，你又如何能驾驭它？我可爱的儿子，不要固执于我对你的诺言，趁现在还来得及，放弃你的愿望吧。你可以重提一个要求，从天地间的一切财富中挑选一样。我指着冥河起誓，你要什么就能得到什么！怎么你伸出手臂拥抱着我呢？唉，还是不要要求这危险的事情了吧！"可是这位年轻人很固执，不肯改变他的愿望。可是父亲已经立过神圣的誓言，怎么办呢？他只好带着儿子向太阳金车走去。这些车轴、车辕和车轮都是黄金的，辐条是白银的，车轭具上镶嵌着闪闪发光的橄榄石和宝石。正当法厄同对神奇的阳光金车赞叹，不知不觉中，东方的黎明女神已醒来，并敞开通向她的紫色金殿的大门。星星已经稀疏，在天山上的岗位驻留得最久的星辰也已凋落，月牙也在天边变得惨白。赫利俄斯一声令下，女神们从豪华的马槽旁把喷吐火焰的马匹牵了出来，马匹都喂饱了可以长生不老的饲料。她们忙碌地套上漂亮的辔具。然后父亲用奇异的圣膏涂抹儿子的脸，使他能够抵抗炎热的火焰。他把光芒万丈的金冠戴到儿子的头上，叹息地警告说："孩子，别用鞭子，牢牢地抓住缰绳。因为骏马会自己飞驰，你要做的就是让它们跑得慢些。走一条宽阔而微弯的弧线。不要靠近南极和北极。你将从遗留下的车辙发现道路。你不能驾驶得太慢，否则，地面会烈焰腾腾，甚至会火光冲天。可是你也不能站得太高，当心别把天空烧焦了。上去吧，既然你非去不可，黎明前的黑暗已经过去，抓紧缰绳吧！或者现在你还来得及放弃这种妄想，把车子给我，使我把光明送给大地，而你留在这里看着吧！"

年轻人几乎没有听见父亲的话，一跳就跳上车子，兴奋地抓住缰绳，朝着忧心忡忡的父亲点点头，表示由衷的谢意。四匹有翼的马嘶鸣着，它们灼热的呼吸在空中喷出火花。法厄同让马儿拉着车辕，马上就要起程了。

外祖母忒堤斯走了过来。她并不知道孙儿法厄同的冒险，亲自为他打开两扇大门。世界的广阔空间一下子展现在年轻人的眼前。马匹登上路程飞速向前，奋勇地冲破了拂晓的雾霭。但不久，马匹似乎想到今天驾驭它们的是另外一个人，今天背的负重比以往轻，不由得左右摇晃起来，太阳金车也在空中不断颠簸，左右晃动。它们终于察觉到，它们离开了平日的故道，任性地奔突起来。法厄同颠上颠下，感到一阵战栗，不知道该朝哪一边拉绳，不知道自己在什么地方，也找不到原来的道路，更没有办法控制撒野奔驰的马匹。当这位可怜的年轻人低头张望时，看到了下面广阔的土地和海洋，不禁脸色惨白，双膝因恐惧颤抖起来。他回过头去，看到已经走了很远。望望前面，道路漫长。他心中算计着前方和后方的广阔距离，呆呆地望着天空，不知如何是好，只是紧张地盯着远方，双手抓着缰绳，既不敢过分拉紧，也不敢放松。他想吆喝骏马，却连一匹马的名字也不知道。他看见许多星座散布在天上，它们呈现出奇异而又可怕的景象，他不禁倒抽一口冷气，不由自主地松掉手中的缰绳。即刻，骏马拉动太阳金车越过了天空的最高点，开始向下行驶了。它们欢快得脱离了轨道，漫无目的地闯入了无知的领域，忽高忽低，完全没有方向。有一次，它们向固定的星星冲撞过去，然后又随着纵横交错的阡陌小道坠入邻近地面的半空。它们掠过云层，云彩被烧烤得直冒白烟。马儿又漫不经心地拉着车更低地向地下飞奔，直到撞在一座高山山顶。大地受尽炙烤，因灼热而龟裂，水分全蒸发了。田野里冒着枯焦的火花，草原干枯，树叶枯萎而起火。大火又滚动着烧到广阔无垠的平原并烧毁谷物。许多城市在烈火中化为灰烬，许多国家和村民们早被烧烤成焦土灰烬。树木、丘陵，甚至光秃秃的山石上到处都燃烧着熊熊烈火，据说埃塞俄比亚人的皮肤就是那时候变成黑色的。汹涌澎湃的大河翻滚着沸腾的波浪，可怕地溯流而上，朝着源泉奔腾而去。大海在急剧地凝缩，从前是湖泊的地方，现在成了干巴巴的沙砾。法厄同看到世界各地都在冒火，热浪滚滚，他自己也感到炎热难忍。他呼吸的空气好像是从滚热的火炉里流出，金车也烧灼着他的足心。他为燃烧着的大地所投掷出来的灰烬和浓烟所苦。浓烟、蒸汽和从地面上爆裂开来的灰石从四面八方向他袭来。最后，他的头发也着了火。法厄同体力不支，骏马和金车完全失去了控制。烈焰狂乱地跳蹿，他从太阳金车里摔出，在空中随风盘旋而下，犹如晴空滑过的流星，远离开他的家园。广阔的埃利达努斯河接受了他，埋葬了他的遗体。

赫利俄斯，他的父亲，太阳神看到这悲惨的一切，褪去头上的神光，陷于忧愁。据说，这一天全世界都没有阳光，只有大火照亮了广阔的田野。水泉女神那伊阿得斯同情这位遭难的年轻人，埋葬了他。可怜他已被烧得残缺不全。绝望的母亲克吕墨涅与她的女儿赫利阿得斯（或者称作法厄同尼腾）抱头痛哭。她们一连哭了四个月，最后，温柔的妹妹变成了白杨树。她们的眼泪成了晶莹的琥珀。

第六章　欧罗巴

腓尼基王国的首府泰乐和西顿是块富饶的地方。国王阿革诺耳有一个叫欧罗巴的女儿，深居于父亲的宫殿。一次，在半夜里，正当人们做着虚幻的但骨子里总包含着真实的梦的时候，欧罗巴做了一个奇怪的梦，她梦见世界的两大部分亚细亚和对面的大陆变成两个女人的模样，在激烈地争斗，想要占有她。其中一个女人非常陌生，有着异国人的风度；而另一个女人就是亚细亚，长得跟当地人没有什么区别。亚细亚温柔而又细致周到地关爱着欧罗巴，称自己是从小把她喂养大的母亲；而陌生的女人则强行抓住欧罗巴的胳膊，不容欧罗巴做丝毫的抵抗，拉着她向前。梦中奇怪的是欧罗巴并没有挣扎也没有反抗。"跟我走吧，亲爱的，"陌生女人对她说，"我带你去见宙斯！就是持盾者那里，因为命运女神指定你作为他的情人。"

欧罗巴醒来，心慌乱地跳个不停。她从床上坐起，刚才的梦还清晰地浮现在眼前，如同发生真事一样分明。她呆坐了很久，张大眼睛望着，仍然可清晰地看见两个妇人在她的眼前，最后她的嘴唇动起来，在惊恐中问自己："是天上哪一位神，"她寻思着，"给我送来这样一个梦？梦中那位陌生女人是谁呢？我是有多么渴望能够遇上她啊！她待我是多么慈爱，即使动手抢我时，还温柔地向我微笑着！但愿神祇给予的梦是一个吉兆！"清晨，明亮的阳光抹去了姑娘夜间梦境的暗影。她起来，忙着女孩子的日常工作和娱乐。和她同龄的朋友们和伴侣，贵族家庭的女儿们，聚拢在她的周围，陪她散步、歌舞和祭神。大家推欧罗巴当头，并邀请她一起前往海边，开放着许多花朵的草地上散步，姑娘们穿着鲜艳的衣服，上面绣着美丽的花卉。她们集合来欣赏盛开的花朵和冲击着海岸的浪花声。所有的姑娘都持着花篮，欧罗巴自己也持着一只金花篮，上面雕刻着神祇生活的灿烂的景致，那是火神赫淮斯托斯的杰作。很久以前，当海神波塞冬向利比亚求爱的时候，将它献给了她。它一代一代流传下来，直到阿格诺尔继承它并作为一件家传的宝物。可爱的欧罗巴摇摆着这更像新娘的饰品而不是日常用品的花篮跑在她的游伴的前头，光彩照人。她跑在同伴的前头，奔到海边的草地上。草地上鲜花怒放，格外芬香。姑娘们欢笑着采摘着自己心爱的花，有的采水仙，有的摘风信子，有的寻紫罗兰，有的找百里香，还有的喜欢黄颜色的藏红花。她们在草地上来回地跑着。欧罗巴也很快发现了自己喜欢的花。她高高地站在几位姑娘中间，如同从水沫所生的爱之女神之在美惠三女神中间一样。她双手高高地举着一大束火焰般的红玫瑰。

当姑娘们采集好了各种鲜花，然后围在一起，坐在草地上，开始动手，编织花环。准备把花环挂在翠绿的树枝上，作为对草地仙子感激的礼物。但她们从精美的工作中得到的欢乐是注定要中断的。因为突然间昨晚的梦所兆示的命运闯进了欧罗巴无忧无虑的处女的心。

宙斯被爱神阿佛洛狄忒（在诸神中只有她可以征服这位不可征服的万神之父）的金箭所射中，于是被年轻的欧罗巴的美貌深深地打动了。可是他担心妻子赫拉的愤怒和嫉妒，同时若以他自己的形象出现，很难迷惑纯洁无辜的姑娘，于是他想出了一个新的诡计，他迅速变成一头公牛。那是怎样的一头公牛啊！它不是普普通通、背着轭具、拉着沉重大车的公牛，而是一头膘肥体壮、高贵而华丽的牛。一对牛角细长而美丽，就像精雕细刻的工艺品，晶莹闪亮，像贵重的钻石。它的身体是金黄色的，额前还有一块新月形的银色标记。燃烧着情欲的亮蓝的眼睛在眼窝里不住地转动，流露出无限的眷恋和渴望。当然，宙斯在变形以前，已经和赫耳墨斯进行了串通："快过来，我的孩子，我的命令的忠实执行者，你看到腓尼基王国了吗？你快下去，把在山坡上吃草的国王的牲口统统赶到海边去。"即刻，赫耳墨斯挥动翅膀，飞到西顿的高山牧场。他将国王的牧群从山上一直赶到草地上，欧罗巴和姑娘们还在那里欢天喜地地采摘鲜花。可是赫耳墨斯不知道，他的父亲宙斯已经变成公牛，混在国王的牛群中。牛群在草地上慢慢散开，在距离姑娘们很远的地方啃着青草。只有神祇化身的大公牛来到山坡的草地上，欧罗巴和一群姑娘正坐在这里嬉戏。美丽的公牛穿过肥沃的草地，他看上去很和善的，也不令人惊恐，而且不断地散发出温顺的气息。欧罗巴和姑娘们都为公牛那高贵的气质和平和的姿态所折服，慢慢地走近它，望着它，还不时地伸出手去抚摸油亮的牛背。她们要在近处更仔细地看它，公牛似乎很通人性，它越来越靠近姑娘。最后，它依偎在欧罗巴的身旁。欧罗巴吓了一跳，不禁往后倒退几步。见公牛温驯地站在那里，又壮了壮胆走了上去，将手里的散发着香气的玫瑰花束凑到公牛嘘着泡沫的嘴唇边。得意的公牛撒娇似的舔着送到嘴边的鲜花和姑娘细嫩的手。姑娘用手拭去公牛嘴角边的白沫，温柔地抚摸着牛身。姑娘越来越喜欢这头漂亮的公牛，她终于大着胆子轻吻了一下牛的前额。对于这，公牛发出一声快乐的牛鸣，但这叫声并不像普通的牛叫，听起来如同是吕狄亚人的牧笛声，在山谷回荡。后来公牛温驯地躺倒在姑娘的脚旁，无限爱恋地瞅着她，摆着头，向她示意爬上自己宽阔的牛背。欧罗巴非常高兴，对伙伴们喊道："你们快过来，我们可以坐在这美丽公牛的背上。我想牛背上坐得下四个人。看看它多么温驯友好，一点也不像其他的蛮牛。我确信它可能像人一样，具有灵性，只不过不能开口说话！"她从伙伴们手上接过花环，挂在牛角上，然后壮着胆子骑上牛背，但是她的女伴们仍然犹豫着不敢骑。公牛达到目的，便从地上起身，尽管轻松缓慢地走着，但使欧罗巴的女伴们赶不上。当公牛走出了草地，走到一片空旷的海岸时，它加快了速度，像一匹飞马一样前进。欧罗巴还没来得及知道发生了什么事，他已经纵身跳进了大海，驮着它的猎物游离了海岸。姑娘右手紧紧抓着牛角，左手抱着牛背，让自己坐稳。海风猛烈地吹着她的衣服，好像张开的船帆。她惊恐万分，回过头望着已经远离的海岸，大声地呼喊着女伴们，可是风又把她的声音挡了回来，她们根本听不到。海水拍打着公牛的腹部，姑娘生怕弄湿衣服，紧缩着她的双脚。公牛却像一艘海船一样，平稳地向大海的远处游去。不久海岸消失了，太阳沉入了水面。在夜色朦胧中，惊恐不安的欧罗巴除了看到波浪和星星外，什么也看不到，她感到十分孤寂。公牛驮着姑娘一直往前，在游泳中迎来了黎明，又在水中游了整整一天。周围永远是无边无际的海水，可是公牛却十分灵巧地避开波浪，竟没有一点水珠沾在他那可爱的猎物身上。最后，傍晚的时候，他们终于来到了一块远方的陆地，公牛登上陆地，来到一棵大树旁，让姑娘从背上轻轻滑下来，然后就突然消失不见了。在原地却站着一位穿戴齐整美丽得像神一样的男子。男子解释说，他是克里特岛的主人，如果姑娘愿意委身于他，他可以保护姑娘。欧罗巴绝望之余便朝他伸出一只手，表示答应他的要求。宙斯实现了自己的愿望。一轮红日冉冉升起，欧罗巴从昏迷中渐渐醒了过来。她无助而惶惑地望着四周，就好像希望发现四周是她的家一样，她绝望地呼喊着父亲的名字。这时，她想起了所发生的一切，于是万分哀怨道："我是个卑劣的女儿，怎么可以呼喊父亲的名字？我不慎失身，必须忘掉一切！什么样的狂热使我失去了处女的爱和真诚？"她仔细地审视周围，心里反复地问道："我从哪里来，要到哪里去？"她说，由于我的失足，我真的该死。可是，我是真的醒着吗？我是真的在悲戚一件丑事吗？不，我肯定是无辜的，也许只是一场梦幻在困扰我。当我闭上眼睛它就会消失了么？我怎么自动爬上怪物的背，游过大海而不是幸福而又安全地采摘花朵呢！"姑娘说着，用手揉了揉双眼，她好像想驱除丑恶的梦魇似的。可是当她睁开眼睛，那些陌生的场景还在，不知名的山峦和树林包围着她，大海的波涛汹涌澎湃，冲击着悬崖峭壁，发出惊天动地的轰隆声。绝望的姑娘痛恨不已，愤怒地呼喊："天哪，可恶的公牛要是再次出现在我的面前，我将劈裂他的身体，拧碎它的两角，可这只是一种愿望罢了。多么愚蠢的想法啊！我无头无脑不顾羞耻地离开了家乡，除了死还有什么出路呢？假使神祇们抛弃了我，至少给我送上一头雄狮或者猛虎吧！或许我的美会引起他们的食欲，我就用不着等候饥饿来凋残我面颊上的花朵了。"

然而野兽并未出现，眼前仍然是一片陌生的景物。太阳从蔚蓝的天空中露出了笑脸。就像被复仇女神所驱使一样，欧罗巴突然跳了起来。"可怜的欧罗巴哟！"她大声地呼号着，"如果你不想结束这种混乱的生活，你的父亲依然会咒骂你的！你看不见他指点给你的那可白杨树么，在那里，你可以用带子自己吊死，或者那陡峻的悬崖，从那里可以投身于狂暴的大海。难道你甘愿给一位野兽的君主当侍妾，辛辛苦苦地为他做奴隶，纺织羊毛吗？你怎么可以忘掉自己是一位高贵国王的公主？"

惨遭命运遗弃的姑娘痛恨万分，她想到了死，可是又拿不出死的勇气。突然，她听到身后传来一阵低声的嘲笑。姑娘惊讶万分，回过头去，吃惊地看到女神阿佛洛狄忒站在面前，浑身闪着天神光彩。旁边站的是她的小儿子厄洛斯，他搭起弓箭，跃跃欲试。女神嘴角边上露出一丝笑容说道："美丽的姑娘，不要固执了，你所憎恶的公牛很快就到了，它会伸出牛角让你拧碎。我就是托梦给你的那位女子。欧罗巴，息怒吧！把你抢来的正是宙斯本人，你命定要做不可征服的宙斯的妻子，你的名字将与世长存，从此，收容你的这块大陆就按你的名字称作欧罗巴！"

　　欧罗巴恍然大悟，她默认了自己的命运，跟宙斯生了三个强大而睿智的儿子。他们分别是弥诺斯、萨耳珀冬和拉达曼提斯。弥诺斯和拉达曼提斯后来成为地狱中的判官。萨耳珀冬是一位英雄，当了小亚细亚吕喀亚王国的国王。

第七章　卡德摩斯

卡德摩斯是腓尼基国王阿革诺耳的儿子，欧罗巴的哥哥。欧罗巴被宙斯劫走以后，国王阿革诺耳万分痛苦，他赶忙派出儿子福尼克斯、基立克斯、菲纽斯和卡德摩斯出去寻找，而且警告他们，除非找到她，否则不许回来。卡德摩斯四下里寻找，始终没有打听到欧罗巴的消息。无可奈何之下，他找到了太阳神福玻斯·阿波罗，请求神指点他应该在什么地方安度晚年，因为他害怕父亲发怒，实在没有勇气回到父亲那里。阿波罗很快给他指示："你将在一块孤寂的牧场上遇到一头牛，这头牛还从来没有套上轭具，跟着它一直往前。当它躺在草地上休息的时候，在那地方，你可以在那里造一座城市，把它命名为底比斯。"

卡德摩斯刚想离开卡斯泰利阿水泽（他是在这里接受阿波罗神谕的），来到一片绿色的牧场，突然就看到前面绿色的草地上有一头牛正在啃草，脖子上还没有背负过轭的痕迹。他朝着福玻斯默默祈祷表示感谢，缓缓得向母牛走了过去。跟随者母牛他涉过了凯菲索斯浅流，走了一大段，在岸边停了下来。母牛抬起头，两角朝天，大声地哞叫着。它又回过头来，看着跟在后面的卡德摩斯和他的随从，然后满意地躺在绿草深软的草地上。卡德摩斯怀着感激之情跪在地上，亲吻着这块陌生的土地。然后，他准备给宙斯献祭，并派仆人寻找活水的源头，取水以供神品饮。附近有一片古老的森林，樵夫和斧子从来没有光顾过这里，森林里的山石间涌出了一股清泉，泉水甘甜可口，它们穿过了层层灌木，蜿蜒流转。洞穴里隐藏着一条毒龙，紫红的龙冠闪闪发光，眼睛赤红，好像喷射着熊熊的火焰，身体庞大，口中伸出三叉信子，犹如三叉戟，口中排着三层利齿。腓尼基的人们走进山林，正准备用水罐汲水时，巨龙突然从洞中伸出了头，嘴里发出一阵可怕的声音。人们受到惊吓，水罐掉在了地上，血液也好像凝固了一般。巨龙把长满鳞片的身体盘成一堆，将自己裹成一团，然后蜷曲着身子跳动着，高昂着头狰狞下视。它朝腓尼基人突然冲了过来，把他们冲得七零八落，有的被咬死，有的被它缠住勒死，有的被它喷出的臭气窒息而死，剩下的人也被毒涎毒死了。卡德摩斯想不出为什么他的仆人去了这么久还不回来，他决定亲自去寻找他们。他披上一块狮子皮作为紧身服，手握长矛和梭镖，此外还有比任何武器都重要的胆量。进入灌木树林后，卡德摩斯看到了遍地的尸体，他的仆人全都躺倒在地上。他继续前进，看见恶龙得胜后吐出的血红的长舌，正在舔食地上的尸体。

"我可怜的朋友们啊！"卡德摩斯痛苦万分地叫了起来，"我要为你们复仇，否则就跟你们死在一起！"说着，他抓起一块大石头朝着巨龙投去。石头足够大足以使岩壁震颤，可是巨龙竟然丝毫无损，它坚硬的黑皮和鳞壳犹如一辆铁甲车一样保护着它。卡德摩斯又恶狠狠地掷去一杆梭镖，这次效果比较好，梭镖的枪尖深深地刺入了妖龙的内脏。巨龙疼痛难忍，狂暴地转过头来咬下了背上的梭镖，又用身体把它压碎，但枪尖却留在了体内，它又挨了一刀，恶龙身受重伤。卡德摩斯无畏的行动激怒了恶龙，它的咽喉迅速地膨胀开来，喷吐着剧毒的白沫。卡德摩斯不由得后退了几步，并用狮皮裹住了身体，恶龙一口咬住了长矛。卡德摩斯用力抵抗，龙牙纷纷被打掉了下来。后来，恶龙的脖子里流出了汩汩的鲜血，可是伤口并不太严重，它还可以躲避攻击。卡德摩斯越斗越勇。最后，他提着宝剑，看准机会，一剑朝恶龙的脖颈刺去。这一剑刺得又狠又重，不仅刺穿恶龙的脖颈，而且刺进后面的一棵大橡树里，把恶龙紧紧钉在树身上，橡树被压弯，并被龙尾打得呜咽起来，恶龙被制伏了。

卡德摩斯久久地凝视被刺死的恶龙。当他最后想要离开的时候，突然看见帕拉斯·雅典娜站在他的身旁，命令他掀起泥土，把龙的牙齿播种在松软的泥土里，这是未来种族的种子。他听从女神的话，卡德摩斯在地上挖了一条宽阔的沟，将龙的牙齿种下。突然，泥土凸起，先露出长矛的枪尖，其次是带着鸟毛的头盔，其次是两肩，胸脯和四肢，最后一位全副武装的武士从土中诞生了。当然，还不止一个。不一会儿，地下长出了一整队武士。卡德摩斯吃了一惊，他准备投入新的战斗，连忙摆开了架势。可是部队中的一位男子却对他喊道："放下武器，不要干涉我们兄弟之间的战争！"说完，他对准刚从土中生长出来的一位兄弟就是狠狠一拳，而他自己也被别人的梭镖刺倒在地。一时间，一整队人厮杀成一团，难解难分，不久差不多全部都躺在地上了，在死的痛除中挣扎。而大地母亲狂饮着她第一批儿子的鲜血。最后只剩下五个人，其中一人，后来取名为厄喀翁，他首先响应雅典娜的建议，放下武器，愿意和解，其他的人也同意了。腓尼基王子卡德摩斯创建了一座新的城市，他得到了五位士兵的大力帮助。按照太阳神福玻斯的指示，这座城市被卡德摩斯命名为底比斯。诸神为嘉奖卡德摩斯，便把美丽的姑娘哈墨尼亚嫁给他为妻，并参加了婚礼，送了不少礼物。哈墨尼亚的母亲阿佛洛狄忒也送上一根异常贵重的项链和精美绝伦的丝织面纱。卡德摩斯和哈墨尼亚生了女儿塞墨勒。宙斯十分喜爱塞墨勒。赫拉诱惑塞墨勒请求天神宙斯显现一下真神的模样，宙斯答应了姑娘的请求，接着就变幻成电闪雷鸣走近姑娘。塞墨勒忍受不了惊吓而死。临死之前她为宙斯生下了一个儿子狄俄尼索斯，又名巴克科斯。狄俄尼索斯由塞墨勒的妹妹伊诺抚养长大。后来，伊诺带着儿子墨里凯耳特斯躲避丈夫阿塔玛斯的追杀时，不幸失足落入大海，波塞冬救起了母子二人。母子二人从此就当了救助别人的海神，此后，伊诺就被称为洛宇科忒阿，她的儿子则被叫作帕勒蒙。后来，卡德摩斯和哈墨尼亚年事已高，为子女们的不幸感到哀伤，于是双双前往伊里利亚。最后，变作两条大蛇，死后进了天堂。

第八章　彭透斯

　　酒神巴克科斯，又叫狄俄尼索斯，是宙斯和塞墨勒的儿子，即卡德摩斯的外孙，他被封为果实神，又是首先种植葡萄的神。狄俄尼索斯从小在印度长大的。不久，他便离开了养育和庇护自己的诸位仙女，去各地旅行，向世人传授种植葡萄的技术，同时，传播他的新教理，并要求人们建立神庙来供奉他。他对待朋友一直慷慨大方，可是对不信任他神道的人却经常施以灾祸。他的名声传遍整个希腊并闻名于他的故乡底比斯。

　　彭透斯是厄喀翁和酒神母亲的妹妹阿高厄的儿子，他从土里出生，并统治着忒拜。是卡德摩斯把王位传给了彭透斯，但是彭透斯却藐视诸神，尤为憎恨他的亲戚狄俄尼索斯。所以，当酒神巴克科斯带来着一群狂热的信徒到来并显示自己是一位神，准备向底比斯的国王传授神道时，国王彭透斯却异常顽固，也不听从年老的盲人预言家提瑞西阿斯的警告。当他得知底比斯城来的许多男人、妇女和姑娘亦步亦趋追随新来的神时，他便开始迫害他们。

　　彭透斯愤怒地大骂道：“是什么使你们发了疯，你们忒拜人是毒龙的子孙，你们不临阵退缩，也不畏惧刀剑，现在你们却愿意向一群白手的傻子和妇人投降吗？而你们腓尼基人你们从海外来，并建立了一座城池，供奉你们古代的神祇，你们难道忘记你们英雄的祖先了吗？你们难道甘愿让一个娇生惯养的男孩征服底比斯吗？他是一位贪图虚荣的懦夫，头上戴着一个葡萄藤花环，发上涂着药，身上穿的不是铠甲，而是紫金长袍。他甚至不会骑马，是个逃避每场战斗的懦夫，难道你们要他这样一个在战争中一无是处的人来征服忒拜吗？但愿你们能够清醒过来，那是就会看到，他实际上跟我们一样是个凡人。我是他的堂兄弟，宙斯并不是他的父亲。他的显赫的敬神仪式全是虚假的一套！”

　　之后，他又转过脸向着他的仆人们，命令仆人们把这新的疯狂的教主给抓起来，无论他走到哪里，只要碰到他就给他套上脚镣手铐。彭透斯的亲戚和朋友们听了他傲慢的语言和命令大吃一惊，十分害怕。他的外祖父卡德摩斯也摇着白发苍苍的头，表示反对。可是这却更加激怒了彭透斯。他的暴怒冲没所有阻拦在他路上的势头，决堤了似的愤怒如同河流一样汹涌。

　　这时，被派去执行任务的仆人都头破血流地逃了回来。“你们在什么地方遇到了巴克科斯？”彭透斯愤怒地大声问道。

　　“我们没有看到巴克科斯，不过，我们抓了他的一个随从，他好像跟随他的时间并不长。”仆人们据实回答道。

彭透斯愤恨地怒视着俘虏，大声喝道："该死的东西，你必须立刻被处死，以警示其余的人，你叫什么？父母亲是谁，家住何方？为什么信奉新的敬神仪式？"抓来的人无所畏惧，平静地回答说："我叫阿克忒斯，家乡在梅俄尼恩。我的父母都是普通的老百姓，他们既无牧群，也无土地。父亲只能教我持竿钓鱼，这套本领便是他全部的财富。后来我学会了驾船，认识星星和星座，知道风向，知道哪里是最好的港口，成了一名驾驶船只的人。

有一次，在开往爱琴海的提洛斯岛时，船遇到了一片不知名的浅滩并在那里下锚。我从船上跳下，离开同伴，走上湿润的浅滩，一个人在岸边过了一夜。第二天，我迎着朝霞爬上一座山，试试风力、风向。这时候，我们船上的伙伴们也纷纷上岸。我在回去的途中碰见他们，只见他们还领着一个青年。男孩长得很英俊，像女孩儿一样漂亮，他好像喝醉了酒，走起路来踉踉跄跄，跟睡着了似的，很难跟上大家的步伐。当我更近地观察他时，我觉着他的脸和动作，显示出他并不是凡人。'我不知道哪位神隐藏在这个孩子的心里？'我对大家说。'但我可以确定他是天神'，'不管你是谁'，我接着说，'我请求你保佑我们一切顺利！原谅我们这些将你带走的人吧！''这是多么愚蠢哪？'一名船员叫了起来，'还是停止你的祷告吧！'于是别的人也嘲笑我，由于利欲熏心，他们捉住这个青年不放，并将他拖到船上。我根本无法与他们对阵。一位最年轻有力的小伙子，也是一位杀人犯，竟然掐住了我的咽喉，然后把我一下子推进了水里。要不是我偶然用脚抓住了船上的一根绳索，我早就被淹死了。这时，大家纷纷把男孩抬上了大船，躺在那里的他就像睡熟了一般。后来，他被吵醒了，突然站了起来，很清醒地走到水手那里，喊道：'你们为什么大声喧哗？告诉我，我怎么会来到这里？你们要把我送到哪儿去？''别怕，孩子，'有一位狡黠的船员假装安慰道，'告诉我们你愿意去的港口，我们将按照你的心愿，把你一直送到那里。'

'好吧，'男孩说，'那就请你们把船开到那克索斯岛吧，那里是我的家乡！'

他们指着诸神发誓，一定照做，这些骗人的水手假心假意地答应他，并且吩咐我立即扬帆，准备起程。那克索斯岛位于我们的右边。然而当我升帆时，他们却小声地警告我：'你这个傻瓜，你难道疯了吗？向左！'

我诧异而且怀疑地说：'让别人来吧！'说完，我就退了下来。

'好像航行真的离不开你似的！'一个粗暴的人嘲弄地说，同时走上前来，升起船帆。就这样，船一直朝着相反的方向奋力驶去。年轻的男神似乎也意识到被骗了。他露出一丝轻蔑的笑，在船尾眺望着大海。他假装绝望地哀求着：'呵，水手们，你们答应把我送到那克索斯，现在行驶的方向错了！你们这批人欺骗一个孩子，那是没有道理的。'但那些不信神的水手们只是嘲弄他和我的眼泪，划着桨，飞速地前进。突然，船停在了海上，一动不动，好像搁浅了，无论水手们如何用力划桨，都不能使船前进半步。一会儿，葡萄藤缠住了船桨，藤蔓攀上了桅杆并生长着，成为伞盖，并在所有的帆布上挂满了葡萄。巴克科斯神采奕奕地站在那里，前额束着葡萄叶做成的发带，手中握着缠着葡萄藤的神杖，在他的周围有一种神奇的景象，甲板上伏着猛虎、山猫和山豹。香甜的葡萄酒味在船上弥漫开来。水手们惊慌失措地回避着他，第一个人刚想喊叫，不料嘴唇和鼻子却连在了一起，猛然弯曲成了鱼嘴。其他人还未来得及惊叫，也遭到了同样的命运：他们身体缩小，浑身长满了蓝色的鳞片，脊背弯曲，双臂缩成了鳍，两只脚变成了鱼尾。他们所有的人都变成了鱼，跳入大海，随着浪涛上下游动。船上一共二十个人，只剩下我安然无恙。不过我四肢发抖，随时等着失去我的人形。但因为我没有伤害过他，这时，巴克科斯友好地走了过来，对我说：'你不用害怕，请你把我送往那克索斯。'当我们到达那里时，他把我拉在祭坛旁，将我封为侍候神祇的仆人。"我们已不耐烦听你这套废话，"国王彭透斯大声地呵斥，"来人，把这个人抓起来，让他受尽折磨，然后将他送到地府！"奴仆们非常凶猛地捆绑起水手，把他送进了监狱。可是一只看不见的手却把他放走了。国王十分愤怒，自此以后，开始大规模地迫害巴克科斯的信徒。彭透斯的亲生母亲阿高厄和几位姐妹都参加了这异教神祇的祭拜活动。国王秘密地派人跟踪监视抓捕她们，并把巴克科斯的信徒们全都关进了城市的大牢中。可是，没有任何人的帮助，那些手铐脚镣却全都自行脱落，牢狱的大门也自动敞开。大家又怀着对巴克科斯的无限狂热回到了树林中。被派去捉拿酒神的仆人十分惶惑地回来了，因为巴克科斯微笑着伸手就缚，毫不抵抗。巴克科斯站在国王面前，国王尽管不想看，但酒神的年轻美貌仍然吸引了他的目光，他感到惊讶不已。不过，他仍然坚持自己的愚蠢和盲目，一直把酒神当作盗用巴克科斯姓名的骗子。国王命人给被抓来的酒神锁上重镣，关在宫殿后面马厩附近的一个山洞里。可是酒神一声大喝，立即地动山摇，砖墙也被震塌了，脚上的镣铐也不见了，他安然无恙地走了出来，回到他的追随者中间，显得比以前更漂亮、更英俊。又有一名报信的人来到国王彭透斯面前，向他汇报那些狂热的妇女们在树林里做出的奇迹，而他的母亲和姐妹们正是这批妇女的领头人。她们只要用手杖敲击石壁，石缝里便会汩汩流出清泉和美酒，小溪中流淌着牛奶，枯树里溢出了香蜜。"是的，国王，"一位打探消息的仆人补充说，"如果你自己在场，亲眼看到您所嘲讽的神祇，那你一定会朝他跪下去，说出赞扬他的话！"彭透斯更加怒不可遏，他命令全副武装的步兵和骑兵去驱散大批妇人。不料巴克科斯却主动来到国王面前，并答应将信徒也一起带来，但他要求国王必须穿上女人的服装，因为他是男人，又不是自己的信徒，这样做可以防止女人们把他撕成碎片。国王彭透斯非常勉强而且怀疑地接受了建议，他跟在酒神的后面，走到城外，这时却突然中了魔法，这是万能的神祇送给他的教训。他好像看见两个太阳，两个底比斯城，每一座城门都是双重的，而巴克科斯在他看来却像一头公牛，一头头上有着奇伟牛角的公牛。他充满着对巴克科斯的激情，祈求得到一根神杖，他拿到手上，就兴奋地往前跑去。这时，他们来到一座深山大谷，周围布满了松树。巴克科斯的女信徒们正向神唱着颂歌，用新鲜的常青藤缠绕着手上的酒神杖。但彭透斯由于眼睛被蒙蔽，并且他的领导者使他走着迂回的路，所以他看不见拥挤着的妇人们。现在，酒神把一只手伸向天空，奇迹出现了，那手一直伸到他抓住的松树的树冠上，将它弯曲下来，就像弄弯一根柳树的树枝一样，然后让彭透斯坐在最高的树枝上，让松树慢慢地回到先前的位置。犹如经历了一场冒险，奇怪的是，国王稳坐在高高的树冠上，突然他的全身被看见。山谷中隐藏着很多巴克科斯的信徒，她们看见了国王，但是国王却看不到她们。这时候酒神狄俄尼索斯对着山谷大声喊道："妇女们，他就是嘲笑我们神圣敬神仪式的人，快看他，惩罚他吧！"空气是宁静的，空森林里没有一片树叶颤动，没有任何生物的声音。巴克科斯的信徒们抬起头来，她们第二次听到了教主呼唤的声音，她们眼睛里闪烁着狂怒的火光，顿时飞快地奔跑起来。这疯狂的野蛮来自于神的指示，是神驱使着她们穿过淙流的溪水，穿过丛林。她们走近之后，看到坐在树顶上的仇敌和迫害者。立刻，她们乱作一团，把石块、折断的松枝和酒神杖一齐飞向可怜的国王。但这些东西都达不到他所在的松针茂密的高处。无奈之下，大家用坚硬的栎树棒挖松树的四周，树根被刨掘了出来，彭透斯悲哀地叫着。大树轰隆一声倒了下来，彭透斯和树身一起栽倒在地上。酒神在彭透斯的母亲阿高厄双眼上画了符，所以她认不出自己的儿子。如今有她示意刑罚开始，国王惊慌失措。突然，恐惧使彭透斯恢复了知觉，于是他高呼一声，"啊？不是你吗？母亲"，便要扑向母亲，去拥抱她的脖子，"你不认识自己的儿子了吗？我是彭透斯啊，是你在厄喀翁的时候生的儿子。可怜我吧，千万不要惩罚你自己的孩子！"但阿高厄是一个狂热的巴克科斯女信徒，她双眼歪斜，口吐白沫，并没有认出彭透斯就是自己的亲生儿子，而只看见了一只山中凶悍的狮子。她一把抓住儿子的肩膀，猛地拉断他的右臂。她的姐妹们蜂拥而上，拉下了国王的右臂。一群妇女暴怒地拥了过来，大家纷纷动手，又折断他的左臂，同时全体暴怒的妇人蜂拥而至，每人从他身上撕下一块皮肉，使得他完全肢解。阿高厄又伸出沾满血的双手，狠狠地拧下儿子的脑袋，最后把它穿在酒神杖上，仍然相信那是一只巨大的狮头，并且带着它兴奋地穿过基太隆的树林。

这便是巴克科斯对于污蔑他的神圣教仪的人的报复。

第九章　珀耳修斯

珀耳修斯是宙斯的儿子，出生后，他的外祖父阿克里西俄斯，即亚各斯国王，由于有神谕偷偷地指示他：国王的外孙将会夺取他的王位并谋害他的生命，于是他将珀耳修斯和他的母亲达那厄装在一只箱子里，投入大海。宙斯护佑着漂流在波涛中的母子，指引着让她们溯流而上，一直漂到了赛里福斯岛，这岛是狄克堤斯和波吕得克忒斯两兄弟统治着的国土。当时，狄克堤斯正在海边打鱼，他看到水中漂着一只木箱，就急忙把它拖上了海岸。兄弟二人对惨遭遗弃的落难人十分同情，便收留了他们。波吕得克忒斯娶达那厄为妻，并悉心地抚育宙斯的儿子珀耳修斯。珀耳修斯长大成人后，他的继父波吕得克忒斯鼓励他外出去冒险，并希望他能够建功立业。英勇的小伙子踌躇满志，他们决定让他去寻访墨杜萨，砍下他丑恶的头颅，把它送往赛里福斯，呈现给国王。珀耳修斯整理完行装就上路了。诸神引导他一直来到了远方，那是可怕的众怪之父福耳库斯居住的地方。在那里，珀耳修斯遇到了福耳库斯的三个女儿：格赖埃。她们一出生就是满头银发，而且她们三人一共只有一眼一牙，三人相互轮流使用。珀耳修斯夺取他们的眼和牙，三个女子不住哀求，请他归还她们的无价之宝。于是，他提出一个条件，要她们指引他寻找仙女去的路。

仙女都会魔术，都拥有飞鞋、神袋和狗皮盔这些奇异的宝物。无论谁，有了这些东西，就可以随心所欲地自由飞翔，看到愿意看到的人，而别人却看不见他。福耳库斯的女儿们给珀耳修斯指明了去路，并且讨回了自己的眼睛和牙齿。到了仙女那里，珀耳修斯得到了三件宝贝。他背上革履挂在肩膀上，穿上飞鞋，戴上狗皮盔。除此之外，他还从赫耳墨斯那里借到了一把青铜盾。他用这些神物把自己武装起来，纵身向大海深处飞去。那里住着福耳库斯的另外三个女儿，即戈耳工。这三个女儿中只有小女儿墨杜萨是凡人，珀耳修斯就是奉命前来取她的脑袋的。他发现妖怪正在熟睡，她们的身上没有皮肤，长满了龙鳞，头上没有头发，却盘缠着许多毒蛇。她们有像野猪一样都长有铁手、獠牙和金翅，看到她们的人马上就会变成石头。珀耳修斯了解这一秘密，于是他背过脸去，不看熟睡中的女人，用光亮的盾牌作镜子，清楚地看出她们的三个头像，并认出了谁是墨杜萨。雅典娜又指点他怎样动手，所以他顺利地割下了女妖的头。珀耳修斯还没有收起刀，突然从女妖身躯里跳出一匹双翼的飞马珀伽索斯，后面又紧跟着一位巨人克律萨俄耳，他们都是波塞冬的儿子。珀耳修斯把墨杜萨的头颅小心地塞进神袋里，如来时一样，飞奔离开了那里。此时，墨杜萨的姐妹们醒来了，她们看到妹妹被害的躯体，便一起飞起来追赶杀人凶手。戴着仙女的狗皮盔，她们看不到他，于是珀耳修斯躲过了她们跟踪和追捕，不过他在空中也被狂风袭击得左右摇摆。当他摇摆着经过利比亚沙漠时，从墨杜萨的脑袋上滴下的点点鲜血，一直落到地上，变成了各种颜色的毒蛇，从此以后，利比亚地方便有很多毒蛇出没，世界上其他的许多地方从此以后也有了危险的蛇类。

珀耳修斯继续向西飞行，最后在国王阿特拉斯的国土上降落下来，想休息一会儿。那里有一片结满金果的丛林，但是国王派了一条巨大的恶龙在上空看守着。珀耳修斯请求它给自己一块藏身的地方，但却被恶龙拒绝了。阿特拉斯担心他的宝物被偷，于是便狠心地将珀耳修斯驱出宫殿。珀耳修斯万分羞怒，他即刻就从神袋中取出了墨杜萨的头颅，自己则背转过身，朝向国王。他看到墨杜萨的头后立即变成一块巨石，简直像一座大山，他的胡须和头发变成了广阔的森林，肩膀、手臂和大腿变成了山脊，头颅变成高高的山峰。珀耳修斯重新系上飞鞋，戴上头盔，背上神袋飞上高空。

他一直飞到国王刻甫斯治理的埃塞俄比亚的海岸边。珀耳修斯降落到云彩上，看到高耸于大海之中的山岩上捆绑着一位年轻的姑娘，要不是空中漂浮着她的头发，眼睛中滴着眼泪，他还以为是一尊大理石雕像呢。海风吹乱了她的头发，姑娘不停地流着眼泪。珀耳修斯为她的年轻美貌所动心，便跟她打起招呼，几乎忘记了扇动翅膀。"你这个应当用漂亮珠宝装饰的美人为什么会被捆绑在这里？你叫什么名字，家住哪里？"姑娘反背着双手，起初沉默不语，害怕同一个陌生人说话。假使她能移动的话，她一定会用双手遮蔽住脸颊。她眼中饱含着酸楚的眼泪。为了不让陌生人以为她有必然隐瞒的有罪过，她开口了，说："我叫安德洛墨达，是埃塞俄比亚国王刻甫斯的女儿。我的母亲曾夸耀我比海神涅柔斯的女儿们还要漂亮。这话惹怒了海洋仙子，她们姐妹五十人请他们的剖海神涌起洪流，泛滥大地，淹没了整个国家。海神派了一条逢物必吞的怪物。神谕指示，如果想要解救国家，必须把我投掷给怪物做食品。国民顿时闹得沸沸扬扬，纷纷要求我的父亲献出女儿，拯救全国。国王陷于绝望之中，只好下令将我锁在这里。"姑娘的话刚刚讲完，滔天的海浪滚滚而来。海水中钻出来一个妖怪。妖怪胸脯宽大，盖住了整个水面。姑娘看到后发出一声惊叫，姑娘的父母看到大祸临头，也万分绝望，母亲的神情中流露出内疚的痛苦，她知道这是由于她的过错，但是除了悲痛与内疚，他们也只能紧紧地抱住被捆绑的女儿。这时候他们听见一个陌生人说道："你们要哭，将来有的是时间；眼下，当务之急是救人。我叫珀耳修斯，是宙斯和达那厄的儿子。神的翅膀使我能够在天空中飞行，墨杜萨也已经死在我的利剑下。我现在向她正式求婚，我也不是配不上她，如果你们答应把女儿嫁给我，我就解救她，那么，你们愿意接受我的条件吗？"父母亲不住地点头，不仅答应把女儿许配给他，还许诺把整个国家送给他作为嫁妆。

说话间，妖怪如同扯满风帆的船只一样已经游了过来，只有一箭之遥了。年轻人见状便用脚往上一蹬，腾空而起。妖怪看到海面上倒映出男子的身影，意识到一个敌人要猎取他的猎物，马上狂怒地扑上前去。珀耳修斯从空中猛扑下来，就像一只矫健的雄鹰，他用杀死墨杜萨的利剑狠狠地刺进了大鲨鱼体内，直到外面只露出一柄剑把。他又把剑拔出来，怪物疼得猛烈地挣扎着，跃入空中，又忽而潜入海底，并四向奔跑。珀耳修斯在它身上反复刺杀，直到鲨鱼口中血流如注。但是这时候，他自己的翅膀也全部湿透了，所以他不敢再在空中久留，这时幸好看到在水面上露出的帆柱，他左手抓住它，支持住自己，然后又用剑在妖怪的内脏里搅动了三四回。它的尸体被海水冲走了，不久就消失在绵绵不绝的波浪中。珀耳修斯飞到岸边，登上山顶，解开姑娘的锁链，姑娘怀着感谢和爱欢迎他，他把她交给不幸的父母。他受到隆重的款待，成了宫廷里的贵客佳婿。正当婚礼在欢乐地举行时，王宫的前厅突然骚动起来，并传来一声沉闷的吼声。原来是国王刻甫斯的弟弟菲纽斯带着一批武士闯了进来。菲纽斯曾经追求过安德洛墨达，但在她遇到灾难时抛弃了她。菲纽斯挥舞着长矛闯进了婚礼大厅，来重新追求她，于是他朝着珀耳修斯大声叫喊起来，甚至使珀耳修斯吃惊："是你抢走了我的未婚妻，我要报复。无论你的宝物或者你的父亲宙斯都无法保护你！"说着，他摆开架势，瞄准后准备把长矛扔过来。刻甫斯从席间站起来。大声呵斥着说："你疯了吗？你为什么这样做？并不是珀耳修斯抢走了你的未婚妻。当我们被迫将她绑在悬崖上时，你眼睁睁地看着我的女儿被锁在那里，并且抛弃了她，你自己为什么不去悬崖上解救她呢？现在你至少应该让那个真正赢得了她，安慰了我晚年的人拥有她！"

菲纽斯哑口无言，他死死盯住他的兄弟和情敌，好像在暗自地思考先从哪一个下手。终于，他积起一股疯狂的力量，向珀耳修伯猛地刺去一矛。可惜他的视力不好，长矛一下子插进了床榻的垫子里，一时难以拔出。珀耳修斯趁机站了起来，向他进来的那个门口投出一支梭镖，梭镖径直朝菲纽斯飞去。要不是菲纽斯蹦跳到祭坛后面，标枪肯定会穿透他的胸脯。虽然菲纽斯躲过了，但他的一名随从却被刺中了前额，这下武士们全部拥了上来，和参加婚礼的客人打成了一团。闯进来的人多势众，珀耳修斯和国王夫妇、新娘等人最终被菲纽斯的人团团围住，箭从各个方向纷纷飞过来。珀耳修斯背靠一根大柱子，利用这一有力的据点，以免背部受到攻击，他奋力抵挡着敌人的进攻，打倒了不断冲上来的敌人。但是对方人太多，后来，他看到自己人单力薄，于是决定拿出杀手锏。

"这也是你们逼我的，"他说，"所以我才想到从老冤家那里寻求帮助。我的朋友们，请你们都转过脸去！"说完，他从肩上的革囊里取出墨杜萨的头，伸向了敌人。对手正盲目地冲向这边，"你应该去找其他的人，"他一边冲，一边蔑视地大喊，"他们才会被你的鬼话吓倒。"可是，他刚举手投矛时，手却举在空中僵硬住了，变成了势头。后面的人也一个个难逃变成石头的厄运。最后，还剩下大概两百多人，这时，珀耳修斯干脆把墨杜萨的头高高地举起，让大家都能看到。最后的敌人全都被他用这样的方法变成了僵硬的石头。直到此时，菲纽斯才为这场无理取闹的争斗备感后悔。他看着左右姿态各异的石像，呼喊着朋友们的名字，疑惑地推着他们的身体，但无一人应答。看到他们全都变成了花岗岩，菲纽斯惊恐不已，他的挑战变得狼狈不堪，也收起了往日的骄横，绝望地哀求着："饶我的命吧！王国和新妇都给你！"说完，他转过身子。可是，珀耳修斯不想宽恕他。"你这个贼徒，"他怒骂道，"我将在岳父的宫殿里为你永远树立一座纪念碑！"菲纽斯左躲右闪，不想看到那可怕的头颅，可是他终于没有躲过，被逼着看了，顿时，菲纽斯带着惊恐的神色僵硬成一团。他双手下垂，呈现一副卑微的仆人姿势，他眼睛里的眼泪也凝结成了石块。珀耳修斯终于能够带着年轻的妻子安德洛墨达回乡了，他们非常恩爱，悠长的美好的日子等着他呢。他还找到了他的母亲达那厄，当然，珀耳修斯始终也没有忘记外祖父阿克里西俄斯所遭受的折磨，外祖父因为害怕神谕的发生，就悄悄地逃到彼拉斯齐国当了国王。珀耳修斯经过那里时，那里正在进行比武大赛，他不知道外公就在这里当国王，虽然一直打算去亚各斯去问候外祖父。珀耳修斯看到比武非常兴奋，便也参加了比赛，但不幸的是，当他抓过一块铁饼向外掷去时，却不料正好打中了外公。很快，他就知道了事情的真相，明白了被打死的人的身份，他异常悲痛地在城外选择了埋葬了外公阿克里西俄斯的地点。外公死了之后，珀耳修斯继承了王位，并卖出了他所继承的王国。从此以后命运之神再也不嫉妒他了。安德洛墨达给他生了一群可爱的儿子，他们一直保持着父亲的荣誉。

第十章 克瑞乌萨和伊翁

雅典的国王厄瑞克透斯有一个漂亮的女儿，名叫克瑞乌萨。她事先没有征得国王同意便成了太阳神阿波罗的新妇，并为他生了一个儿子。由于害怕父亲生气，她便将孩子放在一个篮子中，安放在了山洞里，也就是她与太阳神约会的地方。她虔诚地祈求众神能够怜悯她被遗弃的儿子。她把自己年轻时佩戴的首饰挂在孩子的脖子上，以便以后儿子身上有件可以辩认的物件。这些事全被阿波罗的看在眼里，他既不想背叛自己的爱妻，也不想让自己的孩子无依无靠，于是他找了兄弟赫耳墨斯，神祇们的使者。赫耳墨斯可以自由来往于天地之间而不受阻挡，当他在人间时也不会引起人们的注意。

"亲爱的兄弟，"阿波罗说，"有一位凡间女子给我生下了一个孩子，她正是雅典国王厄瑞克透斯的女儿。因为畏惧她的父亲，她便把孩子藏在一个山洞里。请你帮帮我，救下这个孩子，把用麻布包着的孩子连同箱子送到我在特尔斐的神殿，放在神殿的门槛上，其余的事情由我去办，我会照看他的，因为他是我的儿子。"赫耳墨斯展开双翅，飞到雅典，在阿波罗指定的地方找到了孩子，并把孩子放到柳条筐里，背到了特尔斐。他按照阿波罗的吩咐，把孩子放在了神殿的门前，并打开柳条筐的盖子，以便有人及时发现孩子。当然，这些事情都是他在晚上完成的。第二天早晨，当太阳升起的时候，特尔斐的女祭司走向神殿，突然发现了睡在小箱子里的婴儿。她猜测这很可能是谁的私生子，便想把孩子从门槛前移开。可是神扭转了她的心思，让她突然生出一丝怜悯之心。虽然女祭司也不知道孩子的父母是谁，但她还是慈爱地把孩子从筐里抱起来，并带在自己的身边抚养着。孩子渐渐长大，整天玩耍在父亲的神坛前，却不知道自己的父母是谁，更无缘与父母相见。他长成了一位英俊高大的少年。特尔斐的居民都把他看作神庙的小守护者，都很喜欢他，现在还让他看管神祇的祭品。于是他在父亲的神殿里幸福地过着尊贵的生活。克瑞乌萨从此以后再也没有听到太阳神阿波罗的消息，以为他早已将她和儿子忘掉了。在这段时间里，雅典人与附近攸俾阿岛上的居民不断厮杀，尸横遍野。雅典人取得了战争的胜利，攸俾阿人却失败了。主要是因为雅典人得到了从阿开雅来的一位陌生少年的帮助。他是希腊人的祖先赫楞的儿子，名叫克素托斯，是丢卡利翁的子孙。他勇敢地拔刀相助，他要求和克瑞乌萨结婚作为报酬，最终国王的女儿克瑞乌萨答应嫁给他。可是，这件婚事却激怒了与她偷偷相好的太阳神，她怎么可以再跟别人结婚呢？因此太阳神对他们进行了惩罚，使他们的婚姻中没有孩子。过了很久之后，克瑞乌萨依然摆脱不了前往特尔斐神殿的心思，她想请求太阳神保佑他们的孩子出生。这正是阿波罗的意思。他是绝对不会忘记自己儿子的。

克瑞乌萨公主和她的丈夫带着一群仆人动身了。他们要去特尔斐神殿朝贡，一行人来到神殿时，阿波罗的儿子正跨过门槛，用桂花树枝打扫装饰着门框。他看见了这位高贵的夫人，她一见神殿就禁不住掉泪。她庄严地态度使他吃惊，他小心翼翼地问她为什么悲哀。

"我不奇怪，"她叹了一口气回答道，"我的悲痛引起了你的注意，因为我可悲的命运可以从我的脸上看出来。""我不想了解你的伤心事，"他说，"不过，如果你愿意的话，请告诉我，你是谁，从什么地方来？"公主回答道："我叫克瑞乌萨，我从雅典来，我的父亲是厄瑞克透斯。"这青年一听，高兴地喊了起来："那是多么有名的地方，你的出身是多么高贵！不过，请你告诉我，图画上说的都是真的吗？我们从图画上看到，你的祖父厄里克托尼俄斯像庄稼一样，是从地里长出来的。雅典娜女神把土地生的孩子锁在箱子内，派两条巨龙看管着，然后将箱子交给科克洛普斯的女儿看管。听说那些女儿抑制不住好奇心，悄悄地打开箱盖。等到她们看到男孩时却突然发了疯，从刻克洛帕斯城堡的山岩上跳了下去。这是真的吗？"克瑞乌萨默默地点点头，她那祖先的遭遇使她想起了自己弃婴的事。然而他们都不知道儿子却站在面前，他依然毫无顾忌地继续追问："尊贵的公主，请你继续告诉我，遵照神谕，你的父亲牺牲了他的女儿才战胜了敌人，就是你的姐妹如果是真的，为什么你还活着呢？"

"那时，我才刚刚生下来，"她回答道，"我还躺在母亲的怀里。"

"后来大地劈裂，吞噬了你的父亲吗？"这个青年依然追问，听说你的父亲厄瑞克透斯是被波塞冬的三叉戟杀害的。在他的坟旁还有一座山洞，我的主人，也就是神秘莫测的阿波罗，特别喜爱那座山洞，这也是真的吗？"克瑞乌萨打断他的话："陌生的年轻人啊，请你别提起那座山洞，那里隐藏着不忠诚，而且还犯有一个极大的罪孽。"公主沉默了一会儿又打起精神，恢复镇静，告诉这个她认为只是神殿的守护的人：我是克素托斯王子的夫人，我们一起前来特尔斐贡进香，请神保佑我们早生贵子。"福玻斯·阿波罗知道我没有孩子的原因，"她叹息着说，"只有他才能帮助我。""你真的没有儿子吗？"年轻人同情而又悲伤地问了一句。克瑞乌萨回答说："真的，我是一个不幸的人了，我非常羡慕你的母亲，能有你这么乖的儿子。""我不知道谁是我的母亲和父亲，"年轻人悲伤地说，"我也不知道我是从哪里来的，也从来没有在我母亲的怀里躺过。神庙的女祭司是我的养母，她以前告诉我，她只不过是可怜我，才收留了我，把我养大。从此以后，我就一直住在神殿里，我是神祇的仆人。"公主听到这话，一面听着，一面沉思，心里怦然一动。她沉思了一会儿，又把思想转了回来，心疼地说："我认识一个跟你的母亲一样命运的女人。因为这位女人的悲惨命运，我才来到这里。跟我一起过来的还有她的丈夫，但他停留在路上。为了听取特洛福尼俄斯的神谕，他特地绕道过去了。趁他没有到神殿之前，我想把那位女人的秘密告诉你，因为你是神的仆人。那位夫人说过，在现在这段婚姻之前她曾经跟伟大的太阳神福玻斯·阿波罗有过非常亲密的交往。她没有征求父亲的意见便跟阿波罗生了一个儿子。女人将孩子遗弃在一个地方，从此便不知道他的音讯。为了在神祇面前打听她的儿子是活着还是死了，我代替那位女人亲自赶到这里。"年轻人问："这件事情过去多长时间了？"克瑞乌萨说："如果他还活着，差不多跟你一样大。"年轻人惊叫着："你的那位女友的命运跟我的是多么相似啊！我在寻找自己的母亲，而她却在寻找自己的儿子，而这一切都发生很远的地方，只是我们都互不相识。可是你千万不要指望香炉前的神会给你一个满意的答复。因为你用你朋友的名义控诉他的不义，而神祇是不会自己认错的！""不要说了！"克瑞乌萨小声但坚决地打断他的话，"我听说那位女人的丈夫过来了。你千万不要让他知道我向你说过的秘密，忘却我一时口快所说的话吧。"克素托斯高兴地跨进神殿，来到妻子身旁。"特洛福尼俄斯给了我一个吉利的消息，他说我一定会带着一个孩子回去的。咦！你身旁这位年轻的祭司是谁？"克素托斯问。

年轻人走上一步，谦恭地回答说，他只是阿波罗神殿的仆人。而那些命运所挑中的男子中最高贵的人们却在圣殿的最里面，听到这里，克素托斯立即吩咐克瑞乌萨用树枝把自己装扮起来，然后在阿波罗的祭坛前向神祷告，请神赐给他们一个喜讯。克瑞乌萨看到露天祭坛上放着桂花树环便走过，克素托斯连忙走进圣殿的里间，那位年轻人仍在前厅守护着。不一会儿，年轻人听到圣殿内间的门开启的声音，接着又看见克素托斯王子兴冲冲地走了出来。他突然狂热地抱住守在门外的年轻人，连声叫他"儿子"，要求他也拥抱自己，给自己送上一个儿子的吻。年轻人不知道发生了什么事，以为他疯了，便冷漠地用力将他推开。可是克素托斯并不在乎他的拒绝。"神已亲自给我启示，"他说，"神谕宣示：我走出门来遇到的第一个人便是我的儿子。这是神祇的一种赐予。这是什么原因我并不明白，因为我的妻子从来没有替我生过孩子。可是如果神灵说的话，他也许会亲自给我阐明的。"

那位年轻人就在门口，听完这番话，不再反对，并且也感到了快乐，不过他还是心存疑惑，有所不满足。他接受了父亲的拥抱和亲吻，然后叹息道："啊，亲爱的母亲啊，你究竟在哪里啊？我何时才能见你一面。"这时候，他的心底又生出一丝疑虑，他担心克素托斯的妻子是否能够接纳他，她又会对着意外的义子说些什么呢？此外，雅典城会不会接受这位不合法的王子呢？而，他现在的的父亲竭力安慰他，答应不在雅典人和妻子面前认他为儿子，而是视他为客人，他给他起了一个名字，叫伊翁，即漫游天涯海角的人。因为当他把他认为儿子的时候，他正在神庙的前庭漫步呢。这时，克瑞乌萨还在阿波罗的祭坛前祈祷，一动也不动。突然，女佣们嘈杂的喧哗声打断了她的祈祷，只听她们边抱怨边走了过来："可怜的女主人啊，你的丈夫心花怒放，不过你却永远得不到一个孩子，能够真正将其抱在怀里并给其喂奶。阿波罗赐给了你丈夫一个已经长大成人的儿子。那可能是他和别的女人生养的。他从神殿里走出来的时候正好遇到了儿子。他为重新找到自己的孩子能成为父亲而高兴，而你将如同寡妇一样独守空房。"神祇没有让公主的心灵开窍，她竟未能看穿近在身旁的秘密，仍在继续为自己悲哀的命运而烦恼。她在沉默中思忖着她悲惨的命运，过了一会儿，她鼓起勇气，打听这位突如其来的儿子的名字和人品。

"就是守护神殿的年轻人，你见过他的，"女佣们回答道，"他父亲叫他伊翁。我们并不知道他的母亲是谁。你的丈夫现在已去巴克科斯祭坛了。他想悄悄地为他的儿子给神上贡，然后能和儿子一起为相认举行宴会庆祝。他严禁我们把这件事告诉你，否则就将我们处死，但是出于我们对你的喜欢，所以不惜违反规定。你可千万不要把我们出卖了！"这时，从众人中间走出一个老仆人，他一心忠于厄瑞克透斯家族，并对女主人十分忠诚。他认为克素托斯国王是不忠诚的丈夫，于是便离开众人，开始咒骂王子，称他为无义的奸夫。他的愤怒驱使他一心要除掉这位将来继承厄瑞克透斯王位的私生子。克瑞乌萨认为自己被丈夫和旧情人所遗弃了，她痛苦万分，于是默许了老仆人的阴谋，并且告知了他自己和阿波罗的私密关系。克素托斯跟伊翁离开神殿后，他们一起登上巴那萨斯的山顶，那是祭祀巴克科斯神的地方，他们认为他和太阳神同等神圣，并用狂欢的盛会来赞美他。王子把酒洒在地上，以庆祝自己得到了儿子，然后跟仆人们一起在旷野上搭建了一座美丽的帐篷，并用从阿波罗神庙里带来的地毯装饰帐篷，看起来十分雅致。帐篷里摆放了长餐桌，餐桌上摆满了山珍海味、金杯、银碗和名酒，丰盛极了。雅典人克素托斯派人到特尔斐城邀请全部居民前来参加宴会。不一会儿，帐篷里挤满了头戴花环的贵客。他们在快乐和美好中用餐，在饭后用点心的时候，走出一位老人，他那奇怪的姿态引得客人们哈哈大笑，来为宾客们敬酒。克素托斯认出他是妻子克瑞乌萨的老仆人，于是当着客人的面夸奖他的勤奋和忠诚，大家也称赞他慈祥善良，也就不去管他。老人站在酒柜前，开始侍候客人们饮酒。宴会结束时，笛声响了起来，他连忙吩咐仆人将桌上的小杯撤去，换上金银大碗，他自己拿了一支最美丽的酒杯，他要亲自为年轻的新主人倒酒。然后，老人走到酒柜前，斟满一碗酒，并趁人不备时放入致命的剧毒，将金碗轻晃几下。老人悄然来到伊翁身边，朝地上滴了几滴烈酒，算作祭祀。这时只听见旁边站立的一位仆人诅咒了一句。伊翁在神殿中长大，了解神祇的风俗，知道无意的咒骂实际上预示着凶兆，于是便把碗中剩下的酒全部倒在地上，并要求仆人给他递上一只新碗，倒上酒，然后以此进行隆重的浇祭仪式。客人们全都跟在他身后效仿他。这时，一群养育在阿波罗神庙的并为神祇所保护的鸽子飞进了帐篷，看到地上全是浇祭的美酒，都飞下去争相抢饮。别的鸽子喝过祭酒后都安然无恙，只有饮过伊翁倒掉的第一杯酒的那只鸽子拍扇着翅膀，摇晃着发出一阵哀鸣，不一会儿抽搐而死。这使宾客们都大吃一惊。

伊翁愤怒地从椅子上站了起来，紧握双拳，大声叫道："是谁想要谋害我？老头，你说！是你给我倒的酒。"他一把抓住老人的肩膀，怕他逃脱。老人失去了保障，害怕了，于是承认了他的罪行，并且供出了克瑞乌萨是幕后的指使。听完这话，伊翁离开了帐篷。客人们各个气愤不已，全都跟在后面。在外面空地上，他向天空举起双手，对围着他的特尔斐贵宾说："神圣的大地哟，你可以为我作证，这个异国的女子竟然想用毒药除掉我！""用石头打死她！用石头打死她！"四周的人异口同声地呼喊，簇拥着伊翁一起去寻找恶毒的女人。克素托斯被那可怕的揭发弄得昏头昏脑，也随着人群走去。克瑞乌萨在阿波罗的祭坛旁等待着罪恶阴谋的结果，可是，结果却出乎她的意料之外。远处一阵嘈杂声将她从沉思中惊醒，喧闹声渐渐逼近，只见她丈夫身旁的忠实于她的一名仆人急急忙忙地赶来，特地前来告诉她计划已经失败，特尔斐人不会放过她的消息。听到这消息，克瑞乌萨的女仆们一齐将她围起来想要保护她。"女主人，你必须牢牢地抓住祭坛，千万不要松手，"她们再三地告诫说，"如果圣地无法保护你免遭杀害，那么至少他们将会欠下血债，犯下无法饶恕的罪行。"

说话间，愤怒的人们已经来到面前。伊翁带领着他们，风中传来他的声音："诸神啊，向我大发慈悲吧，他们告诉我这场没有得逞的犯罪竟是我的继母所为。她十分憎恨我，她在哪里呀？这里有具有毒牙的蝮蛇，两眼闪烁着死之火焰的毒蛇在哪里呀？我们一齐动手，把她从最高的山顶上推下去吧！"簇拥着他的群众呼叫着响应者他。众人来到祭坛旁，伊翁抓住这个女人，那正是他的生母，但却把她看作不共戴天的死敌；他想拖着她离开作为屏障的祭坛，而神圣的祭坛成了她不可侵犯的避难所。阿波罗不忍心看到儿子和母亲反目，他让掌管神谕的女祭司顿悟，让知道自己收养的孩子并非克素托斯的儿子，而是阿波罗和克瑞乌萨所生，而不是她自己在隐晦的预言中所宣示的那样。她找出以前放在庙门前盛放婴儿的小木箱，来到祭坛旁，看到克瑞乌萨和伊翁正揪扯不止。伊翁看到女祭司，赶忙虔诚地迎过去，说："欢迎你，亲爱的母亲，尽管你没有生我，可是我却愿意叫你母亲！你听说我刚刚逃脱了一场祸事吗？我才得到了父亲，他的妻子却策划谋杀我！请你告诉我现在该如何做，我一定照做。"

女祭司听后举起一只手警告他说："伊翁，请以一双干干净净的手回到雅典去！"

伊翁沉思了一会儿，反抗着回答道："杀掉自己的敌人难道没有道理吗？"

"在我把话讲完之前，你千万不能动手！"女祭司威严地说，"你看到这只小木箱吗？看到我所缠绕的新的花环了吗？你以前就是装在这里面送来的，我从中取出了你并养育了你。"伊翁惊讶地望着她，说道："母亲，为什么以前你从来没有告诉过我，而把秘密保存得那么久。"

"因为神祇要你在这样的岁月中侍奉他，"她回答道，"现在他给你一个父亲，就是要让你回到雅典去。"

"这只小箱子跟我有什么相干？"伊翁问。女祭司回答说："里面还有亚麻布，你当时就被包裹在里面。""包裹我的麻布？"伊翁惊叫起来，"难道那是一条线索，可以帮助我找到我的生母。"女祭司给他递上开着的小箱子，热情地伸过手去，从里面取出一堆小心折叠着的麻布。他含着泪，悲伤地端详着这些宝贵的纪念物。克瑞乌萨也慢慢地顿悟了，自她看到拿在伊翁手上的证物和小木箱和第一眼。只见她跳起来离开了祭坛，兴奋地惊叫起来："我的儿啊！"说完用双手紧紧抱住惊诧不已的伊翁。

伊翁却怀疑地看着她，用力挣脱身子，以为这不过是一个阴谋。克瑞乌萨向后倒退几步，说："这块麻布将证实我的话。孩子！你把它摊开，就能找到我当年给你做的标记。布上的刺绣，是多年以前我还是女儿时自己绣的，这块布的中间画着戈耳工的头，四周围着毒蛇，如同在雅典娜盾牌所看到的一样。"伊翁半信半疑地打开麻布，突然惊喜地叫了起来："呵，伟大的宙斯，这是戈耳工，这就是那毒蛇啊！""木箱里还有一条小金龙，是黄金铸造的。"克瑞乌萨继续说道，"是用来纪念厄里克托尼俄斯箱子里的巨龙，它是送给婴儿的饰物。"伊翁在箱底又搜索了一阵，脸上挂满幸福的微笑，取出了小金龙项链。"最后一个信物，"克瑞乌萨说，"是橄榄叶花环，那是用从雅典橄榄树上摘下来的橄榄叶编成的，是我把它戴在新生儿的头上的。"伊翁伸手在箱子底又搜索了一阵，果然找到一个美丽的橄榄叶花环。"母亲，母亲！"他呼喊着，哽咽着，一把抱住母亲的脖子，在她的面颊上连连吻着。最后他离开了母亲，想去寻找父亲克素托斯。这时，克瑞乌萨说出了关于他出生的秘密，告诉他，他就是在那座庙里忠诚地服务多年的神的儿子。现在他明白了一切事情，并原谅她母亲之前的行为。克素托斯把伊翁看作神祇恩赐的宝贝。三人都到阿波罗神殿里，感谢神恩。女祭司坐在三足祭坛上给他们预示，伊翁将成为一个大族的祖先，即爱奥尼亚人的祖先。雅典国王夫妇满怀喜悦，对未来充满憧憬，带着失而复得的儿子回到了故乡。特尔斐城的居民们热烈而隆重地出门相送。

第十一章　代达罗斯和伊卡洛斯

雅典的代达罗斯是墨提翁的儿子，厄瑞克透斯的曾孙，也是厄瑞克族人。他是一位伟大的艺术家，是位建筑师和雕刻家。世界各地的人，只要见过他的作品，都十分赞赏，说他的雕像是具有灵魂的创造物，会动，会看东西，不是单纯的石像，而具有生命。因为从前的大师创作石像时，都让石像闭上眼睛，双手连着身体，无力地垂落下来。他雕刻的人像都睁着眼睛，向前伸展着双手，双腿呈现走路的姿势，这是以前的大师无可比拟的。可是，代达罗斯是一个爱慕虚荣和充满嫉妒的人，这一缺点导致他不惜违法犯罪，陷入苦难的境地。代达罗斯有个外甥，名叫塔洛斯。塔洛斯向他学艺，而他的天分比代达罗斯高，并立志做出更大的成就。塔洛斯在孩提时就已经发明了陶工旋盘，他又仿造一种自然工具发明了锯子，从而成为锯子的发明者，那是因为有一次他杀死了一条蛇，并用蛇的颚骨切割了一片薄木片于是，他在金属上也刻了类似的锯齿，于是便制造出了比蛇的颚骨更锋利的锯子。塔洛斯又连接两根金属横档，一固定，一旋转，便发明了圆规。塔洛斯是个头脑灵活的人，他还发明了一些别的工具。他的这些成就都没有依靠舅父的帮助，而是独自完成的。因此他的声名大噪，取得了很高的荣誉。代达罗斯担心外甥会超过他，满怀嫉妒，竟然秘密地、恶毒地把侄子塔洛斯从雅典城墙上推下去，残酷地将其杀害了。但是有人看见他在挖掘坟墓，代达罗斯埋葬侄子的时候惊恐万分，谎称是在掩埋一条蛇，可是他仍被指控谋杀，受到希腊雅典最高法院的传唤和审讯。结果被判有罪。

但他逃脱了，在惊慌之中，在阿提喀迷失了方向，流浪多时，最后来到克里特岛。他找到国王弥诺斯，成了国王的朋友，国王尊他为一个杰出的艺术家，于是他在那里长期住了下来。为了不再让弥诺陶洛斯这头巨怪暴露于众人的目光之下，国王命他建造一座城堡。弥诺陶洛斯是一头双重形体的可怕妖怪，它从头到肩是一头公牛的模样，其余的部分则为人形。代达罗斯聪明过人，费尽心思建造了一座充满曲折的大楼，也是一座迷宫。无数的过道纵横交错，柱子盘绕在一起，犹如夫利基阿密安得迂回的河流一样，时而流向前，时而流向后，它使得来人的目光和双脚不由地踏上岔道。迷宫造好后，代达罗斯自己走进去察看，自己也几乎找不到出口处。弥诺陶洛斯就深藏在迷宫的深处。根据古老的规定，雅典城每九年必须给克里特国王送上七名童男、七名童女，作为进贡弥诺陶洛斯的祭品。

代达罗斯虽然受到赞誉，但因离家日久，总是怀着对家乡的眷恋之情，而且他感觉到国王其实并不信任他，对他缺乏真诚，因此他不愿意在这个孤岛上虚度一生。他想方设法逃脱，在长久的思考后，他欢快地叫了起来："让弥诺斯从海上、陆上都封锁我吧，但是我还有空中呀！即使他这样伟大而有权利，但是在空中他是无能为力的，我将在空中逃脱。"

说完，于是他开始从空中逃脱。他运用想象力来驾驭自然，他把不一样长短的羽毛收集起来，依次排列，把短小的羽毛拼凑成长毛，然后在中间用麻绳捆扎结实，下面再用蜡封牢。最后，他又把羽毛微微地弯曲呈弧形，看起来完全如同翅膀的形状。

代达罗斯有一个儿子叫伊卡洛斯。这孩子喜欢站在他的身旁，看着父亲工作，用一双小手帮父亲劳动。有时伸手去按住被风吹动的羽毛，有时用大拇指与食指揉捏黄色的蜜蜡。父亲让他在一旁随意地摆弄，微笑着他笨拙的动作，虽然他做了许多无用功。终于，尝试成功了，他轻轻地升上天空，像鸟一样飞了起来。他重新降落下来，又为他制造了一对较小的羽翼。指点儿子伊卡洛斯操纵的技巧。"你要当心，"他叮嘱道，"必须在半空中飞行。你如果飞得太低，羽翼就会碰到海水，从而变得沉重以致把你拉入水中。可是你如果飞高了，你那翅膀上的羽毛将会因为靠近太阳而燃烧，后果不可想象。"代达罗斯一边说，一边把羽翼给儿子缚在他的双肩上，但他的手却在微微地发抖。但老人的手指战栗着，忧虑的眼泪滴落在他的手上，他拥抱着儿子，还给了他一个鼓励的吻。

两个人鼓起翅膀渐渐地升上了天空。父亲飞在前头，他像带着初次出巢的雏鸟飞行的老鸟一样，小心地扇着翅膀，不时地回过头来，看儿子飞行得怎样。起初一切都很顺利，他们很快就到达萨玛岛上空，随后又飞越了提洛斯和培罗斯。他们看见海岸都退去并且消失，伊卡洛斯高兴极了，感到一切都很美好，不由地得意起来。他操纵着双翅朝高空飞去，不幸的是，惩罚他的时刻也到来了！太阳的热度熔化了封蜡，羽毛开始松动，羽翼已经完全散开，从他双肩滚落下去，可怜的孩子只得伸出两手在空中绝望地划动，可是他无法抓住空气，无法浮起，一头栽落下来，他企图叫唤他的父亲来救援他，但是还没来得及张嘴，碧浪已经将他吞没，最后淹死了。这一切发生的如此突然，瞬间就结束了，代达罗斯毫无察觉。当他再次回过头来看儿子的时候，发现儿子不见了。"伊卡洛斯，伊卡洛斯！"他感觉不妙，喊叫起来，"你在哪里？我怎样才能找到你？"最后，他开始担忧了，他惊恐地朝下面看了一眼。海面上漂浮着许多羽毛。代达罗斯慌忙收起羽翼，结束飞行，降落在一座海岛上，伤心地在海岸上走来走去，代达罗斯睁大双眼，满怀希望地寻找着。一会儿，他儿子的尸体被汹涌的波浪推上了岸。天哪！被他杀害的塔洛斯以此报了仇，雪了恨！绝望的父亲掩埋了儿子的尸体。为纪念他的儿子，从此，埋葬伊卡洛斯尸体的海岛叫作伊卡利亚。代达罗斯怀着悲痛，又继续飞行。他飞向西西里岛，这里是国王科卡罗斯统治的地方。就像从前在克里特岛上受到弥诺斯的款待一样，他在这里也受到盛情接待，被当作贵客。他的艺术天分令当地的居民十分惊诧而欢喜，他帮助当地人兴修水利，挖掘了一座人工湖，又让湖水顺着河流一直流入临近的大海。多年以来，那里一直是当地的名胜之一。他在陡峭的山顶上面建造了一座坚固的城堡，这里连树木也难以生长，更无法攀登，地势非常险要。他修筑了一条直到山顶的羊肠小道，守护这样的城堡只要三四个人就足够了。科卡罗斯把贵重的珠宝都藏在这座坚固的城池里。代达罗斯在西西里岛上的第三个工程是在地面上挖了深洞。他从洞里巧妙地引取地下火的热气，现在，这个本来潮湿的山洞里就像温暖的春天一样。人们微微出汗，却又不受灼热之苦。此外，他还扩建了厄里克斯山上的阿佛洛狄忒神庙，给女神献祭了一只金蜂房。代达罗斯精心雕刻，那些六角形的小蜂窝几乎可以乱真，跟天然的蜂窝看上去一模一样。国王弥诺斯听说代达罗斯逃到西西里岛，非常恼怒，决心派出强大的部队，把他重新抢回来。他装备了一支舰队，从克里特一直驶往西西里岛。部分士兵上岛以后驻扎下来，然后他派出使者前往都城，找到国王科卡罗斯，要他交出逃亡的代达罗斯。外邦君主的蛮横和兵临城下使科卡罗斯愤怒万分，他想方设法要消灭这位来犯的头领。科卡罗斯假装答应克里特人的要求，邀请弥诺斯国王前来商谈。弥诺斯来到都城，受到科卡罗斯的热情招待。因为长途奔劳，弥诺斯想要洗个温水澡解乏。等他坐入浴缸时，科卡罗斯让人不断加温，直到弥诺斯在沸水缸中煮死。西西里国王把尸体交给克里特人，说弥诺斯是在洗澡时失足跌入沸水池之中的。然后，克里特的士兵在阿格里根特城郊隆重地埋葬了弥诺斯，并在他的墓旁建造了一座阿佛洛狄忒神庙。代达罗斯仍然居住于西西里岛，享受科卡罗斯国王的款待。他引来许多著名的大师，并在那里成了一个雕刻学校的创始人，成为西西里岛土著文化的奠基人。由于功高盖世，因而受到所避难的国度里百姓的敬重，但儿子的惨死却让他内心一直苦闷，他的劳动使他所托庇的地方文化灿烂，但自己晚年时期反而更加忧郁、凄苦。他最终死在西西里岛，尸体也埋葬在那里。

第十二章　阿耳戈英雄们的故事

伊阿宋和珀利阿斯

　　伊阿宋是埃宋的儿子，克瑞透斯的孙子。克瑞透斯在帖撒利的海湾建立城池和爱俄尔卡斯王国，并把王国传给儿子埃宋。后来，埃宋的弟弟珀利阿斯篡夺了王位。埃宋死后，为了让他的儿子伊阿宋免遭迫害，人们把伊阿宋送到了半人半马的肯陶洛斯族人喀戎处，喀戎教育许多孩子成为伟大的英雄。他给伊阿宋做了一个英雄的训练。珀利阿斯一直统治着爱俄尔卡斯王国，年迈时他听到一则神谕，并一直为其所苦恼："脚上只穿一只鞋的人会成为他的敌人。"听到这道神谕后，他心惊胆战，坐立不安，反复寻思着这番话的含义，却百思不得其解。时光飞逝，伊阿宋转眼二十岁了。他决定回到家乡，向珀利阿斯挑战，夺取理应属归他的王位。

　　如同古代的英雄一样，伊阿宋带了两根长矛，一个是刺的，一个是投的，披上野豹皮，长发披散着就上路了。路途中，伊阿宋路过一条大河，看到河边站着一位老妇人，她请求他帮她渡河。这位老妇人便是众神之母赫拉，她也是国王珀利阿斯的仇人。赫拉装扮成别人的模样，伊阿宋竟然没有认出她来。他答应了老妇人背她过河，但在半道中，他的一只鞋子却陷在泥淖里，被河水冲走了。伊阿宋赤着一只脚，继续前行。来到爱俄尔卡斯，伊阿宋看到广场上有一群人，他们正在忙碌着，这是叔父珀利阿斯在给海神波塞冬虔诚地贡献贡品。伊阿宋的出现，引起了一片喧哗。人们看到伊阿宋英俊魁梧，气宇轩昂，都很惊异，以为是阿波罗或阿瑞斯来到了人间。正在摆设祭品的国王看到走过来的伊阿宋，也不禁吃了一惊，因为这个外乡人只穿了一只鞋子。当神圣的祭祀仪式完毕后，他立即朝这个外乡人走去，问他是谁，家在哪里。珀利阿斯问话时尽管装作若无其事的样子，但内心却充满疑虑和恐惧。

　　伊阿宋虽语调平和，但却大无畏地回答说，他是埃宋的儿子，在喀戎的山洞里长大。现在他回来了，想看看父亲的旧居。阴险的珀利阿斯听着，用笑容遮掩内心的恐慌，他友好地款待客人，不让丝毫的不安与惊恐表现出来，他命人带领伊阿宋来到宫殿中，参观其父的卧室。伊阿宋用渴慕的眼光望着他幼年时曾经成长过的殿堂和宫室，极力称赞父亲的住房，接连五天，和兄弟还有亲戚欢聚一堂。到第六天时，伊阿宋离开了为自己特意搭建的帐篷，来到国王珀利阿斯的跟前，恭敬地对叔父说："国王，我才是合法的继承人，这里的一切都应该属于我。但是为了和平解决争端，我愿意把羊群、牛群和土地都让给你，我要讨回的只是属于我父亲的国王的权杖和王位。"

珀利阿斯盘算着，恳切地说："我愿意满足你的要求。但你也必须答应我的一个请求，替我做一件事。那是你们年轻人才能胜任的，我已经年迈体衰，无力做这件事了。长久以来，我夜里做梦老是梦到佛里克索斯的阴魂。他要求我带他灵魂平静。我的要求就是：你替我去科尔喀斯，找到国王埃斯忒斯，并从那里取回他的遗骸和金羊皮。这种寻求的光荣是属于你的，如果你能取回这笔宝贵的战利品，那么权杖和王国就都是你的了。"

阿耳戈英雄们航海动机和乘船出发时的情景

金羊毛的来历是这样的：佛里克索斯是玻俄提亚国王阿塔玛斯的儿子，他受尽了父亲的宠妾伊诺的虐待。他的生母涅斐勒为了搭救儿子，在她的姐姐赫勒的帮助下，把儿子从宫中悄悄地抱了出来。佛里克索斯的生母涅斐勒是一位云神，她把儿子和女儿放在一只长有双翼的公羊背上。公羊具有纯金的羊毛，那是众神的使者、亡灵接受神赫耳墨斯送给她的礼物。姐弟两人乘坐着公羊腾空而行，穿越了陆地和海洋，让人意想不到的是姐姐赫勒在途中一阵头昏目眩，竟从羊背上掉落下去，不幸掉进海里淹死了。此后，那片海便以她得名，被称作赫勒海，又称赫勒持滂。也就是传说中的达达尼尔海峡。佛里克索斯则平安来到了黑海海滨的科尔喀斯王国，国王埃厄忒斯热情地款待了他，并且把女儿契俄柏许配给了他。佛里克索斯用金羊祭供宙斯，以此来感谢宙斯帮自己成功地逃脱危险。国王又将它转献给战神阿瑞斯，他吩咐人把它钉在纪念阿瑞斯的圣林里的一棵树上，并派一条毒龙看守着，因为神谕告诉他，他的生命跟金羊毛紧紧地联系在一起，金羊毛存则他存，金羊毛亡则他亡。全世界的人都把金羊毛看作稀世珍宝，很久以来，希腊人对它传说纷纷。一些英雄和君王都希望得到它。因此，珀利阿斯国王就设计让伊阿宋去夺取这件宝贵的战利品，他的想法没有出现差错，伊阿宋爽快地答应了叔父的要求，但却没有发现叔父的阴谋，其实他叔父的真正用意却是希望他客死他乡，永远也不要回来，却以神圣的诺言答应这次探险。希腊著名的英雄们都被邀请参加这一英勇的盛举。聪明绝顶的希腊建筑师阿耳戈在佩利翁山脚下，在雅典娜的指导下，用在海水里不会腐烂的木料建造了一条华丽的大船，船上共可容纳五十个桨手。大船被命名为阿耳戈号。阿耳戈是阿利斯多的儿子。阿耳戈号船是希腊人用于航海的第一条大船。它上面有女神雅典娜从多度那宙斯神殿前一棵会说话的大橡树上锯下一块可供占卜用的花纹木板。船的两侧装饰极其富丽堂皇，船虽然很大，但却很轻，雄们"吭唷"一声就把它扛在肩上接连地行走了二十天。当大船造好并装备停当后，阿耳戈船上的水手抽签决定自己在船上的位置。伊阿宋担任船上的指挥，提费斯掌舵，眼力敏锐的林扣斯为领港员，著名的英雄赫拉克勒斯掌管前舱，阿喀琉斯的父亲珀琉斯和埃阿斯的父亲忒拉蒙负责后舱。内舱里还有两个宙斯的儿子卡斯托耳和波吕丢刻斯，此外还有皮罗斯国王涅斯托耳的父亲涅琉斯，阿尔刻提斯和她的丈夫阿德墨托斯，战胜卡吕冬野猪的墨勒阿革洛斯，杰出而又可爱的歌手俄耳甫斯，帕特洛克罗斯的父亲墨诺提俄斯，后来做了雅典国王的忒修斯和他的朋友庇里托俄斯，海神波塞冬的儿子奥宇弗莫斯和俄琉斯，赫拉克勒斯的年轻朋友许拉斯。俄琉斯是罗克里斯国王，也是小埃阿斯的父亲。临行前，伊阿宋向波塞冬神祭献贡品，虔诚地祈求他的保佑。

当所有的英雄在船中就位后，伊阿宋一声令下，他们就拔锚起航，五十副船桨一起划动，发出和谐的声音，大船乘风破浪地前进，不久爱俄尔卡斯港就远远地被抛在后面。英雄们意气风发，俄尔甫斯弹着竖琴，唱着优美的歌曲，鼓舞英雄们前进，他们驶过了海岛和山峦。第二天，海上却吹来一阵阵飓风，滔天的波浪把英雄们一直逼到雷姆诺斯岛的港口。

阿耳戈英雄们在雷姆诺斯岛

在雷姆诺斯岛上，一年前发生了一件怪事，妇女们几乎都杀死了岛上的男人，即他们的丈夫，因为她们的丈夫从色雷斯带回了许多外乡女子，爱神阿佛洛狄忒激起了她们的妒火。只有许珀茜伯勒还算心地善良，她原谅并救出了她的父亲托阿斯国王，只是把父亲锁在木箱内，任木箱在海上漂流。从此以后，妇女们总是担心色雷斯人会来袭击雷姆诺斯，她们常常怀着戒心站在岸边眺望海上，提防有船只突然驶来。而现在，看到快速驶来的大船，她们十分害怕，纷纷涌出城门，像亚马孙女战士一样，全副武装，站在岸边，准备迎战。阿耳戈的英雄们看到前面岸上一字排开的武装妇女，没有一个男人，非常惊讶！怎么岸上全都是女人，这个国家的男人都到哪里去了？英雄们用小船派出一位使者，手持和平的节杖，来到这支稀罕的队列前。她们带他去见未婚的女皇，使者以谦卑的态度表达了阿耳戈船员们想进港休息的愿望。女王把她的部下聚集在城市的贸易广场上，自己坐在她父亲的大理石宝座上，在她的旁边是挂着拐杖的年老的保姆，然后她向大家陈述了阿耳戈英雄的进港请求。接着她站起来说："亲爱的姐妹们，我们已经犯下了极大的罪恶，愚蠢地清除了全部男人。如今，船员们希望得到我们的帮助，我们不应该拒绝他们。当然我们也不能放松警惕，千万不能让他们知道了我们的事。因此，我建议把食物、美酒和其他的必需品送上船去，以这种友好的姿态来保障我们的安全，让这批异乡人远远地待在城外。"女王说完又坐了下去。这时一个老得连说话都十分费劲的妇人抬起她那下垂的头说："给外乡人送礼，这做得很对，但也应该想到，如果色雷斯人冲过来，那时该怎么办？就算有位仁慈的神保佑你们，但这对于你们算安全吗？我们这些老太婆们倒是用不着害怕，瞧我们这把年纪了，在困难来临前，我们就会死去。但你们年轻人不一样，你们以后靠什么来维持生活呢？难道耕牛会自己套上牛轭，自觉地走到田地耕田吗？夏天归去，你们行动不便时，它们会替代你们收割庄稼吗？这类苦活你们是无法独自完成的。我劝你们还是把握好机会，别错过天赐良机，把你们的土地和财产都交给这些尊贵的外乡人吧，让他们来治理我们美丽的城市！"老人的建议赢得了妇女们的赞同。女王派出一名年轻的女子随使者一起回到船上，向阿耳戈的英雄们表达了她们的决定。所有的英雄都很高兴，他们也不怀疑，以为女皇是在自己父亲死后继承的王位。伊阿宋披上雅典娜赠送的紫色大袍进城了，当他慢慢穿过一道道城门的时候，辉煌的像一颗星星一样，他受到女人们热情招待。伊阿宋按照礼仪，由于礼貌和高贵的出身，依然垂下双眼，急步向宫殿走去。女仆们打开宫殿大门，热情欢迎众位贵客。那个去过船上的年轻的女使者把他领进女王的内室，伊阿宋在女王面前一把华美的椅子上坐了下来。许珀茜伯勒低垂着头，脸颊上泛起阵阵红晕。她温柔地说："客人，为什么不进城呢？雷姆诺斯城里根本没有男人，所以你们根本不用害怕。城里的男人把色雷斯女人作为战俘带了回来当作自己的小妾，我们的丈夫对我们失信，让我们女人遭受了巨大的耻辱。现在他们都走了，男人、女俘，还有我们的儿子和男佣。我们被抛弃在这里，孤立无援，我希望你们能留在这里，如果你高兴，就来做我们的人民吧。如果你愿意，甚至可以登上宝殿，代替我的父亲来统领我们国家。我们的王国是大海中最富饶的岛屿，这地方你们一定会喜欢。你是首先来的人，希望你回去以后把我的建议告诉你的伙伴们，你们别再停留在城外了。"这边是她的谈话内容，关于男人被杀的事情她却没有说出。伊阿宋回答说："啊，女王，我们怀着感激的心情接受你的帮助。我会把你的建议告诉我的同伴，我也愿意重新回到城里来。但是，我们却不能接受王位和您的国家，还是请您自己执掌！因为在遥远的地方还有一场激烈的战争在等待着我们呢。"

说完，他伸出双手向女王告别，然后匆忙回到海岸。妇女们即刻驾着快车，载着许多礼物，跟着伊阿宋赶来了。船上的英雄们已经听到伊阿宋的解释，因此女人们很容易地说服他们进城并住进她们的家里。伊阿宋直接住在王宫里。大家的心情都很高兴，在这里那里分开着住着，只有大英雄赫拉克勒斯向来不重女色，他跟少数伙伴们坚持要留守城外，住在船舱里。城里美酒飘香，歌舞相伴，乐成一团，祭献的贡品香飘万里，香烟直升到天庭，因为城里的人都在敬奉这座岛屿的保护神。日复一日，阿耳戈的英雄们乐不思战，出航日子无限期地拖延下来。如果不是赫拉克勒斯大声提醒他们，阿耳戈的英雄们还不知要待到什么时候呢？

"你们这些蠢货！"赫拉克勒很冲动地说道，"难道你们国家的女人还不够你们享受吗？难道你们是为妻室才到这里的？难道你们想要留在雷姆诺斯像农人一样地过日子吗？你们以为天上的神祇会取来金羊毛，放在我们脚下吗？我们干脆各自回去算了。照我说，让伊阿宋留在这里娶许珀茜柏勒为妻，生一大堆儿子，从此听凭别的英雄创立丰功伟绩罢了！"

赫拉克勒斯生性倔强，没有人敢抬起眼睛看他或者违抗他。众人收拾停当，准备出航。城里的女人们知道了他们的想法，如同一群蜜蜂似的聚在一起，请求，抱怨，哭泣，乱哄哄的声音久久不能平息。最后，她们不得不屈从于男人的决定。许珀茜伯勒含情脉脉地走上前来，离开众人，握住伊阿宋的手，说："去吧，但愿神保佑你和你的同伴们实现你们的愿望，取得金羊皮！等到将来你们凯旋的时候，别忘了这座岛屿还有我和我父亲的王杖，它们也在殷切地期待着你们的归来。我知道，这不是你的初衷，但希望在远方你至少还能想念着我！"

伊阿宋满怀着对她的美和善的赞美之情离开了女王，第一个回到船上，其他人也跟着他上了船。英雄们解下缆绳，摇动船桨。不久，就把赫勒斯蓬托抛在后面了。

阿耳戈英雄与杜利奥纳人

从色雷斯吹来的风，把阿耳戈英雄们的大船，吹送到夫利基阿海岸。那里有一座基奇科斯岛，岛上住着杜利奥纳人，他们的邻人是极其野蛮的土著巨人，他们和平地共同生活着。这些巨人有六条胳膊：宽阔的肩膀上各长一条胳膊，两腰又各长两条。杜利奥纳人是海神的子孙，海神保护他们不受巨人的侵犯。他们的国王就是虔诚的基奇科斯。国王听到了这条船和船上英雄到来的消息，马上带领全城人一起出来迎接这艘船上的英雄们。大家欢迎阿耳戈的英雄来到他们的国家，款待他们，并请他们在城里的海港停泊。因为很久以前，国王曾经听到过一个预言：若有一批高贵的英雄前来，国王应该热情地款待他们，千万不能拒之门外，更不能发生战争。国王牢记预言，所以给英雄们宰杀牲口，送上美酒，热情地款待他们。基奇科斯国王还是个青年，才开始长出胡子。他的妻子染病在身，躺在王宫里，等待着他的归来。基奇科斯对神十分虔诚，因此对前来的英雄也十分热情。得知他们此番出航的目的后，就命令大臣们给英雄们详细指点路线。

第二天早上，大家登上高山，实地勘察，以便亲自查看这岛在海中的位置，同时，又欣赏了一番海天相连的奇妙景色。从海岛的另外一端巨人们忽然蜂拥而至，他们用巨大的山石封锁住港口，不让船只进出。阿耳戈船派赫拉克勒斯担任守卫，这时他仍未上岸。赫拉克勒斯看到来了一群不速之客，便拈弓搭箭，射杀了许多巨人。其他的英雄们也闻讯赶来，他们投枪射箭，把巨人们打得落花流水，狼狈不堪，尸横遍野。他们全部注定要成为鸟儿和鱼儿的事物。

阿耳戈的英雄们取得了胜利，他们趁着顺风马上扬帆起航，又踏上了征途。夜里，海上风向转了，暴风雨迎头袭来，阿耳戈英雄们还没明白过来，又被大风吹回杜利奥纳海岸，他们还以为到了夫利基阿港呢！杜利奥纳人突然从睡梦中惊醒，也来不及看清对方是谁，不知道就是昨天他们隆重款待的贵宾，急忙拿起武器，一场激烈的战争开始了！伊阿宋英勇无比，热情而又虔诚的国王基奇科斯被他用长矛刺死了，但双方都不知道对方是谁。战后，杜利奥纳人大败而逃，他们紧锁城门，躲在后面，不敢动弹。直到早上太阳升起，朝霞染红天空的时候，激战了一夜的双方才发现原来是一场误会。伊阿宋和他的英雄们看到国王躺在血泊中，心中充满了无限的悲痛。接连三天，他们和杜利奥纳人一起哀悼死者。他们扯下长发，并以竞技和举行葬礼的仪式向死者致敬。最后，英雄们又扬帆出海了。国王的妻子克利特因忧伤过度，不能忍受孤寂，自缢而死。

赫拉克勒斯被留在海湾

在暴风雨中航行几天后，阿耳戈英雄们在奇奥斯城附近的俾斯尼亚海湾登陆。这里住着密西埃人，他们非常好客，虽然已经是深夜了，大家依然燃起熊熊篝火，用美酒佳肴热情地款待着远方的客人，用绿色的树叶为客人们铺好柔软的睡床。赫拉克勒斯在途中看不起一切舒适的享受。他独自离开了大家，让同伴们坐着饮宴，走进茂盛的树丛中，想要寻找一棵坚固的松树来做船桨，预备第二天使用。不久他就找到了一棵合适的大松树，这正是他所需要的，树枝不太密，长得像一株细瘦的白杨。他把箭袋、弓箭和大木槌放在地上，解开缚在身上的狮皮，双手抱住树干，用力一拔，大树就被连根拔起了，根上仍然粘着泥土，所以看上去好像是被暴风雨吹倒的一样。

这时，赫拉克勒斯的朋友许拉斯也离开了餐桌。赫拉克勒斯在征伐德律约时因争吵打死了许拉斯的父亲，后来把他领回来抚养，让他当了自己的仆人和朋友。许拉斯带了一只铁罐，想到泉边取水，预备给他的主人和朋友们归来时饮用。他头顶弯月，满怀喜悦，水面如镜，倒映着他优美的身段。泉边的女仙被许拉斯迷住了，她如痴如醉地看着许拉斯，忽然伸出左手，一把拉住了许拉斯的脖子，又用右手抓住他的胳膊，不容分说地把他拉入深泉里。阿耳戈大船上的一位英雄波吕斐摩斯就在泉水附近，他正等着赫拉克勒斯的归来。突然听到孩子的呼救声，却未见其人。赫拉克勒斯这时正好从树林里迎面走来。"嗨，我得告诉你一个不幸的消息，"波吕斐摩斯连忙说，"你的仆人许拉斯去泉边打水，我只听到他恐惧地喊叫声，到现在却没有看到他的身影。不知道是被强盗抓去，还是被野兽吃了，我只听到他恐怖的呼喊声。"赫拉克勒斯听到这话，额头上冒着汗珠，血液在血管里沸腾着，愤怒地扔下松树，就好像别牛蝇叮过着离开牛群的牛一样，悲哀地叫唤着，穿过森林朝泉边奔去。启明星高高地悬挂在山峰上空。一阵顺风吹起。舵手催促英雄们赶快上船。他们借着顺风，趁着月色愉快地航行了一程，突然有人发现还有两位伙伴，波吕斐摩斯和赫拉克勒斯没有上船，但是已经太晚了，骚动也从人群中慢慢开始了，他们激烈争吵着。一些人不想再等，认为他们独自走掉了。伊阿宋自始至终一言不发，忒拉蒙却沉不住气了，他愤怒地对首领说："你现在怎么能够如此安静地坐在这里呢？你是首领啊！你大概是担心本领比你强的赫拉克勒斯的存在会威胁到你的地位吧，你没听到大家正在议论纷纷吗？如果你也不愿意等他们，那我愿意独自回去，寻找走失的波吕斐摩斯和赫拉克勒斯。"

说完，他一把抓住舵手提费斯的衣服，威胁着让他停止前进。要不是北风神波瑞阿斯的两个儿子策特斯和卡雷斯抓住他的双手，他真的会逼迫大家驶回去。就在大家吵得不可开交的时候，河神格劳科斯从波浪滔天的海水里跳了出来，他用强有力的手拖住船尾大声叫着："英雄们，你们应该停下来等待赫拉克勒斯回来，这是宙斯的旨意。带上勇敢的赫拉克勒斯前往埃厄忒斯，他命中注定会成就一番英雄事业。而许拉斯已经被水仙抢去了，这个水仙被爱情之箭射中了。赫拉克勒斯是为了他才留下来的。"

说完话，他又沉入水中，海面上留下一个急转的黑色旋涡。忒拉蒙感到羞愧，他走到伊阿宋面前，恳求谅解似的说："伊阿宋，别生我的气，我因忧虑失去了理智，所以说出了粗暴的话，忘掉我的粗暴行为，让我们和好如初吧！"

伊阿宋握住他的手，表示和好。于是他们高高兴兴地在海上继续航行。波吕斐摩斯则留在密西埃人那里，他带领大家建造了一座城池。赫拉克勒斯继续前行，宙斯给他安排了新的任务。

波吕丢刻斯和珀布律喀亚国王

第二天清晨，太阳升起时，他们来到一个涤入大海的半岛附近，抛了锚，准备休息。这里是珀布律喀亚王国，野蛮的国王阿密科斯在海岬旁有许多畜栏和房屋。他对于外乡人有一个苛刻的要求：没有和他比过赛的人不许离开他的领土。而且阿密科斯还生性好斗，他和所有的陌生人比赛拳击，失败者就会被他杀掉，他因此也杀掉了好多邻人。阿耳戈的英雄们刚走上海岸，国王阿密科斯就迎上前来，用嘲弄的言语大声嚷道："你们这批海上漂泊者听着，有一件事情，你们必须清楚，没有一个外乡人在没有和我比赛的情况下离开我的国土。你们赶快挑选一个最有本事的人前来跟我比赛，否则我就要叫你们完蛋！"在阿耳戈的英雄中，有一个希腊最杰出的拳击手，名叫波吕丢刻斯，他是勒达的儿子。听到国王的挑战，波吕丢刻斯愤怒了，他大叫一声跳上前来："你算是找对人了，我们已经准备服从你的法律，我就是你的对手，咱们看看到底是谁不能活着离开！"

国王听后睁大眼睛，就如同受伤的狮子一样，上下打量着这位陌生人。年轻的波吕丢刻斯却如同天上的星星一样宁静，冷冷一笑，然后伸出双手，在空中比画了着，想试试自己的双手是否因为掌舵而变得僵硬。

国王和波吕丢刻斯面对面地站着，跃跃欲试。一位宫廷仆人朝他们中间扔了两副作战的手套。"看哪一双手套适合你的手，自己挑吧。"阿密科斯说，"我用不了多久就能结果你！你马上就会亲身体验到我是一个最好的鞣革匠，可以用血把面颊染成黑色。"波吕丢刻斯仍然默默地微笑着，就近拿起一副手套，转过身来，让朋友们套紧在双手上。比赛开始了，如同巨浪冲击小船一样，国王朝希腊人猛力地冲过来，连连出击，根本不给波吕丢刻斯喘息和还手的机会。但波吕丢刻斯也不甘示弱，他一再巧妙地躲避着他的攻击，让国王丝毫没有碰到自己的机会，也没有受伤。过了一会儿，他就发现了对方的弱点，于是瞄准机会，狠狠地给了他几拳。但是国王也绝对不会放过任何可乘之机，于是伴随着拳击声，几个回合以后，双方咬牙切齿，一直厮杀到气喘吁吁，才停下休息了一会儿，并擦去一直不停流的汗。当他们重新投入比赛的时候，阿密科斯朝对方头颅打去一拳，不料却只碰了一下对方的肩膀。波吕丢刻斯却乘机挥拳击中国王的耳根，将国王的头骨打碎，国王痛得跪倒在地上。阿耳戈英雄们齐声欢呼。可是珀布律喀亚人急忙过来帮助国王，他们赶忙跑过来扶起国王，亮出狼牙棒和打猎钢叉，对准波吕丢刻斯一起冲了过来。阿耳戈的英雄们也嗖地一声拔出了寒光闪闪的刀剑，保护自己的朋友。好一场血战，杀得日月无光，暗无天日。珀布律喀亚人只好逃了回去，藏在房间里，闭门不出，他们实在抵挡不住。英雄们乘机从城中搜出了许多牲口和其他丰富的战利品。他们就这样在岸上过夜，包扎他们的伤口，晚上大家向神祭供牺牲，畅饮美酒，通宵达旦。俄耳甫斯弹奏琴弦，他们一起歌颂波吕丢刻斯，这位宙斯的儿子取得胜利时，静静的海岸似乎也在高兴地侧耳倾听。

菲纽斯和哈尔庇亦恩神鸟

黎明时，他们饮宴才结束。阿耳戈英雄继续他们的航程。经历了几次冒险，他们来到俾斯尼亚的对岸抛锚休息，英雄阿革诺耳的儿子菲纽斯住在这儿。他被很大的不幸所苦恼，阿波罗曾经传授给他预言祸福的本领，但是由于他滥用法术，阿波罗使他双目失明，让他不得安宁，吃饭时就会有一群难看粗鲁的哈尔庇亦恩神鸟前来捣乱，它们尽可能抢走他的饭菜，剩下的部分也被糟蹋得无法食用。他唯一的安慰就是宙斯的一个预言：北风神波瑞阿斯的儿子跟一群希腊船员到来时，他就可以安静地享用食物。所以，当菲纽斯听说来了一条船时他高兴极了，急忙来到岸边。但是他骨瘦如柴，如同被鬼魂缠身一样有气无力，颤颤悠悠，用手杖支撑自己摇晃的步伐，当他来到阿耳戈英雄面前时，已经筋疲力尽了，一下摔倒在阿耳戈英雄的脚下。他们围住这个可怜的老人，看到他枯槁的样子非常惊讶。当老人苏醒过来，听到他们的声音，恳求他们："英雄们，如果你们真像神谕暗示我的那样，是我的救星，那就赶快援助我吧。我不仅被剥夺了眼睛的光明，连一顿安心的饭也吃不上，那些丑鸟一直糟蹋我的饭食，我忍饥挨饿。你们帮助的不是一个陌生人，我是阿革诺耳的儿子，叫菲纽斯，我也是希腊人，我们拥有共同的祖先，过去我是特剌刻的国王。只有波瑞阿斯的儿子才能够拯救我脱离厄运，他是克勒俄帕特拉的兄弟，也是我在色雷斯时的妻弟。他们必定参加了你们的冒险，注定要来救援我的。"

菲纽斯的话让大家想起了北风神波瑞阿斯，他曾经追求雅典国王厄瑞克透斯的女儿奥律蒂里阿，但遭到了拒绝。北风神非常生气，把她从空中带到遥远的色雷斯，住了下来，生下两个儿子策特斯和卡雷斯，还生了两个女儿克勒俄帕特拉和茜欧纳。波瑞阿斯的儿子策特斯听到这话，马上扑进他的怀里，并答应他，在他的兄弟们帮助下，为国王驱除这些怪鸟。于是他们摆下饭菜佳肴，但国王没有碰到事物，借以吸引神鸟。顷刻间，神鸟们犹如旋风般拍打着翅膀，从云彩里急冲下来，贪婪地奔向丰盛的饭菜。英雄们叫着，吼着，它们动也不动，仍然留着那里，直到吞食完最后的余屑。最后它们飞到空中，策特斯和卡雷斯恼羞成怒，放出密集飞剑，急速追击，但是因为鸟儿飞得比西风还快，于是宙斯又给他们添上了翅膀，让他们拥有无穷无尽的神力。兄弟腾空而起，紧追不舍，越来越近，有几次几乎可以碰到这些怪物了，最后他们更加逼近了，就在他们要拧断其脖子时，宙斯的女使伊里斯从天上而降，朝俩兄弟喊道："两位波瑞阿斯的儿子，千万别杀害哈尔庇亦恩神鸟，因为它们是伟大宙斯的猎犬。我可以凭着冥河斯提克斯向你们保证这些鸟再也不会来折磨阿革诺耳的儿子了。"策特斯和卡雷斯听到这话，停止了追赶，返回船上。

同时，希腊的英雄们正为年老的菲纽斯准备圣餐，宴请这位饿得奄奄一息的国王。他贪婪地吞食着洁净而丰盛的食物，好像这一切发生在梦中一样。夜幕降临时，当他们拥着兄弟俩归来时，国王菲纽斯为了表示感谢，于是就给他们占卜祸福。

"不久，你们将在塞诺斯狭窄的海峡中碰到撞岩，那是两座陡峭的山岩。但是它们不是从海底生长的，没有根基，而是从远方漂流而来，有时海流将它们聚拢，有时候海浪将它们分开，当两岩石相碰撞时，两山之间的潮水就会翻滚奔腾发出号吼声。如果你们不想船破人亡，在经过两山之间时就必须像离弦的箭般飞速划动，如同鸽子飞过一样。最后，你们将会到玛丽安蒂纳海滨，那是通向阴凉冥府的入口，很有名。一路上，你们必须穿过许多岛屿，河川，海岸，经过千山万水，越过亚马孙女子的城市和卡律贝尔王国，最后你们将看见埃厄忒斯国王的宏伟的城堡，就在那里，一条从不睡觉的巨龙看守着悬挂在栎树树冠上的金羊毛。"他们听了老人的话，不寒而栗。他们正想询问别的问题，波瑞阿斯的两个儿子已经从空中降落在他们中间。他们给国王带来了伊里斯的口信，国王听了十分欣慰。

撞岩

菲纽斯充满感激之情，依依不舍地同他们告别。阿耳戈的英雄们又踏上了新的冒险旅途。起初，海上刮起了西北风，接连十四天他们都无法航行，直到向所有的十二名神祇祭献和虔诚地祈祷后，才得到保佑，重新加速航行。走了不久，远方传来了巨大的咆啸声，这正是岩石在互相撞击时发出的吼声，混合了巨大的回声和汹涌海浪的回声而成。海面上两堵浮动的大山正相互挤撞着向他们漂来。提费斯操稳船舵，奥宇弗莫斯从船舱里站起来，用心地观察着，手上抓了一只鸽子。菲纽斯国王曾给他们作过预言，如果鸽子能够无所畏惧地穿过两座高山，那他们也可以放心大胆地随后航行，将不会有任何危险。看到两座高山分开移动时，奥宇弗莫斯瞅准机会放出鸽子。大家全都把目光聚焦在它身上，满怀期望地看着鸽子快速飞向远方。鸽子扑扇着翅膀飞翔，正要飞过去，两座大山马上又要聚拢了。海面上掀起万丈狂澜，发出急速的咆哮声，声震如雷，响彻海面。两座漂浮的山几乎快要挤压到一起了，只见鸽子拍动着翅膀从一线缝隙中穿过，截断了它的尾羽，但它最终还是幸运地飞了过去，大家长叹一声，暗暗感谢神的帮助。这时，提费斯大声地鼓励划桨的众位英雄，趁着山岩开启的时刻迅速奋勇前进。海水把船呼的一声吸了进去，这时灾难铺天盖地而来，死亡威胁着他们，一阵巨浪迎面扑来。英雄们禁不住急忙低下头来倒吸一口冷气。但是提费斯却非常镇定，命令大家停止摇摆船桨。巨浪翻滚着钻入船底，大船被高高地举起，几乎到达了岩石的顶巅。英雄们齐心协力，此时他们，拼命划动，船桨都好像要折断一样。忽然，大船又掉进峭壁间的旋涡中，几乎与石壁擦肩而过。如果不是他们的保护神雅典娜暗中悄悄地推了一把，他们就会被撞得粉碎。虽然撞合的岩石还是夹住了船尾的几块木板，木板被压成碎片掉进海里，瞬间就被冲走了，消失得无影无踪，但他们还是摆脱了危险。

重新再见到蓝天时，他们不再畏惧，深深地舒了一口气，像是获得重生一般。"这不是靠我们自己的力量取得的成功！"提费斯大声地说，"雅典娜在保佑我们，我们再也用不着害怕了。根据菲纽斯所说的预言，通过这次危险后，虽然还会遇到其他的困难。但是，有神的保护，这一切困难算不了什么，我们一定会战胜的，前途就会顺利了！"

可伊阿宋却痛苦地摇摇头，说："善良的提费斯，我接过重任，这倒使各路神祇为难了，其实我倒愿意当时被他剁成碎块！现在我必须在悲叹中和绝望中度过我的日日夜夜，那不是为了我自己，而是为你们的生命担忧。我得时时想着怎样才能免除你们的危险，带领你们平安地回到家乡。"伊阿宋说这话，只是试试他的同伴们的心。但他们都热烈地向他欢呼，表示愿意追随他们可爱的领袖，没有其他的想法。

新的风险

英雄们继续前进，提费斯，他们忠实的舵工，却病死了。他们将他埋葬在异地的海岸上。他们挑选同伴中掌舵技艺娴熟的安开俄斯来代替他的位置，但安开俄斯却推辞了好久。左后赫拉给了他信心和勇气，于是他走上舵手的位置，熟练地操纵着船舶。在他的指挥下，行驶到第十二天，他们挂满了所有的帆布，不久就来到了卡利科洛斯的河口。

这里，在靠近海岸的一座小丘陵上，他们看到了英雄斯忒涅罗斯的坟墓。他曾经和赫剌克勒斯进攻阿玛宗人，中了一剑，阵亡在这里。他们正要继续前行，但是斯忒涅罗斯的灵魂被放了出来。出现在他们的面前，并以渴望的眼光看着同乡人。他站在丘陵的顶端，头上戴着四根红色鸟羽的战盔，和他出征时穿的一样。他只是出现了一小会儿，随即便又沉没在凄凉的地狱。英雄们都扶着桨，对于这鬼魂的出现很惊讶。除了预言家摩普索斯以外，什么人都不知道这鬼魂要求什么。他劝他的伙伴们使死者的灵魂得到安息，应为他举行一次葬礼。于是他们落帆，将船停住，围在墓前，杀羊，将它焚化。

他们又精神饱满地继续航行，不久，终于来到忒耳莫冬河的入海口。英雄们又热情饱满地行驶在一望无际的大海上，终于来到了忒耳莫冬河的入海口。这条河不同于地球上的任何一条河流，它起源于崇山峻岭中的一处水洼，流淌一程后便形成许多支流，再分九十六处出口流入海洋，它们在入海口拥挤着，像蜿蜒的蝰蛇一样。

亚马孙人就住在一条最宽的河流入海处。这是一个全是妇女的民族，她们是战神阿瑞斯的后代，本性好战。如果阿耳戈英雄从这里登陆上岸，那毫无疑问将会跟亚马孙妇女血战一场，因为她们能与善战的英雄们匹敌。她们不是住在城里，而是分成许多部落，散居在乡村。

一阵西风吹来，使船改变了航向，阿耳戈英雄们避开了好战的亚马孙女人。

又经过一天一夜的航行，他们来到了卡律贝尔王国，就如菲纽斯预言的那样。卡律贝尔人既不务农也不牧畜，也不栽种果树，整天就在荒凉的泥地里采矿挖铁，然后与邻人交换食品。他们看不见晨光，也没有快乐，每天在漆黑的地窖中和浓烟中工作。耳戈英雄们还遇到了许多别的民族，当到达阿瑞蒂亚，或称阿瑞岛的时候，一只鸟儿扇动翅膀飞临大船上空，射出一根尖尖的羽毛箭，击中英雄俄琉斯的肩头，使他痛楚地丢开手中的桨。即刻他便倒在船舱里，他的同伴惊异地看着这只鸟，周围的人为他拔出羽镞包扎伤口。不久又飞来第二只鸟，克吕提俄斯拈弓搭箭直射飞鸟，飞鸟随即应声落下。

"看来岛屿就在眼前了！"经验丰富的安菲达姆斯大声对大家说，"提防着这些鸟儿。等我们登陆上岸的时候，需要使用弓箭的地方还多着呢！让我们来想想办法，让我们选择别的方法来驱逐这批无理取闹的飞鸟。我觉得大家都可戴上头盔，插上树枝，再把长矛和闪亮的盾牌安放在船上，然后一起发出可怕的叫声。鸟儿听到叫声，看到头盔上的羽毛，尖锐的长矛，闪光的盾牌，一定会吓得飞走的。"

英雄们称赞这是一个好主意，他们全都照他的建议做了。一路上，当他们接近岛屿时，然而，他们连鸟毛都没有看到，当他们靠近海岛盾牌互相撞击着发出阵阵咚咚的声响时，无数只受了惊吓的鸟儿扑扑地飞起来，直上云霄，乌云一样地盖在船上。阿耳戈的英雄建议用盾牌挡住，鸟儿们的羽箭飞蝗般地急速落下，可却没有伤害任何人。这时惊恐的可怕的鸟儿穿过大海，才远远飞到对面的海岸上。阿耳戈的英雄们照着预言家所说的，登上了海岛。在这里，他们意外地遇到了朋友和伙伴。他们上岸走了没几步，遇到了迎面走来的四位衣衫褴褛的年轻人。他们脚步匆忙，还主动跟英雄们挥手示好，说："好心的人们啊，不管你们是谁，请帮助我们这些可怜的受难人吧，给我们一点衣服，好让我们遮挡住身体；给我们一点食物，好让我们充塞饥肠，不然我们会客死他乡！"

伊阿宋友好地答应给他们帮助，并问起他们的姓名和身世。"你们一定听说过佛里克索斯的故事吧？他就是阿塔玛斯和涅斐勒的儿子。"四位小伙子中立即有人开口说，"你们知道吗？正是他把金羊皮送到科尔喀斯，然后国王埃厄忒斯就把大女儿卡尔契俄珀许配给他，我们就是他的孩子。我的名字叫阿耳戈斯，我们的父亲佛里克索斯不久前去世了。我们根据他的遗嘱，航海去取他留在俄耳科墨诺斯城的宝物。"

听了这话，英雄们非常高兴。伊阿宋立即认他们为堂兄弟，因为他的祖父阿塔玛斯和克瑞透斯是亲兄弟。小伙子们又连续诉说着他们的船是如何禁不住风浪颠簸而沉没，之后，他们又是如何抱着一块木板漂流到这座杳无人烟的岛屿。阿耳戈的英雄们表明了自己出海的目的，希望小伙子们能一起加入冒险队伍，但是他们听后吓得目瞪口呆，说："我们的祖父埃厄忒斯是一个冷血残忍的人，据说他是太阳神的儿子，而且具有超凡力量。他领着科尔喀斯氏族，并且金羊皮旁还有令人非常恐惧的巨龙看守。"

听到他们这样说，阿尔戈英雄中一些人开始面如土色。珀琉斯愤然站起身来说；"你们不要认为我们将会败给科尔喀斯国王，别忘了我们也同样是神的子孙！如果他不愿意把金羊皮交给我们，我们就抢！"

接着，他们举行丰盛的宴会，在宴会上互相讨论着这件事，在用餐时又互相鼓励，更增添了勇气。第二天清晨，佛里克索斯的儿子们穿着新衣，吃饱喝足，然后到了船上，阿耳戈船又扬帆出航了。经过一昼夜的航行，他们看到了高加索的山峰隐隐约约地耸立在海面上。夜幕降临时，一阵阵鸟儿急飞的噪声从头顶传来，那就是惊扰普罗米修斯的雄鹰。它直入苍穹，飞过船顶，雄鹰的翅膀雄健无比，船帆由于它的扇动开始左右摇晃，这是一只巨大无比的鹰鸟，翅膀就像是鼓满的风帆。没过多久，远方传来普罗米修斯痛苦地呻吟声，那必是雄鹰在啄食他的肝脏，又过了一阵儿，呻吟声消失了。他们看到苍鹰在高空中扇动着翅膀，往回飞了过去。就在当天夜晚，他们到达了目的地，即法瑞斯河的出海口。他们兴高采烈地攀到桅杆上拆下船帆，奋力划动船桨，直到河流的宽阔处，河水好像在巨大的船舶之间向后倒退。他们的左边是高加索山和科尔喀斯王国的首都基泰阿城；右边是一望无际的田野和阿瑞斯的圣林。金羊皮就挂在栎树枝上，但是，旁边真有一条巨龙，瞪大眼睛，不眠不睡地看着这张金羊皮。现在伊阿宋站起来，端着盛满酒的金杯，高举起来，浇祭河流和大地母亲，祭奠诸位神祇以及在途中死去的英雄们。他请求诸神帮助，为他们看顾系船的绳缆，保护阿耳戈船，他们就要停泊了。

"现在我们已经平安地来到达科尔喀斯，"舵手安克奥斯说，"现在是我们该认真地商量一下的时候了，到底是友好地央求埃厄忒斯，还是用其他办法来实现我们的目的。"

疲倦的英雄们一致回答："还是明天再说吧！"伊阿宋下令，把船停在河流的阴凉隐蔽处。大家忙着伸伸懒腰，然后展开四肢躺下睡觉。但是，刚刚休息一会儿天就亮了，太阳又会把大家给唤醒了。

伊阿宋在埃厄忒斯的宫殿里

清晨，阿耳戈英雄们正在商量，伊阿宋站起来说："我尊贵的同伴们，如果你们听我的劝告，我建议大家都安静地留在船上，不过得拿着武器，做好准备。我和佛里克索斯的四个儿子，还有你们中间的另外两人，一起进入埃厄忒斯国王的宫殿。首先，我们将会好言相劝，看他能否友好地把金羊皮交还给我们。当然那应该只是徒然，他肯定会仗着自己的势力拒绝我们的恳求。如果那样的话，我们就可以知道接下来该怎么做了。那以后发生的一切都必须归咎于他了。但谁又知道呢，也许我们的话能够令他改变主意。上次他不是也曾被人说服，同意收留从后母那儿逃出来的无辜的佛里克索斯吗?"

年轻的英雄们同意伊阿宋的建议。于是，他手持赫耳墨斯的和平杖，带着佛里克索斯的儿子们，以及他的同伴忒拉蒙和厄利斯国王奥革阿斯离开了大船。他们踏上长满了婀娜多姿的柳树的田地，这是有名的咯耳刻田野。可让他们惊恐的是树上却悬挂着很多尸体，全都用铁链锁着。据了解，这些死者生前不是罪犯，也不是无辜的外乡人。在科尔喀斯有个风俗，死去的男人不许火化或者土葬，而要用生牛皮裹起来，吊在远离城市的树上，让尸体风干。埋葬或者或者火葬被认为是亵渎的，只有妇女死后才能够埋葬入土。

科尔喀斯是一个人数众多的民族。为了让伊阿宋和他的同伴不被居民发现，阿耳戈英雄的保护女神降下浓雾把他们遮掩起来。直到英雄们进入宫殿后，女神才驱散浓雾。英雄们站在宫殿前院，看着巍峨的大门，雄伟的立柱，厚实的砖墙，连大楼也镶嵌了一道突出的大理石横脚线，这一切都让他们十分惊愕。整个建筑用凸出的石头墙围住，墙上有一排三角形的缺口。他们轻轻地跨过前院的门槛，看到高高的葡萄藤攀援而上，下面铺设着珍珠似的四个常年流动的喷水池，奇怪的是四个喷水池一个喷出了纯白的牛奶，一个喷出了醇香的酒，一个喷出了芬芳的香油；一个喷出了冬暖夏凉的水。这是心细的巧匠赫淮斯托斯亲自设计了这座人间稀少的建筑品，他还制造了口中喷火的铜牛和坚固的铁犁。赫淮斯托斯将这些工艺品全部献给埃厄忒斯的父亲太阳神，感谢太阳神在与巨人的战斗中救了他，让他躲进太阳车里逃跑。

他们由前院走进中院。两旁廊柱，从左右分开，通往许多宫室和林荫道，再往前走，可以看见石柱后面有很多门厅，阿耳戈的英雄们正往前走着，几座宫殿迎面映入眼帘：一座宫殿住着埃厄忒斯国王，另一座宫殿住着他的儿子阿布绪尔托斯，宫廷使女和国王的女儿卡尔契俄珀和美狄亚则住在其他的宫殿。小女儿美狄亚平日很少在外露面，因为她是赫卡忒的女祭司，几乎每天都生活在赫卡忒神庙里。这完全是由于赫拉让美狄亚留在宫殿里的原因，因为赫拉是希腊人的佑护女神。正当美狄亚离开房间准备去姐姐那里时，在途中遇见了阿耳戈的英雄们，她绝对是猝不及防，惊叫了起来，于是卡尔契俄珀和侍女们打开了门都赶了过来，她也突然大声叫起来，并举手感谢上天，这是由于她看到迎面站着的是自己的四个孩子，也是菲纽斯的儿子。他们立即扑入母亲的怀抱。母子五人重新团聚，真是悲喜交集。

美狄亚和埃厄忒斯

埃厄忒斯和他的王后厄伊底伊亚听到欢喜和悲泣的声音，也好奇地赶来。不一会儿，大院里挤满了人，一片欢腾。这边一些仆人正忙着屠宰一头大公牛，用来迎接客人；另一些仆人劈木柴，准备生火；剩下的仆人在烧水，准备接待客人，没有一个人不在忙碌。正当大家忙碌不堪的时候，爱神却高高地盘旋在空中，却没有人看见，突然她从箭袋中抽出一杆羽箭，无声无息地躲藏在伊阿宋的身后，毫无察觉地瞄准了国王的女儿美狄亚，不一会儿她的箭就射中了美狄亚，没有人看见箭在空中飞过，她自己也没有，但它却在她心中如同火焰一样燃烧起来，美狄亚觉得心口一阵疼痛，难以呼吸，慢慢地抬起头，脑子一片空白地将目光死死地盯着伊阿宋。她不再想别的事情，心中充满甜蜜，脸上羞得绯红。

在欢乐的嘈杂声中，没有人发现美狄亚的心事。仆人们端上佳肴美酒，阿耳戈英雄们在劳累的摇桨之后，已沐浴更衣，高高兴兴地在餐桌旁坐下，享用丰盛的美食，并且畅饮起来。埃厄忒斯的外孙粗略地叙述着途中的遭遇，国王悄悄地打听这些陌生人的来历。

"祖父，我不想隐瞒你，"阿耳戈斯附在他的耳后轻轻地说，"这些人是为了金羊皮才来找你的。有个国王蓄意骗取他们的财产，想把他们都赶出国家，因此安排给他们完成这个危险的任务，希望这批英雄的行动会让宙斯愤怒，让佛里克索斯报复。帕拉斯·雅典娜帮助他们建造了一条坚固的大船，那不是一艘普通的船。让我告诉你，我们，你的外孙的船是可怜的，所以一阵风来就碎成了碎片。但是这些外乡人的船是那么的坚固结实，经得起惊涛骇浪，同时，他们自己也摇桨。全希腊的英雄们都勇敢地集合在这条船上。"最后，他告诉国王他们当中最高贵的人的名字和他的身世。

国王听到这些吃了一惊，心中恐惧，但也十分恨他的外孙们。他认为无风不起浪，一定是孙儿们引来这些陌生人的，还把他们聚集在王宫大院。国王怒火中烧，两眼在浓眉下怒视着，大声说："你们这群叛徒，渎神者和骗子，别让我看见你们，滚出去！你们是来抢我的王杖和王冠，不是来取金羊皮，要不是你们远道而来，做了我的宾客，我今天真的不会饶了你们，我一定会割掉你们的舌头，剁掉你们的双手，只留下你们的两条狗腿逃走！"

坐在国王旁边的忒拉蒙，听到这话十分生气，忍不住要从座位上站起来回骂国王，但伊阿宋及时阻止了他，并温和地说："别担心，埃厄忒斯，我们来到你的城里，进入你的王宫，并不是为了抢劫，谁愿意冒着生命危险，漂洋过海，掠夺陌生人的财产来使自己富裕呢？可怜我的命运不济，国王命令难违，才把我们推上了这条道路。您如果把金羊皮赠送给我，整个希腊国都会赞颂您，并且我们定立马用行动来答谢您。如果你遇上战事，或者您想征服邻国的人民，那么可以把我们看作您的盟友，我们将为您而战！"

伊阿宋说这些话想和国王和解，而国王却在暗暗思忖究竟是即刻把他们杀死，还是先试试他们的力量。经过一阵激烈的思想斗争后，好像第二个办法更合适，所以他渐渐平息说："外乡人，你们为什么要如此防备呢？我喜欢英勇的男子汉，愿意把一切给他们。如果你们真是神的儿子，或者出身并不比我的低下，并期待着别人的财产，就可以把金羊皮带回去。可是你们必须首先为我完成我自己经常从事的一种劳动，因为那很危险。在阿瑞斯的田地里有两头口中喷火的公牛，它们有着铁蹄，我习惯用这两头牛来耕地。我平整完土地以后，在沟洼里不是撒谷物，而是播撒可怕的毒龙的牙齿，到秋收的季节会长出一群男人，他们从四面八方朝我围来，我必须挥动长矛，把他们一个个都打倒在地。每天早上我给牛套上轭具，辛勤地劳动一天，直到晚上收获后，我才有时间休息。陌生人，如果你按我说的去做，在事成之后，当天你就可以得到金羊皮。否则是不行的，因为无能的人应该对能干的人让步，这才是公正的。"

伊阿宋拿不定主意，不知是否应该冒险，他一声不吭地坐在那儿。后来他拿定了主意，决定接受考验，即使牺牲生命也在所不惜。他振作起来，对国王说："这工作是沉重的，但是我愿意做，对一个凡人来说，难道还有比死更糟糕的吗？命运把我送到这里，我愿意听从命运的安排。"

"好吧，"国王说，"你可以去告诉你的同伴们，但要好好考虑！如果你完不成任务，那么干脆还是让我去干，并且尽快离开我的国土！"

阿耳戈斯的劝告

伊阿宋和两位同伴立即从座位上站起身来，佛里克索斯的儿子中只有阿耳戈斯愿意跟他们走，阿耳戈斯示意他的弟兄们仍然留在那里，其余的人都离开宫殿，伊阿宋显得庄严而美丽。美狄亚透过面纱眼神紧跟着伊阿宋，注视着他的一举一动，她的魂魄已随他而去。

她重新回到闺房，不由得痛哭，她自言自语地说道："这位英雄跟我有什么关系？我为什么这么伤心呢？不管他是最显赫的英雄，还是最糟糕的狗熊，甚至倒霉下地狱，这一切都与我无关。可是，唉，但愿他能成功！仁慈的女神赫卡忒，保佑他平安回来吧！如果他注定要被神牛战胜的话，那么，也该让他预先知道，至少我为他可怕的命运感到担心！"

美狄亚正感到烦恼的时候，阿耳戈的英雄们正走在回船的路上，阿耳戈斯对伊阿宋说："也许你会拒绝我的劝告，但我有一个提议要告诉你，我认识一位姑娘，她跟冥界女神赫卡忒学会了调制一种神奇的药剂。如果她能给予你帮助，那你将会凯旋。如果你愿意，我愿意去试试，争取得到她的支持。"

"如果你愿意去的话，我的朋友，"伊阿宋说，"我不会阻止你。可是我们依靠一个女人才能回去，那听起来多不好。"说话间他们已经回到了船上，伊阿宋告诉同伴他所遇到的难题，以及他的承诺，伙伴们毫无声息地互相望着。直到最后珀琉斯站起来，打破了许久的沉默，他说："伊阿宋，若你真的想履行你的诺言，那就请做好准备吧！可是，如果你不能确定能够成功，那就离开吧，不要寻求别人的帮助，你要知道，结局除了死亡，还有别的可能。"

听到这话，忒拉蒙和另外四个伙伴忍不住跳了起来，一想到这是一场艰难的冒险，就感到亢奋，渴求拼杀一场。阿耳戈斯安慰着使他们平静下来，继续说："我认识一位会使用魔法的姑娘，她也是我的小姨，我可以说服母亲去劝说她帮助我们。到那时候，我们才能谈得上讨论伊阿宋要不要去完成他的任务。"

他的话刚说完，天空就出现了一种预兆：一只被秃鹰追赶的鸽子，扑进伊阿宋的怀里，俯冲下来的秃鹰却像石头一样掉在船尾的甲板上。这时有位英雄突然想起年迈的菲纽斯曾为他们作过的预言，说阿佛洛狄忒会帮助他们返归故里。于是大家都同意阿耳戈斯的计划，但阿法洛宇斯的儿子伊达斯却很不情愿，他愤怒地说："天哪！我们为什么不找阿瑞斯，而找阿佛洛狄忒？难道我们到这来只是想当女人的奴仆吗？难道看到一只鸽子就会阻止我们去进行拼战吗？好吧，那让我们忘却战争吧，依仗柔弱的女人来获得荣耀吧！"许多英雄都附和他的意见，都低声交头接耳地不同意计划。可是伊阿宋却同意阿耳戈斯的意见。大船靠岸停泊，英雄们在船上等着阿耳戈斯的归来。

同时，埃厄忒斯王也在宫殿外把科尔喀斯人召集起来，他告诉人民外乡人的到来，以及他的要求和他已经安排好的结局。一旦领袖被神牛杀死，他将砍伐整片树林的树木来焚烧船舶和所有的水手。他还要为他的外孙们设计一种可怕的惩罚，因为是他们把冒险者带到了他们的国土。当这边正在安排时，阿耳戈斯也找到了母亲，并请她说服她妹妹美狄亚帮助希腊英雄。卡尔契俄珀十分同情这些外乡人，可是她不敢触怒父亲。现在看到儿子的请求正合她意，便答应帮助他们。

美狄亚烦躁不安躺在床上，她做了一个噩梦，梦见伊阿宋正准备跟公牛搏斗，但目的不是为了金羊毛，而是为了要娶美狄亚为妻，把她带回家乡。于是，伊阿宋跟公牛展开了生死决斗，美狄亚显得十分起劲，似乎是她亲自参加决斗并战胜了公牛。不料她的父母却不守信用，拒绝给伊阿宋锦标。因为应当是由他而不是她来驾驭神牛。于是父亲和伊阿宋开始了激烈地争执，双方都要求她当裁判，在梦中，她却袒护外乡人。她的父母痛哭流泪，并大叫起来，美狄亚也就从梦中惊醒了。

醒来后，梦中的那种心情久久不能释怀，她急着想去找她的姐姐。可是她犹豫不决，在前厅徘徊了好一阵。前前后后她共离开了前厅三次却又回来了三次，结果她痛苦万分地扑倒在自己的床上，号啕大哭，身边的贴身女仆看到她悲伤地流泪，十分同情女主人美狄亚，于是准备把这件事告诉卡尔契俄珀。侍女走到她那里时，她正坐在他的几个儿子中间，讨论着如何说服女主人，于是她将女主人的情况告诉了她，卡尔契俄珀知道后迅速赶来，看到妹妹面带羞红，泪珠直流，非常同情，便关心地问："发生什么事了？你病了吗？是不是父亲辱骂了我和我的孩子？啊！但愿我远离我的父母的住所，到另一个地方去，在那里科尔喀斯的名字将永远不被提起。"

美狄亚答应援助阿耳戈英雄

美狄亚听着姐姐的询问，羞得脸上泛起一阵红晕，羞愧使她沉默。话到了嘴边，又咽下去了。爱情鼓舞着她，于是她委婉机智地说："卡尔契俄珀，我为你的儿子担忧，我担心父亲会把他和阿尔戈的英雄们一起杀掉，这是我梦里见到的，但愿神祇保佑，不让梦里的事实现。"

卡尔契俄珀听了很吃惊。"我正是为这件事来找你的，"她说，"我请求你支持他们，反对我们的父亲！如果你拒绝，那么被杀害的我的孩子们和我，就算到了地狱也会如同复仇女神一样出来作祟，使你不安。"说完，她双手抱着美狄亚的膝盖，把头靠在她怀里开始啜泣，姐妹俩泪流满面。

美狄亚说："姐姐，为什么要提复仇女神呢，我指着天地，对你起誓：为了拯救你的孩子们，只要我能做的，我都乐意去做。"

"那么，"姐姐接过话说，"为了我的孩子，你也应该给那位异乡人一些魔药，让他能在那场可怕的决斗中幸运地保全生命，因为我的儿子阿耳戈斯以他的名义请求我，希望得到你的帮助。"

美狄亚的心高兴得激烈地跳起来，脸上泛出红晕，发光的眼睛也因为突然地眩晕而黯淡。不由自主地说："卡尔契俄珀，如果我不关心你和你儿子的生命安危的话，那么明天的阳光就不再为我照耀。因为母亲常常和我说，当我还是婴儿的时候，你把我和他们一起哺育，因此我们之间不仅仅是姐妹之情，更是母女之情。明天一大早我就去赫卡忒神殿，为伊阿宋取能缓和公牛攻势的魔药。"卡尔契俄珀离开了妹妹的住房，赶紧给阿耳戈斯送去这个值得庆幸的消息。

整整一夜，美狄亚同自己进行着激烈的斗争。"我是否许诺得太早了？"她追问自己，"为了一个陌生人，为了使这个计策成功，我就同他单独见面并接触吗？是啊，我将拯救他的生命，但是他的胜利之日就是我的死期。一根绳或者一杯毒药来解脱我厌恶的生命吧。我用得着背叛自己的父亲吗？别人会怎么评价我呢，说我毁掉了家人的名誉，说我竟然为一个陌生人而死，传言恶毒啊！不行！我应该救他一命，他应该如愿。"她一面在心底纠缠着这些问题，一面从房间取出一只小箱子，里面藏有还魂药和致死药。她把箱子放在膝盖上打开，想要尝尝死药的味儿。顿时一切欢乐涌现在脑海，太阳比平日更可爱，于是她对死亡更畏惧了，将小箱子放到了地上。这时，伊阿宋的佑护女神赫拉控制了她的心绪。她几乎等不到天亮就取来所许诺的魔药，并带着它到她所喜爱的英雄那儿去了。

伊阿宋和美狄亚

阿耳戈斯忙着将可喜的信息带到船上。天刚破晓，美狄亚一骨碌从床上跳下来，扎好由于悲伤披散在肩头的金发，擦去脸上的泪痕，涂上名贵的花蜜般的香膏。她穿上用弯曲的金钩扣紧的长袍，罩着美丽的面纱。昨夜的悲伤早已烟消云散。她敏捷地穿过宫殿，命令十二名女仆为她套好骡车，把她送到赫卡忒的神殿。当一切都准备妥当，美狄亚又从小箱子里取出被称为普罗米修斯油的药膏。这药膏是种宝物，无论谁，如果将这种药膏涂抹全身前往冥府恳求女神，此人将会在那一天刀枪不入，火烧不进，攻无不克，战无不胜。这种药膏是由一种根须的黑汁制成，树根长在高加索山坡的草地上，吮吸了普罗米修斯的肝脏滴入地里的血。美狄亚亲自取了这种植物的宝贵的黑汁，把它盛在贝壳里，将它作为稀有的万能的魔药藏起来。

马车套好后，两个侍女和她们的女主人一起上了车。美狄亚亲自接过缰绳和马鞭，扬鞭策马，马车快步穿过城市，随后徒步的女佣累得满头大汗，气喘吁吁。一路上，两旁的行人都毕恭毕敬地为她让路。当她穿过广阔的田野，来到神殿时，跳下车来，想了片刻，骗侍女们说：

"女友们，我想我犯下了罪孽，因为没有避开这些外乡人。但是这也与我姐姐和她的儿子阿耳戈斯不无关系，是他们要求我帮助战胜那公牛的，他们让我用魔药增强他的力量，使他刀枪不入，战无不胜。事实上，我只是表面答应，而且约他到神殿来，说是单独与他会面。实际上我是想得到他的礼物，然后我再分给你们。我会给他毒药让他彻底失败。所以我进门时请你们不要跟随我，以免他会怀疑的！"

侍女们对这狡猾的计划都感到满意，她们遵照吩咐走开了。阿耳戈斯和他的朋友伊阿宋带着预言家莫珀索斯一路赶来。赫拉让她的佑护弟子伊阿宋更加气宇轩昂、身段不凡，以至于没有一个神的子孙能够比得上他，她赋予他一切美好的特点。无论何时，他的同伴从侧面观看他的神采，都惊叹不已。他好像一颗星星一样闪亮。美狄亚时不时地透过庙门朝大街张望，尽管女仆们用歌声来缩短时间，但是她心思并不在此，所以没有一支歌能引起她的兴趣。只是一有脚步声，甚至是一点风声，她都会急忙探头，想要看个明白。

过了不久，伊阿宋和他的朋友终于跨进了大殿，他本人风流倜傥，仪表非凡，像是夜晚在海面上升起的天狼星，神采奕奕，光芒四射。姑娘看到伊阿宋后，呼吸似乎都停住了，她眼前变得漆黑，面部发热，心慌意乱，不知所措，她的女仆们都离开了她。伊阿宋和美狄亚面对面站着，沉默了好长时间，他们就像在山头上深深扎根了的两棵笔直的橡树，周围宁静的没有一丝风声。忽然一阵暴风雨到来，所有枝干上的叶子都在颤抖。两个人就这样，由于爱的接触，突然热情活泼地交谈起来。

伊阿宋最先开口打破了这长久的沉默，他说："美狄亚，为什么你要怕我，现在只有我一个人和你在一起，我从来不像别的男人一样自负，甚至在自己家里也是。别担心，问你想问的，说你想说的。只要你知道，我们是在一个神圣的地方，在这里说谎便是渎神。因此，不要欺骗我。我来请你帮助我们，把魔药给我吧！我们迫切需要你的帮助。你可以得到你想要的报酬，要知道，你的帮助能够解除我同伴们母亲和妻子的焦虑，她们也许已经在故乡哀悼我们了。如果你帮助我们，那么，你将受到希腊人的尊重，他们将会把你当作神祇。"

美狄亚默默地听他说完，微笑着低垂着眼帘，为受到他的称赞而高兴。许多话涌到嘴边却又不知如何开口，她多么希望把自己的心里话都告诉他啊！可是她还是一声不吭，只是从芬芳的包巾里取出小箱子。伊阿宋连忙从她手中接了过去，就算他要她的灵魂，她也愿意。如果他愿意，她多么希望能够趁机把自己的心从胸膛里剖出，一起送给他。他们都害羞地看着地面，睫毛上闪烁着爱慕的眼光，过了很长时间，两束眼光终于碰撞在一起，擦出了爱的火花。美狄亚连说话都觉得困难。"听着，我将如何帮助你呢？我的父亲把龙牙交给你，让你去播种，那你首先要独自一人到河边洗一个澡，然后穿上黑衣衫，在地上挖一道旋转式的土沟，填上一堆木柴，杀一只母羊羔，架在木柴堆上将其烧成灰烬，再用香甜的蜂蜜给赫卡忒炮制一杯饮料。等这一切做完之后你才能离开木柴堆。不管你身后响起脚步声还是狗吠声，你都千万不能转过身去。否则，祭献的牺牲就会变质。第二天早上，你要用我给你的魔药涂抹全身。这魔药会让你具有无穷的力量，它让你不仅可以战胜一切凡人，甚至可以超过一切仙人。你还应该在你的长矛、宝剑和盾牌也抹上一层油脂，那你就能够刀枪不入，火烧不伤。当然，你的力量只能保持一天的时间，你一定要抓紧时间在一天之内结束战斗。我还可以给你别的帮助，当你套上公牛，耕遍土地，并且看到播种下去的龙牙破土而出的时候，你别忘了往那些泥土所生的人扔一块大石头。愤怒的家伙们将会激烈地争夺石头，如同疯狗抢肉一样自相残杀。你应该乘机冲进去，把他们杀死。然后你就可以毫不费力地从科尔喀斯取回金羊毛，离开这里！对，从此以后，你可以离开这里，到你所喜欢的任何地方去。"

她一边说，一边想到这位外乡人又要航海远去，感到很悲伤，淌下了眼泪，悲痛已经使他忘形，她用手拉着他说："你回去后可别忘了美狄亚！你走后之后，我会想你的，告诉你你在哪里？哦，是啊！你将和你的伙伴们乘坐美丽的船回到那儿去了。"

女郎说这话，伊阿宋感到自己已经控制不住感情了，他心里深深地爱着美狄亚，于是他急切地说："请你相信我，高贵美丽的公主，只要逃离了大难，我将会日日夜夜地思念你。我的家乡在帖撒利的爱俄尔卡斯，那里是普罗米修斯的儿子丢卡利翁创建城市和寺庙的地方。在那里，人们并不知道你的国家叫什么名字。"

"啊，这么说你住在希腊了。"她说，"希腊国人很豪爽，所以千万别讲你在这里所受的待遇，在你孤独的时候，悄悄地想念我吧！即使这里全部的人都把你忘掉了，我也会想念你的。如果你忘掉我了，爱俄尔卡斯的风会吹去一只小鸟，小鸟会让你想起我，想起你是通过我的帮助才逃离灾难的。我是多么想亲自到你的家乡，在你的屋子里，亲自提醒你一声啊！"说到这里，姑娘的眼泪像断了线的珍珠滚落下来。

"你在说什么呀？"伊阿宋回答说，"把你的风和鸟都抛到九霄云外去吧！如果你与我相约回到希腊，人们会欢迎你，尊重你，像对女神一样为你祈祷。因为你帮助他们的儿子、兄弟、丈夫，让他们免于死亡。而你，将属于我一个人，除了死神以外，谁也不能把我们的爱分离！"

美狄亚听到这话感到十分幸福，但同时又隐隐地感觉到要离开自己的祖国，那是多么可怕。但她还是决定追随他到希腊，因为赫拉拨动了她久违的思绪。况且女神也希望作为科尔喀斯女子的美狄亚能够离开自己的祖国，前往爱俄尔卡斯，从而助伊阿宋一臂之力，共同揭穿珀利阿斯的阴谋。同时，侍女们在门外沉默而焦急地等待着，时间过得很快，美狄亚早就该回去了。要不是伊阿宋提醒她，她还真的忘记了回家的时间。当然他也是很晚才想起来，伊阿宋说："时间到了，你该回去了，不然大家要知道我们之间的事情了。放心，我们以后还会在这里见面的。"

伊阿宋如命驾驭神牛

他们在这种情形中分别。伊阿宋满怀喜悦地回到船上，见到了同伴们。美狄亚走出神殿，女仆们主动迎接她。但美狄亚却一点儿也没意识到女仆们的焦灼，因为她的心在剧烈地颤抖，就像行尸走肉般失去了灵魂，那颗早就附在伊阿宋身上的灵魂，在女仆的指引下她缓缓登上马车，催动牲口把车子一直拉回宫中。卡尔契俄珀焦虑地在宫殿里等了很久，她托着低垂的头，坐在一张小凳上，正为儿子的命运担忧。她正在想她是陷落在恶魔的罗网里。

这时，伊阿宋兴奋地告诉同伴们，美狄亚已经把魔药交给了他，并拿出来给他们看。阿耳戈的英雄们分外高兴，而伊达斯却生气地把牙齿咬得咯咯作响。第二天清晨，他们派了两位勇士去见埃厄忒斯，准备取龙牙。国王把几颗龙的牙齿交给了他们，那条龙是被底比斯国王卡德摩斯杀掉的。国王很自信，他坚信伊阿宋绝对完成不了播种龙牙的任务。接到任务以后，伊阿宋趁着深夜洗了澡，随后他完全按照美狄亚的吩咐去做，又给赫卡忒祭祀。女神听到了他的祈祷后，带着一群丑恶的游龙从洞府中出来，他的可怕的头上缠绕着扭结的毒蛇和燃烧的树枝，冥府的猎犬围着她吠叫，她的步履使田野震颤，女神们也在恐怖中悲号。伊阿宋特别害怕，但是他仍记得美狄亚的吩咐，头也不回地一直朝前走，回到了大船上，又跟同伴们在一起。这时高加索的雪顶上映着一抹朝霞，新的一天开始了。

埃厄忒斯穿上结实的铠甲，这身铠甲上次他同巨人作战时穿过。他头戴金盔，配备着四朵大花的修饰，手中还拿着一块四层皮的盾牌。这沉重的盾牌除了他和赫拉克勒斯以外，几乎没有人能够将它举起来。儿子为他牵来一群快马，他登上马车，飞一样地离开了城区，后面跟着一大批人。国王只是想作为一个旁观者去观战，但还是愿意全身披挂，好像亲自临阵一样。

伊阿宋遵照美狄亚的吩咐，用魔油涂抹了长矛、宝剑和盾牌。伙伴们在他的周围舞枪弄刀的，还试试魔药是否真的灵验，刚试一下，不料长矛已变得坚硬如山，谁都没有弄弯。伊达斯特别不服气，他抓住枪杆试试枪尖是否也结实如钢，刚一碰枪尖，枪尖锋利无比，见此英雄们大声喝彩，觉着胜利在即。伊阿宋又用魔药把身体擦拭了一遍，突然感觉四肢无比强大，力量倍增，渴望战斗。他如同临阵以前的战马一样，昂首竖耳，嘶叫着，马蹄踏着尘土，已经准备好出战，并挥舞着手中的矛和枪。

英雄们陪着伊阿宋摇船前往阿瑞斯田地，刚到目的地就发现原来国王埃厄忒斯早已率领了一群人在等他们。国王坐在河岸上，他的人民则散布在突出的山麓上。

英雄们把船拢岸扎紧，伊阿宋率先跳下去，他手持长矛盾牌，头戴盔甲，如同阿波罗一样威严。接过国王递给的龙牙，那龙牙尖硬无比，装满了一头盔后，他把宝剑斜挂在肩上，迈步走向大田。地上放着沉重的轭具，是准备套公牛耕田的。旁边放的全是铁制的耕犁和犁铧。他将枪尖紧紧地拧在长矛顶端，把头盔放在地上，手持盾牌，大步朝前走去。他在寻找耕牛，没想到耕牛却突然从另一端的地下钻了出来，那里好像是它们的牛棚。它们鼻孔里喷射着火焰，全身笼罩在烟雾中。伊阿宋的同伴们看到像怪物似的神牛冲来，都吓得发抖。可伊阿宋却不以为然，他立定双腿，把盾牌挂在身前，等着公牛的到来，就如同被海浪冲击的岩石一样。公牛低着头，又着一对凶恶的牛角，呼啸着朝他跑来，可是伊阿宋却没有移动半步。公牛觉得奇怪，后退几步，咆哮着跳起双腿，鼻孔里喷射烈火，又是一阵狠狠地冲撞。伊阿宋依然丝毫未动，他知道那是因为姑娘的魔力在保护着他。突然他瞄准机会，一把抓住牛角，用尽力气，把公牛拖到搁轭具的地方，他往公牛前蹄上踢了一脚，猛地使牛腿弯曲着跪倒在地上，公牛被驯服了。很快他又驯服了第二头公牛。他干脆丢下手中的盾牌，迎着公牛喷吐的火焰前进，双手把两头公牛按倒在地，尽管公牛力大惊人，可现在却一点儿也动弹不得。在一旁的埃厄忒斯不由得大声叫好，夸赞伊阿宋力大无比。卡斯托尔和波吕丢刻斯兄弟俩一起走上前来，捡起地上的轭具，系在公牛的脖子上。他敏捷地将它紧紧套在牛脖子上，然后套上铁犁。现在这对兄弟飞快地躲开。伊阿宋重新拾起盾牌，把它用皮带挂在背上，然后拿起装满龙牙的头盔，手执长矛，用枪尖抵着暴怒的神牛拉犁耕田。土地在犁尖下慢慢松动，巨大的土块在沟畦里滚动，伊阿宋一步步地紧跟着开始播种龙牙，他把龙牙播撒在犁开的土地上，同时又警惕地注意着身后，看巨人是否钻出土地而朝他扑来。公牛使劲地耕着地，拖着它们的铁蹄一步步向前。

下午，土地都耕完了。伊阿宋解下牛轭，扬起武器猛地一挥，神牛吓得一溜烟地逃了回去。伊阿宋看到垄沟里还没有长出龙的子孙，就回到船上准备休息，因为土地里还没有长出生命。

伙伴们高声欢呼恭迎他的归来，可他却一声不吭地用头盔盛满水，饱饱地痛饮着，以解火烧般的干渴。喝足后他觉得双腿又充满力量，心里重新满怀着斗争的欲望，如同野猪期待着猎人一样。现在地里已经冒出了巨人。阿瑞斯的田野里长枪和盾牌闪耀着银光。伊阿宋想起美狄亚的建议，便举起一块又大又圆的四个强有力的人都拿不动的石头，猛地扔到巨人中间，然后悄悄蹲下，藏在盾牌后面。科尔喀斯人大声地叫着，埃厄忒斯目瞪口呆地看着这一切。地上冒出来的巨人开始像恶狗争食一样斯打起来，他们怒吼着互相残杀，杀得难分难解。就在他们厮杀得昏天暗地时，伊阿宋扑了进去，手持利剑，如砍瓜切菜般把这批巨人全部杀掉了。田野中血流成河，死伤狼藉。国王看到伊阿宋的表现，大为生气，他一言不发地转过身子，默默回城了。当时他的脑子里只有一个想法，就是如何才能对付伊阿宋。这些事情发生在白天，现在已经是黑夜了，伊阿宋很是疲劳，需要休息，他的同伴们都欢喜地包围着他。

美狄亚抢出了金羊皮

一整夜，国王埃厄忒斯和长老在宫中商议，如何才能战胜阿耳戈英雄。因为他知道白天发生的事情，都是在女儿的帮助下才能成功的。赫拉女神撩拨起了美狄亚的心绪，使她内心充满畏惧，就像在森林中听到狼吼的小鹿一样不停地颤抖。美狄亚料想父亲已经知道了她的所作所为，另外也担心女仆们也知道了事情的真相，她禁不住眼泪夺眶而出，耳中也轰轰作响。她披着头发，如同守丧人一样。如果不是命运女神别有用意，她还真的会服毒自杀。虽然她已经举起酒杯准备服毒，但是赫拉女神使她恢复镇静，又将毒药倒回瓶子里。想来想去她决定逃走。她亲吻了自己的床榻和门柱，最后一次抚摸着她的墙壁，并从头上剪下一缕长发，放在床上，留给母亲作纪念。

美狄亚流着泪自言自语地说："再见了，亲爱的母亲，再见了，卡尔契俄珀姐姐，还有我父亲的宫殿！唉，外乡人啊，要是世界上根本就没有你，要是你还没来到科尔喀斯就已葬身大海，那该多好啊！"

她如同一名逃犯似的，匆匆忙忙地离开了她的家庭。她念咒语打开了宫殿的大门，然后光着脚穿过一条条窄小的弄堂，她把面纱撩到鼻梁，右手提着拖在地上的长袍衣服。城门的守卫没有认出她。她仿佛逃犯似的，匆忙地离开了王宫。不久她来到城外，并从一条很少人知道的小道到达神庙，那是在采集树根和药草来调制膏药时他发现的小道。月亮女神看到她逃跑，微笑着说："别的人也是为爱情而痛苦，如同我对我的情人一样，你常常用魔法从天上驱逐我，现在你自己也遭受同样的痛苦。好的，随你去吧，但不要以为你的聪明可以使你摆脱一切痛苦。"

她说着，美狄亚飞快地跑着，从小路前往神殿时看到欢乐的火光，那是英雄们为庆祝伊阿宋的胜利而通宵燃烧的篝火。当靠近大船时，她大声地叫小侄子弗隆蒂斯的名字，直到第三遍呼声后，弗隆蒂斯才听出了来人正是美狄亚。英雄们大吃一惊，迅速把船摇到岸边。还没等船靠岸，伊阿宋一步跳上了岸。弗隆蒂斯和阿耳戈斯也随后跟了上来。

"救救我吧！"姑娘抱着他们的双膝，急切地叫道，"一切都已经泄露了，从我父亲的手中救下我和你们吧，现在我已经无路可走，在我父亲还没有骑上快马追赶过来时，请你们赶快开船逃跑吧，我将施用催眠术将龙送进梦乡，这样你们就可以夺走金羊皮了。可得当着众英雄的面向神祇发誓，当我孤身一人到了你们那遥远的国土时，你保证维护我的尊严！"

她悲哀地这么说着，但伊阿宋心内一阵欢喜，轻轻地把姑娘从地上扶起来，抱住她，说："亲爱的，让主宰婚姻的宙斯和赫拉作证，我愿意把你作为我的原配夫人带回家乡！"宣誓完毕后他深情地握住了美狄亚的手。遇事美狄亚让英雄们连夜把船开到丛林附近，准备抢夺金羊皮。伊阿宋和美狄亚从另一条草地小路上来到小丛林，他们努力地寻找那棵高大的栎树，就是那棵挂着金羊皮的大树，它在黑夜中散发着光芒，如同朝霞一样。然而，一条巨龙却在此时出现了，她得锐眼盯视着远方。巨龙毫无倦意地伸长脖子，向他们迎面游来，发出可怕而又尖厉的吼叫声，树林里响起了毛骨悚然的回声，如同火焰般从燃烧的树林里窜了出来。美狄亚毫无畏惧地迎上去，以请求的声音呼唤睡神斯拉芙，那是诸神中最强大的一位，具有无可阻挡的本领，美狄亚请他呼喊妖魔入睡。同时，她又请求冥府的强大女神保佑自己实现计划。伊阿宋看着这一切心里十分害怕，说话间，他们看到巨龙已在魔幻歌声中昏昏欲睡地垂下了身体，缓缓地舒展开来，只有可怕的龙头还保持着原有的精神，张着血盆大口，恐吓着迎面而来的两个陌生人。美狄亚跳上一步，用杜松子树枝把魔液洒在巨龙的眼睛里，同时念着魔咒。一股异香直扑龙鼻，使它昏迷，现在，它闭着嘴，伸直了身体，躺在树林里熟睡了。

按照美狄亚的吩咐，在她用魔油涂抹巨龙额头的时候，伊阿宋连忙从栎树上取下金羊毛，两个人迅速离开阿瑞斯树林。伊阿宋把金羊皮扛在肩膀上，一张大羊皮几乎包裹了他，金光闪闪，照得田间阡陌闪亮。随后他连忙放下金羊毛把它卷起来，因为他担心恶人或神祇看中这件宝物会把它抢走。天刚蒙蒙亮，他们上了船。同伴们围着两人问长问短，并惊叹着如同闪电一样的金羊毛，都想用手摸一摸。伊阿宋却没有答应，他用一件新做的大衣盖在羊皮上面，又为美狄亚在后舱准备了一张舒适的床。他对众位朋友开口说道："得力于这位姑娘的帮助，我们终于完成了任务，为报答她的恩德，我决定把她接回家乡，娶她作为我的原配夫人。你们也必须保护她，因为她是我们希腊的恩人。亲爱的朋友们，让我们返航回到家乡去吧！一路上你们帮我照顾好她，我深信事情还没有结束，埃厄忒斯马上就会跟上我们，他会带领人马阻挡我们的归程。我们一半人划桨，另一半人操长矛，执盾牌，准备打退他的进攻。"

说完话，他挥剑砍断缆绳，然后手持武器，站在美狄亚和舵手安克奥斯旁边。大船箭一般地朝着河流的出海口驶去。

阿耳戈英雄们带着美狄亚逃离

此时，埃厄忒斯和所有的科尔喀斯人都知道了美狄亚的恋情，以及她的行为和逃跑的事。大家拿着武器在集市广场上聚集，然后他们连忙赶到河岸，武器响动的声音如同雷霆一样。埃厄忒斯乘着太阳神的神马拉着一辆大车，一块圆形盾牌拿在左手，一根巨形火把握在右手，粗大的长矛靠在他的身旁，他的儿子阿布绪耳托斯亲自驾车。当他们来到河流入海口时，阿耳戈英雄的船却早已驶入大海，只剩下黑点大小的影子在巨浪中上下颠簸。人们双手高高举起，国王放下盾牌和火把，对着天空大声呼叫，请求宙斯和太阳神给不忠的人送到灾难。然后他愤怒地对属下说："如果你们不能把我的女儿美狄亚擒获，那么你们就一个个提着头颅前来请罪。"科尔喀斯人吓得脸色发白，马上扬帆出海，直往前面的黑点追去。船队由阿布绪耳托斯指挥，黑压压的一片，航行在海上，如同鸟群一样。

阿耳戈船鼓起船帆在海上顺风航行，在第三天清晨，船驶进哈律斯河，到达巴夫拉哥尼亚海岸。按照美狄亚的吩咐，英雄们要在这里摆设祭祀，以此来感谢赫卡忒女神。忽然英雄们想起来年迈的菲纽斯曾给过的一则预言，让他们在回来的时候一定要另选一条路。可是没有人知道路在哪里，佛里克索斯的儿子阿耳戈斯非同一般，他从祭祀的文字中得知了那条路，于是大家根据指示把船开向了伊斯忒河。伊斯忒河发源于遥远的律珀恩山地，共有两支河流，一支河流流进了爱奥尼亚海，另一支河流流入了西西里海。正当大家议论纷纷时，天空突然长虹乍现，为此指示了方向，一阵大风突然刮起，为此确定了船向。天空中的征兆一再显示出来，他们便毫不犹豫地向前航行，一直到了伊斯河注入爱奥尼亚海的河口。河水稳稳地流动着，似乎在欢迎英雄们凯旋。

科尔喀斯人没有停止追赶，因为他们驾着轻舟，行驶得比较快，所以抢在英雄们的前头到达伊斯河的入海口，埋伏在各个岛屿和海湾里，封锁了英雄们的归路。阿耳戈英雄看到科尔喀斯士兵人多势众，他们躲在岛屿上，迟迟不敢露面。科尔喀斯人到处寻找他们，一场短兵相接的战争是不可避免了，走投无路的希腊人准备谈和。双方经过谈判，希腊人可以携带国王的金羊皮返回家乡，可他们必须把美狄亚送到另一座岛屿的阿耳忒弥斯神庙里去，再由两国国王裁判，确定她到底是回到自己的国家还是追随阿耳戈英雄前往希腊国。美狄亚听到这里，担心得焦躁不堪，她把心爱的人拉到一旁，禁不住流着泪说："伊阿宋，你们将怎么处置我呢？难道你想背信弃义吗？我可是相信了你的话，才轻率地离开了我的祖国和父母的。是我帮助你获得了金羊皮，为此我背叛了父亲，受尽了污辱，作为你的妻子跟你回希腊去，你应该保护我而不是丢弃我。千万别让我的命运随波逐流啊！要是仲裁把我判给父亲，那我就完了！如果你离开我，金羊皮也会像梦一样离开你，消失在冥王哈得斯的手中。我复仇的灵魂将会搅得你心神不宁，就像我离开自己的祖国四处飘荡一样！"

她越说越激动，任随感情淋漓尽致地流露着。看到眼前啜泣的姑娘，伊阿宋又开始揪心了，安慰着她说："亲爱的，你一定要镇静！我并不会认真地按照这个条约去做。我们只是为了保护你，才寻找这个缓兵之计，因为我们面临的是敌多我寡的局面，所有住在这里的人都是你父王的朋友。如果我们真的与他们开战，就会悲惨地战死，那时你的处境会更加不幸。我明说了吧，实际上这个条约只是一种策略，希望以此击败阿布绪耳托斯。只要他们失去了领袖，他的邻居们就不会在援助他们了。"

听到他的话，美狄亚又向他献上一条残忍的计策。"我已经作了一次孽，惹出了一场祸，"她说，"已经到了不能挽回的地步，我也不怕再继续作恶了。你应该打败科尔喀斯人。你去准备一场丰盛的宴会，我将愚弄我的兄弟，引诱他落到你的手上，我再争取说服传令官，让他们离开他，使你们两人单独在一起，这时你就可以乘机杀死他，并消灭没有领袖的队伍。"

他们计划着给阿布绪耳托斯设下了圈套，给他送去许多礼物，其中有一件是雷姆诺斯女王送给伊阿宋的华丽紫金衣服，那是美惠三女神亲手纺织的，在紫色衣料里有天国的芬芳，因为酒神曾经披着它熟睡。狡猾的美狄亚告诉使者，让阿布绪耳托斯在黑夜之前前往阿耳忒斯神庙，她将在那里给他一条计策，协助阿布绪耳托斯把金羊皮抢到手，让他带回去交给父亲。美狄亚撒谎说，她是身不由己，被佛里克索斯的儿子们用暴力抓住，交给外乡人的。她这样欺骗了和平使者，然后把大量的魔药洒在空中，使它的芬芳可以诱惑山上最凶猛的野兽。事情果然如她所希望的那样发生了。阿布绪耳托斯对美狄亚庄严的誓言深信不疑。他在漆黑的深夜来到神圣的岛屿，希望从姐姐口中获得一条制伏陌生人的计策并得到金羊皮，不料伊阿宋手提着寒光闪闪的宝剑从背后冲了出来，美狄亚急忙转身拉上面纱，不忍看见弟弟被杀害的惨状，可怜国王的儿子就像一头祭祀的牲口被伊阿宋砍杀在地，她的衣服上也溅上了弟弟的血，但是无所不察的复仇女神从她的秘密往住处，看到了这件恐怖的事，眼中流露出阴暗的目光。

伊阿宋擦去手上的血迹，掩埋了尸体。美狄亚举起火把，向阿耳戈英雄们发出信号。他们按照预先商量好的，冲上阿耳忒弥斯岛，如同猛兽进入羊群一样，扑向阿布绪耳托斯的随从，他们没有一个生还。这神话越传越神，有人传言美狄亚带着弟弟阿布绪耳托斯一起逃往希腊，无奈的父亲恋恋不舍。又有人传言美狄亚举刀杀了弟弟，然后把死者的尸体分割后投入大海，埃厄忒斯在追赶途中发了恶情，他一块块捡起小儿子的残骸，放弃了追赶，带着儿子的遗体无限悲痛地回到了科尔喀斯。

阿耳戈英雄在归途中

珀琉斯见事情成功，急忙劝大家赶快离开河口，免得其余的科尔喀斯人知道内情后追来。科尔喀斯人听到事情的变故，愤怒得准备追赶敌人，但是这时赫拉从天上扔下一串可怕的闪电，把他们一一吓住了。但他们毫不甘心既没有抓到国王的女儿又失掉了国王的儿子，回去如何对国王交代呢？大家想来想去，没有一个解决的办法，最后就都留在阿耳忒弥斯岛，驻扎在伊斯忒河的入海处。阿耳戈英雄们经过了许多海湾和海岛，其中有阿特拉斯的女儿居住的岛屿，即卡吕普索女王统治的岛屿。故乡的山峰依稀出现在眼前，大家相信家乡已经离他们不远了，他们欢呼雀跃。可这时赫拉却十分害怕会激怒宙斯，于是她在海上吹起了一阵狂风，阿耳戈船毫无目的随风漂泊，一直来到荒凉的孤岛埃莱克特律斯岛。这时，被雅典娜拼凑在船上的占卜树木板开口说道："你们只能在海上长期漂泊了，无法逃脱宙斯的愤怒。"中空的木板继续说道："只有魔术女神喀耳刻才能洗清了你们谋杀阿布绪耳托斯的残酷罪孽！卡斯托耳和波吕丢刻斯应该向神祇祈祷，让他们在海上指点一条路，让你们能够找到太阳神和珀耳塞的女儿，即喀耳刻。"

英雄们听到这块神奇的木板说出如此可怕的话来，又惊奇又害怕。只有孪生兄弟卡斯托耳和波吕丢刻斯勇敢地站起来，祈求不朽的神祇帮助他们。大船在海上毫无目的地飞速前进，一直来到了埃利达努斯的内湾，也就是太阳神的儿子法厄同在太阳车上被烧死后掉入波涛中的地方，现在水中还冒着热气和火花。火焰会把船只吞没，所以他们轻易不能通过。沿着河岸，法厄同的姐妹们赫利阿得斯化作高高的白杨树，围着河岸在风中发出阵阵叹息，滴着琥珀般晶莹的泪珠，一部分泪珠被晒干了粘在地上，另一部分泪珠被潮水冲到埃利达努斯大河中。阿耳戈坚固的大船虽然帮助英雄们脱离了险境，但是他们同时也犯下了深重的罪孽，没有一点食欲。白天，那曾经残留了法厄同残骸的埃利达努斯河潮水汹涌，涌上一股股难闻的气味，让人特别难受。深夜，他们又清晰地听到赫利阿得斯姐妹们令人心碎的悲泣声，无法入眠。后来，他们又来到了罗达诺斯河的入海口。如果不是突然出现的赫拉用可怕的语调警告了他们，阿耳戈英雄们几乎要跳入河内，再也不出来了。赫拉降黑雾罩住大船，他们不知白天黑夜地航行，经过无数凯尔特人的部落，终于看见第勒尼安海岸了，随即平安地到达喀耳刻的岛屿。

他们在这里找到了魔法女神。她正伏在海边，用海水洗面。他们到来之前的晚上，女神做了一个梦，梦见她的住室，她的全部房屋都血流成河，大火吞食了她用来迷惑陌生人的魔药，她的整栋房子里全都是鲜血，她用手捧起了血水，浇灭了烧得旺旺的火焰。噩梦惊醒了她，黎明时，她急急忙忙地跑到海边清洗，她又洗头发又洗衣服，仿佛上面真的沾满了血腥一样。成群怪兽跟在她身后，就像牲口跟着牧人一样，但却不是我们平时所见到的那样，他们的四肢是一类动物的，头和身子又是一类。阿耳戈英雄们一见喀耳刻，就知道她是残暴的埃厄忒斯的妹妹，他们惊得心里发慌。女神终于摆脱了黑夜噩梦的恐怖纠缠，很快镇定下来，用手梳弄着野兽的皮毛。伊阿宋吩咐所有的人都留在船上。他和美狄亚上岸，一上岸，他就把不情愿的美狄亚朝喀耳刻的宫殿拉去。喀耳刻不知道两位外乡人的来意，她请两人坐到华丽的椅子上，但美狄亚把头埋在双手间，沉默而忧愁地坐在火炉的旁边。伊阿宋将杀害阿布绪尔托斯的剑扔在地上，手掌拿着剑柄，下巴支到上面，眼睛下垂。二人说明了来此地的原因，这时喀耳刻才明白他们是来寻求她的帮助，为了消除罪孽，解除流亡的痛苦。喀耳刻端出了祭供的牺牲品，杀掉了一只刚出世的乳猪，并祈求宙斯允许给他们净罪。水泉女神那伊阿得斯把所有赎罪的祭品全都端出屋去，送入大海。喀耳刻神色庄重地走到灶边，烧掉了祭供的圣饼，企图平息复仇女神厄里倪厄斯的愤怒，并唤起天父对罪人的宽恕。等这一切都结束后，她坐下在两人的面前问："你们从哪里来？你们的旅途情况，为什么会来到这里？你们做错了什么事？为什么要在我的岛上登陆？"说话时她又想起了梦中鲜血淋漓的可怕场景。美狄亚抬起头来，看着她，喀耳刻感觉那一双大眼睛大吃一惊，它们十分引人注目。因为美狄亚和喀耳刻都是太阳神的后代，她们都拥有一双光闪闪、亮晶晶的眼睛。喀耳刻看到亲人十分兴奋，急着想了解家乡的一切，让美狄亚立刻用地道的科尔喀斯方言描述了家乡的情意，讲了埃厄忒斯、阿耳戈英雄的故事，还有她本人的命运，一切如实，只是隐瞒了杀害自己胞弟阿布绪尔托斯的事实，她实在难以启齿。魔术女神聆听着美狄亚的叙述，心里充满了同情，但她知道哪些没有说出来的事实。她说："可怜的孩子，你犯下了滔天大罪，留下了坏名声，以致不能正大光明地离开家乡，虽然现在你逃出来了，但你的父亲一定会找到希腊，为他的儿子报仇雪恨的。我不能给你以惩罚，因为我们是有着血缘之亲，而且你也在我的佑护之下。但是我也不能帮助你，请你带那位陌生人快快离开吧。不管他是谁，我都不赞同你们的计划和可耻的逃亡。"听到这话，美狄亚心里很痛苦。她用面纱捂住脸伤心地哭起来。伊阿宋抓住她的手牵着她，她才跟跟跄跄地走出了喀耳刻的宫殿。

赫拉对自己保护的人非常同情。她派女使伊里斯穿过彩虹小道，找来大海女神忒提斯，请她保护船和阿耳戈英雄们。伊阿宋和美狄亚上了船舷，一阵西风吹来，英雄们高兴地扬帆起航，大船借着风力缓缓地进入了大海。不久，一座漂亮的岛屿出现在他们的面前，可他们并不知道这是塞壬的住地。塞壬以骗人著称，她们长得一半像鸟儿一半像女人，一直蹲坐在瞭望台上向远方张望，只要有路人经过，她们就利用美妙的歌声诱惑他们，让他们葬身鱼腹，没有人能逃脱掉她们的目光。现在，她们正起劲地向阿耳戈英雄唱着美妙动人的歌。阿耳戈的英雄对此一无所知，他们已经抛下缆绳准备靠岸了。这时，俄耳甫斯正在弹奏优美的古琴，悠扬的琴声压住了塞壬的歌声，掩盖着致使他朋友死亡的音乐。正巧又从船后吹来了一阵呼啸的南风，这下好了，塞壬的歌声随着南风被吹到了九霄云外。忒勒翁的儿子波忒斯也在阿耳戈船上，他来自雅典，只有他听到塞壬引诱的歌声，不能自持，于是便丢下船桨，纵身跳入大海，朝着动听的歌声游了过去。要不是西西里岛的厄里克斯高山守护神阿佛洛狄忒及时发现，并把他从水中拉上来，扔在岛屿的山脚下，他早就完蛋了！从此以后他就住在那里。阿耳戈英雄们以为他已葬身鱼腹，十分伤心，然后继续着他们的冒险行程。

英雄们继续前进，来到一处海峡，他们在那里又面临新的危险。这儿一边是峻峭的西拉山岩，伸向海里的陡岩，好像要把过往的船只撞得粉碎；另一边是卡利布提斯大旋涡，海水快速旋转着好像是个吞没一切船只的魔嘴，旋转的海水中不时地露出无数的暗礁，危险难以预料。两者之间又从深海中断裂的浮岩。过去这里曾经有过赫淮斯托斯的炼铁厂，但现在却只有从水中冒出的浓烟还弥漫在空中。幸运的人又一次得到了保护，当英雄们到达这里的时候，海中女仙们紧紧地围着阿耳戈英雄，她们都是海神涅柔斯的女儿。女仙们围着大船前进，当碰到漂浮的山岩靠近时，仙女们就抓起大船，像传球似的把大船向前传过去。阿耳戈船一会儿在波涛中被举上了云端，一会儿又顺着波浪几乎掉进了万丈深渊。赫淮斯托斯扛着锤子站在礁石顶端，观赏着这一幕幕胆战心惊的海上场景。赫拉从布满星星的天空中慢慢降落，紧紧抓着雅典娜的手，因为海上的这一幕情景实在让她胆战心惊。最后阿耳戈英雄们冲破重重险阻，平安地进入了辽阔的大海，并来到善良的淮阿喀亚人和他们虔诚的国王阿尔喀诺俄斯居住的岛上。

科尔喀斯人继续追击

阿耳戈英雄们在岛上受到热情的接待，他们也得到了很好的休息，这时科尔喀斯人的船队又绕道而来，突然出现在海边，大批的人上了岸。他们誓死也要把美狄亚带回祖国，如果不交出她，他们便会和希腊人作战，更糟糕的是他们会带来更大的队伍。阿耳戈的英雄们跃跃欲试的模样让善良的阿耳喀诺俄斯十分担心，他连忙阻拦他们，劝他们不要莽撞行事。

美狄亚一把抱住国王的妻子阿瑞忒的膝盖，说："女王，我请求你，不要把我交给科尔喀斯人，他们也容易犯罪，并容易陷入灾难的人类种族。我不是随便私逃的，实在是没有办法我才下决心跟这位男子一起逃走的。善良的女王，如果你放过我，我会让神保佑你健康、长寿、多子、多福，为你的城市带来不朽的荣誉。"

转过身后，她又向着各位英雄跪拜恳求。每一个英雄都舞着枪，挥着剑，信誓旦旦地向她保证，即使国王阿尔喀诺俄斯把她交出去，他们也要把她救出来。

深夜，国王跟他的妻子商议如何处置这位从科尔喀斯逃来的姑娘。阿瑞忒可怜美狄亚，为她求情说："大英雄伊阿宋愿意娶她为原配妻子。"阿尔喀诺俄斯是个心软的人，听到这里，十分感动，语重心长地说："为了美好的爱情，我也愿意亲自拿起武器把科尔喀斯人赶出海岛。但这样做是会破坏宙斯的待客礼仪的。而且，得罪强大的国王埃厄忒斯也不是聪明的做法，他虽然住在遥远的地方，但是他还是有本事前来袭击希腊。权衡之下我是这样决定的：若美狄亚还是一位未婚的姑娘，那么她就应该交给父亲去处理，如果她已是伊阿宋的妻子，那么我不能让她离开丈夫，破坏他们的幸福，因为她已属于丈夫，而不是属于父亲。"

阿瑞忒听到国王的决定吃了一惊，她连夜派出一名使者，把消息传给伊阿宋，并劝他们赶在黎明前结婚。伊阿宋征求了英雄们的意见，大家都觉得这是一个好办法。于是，就在一个美丽的山洞，美狄亚与伊阿宋迅速完婚。第二天清晨，海岸和田野沐浴着阳光，淮阿喀亚人聚集在城里的街道上。岛屿的另一端站着科尔喀斯人，他们手执武器，随时准备开战。按照他的诺言，阿尔喀诺俄斯缓缓地走出宫殿，他握着金色的王杖，来裁决姑娘的命运。一批民族的英雄站在他的身后，他们是国王的坚强后盾。妇女们也聚拢而来，好奇地看望着希腊的英雄们，许多乡下人也赶来了，因为宙斯已经将消息传了出去。一切都准备好了，献祭的供品的香气直飘天宇。阿耳戈英雄们等了很久。最后国王坐在宝座上，伊阿宋走上前去，宣布埃厄忒斯国王的女儿美狄亚是他的合法妻子，并发誓，永不变心。阿尔喀诺俄斯听完申诉，传唤证人来证明他们确实已成夫妇，于是便庄严地宣告：美狄亚已为人妻，不能把她交给科尔喀斯人。并答应他们会保护阿耳戈英雄。科尔喀斯人却不同意，他们高声抗议。国王声明：你们要么作为我的客人和平地居住在岛上，要么就请你们驾船离开港口。科尔喀斯人夺不回国王的女儿，害怕埃厄忒斯会发怒治罪，因此不敢再回祖国，于是他们干脆选择了前者，在海岛上生活了下来。过了一个星期，阿耳戈英雄们依依不舍地告别了国王阿尔喀诺俄斯。他们带着丰盛的礼物上了船，高高兴兴地继续航行。

阿耳戈英雄们的最后险遇

他们又经过了许多海岸和岛屿，现在故乡伯罗奔尼撒的海岸已隐约可见。突然，船遭到一阵狂暴的北风的袭击，在海上漂泊了九天九夜，走着完全陌生的航线，漂过了利比亚海，最后来到非洲的瑟堤斯海湾。在那里，海面上都漂浮着浓密的大叶藻，覆盖着一层厚厚的泡沫，就像一块平静的沼泽地。旁边是广阔的沙漠，沙漠上连一只飞鸟，一只野兽也没有。阿耳戈大船被潮水径直送上了岸，船身紧紧地搁浅在沙滩上，他们大吃一惊，走下船，面对一片一望无际的泥淖，单调、荒凉。没有泉水，没有道路，没有牧舍，只有死一般的寂静。

"糟了，唉，这是什么地方？风浪把我们送到哪里来了？"同伴们纷纷抱怨，"我们怎么回去啊，还不如在浮岩中被砸碎了呢，如果我们做了什么违反宙斯的事情，让我们在一次光荣的斗争中牺牲也比较好啊！"

舵手安克奥斯说："是啊，潮水让我们在这里待着，可是它却忘了接我们回去。快点回去家乡的希望都化作泡影了。现在如果谁愿意掌舵就来吧！"说着，他丢下舵柄，坐在船上哭泣起来。就好像在瘟疫流行的城里遇到传染的人一样，一筹莫展，只好眼睁睁地看着病魔肆虐，等待着死神的降临。夜晚，他们互相握手告别，饿着肚子和衣躺在沙地上，默默地等死。在距离不远的地方，国王阿尔喀诺俄斯送给美狄亚的几位姑娘此时正惊惧地着女主人，连连叹息，如同临死的天鹅，低唱着最后的悲歌。如果不是利比亚的保护者，三位半人半神的女仙怜悯他们，那么，这些人真会悲惨地死去！

三个仙女全身披着山羊皮，在炎热的中午，来到伊阿宋身旁，轻轻揭开他盖在头上的斗篷。伊阿宋惊惧地跳起来，虔诚而恭敬地注视着她们。女仙子却说："不幸的人啊，你们的困难我都知道了，可是要不了多久你们就会转危为安了。当海洋女神驾起波塞冬的马车时，你们应该对把你们抱在怀的母亲致谢，那样的话你们的心愿就会实现了，从此以后，你们就可以回到幸福而光荣的希腊了。"说完，仙女们突然不见了，伊阿宋把这隐晦的、令人兴奋的神谕告诉同伴们。正当大家苦苦思索时，神兆出现了，一匹巨大的海马跳上海岸，金黄色的鬃毛披散在马背上，抖落了身上的水滴，飞奔而去，好像御风而行一样。珀琉斯高兴地欢呼起来："伙伴们，谜题正慢慢揭开啊！海洋女神已经驾起了马车，这匹马就是波塞冬的马。至于母亲，在她肚子里长久的孕育，那便是我们的船，她就是曾经把我们抱在怀里的母亲啊。为此我们应该感谢她。让我们把船扛在肩上，走过这块泥地，顺着地上海马的足迹走去，因为它不会消失，它一定会指引我们到达停泊的地方。"

说了就做。英雄们果然扛起大船，在泥淖里走了整整十二天十二夜。要不是有神祇在鼓励他们，给予他们力量，也许在第一天他们就被压垮了。皇天不负有心人，坚持的努力总算没有白费，终于他们来到了忒律托尼海湾，大家把船放下来，由于焦渴，急着要去寻找水源，如同疯狗一样。在寻找水源的途中，歌手俄耳甫斯碰上了夜神赫斯珀洛斯的四个女儿赫斯珀里得斯，她们全都是能歌善舞的仙女。此刻的她们正坐在圣地上嬉戏，那是巨龙拉冬看守金苹果的地方。俄耳甫斯走上前去请求她们能给疲倦不堪的人们指示水源，她们别感动了，其中最为仁慈的埃格勒，告诉他一件奇事。

"昨天，这里出现了一个勇敢的强盗。"她说，"那个杀掉了巨龙，抢走了金苹果，偷取了你们金苹果的人对你们大有用处。强盗是位野蛮、易怒、眼睛明亮的人，他身上披着粗糙的狮子皮，手上拿着橄榄枝和弓箭，他用弓箭凶残地杀掉了许多妖孽，刚从沙漠里出来的他口干舌燥，但四处又找不着水喝，于是就用脚后跟向一块岩壁踢了一脚，这时奇迹却出现了，岩壁里居然流出了清凉的泉水。这个巨人伏在地上，用双手捧着水喝，喝足后便躺在地上休息。"

埃格勒说着把山泉指给他看。英雄们全闻声赶来。清凉的山泉救活了他们干枯的生命，大家又变得很高兴。

其中的一位英雄恍然大悟，他兴奋地说："那个人就是赫拉克勒斯，尽管我们没有在一起，但是他还是救了我们！但愿我们还能遇上他！"说完他们纷纷前去寻找，但却毫无收获。等大家走回来时，只有洞察千里的慧眼林扣斯说他看到了赫拉克勒斯，但是那只是像农夫看见流云后面的新月一样，要追他回来是不可能的。

不幸的是，他们又发生了意外事件，死去了两位同伴，大家悲伤地把他们埋葬后就又上船航行。大家想尽办法才把船开出忒律托尼海湾，船驶进了浩瀚无边的大海。不料海面上又狂风肆虐，船身左右摇晃上下颠簸，他们在港口横来横去，就像一条徒然想离开洞穴的蛇一样，两眼发光，口中嗞嗞作响，这里那里地伸着头试探。正当大家不知所措的时候，歌手俄耳甫斯提议："我们应该回到岸上，给当地的神明祭献那副最大的三脚鼎，这样我们才有可能平安地离开。"回船的途中，他们就遇到了海神忒律托尼。海神打扮成年轻人的样子，他从地上拾起一块泥土，送给阿耳戈英雄奥宇弗莫斯以表示对他们的友好。奥宇弗莫斯接过土块，将它藏在胸前。

"我父亲把这块海域派遣我来看守，"海神说，"也是从这经过的人的保护神。所以，我要保护你们平安地从这儿离开。你们看那儿冒着黑水的地方，是一条从海湾通向大海的小道。我为你们送上一阵顺风，你们就往那边划船，我使你们很快地到达伯罗奔尼撒。"大家听到这则消息非常高兴，匆匆忙忙登上大船，忒律托尼扛起了三脚鼎，又消失在海浪中。

航行了几天后，阿耳戈英雄平安地来到了喀耳巴托斯岛，他们打算从这里转往克里特。但是不幸又来临了，不知他们能否平安地离开这里呢？喀耳巴托斯岛的守护者是可怕的巨人塔洛斯，他是青铜时代遗留下来的唯一的一个，宙斯让他看守欧洲的大门，并吩咐他每天在岛的周围用铜脚巡行三次。塔洛斯由黄铜铸造而成，因此是独一无二战无不胜的人。他每天都会迈开铜腿，在岛上巡视一番。不过他也有弱点，他的脚踝骨上有一根人肉做成的筋，里面还有一根血管。这一点是他的致命之处，如果将它打中，就能够杀死塔洛斯，因为他并不是永生的，没有绝对的不死之躯。当英雄们到达这里的时候，塔洛斯站在最外面的礁石上眺望着远方，他一看到阿耳戈英雄驶进海岛，便急忙抓起石块，没头没脑地向船上投过去。英雄们吃了一惊，急忙避开，要不是此时美狄亚站起身来，告诉他们要耐心，虽然他们焦渴万分，也会放弃在克瑞忒岛登陆的计划的。

她说："男子汉们，你们听着，我知道怎么对付这个妖孽，你们要做的就是把船靠拢过去，停在石块扔不到的地方。"说完，她拎起紫金衣衫的摺边登上大船的甲板，伊阿宋随后跟上。美狄亚默默念了一番魔咒，连续三次召唤命运女神，和奔跑在空中追逐生命的冥府的快犬，四处追咬世上的活人。召唤完毕，她又使出魔法影响塔洛斯的眼皮，并使噩梦侵入他的灵魂。塔洛斯瞌睡得头昏眼花，在梦中他弯下腰去拾取岩石来保卫港口，他抬起肉脚蹬在尖锐的石头上，伤口里流血如注。他痛醒了，挣扎着想站起身来，可是却像一棵砍断一半后被大风吹倒的松树一样摇晃着，突然大吼一声，栽进海里。

阿耳戈英雄们平安地上了岸，他们在岛上舒舒服服地休息到第二天清晨。等到第二天他们刚刚离开克里特岛的时候，一场新的危险又铺天盖地而来。天空突然一片漆黑，月亮星星也都消失了，什么都看不见。黑暗仿佛从地狱里升腾起来，和天空连在了一起，英雄们不知现在身在何处，不知道是航行在海上还是航行在湖上。伊阿宋举起双手祈祷："太阳神福玻斯·阿波罗，请您把伙伴们从可怕的黑暗里解救出来吧。"恐惧的眼泪流在他的面颊上，他许愿献给他们以无价的祭品。听到了伊阿宋的祈求，太阳神从奥林匹斯山上走下来，跳到大海里的一块岩石上，高高举起金色的弓箭，向这地方射出了一支银箭，弓箭的光束光芒四射。英雄们顿时眼前一亮，看到不远处就有一座小岛，他们一路驶了过去，他们在那里抛锚等候天明。英雄们驾船行驶在阳光下宽广的大海，奥宇弗莫斯正在给大家叙述晚间的怪梦。他说："我感到忒律托尼在我胸间上下流动的旋律，泥块突然变成一位婀娜多姿的少女，她对我说道，'我是忒律托尼和利彼亚的女儿，请把我交给海神涅柔斯的女儿，让我和她住在一起，然后我将重新回到太阳里生活，我命中注定会安置你的子孙后代'。"

由于他们等待天明的小岛叫作阿那斐，所以他想起了他的这个梦。很快伊阿宋就理解了他梦的含义，他叫朋友们把揣在胸口的泥块扔进大海，奥宇弗莫斯照他说的做了，看哪！在英雄们的眼前，一个满是鲜花和果木的岛屿长出了海面。他们称它为卡里斯特，意即最漂亮的岛。后来，奥宇弗莫斯同他的子孙就住在岛上。

这便是阿耳戈英雄们最后的冒险。不久，他们就到了伊齐那岛，并从那里平安地进入爱俄尔卡斯海湾。伊阿宋把阿耳戈船停在科任托斯海峡上，以此来祭供海神波塞冬。日积月累，大船随之毁灭，直至成为一堆破铁，神祇们把它安置在天上，它在南部的天空闪闪发光，如同光明的星座。

伊阿宋的结局

伊阿宋还是没能得到爱俄尔卡斯的王位，尽管他为了王位历经危险的航程，把美狄亚从她的父亲那里夺走，并残酷地杀害了她的弟弟阿布绪尔托斯。伊阿宋不得不将王国让给珀利阿斯的儿子，带领着年轻的妻子逃往科任托斯。他们在那里住了十年，期间，美狄亚给他生下了三个儿子，他们分别是武萨罗斯、阿耳奇墨纳斯和蒂桑特洛斯，前两个是一对双胞胎，第三个年纪小得多。又有人传说其实他们只生了两个儿子，名叫菲勒斯和墨耳墨罗斯。在这十年里，美狄亚不仅年轻貌美，而且品格高尚，举止文雅，深得丈夫的钟爱和尊重。但随着光阴的流逝，她的魅力日见消退，伊阿宋又被科任托斯国王克雷翁的漂亮女儿格劳克吸引住了。伊阿宋并没有向妻子言语一声就私自向少女求婚了。等到国王答应了婚事，确定了结婚的日期，他才告诉妻子，并说服妻子美狄亚自愿放弃婚姻。他厚颜无耻，并发誓说："我现在所做的选择并不是为了自己，也不是厌烦我们原来的爱情，而是出于对孩子的担忧和关心。为了孩子的安全，我才准备攀结王室亲戚。"美狄亚一听怒不可遏，大声地呼唤诸神为他以前对她立下的誓言做证，但伊阿宋不顾这些，还是准备与国王的女儿结婚。

美狄亚绝望了，在丈夫的宫殿里急得团团转。"天哪，苦命的我，现在我还怎么活下去？愿死神可怜我吧，啊，我的故乡，我的父亲，我多么无情地离开了你们啊！还有我亲爱的弟弟，是我亲手害死了他，他的血现在正向我流淌过来！但并不是我的丈夫应该责罚我啊，我是为了他才犯罪的，啊，正义女神，求你毁灭他，毁掉他那年轻的情妇！"

她正在宫中怒气冲冲地徘徊时，伊阿宋的新岳父，国王克雷翁向她走来说："如果你仇恨你的丈夫！那么就带上你的儿子马上离开我的国家。在你没被赶走之前，我决不回家去。"

美狄亚强忍愤怒，克制着自己，平静地回答说："你害怕我吗？克雷翁，你待我没有错，我与你无冤无仇。你相中了那个男人，就把女儿嫁给了他，我为什么要干涉你？我只是恨我丈夫，他对不起我。但是木已成舟，已经无法挽回了，我也祝愿他们像夫妻一样，地久天长。求你可怜可怜我和孩子吧，只是让我还住在你的王国里吧，即使受了极大的屈辱，我也会一声不吭，屈从强者对弱者安排的命运！"

克雷翁看到她的眼里充满仇恨，不相信她的话。即使美狄亚抱住他的双膝，并以他的女儿格劳克的名字发誓时，国王还是不敢相信她。他厉声说："走开！别让我再看到你，我不想留下任何一丝的隐患！"美狄亚无可奈何，只好要求延长一天期限，以便为孩子们选择出逃的路径和以后的归宿。国王思量了一阵，说："我并不是以为暴君，尽管有很多事实证明我的犹豫和宽容是错误的，但我不想做一位暴君。现在也是这样，我感到让你拖延一天，这样做并不聪明。可是，我还是让你这么办吧。"

美狄亚得到了她所希望的延缓一天放逐，又变得狂妄起来。她决定采取一个大胆的行动，计划在她的脑海里激烈地盘算着，即使她对实现这个计划的可能性连一点把握也没有。不过，她还是下定决心去实现那个毒计。美狄亚走到伊阿宋的面前说："你背叛了我，弃孩子不顾，而且又组成了新的家庭，若没有孩子，我可能会原谅你，可现在不行。你难道认为曾经听你发誓会忠于爱情的神会不追究你的过错吗？你以为现在又有了新的章法，允许你虚立伪誓吗？告诉我，我还像把你做朋友一样来问你，你说我可能去哪里呢？难道你想把我送回父亲那里？但当年我是为了你才背弃了他，还杀害了他的儿子。你难道忘了吗？你还有什么地方可以让我安身呢？假如你的前妻领着你的儿子像乞丐似的到处漂泊，你面子上会有什么光彩呢？"

伊阿宋无动于衷。他只答应给她和孩子们一笔金钱，并写信给各地的朋友们收留她。可美狄亚却鄙夷地拒绝了这一切，她说："去结你的婚吧，神一定会惩罚你的，你的婚礼必定会有一个悲惨的结局！"

可是，伊阿宋离开之后，她就感到后悔了，但是她并没有改变离开的想法，只是担心这样做会引起伊阿宋的怀疑，引起他的提防，使她的计策不能实现。于是，她又把他请了回来，改变态度说："伊阿宋，请原谅我刚才的鲁莽行事，只是因为盲目的愤怒引导着我的感情，我现在明白了你这样做的真正目的，你是为了我和孩子才这样的。我们被放逐到这里，一无所有，你想通过一场新的婚姻为你，为你的孩子，最终也会为我谋求幸福的。好吧，你可以让自己的孩子留下，让他们和后来的弟弟妹妹们一起成长。我想，你们一定会生儿育女。孩子们，过来吧，来，吻一下你们的父亲，原谅他，就像我已经原谅了他一样！"

伊阿宋真的以为她原谅了他，喜出望外，并给美狄亚和孩子们做出了各种各样的保证。同时，美狄亚以更甜蜜的语言让他相信她已不再怀恨他了。她恳求丈夫让孩子留在宫里，她愿意独自一人离开这里。为了不让孩子受到新夫人和国王的残害，得到他们的同意，美狄亚又从自己的储藏室里拿出许多贵重的金银财宝、漂亮衣衫交给伊阿宋，说这些都是给新娘的礼物。伊阿宋起初很犹豫，但是她还是说服了他。他派了一个仆人，将礼物给新娘送去。其实，这些贵重的衣服都被美狄亚施了魔法，那些美丽的衣袍是用曾在毒药里浸过的料子缝制的。美狄亚假惺惺地告别了丈夫，出门之后她就藏在一边，准备看到她所预想的结果，等待着一位可靠的仆人把消息告诉她。几天后，仆人气喘吁吁地奔了过来，他大老远就开始喊叫："美狄亚，赶紧上船，快点逃走！你的女仇人和她的父亲都死了，你的孩子们进入了宫殿并且待在他们的父亲的身边，祸根终于除了，我们这些下人都很高兴，这真是报应啊。事情是这样的：国王的女儿看到伊阿宋后非常开心，但看到孩子时却又立马变了脸色。她转过脸去，不搭理孩子。伊阿宋却走上去安慰她，给她说了你的许多好话，还把你送给她了礼物拿了出来。国王的女儿看到漂亮的衣服顿时变了一副笑脸，她答应会满足丈夫的一切要求。伊阿宋趁机把孩子领到她的面前，希望她能接受自己的孩子，可她却只是贪婪地盯着首饰。当你的丈夫和孩子们离开她之后，她便穿上了金外套，又把金花环套在头上，十分满足地在镜子前上下打量，还手舞足蹈地穿过一间间房间，好像一个小女孩在欢度节日一样。没过多久，她脸上的笑容突然不见了，接着就是四肢痉挛。她往后退缩着，还没抓到椅子，就已经扑倒在地上，眼睛上翻，口吐白沫。大家都惊呆了，宫殿里一片哭声，几个仆人找来国王，别的仆人急着去喊她的未婚夫伊阿宋。戴在头上的金花突然起火，火苗烧得她头皮吱吱作响。毒药和火药争相啮裂着她的肌肉。等到国王悲痛万分地赶到时，他看到的只是一具完全变了形的尸体。绝望之际，国王一头扑向女儿。但是女儿身上漂亮衣服的剧毒同时也夺走了国王的性命。伊阿宋的情形我们还不知道。"

知道了发生的一切之后，美狄亚的报复心理还没有得到满足，相反却被扇动得更加激烈，她完全成了一名复仇女神。她连忙走进王宫，准备给她的丈夫和自己一个更为沉重的打击。夜间，她首先来到儿子的房间，自言自语地说："为什么在做这可怕却又十分必需的事情时要犹豫呢？忘掉他们是你的孩子，忘掉你是生养他们的母亲，只要在这一瞬间忘记他们，以后你可以为他们痛哭一辈子！你不杀死他们，他们也会死在仇人的手里。"

当伊阿宋急忙赶回家中，要为年轻的新妇找美狄亚报仇时，他听到里面传来孩子们的惨叫声。走近一看，孩子们都躺在了血泊之中，他的儿子也像祭供的牺牲一样被杀害了。这时美狄亚已经离开了房间。伊阿宋绝望地离开了自己的家，突然听到空中传来阵阵响声，他抬头一看，看到了可怕的杀人凶手，她坐在用魔法召来的龙车上，升上天空，离开了她用一切手段复仇的人间。伊阿宋无可奈何，无法惩罚美狄亚的暴行，绝望充斥着他，使他又想起谋杀阿布绪尔托斯的情景，他走投无路，于是拔剑自刎，正好倒在自己家的门槛上。

第十三章　坦塔罗斯

　　宙斯的儿子坦塔罗斯统治着吕狄亚的西皮罗斯。他富有人世间各种物品，并以他在亚洲和希腊的财富而著名。由于出身高贵，诸神对他十分尊敬。他可以跟宙斯同桌用餐，不用回避神祇们的谈话。然而他的虚荣心却非常强，对众神也不是太尊重。他恶搞众神，向凡人泄露天上诸神生活的情况，从诸神的餐桌上盗取蜜酒和仙丹，并把这些珍贵之物分发给凡间的百姓。有人偷走了克里特的宙斯庙中一条金狗，把它藏在坦塔罗斯家中。坦塔罗斯窝藏赃物，后来还拒不交出，将其窃为己有。一天，众神被他邀请来家中做客。为了测试一下众神的本领，他命人杀了自己的儿子珀罗普斯，然后煎炸烧煮做成饭菜，供大家食用。因为思念被抢走的女儿谷神得墨忒耳珀耳塞福涅心神不定，礼貌地稍微尝了几口这顿罪恶的饭菜。别的神祇知道摆在他们面前的是些什么，所以将这孩子的割裂的肢体投在一只盆里。从这盆里，命运三女神之一的克罗托将他取出，他仍然美丽完整。但有一只肩膀却是象牙做的！坦塔罗斯因此得罪了神祇。他罪恶滔天，被神祇们打入地狱，在那里备受苦难和折磨。他站在一池深水中间，波浪就在他的下巴下翻滚。尽管凉水就在嘴边，他也不得不忍受着烈火般的干渴，却无法喝到一滴凉水。他一弯腰想接触水时，池水就立即从身旁流走。他孤身一人站在一块平地上，饥饿难耐，身后的湖岸上长有一排果树，结满了果子，压弯了树枝，垂在他的额前。他抬头看见蜜梨，鲜红的苹果，火红的石榴，甜熟的无花果和绿色的橄榄。但当他想要摘取时，一阵大风就把树枝吹到云中去。除了忍受这些折磨外，最可怕的痛苦则是连续不断地对死神的恐惧，因为他的头顶上吊着一块大石头，随时都会掉下来，将他压得粉碎。坦塔罗斯因为瞧不起众神，被罚到地府忍受三重的折磨。这种折磨将永无休止，一直延续下去。

第十四章 珀罗普斯

坦塔罗斯对诸神犯罪，他的儿子珀罗普斯却虔诚地敬奉神祇。他的父亲被打落地狱里之后，由于和邻人特洛亚国王发生战争，他被迫离开自己的国土吕狄亚，旅行到希腊。当他二十岁的时候，娶了伊利斯国王俄诺玛诺斯和斯忒洛珀的女儿希波达弥亚为妻。他的这位妻子来之不易，因为神谕暗示过俄诺玛诺斯，希波达弥亚找到丈夫时他便会死去。因此，他百般阻挠女儿的婚事。他让人四处张贴告示，说凡愿意和他女儿结婚的人，必须跟他赛车，只有赢他的人才能娶他的女儿。如果国王获胜，对手就得丧失生命。比赛的起点是比萨，终点是哥林多海峡的波塞冬神坛。国王让求婚的人驾上四匹马车先出发了，他自己给宙斯献祭了一头公羊后才开始追赶，他的驾车人叫密耳提罗斯。国王手提一柄长矛站在车上，等他追上前面的车辆时就会用长矛把求婚人刺翻在地。所有爱慕希波达弥亚的美貌的青年听到这些条件，都充满了勇气，因为他们以为国王是一个衰弱的老人，知道不能赛过青年，所以出发时给他们这大的便宜，好以宽宏大量来掩饰自己可能的失败。国王对每一个求婚人都很友好，为他们提供一辆四匹威武雄壮的马拉的漂亮马车。他自己则平静地向宙斯供奉祭礼，祭供完毕之后，他登上一辆由两匹骏马菲拉和哈尔彼那拉的轻便车，速度非常快。他很快就赶上了前面的求婚者，残忍地用长矛刺穿他的胸膛。就这样十二名求婚者冤死在他的长矛下。珀罗普斯向着他所爱的女郎的地方走来，半路上他在一个半岛登陆，这半岛后来以他而得名。上岛不久他就听到有关求婚人在伊利斯惨死的消息，于是他趁着天黑来到海边大声疾唤强大的守护神波塞冬保护自己。波塞冬旋即驾着波浪赶到他的面前。

"伟大的神啊，"珀罗普斯祈求道，"如果你自己也喜欢爱情女神的礼品，那么就请交给我，让我不会受到俄诺玛诺斯的长矛的伤害，请赐给我神车，让我以最快的速度到达伊利斯，祈求你保佑我取得胜利。"

珀罗普斯的祈求不是没有效的，因为海浪又汹涌地分开，一具由四只有翼的马匹拖曳着的发光的金车如箭一样从深海中升起。珀罗普斯乘着这车子，如意地指挥着海神的马，比风还快地来到厄利斯。珀罗普斯一出现，俄诺玛诺斯一眼就认出了来者驾驶的是波塞冬的神车，他吃了一惊。可是他却不能改变比赛规则。同时，他对自己骏马的神力还是充满信心的。长途跋涉后的珀罗普斯十分疲惫，他和骏马休息了几日，然后摆开架势，准备应赛。他一路上扬鞭策马，马上就要到达比赛的终点了。俄诺玛诺斯国王照常先给宙斯祭祀，然后跳上马车，呼啸着从后面追赶了上来。他挥舞着长矛，求婚人的后背就在眼前了。在他刺向珀罗普斯的一刹那，海神波塞冬迅速保护了珀罗普斯。他让国王的车轮在比赛途中突然松动，让车子散作一团。俄诺玛诺斯从马车上飞了出去，当场毙命。就在这瞬间，珀罗普斯到达目的地。他回头看见国王的宫殿冒着大火，一阵闪电烧着了它。直到只剩下一根柱子。珀罗普斯驾着飞车奔到火光冲天的宫殿里，勇敢地救出了他的未婚妻希波达弥。

后来，他统治了伊利斯全国，并夺取了奥林匹亚城，创办了闻名于世的奥林匹克运动会。他和妻子希波达弥亚生了很多儿子。儿子长大后，分布在珀罗普纳索斯全境，各自建立了自己的王国。

第十五章　尼俄柏

尼俄柏是个骄横的女人，她的丈夫安菲翁是底比斯的国王。安菲翁从缪斯女神那里得到一把精致的古琴，他弹奏古琴的时，底比斯城墙上的砖石就会黏在一起。她的父亲坦塔罗斯，是神祇的上宾。她自己也统治着一个强大的王国，并以她的高贵的灵魂，她的美丽、庄严和远近知名。但使她更欢喜的是她的十四个子女，七个儿子和七个女儿。人们都知道她是人间最幸福的母亲，假使不是她太过分地夸耀她的幸福，她也真会如此。但她的自满终于招致她的毁灭。有一天，盲人占卜家提瑞西阿斯的女儿曼托受神祇指使，在街上呼唤底比斯城的妇女全都出来祭拜勒托和她的双生子女阿波罗和阿耳忒弥斯。他让底比斯的妇女头戴一顶桂花树的花环，然后才能焚香祭拜。底比斯城的女人全都来了，尼俄柏也在其中。她穿着金线织成的长袍。她容颜美丽，但这时却带着怒色，美发一直披到肩上，她站在准备着在露天下面献祭的妇人们中间。她环顾四周，眼神中露出得意骄傲的神情，大声说：

"你们对这些神祇如此敬奉，难道这些享有天堂特权的人真会来到人间吗？你们为何不以我的名义焚香礼拜？我的父亲坦塔罗斯，是唯一可与众神一同用餐的凡人。我的母亲狄俄涅，是普雷雅德的妹妹，他们都是天空上耀眼的人物。我的先祖是阿特拉斯，他力大无比，整个宇宙都可以扛在自己的肩上。宙斯是我的祖父，又是众神的祖先。所有夫利基阿人都应该听命于我。卡德摩斯的城池，它的墙是听着安菲翁的演奏而自己竖立起来的，都听命于我和我的丈夫。我的宫殿的每间屋子里都充满奇妙的珍宝。我有着如同女神一样的容貌，有着别的母亲们所不能夸耀的孩子，美丽如花的女儿和七个强健的儿子。而且不久我将有女婿和儿媳。请问，我难道没有充足的理由骄傲吗？你们竟敢把一位提坦神勒托的无名的女儿置于我的前面？她在陆地上没有一寸土地，只有漂浮的提洛斯岛才接纳了她，而且那也是出于怜悯和无奈。她一共生了两个孩子，真可怜啊，刚好是我的七分之一。我难道不可以比她高兴七倍吗？谁能不承认我应该更幸福，谁能不承认我应该永远幸福？命运女神如果要毁灭我的一切，那她还得忙碌一阵，否则不是那么方便的！所以，把供品拿开！摘下头上的花环！散开并回家去！再不要让我看见你们做这样的蠢事。"妇女们惊恐地取下头上的桂冠，撤掉祭品，悄悄地回家去，不过心里都在默默地祈祷，试图平息这个被得罪了的女神的怒火。在提洛斯的库恩托斯山顶上，勒托带着一对双生子女，用一双神眼，把远方底比斯发生的一切都看得清清楚楚。"你们看，孩子，"她说，"我，你们的母亲，这么荣幸地生育了你们，除了赫拉以外我并不比任何女神低微，难道我必须忍受这傲慢的人类的诬蔑吗？除非得到你们的帮助，否则我将从我的古老的神坛被人赶出，甚至连你们也会惨遭她的毒手！"福玻斯打断了母亲的话。

他说："不要生气，亲爱的母亲，她迟早会遭到惩罚的！"他的妹妹也表示同意。之后，兄妹二人躲藏到了云层背后。他们很快就看到了卡德摩斯的城墙和宫殿，城门外面的一块宽阔平地上正在举行车马比赛。尼俄柏的七个儿子正在那里尽情地玩耍：大儿子名叫伊斯墨诺斯，骑着快马在场地上来回奔跑。突然，他被一支冷箭射中心脏，两手不自觉地松开了缰绳，立即从马上跌落下来。听到空中飞箭的响声，他的弟弟西庇洛斯吓得慌忙伏鞍逃跑，不幸的是飞镖还是投中了他，滚落马下，当场毙命。另外两位兄弟，也就是坦塔罗斯和弗提摩斯扭打着躺在地上。这时弓箭又一次飞来，一箭射中两人，他们立刻死于非命。第五个儿子叫阿尔菲诺耳，看见四个哥哥都死于非命，他便惊恐地赶了过来，抱住哥哥们冰冷的身体，希望他们能够重新复活，不料福玻斯·阿波罗狠狠地射去一箭，正中他的心口，最后也和他们倒在一起。第六个儿子达玛锡西通是一个可爱的有着长发的青年，被射中膝窝。他仰身拔取箭镞，第二箭却射中他的张着的嘴中，一直深入到箭翎。他血流如注地死去。第七个儿子还是个小男孩，名叫伊里俄纽斯，他看到这一切，急忙跪在地上，伸开双手，哀求道："呵，众神哟，请饶恕我吧！"哀求声尽管打动了可怕的射手，可是射出的利箭再也收不回来了。这孩子倒地死去，但却没有痛苦，因为箭头正中他的心上。不幸的消息很快传遍了全城。孩子的父亲安菲翁听到噩耗，悲伤之至，拔剑自刎而死。全城的人哭声震天，哭声又传进了内宫。尼俄柏无法相信这可怕的噩耗，他彻底明白了自己是不可能与天上的神相对抗的。这时的尼俄柏与从前的判若两人，以前，她不可一世，骄傲自大，甚至敢于把众多的妇女们从强大的女神祭坛前恐吓着逼走，现在，她奔跑到旷地上，自己伏在她的孩子们的冰冷的尸体上，一个一个地亲吻他们。最后她向天空举起疲乏的手，并哭叫着："幸灾乐祸地看着我的不幸吧！让你的愤怒的心得到满足吧，残酷的勒托啊！这七个儿子的死，也会将我送到坟墓里去！你征服了我，你胜利了！"这时候她的七个女儿穿着丧服来到她的身旁。风儿吹散她们的长发，她们悲伤地站在那里，围着七个惨遭杀害的兄弟。女儿的出现让尼俄柏苍白的脸上突然闪现出一道幸灾乐祸的异样神采，她忘乎所以地看着天空，讥笑着说："不，勒托，我即使失去了七个儿子也比你幸福，我还有七个女儿，我还是比你强大！"当她刚说出这话，空中就传来弓弦的声音。每个人都战栗着，但尼俄柏除外，因为灾祸已经使她迟钝了。突然，一个女儿紧紧地捂着胸口，挣扎着拔出箭镞，无力地瘫倒在一个兄弟的尸体旁。另一个姐妹急忙跑向不幸的母亲，想去安慰她，可是箭不留情，她也沉闷地倒了下去。接着是第三个、第四个、第五个、第六个倒下了，剩下的最后一个女儿害怕地钻进母亲的怀里，躲在母亲的衣下。

"给我留下最后一个吧，"尼俄柏悲痛地朝苍天呼喊着，"她是兄弟姐妹中最小的一个！"可是，即使她苦苦哀求，这最小的孩子也终于从她的怀里瘫倒在地。现在只有尼俄柏一人坐在她的儿子和女儿们的尸体中间。她因悲痛变得僵硬。她的头发不再在微风中飘拂。双颊已褪去容光。她的两眼只是在丑陋的脸上木然地凝视着。血液已在她的血管中冻结。她的脉搏停滞。她的脖子，她的手背，她的两腿也完全硬化。甚至她的心也已变成顽石。她已没有生命，只是僵化的眼睛还不断地流着眼泪。石洞一般的眼睛不停地流着眼泪，无穷无尽……石像被一阵巨大的旋风卷了起来，抛向天空，又吹过大海，一直送到尼俄柏的故乡吕狄亚国度的一座荒山上，上面是西庇洛斯山岩。变成石像的尼俄柏，整日整夜地在那里流着悲伤的泪水。

第十六章　萨尔摩纽斯

厄利斯的统治者萨尔摩纽斯，是一个有着傲慢心理，富有而不义的王子。他建立了一座美丽的城，并称它为萨尔摩涅亚。他变得如此骄傲，以致命令他的人民敬奉他如同一位尊神。他想被人如同宙斯一样看待，所以他乘车巡游国内和希腊的许多地方，这辆车是模拟雷霆之神的车子制造的。为了完成他的想象，他在空中挥着火炬模仿闪电，并以奔马践踏铜桥模仿雷霆。他甚至杀伤人民，假说这是他的闪电消灭他们。但在俄林波斯圣山的绝顶，宙斯却看到他的愚行。他驾着浓云，挥起真正的雷电轰击这个下界的疯狂而傲慢的人类。闪电击毙国王，也毁灭了他所建立的城和所有城里面的住民。

第十七章 阿克特翁

阿克特翁是阿里斯塔俄斯和卡德摩斯的女儿奥托纳沃的儿子，其父喜爱打猎。阿克特翁年轻时跟半人半马的肯陶洛斯人喀戎学习打猎的诀窍。有一次，他在基太隆山区的森林里围猎，身后跟着一群快乐的伙伴，中午时分，酷热难耐，火热的太阳当空照射，大家急切地想寻找一块乘凉的树荫。这时，阿克特翁将伙伴们召集起来，对大家说："我们今天收获颇丰，今天的围猎到此停止，明天再一起行动。"说完，他解散围猎的队伍，独自一人带着几条猎犬走进森林深处，希望找一块凉爽的地方，纳凉避暑，好好睡上一觉。附近有座加耳菲亚山谷，长满了松树和柏树，是呈献给阿耳忒弥斯的一块圣地。山谷深处的一角有一个树木遮掩着的山洞。这里被树丛遮挡着，有一池湖水，是清泉汇聚而成的，年轻的女神经常到这里洗澡，以消除狩猎带来的疲劳。此刻，女神正被一群仙子拥护着来到山洞。她把猎枪、弓箭和箭袋交给女佣，一位仙女帮她脱下衣服，另外两位仙子姑娘帮她松下鞋带，聪明美丽的库洛卡勒将阿耳忒弥斯那松散的头发扎起来，然后她们从清泉里舀来凉水，并缓缓地给她冲洗身子。女神正在快乐地洗澡，卡德摩斯的外孙阿克特翁来到树丛深处。他无意之中踏进了阿耳忒弥斯的圣林，找到一块凉爽的休息地，非常高兴。仙女们看到一位不速之客突然闯入，齐声惊叫起来，然后立刻用身体把女主人围住，以免被这位陌生的男子看到女神的身体。而仙子们所做的一切都是徒劳的，当时女神正站在高处，无处可以躲藏。她羞愧得满面通红，两眼愤怒地盯着闯入浴地的男子。阿克特翁全然被眼前的这幅美景吸引了，他呆呆地站在那里，一动不动。可怜的男人啊！他如果赶紧逃走，尽快离开这块是非之地，还可能避免厄运的发生！但是已经晚了，只见女神突然俯下身子，退向一旁，一面用手在湖水里掬起一杯水，泼在小伙子的头上和脸上，一面又大声地威胁道："如果你有本事的话，就去告诉别人你看到什么了吧！"女神的话还没有说完，小伙子感到一阵害怕。他扭头就跑，跑得飞快，连他自己都感到吃惊。不幸的男人没有发觉他的头上长出了一对犄角，脖子变得细长，耳朵变得又长又尖，双臂变成了长腿，双手变成了蹄子，四肢和身上都变成了斑斑点点的毛皮。他已经不是人了，愤怒的女神将他变成了一头鹿，他从水中倒影看出了自己的模样。"天哪，我怎么如此不幸呢！"他大喊一声，可是却发不出任何声音，他的嘴巴已应得像石头般僵硬。他痛哭流涕，脸上挂满了泪珠，只有心脏和思想还残留在身体里。他该怎么办呢？是回到外祖父的宫殿里去，还是藏在密林里？正当他又羞又怕的时候，他的一群猎狗围拢过来，一齐冲向雄鹿，追得他漫山遍野地逃窜。他时而跳上悬崖峭壁，时而跳下深山峡谷，在他以前围追猎物的熟悉场地上逃命，但是今天他的角色发生了改变，他成为了今天围猎的目标。最后，一条凶恶的猎犬狂叫着窜上去，一口咬住他的脊背。其余的猎狗呼啸而上，尖利的牙齿将他咬得半死不活。正在这时，他那群狩猎的朋友也闻讯而来，一齐放出恶狗，让它们拼命撕咬着这头肥鹿。猎友们高声欢呼着，寻找他们的领袖："阿克特翁！"呼喊声传遍了深山密林，"你在哪里？瞧，我们捕到了多么肥壮的野鹿！"可怜的阿克特翁被穿在朋友的猎枪上，渐渐地断了气，不幸死去。

第十八章　普洛克涅和菲罗墨拉

潘狄翁是从泥土中生出的厄里克托尼俄斯和帕茜特阿女神所生的儿子，他后来成了雅典的国王。潘狄翁的妻子策雨茜泼，是一位美丽的女水神。策雨茜波生有一对双胞胎儿子和两个女儿：厄瑞克透斯和波特斯，普洛克涅和菲罗墨拉。

有一次，底比斯的国王拉布达科斯同潘狄翁发生了争斗，率领军队侵入阿提喀。雅典人经过激烈地抵抗，最后都退缩在城内。潘狄翁眼看大军压境，急忙向英勇善战的色雷斯国王忒瑞俄斯求救，忒瑞俄斯是战神阿瑞斯的儿子。忒瑞俄斯率领部队前来解救，最后把底比斯人赶出了阿提喀州。潘狄翁非常感激，让女儿普洛克涅和这位赫赫有名的英雄结了婚。

不知不觉过去了五年，普洛克涅远离家园，感到异常孤寂，心中顿生对妹妹菲罗墨拉的思念之情。于是，她就对丈夫说："请求你让我去雅典看看我的妹妹吧。或者你去把她接过来，并转告父亲我在这里很好，她在这里稍住几天就会回去的，以免他放心不下；而且，父亲也不愿让女儿离开很久。"忒瑞俄斯马上就同意了，带着仆人，乘船驶往雅典，不久到了雅典的海港城市拜里厄司，受到岳父的热情接待。还在进城的途中，忒瑞俄斯就转告了妻子的愿望，并向国王保证，菲罗墨拉不会待多长时间。在宫殿里，菲罗墨拉亲自上前问候姐夫忒瑞俄斯，细心地询问姐姐的近况。菲罗墨拉光彩夺目，楚楚动人，忒瑞俄斯一看到她，心中早就升起了一股难抑的爱慕之情，因此他下定决心要将菲罗墨拉诱骗回去。但是他必须暂时按住心中奔腾的欲火，耐心地说到妻子思念妹妹的迫切心情。他虽然心中酝酿着邪恶的计谋，表面上却装成一位谦谦君子。潘狄翁对他赞叹不已，菲罗墨拉也被迷住了。她用双手搂住父亲的脖子，请求父亲让她到远方看望姐姐。国王不无担心地答应了女儿的请求，女儿非常高兴，连忙向父亲道谢。他们三人进了宫殿，国王用美酒佳肴盛情款待宾客，直到傍晚时分才散席。

第二天清晨，年迈的潘狄翁含着热泪同女儿分别，他紧紧地握住女婿的手说："我可爱的儿子，因为你们一致要求，我就把心爱的小女儿托付给你了。你一定要像哥哥一样爱护她，因为你是我女婿。我希望你对着天上的众神发誓，你很快就会把妹妹送回来的。"他边说边亲吻着自己的孩子，然后跟他们一一握手，叮嘱他们捎去自己对女儿普洛克涅和外孙、外孙女的问候。不久，船儿张开大帆，波涛声伴随着橹槁声，慢慢地驶入了漫无边际的大海。年迈的潘狄翁含着热泪同女儿分别，他紧紧地握住女婿的手说："我可爱的儿子，因为你们一致要求，我就把心爱的小女儿托付给你了。

　　忒瑞俄斯把菲罗墨拉偷偷地带进密林深处，把她锁入一间牧人小屋内。菲罗墨拉害怕极了，哭诉着打听姐姐的消息，忒瑞俄斯说她姐姐普洛克涅已经死了，他没有当着潘狄翁说是害怕岳父受不了失去女儿的打击，所以他才故意编造了邀请菲罗墨拉的谎言。而事实上，他前去希腊的真正目的是迎娶菲罗墨拉。说完他又假惺惺地哭了起来，装成十分伤心的样子。菲罗墨拉苦苦哀求，但她却无法改变自己的命运，只得流着痛苦的眼泪屈从于暴力，成了忒瑞俄斯的妻子。她默默地思忖，忒瑞俄斯为什么将我锁在远离宫殿的密林深处，像对待犯人一样？为什么他不让我像一个真正的王后一样住在他的宫殿里呢？有一次，她无意中听到仆人们的议论。知道普洛克涅还活着，她顿时明白她跟忒瑞俄斯的婚姻是一场罪恶，她成了姐姐的情敌。她心中充满着愤怒和对姐夫背叛姐姐的仇恨。想到这里，菲罗墨拉飞快地冲进房间，当面痛斥忒瑞俄斯，拆穿了他的真实面目。她狠狠地咒骂他，发誓要让全世界的人都知道他的欺骗和无耻。她的话激怒了忒瑞俄斯，他大发雷霆，同时，他也非常害怕。忒瑞俄斯为了不让自己的丑事被人知晓，他想出了一个恶毒的办法。他将女孩的双手紧紧地捆在背后，然后抽出宝剑挥动着，做出要杀害她的样子。菲罗墨拉高兴地期待着一刀结束她悲惨的命运。可是，正当她痛苦地呼喊父亲的名字时，忒瑞俄斯却举起刀割掉了她的舌头。现在他不再担心有人暴露他的秘密了。他像什么也没有发生似的离开了她，严厉地命令仆人对她严加看管，不准有任何懈怠。忒瑞俄斯回到宫殿，普洛克涅问他，怎么没有同妹妹一起回来。这时他假惺惺地含着眼泪说，菲罗墨拉已经死了，并已埋葬了。普洛克涅听了悲痛欲绝，她脱下金银彩服，换上一件黑纱长服，又为妹妹建了一座空墓，摆上供品奠祭妹妹的亡灵。

　　一年过去了。被残暴弄哑的菲罗墨拉顽强地活了下来，她在严密的看管下，失去了一切自由，她口不能言，无法向世人揭露忒瑞俄斯的卑鄙和可耻的行径。但是现在她却理智多了，这是不幸所赐予的理智。她坐在织机旁，在雪白的纱布上织出了紫铜色的字，她将要通过这种方法将这场丑剧公布于世人。她终于成功了，仆人答应把织物交给王后普洛克涅，因为他根本不知道事情的真相。普洛克涅打开织物，读懂了这桩令人惊骇的秘密。她欲哭无泪，甚至发不出一声叹息，因为她的痛苦太深了，她脑子里只有一个念头：报仇！向暴徒报仇！夜幕降临，色雷斯的妇女们热烈地庆祝着巴克科斯酒神节。王后也戴上葡萄花环，手执酒神杖，匆忙跟着一群妇女来到丛林。她强压住内心的痛苦，心中充满了对忒瑞俄斯的愤怒。关押着妹妹菲罗墨拉的牧人小舍就在眼前，她兴奋地高呼一声便扑了过去，姐妹两人哭作一团。随后她偷偷地把妹妹带到忒瑞俄斯的宫殿，让妹妹藏到一间密室里，告诉她："眼泪救不了我们！为了雪洗这场深仇大恨，我们必须做好一切准备。"正说着，她的小儿子伊迪斯走了进来，他是前来问候母亲的。母亲却呆呆地看着他，小声地嘟哝："他长得真像他父亲！"儿子跳过来用小手臂搂住母亲的脖子，亲吻着母亲的脸庞。母亲的心只是稍微感动了一阵，然后，她一把推开孩子，拿出一把尖刀，怀着疯狂的复仇愿望，用刀刺进亲生儿子的心口。国王忒瑞俄斯坐在祖先的祭坛前，他的妻子送上可口的菜肴，他吃完后，问道："我的儿子伊迪斯在哪里？""他不就在你的眼前吗？他和你亲密无间啊！"普洛克涅冷笑了一声，回答说。忒忒瑞俄斯不解地朝四周张望，这时菲罗墨拉走了进来，她把一颗血淋淋的孩子的脑袋扔在他的脚下。国王立即明白了其中的原委，他踢翻了这一桌罪恶的饭菜，从刀鞘里拔出剑，猛地扑向两位拼命逃跑的姐妹。她们跑得飞快，接着长出了翅膀，像那些大鹏鸟一样飞翔。其中一人飞进了树林，另一个飞落在屋顶上。普洛克涅变成一只燕子；而菲罗墨拉变成一只夜莺，在胸脯前还残留着几滴血迹，这是杀人的烙印。当然，卑鄙的忒瑞俄斯也变了，变成了戴胜鸟，高耸着羽毛，撅着尖尖的嘴，永远地追赶着夜莺和燕子，成为它们的天敌。

第十九章　墨勒阿革洛斯和狩猎野猪

卡吕冬王俄纽斯以丰收季节的新鲜果物献祭神祇，谷物献给得墨忒耳，葡萄酒献给狄俄倪索斯，油脂献祭雅典娜，每一神祇都献祭适当的祭品。只有狩猎女神阿耳忒弥斯被忘却，在她的祭坛上没有香烟缭绕。女神非常气愤，决定报复国王俄纽斯。雅典娜把一头巨大无比的野猪送到了卡吕冬国的旷野上，野猪的眼睛血红血红的，喷射出熊熊燃烧着的烈火，猪背又宽又硬，一副獠牙伸出嘴外，如同象牙一样尖。野猪疯狂地奔跑，它咬断了葡萄和橄榄的藤枝，践踏着庄稼。牧人和牧羊狗看到它都赶紧躲开，根本无法保护他们的羊群。野猪成了可怕的妖怪。

最后，国王的儿子，美丽的墨勒阿革洛斯，集合所有的猎人和猎犬来扑杀这只野猪。全希腊最有名的英雄都被邀请参加追杀，其中有阿耳卡狄亚的阿塔兰忒。阿塔兰忒是伊阿里斯的女儿，幼年时被遗弃在树丛中，得到一头母熊的哺乳才活了下来。后来，猎人发现了她并把她带回了家，从此她就居住在树林中，靠狩猎为生。现在阿塔兰忒已长成一位漂亮的女子，然而她对男人却十分仇恨，拒绝一切男人。她的狩猎本领特别好，曾经有两个半人半马的妖怪在荒野之中企图伏击她，都被她用弓箭彻底制伏了。她结着发结，肩上挂着象牙的箭袋，左手执着弓。她的面貌在男子看来好像女郎，在女郎看来，又好像男子。能够娶她为妻的男人该是多么幸福啊！但他没有时间再想下去，因为危险的狩猎已迫在眉睫，再也不能拖延了。

猎人们来到一座沿山坡逶迤而上的古老的森林里，有的布罗网设陷阱，有的放开猎犬，有的寻觅野猪的踪迹。不一会儿，他们来到一座陡峭的山谷，山谷里长满了茂密的灯芯草和沼泽水草，野猪就躲在密密麻麻连成一片的柳树和芦苇丛中，猎犬惊动了它，它钻了出来，慌不择路，又折断了大量的树木。猎人们齐声呼唤，紧紧抓住铁绳，准备捕住野猪。不料野猪看到前面有人抓着铁绳，便朝斜里冲了过去。猎人们立刻追过去，有的人朝它开枪，有的人投掷飞镖。可是这一切都没有用。它眼中闪烁着火光，腹部起伏着，向着猎人们的右侧猛冲过去，如同从投石器掷出的石块一样，冲倒三个人并即刻咬死他们。阿塔兰忒赶了过来，只见她拈弓搭箭，一箭射向野猪，正中野猪耳下。猪鬃上一片通红全是血迹。看到这里，男人们各个羞愧难当，因为没想到一个女人竟然跑在他们前头立下大功。但是他们的内心却充满了不甘，于是他们猛地跳起身子，又把长矛和飞镖朝野猪扔去。但这却对围猎野猪毫无帮助。有个亚加狄亚人猛地扑上去，可是他刚到野猪旁边，还没有来得及砍下自己的利斧时，就被野猪的獠牙拱翻在地，差点葬送了自己的性命。这时，只见伊阿宋投去一枪，打中的却是一条猎狗。最后墨勒阿革洛斯连投两矛，第一矛落在地下，第二矛却射入野猪的背部。这野兽暴怒，绕着圈子跑，口中吐着泡沫和鲜血。墨勒阿革洛斯再在它的脖子上打了一下，四面八方的枪尖也向它刺来。野猪身上被戳成蜂窝似的，它挣扎了一下，倒在血泊之中。墨勒阿革洛斯一只脚踩着它的头，用剑连毛带肉地剥下了猪皮。他把猪皮连同猪头一起送给勇敢的阿塔兰忒，对她说："收下战利品吧！按理说它应该归我，可是更大的一份荣誉应该归你！"

但这样的光荣归于一个女人，猎人们都很愤怒，大家愤愤不平地嘟哝着。墨勒阿革洛斯的母亲的几个兄弟即忒斯提俄斯的儿子们向阿塔兰忒挥着拳头，并大声地威胁她，说："放下你手中的猎物，这是属于我们大家的，你不应该独自拥有它！"说完，他们就把礼物从女人的手里抢了过来。墨勒阿革洛斯感觉自己受了莫大的耻辱，他大声呵斥起来："你们真是一批强盗！"说完就挺起长矛朝一个舅舅刺了过去，等到另一个舅舅刚刚明白发生了什么事时，墨勒阿革洛斯的长矛已经穿透了他的胸膛。

墨勒阿革洛斯的母亲阿尔泰亚听说儿子围猎得胜非常高兴。她立即前往神庙给神祇献祭表示感谢。这时她的兄弟们的尸首却被抬来了。她悲痛地捶着胸，急忙回到宫里，换下喜庆的金袍，另穿上悲哀的黑服，使全城都充满悲愁。后来她听到凶手乃是她的亲生儿子，她才揩干眼泪。她的悲哀，变成行凶的念头。她忽然想起墨勒阿革洛斯出生时，命运三女神曾经说过："你的儿子将成为一个勇敢的英雄。"第一个女神预言说。"你的儿子寿命好像……"第二位女神话还没有说完，第三位女神就接过了话头："像被搁置在炉火上熊熊燃烧的木柴一样，火苗永远也不会熄灭。"听到三位命运女神的暗示，阿尔泰亚从火中抽出木柴，浇来了上面的火星，然后藏在自己的卧室里。此时此刻，她想起了这段木柴，于是匆忙走进卧室取出木柴，然后吩咐仆人点起熊熊大火，把那段木柴放在架起的树枝上。阿尔泰亚矛盾着，犹豫着，母亲之爱和手足之情的矛盾折磨着他。她四次走近火堆，准备把木柴扔入火苗，可是又四次把手抽了回来。终于，兄弟的情谊战胜了母爱。她呼喊了一声："啊，复仇女神哟，请你们望着火中献给你们的祭品吧！还有你们，我的兄弟们，你们的亡灵哟，也看看我在为你们在干什么事吧！一颗母亲的心已经破碎。不久，我也跟你们而去。"说着，她闭上眼睛，用一只颤抖的手将木柴投进熊熊的烈火中。那时墨勒阿革洛斯回到城里，纠缠着胜利、恋爱和犯罪的心情。突然他觉得他的内心有如火烧，他苦痛得倒在他的床上。他像一个英雄一样地忍住痛楚，但却深悔不曾临阵而死，因此羡慕与野猪搏斗而死的同伴们。墨勒阿革洛斯赶紧把兄弟和妹妹、年迈的父亲以及精神有些失常的母亲喊到跟前。母亲正呆呆地站在火堆旁，不肯说一句话，瞪着一双迟钝的眼睛看着熊熊燃烧烈火。随着烈火的燃烧，儿子更加痛苦了。最后，木柴燃成了灰烬，儿子的痛苦也彻底消失了，但是他的生命也随之结束了。父亲、姐妹和整个卡吕冬国的人民都为失掉了这位英雄而悲痛欲绝。只有母亲不在那里，她已经死在火堆旁了。

第二十章　西绪福斯和柏勒洛丰

　　埃俄罗斯的儿子西绪福斯是所有的人类中最奸诈的人。他在两个国家之间的狭窄地带建立并统治着美丽的城邦科任托斯。他曾对不起天神宙斯，所以死后被打入阴凉的冥府接受惩罚。每天早上他要把一块沉重的大石头从平地搬往山坡，等到达山顶时，石头便又会顺着山势重新滚回平地，如此往复，不得停止。这作恶的西绪福斯必须重新回头搬动石头，艰难地挪步爬上山去。

　　西绪福斯的孙子柏勒洛丰，即科任托斯国王格劳卜斯的儿子。他因为过失杀人，被迫逃亡，来到提任斯，在这里受到国王普洛托斯的热情接待，并被赦免了罪行。王后安忒亚对柏勒洛丰颇有好感，禁不住想要引诱心地善良、为人高尚的他。但是王后的阴谋没有得逞，柏勒洛丰拒绝了他。一怒之下王后便在丈夫面前挑拨离间地说：“我的丈夫，如果你不想受羞辱，败坏自己的名誉，就该把柏勒洛丰杀死，因为他是个不老实的人，他企图引诱我，让我背叛你的爱情。”国王轻信了她的话，心里升起一股无名怒火。但因为他对年轻的柏勒洛丰十分赏识，所以又不忍心杀害他，想用别的办法报复他。于是，他决定把柏勒洛丰派到岳父吕喀亚的国王伊俄巴忒斯那里去。柏勒洛丰不明其中的玄机，带着普洛托斯国王的那封信就上路了，他根本没动过偷看信的心思。其实信中的内容对他极为不利，他将面临着被处死的命运。正当柏勒洛丰匆忙地走向毫不知情的死亡时，天上诸神连忙过来保护他。柏勒洛丰渡过大海，又穿过美丽的河流克珊托斯，一路来到吕喀亚，见到了国王伊俄巴忒斯。伊俄巴忒斯也是一位热情好客的英明君王，他设宴款待千里迢迢赶来的贵客，没有问起来者是谁，更没有问他从什么地方来。他只是精心地照顾自己的客人，让他每天都像过节一样。直到第十天，他才问起客人的由来和去向。柏勒洛丰也才想起要交给伊俄巴忒斯的一封家书。读了女婿写给他的家信，伊俄巴忒斯国王吓了一跳，连连叹气，他不明白为什么女婿一定要杀掉面前这位骑士般的贵客呢？转而一想，女婿一定有他自己的原因，否则也不会这样做的！国王明白似地点点头，但是他还是心生怜悯之情：面前的小伙子举止高雅文明，并且已经成为他的客人了，他怎么能忍心不明不白杀掉这位朋友呢？最后，他只得委婉地鼓励小伙子投身凶险的战事。想到这里，他吩咐柏勒洛丰去收拾危害吕喀亚的妖魔喀迈拉。喀迈拉是极其丑恶的怪物，他是堤丰和巨蛇厄喀德那所生，上半身像狮子，中间像山羊，下半身像恶龙，嘴里喷吐着火苗，火苗熊熊地燃烧着，让人毛骨悚然。天上的众神非常可怜这位无辜的年轻人，迅速地送给他一匹带有翅膀的飞马珀伽索斯，以便在危险的时候可以逃脱。珀伽索斯是波塞冬和墨杜萨的后代，它还从来没有让一位凡人骑坐过，所以十分狂野，无法驯服，即使连抓住它都不可能。柏勒洛丰努力了一阵，累得精疲力竭，最后竟在皮勒内河边睡着了。他做了一个梦，梦见他的保护神雅典娜。她交给他一副华丽的带有金色饰物的辔头，对他说："你怎么睡着了？带上它吧，给波塞冬献祭一头公牛，以后就可以使用这副辔头！"

柏勒洛丰突然从梦中醒来。他跳起身，看到手上果然有一副金光闪闪的辔头。柏勒洛丰找到解梦和算命的波吕德斯，把梦中的情景原原本本地告诉他，请他解梦。波吕德斯听了他的话之后劝他听从女神的建议去杀一头公牛来祭祀波塞冬。除此之外，波吕德斯还叮嘱他要给雅典娜造一座祭坛。做完这一切，带翼的神马轻松地就被柏勒洛丰驯服了。珀伽索斯给神马佩上辔具，全副武装，用弓箭射死了妖魔喀迈拉。接着，伊俄巴忒斯又派柏勒洛丰去攻打索吕默人。索吕默人蛮勇好战，居住在吕喀亚边境。在这次作战中，柏勒洛丰又取得了胜利，这很出乎国王的意料。后来，柏勒洛丰又战胜了亚马孙人，安然无恙地回来了。伊俄巴忒斯见几次都没有难住柏勒洛丰，于是在柏勒洛丰凯旋的途中设下了埋伏，准备把柏勒洛丰一举杀掉。可惜他的计划又失败了，吕喀亚的士兵全被他打翻在地，没有留下一个活口。直到这时，伊俄巴忒斯明白了，他多次想置之于死地的柏勒洛丰根本不是什么罪犯，而是神的宠儿，他再也不敢加害于他了，连忙把柏勒洛丰热情地接回宫殿，还封他当了个并肩王，并且把女儿菲罗诺厄嫁给了他。为了感谢柏勒洛丰，吕喀亚人献给他肥沃的土地和丰盛的作物。他的妻子生下两个男孩和一个女儿，生活过得十分美满。

时过境迁，柏勒洛丰的幸福也到了尽头。他的大儿子伊桑特洛斯在跟索吕默人的战争中不幸阵亡。女儿拉俄达弥亚跟宙斯生了英雄的儿子萨耳珀冬，后来却被狩猎女神阿耳忒弥斯一箭射死。只有小儿子希波洛库斯活了很长的时间。他在特洛伊人反对希腊人的战争中派儿子格劳库斯参战。格劳库斯与他的表兄弟萨耳珀冬率领一队吕喀亚士兵援助特洛伊人。柏勒洛丰因为拥有双翼飞马而变得骄矜起来。他骑着马想到奥林匹斯圣山，参加神祇集会，尽管他是个凡人。可这时神马却竖起身子，猛地飞上天空，把骑手突然摔落在地。虽然柏勒洛丰没有被当场摔死，却被扔到了一块陌生的地方。他艰难地爬了起来，到处漂泊流浪。从此，他仇恨众神，觉得没脸见人，一直躲藏着，隐居在荒无人烟的地方。

第二十一章　赫拉克勒斯的故事

赫拉克勒斯的出身和童年

赫拉克勒斯是宙斯与阿尔克墨涅所生的儿子，阿尔克墨涅是珀耳修斯的孙女，底比斯国王安菲特律翁的妻子。安菲特律翁也是珀耳修斯的孙子，是泰林斯国王，但后来离开了那个城市，移居底比斯。宙斯之妻赫拉痛恨阿尔克墨涅当了丈夫的情妇，当然，她对赫拉克勒斯也很忌恨，因为宙斯向诸神预言，他的这位儿子前途无量，将来大有作为。阿尔克墨涅生下赫拉克勒斯以后，害怕赫拉会伤害自己的儿子，于是就将他放置在田野里，那里后来被称为赫拉克勒斯的田野。如果不是奇迹的发生，这个孩子肯定早已离开人世了。一天，雅典娜跟赫拉走到放置赫拉克勒斯的地方，雅典娜看到孩子长得漂亮，特别喜爱。她同情忍饥挨饿的赫拉克勒斯，于是便劝说赫拉解怀，给孩子送上神奶。不料孩子却把赫拉的奶头咬得十分疼痛。赫拉一生气，就把孩子扔在了地上。雅典娜情不自禁地把孩子抱回了城，交给了王后阿尔克墨涅，请她抚养这位可怜的弃婴。但是却因为恐惧而不敢爱他，甚至愿意让他毁灭时，事情真是奇妙啊，亲生母亲孩子被后母伤害，丢弃了孩子，而后母因为内存嫉妒的仇恨，一定要把孩子置之死地才放心。可是，生母和后母都没有想到，赫拉克勒斯竟奇迹般地生存了下来。赫拉的那几滴神奶也使他超出了凡胎。

阿尔克墨涅一眼就认出了自己的儿子，愉快地把孩子放进摇篮，但赫拉很快就明白那个吸她奶的孩子是谁，而且知道他现在又回到了宫殿。她十分后悔当时没有报复孩子，把他除掉。随即她派出两条可怕的毒蛇，爬进宫殿去杀害孩子。深夜，孩子沉浸在甜蜜的酣睡中。熟睡的女佣和母亲都没有发现两条毒蛇从敞开的房门里游了进来。它们爬上孩子的摇篮，缠住孩子的脖子。蛇的爬动使孩子受到了惊吓，他大叫着抬起头，环顾四周，感觉这项链特别紧，于是便初试了他的神力，两手各抓住一条蛇使劲一捏，竟把两条蛇捏死了。他的乳母，这时才看到蛇，但由于恐惧，不敢前去救援。阿尔克墨涅被孩子的叫声惊醒。她赤着脚，奔了过来，大喊救命，但她发现两条大蛇已死在孩子手上。底比斯王室里的侯爵们也都全副武装地涌入卧室。国王安菲特律翁也非常惊讶，他把孩子看成宙斯赐予的礼物，疼爱有加，还把这件事看作是奇迹的吉兆，派人请来底比斯的盲人占卜者提瑞西阿斯为其占卜，提瑞西阿斯当着大家的面预言孩子的将来，说道，他长大以后，将杀死陆上和海里的许多怪物；他将战胜巨人，在他历尽艰险后，他将享有神祇们的永久生命，并赢得与青春女神赫柏的爱情。

赫拉克勒斯所受的教育

国王安菲特律翁从盲人占卜者的口中知道儿子天赋极高，他决心让儿子享受配做一个英雄的教育。他聘请了各地的英雄给年轻的赫拉克勒斯传授种种本领。他的父亲教他掌握驾车的本领；哈耳珀律库斯跟他操练角力和拳击；俄卡利亚国王欧律托斯指导他拉弓射箭；宙斯的孪生儿子卡斯托耳指导他野外战斗；刻莫尔库斯教他弹琴唱歌；满头白发的里诺斯教他读书识字。赫拉克勒斯显示了自己的聪明才智，但是他却吃不了苦。年迈的里诺斯是一个苛刻的老师，有一次，当他准备动手鞭打赫拉克勒斯时，赫拉克勒斯顺手却抓起齐特儿琴，朝老师头上砸去，没想到老师当场毙命。赫拉克勒斯因此被送上了法庭。知识渊博而又为人正直的法官拉达曼提斯怜惜赫拉克勒斯的才能，赦免了他的罪过，特地颁布法令：因自卫而打死人者可以免受处罚。赫拉克勒斯被宣布无罪释放。

但是，安菲特律翁还是担心他将来会因力大无穷而犯下类似的错误，所以把他送到乡下，让他跟牛群一起生活。赫拉克勒斯就在那里长大，几年过去了，长得又高又壮，力量和身体比所有的人都高大。这宙斯的儿子，看上去很是令人吃惊。他身高一丈多，双眼炯炯有神，犹如闪烁的炭火。他善骑会射，射箭或投枪都能百发百中。当他十八岁时，已长成希腊最英俊、最强壮的男子汉。他面临着命运的挑战，现在是看看他一身武艺和力量是用来造福还是作恶的时候了。

赫拉克勒斯面临抉择

赫拉克勒斯离开了牧人和牛群，来到一个寂静的地方，思考他的人生道路到底该怎样选择。有一次，他坐着沉思，看到两位高贵的妇女迎面走来。其中的一位目光柔和，举止优雅，衣服整洁干净，显现出贵族的气质，另一个则皮肤细腻，雍容华贵，挺直的腰板比自然赋予的还要硬朗，她雪白的皮肤搽了香粉和香水，她这样地傲岸，好像她比实际要高一些，而她的服装也尽可能地迷人。她自我欣赏一下，然后又观看四周，看是否有人羡慕自己，并时时顾盼一下自己的影子。看见了对面站着一位英俊少年，她急走几步赶在了仍然安详走着的第一位女子的前面，招呼这个青年。

"你好啊，赫拉克勒斯，你还在犹豫什么呢？你应该选择自己的生活道路。如果你肯做我的朋友，我就可以领你走上一条最舒服的生活之路：一生中再也没有苦恼和烦闷；也用不着担心战争和苦难；你将不用花费心思，王室的美酒佳肴听凭你自由享受；衣来伸手，饭来张口，毫无体力和精神负担；万一你缺少过这种生活的条件时，别担心我会强迫你从事任何体力或脑力劳动。恰恰相反，你将收获别人的劳动果实，并得到一切对你有利的东西，享不尽荣华富贵，因为我给予我的朋友享用一切来满足自己的权利。"

赫拉克勒斯听了这诱人的话语，诧异地问她："美丽的女子，你究竟叫什么名字？""我的朋友们称我为幸福女神。"她回答说，"而那些想贬低我的人则叫我是轻佻女郎。"

这时第一位女子也赶上来了，她说："亲爱的赫拉克勒斯，我认识你的父亲，了解你的天赋和所受的教育。你的才能给了我希望。如果你选择我指示给你的路，那么你将能驾驭世上的一切大事和善事，不过我不能给你享受荣华和富贵的承诺。我只是想告诉你，天上的神祇对于人类的意愿。要明白，人类不经过努力和辛苦，神祇是不会使他们有收获的。如果你希望众神保佑你，那么你首先就应该尊重他们；你要全希腊推崇你的美德，那么你就应该为全希腊谋幸福；有播种才有收获，你想赢得战争，就得学会战争的技术；你要保持矫健的体魄，就必须通过艰苦的劳动和流汗使它强健。"

轻浮的女子突然打断了她的话。"你看，亲爱的赫拉克勒斯，"她说，"如果你跟了这位女子，你将需要经过漫长而又坎坷的路才能实现你的梦想。而跟我就不同了，我会用最快、最舒服的方式让你享受幸福。""你是个说谎的女人，可怜的生物哟！"道德女子回答道，"你有什么好处，你根本不懂得什么是满足。你怎么能这样呢？你不知道真实的快乐，因为你还没有走到它们面前，你就已经心满意足了。你怎能在兴趣产生之前就把它送给客人呢？你使他们无饥而食，无渴而饮。为了刺激食欲，你寻找巧妙的厨师，为了加深酒瘾，你追求豪奢的美酒。在夏天你妄想着冰雪，永远睡在舒适而又温暖的床上，你让他们通宵达旦地游玩，白天的美好时光白白浪费掉。他们在无忧无虑的生活中失掉了青春，在年老时苦恼，羞愧于他们的过去，而仍然背负着现在的负担。这就是你要送给他们的吗？虽然你已经得到了不老之身，然而却从未做过一件好事，从未得到过表扬，你将遭到众神摒弃，为世人所不屑。你从来没有听到过最悦耳的声音：真实的赞美！你从来没有见过最悦目的事物：你自己良好的工作！而我却跟神和一切好人都保持着友谊，我是一切艺术家的使者，是父母亲的忠诚佑护，也是仆人们的支柱。我支持和平事业，在战争中是可靠的伙伴，我是最忠诚的女友。饮食睡眠对于我的朋友们比对于懒惰者更有意义。年轻人为得到老人们的承认而开心，老人因为受到年轻人的尊重而幸福，他们满足于回忆过去的奋斗，高兴于现在的事业。我使人们相敬如宾，让他们受到神祇的保佑，受到朋友的爱护，受到国家的推崇。当末日来临的时候，他们不会默默地毫无光彩地走进坟墓，而他们的荣耀仍留在人间，受到后世的仰慕。啊，赫拉克勒斯，如果你选择这样的生活道路，你会感到真正的幸福。"

赫拉克勒斯最初的英雄行为

两位女子说完话，顿时消失了，赫拉克勒斯独自一人留在原地，他决心选择"美德"的路。不久，行善的机会就来了。那时候希腊国丛林密布、沼泽遍野，四处是凶恶的猛狮、野猪和其他妖孽。消除孽障，解救希腊国人的重任压在了无数英雄的肩头，赫拉克勒斯也不例外，一样面临着艰巨的任务。

当他回到国内，他听说国王安菲特律翁的牧场基太隆山脚下住着一头凶猛的狮子。赫拉克勒斯耳边仍然清晰地响着"美德"的言语，所以他决心杀死它，为百姓除害。他全副武装，爬上了荒山，打死了狮子，剥下狮皮，披在肩上，然后又把狮头割下来做头盔。

当他打猎凯旋时，途中遇到了明叶国王埃尔吉诺斯派出的使者，他们向底比斯人收取年贡，这是一种既不合理又令人感到屈辱的沉重负担。赫拉克勒斯心怀善心，把自己作为一切被压迫的人们的斗士，决定为受压迫的人打抱不平。他愤愤不平地走向使者，几个回合就把使者们打倒在地，砍断了他们的手足，然后把他们捆绑起来，送回去见他们的国王。埃尔吉诺斯看到自己的使者被绑了回来，非常生气，他要求底比斯国王交出凶手。底比斯国王克瑞翁非常胆小，不知怎么办才好，准备服从他们的命令。于是赫拉克勒斯动员了一批斗志昂扬的青年，决定带领他们前往迎敌。但是他们却没有在民间找到任何武器，因为明叶人收缴了全城的武器，借此防止底比斯人滋长任何抵抗意识。正在他们无助时，雅典娜女神把赫拉克勒斯引进神庙，用自己的武器把他武装一新。雅典娜的神庙里挂着许多武器和装备，那是彪炳列祖列宗显赫战功的缴获物件，后来又被祭献给各位神仙。看到武器，随着赫拉克勒斯一起来的青年们纷纷动手，全副武装，勇敢出征，可双方力量悬殊很大，他们只有小小的一队人马，明叶人则规模庞大，这显然就是拿鸡蛋碰石头。在一块转不过身子的山谷里，两支部队相遇了，立即拉开了战场。明叶的士兵虽说人多势众，但是在这狭窄的山谷里他们的兵力根本无法施展。埃尔吉诺斯的部队被彻底打败了，他自己也不幸战死沙场。可是，赫拉克勒斯的后父安菲特律翁也在战争中中箭身亡。战争结束后，赫拉克勒斯迅速挺进明叶京城奥耳肖楣诺斯，他冲进城里烧毁了王宫，毁坏了城池。全希腊人都赞美他卓绝的勇敢，底比斯国王克瑞翁为嘉奖他，把女儿墨伽拉许配给他，后来墨伽拉为他生了三个儿子。诸神也送给这位半神半人的英雄许多礼物，赫耳墨斯送给他一把剑，阿波罗送给他一把弓，赫淮斯托斯送给他金箭袋，雅典娜送给他崭新的青铜盾。他的母亲阿尔克墨涅却改嫁了，嫁给了法官拉达曼堤斯。

赫拉克勒斯与巨人之战

赫拉克勒斯受到诸神的珍贵馈赠，心中感激不尽。不久，他找到了报答机会。大地女神盖亚给天空神乌拉诺斯生下了一群巨人，这群巨人面目狰狞，胡须杂乱，长发飘飘，身后还拖着一根带鳞的尾巴，这尾巴就是他们行走的工具，真是一批妖怪！宙斯当了世界新的主宰后，他把盖亚从前生下的一群儿子，也就是诸位提坦巨人全部送入了地狱，盖亚因此仇恨宙斯，于是她让她的这群巨人儿子前去反抗宙斯。几年后，诸位提坦巨人果然打破了地府，宛如春苗般播撒在帖撒利的大地上。

一看到他们，所有的星星会变色，连阿波罗都掉转了太阳车的方向。

"去吧，孩子们，为我，为往昔的神祇的子孙们去报仇。"大地之母对他们说，"雄鹰啄食普罗米修斯的肝脏；闪电去击打提堤俄斯，他竟敢伸出罪恶之手去触摸勒托的神体；阿特拉斯用肩去扛天庭。去吧，去报仇，去挽救他们！你们可以借助我的肢体，也就是那崇山峻岭，把它当作阶梯，把它用作武器，攀登上满天星斗的城堡。阿耳克尤纳宇斯，你去扯下暴君手中的权杖和闪电！恩刻拉多斯，你去征服海洋，把波塞冬赶走！律杜斯，你去夺来太阳神的缰绳！珀耳菲里翁应该去攻占特尔斐的神殿！"

听到她的命令，巨人们一阵欢呼，就像已经取得胜利一样，已经领着波塞冬和阿瑞斯走在凯旋的行列中，或者拉着阿波罗美丽的头发将他拖走。一个人这般说着就好像阿佛洛狄忒已经是他的妻子，别的人又计划向阿尔忒弥斯求婚，第三个人又想着雅典娜。他们纷纷登上了帖撒利山，准备从那里向天空发起冲击。同时，神祇的使者彩虹女神伊里斯，连忙召集诸位天神、水神以及地府里的命运女神，让他们一起前来，共同商量对付的办法。冥后珀耳塞福涅离开了阴森森的王国，她的夫君，就是沉默的国王也骑着惧光的骏马爬上了金光闪闪的奥林匹斯山。如同一座被包围的城市的居民从四面八方冲进卫城一样，神祇们集合在奥林匹斯圣山上。

"诸位神祇，"宙斯对他们说，"你们看看，大地之母如何起劲并又恶毒地反对我们。大家起来和她进行战斗吧！她给我们派来多少儿子，我们就要给她送回多少尸体！"当万神之父刚把话讲完，天空中就响起阵阵雷鸣。地下的盖亚在下面掀起猛烈的地震，作为回报。大自然又像造物时一样陷入一片混乱，一切如同开天辟地时一样。巨人们拔掉了一座座的高山，把帖撒利的俄萨山、佩利翁山、俄塔山、阿拖斯山全都推倒，互相重叠。而后，他们又借助赫贝罗斯的一半源泉冲走了罗杜泼山。他们沿着山势一步步地向着众神的居住地攀援，用燃烧着的栎木大棒和巍峨挺拔的大山来武装自己，向奥林匹斯发起总进攻。众神得到一则神谕："如果没有一位凡人参与战斗，光靠众神是不能除掉前来攻击的巨人的。"盖亚听到消息后，急忙考虑化解的方法，以保证自己的儿子们不会受到凡人的伤害。天下有一种神草可以化解这种危机，但没想到正当盖亚在黑暗中四处寻找药草时，宙斯却捷足先登了。这是因为他隐藏起了朝霞、月亮和太阳的光芒。当盖亚在黑暗中摸索，宙斯却把药草收割起来。他请雅典娜将药草交给自己的儿子赫拉克勒斯，并要求他前来参战。

奥林匹林斯圣山上燃起熊熊的战火。战神阿瑞斯端端正正地坐在战车上，车前的骏马高声嘶鸣。他驾着马车朝着密集的敌人冲了过去。他的金盾比火光还要明亮，他战盔上的羽毛也在风中飘动。鏖战时，他一枪刺穿了巨人珀洛罗斯，紧接着，战神又驾着战车在地上碾碎了许多人的肢体。突然，他看到爬到了奥林匹斯山顶的赫拉克勒斯，阿瑞斯立即吹着送出去三个灵魂而死去。这时赫拉克勒斯正在战场上环顾四周，要为自己的弓箭寻找一个目标。他一箭把阿耳克尤纳宇斯射倒在地，让他掉进了无底的深渊，可当他触摸到家乡的土地时，他又生气勃勃地站立起来了。按照雅典娜的建议，赫拉克勒斯也追下去了，他把阿耳克尤纳宇斯从地上举起，可怜的阿耳克尤纳宇斯一离开大地就死去了。

这时，巨人珀耳菲里翁气势汹汹地朝赫拉克勒斯和赫拉猛扑过来，要跟他们决一死战。但宙斯马上让巨人心里产生一股仰望天空观看神面的思绪，正当珀耳菲里翁撕扯赫拉面纱的时候，宙斯趁机用炸雷击中了他，赫拉克勒斯射出一箭，使他当场毙命。随后，巨人的战斗行列里已奔出了眼中直喷火花的埃菲阿耳忒斯。

"来得正是时候，他已经成为我们射箭的靶子。"赫拉克勒斯大笑着对身旁的阿波罗说。于是，阿波罗和半神一起拉弓，嗖嗖两箭，分别射中巨人的右眼和左眼，埃菲阿耳忒斯立即双目失明。酒神狄俄尼索斯举起酒神杖，将律杜斯打倒在地。赫淮斯托斯单手用力掷出一把烧得通红的铁浆，一阵灼热的火苗迎头而下，巨人刻吕提俄斯当场死亡。帕拉斯·雅典娜抓起西西里岛向着正在逃跑的恩克拉托斯猛地砸过去，把他压在了下面。巨人波吕波特斯被追赶得无处躲藏，一直逃到爱琴海的可斯岛，波塞冬撕下海岛的一角，把他埋在里面。赫耳墨斯头戴普路同的隐身帽，一拳打死了希波吕拖斯。另外两位巨人也被命运女神的铁棒砸死。其余的巨人被用雷电击毙，或被赫拉克勒斯用弓箭射死。

战斗结束，诸神称赞这半神人赫拉克勒斯的赫赫战绩。宙斯把所有参战的神祇称作奥林匹斯人，这是勇敢者的称号。凡间女子为宙斯所生的两个儿子，即狄俄尼索斯和赫拉克勒斯，也获得了这光荣的称号。

赫拉克勒斯与欧律斯透斯

在赫拉克勒斯出世之前，宙斯曾经在神祇会议上宣布，让珀耳修斯的第一个孙子主宰所有其他的珀耳修斯的子孙。他是想把这份荣誉给他和阿尔克墨涅所生的一个儿子。可是赫拉特别不甘心把这份幸福让给情敌，她妒火中烧，于是她暗中策划诡计。她让珀耳修斯的另一位孙子欧律斯透斯先于赫拉克勒斯出世，尽管他原来应该是在赫拉克勒斯之后出生的。于是，先出生的欧律斯透斯成了迈肯尼的国王，后来出生的赫拉克勒斯则成了他的臣民。欧律斯透斯不愿意看到赫拉克勒斯的成名，于是便如同召见臣民一样将他召来，把一大堆艰难的任务交给他去办理。赫拉克勒斯不情愿听从国王的摆布，宙斯也不愿意违背自己的命令，于是命令儿子去执行希腊国王的命令。这半神半人的英雄不甘当凡人的奴仆，便离开家来到特尔斐，请求神谕。神谕昭示说："欧律斯透斯由于赫拉的诡计骗取了王位，诸神将予以纠正，但赫拉克勒斯必须完成国王交给的十二项任务。等到这些任务完成以后，他就可以升格为神。"

赫拉克勒斯听到神谕，心中郁闷，深深地陷入悲哀之中。替一个比他低微的人服务，实在有损他的尊严，降低了自己的身份，可是他也不敢违背父亲宙斯的圣意。赫拉仍然仇恨赫拉克勒斯，尽管在与巨人们作战时他曾经救援过神祇们。赫拉利用这一机会，让赫拉克勒斯变得忧郁、暴跳、野蛮。赫拉克勒斯充满了仇恨，他无法控制自己，甚至想要杀害可爱的侄子伊俄拉俄斯。侄子看到凶狠的叔叔，大吃一惊，急忙逃了出去。狂躁之中，赫拉克勒斯用箭射死了他和墨伽拉所生的孩子们，并想象着是把弓箭指向巨人。很久以后，他才从这样的狂躁中逃脱出来，他看到自己闯下了大祸，陷入更深的悲哀和不幸之中。他闭门不出，不见任何人，拒绝和任何人打交道。随着时光的流逝，他心头的痛苦才有所减轻。他重新振作起来，决心去完成欧律斯透斯交给的任务。

恶战尼密阿巨狮

国王交给赫拉克勒斯的第一项任务是：赫拉克勒斯必须为他剥下尼密阿巨狮的兽皮。这头巨兽生活在阿耳戈利斯地区的伯罗奔尼撒，尼密阿和克雷渥纳之间的大森林里。狮子凶悍无比，人间的武器根本不能伤害它。有人传说，狮子是巨人堤丰和半人半蛇女怪厄喀德那的儿子。还有人说，狮子是从月亮上掉下来的。现在，赫拉克勒斯踏上了征服狮子的征程。他一路奔跑，来到克雷渥纳，在这里他遇到了可怜短工的莫洛耳库斯，在那里他受到了热情的款待。莫洛耳库斯想宰杀一头牲口来祭供宙斯。"善良的人哪，"赫拉克勒斯说，"让你的牲口再活三十天吧！如果那时我能顺利地打猎回来，那么你就可以给救星宙斯献祭，如果我死了，你就应当给我献祭，把我当作升入神祇的英雄。"

说完，赫拉克勒斯又继续前进。他背着箭袋，一只手拿弓，另一只手上拿着从赫利孔山上连根拔起的橄榄树做成的木棒。没过几天，他就来到尼密阿的树林里，他在树林里小心地寻找，希望发现那头巨兽，而且必须抢在被狮子看到自己的前面发现它。可是，这时正是当午，周围根本没有狮子的踪影，树林里、田野上也没有，也没有人可以问通到狮子洞穴的道路，因为他没有遇到一个牧人或一个樵夫。这安静的地方处处笼罩着恐怖的浓雾，家家闭门锁户，没有人敢迈出大门一步。

整个下午赫拉克勒斯都在树林中巡游，并决定在看见狮子的瞬间证实一下自己的力量。直到傍晚的时候，狮子终于在一条林中小路上出现了。它刚刚猎食回来，吃得特别饱，而且头上、狮鬃和胸脯上还滴落着鲜血，它用舌头舔着嘴唇。赫拉克勒斯看见它一步步走近了，急忙躲进茂密的树丛，并用箭头瞄准它的腰部，静悄悄地等它过来。狮子越走越近，赫拉克勒斯迅速地站起身，拉开弓箭，从侧面嗖地一声射去一箭。但是箭镞却伤不到狮子，箭镞像射在石头上一样被弹了回来，软软地落在森林的沼泽地上。狮子抬起了血淋淋的脑袋，睁大圆圆的眼睛，露出一排可怕的巨牙，这样的姿势正好使它的胸脯暴露在赫拉克勒斯的面前。赫拉克勒斯不失时机，又朝狮子的心脏射去第二支箭。可惜这回也失败了，箭掉在了狮子的脚下，并没有擦破它的皮。赫拉克勒斯正准备拉第三箭时，狮子看到了他。它暴怒地夹起长尾巴，脖颈因狂暴而膨胀，鬃毛竖起，弓起背，瞪着血红的大眼，发出沉闷的吼叫，向它的敌人扑来。这时，赫拉克勒斯扔下手中的箭，丢掉披在身上的狮皮，右手挥着木棒朝狮子头狠狠打去，击中它的脖子，狮子倒在地上，随即它便跳起来，但扑了个空。然后它四肢颤抖着站起来，赫拉克勒斯还没有等它恢复过来，立即冲上去。还没有等它缓过神来，赫拉克勒斯又悄悄地靠近了它，毫无畏惧地从后面朝狮子扑了过去。他双手抱住狮子的脖子，狠狠地掐住狮子的喉咙令它停止了呼吸。狮子死了，它的灵魂急忙地回到哈得斯那里去。赫拉克勒斯费了很大的力气也没有把狮子皮剥下来，因为任何铁石都不能在狮子身上划出一道口子。最后，他尝试着用巨兽的利爪撕扯狮皮，没想到狮皮立即就被剥离了。后来，他用这张美丽的狮皮为自己做了一面盾，用它的上下颚为自己做了一具新的战盔。但他仍然把带来的狮皮和武器收拾好，把尼密阿巨狮的狮皮披在肩上，出发回泰林斯去。赫拉克勒斯按照约定来到莫洛耳库斯那儿时，正好过去了三十天。老朋友正忙碌着为赫拉克勒斯的亡灵摆上祭供，却意想不到这位英雄一脚踏进屋来。于是两人一起给救世主宙斯献祭供品，而后，赫拉克勒斯亲切地同他告别，往故乡走去。当国王欧律斯透斯看见赫拉克勒斯披着可怕的狮皮回来时吓得双腿发颤，他畏惧英雄的神力，从此，再也不让赫拉克勒斯走近自己，各项命令都由珀罗普斯的儿子库泼洛宇斯为他转达。

九头蛇怪许德拉

　　国王交给赫拉克勒斯的第二项任务是杀死九头蛇许德拉。许德拉是堤丰和厄喀德那所生的女儿，她是在希腊亚哥利斯的勒那沼泽地里长大，许德拉长了九颗脑袋，其中八颗脑袋是属于凡间的，可以杀死，而中间那颗直立的蛇头却是仙胎，杀不死。她力大无比，常常来到乡村田野，践踏庄稼，杀害牲畜。赫拉克勒斯勇气十足地去冒险。他驱车前往，为他驾车的是他的侄儿伊俄拉俄斯，即他的堂兄弟伊菲克勒斯的儿子。伊俄拉俄斯一直伴随着他，是他不可分离的左右手。他们匆忙地朝勒那驶去，经过阿密玛纳源泉的山坡时，他们看到了洞内的许德拉蛇怪。伊俄拉俄斯立马拉住马缰绳，赫拉克勒斯迅速跳下马车，一连放了无数火箭，逼出了许德拉蛇妖。许德拉吐着舌头，发出的声响，游动着来到赫拉克勒斯的面前，她的九个脖子威猛地向上直立着，模样十分恐怖。赫拉克勒斯勇敢地迎了上去，一把抓住蛇妖的一个头，紧紧地捏住。这时，她却用另一个头猛地缠住赫拉克勒斯的一只脚，不打算和他做正面斗争。赫拉克勒斯举起木棒朝蛇头狠命地砸打着，可是他却需要不停地扑打才行。因为一个蛇头被打碎了，两个蛇头又长出来了。这时又来了一只巨大的螯子，紧紧地咬住赫拉克勒斯的脚上不放。赫拉克勒斯两头被夹击，一下抽出木棒，将螯子打死了，同时还大声呼叫伊俄拉俄斯快来帮忙。伊俄拉俄斯执着火把在等候着，用火把把附近的树林点着了，然后拿起燃烧的树枝去烫蛇妖的刚刚出生来的蛇头，使它们不能长大。这才解除了对于这个英雄不断的新的威胁。这时，赫拉克勒斯乘机砍下许德拉的那颗不死的头，将它埋在路旁，上面压着一块沉重的石头。接着，他又把蛇身劈作两段，并把箭浸泡在有毒的蛇血里。从此以后，中了他箭的敌人再也无药可医。

刻律涅亚山上的牝鹿

欧律斯透斯给他的第三项任务是要他生擒刻律涅亚山上的牝鹿。这是一头漂亮的动物，金角铜蹄，自由自在地住在亚加狄亚的山坡上，这是女神阿耳忒弥斯在首次打猎时捉到的五头牝鹿之一，只有她被放回树林生活，因为命运女神规定有一天让赫拉克勒斯为追捕她而累得疲惫不堪。赫拉克勒斯接到任务就出发了，他日夜兼程，整整一年他都在追逐着她，一直奔到极北净土族人和伊斯忒河的地界。传说极北净土人是北极地区人数众多的民族，据诗人们叙述，这里一年太阳只会出现一次，地里的果实在一天间迅速成熟，而且从来没有狂风暴雨。在阿波罗的护佑下，这是一块无忧无虑的人间圣地。这里的人们千年如一日，过着幸福的生活。赫拉克勒斯终于在离安诺埃城不远的拉同河边看到了牝鹿，他唯一能捕获她的方法乃是用一只箭射中她的脚使他不能奔跑，赫拉克勒斯轻而易举地把受伤的牝鹿扛了回去。途中，他遇到女神阿耳忒弥斯和她的哥哥阿波罗。她责问他为什么伤害她放生的牝鹿，甚至想夺走她的猎物。

"伟大的女神，这不是我在闹着玩，"赫拉克勒斯辩解说，"我也是迫于无奈，否则我怎么能完成欧律斯透斯交给我的任务呢？"这话总算平息了女神的怒火。赫拉克勒斯扛着活牝鹿回到迈肯尼。

厄律曼托斯野猪

赫拉克勒斯又接到第四项任务：毫无损伤地活捉厄律曼托斯野猪，把它完好地带回迈肯尼，交给国王欧律斯透斯。这头野猪是用来献祭给女神阿耳忒弥斯的圣物，可是它在厄律曼托斯一带糟蹋庄稼，危害甚大。接受任务后，赫拉克勒斯立即前往厄律曼托斯，途中他经过西勒诺斯的儿子福罗斯的家停了下来。父亲西勒诺斯如同一切马人一样，长着一对马耳，大扁鼻子，秃顶，身材矮小，身后还有一根尾巴。福罗斯半人半马，是肯陶洛斯人，他热情地招待了赫拉克勒斯，给他端出一盆烤肉，自己则生吞活剥，吃得津津有味。当赫拉克勒斯想要用美酒伴佳肴，可福罗斯听后却笑着回答说："尊贵的客人，我的地下室里倒是有一桶美酒，但是它是所有肯陶洛斯人的财产。我相信你对肯陶洛斯人的大方程度应该是有了解的吧？我不敢把它打开，因为我知道我们半人半马的肯陶洛斯人并不慷慨。"

"打开吧，"赫拉克勒斯说，"我答应你，保护你不受他们的攻击。我现在真是口渴难忍！"

原来，这桶酒是酒神巴克科斯亲自密封之后交给一位肯陶洛斯人的，酒神吩咐过这桶酒不能提前打开，必须等到四代人马以后，赫拉克勒斯到来时才能打开。福罗斯看赫拉克勒斯的确口渴难忍，就来到地下室。酒桶刚被打开，酒香立即扑鼻而来，接着就弥漫全室。肯陶洛斯人闻到了陈年酒香，都涌了过来。他们手持木棒或者石块，把福罗斯的地下室围得水泄不通。看到情况不妙，赫拉克勒斯拿起火把向第一批肯陶洛斯人投掷过去，这一部分人一直被赶到伯罗奔尼撒半岛东南角的玛勒河，那里是赫拉克勒斯的老朋友喀戎居住的地方。逃跑的肯陶洛斯人纷纷投奔了喀戎。赫拉克勒斯向人群射去一箭，没想到箭却穿过一位肯陶洛斯人的手臂，最后射伤了喀戎的膝盖，牢牢地钉在那里。赫拉克勒斯认出了那正是自己幼年的老朋友，他很关心地向他跑去，替朋友从膝盖上拔下箭镞，然后又用喀戎自己制作的药膏敷贴伤口。但是，喀戎的伤口是无法治好的了，因为箭上浸透了许德拉的毒汁。喀戎请人把自己抬回洞穴，他希望最后死在自己朋友的怀里。可惜这个愿望也是空幻的，因为他忘掉自己是不死的，他的伤痛也将永远忍受。赫拉克勒斯含泪告别了喀戎，答应不管花多大的代价，也要请死神满足老朋友的愿望，让他解脱痛苦。从普罗米修斯的故事里，我们知道他实现了自己的诺言。当赫拉克勒斯重新回到福罗斯那里，他看到这位朋友已经死了。事情是这样的：福罗斯从一个肯陶洛斯死者的身上拔出一个箭镞，看到这么小小的一个东西，思忖着这样小的一支箭竟能把人给射死，这时，箭镞却从他的手中滑落，不料沾满毒汁的箭镞却划破了他的脚，他当场中毒而死。赫拉克勒斯十分悲伤地为他举行光荣的葬礼，将朋友葬在一座山下，这座山从此就叫作福罗山。

赫拉克勒斯继续上路去寻找野猪。他大声吼叫，把野猪赶出丛林，又在后面追赶，一直把它赶到雪地里，终于用活结把精疲力竭的野猪套住。现在他生擒了厄律曼托斯野猪，如同国王欧律斯透斯在命令中所说的那样，后来他把野猪送到了迈肯尼。

奥革阿斯牛圈

国王欧律斯透斯下达了第五项任务。派他做的这件事似乎是一位英雄不屑干的，即要他在一天之内把奥革阿斯的牛棚打扫干净。奥革阿斯是伊利斯的国王，养着无数的牛群，他的牧群按年份分类围圈在不同的牲口棚内，他共有三千多头牛，多年来里面堆满了牛粪。赫拉克勒斯不知道该如何行事，才能在短短的一天内把牛粪清除干净。这桩工作一来是屈辱的，二来是几乎不可能做到的。

赫拉克勒斯来到国王奥革阿斯面前，愿意给他清扫牛棚，但他没有说这是欧律斯透斯交给他的任务，奥革阿斯听到有人给他打扫牛圈，心里非常高兴，禁不住打量起眼前这位英俊的男子汉。看他穿着狮子皮的衣服，显得很高贵，但他不明白的是这样一位武士为什么会做仆人才干的活呢？接着他又想重赏之下必有勇夫，这位武士可能想从他身上发一笔小财，如果他真是这样想的话，那他真是打错了算盘。但是，倘若他真能在一天之内把牛圈打扫干净，那我肯定会给他一笔丰厚的报酬。可问题是，这是根本不可能完成的。这么多牛粪怎么可能在一天内铲除干净呢？国王说：

"听着，外乡人，假如你真能在一天之内，把宫殿前面的牛棚打扫干净，我将把牛群的十分之一送给你。"

赫拉克勒斯接受了这个条件。国王以为陌生人一定会马上开始劳动，不料赫拉克勒斯却叫上奥革阿斯的儿子菲洛宇斯，请他替这个协议做证，然后才走出宫殿。他首先在牛圈的旁边挖了一条沟，又利用运河把佩纳俄斯和阿尔弗俄斯河水从一个沟口引进来，又从另一个沟口流出去，让它流过牛圈，这样做的结果就是把里面的粪土冲刷得干干净净。他这样执行一种屈辱的命令，而没有降低自己的身份去做一种神祇所不屑做的工作。结果，他连手都没有弄脏，就完成了任务。但当奥革阿斯这时听说赫拉克勒斯是奉欧律斯透斯之命来做这件事的，便想赖账，否认他许过诺言，不给赫拉克勒斯任何报酬，还说，赫拉克勒斯如不服，他们可以对簿公堂。等法到官审理官司时，奥革阿斯的儿子菲洛宇斯出庭做证，就说他的父亲答应过给赫拉克勒斯一笔报酬。奥革阿斯特别失望，判决书还没有下达，他就命令陌生人和他的儿子一起立马离开他的王国。

斯廷法罗斯湖的怪鸟

赫拉克勒斯完成了任务，高高兴兴地回到欧律斯透斯的王国，可是国王宣布这次任务因赫拉克勒斯要求报酬，所以不能算数。第六项任务又来了，这次是让赫拉克勒斯去赶走斯廷法罗斯湖上的怪鸟。这种怪鸟生活在亚加狄亚的斯廷法罗斯的湖畔，是一种像鹤一样巨大的猛禽，铁嘴、铁翼、铁爪，力大无比，它们抖落的羽毛犹如射出的飞箭，它们的铁嘴甚至能够啄破青铜盾，在那儿它们伤害了无数的人畜。阿耳戈船的英雄们在路途中所遭遇的正是这种怪鸟。赫拉克勒斯动身前往斯廷法罗斯湖，不久，来到四周是密林的湖畔。一群怪鸟在林中惊恐地飞来飞去，好像害怕被狼吃了似的。赫拉克勒斯看到鸟在空中盘旋，他自己却一点办法也没有，他不知道怎样才能战胜这些奇怪的鸟儿。突然，赫拉克勒斯感到有人拍他的肩膀，原来雅典娜就站在他的身后。雅典娜交给他两把赫淮斯托斯亲打造的铁制的巨型拍子，并告诉赫拉克勒斯，用铁拍就可以驱赶斯廷法罗斯的怪鸟。说完话，她就消失了。赫拉克勒斯在湖旁登上一座小丘，他拼命地挥动铁拍子，恐吓怪鸟，鸟儿们无法长此忍受这刺耳的响声，结果都惊慌逃，飞出了树林。赫拉克勒斯瞄准时机，弯弓搭箭，嗖嗖嗖地连射几箭。许多鸟儿应声跌落，飞走的鸟儿从此以后再也没有回来过。它们飞越大海，一直飞到阿瑞蒂亚岛，从此再也没有回来。

克里特的公牛

克里特的国王弥诺斯答应海神波塞冬，要把海里出现的无论何物当作祭品献给他，因为弥诺斯认为在他的领土内没有一种动物值得献给这位伟大的神灵。海神使一匹美丽的牧牛从海浪里升起。但当弥诺斯看到海中竟然浮出一头公牛，非常高兴。但他实在舍不得将公牛献出去，于是便将它悄悄地藏在自己的牛群内，然后用另一头公牛作为祭礼奉给了波塞冬。海神因此而非常生气，他让海里来的这头公牛变得疯狂起来，在克里特岛为非作歹，大肆破坏。赫拉克勒斯得到的第七项任务，便是驯服克里特岛上的公牛，并将它带回献给国王欧律斯透斯。

赫拉克勒斯来到克里特岛见到了国王弥诺斯，并告诉他此行的目的。国王弥诺斯想着能够除去这么一个危险的怪物特别高兴，他一直为这头公牛的危害而担心。国王还想亲自帮助赫拉克勒斯前去捕捉狂躁的公牛。赫拉克勒斯有非凡的力量，他把狂暴的公牛制伏得规规矩矩，然后骑在牛背上，像是乘船航行一样，从这里回到了伯罗奔尼撒。

欧律斯透斯国王对他做的这件工作十分满意，但他看了公牛后又把它放了。公牛脱离了赫拉克勒斯的约束，又变得暴躁起来。公牛在拉哥尼亚和拉加狄亚横冲直撞，后来穿过地峡，奔向阿堤喀州的马拉敦。公牛到处乱踏，和它从前在克里特岛上一样地伤害人畜。后来，直到希腊的英雄忒修斯出世，才重新驯服了这头疯公牛。

狄俄墨得斯的牝马

赫拉克勒斯的第八项任务是要把狄俄墨得斯的一群牝马带回迈肯尼。阿瑞斯的儿子，又是好战的皮斯托纳人的国王。他养了一群凶猛狂野的牝马，必须用铁链子紧锁在铁制的马槽上。牝马的饲料也不平常，不是普通的燕麦，而是不幸误入国王城堡的陌生人。赫拉克勒斯首先制伏了看守马匹的战士，然后他把惨无人道的国王丢入了马槽。马吃掉国王之后，立刻变得温驯起来。它们顺从地听着赫拉克勒斯的指挥，一直被赶到波涛汹涌的大海边。忽然，背后人声嘈杂，原来是皮斯托纳人全副武装地猛追上来，所以他不得不回头和他们作战。眼看着一场恶战即将开始，赫拉克勒斯做好了准备，他把马交给一路同来的阿珀特洛斯看管。阿珀特洛斯是一切神的使者赫耳墨斯亡灵接引神的儿子。赫拉克勒斯离开之后，牝马又都变得暴躁起来。牝马食欲大振，吃掉了赫拉克勒斯的朋友阿珀特洛斯。当赫拉克勒斯驱走敌人再转回来的时候，他发现的是满地尸骨，他失去了好友，非常伤心，就在附近创建了一座城池来纪念自己死去的朋友，因而这城市被命名为阿珀特拉。最后，他又制伏了这些牝马，把它们顺利地交到欧律斯透斯的手中。欧律斯透斯将这些马献祭给天后赫拉。后来这些牝马生育马驹，长期繁殖下来。据说马其顿的国王亚历山大骑过的一匹马就是它们的子孙。完成这项任务之后，赫拉克斯随同伊阿宋一伙前去科尔喀斯征讨金羊皮。关于这次远征的故事，已在前书说过。

征服亚马孙人

赫拉克勒斯跟随伊阿宋在海上冒险，后来又到欧律斯透斯那儿，接受了第九项任务。欧律斯透斯有一个女儿，名叫阿特梅塔。欧律斯透斯派遣赫拉克勒斯前往亚马孙女王希波吕忒的住处，抢取她的腰带，然后把腰带交给欧律斯透斯的女儿阿特梅塔。亚马孙人住在特耳莫冬河的两岸，她们把生下的女孩留下，养大成人，买卖男子，因此成了一个强大的女子民族。自古以来，亚马孙人就是一个习武好斗的民族。她们的女王希波吕忒佩带一根战神亲自赠给她的腰带。这是女王权力的标志。

赫拉克勒斯召集了一批志愿参战的男子汉，并把他们集合在一只船上去冒险。他们乘船经过许多危险后，进入了黑海，最后到了特耳莫冬河的入海口。大家开船逆流而上，进入了亚马孙人的海口特弥斯奇拉，在这里他们遇见了亚马孙人女王。女王看到赫拉克勒斯身体强壮，气质高贵，十分欣赏他。她听说英雄远道而来的目的后，一口答应将腰带送给赫拉克勒斯。可是天后赫拉憎恨赫拉克勒斯，于是，她扮成一个亚马孙女子，混杂在人群中散布谣言，说一个外乡人想要劫持她们的女王。亚马孙人听到谣言，十分气愤，她们跃上马背，朝赫拉克勒斯率领的士兵营房扑杀过去。强大的亚马孙女人与赫拉克勒斯的士兵激烈地战斗着，一批久经沙场的女子径直冲了过来，准备抓住赫拉克勒斯。跟赫拉克勒斯交手的第一个女子手脚敏捷，被人们称为阿埃拉，又称风快姑娘。可是赫拉克勒斯比她更为敏捷迅速，在她逃跑时被赫拉克勒斯打下马来。第二位女子刚一出手就被打倒了。上来的第三个女子名叫珀洛特埃，她曾取得过七回一对一决战的胜利者的佳绩，可惜这一次她却死于非命。之后又上来了八位女子，其中的三位是陪阿耳忒弥斯打猎的女友，另外三位也是百发百中的投枪手。可是在这场战斗中她们却大失威风，射不准目标，并且即使她们躲藏在盾牌下面，也都被赫拉克勒斯击中。立誓终身不嫁的阿尔奇泼也倒在战场上。最后，连亚马孙女人的首领，英勇善战的麦拉尼泼也被赫拉克勒斯活捉。亚马孙女人顿时如鸟兽散，纷纷溃逃。女王希波吕忒献出了腰带，那是在作战前她已答应献出的。赫拉克勒斯收下腰带，同时放回麦拉尼泼。

赫拉克勒斯在回迈肯尼的途中，在特洛伊海岸上又经历了一场新的冒险。海神波塞冬曾经为拉俄墨冬国王在特洛伊筑造了一堵城墙，结果却没有得到应有的报酬。为了报此仇，波塞冬给特洛伊地界上送去一头海怪。海怪践踏土地，伤害人畜，折磨得国王拉俄墨冬也不得不绝望地交出了自己的宝贝女儿，以求得自身和王国的平安。赫拉克勒斯经过那里的时候，拉俄墨冬的女儿赫西俄涅被捆在一块岩石边，即将成为海怪的食物。赫拉克勒斯经过那里的时候，国王连忙请求他援助，并一口答应，只要他救出自己的女儿，就送给他一群漂亮的骏马。这些马还是宙斯送给拉俄墨冬的父亲的礼物。赫拉克勒斯埋伏在海怪出没的地方，等待着。妖怪终于来了，它张开血盆大口来吞食姑娘。危急之时，只见赫拉克勒斯猛地窜上去，跃进了妖怪的大口，进入妖怪的腹腔。在海怪的腹腔内，他挥动着刀，把妖怪的内脏切得七零八碎，随后在妖怪的尸体上打了一个洞，然后安然无恙地从洞中走了出来。可是拉俄墨冬这回又没有兑现诺言，赫拉克勒斯也没有办法，只是威吓了他一下，就很不高兴地离开了。

巨人革律翁的牛群

当赫拉克勒斯把女王希波吕忒的腰带献在国王欧律斯透斯的脚下时，欧律斯透斯没有让他休息，随即又派他去牵回革律翁的牛群。革律翁是住在伽狄拉海湾厄里茨阿岛上的巨人，他有一群漂亮的栗色牲口，由另一个巨人和一只双头猎犬替他看管。他高大如山，长着三头六臂，并有三个身体，六条腿。世上没有一个人敢和他作战，赫拉克勒斯心里明白，完成这项任务是异常艰难的，要从事这艰险的工作，必须做谨慎小心的准备。革律翁的父亲名叫金剑，是意卑利亚的国王，也是世界上有名的富翁，所以外号叫作"黄金宝剑"；意卑利亚王国后来分为西班牙和葡萄牙。除了革律翁之外，金剑国王还有三位身材高大、勇猛无比的儿子，每个儿子率领着一支军队。也正是这个原因，欧律斯透斯国王精心安排了赫拉克勒斯此次的任务，他希望赫拉克勒斯在讨伐金剑王国的时候被杀死在那里，永远不再回来。可是赫拉克勒斯对此任务并不畏惧，他像从前一样组建军队，在克里特岛上召集那些他从野兽口中救出的军队，然后乘船在利比亚登陆。在这里他和巨人安泰俄斯作战。安泰俄斯是海神波塞冬和地母盖亚所生的儿子。凡路过利比亚的人，都必须要和他战斗。当然赫拉克勒斯也难以逃脱，两人战斗了一番。但是在格斗中只要安泰俄斯的身体不离地，他就可以从大地母亲身上汲取力量。经过三个回合的较量，赫拉克勒斯终于发现了安泰俄斯恢复力量的秘密。于是他用强有力的手臂把安泰俄斯举在空中，然后将他掐死。他又清除了利比亚凶猛的动物。因为他憎恨凶猛的动物和恶人，他们使他联想起逼迫他多年从事艰险工作的不义的统治者。

在沙漠地区经过长途旅行，他终于来到一个富庶的河网地区。在这里他建立了一座巨大的城市，把它称作赫卡托姆皮洛斯，意为百座城门。之后，他又到了大西洋，在这里立了两根著名的赫拉克勒斯大柱。大西洋上的太阳火辣辣的，酷暑难熬。赫拉克勒斯拉起弓箭，望着天空，要把太阳神射下来。太阳神佩服他的勇敢，就借给他一盏金钵。这金钵是太阳下山和太阳升起之时，太阳神坐着它走夜路时用的宝贝。赫拉克勒斯坐着金钵来到了意卑利亚。他的战船张开船帆，跟随在他的身后。在意卑利亚，克律萨俄耳正带着儿子们率领三支军队等待着赫拉克勒斯的到来，他的三个儿子，各有庞大的军队，营幕互相衔接着，他们决心把对手打出国门。但是赫拉克勒斯没有必要和军队作战，他勇敢地杀上岸去，向他们的领袖们一对一地挑战，在战斗中他表现地十分勇猛，对方的首领一个个地被打倒在地，赫拉克勒斯占领了意卑利亚。

最终，他来到了革律翁放牧牛群的地方厄里茨阿岛。刚一上岛，厄里茨阿岛上的双头恶狗就发现了他，它疯狂地吠叫着窜了上来，赫拉克勒斯毫不犹豫，举起木棒，打死了恶狗。巨人牛倌见到恶狗被赫拉克勒斯打死，想上来帮忙，结果却被赫拉克勒斯一起解决了。赫拉克勒斯匆忙赶出牛群，准备离开。刚走几步，革律翁就从后面追了上来，两个人展开了一场激烈地恶战。赫拉亲自来帮助巨人革律翁，但赫拉克勒斯不客气地射去一箭，射中她的胸部。赫拉大吃一惊，急忙逃走。第二箭他射中了巨人的腹部，倒地死去，巨人虽然有三个身体，可是腹部他三个身体连接的地方。

在凯旋的途中，赫拉克勒斯赶着牛群经过意卑利亚和意大利，一路上他进行着冒险，也创立了许多英雄业绩。当他到了意大利南部的勒奇翁姆时，有一头公牛逃走，渡过海峡到了西西里岛。来到后来创建罗马城的地方时，赫拉克勒斯已十分疲倦，于是在台伯河岸上倒下身子睡着了。这时候卡科斯出现了，他是一位面貌凶狠、口吐烈火的巨人。他的头和身子像人，下身却长着羊腿，喜欢埋伏在洞中袭击过往的路人。他看赫拉克勒斯在岸边睡着了，就从牛群中偷走了两头漂亮强壮的公牛。卡科斯揪住牛尾巴，把牛倒着拉进了他的洞穴里，以防牛蹄走动的方向暴露了。但是牛的叫声还是惊醒了沉睡中的赫拉克勒斯，他一路顺着声音追寻到了卡科斯的洞穴，一场激烈的争斗开始了，最终卡科斯被被赫拉克勒斯打倒在地。当地的居民包括虔诚的亚加狄亚人，他们非常感激赫拉克勒斯为他们除掉了一大贼害，为此他们为赫拉克勒斯建造了一座祭坛。

在意大利南部勒奇翁姆边界，一头公牛跑了出去，越过海湾到了西西里岛。赫拉克勒斯立刻赶着另外的公牛下水，他抓住一只牛角，游到了西西里岛，而且顺利地穿过了意大利的伊利里亚（达尔马西亚和阿尔巴尼亚一带），又立下许多功绩以后，他终于离开意大利，最后经过色雷斯到达了希腊国。现在，赫拉克勒斯已完成了十项任务，但有两项欧律斯透斯认为不能算数，因此他不得不再补做两项。

赫斯珀里得斯的金苹果

很久以前，宙斯跟赫拉结婚时，所有的神祇都给他们送上礼物。大地女神盖亚也不例外，她从大海的西海岸带来一棵茂盛的大树，树上结满了金苹果，它们金光闪闪，发出耀眼的光芒。盖亚让四位美丽的姑娘看守这一神圣园地，四位姑娘是黑夜的女儿。此外，树木旁有一条名叫拉冬百头巨龙也帮助看守，巨龙从不睡觉，它有一百张嘴，每一个喉咙里都会发出各种不同的吱吱声，所以在它走动时，总会发出震耳欲聋的声响，你一听就知道它在哪里。按照欧律斯透斯的命令，赫拉克勒斯必须从巨龙那儿摘取赫斯珀里得斯的金苹果。

赫拉克勒斯踏上了漫长而艰险的旅途。他漫无目的地走着，走到哪儿是哪儿，全靠运气和机遇，因为他不知道赫斯珀里得斯到底住在哪里。他一路奔波，首先到了帖撒利，帖撒利有一个巨人忒耳默罗斯，他的前额坚硬得如同岩石一样，他经常把路上的行人追得无处可逃，并用巨大的头盖骨将其撞死。可是这回他就那么幸运了，赫拉克勒斯把巨人的脑袋撞得粉碎。在埃希杜罗斯河，赫拉克勒斯又遇上了阿瑞斯和皮瑞涅的儿子库克诺斯，他是一个挡路的妖怪。开始时，赫拉克勒斯不知他的来历，向他询问赫斯珀里得斯苹果园的位置。他不但没有告诉赫拉克勒斯，反而要与他决一胜负，结果当场就被赫拉克勒斯杀死了。这时，阿瑞斯匆忙赶过来为死去的儿子报仇雪恨，两人正打得不可开交时，宙斯马上用一道闪电分开了格斗的双方。因为他们两人都是自己的儿子，他不愿意看到他们当中的任何一个受到伤害。赫拉克勒斯继续向前走，他穿过伊利里亚，来到埃利达努斯河的岸边。在这里他遇到了一群山林水泽女神，她们是宙斯和忒弥斯的女儿，赫拉克勒斯向她们询问道路。女神们回答："去问年老的河川神祇涅柔斯去吧，他是一位预言家，知道一切事情。你要趁他睡觉的时候袭击他，将他捆起来，然后他就会告诉你真情。"尽管河神本领高强，能够变成各种模样，但赫拉克勒斯还是按照女神的建议制伏了河神。赫拉克勒斯直到问清了在哪里可以找到赫斯珀里得斯的金苹果才放了他。后来，他又穿过利比亚向埃及前进。

统治那里的国王乃是海神波塞冬和吕茜阿那萨的儿子波席列斯。当地已经连续九年滴雨不下了，旱灾异常严重，塞浦路斯的一位占卜者带来神谕说："要想结束旱灾，每年必须向宙斯祭供一名外乡活人。"为了表示感激占卜者的功劳，波席列斯国王把他送上了祭供台。从此之后，这位凶残的国王对这样残暴的事情充满了兴趣，过往埃及的陌生人全部被他杀掉，赫拉克勒斯也不例外地被他们抓了起来，然后把他送到祭供宙斯的坛前。赫拉克勒斯挣脱了捆绑的绳子，把波席列斯国王连同他的儿子和祭司统统杀死了。

赫拉克勒斯继续前进，一路上又遇到许多险事。他又在高加索山边救了捆绑着的提坦神普罗米修斯，并顺着他指的方向来到了阿特拉斯肩扛天庭重担的地方，在他的附近，是赫斯珀里得斯看守金苹果的地点。普罗米修斯建议赫拉克勒斯不要亲自去摘金苹果，最好派阿特拉斯去完成这个任务。赫拉克勒斯一想也对，于是他答应在阿特拉斯离开的这段时间里亲自背负青天。阿特拉斯把肩扛天空的重担让给赫拉克勒斯后就走上了山坡，他想法引诱巨龙昏昏入睡，并挥刀杀死了它，又骗过看守的仙女们，摘了三个金苹果，高高兴兴地回到赫拉克勒斯的面前。"不过，"他对赫拉克勒斯说，"我的肩膀尝够了扛天的滋味，也感到没有重负的轻松，我不愿再扛了。"说完，他把金苹果扔在赫拉克勒斯跟前的草地上就跑掉了。但赫拉克勒斯即刻思索出逃脱的方法。

"喂，我想找一块软垫搁在头上，让我绕一根绳子在我的头上吧。"他对阿特拉斯说，"否则，这副重担都快把我的脑袋炸裂了。"阿特拉斯认为这是一个合理的要求，因此同意先代他再扛一会儿，他以为只是再扛一会儿重担。他接过重担，期待着赫拉克勒斯找到软垫后前来换他。但这已经是不可能的啦，他只能永远地等待下去，骗子反而受骗了。因为赫拉克勒斯已经从草地上捡起金苹果，快速地离开了那里，现在已经不见踪影了。赫拉克勒斯把金苹果带给了国王欧律斯透斯。国王感到懊丧的是这次赫拉克勒斯又活着回来了，他原希望他会在摘取金苹果时丧命。因为他并不关心，也不喜欢金苹果，他的真正目的是借机除掉赫拉克勒斯。赫拉克勒斯把金苹果放在了雅典娜的祭台前，女神们知道这些圣果是不能放到别处的，于是就又把金苹果送回了原来的地方，让赫斯珀里得斯继续看守。

冥府之狗刻耳柏洛斯

欧律斯透斯一直没能除掉他所讨厌的竞争对手，反而帮助他赢得了更大的荣誉。许多人对赫拉克勒斯感激不尽，因为他免除了人们的许多苦难。这让凶残的国王十分恼火。他冥思苦想，又想出了最后一个冒险的任务。这次赫拉克勒斯的英雄神力再也派不上用场了，因为这是一场与地府黑暗势力的斗争，他一定得从冥王那里带回地府的看门狗刻耳柏洛斯。这狗有三个头，狗嘴滴着毒涎，下身长着一条龙尾，头上和背上的毛全是盘缠着的条条毒蛇。

为了准备这场可怕的冒险，赫拉克勒斯来到阿提喀的厄琉西斯城，那里的祭司精通阴阳世界的秘密之道。他首先在神圣之所洗涤了自己杀害肯陶洛斯人的罪过，之后由祭司奥宇莫尔珀斯对他传授秘道。赫拉克勒斯得到了强大的力量，怀着那些神秘的知识和面对恐怖的地府的心理准备，他在伯罗奔尼撒半岛上奔波奋战，最后来到了岛的南端的忒那隆山地。这里有一座叫忒那罗斯的城市，是通往地府的入口。亡灵神赫耳墨斯引领着赫拉克勒斯沿着地缝深渊来到了冥王普路同，也就是哈得斯的城池。哈得斯城前有着许多可怜的阴影，因为地府里的生活不像在阳光的世界里那样快乐，阴影们看见来了一个活人，都惊慌地四处奔逃。只有墨勒阿革洛斯和戈耳工墨杜萨的灵魂敢于坚定地看一眼。正当赫拉克勒斯挥剑想要砍杀戈耳工时，赫耳墨斯急忙抓住他的手臂，对他说，死人的灵魂是空洞的影子，是不会被剑砍伤的。赫耳墨斯还同墨勒阿革洛斯的灵魂友好地交谈，并答应回到阳间后，给他的姐姐达埃阿尼拉送去亲切的问候。

在走近哈得斯的城门时，赫拉克勒斯看见了他的朋友忒修斯和庇里托俄斯。庇里托俄斯是陪忒修斯来地府向冥后珀耳塞福涅求爱的。普路同对于他的这种狂妄的想法十分愤怒，于是他们两人便被普路同困在他们休息的岩石上。最后，筋疲力尽的他们不得已住了下来。两人见到老朋友赫拉克勒斯经过，就伸出手大声向他寻求帮助，希望借助赫拉克勒斯的力量回到阳间。赫拉克勒斯抓住了忒修斯的手，斩断了他的镣铐，把他从捆绑之中救了出来。当他再想去解救庇里托俄斯时，没想到脚下的大地开始剧烈地震动，解救失败了。再往前行，赫拉克勒斯又看到了阿斯卡拉福斯，他曾制造谣言说珀耳塞福涅偷吃了哈得斯的红石榴，因此使他不能再回到人间去。珀耳塞福涅的母亲得墨忒耳一怒之下把他变成了猫头鹰，并把一块巨石滚来压在了他的身上，差一点没把他压碎。赫拉克勒斯挪开了石头，救出了受苦受难的阿斯卡拉福斯。不远处有一群普路同的牧群。为了使焦渴的鬼魂喝上一口牛血，赫拉克勒斯杀了普路同的一头牛，但这得罪了牧牛人墨诺提俄斯。他向赫拉克勒斯挑战，要和他角斗。赫拉克勒斯拦腰抱住他，捏断了他的肋骨。冥后珀耳塞福涅急忙出来求情，他才放下了墨诺提俄斯。冥王普路同站在死城的门口，拦住了赫拉克勒斯，不让他进去。赫拉克勒斯射去一箭，击中冥王的肩膀，他痛得如同凡人一样乱跳乱叫。赫拉克勒斯让他交出地狱恶狗刻耳柏洛斯，他略微思考了一阵，同意了。

但是，他提出了一个条件：赫拉克勒斯在抓刻耳柏洛斯时不能使用任何武器。赫拉克勒斯答应了他的条件，前去抓捕恶狗耳柏洛斯时，他只穿了胸甲和狮皮。在冥河的河头上，赫拉克勒斯看见了那条三头狗，三只狗头的叫声如同打雷一般。赫拉克勒斯一把抓住狗腿，把狗举了起来。同时他又用双手挟住狗的脖颈，以免它趁机逃走。狗的尾巴变成了一条活蛇，弯曲地盘绕着，试图回过头来咬赫拉克勒斯。但赫拉克勒斯仍紧紧地抓住狗脖子，并扼着它的喉管，这可怕的动物终于被制伏了。他用双手拎起狗，穿过哈得斯的另一个出口，在亚哥利斯的特律策恩重新回到了阳间。地狱之狗刻耳柏洛斯一见到阳光，恐惧得发疯，立刻从嘴里喷出了毒汁，毒汁流到地上之后变成了有毒的乌头草，这个植物到现在还在那里繁殖。赫拉克勒斯用铁链拴住刻耳柏洛斯，把它带到提任斯，交给欧律斯透斯。欧律斯透斯惊讶得几乎不敢相信自己的眼睛了。现在他才相信他是不可能除掉宙斯的这个儿子的。他只好听凭命运的安排，并吩咐赫拉克勒斯把地狱恶狗送回地府，交给它的主人。

赫拉克勒斯和欧律托斯

赫拉克勒斯经过种种辛劳和努力，排除无数的困难和障碍，完成了国王欧律斯透斯交给的任务，终于不必再受他的奴役，并回到了底比斯。由于在狂乱中杀死了自己跟妻子墨伽拉所生的几个孩子，他已无法取得妻子的原谅，只得和她分开。后来，他的爱侄伊俄拉俄斯娶了墨伽拉为妻，赫拉克勒斯开始寻求一个新的妻子，于是便把爱情转移到了漂亮美丽的伊俄斯身上。她是攸俾阿岛的俄卡利亚国王欧律托斯的女儿。赫拉克勒斯童年时曾跟欧律托斯学习射箭。有一天，国王宣布如果有人在箭术上超过他和他的儿子，便可以娶他的女儿为妻。消息传出后，求婚者纷纷赶来，赫拉克勒斯知道后也立即赶往俄卡利亚，加入求婚者的队伍。比赛中，赫拉克勒斯显示出无与伦比的技艺，他不仅胜过了国王的儿子，而且还战胜了国王欧律托斯，并证明自己不愧是欧律托斯青出于蓝的徒弟。国王非常热情地接待了他，但是心中却很忧虑，他并没有立即把女儿嫁给赫拉克勒斯，因为他想起了墨伽拉的遭遇，恐怕自己的女儿也会有同样的命运。因此，他一天又一天地躲避赫拉克勒斯，并说他需要再考虑一段时间。欧律托斯的大儿子伊菲托斯非常欣赏赫拉克勒斯，一点也不妒忌，他们正好同年，于是他们结成了好朋友。看到父亲反悔了妹妹的婚事，他劝父亲接纳这位技艺超群的贵客。欧律托斯固执己见。

赫拉克勒斯深受打击，离开了王宫，在外漂泊了很长时间。一天，仆人来到国王欧律托斯面前，禀报说，有一个强盗偷走了国王的牛群。这个人可能是狡猾奸诈的奥托吕科斯，他的偷盗本领众所周知的。可是欧律托斯国王却不相信，固执地说："这不可能是别人，一定是赫拉克勒斯。他是亲手杀害自己孩子的刽子手！我不答应把女儿许配给他，他就干出了这样卑鄙的报复勾当！"伊菲托斯极力为他的朋友辩护，委婉地劝说父亲，并表示愿意和赫拉克勒斯一起去寻找被偷掉的牛。赫拉克勒斯看到伊菲托斯来找自己，非常高兴。他热情地招待了王子，并答应一起去寻找被偷走的牛。最终，他们毫无收获地走了回来。当他们爬上提任斯的城墙，准备去寻找丢失的牛时，狂妄的思想忽然又占据了赫拉克勒斯的身心。身受狂怒驱使的赫拉克勒斯，居然把忠实的朋友伊菲托斯看成是其父亲的同伙。他残忍地一推，伊菲托斯就从高高的提任斯城墙上摔了下去。

赫拉克勒斯与阿德墨托斯

　　赫拉克勒斯忧伤地离开了俄卡利亚的王官，到处漂泊，此时，发生了一件奇事。在帖撒利的弗赖城住着高贵的国王阿德墨托斯，他的妻子阿尔刻提斯年轻、漂亮，对丈夫十分忠诚，爱丈夫胜过一切。两人有着几个美丽的孩子，并为幸福的人民所爱戴。一次，宙斯用雷电击死了阿斯克勒庇俄斯医生，原因是这位医生医术超群，宙斯他能把死人都医治救活了，这就会侵犯神的权威。阿斯克勒庇俄斯是阿波罗的儿子，阿波罗失去了儿子十分痛苦，愤怒之下，一刀杀死了为宙斯锻造霹雳锤棒的独眼巨人。事后，阿波罗担心宙斯加害自己，就匆忙逃出了奥林匹斯山，在人间寻找栖身之地。斐瑞斯的儿子阿德墨托斯热情地招待了他，阿波罗在这里安下身来，心甘情愿地为阿德墨托斯看守牛群。后来宙斯饶恕阿波罗的罪过，弗赖国王阿德墨托斯也因此受到神的保护。后来，阿德墨托斯年老体弱，他的朋友阿波罗恳求各位命运女神救助阿德墨托斯，以免让他遭到哈得斯地狱之苦。命运女神答应了，但她也提出了一个条件：必须有一个人心甘情愿地替阿德墨托斯去死，代替他进入冥府。阿波罗离开奥林匹斯山，来到弗赖，告知他的老朋友，命运已经注定，老朋友一定会死。但是，他又透露了一点秘密，借此可以改变老朋友的命运。他的仆人和家人知道将失去这王室的栋梁，这贤夫和慈父，这万民爱戴的明君时，都被吓了一跳，因为阿德墨托斯是一个诚实，热爱生活的人，大家心里清楚他必定会找这么一个人替他去死。阿德墨托斯希望找到一个愿意替他去死的朋友，但这样的人却一直没有出现。尽管人们听到不久后就要遭受的损失，都大声悲叹，但听到国王可以延长寿命的条件时，又都沉默了下来。即使阿德墨托斯命在旦夕，也没有一个人心甘情愿地站出来。阿德墨托斯的父亲和母亲已经老态龙钟，死神已在他们门前徘徊，随时随地都有可能光顾他们，但是他们还是希望保持这么一丁点儿的生命，不愿意挽回儿子更长一点的生命。危急时刻，阿德墨托斯的妻子阿尔刻提斯表示出愿意替丈夫去死，她是一个性格开朗、热情奔放的女人。她还没来得及把想法说完，死神塔那托斯就已靠近宫殿的大门，准备把她带到阴曹地府去，因他知道命运女神所规定的阿德墨托斯死亡的正确时日。阿波罗看到死神来临，就飞快地离开国王的宫殿，因他是生命之神，不愿为死神的不详所玷污。

　　忠贞的阿尔刻提斯感觉到她的死期临近，准备献身死神，随即沐浴更衣，她穿上节日的华服，戴上首饰，然后在家里的祭坛前向地府女神祷告，愿意充当死神的祭礼。说完，她一一地拥抱了孩子和丈夫，然后，走进小房间，她一天天消瘦，准备在那里迎接地府的使者。她的家族和女仆伴随着她，她严肃地和他们告别。"我愿意坦白地告诉你，"她对丈夫说，"你的生命比我的宝贵，我爱你的生命甚至于我自己的生命，因此我愿意为你去死。尽管我本可以选择第二个丈夫，一个忒萨利亚的贵族，并享受一种悠久甚至可能是幸福的生活。但是，如果没有你看着我的无父的孩子们，我也不愿活着。你的父母不愿替你去死，他们这样做比较合适，因为这样你就不致孤独地去抚养失去母亲的孩子们。但事已至此，在我生命的最后一刻我只央求你别忘了给我祭供。而且，你还应该答应我，不要把我们喜欢的孩子交给一个继母，因为她会虐待这些可怜的孩子的。"阿德墨托斯含着眼泪，向他的妻子发誓，她活着是他的妻子，在她死后，也没有任何第二个人会是他的妻子。阿尔刻提斯把哭哭啼啼的孩子交给了阿德墨托斯，随即晕死过去。

宫殿里正在准备丧事的时候，赫拉克勒斯正好到了弗赖，来到王宫前。阿德墨托斯强忍着悲痛，热情地欢迎这位远方来的朋友。赫拉克勒斯看见他身穿孝服，就询问宫殿里发生了什么事。阿德墨托斯为了不让朋友难过，没有说明事情的真相。赫拉克勒斯还以为宫中死了一位不重要的人，于是仍然乐呵呵地跟着一位仆人来到餐厅，又让人打来了美酒。当他看见仆人也很悲伤，便怒斥地说："你为何如此严肃又沮丧地盯着我看？一个仆人对待陌生人必须十分热情！异乡的一个妇人死在这里，那算得什么呢？死是凡人的共同命运。忧伤只能糟蹋身体。去吧，像我一样头上戴个花冠和我一块儿来喝酒吧。满满的一杯美酒自会抹去你额上的皱纹。"

仆人悲伤地转过脸去。"我们遭到了不幸，"他说，"因此我们都失去了欢乐的心情。费瑞斯的儿子是好客的，真的，或者太不好客了，所以他让一个心情快活的外乡人到他的悲伤的屋子里喝酒。"

"我为什么不应当快活呢？"赫拉克勒斯说，"为了一个不相识的妇人的死吗？"

"唉，不相识的妇人！"这仆人诧异地叫了起来，"她对于你或者是不相识的，但对于我们可不是这样！"

"但阿德墨托斯并没有告诉我全部实情。"赫拉克勒斯沉思地说。

"随你去快活吧，国王的伤痛，只有他的朋友和那些服役于他的人才会关心。"仆人说。

赫拉克勒斯一听这话，觉得不对劲，在他的一再追问下，才弄清了实情。"这难道是真的吗？"他大叫起来，"他失去了一个爱他胜过一切的美丽妻子，他怎么还能热情大方地招待客人？在进城门的时候我还感到隐约的有些勉强。而现在我却毫不知情地在举办丧事的人家头戴花环，大声欢呼，喝酒欢笑，这真是罪过啊！唉！请告诉我，这位忠贞的妻子葬在什么地方？"

"你如果要去找的话，那么就沿着通往那里萨的方向一直走下去。"仆人回答说，"你会看到为她建立的一座墓碑。"仆人说完话，难过地走开了。

赫拉克勒斯独自留在那里时，他并不悲伤，立即做出了决定。"我必须救出这位已死的女子，"他自言自语，"并把她带回家来。否则我就对不起阿德墨托斯的厚爱。我将找到墓碑，在那里静静地等待死神塔那托斯的到来，塔那托斯一定会前来收取祭品的鲜血。到时候，我从隐伏的地方跳出来捉住他。世上任何力量都无法使我将他放走，除非他将死者的灵魂送回。"怀着这个决心，他秘密地默默地离开了宫殿。

阿德墨托斯回到了自己的房间，试图安慰失去母亲的孩子们，可是这并没有减轻他和孩子的伤痛。忽然，赫拉克勒斯跳进了门槛，后面跟着一个带着面纱的女人，他生气地说："你的王宫里发生了这么大的事，而你表现的就像小事一桩一样，好像是别人家的丧事一样，让我在毫不知情的情况下做出了有违常礼的事情，你这样做是不对的。现在，我不想看见你继续痛苦下去。听着，我又回到这里只有一个原因：我在一场比武中赢得一位年轻的妇女，我把她交给你，给你当个女佣。我正要进行新的比武，在回来之前，你一定要多多关心她的生活。"

阿德墨托斯听了他的话吃了一惊，他急忙解释说："并不是我轻视朋友或者不认朋友。我没有把妻子去世的消息告诉你，那是因为我不愿意看到你再搬到另一位朋友家里去住而增加我的悲伤。现在我请你把这位女子给弗赖城的任何一个人，不必给我，我的负担已经足够沉重了。你在城里必然有很多朋友！我怎能看见这个女人在我的屋子里不哭泣？我不能让他在别的男人的屋子里住，难道我要把亡妻的房间腾出来让她住吗？你还是带她走吧，我害怕受到我亡妻的责备！"

阿德墨托斯虽然拒绝，但还是抑制不住好奇心，朝遮着面纱的女人又看了一眼。"不管你是谁吧，"他对她说，"她的个子、身材都和我的妻子阿尔刻提斯非常相似，看见她我会更伤心的。我当着众神的面向你起誓，赫拉克勒斯，把这位女人从我的眼前带走，别再这样苦苦地折磨我了。"

赫拉克勒斯继续隐瞒着真情，悲痛地说："唉，要是宙斯给我神力，使我从地府里把你的忠贞的妻子接回来，让她重见世界的阳光，用以报答你的伟大的友谊，那该多好啊！"

"我知道，如果你有这样的本领，你会这样做的。"阿德墨托斯说，"可是，你听说过一个死人能从地府回来吗？"

"是呀，"赫拉克勒斯高兴地接口说，"因为这是不可能的，所以让时间来减轻你的痛苦吧。你的亡妻是回不来了，也许再过一阵子你就能够再娶一个妻子，她会让你的生活变得快乐。现在你还是先把这位高贵的姑娘领进你的房间去吧，看她是否能让你的生活轻松愉快？如果事实证明，她不能让你的生活变得轻松愉快，她就会离开你的！"

阿德墨托斯不想辜负友人的一番好意，他不情愿地命令仆人把这位姑娘带到内房去，但赫拉克勒斯却不同意，他说："国王陛下，你怎么能把我的宝贝交在仆人的手上！你应该亲自带她进去。"

"不行，"阿德墨托斯说，"我不会碰她一下，否则我就违背了对亡妻亲口许下的诺言。她可以进内房了，可是不能由我送去。"

赫拉克勒斯仍然坚持要阿德墨托斯亲自送去，他没有办法，只得朝带着面纱的女人伸出一只手去。"呸，"赫拉克勒斯高兴地说，"你就收留她吧！你仔细瞧瞧这位年轻的姑娘，看看她是不是和你的妻子一样，停止你的悲伤吧。"说着，他伸手揭开女子头上的面纱。国王目瞪口呆，他激动得几乎晕倒，这不是妻子会是谁呢？他的妻子活过来了，阿德墨托斯高兴地扑进了妻子的怀抱，悲喜交加地尽情地看着她，但妻子却默不作声，无法对丈夫深情的呼唤作出回应。赫拉克勒斯告诉他他与死神打交道的情况，之后又说："三天后，等到给她的亡灵祭供结束时，你就能够听到她说话的声音了。别疑惑，你尽可以放心地把她带回房间去。她又回到了你的身边，那是为了报答你对外乡人的热情款待！现在让我去走我自己的路吧。"

"祝你平安！"阿德墨托斯在后面大声喊道，"你指引我回到更美的生命，因为现在我不仅幸福，并以感恩的心情体会到了我的幸福。我所有的人民将以歌唱和跳舞进行庆祝。所有的圣坛将升腾起献祭的熏香。我们将怀着无限的感谢爱戴和纪念你，啊，宙斯的伟大的儿子哟！"

赫拉克勒斯服务于翁法勒

尽管赫拉克勒斯是在疯狂时把伊菲托斯推下城墙的，但他心里仍然感到这一罪孽的沉重负担。他这里那里地漫游，逐个向祭司请求，希望他们能帮助自己洗掉罪孽，但是却都遭到了拒绝。无可奈何之下，他找到了阿弥克勒的国王得伊福波斯，只有他愿意为自己洗涤罪孽。但神祇为惩罚他而让他身患重病。一向健康的大英雄原来浑身充满了力量，现在却忍受不住重病的折磨，他撑着病弱的身子来到特尔斐，希望在深奥的神谕中寻得治病的妙方。但那里的女祭司们却冷眼相待，不给他解释神谕的条文，因为他是杀人凶手。一怒之下赫拉克勒斯扛走了庙前的三脚香炉，在野外的田地上给自己建造了一座神庙。阿波罗对他狂妄的举动十分恼火。他出现在赫拉克勒斯面前，向他挑战。宙斯不愿意看到他的两个儿子互相残杀，于是在他们中间扔去一道雷电，挡住了争斗的双方，平息了他们的决斗。直到这时，赫拉克勒斯才得到一则神谕：只有赫拉克勒斯卖身为奴，做三年苦工，并且把这笔卖身赚得的银子交给死者的父亲，才可以解除罪恶。赫拉克勒斯因为十分病弱，所以不能屈服于这苛刻的条件。虽然这是一位英雄所不齿的，但也没有办法，只有照做了。他带着几个朋友，乘船来到了亚洲，把自己卖给翁法勒为奴隶。翁法勒是伊尔达奴斯的女儿，梅俄尼恩的女王。赫拉克勒斯托人给欧律托斯送上了卖身钱。欧律托斯拒绝收下，后来只得把钱交给了伊菲托斯的儿子。

直到这时候，虽然赫拉克勒斯还是翁法勒的奴隶，但他的身体恢复了力气和精神。他感觉到精力充沛后，决定留在翁法勒的身边，继续给她当奴仆，而且做了许多好事：他制伏了危害和扰乱当地百姓的所有强盗，保护了女主人和附近邻居们的安全；打败了克耳库泼人，他把那些俘虏来的人用绳子捆绑起来，押送到翁法勒的面前。奥丽斯的国王茜洛宇斯原是波塞冬的儿子。他捕捉过往旅客，强迫他们在国王的葡萄园里劳动。赫拉克勒斯痛恨他的横行霸道，用铁铲将他打死，又将他所有的葡萄藤连根挖掉。翁法勒经常遭到伊托纳人的骚扰。赫拉克勒斯奋起反击。他把伊托纳人彻底征服，把他们变作奴隶，为翁法勒服役。在利比亚有一个名叫里蒂埃塞斯的人，是弥达斯的私生子。他作恶多端，危害乡里。他是一个极富有的人，很热情地把客人邀请回家，视若贵宾，在晚宴后，他强迫他们为他耕地，在更深夜静时，把客人杀害。赫拉克勒斯杀死了这个恶霸，把他的尸体丢在密安得河里。

赫拉克勒斯在一次远征中来到杜利奇岛。他看到沙滩上躺着一具尸体，原来这是不幸的伊卡洛斯的尸体。他插上父亲为他制造的鸟翼逃出克里特的迷宫。可是他忘记告诫，越飞离太阳越近，蜡翼融化了，他一头掉到大海里。赫拉克勒斯同情地埋葬了他的尸体。为纪念这位朋友，他把这座岛叫作伊卡里尼。伊卡洛斯的父亲，建筑师和雕刻家代达罗斯为感谢赫拉克勒斯，在伊利斯的比萨建了一座和赫拉克勒斯极其相似的石像以作纪念。一天，赫拉克勒斯来到比萨，由于夜晚天黑，他把纪念碑前的雕刻当做一个活人，以为在向他寻衅，于是抓起石块，把石像砸得粉碎。破坏了这个为他建立起来的美丽的纪念碑。赫拉克勒斯在为翁法勒服役期间还参加了围猎卡吕冬公猪的活动。

翁法勒十分赞赏她的仆人的勇敢，她猜测这位仆人一定是位有名的英雄。当她听说仆人就是宙斯的儿子赫拉克勒斯时，她立即恢复了赫拉克勒斯的自由身份，还和他结了婚。至此，赫拉克勒斯过着东方人花天酒地般的生活，渐渐忘记了"道德女神"在他年轻时所给予的教诲。他沉迷于享乐，不思进取，最后甚至连妻子翁法勒也逐渐瞧不起他了，甚至羞辱他，她自己披上英雄的狮皮大毡，却给赫拉克勒斯穿上女人的衣服。赫拉克勒斯再也没有当年的英雄气概了，他对她狂热的唆使他甚至愿意坐在妻子的脚旁，一心一意地赶纺羊毛。以前他强壮的可以扛住天空，现在却脖子上挂着金项链，粗壮的胳膊上戴上玉石手镯，头上戴顶法冠，长发披在肩上，并戴着女人的发饰，身上穿一件女人的宽大衣服。他还和女佣们坐在一起纺纱，担心完不成任务会遭到女主人的讥笑和责怪。有时候，当翁法勒高兴的时候，她让穿着女人长袍的丈夫给她和女佣们讲他年轻时的英雄业绩：他是怎样在摇篮里掐死了大蛇，怎样从哈得斯那里牵回地狱恶狗刻耳柏洛斯，怎样在年轻的时候杀死了巨人革律翁，以及怎样割下许德拉的不可杀死的头。那些女人们喜欢听他的故事，如同听精彩的童话一样。

赫拉克勒斯给翁法勒服役的期限快满了，他突然从昏聩中清醒过来。羞愧地脱掉穿在身上的女人衣服，刹那间又恢复了宙斯儿子的强壮模样，全身充满了力量，成为宙斯的强有力的儿子，充满着英勇的决心。他愿意充分利用重新获得的自由，向他以前的敌人挑衅报复。

赫拉克勒斯的晚年业绩

赫拉克勒斯恢复自由后，首先前往特洛伊，他要征服那个暴虐而又专制的国王拉俄墨冬，他是特洛伊的缔造者和统治者。赫拉克勒斯在讨伐亚马孙人得胜回来的途中，英勇地救出了被恶龙要挟着的国王拉俄墨冬女儿赫西俄涅，为了感谢救命之恩，拉俄墨冬答应送给赫拉克勒斯一匹骏马感谢救女儿的英雄，可是后来他不仅变卦，还用诬蔑的语言辞退了他。因此赫拉克勒斯下定决心对他实行报复，现在，他带着一批战士和六艘船，其中有希腊著名的英雄珀琉斯、忒拉蒙和俄琉斯等。赫拉克勒斯穿着狮皮来到忒拉蒙面前，看到他正在甲板上用餐，忒拉蒙赶紧从桌边站起来，给客人倒了满满的一碗美酒，二人坐在一起享用美酒。朋友的热情打动了赫拉克勒斯，他用手指着苍天祈祷说："父亲宙斯，如果你愿意施恩，愿意答应我的请求，那么请赐给忒拉蒙一个勇敢的儿子，一个无敌的儿子，就像穿着尼密阿狮皮的我一样勇敢。让他永远为高贵的精神所鼓舞！"

赫拉克勒斯的话音刚落，宙斯给他送来了一只矫健的雄鹰—鸟中之王，飞翔在他的头上。看到自己的祈祷有了征兆，满心欢喜，赫拉克勒斯激动地喊叫起来："喂，忒拉蒙，你将会有一个儿子，你日夜惦记的事马上就可以实现了！他会矫健得如同天空里的雄鹰，孩子的名字就叫埃阿斯，他将在神圣的战争中取得声望。"

说完这话，他在甲板上坐下，英雄们一起出发了，向着特洛伊进军。

他们正准备登上特洛伊的陆地时，赫拉克勒斯把看管船只的任务交给了俄琉斯，他自己则带领着英雄们向特洛伊城进攻。拉俄墨冬一看情况危急，立刻聚集部队前来攻击英雄们乘坐的船只，并杀掉了俄琉斯。但当拉俄墨冬归来时，却发现已经被赫拉克勒斯的勇士们包围住了。同时，英雄们又围困了特洛伊城。忒拉蒙攻破城池，一马当先冲进特洛伊城。赫拉克勒斯紧跟在他的后面。大英雄一生中第一次被人在战斗中超过了自己，他又气又急，妒火中烧，一种恶毒的阴谋在他心中滋长。他拔出宝剑想要把走在前面的忒拉蒙砍倒在地，忒拉蒙刚好回头看见了他的姿势，猜出了赫拉克勒斯的意图，连忙弯下腰去，把身旁的砖石收过来堆成一堆。当他的对手问他为什么在紧要关头还这样做，他冷冷地答道："我为胜利者赫拉克勒斯在这里建造一座圣坛！"这番回答让大英雄消除了嫉妒和愤怒，认识到自己这样做的错误，于是赫拉克勒斯又和他一起投入了战斗，他用弓箭射死了拉俄墨冬和他的几个儿子，拉俄墨冬的儿子中只有一人幸免于难。城池被攻破了，拉俄墨冬的女儿赫西俄涅被当成战利品献给了忒拉蒙。赫拉克勒斯答应姑娘赦免她选中的一位俘虏，姑娘选了她的兄弟扑达尔克斯。赫拉克勒斯说："这很好，他将属于你，可是，他必须先忍受耻辱，当一名奴仆。然后你用一笔赎金将他赎回，这样他才能得到自由！"这孩子被当做奴隶卖掉了，赫西俄涅从头上扯下了贵重的首饰作为兄弟的赎身钱。因此，这位兄弟后来就叫做鲁里阿摩斯，意即被卖的人。

赫拉忌恨赫拉克勒斯，不想让他得到圆满的结局。特洛伊在回去的途中，遇到了暴风雨，但宙斯出来搭救，才使赫拉的企图未能得逞。经过一番波折和战斗，赫拉克勒斯决定去报复国王奥革阿斯。奥革阿斯自食其言，没给赫拉克勒斯应有的报酬。赫拉克勒斯占领了他的厄利斯城，杀掉国王及其儿子。后来，他把王国交给了菲洛宇斯，菲洛宇斯由于和赫拉克勒斯友好曾被国王放逐。

取得这场征战的胜利之后，赫拉克勒斯恢复了奥林匹克运动会，并建立了一个圣坛献给竞技会的开创者珀罗普斯，另建六个圣坛献给别的十二个神祇，每两人一个。在这个时候，据说宙斯变成人的模样前来与赫拉克勒斯进行角逐比赛，虽然他时常输给自己的儿子，但是他还是衷心地祝贺赫拉克勒斯，表扬他是位了不起的大力士。然后，赫拉克勒斯出发征讨皮罗斯和他的国王涅琉斯，因为他曾经拒绝给他净罪。他攻入他的城池，杀死了他和他的十个儿子。只有年幼的儿子涅斯托耳幸免，因为这时他正远在革瑞尼亚地方读书。在这次的战争中，赫拉克勒斯甚至杀伤了冥王哈得斯，因为他帮助罗斯人作战。

现在唯一剩下要惩罚的人是斯巴达的希波科翁，另一个是不为赫拉克勒斯净罪的人，此外，希波科翁的几个儿子的敌意也增加了他的仇恨。因为有一次，赫拉克勒斯和他的舅父兼好友俄俄诺斯来到斯巴达，当俄俄诺斯正在观看宫殿的时候，有一只巨大的摩罗西亚猎狗袭击他，于是他拾起一块石头掷去，国王的几个儿子们就用棍棒打死了这个外乡人。现在赫拉克勒斯为自己的仇恨和朋友的死而报仇，他召集一队人去攻击斯巴达。当他们经过阿尔卡狄亚时，他邀请刻甫斯国王和他的二十个儿子加入他的远征。最初国王拒绝，因为恐怕他的邻邦阿耳戈斯人乘虚而入。雅典娜曾经给赫拉克勒斯一束墨杜萨的头发，盛在铜罐子里。现在他将它赠送给了刻甫斯的女儿斯忒洛珀，并对她说："当阿耳戈斯人逼近的时候，你只要在城头上高举起这束头发三次，这时你的敌人就会逃跑，而你自己却看不见。"刻甫斯听到这话，就参加了战争。但是，虽然阿耳戈斯人真的被迫逃跑了，他自己却接连惨败，最后，他和他所有的儿子都被杀光了。赫拉克勒斯的兄弟伊菲克勒斯，也在战斗中阵亡。但赫拉克勒斯自己征服了斯巴达，杀死了国王和他的儿子们，并使卡斯托耳和波吕丢刻斯的父亲廷达瑞俄斯回到城里，重登王位。但他保留着将来由自己的子孙继承他所给予廷达瑞俄斯王位的权利。

赫拉克勒斯与得伊阿尼拉

赫拉克勒斯在伯罗奔尼撒半岛做出了许多英雄业绩后，又来到埃陀利来和卡吕冬，找到国王俄纽斯。比之于其他的女人们，俄纽斯的女儿得伊阿尼拉，长得非常美丽、迷人，引得求婚者找上门来，她被一个讨厌的求婚者缠住了。在她来卡吕冬之前，她住在珀洛宇宏，那是她父亲王国里的另一座城市。河神阿刻罗俄斯仰慕得伊阿尼拉的年轻美貌，也前来求婚，但是他长得十分丑陋，见到过阿刻罗俄斯的人都很害怕他。有时他变成一头壮牛，有时他又变成一条闪闪发亮的、蠕动着身体的巨龙。后来，他虽然变成人的样子，却顶着一副公牛的头，在多毛的面颊上流着泉水。得伊阿尼拉看见阿刻罗俄斯感到很害怕，情急之下逃到众神面前请求一死，河神却步步紧逼。虽然这位河神出身于高贵之家，不过俄纽斯也不想将女儿嫁给阿刻罗俄斯。

现在第二个求婚者虽然出现较晚，但也还正是时候。正在大家不知所措的时候，赫拉克勒斯也前来求婚了，他早就听朋友墨勒阿革洛斯说过妹妹才华出众。但是没有一场激烈的斗争是不会有一个明确的结果的，这是赫拉克勒斯最清楚的。头上长角的河神看到赫拉克勒斯前来争夺他的意中人，气得青筋暴露，企图用牛角顶撞赫拉克勒斯。俄纽斯看着他们两人都有大力而斗志激昂，并不想干涉他们，只是应允将他的女儿嫁给在战斗中得胜的人。

在国王、王后和他们的女儿得伊阿尼拉的面前，两个求婚者勇猛地拼斗起来。赫拉克勒斯用铁拳猛击，用箭连射，但这河神的巨大的牛头却一再躲开，并寻伺着要以利角狠狠地冲刺他的敌手。最后，他们扭打在一起，手臂交叉着手臂，脚绊着脚，额角和身体上汗如雨下。两个人拼尽全身的力气，累得气喘吁吁，也没分出胜负。最终，宙斯的儿子占了上风，他把河神猛地往地上一摔，立刻用力按住他。这时河神立刻变成一条长蛇，赫拉克勒斯眼疾手快，抢先一步抓住了蛇头。如果不是长蛇又变成一头公牛，赫拉克勒斯早把它掐死了！赫拉克勒斯瞅准时机抓住一只牛角，把河神奋力往上一甩，可怜一只牛角早已断成了两半。河神阿刻罗俄斯只得求饶，退出求婚者的行列。至于阿刻罗俄斯的角，过去女仙阿玛尔忒亚曾送给他一只丰饶的角，满装着各种的果子如石榴、葡萄之类。现在他将这只角赠给赫拉克勒斯，赎回他自己的角。

赫拉克勒斯跟得伊阿尼拉举行了婚礼，可是结婚并没有改变他的生活方式。他一如既往，总是到处漫游冒险。有一次，他又回到了妻子身旁。这一次他又被迫离开了岳父，因为他无意之中失手打死了一个男孩。事情是这样的：国王俄纽斯摆宴招待贵宾时，有一个在一旁帮助的男孩奥宇诺摩斯没有听清客人的要求，因而得罪了客人。赫拉克勒斯想给他一次小小的教训，就轻轻地拍了他一下，料不到英雄出手太重，竟然把男孩当场打死了。国王尽管饶恕了他，但他不得不流亡，他的年轻的妻子和他的儿子许罗斯也伴随着他。

赫拉克勒斯与涅索斯

赫拉克勒斯从卡吕冬来到特拉奇斯的朋友刻字克斯那里。一路上，赫拉克勒斯经历了一生中最危险的事。他来到奥宇埃诺斯河时，看到肯陶洛斯人涅索斯。涅索斯每次都向来回的旅客索要渡河费。他用双手抱着来往的行人过河，然后向旅客索要渡资，涅索斯以为这是一笔对得起良心的正当收入，所以收起来心安理得。赫拉克勒斯自然用不着他的帮助，放开大步，涉水而过。妻子得伊阿尼拉却需要涅索斯的帮助。他将赫拉克勒斯的妻子放在肩头带她过河。

得伊阿尼拉年轻漂亮，涅索斯在河中被她迷住了，竟用手在她身上乱摸起来。赫拉克勒斯在对岸突然听到妻子的呼叫声，定睛一看，发现这个半人半马的怪物侮辱他的妻子，不由得心头火起。他赶紧从箭袋中抽出箭来，涅索斯刚刚上岸，背上就被射中一箭，倒在地上。得伊阿尼拉甩掉了肯陶洛斯人，害怕地奔向丈夫，这时她听见地上垂死的人对她说："听着，俄纽斯的女儿！你是我抱着渡河的最后一个人，为此你也必须负起埋葬我尸体的责任。你将我伤口中流出的最后一滴血保存起来！它会对你有帮助的。你要是用它涂抹你丈夫的衣服，那么从此以后，除了你以外，他再也不会爱上另一个女人！"涅索斯说完这些居心险恶的话就死了。虽然得伊阿尼拉一点也不怀疑丈夫对自己的忠诚，但是她仍然用一只杯子接住了肯陶洛斯人的最后一滴血并保存好。这些事情赫拉克勒斯一点儿也不知道。他们经历了别的一些冒险后，终于找到了朋友刻宇克斯。他是帖撒利的国王，很友好地接待了赫拉克勒斯夫妇，让他们和他住在一起。

赫拉克勒斯的结局

赫拉克勒斯经历的最后一次冒险是讨伐俄卡利亚国王欧律托斯，以前国王曾允诺凡是射箭胜过他和他儿子的人，可以娶他女儿伊俄勒为妻，可是后来他又拒绝了。因此赫拉克勒斯的最后一场战斗就是讨伐欧律托斯。赫拉克勒斯率领了一支部队，一路进攻，直逼攸俾阿，他准备围困俄卡利亚，抓捕欧律托斯和他的儿子。经过深思熟虑，赫拉克勒斯攻破城池，杀死了国王和他的三个儿子。

伊俄勒自然成了赫拉克勒斯的俘虏。

得伊阿尼拉在家里焦急地等待着丈夫的作战消息。这时王宫里发出一阵欢呼声，一名使者飞奔回来，报告说："你的丈夫大获全胜，即将回来了！他的仆人利卡斯正在向城外的人民宣布胜利的喜讯。赫拉克勒斯正忙着给宙斯准备祭供，过不了几天他就回来了。"过了一会儿，利卡斯带了一群俘虏走了过来。"问候你，尊敬的夫人，"利卡斯见到得伊阿尼拉连忙打招呼说，"赫拉克勒斯的正义事业已取得了胜利，我们占领了城池，杀死了国王和王子。你的丈夫说，请你善待这些俘虏，尤其是这位跪在你脚下的不幸女子。"

得伊阿尼拉同情地看着这位年轻的女子。得伊阿尼拉同情地看了年轻女子一眼，然后把姑娘从地上扶起来，问道："你是谁？你看上去还没有结婚，一定出身于贵族家庭吧！利卡斯，告诉我，这位年轻姑娘的父母亲是谁？""我怎么知道呢？你为什么要问我呢？"利卡斯躲躲闪闪地回答，他的表情透露出他似乎隐瞒了一桩秘密。"自然，这个女子，"利卡斯踌躇了一会儿又说，"决不会出身于俄卡利亚的小户人家。"听到这里，年轻的姑娘长叹一声，仍保持沉默。得伊阿尼拉感到奇怪，但不便再问，只是叫人把姑娘送进内室，不要亏待她。利卡斯出去之后，先前的那名使者往前走上一步，靠近女主人，小声地对她说："得伊阿尼拉，请你不要相信利卡斯的话。他欺骗了你，他曾亲口对我说赫拉克勒斯是为了这位年轻的女子才讨伐俄卡利亚的。她就是欧律托斯的女儿伊俄勒。在认识你之前，赫拉克勒斯就十分爱慕她。她这次来可不是当你的女佣，而是成了你的竞争对手。她是赫拉克勒斯的情妇。"

得伊阿尼拉十分悲伤。可是她马上又镇静下来，命令丈夫的仆人利卡斯前来见她。当得伊阿尼拉问起伊俄勒的事情时，利卡斯指着苍天向宙斯发誓，说他说的一切都是实情，他真的不知道姑娘的父母亲到底是谁。得伊阿尼拉警告他不要玩弄宙斯，她生气地说："即使我责怪丈夫的不忠，也绝不会糊涂到把全部责任都推给这位可怜姑娘。她那么可怜，而且从来也没有伤害过我，我为什么要为难她呢。只是她的相貌使她受尽了苦难，把她的整个国家都推入被奴役的悲惨命运！"利卡斯见夫人如此宽宏大量，就把一切真实的情况都告诉了得伊阿尼拉。得伊阿尼拉一点也没有责怪他，只是让他捎给赫拉克勒斯一件她送给丈夫的贺礼。她悄悄地走进那间小房间，取出血膏，把它涂在一件珍贵的衬衣上。这块血膏是她按照肯陶洛斯人涅索斯临死前的嘱咐从箭镞上刮下的毒血做成的。现在为了唤回赫拉克勒斯的爱情，她把它拿了出来。然后，她把衣服折起来，锁在一只漂亮的小盒子里。做完这一切后，得伊阿尼拉把使用过的羊毛随手扔在地上，然后走到外面，把礼物交给仆人利卡斯。

"请把这件衣服带给我的丈夫，"她吩咐道，"这是我亲自缝制的。除了他，我不允许任何人穿上这件衣服。他在节日祭拜诸神前不能把衣服放在火炉或阳光下，这是我立下的誓言。交给你一枚戒指作为信物，他就会知道这确实是我真实的口信。"

利卡斯答应照她的吩咐去做。他带着礼物赶到欧玻亚，送给准备献祭的主人。几天后，赫拉克勒斯和得伊阿尼拉生的大儿子许罗斯前去探望父亲，他要说服父亲赶快回家。得伊阿尼拉偶然走入盛放血膏的小房间，她看见地上的羊毛经过太阳照射已经融化了，里面还冒出一股股泡沫状的毒液。得伊阿尼拉吃了一惊，预感事情不好，她吓得在宫里团团转，不知道怎么办才好。

儿子许罗斯终于回来了，可是身旁却没有父亲。"唉，母亲哟，"他充满仇视地对母亲叫喊着，"我真希望世界上从来就没有你，真希望你不是我的母亲！"得伊阿尼拉大吃一惊，她急忙问道："孩子，你这是怎么啦？"

"我刚从刻奈翁回来，母亲，"儿子抽泣着说，"正是你毁了父亲的生命！"

得伊阿尼拉面色惨白，但仍镇静地问他："这是谁告诉你的，我的儿子？谁敢诬蔑我做下这种伤天害理的事？"

"不，没有人告诉我，是我亲眼看到父亲的悲惨结局，"儿子说，"我在刻奈翁遇到他时，他正忙着宰杀牲口，准备给宙斯献祭。接着利卡斯带了你的礼物，但那是一件诅咒的衬衣。父亲穿上那件衬衣开始祭祀，可是当祭供的烈火熊熊燃烧的时候，他全身流出了豆粒般的汗珠，那衬衣像是用金属焊在他的身上似的，又像一条毒蛇在咬他，父亲一阵阵颤抖，大声地喊着利卡斯。其实利卡斯是无辜的，他忠实地转交了你的那件毒衬衣。利卡斯讲明了你委托他的事，父亲却一把揪住他，把他扔到大海里的巨石上。可怜的他被撞得粉身碎骨，葬身鱼腹。没有人敢靠近父亲，他在地上痛苦地号叫着，滚来滚去，之后又忽然跳起来，谩骂你和你们的婚姻。最后，他对着我喊道：'儿子，如果你同情父亲的话，那就赶快送我上船回去。我不能死在异乡。'我们将他抬到船上，他痛苦得大声吼叫，但总算回到了故乡。你马上就能看到他，不是活着，就是死了。这就是你干的好事，母亲，你可耻地谋害了人间最伟大的英雄！"

得伊阿尼拉对儿子的责备没有辩解。她绝望地离开了他。有几个仆人听她说过涅索斯送给她的那种爱情魔药，他们告诉了这个孩子，说他在愤怒中错怪了母亲。

儿子听说之后，赶快朝不幸的母亲奔去。但是他来晚了，得伊阿尼拉已经直挺挺地躺在丈夫的床上，她的胸口上插了一把两面刀刃的利剑。儿子痛哭着抱住母亲的尸体，为自己偏激的语言深深地后悔着。突然，他听说父亲回到了宫殿，吓得连忙跳起身来。

"儿子，"赫拉克勒斯大声地叫着，"儿子，你在哪里呀？拔出宝剑来，对准你的父亲，对准我的脖子，杀死我吧！这样才能解脱你的母亲赐予我的痛苦！"说完，他又沮丧地对旁边的人说："没有一头野兽，没有一杆长矛，没有一支巨大的部队制服我。可是一个女人的手却征服了我！我的儿子哟，杀死我吧，然后再去惩罚你的母亲！"

许罗斯告诉他，母亲是无意之中害了他，并且为了抵罪，已经拔刀自尽了。赫拉克勒斯顿时惊呆了，由悲愤转为悲哀。他立即让儿子许罗斯同他以前爱过、并成了他的俘虏的伊俄勒结婚。特尔斐的神谕中曾经说过：赫拉克勒斯一定会死在俄塔山上，俄塔山属于特拉奇斯地区。赫拉克勒斯忍着身体的疼痛，让人把他抬到俄塔山的山头上。在那里架起了一堆木柴，人们就把他搁在木柴堆上。赫拉克勒斯命令在下面点火，但是没人愿意执行这一悲惨的命令。最后，经过他的再三恳求，他的朋友菲罗克忒斯不愿看到赫拉克勒斯如此受罪，就出来准备点火。赫拉克勒斯为感谢他，特地把自己战无不胜的弓箭送给他。木柴刚被点燃，天上就闪起了闪电，助长了火势。最后，降下一朵祥云，在隆隆的雷声中将这位不朽的英雄送到奥林匹斯圣山。等木柴烧成灰烬，伊俄拉俄斯和其他的一些朋友走近柴堆，准备拾捡英雄的骨头时，他们什么也没有捡到。毫无疑问，赫拉克勒斯从凡人变成了神，得到了不老之身。朋友们给他摆设祭供，尊他为神。后来，所有的希腊人都把他当神来崇拜。

在天上，他碰到女神雅典娜。她把这位英雄引入诸神的行列。赫拉宽恕了赫拉克勒斯，把女儿赫柏嫁给了他。赫柏是永恒的青春女神，他们在奥林匹斯山上居住了下来，赫柏又为赫拉克勒斯生下了很多神的孩子。

第二十二章　忒修斯的故事

英雄的出身和少年

　　雅典国王忒修斯是埃勾斯和埃特拉所生的儿子。埃特拉是特洛曾国王庇透斯的女儿，他的父系先祖是年迈的国王埃利希突尼奥斯以及传说中从地里长出来的雅典人；母亲的先祖是伯罗奔尼撒诸王中最强大的珀罗普斯。珀罗普斯的儿子庇透斯建立了特洛曾城。一次，忒修斯亲自接待了从雅典远道而来的国王埃勾斯，他在伊阿宋进行阿耳戈英雄征战的二十年前就已经统治了雅典。

　　埃勾斯没有儿子，因此，埃勾斯十分惧怕有五十个儿子并对他怀有敌意的兄弟帕拉斯。他想瞒着妻子，悄悄再婚，希望生个儿子，安慰他的晚年，并继承他的王位。于是埃勾斯把自己的心思说给了朋友庇透斯。万分巧合的是庇透斯正为一则神谕而困惑，那则神谕说他的女儿没有婚嫁之运，但会生下一个著名的儿子。真是喜上眉梢，福从天降，两人一拍即合，国王庇透斯决定把自己的女儿埃特拉密密地嫁给埃勾斯，虽然他知道埃勾斯早已娶妻。婚后，埃勾斯在特洛曾只待了几天，便决定回到雅典。他与新婚的妻子在海边告别，把一双鞋子和一把宝剑搁在海岸边的一块巨石下，叮嘱妻子说："假如神降福于我们，并且赐给你一个儿子，那就悄悄地把他抚养成人，不要让别人知道孩子的父亲是我。等到孩子长大成人，身强力壮，能够搬动这块岩石的时候，你将他带到这里来。让他取出宝剑和绊鞋，叫他们到雅典来找我！"

　　埃特拉果然生了一个儿子，取名忒修斯。忒修斯在外公庇透斯的抚养下长大。母亲从未透露过孩子的生身父亲的情况。庇透斯对外宣称忒修斯是海神波塞冬的儿子。特洛曾人特别尊敬波塞冬，并把他看成自己城市的保护神，他们每年都摘取新鲜果实祭供波塞冬。波塞冬手里的三叉戟就是特洛曾城的标志。因此，国王的女儿为一位受人敬仰的神生了一个儿子，这完全不是一件不光荣的事。

　　孩子渐渐长大，不仅健壮英俊，而且沉着机智，勇力过人。一日，母亲埃特拉将儿子带到海边的岩石边，说明了父亲埃勾斯藏在岩石底下的相认信物，说出了他的真实身份。

　　忒修斯抱住巨石，毫不费力地把它掀到一旁。他佩上宝剑，又把鞋子穿在脚上。尽管母亲和外祖父一再要求他走海道，可是他却不愿意乘船。那时候从哥林多地峡前往雅典的陆路到处有拦路的强盗和恶徒。外祖父庇透斯向年少气盛的忒修斯详细讲述了这批杀人强盗的暴行，介绍他们会如何对陌生人施暴。可是忒修斯决定以赫拉克勒斯和他的英雄事迹为楷模，所以对路途上的各种困难毫不畏惧。说来忒修斯与赫拉克勒斯还有过一面之缘，当年他只有七岁，赫拉克勒斯正好前来拜访他外祖父，忒修斯也很荣幸地与大英雄同桌用餐。赫拉克勒斯用膳时把披在身上的狮皮解下来，放在一旁。其他孩子看到狮子皮都吓得大哭，但忒修斯却一点儿也不感到害怕。他还以为面前是一头真狮子呢！于是，他从一位奴仆手上接过斧子，大胆地向狮子皮扑了过去。自从这次相见之后，忒修斯做梦都想建立赫拉克勒斯一样的功绩。再细究起来，赫拉克勒斯和忒修斯还有亲戚关系，他们的母亲曾有过共同的祖先。当然，依照最古的传说，他们之间本来没有亲戚关系。后来，人们将赫拉克勒斯看作珀罗普斯的曾孙，所以两位大英雄之间就拉扯出一种合乎情理的关系来。所以忒修斯的举动就不难解释了，"人们把我当做海神的儿子，如果我从海上安全渡过去，如果我的信物鞋子上没有沾上征战的灰尘，宝剑上也没留下血迹，我真正的父亲又会怎么说呢？"忒修斯的这些话讲得慷慨激昂，外祖父听了很高兴，因为他过去也是一位勇敢善战的英雄。母亲听了儿子的话，连忙为儿子祝福。忒修斯整理了行装，勇敢地踏上征途。

忒修斯寻父险遇

忒修斯在寻访父亲的路上最先遇到的人是大盗佩里弗特斯，他舞着一根棒，常常把路人打成肉饼，所以外号叫"舞棍手"。

当忒修斯来到埃比道罗斯地带时，这个穷凶极恶的强盗猛地从密林里窜出来，挡住他的去路。忒修斯面无惧色，对他大喝一声："你来得正好！"说着便向强盗扑了过去。两人刚一交手，舞棍大王就被制伏了，忒修斯一拳打下去，佩里弗特斯就被打死了。忒修斯从死尸手里拿起狼牙棍，作为胜利的武器和纪念带在身边，然后他又走上了寻父之路。

到了科任托斯，他又遇到了另一个恶徒，即扳树贼辛尼斯，因为他力大无穷，两手能同时把两棵松树拔下来。然而他还是一个强盗，被他捕捉到的过往行人会被捆绑在树梢上，然后拉住树梢到最大的弯度，猛地让树梢向上弹去，一刹那树上的人就会粉身碎骨。忒修斯对辛尼斯的行为不满，两个人厮打成一团，用铁棍来对付恶棍。过了不久，恶棍就死于铁棍之下。辛尼斯有一个名叫珀里古纳的女儿，她具有苗条的身材，皎洁的面容。她看见父亲被杀，就惊慌地逃走了，忒修斯四处寻找她的下落。情急之中，姑娘躲藏到灌木丛里，她用孩子般无辜的声音乞求树丛救她一命。她发誓说，如果树丛现在救她，那么以后她决不会伤害或焚烧灌木丛林。忒修斯在外面大声叫喊，答应不会伤害姑娘的，于是珀里古纳走了出来，从此她就生活在忒修斯的保护下。后来忒修斯把姑娘嫁给了达埃阿纳宇斯为妻，达埃阿纳宇斯是俄卡利亚的国王、欧律托斯的儿子。她的子孙们都遵循她的诺言，从来不焚烧树林。

忒修斯不仅消灭了沿途的强盗，而且还像赫拉克勒斯一样，无所畏惧地征服了凶猛的野兽。

他在克罗米翁战胜了一头凶猛的野猪费亚。到达墨伽瑞斯边界时，他又遇到无恶不作的大盗斯喀戎。斯喀戎住在高大的岩洞里，经常在墨伽瑞斯和阿提喀的山林地区阻挡陌生的过路人，命令他们给自己洗脚，然后趁生人不注意时，就会卑鄙地抬起脚，一脚把洗脚人踹进大海里淹死。忒修斯这次也让他品尝了同样的后果，把他一脚踢进了大海。

后来他进入阿提喀地区，在埃琉西斯城附近遇到了强盗刻耳库翁。刻耳库翁强迫过往行人同他角力，败给他的人就被杀掉。忒修斯接受了他的挑战，并战胜了他，为地方除了一大祸害。

不久，忒修斯遇到了此行最后一个，也是最残酷的拦路大盗达马斯特斯，外号叫铁床匪。大马斯特斯有两张床，一张很长的，一张很短的。如果过路的陌生人是个小个子，他就在睡觉前把其带到大床面前，说："我的床对你来说太长了，朋友，你还是尽力地适应一下这张床吧！"说完，他就把陌生人的肢体全部拉断，直到陌生人断气而亡为止。如果来的客人个子很高，他就让客人睡小床。然后解释道："真抱歉，这张床实在太小了，它不是为你做的。这样吧，我帮你一把！"说完他就把客人的脚砍掉，直到客人跟那张床适合为止。忒修斯抓住这个高大的强盗，强迫他睡在小床上，用利剑砍断了他的身体，直到他痛苦地死去。

直到此时，我们的英雄在路上没有碰到一桩快乐的事。现在他到达刻菲索斯河，看见菲塔利腾的种族，他们很殷勤地招待他。女神为了感谢主人，回赠了一棵无花果树。从此他们的子孙们就成了菲塔利腾族人。这次菲塔利腾族人又热情地接待了忒修斯。他们依照传统的风俗习惯给他洗礼，让他洗掉沾染的血迹，并且还在家中款待他。忒修斯吃喝完后，谢过主人，然后朝着父亲的故乡一路走去。

忒修斯在雅典

在雅典，这年轻的英雄没有得到所希望的幸福与和平。市民互不信任，城市一片混乱。他父亲埃勾斯的王官也笼罩在魔影里。原来美狄亚也乘坐龙车离开了科任托斯和绝望了的伊阿宋来到雅典。美狄亚答应用魔药给国王恢复青春，所以两个人生活在了一起，并且骗取了埃勾斯国王的宠爱。美狄亚得知忒修斯已经到了雅典，她生怕自己被忒修斯赶出王宫，因此她企图劝说埃勾斯在席间用毒药灌倒那位陌生人，以彻底消除隐患。美狄亚欺骗埃勾斯说忒修斯是个危险的奸细，他看到城市市民相互争斗，以为是外乡人在捣鬼，因此猜疑一切新来的人。

忒修斯进宫早餐，却没有将自己的实情说出。他满心欢喜，以为他的父亲会发现面对着他的是谁。毒酒安置在他的面前。美狄亚怕他会将她逐出宫去，正在焦急地等待着这新来的客人喝酒。但忒修斯却把酒杯推到一旁，他渴望在父亲面前显示一下当年的信物。于是他抽出了父亲压在岩石下的宝剑，假装要切席上的烤肉，以便引起埃勾斯的注意。埃勾斯看见熟悉的武器，立马扔掉手中的酒杯。一番询问之后，他完全相信面前的青年就是他命运中渴望求得的儿子。他马上张开双臂，把儿子抱在怀里，并且向周围的人解释忒修斯的来历。忒修斯被介绍给周围的人民，他告诉他们在旅途上所经历的冒险故事。这青年人这样年轻就如此坚毅果敢，他们都向他欢呼，表示欢迎。诡计多端的美狄亚被国王驱逐出境，她逃到故乡科尔喀斯。那时候他父亲埃厄忒斯的王位已被他的弟弟篡夺，美狄亚跟父亲取得了谅解，用魔法帮助父亲重新登上了王位。

忒修斯与弥诺斯

忒修斯成了王子，并成为王位的继承人。他立下的第一个功绩便是诛杀叔父帕拉斯的五十个儿子。他的这五十个堂兄弟早就窥视着王位，所以十分恼恨这位陌生人的到来。更为可气的是陌生人将来还要统治国家，管理他们。为了除掉后患，帕拉斯的五十个儿子手拿武器，准备袭击新来的忒修斯。但是帕拉斯儿子的传令兵，把这整个阴谋偷偷地都告诉了忒修斯。忒修斯立刻袭击了他们的埋伏地点，五十个人全部被杀死。经过这场自卫以后，为了避免百姓的反击，忒修斯立即主动出击，为当地的人民做了一件大好事：降服马拉敦野牛。这头野牛原是赫拉克勒斯从克里特捉来，后来又奉欧律斯透斯之命放掉的，它在阿提喀四乡横行无忌，危害人民。忒修斯把野牛捉住，带回雅典，供人观看，后来又将它宰杀，献祭给太阳神阿波罗。

这时，克里特的国王弥诺斯已经三次派使者来索取贡物。情况是这样的：弥诺斯的儿子安德洛革俄斯在阿提喀被人阴谋杀害。为了给儿子报仇，弥诺斯发兵雅典，给那里的居民造成了一次毁灭性的打击。众神也将瘟疫和旱灾降在那里，大地一片荒凉，人民生活在水深火热之中。阿波罗神庙降下预言：只有平息弥诺斯的愤怒，取得他的原谅，雅典人的灾难和众神的愤怒才会停止。雅典人答应每九年向弥诺斯提供七对童男童女，以恳求弥诺斯息怒。这样才算平息了雅典的灾难。弥诺斯把童男童女关在著名的克里特迷宫里，再让丑恶的半人半牛的怪物弥诺陶洛斯把他们一一杀掉。第三次交纳贡物的时间又到了，未婚的青年男女们面临着残酷的命运。居民们开始埋怨，把矛头对准了埃勾斯，因为对别人家的孩子抱着无所谓的态度，随意地把他们送去送死，而自己却任命一位不知哪里来的私生子继承王们。埋怨声传到忒修斯的耳朵里，他非常心痛。趁着聚集的时候，他断然地站起来，让自己成为童男童女中的一个。雅典人赞赏他的勇气和义气。埃勾斯听到这话，跌跌撞撞奔跑了过来，再三恳求他收回刚才的话。但是忒修斯的意念却一点也没有动摇，他安抚埃勾斯说自己肯定能够制伏弥诺陶洛斯。以前，装着童男童女的船都挂黑帆，开往克里特。现在埃勾斯听到儿子自豪的讲话，便交给舵手一张白帆。他吩咐说，如果忒修斯平安回来，就把船上的黑帆换成白帆，否则，仍挂黑帆表示失败了。

抽签以后，年轻的忒修斯带着抽中签的童男童女首先来到阿波罗神庙，以众人的名义向阿波罗神献祭白羊毛缠绕的橄榄枝，作为祈求保护的礼物。然后，他们来到了海边，登上死亡之船。特尔斐的神谕指示："应该选用爱情女神为向导。"忒修斯不甚理解地给爱与美的女神阿佛洛狄忒祭献牺牲，结果令人满意。当忒修斯来到克里特岛出现在国王弥诺斯跟前时，他洋溢的青春和英武的美貌打动了国王那位美丽动人的女儿阿里阿德涅的芳心。阿里阿德涅向忒修斯表示了爱慕之意，并交给他一个线团，叫他把线团的一头拴在迷宫的入口，然后跟着滚动的线团走向丑恶的弥诺陶洛斯守卫的地方。另外，她又交给忒修斯一把用来斩杀弥诺陶洛斯的利剑。

弥诺斯把忒修斯等人送入迷宫。忒修斯走在前面。他用两件宝物战胜了弥诺陶洛斯，并带着童男童女顺着线团又幸运地钻出了迷宫。忒修斯带着童男童女逃了出来，阿里阿德涅跟随他们一起返回雅典。忒修斯听从阿里阿德斯的提议，把克里特人的船底全部打破，使弥诺斯无法追上。上船之后，他们乘船来到迪亚岛，这座海岛后来被叫作那克索斯。忒修斯在梦中突然见到酒神巴克科斯。酒神声称阿里阿德涅跟他早就订了婚，他威胁忒修斯，如果不把阿里阿德涅留下来，就降下灾难。

忒修斯从小跟外祖父一起长大，外祖父告诫他要敬畏神灵。他担心神迁怒于他，不得不将可怜的公主留在凄凉的小岛上。深夜酒神巴克科斯来到了小岛上，阿里阿德涅被他劫持到德里沃斯山。到了山上，神就隐身而去。到了山上，他隐身而去，不久，阿里阿德涅也悄然不见了。

忒修斯和他的随从因失掉了姑娘阿里阿德涅，都很悲伤颓唐，所以忘了船上仍然挂着黑帆，没有改挂白帆。他们就这样离开了阿提喀海岸，飞快地向家乡的海岸驶去，显得无限的悲伤沉重。自从儿子离开以后，埃勾斯寝食难安，他在码头上翘首以盼，忽然看见远方驶来一条海船。等船靠近一点时，他看到了黑色的船帆，马上意识到儿子已经死了，老人顿时绝望，便纵身跳入大海，溺水而死。后来，为了纪念他，这海就叫作埃勾海（爱琴海）。

不一会儿，忒修斯率领众人登陆了。他在海岸上向神祇献祭，并派了一名使者前往城里，把童男童女们获救的消息告诉大家。他看到有些人高兴地迎接他，有些人沉浸在无限的悲哀之中。他不明白这是为什么，为什么人家不欢迎他们的归来呢？谜底终于揭晓了，国王跳海而亡的消息渐渐地传开了。使者回到海滨，看见忒修斯正在庙中祭供牺牲。他站在门口，丝毫没有作声，害怕悲伤的消息打断了神圣的仪式。等到最后浇奠了火祭之后，他才把埃勾斯国王的事告诉忒修斯。忒修斯如触电一般，倒在地上，晕了过去。

忒修斯当了国王

忒修斯怀着悲痛埋葬了父亲，然后将阿提喀的童男童女乘坐的那艘船献给阿波罗，那是一只能容纳三十个水手的船。雅典人为怀念这次神奇的历险，设法保全这只船，把船上的朽木不断地更换。因此，许多年以后，在亚历山大大帝时还可以看到这一古老而珍贵的纪念物。

忒修斯当了国王。事实表明他不仅在战斗中是位英雄，而且在治理国家方面也是天才，他让人民安居乐业，得到幸福。在这方面他甚至超过了自己树立的榜样赫拉克勒斯。他执政以前，阿提喀的百姓一部分分散在城堡里和雅典的小城附近。他们在零星的农舍中生活，形成了一些分散的村庄。如果要想把村民们聚集起来，那真不是一件容易的事。忒修斯把整个阿提喀地区的全部居民集中在一个城里，把零星的村庄组织起来，建设成一个国家。完成这一项巨大的工程他没有使用武力，而是周游四方，亲自去各个村镇，找各种人商谈，征求他们的意见，共同完成建国大业。对穷人和职业低的人，忒修斯承诺会让他们的生活逐步好起来的；对富者和强者，他则答应一定要限制国王的权力。以往的时间，国王的权力在雅典城里一直都是至高无上的。此外，他还答应制订一部自由的宪法，并解释说："对于我来说，我只想在战争时当你们的首领，日常生活中我只想当一名保护宪法的人。我希望我们所有的居民都可以享受平等的权利。"许多贵族认识到这种改革可能会给他们带来利益，因此持欢迎态度，还有一些守旧的人，畏惧忒修斯在民众中的威信，畏惧他的权力和惊人的胆量，因此，趁着忒修斯还没有强迫他们的时候，也纷纷表示愿意接受他的劝说。

忒修斯取消了各个市镇的单独的市议会和独立的机构，他在市中心建立一个共同的市议会。他还给全体居民定制了一个节日，并命名为泛雅典节，就是全体雅典人共同的节日的意思。直到这时，雅典才成为一个真正的城市，被更多的人所接受、传颂，以前它附近没有几间居民的房子，只不过是一座国王的城堡，建造的人把它叫作开克罗帕斯堡。为了扩大城市的规模，他从各地吸引新的移民，并赋予他们和本市居民同样的权利，这样做是为了使雅典成为一个多民族聚集的城市。可是为了避免大量的人涌来造成混乱，他在新城内把居民分为贵族、农民和手工业者三大阶级，并为各阶级规定了独自的权利和义务。作为国王，他也限制自己的权力。正如他亲口答应的那样，他让国王的权力受到贵族议会和人民会议的节制。

亚马孙战争

忒修斯建立新国家后，把雅典娜女神作为雅典的保护神，同时对波塞冬也十分敬仰，把自己看作波塞冬特别看顾的宠儿。他在哥林多地峡举行了神圣的角力赛会。正在这时，雅典又面临一场意外而新奇的战争威胁。

在忒修斯早年冒险时，他在讨伐途中到达亚马孙河岸。令人惊奇的是魁梧的英雄不仅没有吓得那些亚马孙女人四处逃窜，而是赠送给他很多礼物，这些金银珠宝让忒修斯特别高兴。在亚马孙女人中他看上了一名叫希波吕忒的美丽女子，并且骗走了她。希波吕忒其实并不反对给这样的英雄当妻子，可是好斗好战的亚马孙女人对他的拐骗行为感到愤怒。长久以来，她们一直在寻找机会报复。

有一天，她们突然开来了一支船队，登上陆地，围困城市，并攻占了雅典，甚至在雅典的城中心扎下营盘。居民们早已惊恐地逃进了城堡。双方严密防守，很长时间都不敢贸然进攻。之后，忒修斯给威吓神祭供牺牲，他依照神谕在城堡里巡逻，组织战斗。刚开始，在亚马孙女人的猛烈攻击下，雅典的男子汉们一直退到复仇女神厄里倪厄斯的神庙周围。后来，亚马孙女人的力量逐渐减弱，许多人被杀死，她们被迫回到了她们的中心大营。王后希波吕忒也参加了战斗，她和丈夫一起抵抗亚马孙人。一支飞镖从忒修斯旁边击中了她，把她刺死了。为纪念这位亚马孙女子，雅典人为她建立了一根大柱。后来战争和平解决，双方缔结了和约。亚马孙人离开了雅典，退回本国。

忒修斯与庇里托俄斯

忒修斯是以有着超人的力气和勇敢著名的。庇里托俄斯也是古代最著名的一个英雄，是伊克西翁的儿子，很想跟忒修斯比一比高低。于是他故意偷走忒修斯的几头牛。看到忒修斯全副武装地追赶上来，正中他的心意，所以就守候在一边。见面之后，两位英雄由衷地赞扬对方的英勇和胆略，然后不约而同地都放下手中的武器，直接朝对方奔了过去。庇里托俄斯伸出右手，要求忒修斯裁决他偷牛的事，而忒修斯眼中闪着欢乐的光芒，回答说："我想得到的唯一的满足，乃是让你成为我的朋友和战友。"两位英雄立即拥抱在一起，相互立誓，永远忠于友谊。

不久，庇里托俄斯向拉庇泰族的忒萨利亚公主希波达弥亚求爱，并请忒修斯参加婚礼。拉庇泰人是帖撒利地区的有名种族，是凶猛、粗犷的山民，他们是最先驯服马匹的人类。新娘虽出生于这个种族，但却完全与他们不相同。她的身材苗条，面目迷人。宾客们都认为庇里托俄斯赢得了她的爱情是一种幸福。帖撒利地区所有的贵族全应邀前来参加婚宴。庇里托俄斯的亲戚肯陶洛斯人也来了。他们是半人半马的怪物，是在云端里降生的，说起来还跟庇里托俄斯的父亲伊克西翁有着密切的关系。伊克西翁原来是拉庇泰国王，一次，他克扣了应该送给岳父的彩礼，岳父达埃翁极为不高兴，亲自前来催讨。伊克西翁却故意将他推入熊熊燃烧的火炭洞穴。为了躲避惩罚，他祈求宙斯收留他，宙斯答应了他的要求。让人想不到的是他又向众神的王后赫拉提出非分的要求。宙斯用一片乌云冒充赫拉。伊克西翁拥抱乌云，生下了那些半人半马的怪物。肯陶洛斯人因此又被叫作云朵的儿子，曾经是拉庇泰人的仇敌。但这次，由于那些马人是新郎方面的亲属，所以大家捐弃旧恨，举行欢宴。

拉庇泰人和肯陶洛斯人的纷争

长时间，大家都在快乐地饮宴。但因为过量的酒位，马人中最粗暴的欧律提翁心情迷乱，他看见美丽的希波达弥亚，想着要将她抢走。在大家还没有明白发生了什么事时，只见欧律提翁怒气冲冲地一把抓住希波达弥亚的头发，把她拖拽在地上。希波达弥亚奋力挣扎，大喊救命。欧律提翁的恶行引起了酒醉的肯陶洛斯的恶习，拉庇泰人和两位英雄还没来得及从座位上站立起来，所有的肯陶洛斯人早就搂住了帖撒利姑娘们。顿时妇女们的惊叫声和呼喊声响成一片，把宫殿都要震塌了。新娘的亲戚朋友们都异常愤怒地从座位上跳起来。

"你中了什么邪，欧律提翁！"忒修斯大声叫道，"你竟敢当着我的面侮辱庇里托俄斯，这不是在侮辱两个英雄吗？"说完，他一把抢回新娘。欧律提翁情急之下抬手就朝忒修斯胸口挥了一拳。当时忒修斯手上没有武器，就随手抓起一只金属罐，向对手劈面砸过去。欧律提翁躲闪不及，血和脑浆从头部伤口中喷涌而出，狼狈不堪。

"快拿兵器！"各个角落声震如雷。起初是酒杯，酒瓶，碗碟在空中飞舞。后来一个狂乱的家伙抢掠附近的神庙和圣坛里的献给神祇的珍贵的器皿，另一个则摘下墙壁上插着火炬照耀饮宴的铜环，还有一个却拿着挂在门头上作为装饰和还愿的献礼的鹿角进行战斗。

庇里托俄斯勃然大怒，把手中的长矛朝大个子马人珀特勒奥斯刺去。珀特勒奥斯正想从地上拔起一棵大枥树当武器，他被矛钉在树干上。第二位忒修斯把肯陶洛斯人狄克提斯打倒在地，压断了一根粗大的桴木。第三位上来复仇的肯陶洛斯人，被忒修斯一棍捣成肉饼。契拉罗斯披头散发，留着胡须，年轻的脸上一团和气，肩、脖、双手和胸部都长得十分均匀，身体的下半部分虽然是马，但也长得十分标致，可以堪称肯陶洛斯人中最好看的一个怪物。他也带着他的情人许罗诺默前来赴宴，席间他们打得火热，现在更是互相扶持，一同战斗。一箭飞来，射中了契拉罗斯，他一头倒在了情人的怀抱里。许罗诺默弯下腰去，吻着他。她拔出射中契拉罗斯心脏的飞箭，急忙冲了出去。战斗激烈地进行着，最终肯陶洛斯人战败了。他们在逃跑的时候互相践踏，又被追赶的人杀掉不少。直到这时，庇里托俄斯才稳稳地占有了他的新娘。第二天清晨，忒修斯跟他告别。由于这次的共同作战，更加强了他们之间的永不破裂的兄弟般的友谊。

忒修斯与淮德拉

忒修斯已达到他的幸福的顶端和转捩点了。他企图在自己的炉边建立幸福，而不是从勇敢和不断的冒险中去追求，这才使他陷于抑郁和痛苦。当他正年轻的时候，他从克瑞忒劫得弥诺斯的女儿阿里阿德涅，而她的幼小的妹妹淮德拉也伴随着她。阿里阿德涅被酒神巴克科斯抢走后，淮德拉就跟着忒修斯来到雅典，因为她不敢回到暴虐的父亲身边去。直到父亲去世，她才回到了故乡克里特，住在哥哥那里，即国王丢卡利翁的宫殿里。她长成一个聪慧、漂亮的女郎。

忒修斯自从妻子希波吕忒死后一直未娶。他听到很多人赞美淮德拉妩媚动人，心中暗暗地希望她能跟姐姐阿里阿德涅一样美丽、善良。丢卡利翁很欣赏忒修斯，忒修斯从帖撒利朋友的血腥婚礼上交战回来后，就和他订立了保护和防御条约。

这时忒修斯要求和淮德拉结婚，得到国王的同意。不久他就和淮德拉从克瑞忒航海回国。真的，她的面貌和她的态度这样地和她姊姊相像，在忒修斯看来，就好像他青年时候的希望在晚年得到实现一样。他们的婚姻幸福而甜蜜，妻子一连给他生了两个儿子：阿卡玛斯和得摩丰。可是，淮德拉对待丈夫却不像她的容貌那样美好，不能忠实于自己的丈夫。国王跟希波吕忒生了个儿子叫作希波吕托斯，正好和淮德拉同岁。希波吕托斯年轻力壮，风流倜傥，曾在特洛曾受过良好的教育，在各个方面都表现得特别优秀。希波吕托斯长大成人后，愿把自己的一生献给处女神阿耳忒弥斯，对女人还从来没有产生过欲望。

希波吕托斯回到雅典和厄琉西斯，并在那里参加神圣的庆典。淮德拉第一次看到了他，还以为面前站着年轻时的忒修斯。他那优美的姿态和洁白无瑕的皮肤好似一团烈火，顿时烧得淮德拉燃魂不守舍，可是她还是没有把这种情感流露出来。希波吕托斯离开以后，她在雅典的城堡上给爱情女神建造了一座神庙。后人把它称为远望女子的阿佛洛狄忒神庙，从这儿能看见特洛曾，当时希波吕托斯生活在特洛曾。她每天坐在那里眺望大海，心潮随着波浪起伏。

后来忒修斯旅行到特洛曾看望亲戚和他的孩子，她伴随着他，并在这里留住很久。开头，她和她的热情挣扎，逃避到孤独中，在桃金娘树下流着相思泪。后来，她将她的苦恼告诉她的年老的乳母，可是她却是一位狡诈的老妇，她怂恿着继母答应由她把这事转告给希波吕托斯。丧失伦理的继母鼓动他推翻父亲的王位，从而和她一起执掌政权，听到这希波吕托斯十分害怕，他认为听到继母的这番话就是亵渎神明，为此他下定决心逃避所有的女人。这时忒修斯外出了，淮德拉正想利用这个机会，但希波吕托斯声称，他决不跟后母在一起。他赶走了年老的乳母后，跑到野外打猎，为他可爱的女神阿耳忒弥斯服役，以此远离王宫，直到父亲回来，到那时他再把情况告诉父亲。

淮德拉遭到他的拒绝后，良知和私欲在内心激烈交战，最后，还是恶念占了上风。当忒修斯回来后，他发现妻子已自缢，手上拿着一封遗书。上面写道：

"希波吕托斯破坏了我的名誉。我无路可走，与其对丈夫不忠，还不如一死了之。"

很久很久，忒修斯在恐怖和激动中站着发呆。最后他清醒过来，他高举双手向天祈祷："波塞冬，我的父呀！你总是爱护我如同你自己的儿子一样。从前你说过可以满足我三个愿望。现在我请求你就实行！我只有一个愿望渴求满足：让我的儿子就在今天毁灭！！"话音刚落，希波吕托斯就打猎归来了。他知道父亲回来了，所以连忙走进宫殿。听到父亲的一顿咒骂和诽谤，儿子心平气和地回答说："父亲，我是无辜的，我没有做过任何对不起你的事。"忒修斯不相信他，把继母的信扬了扬，把他赶出了这片土地。希波吕托斯呼求保护女神阿耳忒弥斯为他的纯洁和无辜做证，然后流着泪离开了他的第二故乡特洛曾。

就在这天的黄昏，一个使者来到宫殿，当他被带到国王的面前，说："国王啊，你的儿子希波吕托斯已经离开了人间。"忒修斯静静地听完这一消息，尖刻地冷笑一声，说："他奸暴了一位妇女，就像奸暴了他父亲的妻子一样，于是被一个敌人打死了，对吗？"

使者回答说："不，国王，是他的车子杀害了他！"

"哦，波塞冬！"忒修斯大叫一声，感激地举起双手，指着苍天："你今天真的成了我的父亲，终于满足了我的请求！可是，请老实告诉我，我的儿子到底是怎么死的？"

使者告诉他"我们几个仆人正在河边刷马。主人希波吕托斯走过来，命令我们立即备马套车。当一切都准备好以后，他举起双手向天祈祷说：'宙斯，如果我是一个坏人，那么就请你把我除掉！我怎样才能让父亲明白我是冤枉的啊？请你给我指示吧！'说完，他跳上马车，抓住缰绳，一路奔向亚各斯和埃比道利亚。我们一路小跑，紧跟在后。我们最后到达荒凉的海边，右面是起伏的波浪，左面是耸立的悬崖。突然，我们听到一阵嘈音，就像地底下传来的隆隆雷声。我们互相张望，十分不解，马儿也竖起耳朵，聆听着这一微妙的变化。正在这时，我们看到海面上激起一股波浪，塔一般地冲向天空，遮住我们的视线，使我们无法看清楚对岸和哥林多地峡。排山倒海的雪白的浪涛吼叫着，向我们的马匹所走的道路汹涌而来。接着浪涛分开涌出一个怪物，一只巨大的牡牛，它的鸣叫使山岳响震。看到这怪物，马匹都惊吓得狂奔。我们的主人是最善于驾御马匹的，他双手紧握缰绳，就如同有经验的水手把握着船舵一样。但马匹已不可控制，它们咯咯地咬着马嚼子，拼命狂奔，想给妖怪让路，可是却被妖怪挡住了，直到马车完全贴着石壁，车轮撞到了石块。危险终于发生了：车轮撞得岩石爆裂了，你那不幸的儿子一头栽倒在地，马仍然拖着他和翻掉的马车在沙石上狂奔。这一切发生得太突然，我们这些人来不及去救他。后来他在山道的转弯处消失了，海上的妖怪也不见了，好像被大地吞吃了似的。"

忒修斯默默地呆望着地上。"对他的不幸，我并不感到高兴，但也不感到悲哀，"终于他疑虑地说，"但愿我能见到他还活着，问问他的罪孽。"他话还没说完，就听到一位老妇人哭天喊地的声音。她挤出人群，跪在国王忒修斯的脚下，她就是王后淮德拉的乳母，她受到良心的谴责，再也不敢隐瞒什么了，就含着眼泪把国王儿子的无辜和王后的歹毒说得一清二楚，真相大白于天下。不幸的父亲还没有反应过来，只见他的儿子躺在担架上，浑身碾轧得血肉模糊，只剩下最后一口气了。悔之晚矣，忒修斯十分懊悔地扑倒在奄奄一息的儿子身上。儿子气息微弱地问道："我的无辜是否已得到证明？"身边的人纷纷点头。希波吕托斯这才得到了安慰，然后尽力说道："可怜的父亲，我原谅你！"说完，就死了。

忒修斯将他埋葬在桃金娘树下，这正是淮德拉在树荫下与爱情挣扎的同一棵树。由于感情的不安，她常常用手指拉扯它的小枝和揉碎它的发光的绿叶。因为这是她所喜爱的地方，她也被埋葬在这里并仍然保留不动，国王并不想羞辱他的已死的妻子。

忒修斯抢夺女色

忒修斯与年轻的庇里托俄斯结下了深厚的友谊。他虽然上了年纪，却又激发了大胆、深沉，甚至是鲁莽的冒险欲望。庇里托俄斯的老婆希波达弥亚在婚后不久就去世了。现在忒修斯也独身在家，两个单身汉一拍即合，他们相约去抢劫妇女。

这时宙斯与勒达所生的女儿海伦还是一个女孩子，生长在她的后父斯巴达王廷达瑞俄斯的宫廷里。但她已经是这个时代的最美丽的女郎，她的美丽动人已传遍全希腊。当忒修斯与庇里托俄斯远征到斯巴达，他们在阿耳忒弥斯神庙看见过她跳舞。两位男子汉抵制不住爱情的欲火，便闯进神庙，抢走了海伦。他们先把她送往亚加狄亚的特格阿，然后抽签决定海伦归谁。两个亲如兄弟的人约定：海伦归抽签赢的人，赢的人应该帮助抽签输掉的人再去抢一位美丽动人的女人。结果忒修斯抽签赢了，他把姑娘送到阿提喀地区的阿弗得纳，由母亲埃特拉陪着海伦。安排完这一切，忒修斯又和自己的好友相约要去干一场伟大而又惊人的事业。也就是从地府里骗出冥王普路同的老婆珀耳塞福涅，并拥有她，以此来作为对抽签没能得到海伦的补偿。可是他们的计划彻底失败了。两人被普路同永远拘押在地府里。赫拉克勒斯想要救出他们两人，但结果只救出了忒修斯。

当忒修斯正从事于这不幸的冒险并被囚禁在地府里的时候，海伦的两个哥哥卡斯托耳和波吕丢刻斯却到阿提刻去要抢回他们的妹妹。起初他们没有用武力，只是担负着和平使命到雅典去要求接回海伦。但是雅典人却拒绝了他们的要求，他们说海伦并不在这里，也不知道忒修斯将她藏在哪里了。兄弟俩十分生气，威胁说要使用武力解决这一问题。于是雅典人十分害怕，有个名叫阿卡特摩斯的人知道忒修斯把海伦藏在哪里，于是向兄弟俩泄密说，海伦藏在阿弗得纳。卡斯托耳和波吕丢刻斯立即围攻该城，并很快攻陷了城池。

同时，雅典城里也发生了一件不利于忒修斯的事。厄瑞克透斯的孙子梅纳斯透斯自立为人民的领袖。他说国王让大家从乡下搬到城里的目的就是想让大家做他的奴隶，他鼓励人民群众享受所追求的自由，让他们摆脱乡间神庙和神仙，让人们不再依赖当地的大小主人，其目的却是让大家只侍候他一个暴君。现在，阿弗得纳被廷达瑞俄斯族人攻占了，雅典城也危难重重。梅纳斯透斯利用人民的情绪，说服人民从士兵那里救出海伦，然后为廷达瑞俄斯的儿子们打开城门，热情地迎接他们进城。不过波吕丢刻斯和卡斯托耳发动战争的目的只是夺回海伦，因此那些外来的士兵虽然从打开的城门里冲了进来，控制了城内所有的地区，但他们并没有伤害一个人。他们只是要求像别的出身高贵的雅典人和赫剌克勒斯的戚属一样可以正式参加纪念得墨忒耳的厄琉西尼亚祀神祭的秘密仪式。这要求被接受以后，他们就带着海伦，为爱戴和尊敬他们的市民护送着，离开雅典回到故乡去。

忒修斯的结局

忒修斯从哈得斯的地狱里回来后，成了一位严肃的老人。他听到海伦被她的哥哥救了回去，反而如释重负，因为他为从前的行为感到惭愧。他虽然重新掌权，并且打败了梅纳斯透斯逆党，但是看到国内混乱不堪的局面，他的内心却十分痛苦，难以平静。当他刚想重新治理自己国家的时候，国内又掀起一股反对他执政的新浪潮。其中反对最厉害的是梅纳斯透斯，另外还有一群贵族和一批跟他有仇的人。普通人在梅纳斯透斯的怂恿下也不愿服从国王的命令。

开始忒修斯还企图用武力镇压，后来叛乱扩大，使他的努力归于失败，这不幸的国王遂决定自动离开这不可控制的城市，并预先偷偷地送出他的两个儿子阿卡玛斯和得摩福翁，交给欧玻亚的厄勒斐诺耳。然后他在阿提喀的一个小镇伽尔盖拖斯上骂了一通雅典人，接着，他拍了拍身上的灰尘，又坐船去了斯库洛斯。他把这座岛上的居民看成自己特殊的朋友，因为那里的国王保存了忒修斯的父亲留给他的大笔财产。

那时统治斯库洛斯的国王是吕科墨德斯。忒修斯要他归还他父亲的遗产，以便让他能在那里居住下来。但是命运却把他逼上了绝路，不知是吕科墨德斯害怕这位英雄，还是他和梅纳斯透斯订有秘密协议，总之，他计划把忒修斯这个不速之客除掉。

他把忒修斯带到岛上的一座高峰的悬崖边，谎称让忒修斯看一下他父亲从前的财产。他乘忒修斯不备，猛地从背后一推，把他推下悬崖，忒修斯倒栽着跌入大海。

忘恩的雅典人民不久也忘记了他。墨涅斯透斯统治着雅典，就好像他是从有悠久历史的祖先那里合法继承来的王位一样。忒修斯的两个儿子后来作为普通的战士随着厄勒斐诺耳从事于特洛亚战争。直到墨涅斯透斯死后，他们才回到雅典，将王杖掌握在自己的手里。几百年后，雅典人跟波斯人在马拉敦作战时，忒修斯这位大英雄的灵魂又从地底下钻了出来，带领着那批不知感恩的臣仆们的后代取得了战争的胜利。所以，特尔斐的神谕吩咐雅典人，取回忒修斯的遗骨，隆重地为他安葬。可是，人们该到哪里去寻找他的遗骸呢？而且，即使在斯库洛斯岛上找到了他的坟墓，他们又怎能从野蛮人的手中夺回遗骸呢？

这时候，希腊出了一位有名的人，那是密尔策阿特斯的儿子西门。在一次讨伐中他征服了斯库洛斯岛。上岛之后，他到处寻找民族英雄忒修斯的墓地，忽然，他看到山坡上空飞旋着一头雄鹰。他站住脚，雄鹰即刻像飞箭一样地冲下来，用爪子刨开一座坟墓的泥土。西门把这个现象看作是神的旨意，他命人在此处深挖翻刨，果然在土地深处发现一个棺材，棺旁埋葬着一根铁矛和一把宝剑。由此西门和随从们断定这就是忒修斯的墓！他们把神圣的遗骸抬上华丽的战船，放在三张摇橹的座椅上。雅典人倾城排队迎接，沿途欢呼，并作庄严的祭奠，就像忒修斯活着回到自己的故乡一样。就这样，几世纪以后，他的人民的子孙对于这位给他们以自由和宪法但被他的无知的同时代人所反对的英雄，重新给予无限的感谢和尊敬。

第二十三章 俄狄甫斯的故事

杀父记

底比斯国王拉布达科斯是卡德摩斯的后裔。他的儿子拉伊俄斯后来继承王位，娶底比斯人墨诺扣斯的女儿伊俄卡斯特为妻。伊俄卡斯特和拉伊俄斯结婚后，很长一段时间都没生孩子。拉伊俄斯渴望能有一个独生子继承他的王位，于是向特尔斐的阿波罗神庙请教，为此得到一则神喻："拉伊俄斯，拉布达科斯的儿子！我将送给你一个儿子，但是你命中注定将死在你的亲生儿子的手里。这是克洛诺斯族人宙斯的指令，因为你抢了珀罗普斯的儿子，所以他相信了他的诅咒。"拉伊俄斯从小就被赶出了故国家园，他一直住在国王珀罗普斯的宫殿里，在伯罗奔尼撒长大，珀罗普斯像对待客人一样招待他。后来，他却恩将仇报，在尼密阿的赌博中骗了珀罗普修的儿子克律西波斯。克律西波斯是珀罗普斯和女神阿刻西俄刻的私生子，他除了动人的容貌以外一无所有，实在是个苦命的人。父亲发动了一场战争把他从拉伊俄斯的手里救了出来，可是他的异母兄弟阿特柔斯和提厄斯忒斯受了母亲希波达弥亚的唆使，把他杀害了。

拉伊俄斯深知自己过去所做的事情，相信神谕，所以长时期和妻子分住。但由于两人的极端相爱，虽然得到警告，仍又彼此同居，结果伊俄卡斯忒为她的丈夫生了一个儿子。当孩子摆在他们眼前时，他们想起了神谕，为了逃脱命运的规定，他们决定将新生的孩子两脚踝刺穿，并用皮带捆着，放置在喀泰戎的山地上。执行这一残酷命令的是一个牧人，他可怜这个无辜的孩子，就把孩子交给另外一位牧人，也就是给科任托斯国王波吕玻斯在同一座山上赶羊的人。执行命令的牧人回去后向国王和王后说任务已经完成，夫妇两人相信孩子已经死掉，或者给野兽吃掉了，因此认为神谕不会实现。他们心里想，儿子已死，无法杀父了。他们以此安慰自己，依然平静地过日子。

国王波吕玻斯的牧人解开孩子脚上的绳索，因为不知道他的来历，因此给孩子起名为俄狄甫斯，意为肿疼的脚。他把孩子带到科任托斯，交给国王波吕玻斯。国王没有孩子，他可怜这位孤儿，就把孩子交给妻子墨洛柏，墨洛柏对待他就像自己亲生的儿子一样。俄狄甫斯慢慢地长大，一直认为波吕玻斯只有他一个儿子，将来自己一定会成为国王波吕玻斯的继承人。

但一次偶然的事件却粉碎了他这种自信。一次在宴会上，一个纯粹由于嫉妒而对他怀恨的科任托斯公民，因为酒醉，大声叫着坐在他对面的俄狄浦斯，说他不是国王的真儿子。这辱骂使他很苦痛，几致不能终席。他一整天暗自怀疑着，第二天清早，他向国王和王后询问这事情的究竟。波吕玻斯和他的妻子对搬弄是非的人非常痛恨，并想方设法地解除儿子的疑虑，然而却没有想出一个合适的方案。从父母亲的语气中，俄狄甫斯明白父母是爱自己的，但还是无法打消自己的怀疑。因为那个人的话太让他伤心了。最后，他偷偷地来到特尔斐神庙，希望神给他指点迷津，使他知道真相。可是福玻斯·阿波罗并没有给他答复，相反，给了他一个新的更为可怕的不幸的预言："你将会杀害你的父亲，你将娶你的生母为妻，并生下可恶的子孙。"

俄狄甫斯听了，无比惊恐，因为他始终认为慈祥的波吕玻斯和墨洛柏是自己的生身父母。他再也不敢回家去，害怕命运之神会指使他杀害父亲波吕玻斯。此外，神一旦让自己失去理性，疯狂地与母亲墨洛柏结成夫妇，那将是多么难以想象的事啊！他决定到俾俄喜阿去。他打算从特尔斐到道里阿城去，在经过十字路口时，迎面驶来一辆马车，车上坐着一位老人，老人身旁带着一名使者，一个车夫和两个仆人。

车夫看到对面来了一个人，便粗暴地叫他让路。俄狄甫斯生性急躁，挥手朝无礼的车夫打了一拳。老人见小伙子如此莽撞，便举起两面带有铁刺的大杖，重重地击向俄狄甫斯的头。俄狄甫斯怒不可遏，用随身携带的木棒迎了上去把老人反击了回去，木棒正中老人的要害部位。于是发生了一场格斗，俄狄甫斯不得不抵挡三个人，但他毕竟年轻有力，结果把那伙人打倒在地，他独自走了。

他做梦也没有想到这有什么特别，以为只不过是几个普通的福喀亚人或玻俄提亚人企图伤害他，他向他们报复罢了。因为并没有任何表征足以显示这老人的尊严和高贵的出身。但实际上他正是拉伊俄斯，是他的父亲，即忒拜的国王，他是想到皮提亚神殿去的。这时的俄狄甫斯还为自己的英雄行为感到无比的自豪，他觉得自己惩罚了自高自大的车把式。

就这样，父亲和儿子都在小心回避的神谕，还是悲惨地应验了。

娶母记

俄狄甫斯杀父后不久，底比斯城外出现了一个带翼的怪物斯芬克斯。她有美女的头，狮子的身子。厄喀德娜是半人半蛇的女妖，生下许多妖怪儿女，如勒那水蛇许德拉，口中喷吐火焰的喀迈拉，地狱之狗刻耳柏洛斯等等。

斯芬克斯蹲在一座悬崖上面，询问忒拜人民以智慧女神缪斯所教给她的各种隐谜。假使过路的人不能猜中她的谜底，她就将他撕得粉碎并吞食。这怪物的出现，正是全城悲悼国王在路上为一个不知道来历的人所杀害的时候。现在王后伊俄卡斯忒的兄弟克瑞翁继他为国王。斯芬克斯的杀伤力极大，连国王克瑞翁的儿子也幸免于难。由于猜不出谜底，他被生吞活剥地吃掉了。克瑞翁迫于无奈，只好公开张贴告示，宣布谁能除掉城外的怪物，就可以获得王位，并可娶他的姐姐伊俄卡斯特为妻。

正在这时，俄狄甫斯带着行杖来到底比斯。他看到告示之后，感觉这是一件很有挑战性的事，便跃跃欲试揭下了告示。俄狄甫斯的举动还有另外一个原因，那就是可怕的神谕压力，为了逃避神谕的实现，他也愿意冒生命的危险。俄狄甫斯来到山崖上，看见斯芬克斯坐在石头上面，便大胆地请她出题猜谜语。斯芬克斯十分狡猾，她决定给他出一个她认为十分难猜的谜语。她说：

"早晨四条腿走路，中午两条腿走路，晚上三条腿走路。在一切生物中，这是唯一用不同数目的腿走路的生物。用腿最多的时候，正是力量和速度最小的时候。"

俄狄浦斯听到这隐谜微笑着，好像全不觉得为难。"这是人呀！"他回答。"在生命的早晨，人是软弱而无助的孩子，他用两脚两手爬行。在生命的当午，他成为壮年，用两脚走路。但到了老年，临到生命的迟暮，他需要扶持，因此拄着杖，作为第三只脚。"

他猜中了，斯芬克斯羞愧难当，绝望地从山岩上跳下去，摔死了。不过也有人说她被俄狄甫斯当场害死。俄狄甫斯名正言顺地拥有了国家和妻子伊俄卡斯特，她是前国王的遗孀。俄狄甫斯当然不知道她是自己的生母。婚后，伊俄卡斯特给俄狄甫斯生下四个儿女，起先是双生子，厄忒俄克勒斯和波吕尼刻斯；后来是两个女儿，大的叫安提戈涅，小的叫伊斯墨涅。这四个既是俄狄甫斯的子女，也是他的弟妹。

揭晓记

俄狄甫斯杀父娶母，多少年以后这可怕的秘密仍然没有揭露。俄狄浦斯虽然有着罪过，却是一个纯良而正直的国王，他与伊俄卡斯忒共同治理忒拜，很得到人民的爱戴和尊敬。但后来神袛在国内降下瘟疫，这使人民受害，且无法可以施救。忒拜人以为这种灾害是神降的惩罚，认为国王是为神祇所宠爱的，所以都向他要求庇护。祭司们手拿橄榄枝条，领着大队的男女老少，涌到王宫前。他们坐在神坛周围和台阶上，要求国王接见。

俄狄甫斯走出来，问城内为何献祭的香烟缭绕，为何到处怨声震天。一位年老的祭司回答说："陛下，你亲眼看到我们面临的磨难：瘟疫流行，牧场和田地干旱。求你救救我们吧，让我们脱离苦难吧，以前可是你把我们从可恶的猜谜女子手上解救出来的啊！我们相信你一定能够帮我们渡过难关的。"

"可怜的人哪，"俄狄甫斯说，"我明白你们的请求，我知道你们的苦难。没有人比我更关心这些了。我不仅关心着每一个人，而且关心着整个城市的兴衰！我已派内弟克瑞翁到特尔斐去了，让他前去寻找知悉玄妙的阿波罗，请求神的赐福，请求化解危难的办法。"

国王正说着，克瑞翁已经回来了。他在男女老少的面前向国王汇报神谕的内容。这神谕让人感到不安，他说："神的命令是：必须把王国里一位罪孽深重之人驱逐出去。不然，你们永远摆脱不了灾难的惩罚，因为谋杀国王拉伊俄斯将成为一笔不可偿清的血债压在百姓身上。"

国王俄狄浦斯再也想不到正是由于他杀死了那个老人，神祇才迁怒于他的人民的。他要他们告诉他这谋杀的故事，但听完之后，他的心里仍然不明白事实的真相。他宣布由他亲自负责来处理这个问题，并遣散集合着的人民。

俄狄甫斯当即在全国发布命令，无论谁，只要知道杀害拉伊俄斯的凶手的情况，必须立即前来报告。如果知情不报或者有意窝藏同伙，一律不得出席祭祀宴会，不得参加祭祀神灵，也不准再跟居民有任何往来。最终，他立下重誓，诅咒凶手一定要承受一切折磨和痛苦——即使他隐蔽在王宫里也难逃责任。此外，他又派出两位使者去邀请盲人预言家提瑞西阿斯。他预测隐秘事的能力简直不亚于阿波罗本人。

提瑞西阿斯由一名男孩牵着过来了，他来到居民和国王面前。俄狄甫斯把心中的忧愁告诉他，说百姓所遭受的痛苦就像一座山一样压在他心上，他请提瑞西阿斯运用神秘的观察力，帮大家找出凶手。但提瑞西阿斯发出一声悲叹，朝国王伸出双手，推辞说："这是多么可怕的事啊，知识将给懂得知识的人带来杀身之祸！国王，让我回去吧！你掌握你的命运，让我也承受我的重担吧！"

俄狄甫斯听了这话，更要他显出本领，而围着他的居民们也纷纷跪在他的面前，可是他仍然不肯回答。俄狄甫斯大怒，正色责备提瑞西阿斯知情不报，莫非自己就是杀害拉伊俄斯的凶手。国王的责问松开了提瑞西阿斯紧咬的牙关，他说："俄狄甫斯，你说出了事情的真实情况。你用不着责骂我，也别指责居民。是你自己的罪恶使整个城市遭殃！你就是杀害国王的凶手，又是你跟自己的母亲在罪恶的婚姻中一起生活。"

俄狄甫斯对这些话还是不明白，他指责这个预言家是骗子和恶棍。此外，他又怀疑自己的妻弟克瑞翁，疑心他俩串通一气，想夺取他的王位。而提瑞西阿斯却不为所动，他坚持称俄狄甫斯是杀父凶手和娶母亲的罪人，预言他即将面临灾难。说完，他愤怒地让男孩牵引着离开了国王。克瑞翁也激烈地指责俄狄甫斯，两个人针尖对麦芒，互不相让。伊俄卡斯特竭力劝解，也无法使他们平静下来。结果克瑞翁怀着委屈，愤愤地离开了俄狄甫斯。

伊俄卡斯特比国王更不明白事情的真相。"这个预言家说的事是多么荒唐啊！就拿这件事来说吧，我的前夫拉伊俄斯得到过一则神谕，说他将会死在自己儿子的手里。而事实上，拉伊俄斯是被强盗杀死在十字路口的，由于我们相信了神谕，结果我们可怜的儿子出生才三天就被扔在荒山野岭上了。"

这番嘲讽话，俄狄甫斯听了，大受震动，王后却根本没有意料到。"在十字路口？"他惶恐地问，"拉伊俄斯死在十字路口？告诉我，他是什么模样，他有多大岁数？"伊俄卡斯特并没有明白丈夫为什么激动，她不假思索地说："他个子高大，头发灰白。模样跟你非常像。"

俄狄甫斯听了感到说不出的惊恐，他心中模糊的问题一下明朗了，像被闪电照亮似的。

"啊！提瑞西阿斯并不是瞎子，提瑞西阿斯是个眼睛明亮的人！"俄狄甫斯大声说。他的灵魂如同被一道闪电照亮了。可是，往事历历在目，仿佛就在眼前发生的一样，一切细节都符合自己的经历。最后他听说拉伊俄斯被杀时曾有一名佣人逃命回来报告凶讯，而当俄狄甫斯坐在王位时，他就急着恳请让自己回到国王的牧场上去了。俄狄甫斯命人去乡村把那位仆人召唤回来，他要亲自询问他事情的真相。仆人还没有到达，科任托斯的使者却到了宫殿，向俄狄甫斯报告，说他父亲波吕玻斯去世了，要他回去继承王位。

王后听到这个消息，得意地说："尊贵的神谕啊！你所说的真实在哪儿呢？应该被俄狄甫斯杀死的父亲现在却寿终正寝了！"但是这个消息对俄狄甫斯来讲，又是不同的感觉。他虽然愿意接受波吕玻斯是他的父亲，可让他不能理解的却是，一则神谕怎么会不应验呢？再说神谕的另一半是说他将会娶母为妻，所以他不愿回到科任托斯去，那里还有他的母亲墨洛柏，他害怕另一半神谕会变成现实。科任托斯来的使者却打消了他的这种疑虑，因为他根本不是科任托斯国王波吕玻斯的亲生儿子。俄狄甫斯又追问把婴儿送给他的那位牧人在哪里。手下人告诉他，那个人就是在国王被害时逃出来的仆人，现在边境放牧。

当伊俄卡斯忒听到这，她离开丈夫和围集着的人，绝望地大声痛哭着走开了。俄狄浦斯仍然想逃避这桩不可避免的事。

那个年老的牧人从遥远的地方被召回来了。科任托斯的使者马上认出了他。可是老牧人却吓得面色苍白，试图否认一切，说他一无所知。直到盛怒的俄狄甫斯相威胁，他才无可奈何地说出了真相，俄狄甫斯是国王拉伊俄斯和王后伊俄卡斯特的儿子。可怕的神谕已经应验，他杀死了父亲，并娶母亲为妻。一切都已清楚了。

忏悔记

面对可怕的事实，俄狄甫斯狂叫一声，冲出人群。他在宫中狂奔，要寻找一把宝剑，要除掉那个既是他母亲，又是他妻子的妖怪。他像疯了一样冲向自己的卧室，踢开了紧锁着的门，眼前的悲惨景象把他吓住了。伊俄卡斯特披散着头发，脖子上套着绳子，她已经上吊自杀了。俄狄甫斯久久地盯着自己的妻子，也是自己的母亲，然后大叫一声，哭着走上前去。他解开吊绳，把伊俄卡斯特的尸体放在地上，又从妻子衣服上拿下了金色的胸针。他诅咒自己的眼睛竟然看到这样一幅景象，然后把胸针高高地举起，用胸针刺穿了自己的两只眼球。他在老百姓面前承认自己是杀父的凶手，娶母的罪子，但这一切又都是他在无知的情况下做出的，这是老天对他的惩罚，他请求人民治他的罪。底比斯人并没有嫌弃他们从前尊敬的国王，反而对他表示衷心的理解和同情，连他的妻弟克瑞翁也放弃前嫌赶过来，安慰这位灾难重重的亲人。心神破碎的俄狄甫斯非常感动，把王位传给妻弟克瑞翁，让他代替自己两位年幼的儿子执政。他还把无人照应的女儿交给新国王。至于自己，他愿意被放逐出国，因为他以双重罪孽玷污了这块土地。他说，自己应该被烧死在喀泰戎山顶上，那里是父母遗弃他的地方。现在是生是死，全由神祇做主了。最后他又一次把女儿叫来。用手抚摸她们的头，同她们诀别。他感谢克瑞翁对自己的深情厚谊，并祈祷他和全体居民永远受到神祇的保护。

俄狄甫斯和安提戈涅

当俄狄甫斯终于知道可怕的真相时，他只求速死。他觉得要是全体人民起来反抗他，把他用石块击死，那真是一件好事。只因为他求死不成，所以他请求把他放逐，并且很高兴接受这样的惩罚。可是，毕竟他已双目失明，自暴自弃的火气逐渐消失时，他就感到到处流浪实在可怕，不由得留恋起故乡来。他觉得自己为无意识而犯下的罪孽已经得到了足够的惩罚，伊俄卡斯特已经悬梁自尽，他也用胸针刺瞎了自己的眼睛。所以，他想留在王国里，胆怯地对克瑞翁和孪生儿子厄忒俄克勒斯和波吕尼刻斯讲出了自己的愿望。但是，国王克瑞翁的态度却发生了很大的转变，他的两个儿子也显得铁石心肠和自私自利。克瑞翁强迫他的姐夫坚守原先的决定，两个儿子也离他而去。他只好拄着一根讨饭棒，从宫殿中被赶了出去。只有两个女儿还比较同情他，大女儿安提戈涅与父亲一起流放，她牵着盲人，四处漂泊。她赤着双脚，忍饥挨饿，不顾日晒雨淋，跟父亲穿过了不少森林。如果跟哥哥住在一起，她会过上多么舒服的生活啊！

俄狄甫斯开始打算在喀泰戎的荒野上寻死。但因为他是一个敬畏神祇的人，一切都听命于神的意志，没有得到神祇的吩咐，他不敢这样做，所以他决定先去阿波罗神庙请求神谕。

他在这里得到一则使他感到安慰的神谕。神祇们知道俄狄甫斯并非有意地违犯了天伦，破坏人类神圣的法律。尽管是误犯，但罪孽必须抵偿。这种惩罚也不会是没有止境的。众神启示他：赎罪的日子不会太远了，等他到达命中注定的那个国度时，庄严的女神欧墨尼得斯将会给他一个住处。现在，欧墨尼得斯的名字，即寻找快活的人，是厄里倪厄斯或复仇女神的别名。神谕的内容像谜语一般，异常恐怖。俄狄甫斯应该在复仇女神那儿找得赎罪的惩罚，他按照神的命令，把命运交给神谕去安排。于是，他在希腊到处流浪，乞讨度日。他生活节俭，需求极微，但感到心满意足，因为他的长期放逐，他的苦难生活和高贵精神已教会他知足常乐。

俄狄甫斯在库洛诺斯

经过漫长的流亡后，一天晚上，俄狄甫斯和他的女儿安提戈涅来到一个美丽的村庄。夜莺在树林里鸣啭，开花的葡萄藤散发着阵阵清香，橄榄树和桂花树下凉风习习，俄狄甫斯虽然眼睛看不见，但他感觉到这里平和安详。根据女儿的描述，他确定这儿一定是个神圣的地方。前方不远处，一座城市的城楼高高耸立着，这是就是雅典城。

俄狄甫斯感到疲倦，便坐在一块石头上休息。一个村民走过来，叫他离开这块圣地，告诉他这里是任何人的足迹都不能玷污的。这时，他俩才知道到了库洛诺斯，也就是欧墨尼得斯的小树林，她是雅典人推崇的复仇女神库洛诺斯人见了他的风采吃了一惊，不敢再把这位坐在石头上的外乡人赶走，只想赶快去向国王报告。

"你们的国王是谁?"俄狄甫斯问道，因为他长期流浪，对世界上的事已感到陌生了。

"你听说过强大而又高贵的英雄忒修斯吗?"村民问他，"他的声名传遍了世界。"

"如果你们的国王真的如此高贵，"俄狄甫斯回答说，"那么请告诉他，让他到这儿来一趟。我以最大的报酬回报他的这一点好意。"

"一位双目失明的人能给我们国王什么报酬呢?"村民既同情又嘲弄地问了一句，同时对俄狄甫斯投去同情的目光。"对，"他又接着说道，"如果你不是瞎子，你的一副仪容真是又高尚又威风。想你以前也不是平庸之辈，所以我愿意把你的要求转告给我们的同胞和国王。"

俄狄甫斯又单独同他的女儿在一起时，他站起来，然后伏在地上，虔诚地祈求复仇女神。"威严而又仁慈的女神，"他说，"按照阿波罗的神谕，请您告诉我的未来吧，我在艰难的岁月里会尽自己的努力的。尊敬的雅典城，原谅俄狄甫斯的狠心吧！虽然他还在你们面前，但他的肉体已经不复存在了！"

他们单独待了没有多久。当一位神态高贵的瞎子坐在复仇女神的圣林里的消息传开时，村里的老人吃了一惊，立即围聚过来，想制止他们亵渎圣地。等到盲人说明了自己的种种经历时，村民们更是惊讶。他们害怕神会惩罚当地的人们，所以不敢收留这个被天惩罚过的人，都叫他快点离开这里。俄狄甫斯诚恳地向他们求助，不要把他从神亲自指定的漫游目的地赶走。安提戈涅也苦苦哀求："如果你们不愿意原谅白发苍苍的老人，那么就请原谅我吧，我是无辜的。"

村民们既同情父女俩，但是又敬畏复仇女神，正在踌躇不定时，安提戈涅突然看到一位姑娘骑着一匹马向他们走来。姑娘头上戴了遮阳帽，后面还跟着一名也骑着马的佣人。"那是伊斯墨涅"，安提戈涅高兴地惊叫起来，"她一定给我们带来了家乡的消息！伊斯墨涅下了马，站在他们面前。

她带了一名忠实的仆人，离开底比斯来告诉父亲国内的情况。他的两个儿子在那里遭到了自己招来的灾难。开始时，大家对他们这一族人的咒骂一直不绝于耳，因此他们害怕百姓起来反抗，就先把国家交给舅父克瑞翁治理。可是，父亲的形象逐渐模糊了之后，他们又逐渐希望获得统治王国的权力。为了争夺王位，兄弟反目成仇。波吕尼刻斯先登上了王位，然而弟弟厄忒俄克勒斯却感到不满，他不想跟兄长轮流执政，于是他煽动民众，把哥哥驱逐出了国家。底比斯人纷纷传说哥哥已经到了亚各斯，在那里当了国王阿德拉斯托斯的女婿，还说他准备召集朋友和伙伴，要对父亲的城市进行报复。这时又传来另一则神谕：俄狄甫斯的儿子们没有父亲将会一无所成。假如他们要求幸福，必须找回俄狄甫斯，无论他是死是活都要找到。

库洛诺斯人听到伊斯墨涅带来的消息都惊讶不已。俄狄甫斯站起来说："向一位流浪者，"瞎子的脸上仍然显示了国王的权威，"一个乞丐寻求帮助？现在，我一钱不值，难道我是他们所请的人吗？"

"是的，正是这样，"伊斯墨涅继续说，"舅父克瑞翁也会马上来到这里，我是赶在他前面过来的。他想要接你回到底比斯境内，你现在已经不再亵渎底比斯城了。为了让神谕有利于他和我的哥哥，父亲，请你回去吧！"

"你怎么知道我们在这里的？"俄狄甫斯问。

"那是前往特尔斐朝圣的人告诉我们的。"

"如果我死在底比斯边境，"俄狄甫斯继续问，"你们会把我葬在底比斯的土地上吗？"

"不！"女儿回答说，"你血腥的罪恶使他们不会这样做。"

"那么，"老国王愤怒地说，"他们永远得不到我了！如果我儿子的权欲大于孝心，老天将永远也不会让他们友好相处。如果决定他们纠纷的权利在于我，那么，既不是现在执政的人应该留在王位，也不是被赶出去的人应该重新回到祖国！只有两个女儿才是我真正的孩子！她们不应该因我的罪孽而受到影响，我会为她们请福的，仁慈的朋友们，向她们和我伸出援助的手吧，你们自己的城市也将得到有力的保护！"

俄狄甫斯与忒修斯

俄狄浦斯虽在穷困和放逐中仍然保持着国王的风度，科罗诺斯的人民都十分尊敬这盲目的老人，并劝他举行灌礼救赎污渎圣林的罪过。直到此时村中的长老们才知道这国王的名字和他的无心的罪恶。正当大家不知如何处置俄狄甫斯时，如果不是他们的国王忒修斯及时赶到，谁知道他们将会如何处置他的亵渎行为呢？

忒修斯怀着尊敬而又友好的心情走近这异国的盲人，对他说："可怜的俄狄甫斯，我知道你的厄运。你那双被戳瞎的眼睛告诉我在你身上曾经发生的种种事情。你的不幸使我深受感动。说吧，你有什么要求？我会满足你的！"

"从你简短的话中，我看到了你高尚的心灵，"俄狄甫斯说，"我的请求实际上是一件礼物，一件微不足道，却又十分昂贵的礼物。我把自己一副疲惫的躯体赠送给你，请你把我埋葬掉，你将会得到丰裕的酬报。"

"呵，你所要求的恩宠是很轻微的，"忒修斯惊讶地说，"要求一些更好更高的吧，你会得到满足的。"

"这份礼物不如你想象的那么轻微，"俄狄甫斯继续说，"为了我这老朽的躯体，你可能会卷入一场纷争中去。"他讲了自己被放逐的原因，以及那些自私自利的亲属要逼他回去，然后，他恳请忒修斯给他帮助。

忒修斯用心倾听着。"单从我的厅堂要迎接每一个客人来说，"他严肃地说，"我就不能将你除外。何况你是神祇引到我的炉边并愿意祝福我和我的国家的宾客，我又怎能不接待呢？"因此他请求俄狄浦斯自己选择或者随他到雅典去，或者就留在科罗诺斯做他的上宾。俄狄甫斯摇摇头表示否决，命运决定了他该在这儿战胜敌人并且被葬在这里。雅典国王忒修斯答应给他提供保护，说完，就回城去了。

命运把俄狄甫斯带到了库洛诺斯。

俄狄甫斯与克瑞翁

不久，国王克瑞翁带着武装的随从从底比斯侵入库洛诺斯。

"我的部队来到阿提喀地区，你们一定会感到惊讶，"他对村民们说，"可是请别惊讶，也别发怒。我已不是年轻气盛的人了，所以我不会盲目攻打希腊国最强大的城市的。我来的目的是为了说服这个人，让他和我一起回底比斯去。"说完，他转过身子，看着俄狄甫斯，假惺惺地对他和他女儿的命运表示同情。

俄狄甫斯举起行乞棒，向他示意不要靠近。"无耻的骗子，"他大声说，"你还嫌我被折磨得不够吗？想把我抢走！我不会回到你们那儿去的，如果你强行带走我，我会给你们降下复仇的妖魔的。我的两个不争气的儿子，除了在底比斯有两块墓地葬身外，其余的土地不是属于他们的！"

现在克瑞翁想用武力劫走这盲目的国王，但科罗诺斯的公民们反对他，并引用忒修斯的权力，不让他把他劫走。于是他向他的随从们示意，他们不管村人的反对即刻将伊斯墨涅和安提戈涅从他的父亲身边拖走。克瑞翁嘲笑着说："我让你不跟我回去。现在我带走你的两个女儿，你一个人去转悠吧！"他因为成功地抢走了姑娘，胆子越发大了。他再次走近俄狄甫斯，正想动手，这时忒修斯听说武装的底比斯人侵入库洛诺斯的消息，立即赶来。他听说了发生的事情，非常生气，派人骑马和徒步去追赶劫走两位姑娘的底比斯人。然后，他对克瑞翁说，他必须把俄狄甫斯的两个女儿放回来，否则决不放他走。

"埃勾斯的儿子，"克瑞翁假装谄媚地说，"我不是来跟你，跟你的城市打仗的。我只是想接回我的瞎姐夫，但我却不知道你的平民居然会如此地捍卫他，我更没想到你们会如此钟爱杀父、娶母的乱伦汉，而且还不准他返乡！"

但忒修斯命令他住嘴，并要他立刻说明两个女郎被藏匿在什么地方。过了一会儿安提戈涅和伊斯墨涅重新和她们的父亲在一起。克瑞翁和他的随从们被迫离开科罗诺斯。

俄狄甫斯与波吕尼刻斯

可怜的俄狄甫斯仍然不得安宁。有一天，忒修斯带告诉他说："俄狄甫斯，你的一位血亲来到了库洛诺斯，现在正在波塞冬庙旁的神坛边请求佑护，但他不是从底比斯过来的。"

"这是我的儿子波吕尼刻斯。"俄狄甫斯叫了起来,"我不愿跟他讲话!"安提戈涅却不能忘掉自己的胞兄,她努力安慰父亲,试图让俄狄甫斯平静下来,劝说他至少要听听波吕尼刻斯说些什么。俄狄甫斯再次请求忒修斯保护自己,因为他担心儿子会用武力劫持他。忒修斯答应他之后,他才让波吕尼刻斯走过来。

一开始波吕尼刻斯的态度就与他的舅父克瑞翁大不相同,而安提戈涅也成功地使她父亲注意到这一点。"我看见一个人正向这边走来。"她喊道。"他独自一个人来,且满面流泪。"俄狄浦斯只是把头扭开问:"是他吗?""亲爱的父亲,正是他。"她回答。"你的儿子波吕尼刻斯已来到你的面前。"

波吕尼刻斯扑倒在父亲的面前,双手抱住他的双膝。他同情地看着父亲褴褛的乞丐衣衫,看着他那随风飘散的乱发,看着他深陷的眼睛。"父亲!你能原谅我吗?我知道你是不会原谅我的,我的所作所为是不可能得到你原谅的。哦,亲爱的妹妹,帮帮我,让父亲饶恕我吧!"

"先告诉我们,哥哥,你为什么到这里来?"安提戈涅温和地说,"也许你的真心话能让父亲张开嘴唇说话呢。"

于是,波吕尼刻斯告诉他们,他弟弟怎样驱逐他,亚各斯的国王阿德拉斯托斯怎样收留了他,并把女儿嫁给了他,又说他如何在那里结识了七路诸侯,统率七支部队,如何把底比斯地区围得水泄不通。他流着眼泪,请求父亲和他一起回到自己的国家,并答应把王冠从弟弟手上夺过来之后一定交到父亲的手上。

但他儿子的悔悟并不能使这深受打击的人回心转意。"无耻的奸人哟,"俄狄浦斯大声喊道,没有让那个跪在地下的哀求者起来,"当王位和王杖在你们的手里,你们驱逐你们的父亲。你亲自让他穿上这身乞丐的衣服,到现在,当你遭遇到同样苦难的时候,你才为它所感动。你和你的兄弟不是我的真儿子。假使我要依靠你们,我早就死了。但神祇的惩罚在等待着你们。你和你的兄弟必死在你们自己的血泊中。这便是我的回答,你可以告诉和你联盟的七个王子。"

听到父亲的诅咒,波吕尼刻斯惶恐地从地上站起来,畏缩地倒退了几步。安提戈涅抱住哥哥耐心地劝说他:"波吕尼刻斯,你应该带领队伍回到亚各斯,父亲已经到了这种地步,你决不能再跟父亲的王国发生不和!"

"这是不可能的!"波吕尼刻斯踌躇了一会儿回答说,"撤退对我来说,不仅是耻辱,而且是毁灭!我宁可两败俱伤,也不同我的兄弟和好。"他挣脱了妹妹的拥抱,绝望地走了出去。

俄狄甫斯的结局

俄狄甫斯抵挡住亲人的种种诱惑,诅咒他们必将遭到神祇的报复,而他的命数也将终止了。

雷霆一阵阵地轰鸣,俄狄浦斯了解这来自天上的声音,他急切地呼叫忒修斯。

暴风雨之前的黑暗笼罩大地，这盲目的国王战栗着恐怕他会在说出对于东道主所给予他的盛意的感激之前死去或失去知觉。但这时忒修斯已经来到，俄狄浦斯向他说出对于雅典城的庄严的祝福。然后，他又要求忒修斯国王陪他去一个地方，他不想让任何凡人看到他的悲惨下场，但是他却会当着忒修斯的面安然死去。忒修斯答应不会将俄狄甫斯死的秘密告诉任何人，当然他也会保守他墓地的位置，以防俄狄甫斯的敌人前来破坏。得到了可靠保证，俄狄甫斯同意他的女儿和库洛诺斯的乡民们陪伴他走一程。于是俄狄甫斯由女儿牵引着，和一群人马踏上了可怕的复仇女神小树林的阴暗之地。这个一直由女儿牵着走路的盲人现在好像突然看见了似的，昂然走在最前面，朝命运女神指引的道路走去。

走到复仇女神圣林深处的时候，大地开裂，开裂的洞口有一道铜门槛。洞边有许多通道，左右盘绕。关于这个地洞的来历就有很多传说，有人说它是通向地府的一个入口。俄狄甫斯在一棵蛀空的树前停下来，然后坐在一块石头上，他要来了清澈的水，解下乞丐衣衫的腰带，洗净了身上的污垢，又穿上女儿们给他带来的整洁的衣服。等他穿好衣服，重新站在那里的时候，地下又传来了阵阵的隆隆雷声。俄狄甫斯抱着女儿，吻着她们，说："孩子们，别了！从今天起你们就失去父亲了！"

但当他仍然紧紧抱着她们时，一种委屈的声音不知是从天上还是从地心大声叫唤："俄狄浦斯呀，为什么还要延迟？为什么还要耽误呀？"

盲人国王放开怀中的孩子，把她们的双手放在忒修斯的手里，表示把她们交给他了。然后，他命令其他人迅速回去，只让忒修斯一个人跟他一起跨过铁门槛。他的随从和女儿背过身子站在那里。很久以后他们才转过脸来，奇迹出现了，俄狄甫斯已经踪影全无，只有忒修斯一个人站在那里，他用一只手掩住眼睛，好像看到了神一样。周围的一切都是那么的宁静，他做完祈祷后，来到两位姑娘面前，带着她们一起回到雅典。

第二十四章 底比斯战争

波吕尼刻斯、堤丢斯和阿德拉斯托斯

阿耳戈斯王塔拉俄斯的儿子阿德剌斯托斯生有五个孩子，其中有两个女儿即得伊皮勒和阿耳癸亚。关于她们有过一种奇特的神谕，说她们的父亲必将她们中的一个许配给狮子，一个许配给野猪。塔拉俄斯思索着这奇特的预言，不明白是什么意思。当两个女儿长成，只想着尽速为她们择配，或者这可怕的预言不会实现。但神祇必然会使他们所说的话应验的。

有一天，两个逃难的人从不同的方向同时到达亚各斯的官门前。波吕尼刻斯是底比斯人，他是被兄弟赶出家的。堤丢斯是珀里玻亚和俄纽斯的儿子，他在围猎时不经意地伤害了一位亲戚，为了逃避惩罚便从卡吕冬逃了出来。两个逃难的人来到亚各斯的宫殿门口时，天色已晚，夜色朦胧，两人都没有看清对方，于是相互搏斗起来。听到门外有武器的撞击声，阿德拉斯托斯便连忙出来分开了正在激战的两位勇士。等到两位格斗的英雄站在自己左右时，阿德拉斯托斯不禁大吃一惊。他看到堤丢斯的盾牌上是一只公猪头，而波吕尼刻斯的盾牌上则画着一只狮子脑袋。波吕尼刻斯用这个图形纪念赫拉克勒斯，另一位则是纪念卡吕冬围猎野猪并借以纪念墨勒阿革洛斯。阿德拉斯托斯顿时明白了神谕的含意，他把两个流亡的英雄招为女婿。波吕尼刻斯娶了大女儿阿尔琪珂，小女儿得伊波勒嫁给堤丢斯。国王还庄重地答应帮助他们复国重登王位。

首先远征底比斯。阿德拉斯托斯召集了各方英雄，连他自己在内一共七位王子，率领七支军队。七路诸侯的名字为波吕尼刻斯、阿德拉斯托斯、堤丢斯、卡帕纽斯、安菲阿拉俄斯，另外两路是帕耳忒诺派俄斯和希波迈冬兄弟。其中安菲阿拉俄斯是阿德拉斯托斯的姻兄，卡帕纽斯是他的侄子。安菲阿拉俄斯有未卜先知的本领，神已经告诉了他这场征战的结局，因此他三番五次地劝告国王和其他的英雄们放弃这场战争。可是最后他们也没有听从他的议建，他只得找了一块隐蔽的地方，闭门不出。那个地方只有他的妻子，国王阿德拉斯托斯的姐姐知道。英雄们到处打听他的下落，可是最终也没能找到他。阿德拉斯托斯却又少不了他，因为国王把安菲阿拉俄斯看作是整个军队的眼睛，没有他是不敢远征的。

原来当波吕尼刻斯被迫离开忒拜时，他曾随身带着两件家传的宝物，即哈耳摩尼亚与忒拜的开创者卡德摩斯结婚时，爱神赠给她的项链和面网。但这两件东西对于佩戴者是充满凶杀之祸的，它们已经使哈耳摩尼亚，狄俄倪索斯的母亲塞墨勒和伊俄卡斯忒接连死于非命。最后享有这项链和面网的人是波吕尼刻斯的妻子阿耳癸亚，而她也将是要饮尽生命的苦杯的，现在她的丈夫决定用这项链贿赂厄里费勒，要她说出她的丈夫所隐藏的地方。

厄里费勒早就垂涎外乡人送给侄女的这根项链。她羡慕已久，早就想得到它了。当她看到闪闪发光的宝石、黄金胸针时，她实在抵挡不了诱惑，把波吕尼刻斯带到了安菲阿拉俄斯的藏身之处。安菲阿拉俄斯的确不敢恭维将来的那场征战，不过，他以前曾答应阿德拉斯托斯，遇到有争议的问题时，一切都由妻子做主。现在妻子带人寻了过来，安菲阿拉俄斯只得召集武士，披挂上阵。他在出发前把儿子阿尔克迈翁叫到跟前，庄重地叮嘱他，如果他听到父亲的死讯，一定要向不忠诚的母亲报仇。

七英雄征战底比斯

别的英雄们也预备停当，不久阿德刺斯托斯出现在大队人马当中，他们分为七队，由七个英雄率领出发。他们离开阿耳戈斯城，心中充满深切的希望和确信。号角的响声和军笛的吹奏使他们加速前进。但当离目的地还很远，灾难却突然袭击他们。他们到达涅墨亚的大森林。所有的泉水、河川和湖泊都已干涸，他们苦于焦渴和炎热。沉重的盔甲压在肢体上，手中的盾也越来越重，走路时所扬起的灰尘纷纷落在他们的焦枯的嘴唇和嘴里。马匹的涎沫也在嘴唇上枯干了，它们张大鼻孔，啃着马口铁，舌头也渴得肿胀起来。

阿德拉斯托斯带了几个武士在森林里到处寻找水源，可惜枉费心机。就在丧失信心时，他们遇到一位绝顶漂亮、却又很可怜的女人。女人头发蓬乱，衣衫褴褛，但却透出一股贵族气质，在她的怀里抱着一个男孩。看到她时，阿德拉斯托斯吃了一惊，以为是森林女神前来帮助他们，连忙双膝跪倒，请求指点迷津。可是女人却无精打采地说："陌生人，我不是什么女神，只不过是一个命苦的女子罢了。我叫许珀茜伯勒，曾是雷姆诺斯岛上亚马孙人的女王，威风凛凛的托阿斯是我的父亲。我是被海盗劫持并拐卖到这里的，后来成了尼密阿国王来喀古土的俘虏和女佣。这个男孩子叫俄菲尔特斯，他并不是我的儿子，而是我主人的孩子，我是他的保姆。看你一副显赫的外貌，估计是出身于神仙世家吧，我很乐意帮助你们找到水源。除了我以外，谁也不知道这个地方。那里泉水丰富，足够你们全军人马解渴！"

妇人站起来，把孩子放在草地上，哼了一支摇篮曲，把孩子哄睡了。阿德拉斯托斯通知部队，大家都跟着许珀茜伯勒一路前行。他们穿过茂密的森林，不一会儿就来到怪石峻峋的山谷地带，大家已经听到一股瀑布飞流的声音了，不一会儿一股清凉的泉水就出现在大家的面前了。

"有水了！"山谷间回荡起欢乐的喊声，"有水了！有水了！"全军将士欢呼雀跃，都扑在溪水边，张开干枯冒烟的嘴巴，大口大口地喝着甜美的泉水。驾车人干脆连车带马一起进入激流，让马儿泡在水中冲凉。马儿连缰绳也未脱，就咕咚咕咚地大口饮水解渴。真爽啊！

许珀茜柏勒带领阿德拉斯托斯和他的随从们回到大路上。可是，还没有到原先那块地方，她凭着乳母的本性，敏锐地听到远处传来孩子可怜的哭声。这是别人无法听到的，因为许珀茜伯勒对孩子有着特殊的情感，她已经是许多孩子的母亲了，都是她在遭到劫持期间因雷姆诺斯的强盗们反复强奸而生下来的。现在，她全部的母爱都转移到这个嗷嗷待哺的幼婴身上。听到呜咽声，一阵可怕的预感震撼着她的心，她马上加快了脚步。可是天哪！婴儿不见了！孩子的声音也听不到了。许珀茜伯勒担心地环顾四周，顿时明白了到底发生了什么事情。前面不远的地方有一条大蛇正盘绕在树上，蛇头盘在肚腹上方。许珀茜伯勒惊叫一声，英雄们马上赶了过来。英雄希波迈冬第一个看到恶蛇，他迅速搬起一块巨石朝怪物投掷过去，可是却没有投中。他又把长矛投去，正好击中大蛇张开的嘴里，矛尖一直从蛇头上冒了出来。蛇痛得把身子陀螺似的在矛杆上缠绕，最后终于吱吱地叫着断了气。

大蛇被打死后，可怜的许珀茜柏勒才鼓起勇气追寻孩子的踪迹。她看到了一个悲惨的景象：草地被孩子的鲜血染红了，旁边散乱地堆放着小孩的肢体。许珀茜伯勒绝望地把肢体收起来，捧在怀里，交给一旁的英雄们。英雄们埋葬了这些碎小的尸体，为纪念孩子，他们还举办了神圣的尼密阿竞赛。

许珀茜柏勒被孩子的母亲欧律狄刻关入监狱，并要被残酷地处死。幸好许珀茜柏勒的儿子们已经出来寻找她，不久救出了他们的母亲。

围困底比斯

"这便是这次远征的结局的一种预兆啊！"预言家安菲阿剌俄斯看到俄斐尔忒斯的骨头的时候忧郁地说。可是其他人却都在回味着打死毒蛇的喜悦，他们把它称之为幸运的前兆，因此大家都非常高兴，甚至还嘲笑失灵的预言。安菲阿拉俄斯看到大家不以为然的样子，心情沉闷，长吁短叹，可是却无计可施。部队昼夜兼程，过了不久，亚各斯的士兵就来到底比斯城下。战争拉开了序幕！

城里也在紧张地备战。厄忒俄克勒斯和他的舅父克瑞翁准备长期防守。他对集合起来的市民们说："你们应该牢记对国家和城市的责任。你们，无论是谁，都应该起来为保卫城市，保卫家乡的神的祭坛，保卫你们的父亲、母亲、妻子儿女和你们脚下的自由的土地，守住战壕，拿起兵器，站到塔楼上去！仔细地监视每一条通道，不要去管城外有多少敌人！我已经在城外安插了我们的耳目，我将根据他们的情报来决定我们的行动。"

当厄忒俄克勒斯正动员他的人民，安提戈涅站在宫殿的最高的阳台上，身旁有一个老年人，这是从前她的祖父拉伊俄斯的卫士。自从她的父亲死后，她和她的妹妹伊斯墨涅因为十分思念故乡，所以谢绝国王忒修斯的保护回到故乡来。她们暗中希望能帮助她们的哥哥波吕尼刻斯并决心分担她们所热爱的，在那里生长的城市的命运，虽然她们哥哥的围城她们是不赞成的。克瑞翁和厄忒俄克勒斯张着两手接受安提戈涅，因他们以为她是一个自投罗网的人质，是一个受欢迎的中间人。

她看到城外的田地上，沿着伊斯墨诺斯河岸，在闻名于世的古泉狄尔刻的周围驻扎着强大的敌人。军队在不断地活动，到处闪着金属盔甲和武器的冷光。步兵和骑兵呐喊着蜂拥过来，把一座城池围得像水泄不通。

安提戈涅不禁倒吸一口冷气。老人却在一旁安慰她说："我们的城池高大厚实，栎木城门都配有大铁栓，城池坚固，并由勇敢的士兵坚守，所以用不着担心。"然后，他又向姑娘一一介绍了围城的各路英雄的情况："那边戴着闪亮头盔的人是希波迈冬，右边那个看上去像半个野蛮人的就是堤丢斯，他是你哥哥的姻亲。"

"那个人是谁？"姑娘问道，"那个年轻的英雄？""那是帕耳忒诺派俄斯，"老人告诉她说，"阿塔兰忒的儿子。而阿塔兰忒是月亮和狩猎女神阿耳忒弥斯的女朋友。你再看站在尼俄柏女儿的坟旁的那两个英雄，年龄大的那位是阿德拉斯托斯，他是这支讨伐部队的总督。那个年轻的你认识吗？"

"我看到了，"安提戈涅怀着痛苦的心情说，"我只看到他的轮廓就可以认出他了：他是我的兄长波吕尼刻斯！呵，但愿我能扑过去，拥抱他的颈项！可是那个驾驶一辆白色车子的人是谁呢？"

"他是预言家安菲阿拉俄斯。"老人说。

"你看到那个在走来走去的人了吗？他好像在测量着什么，好像在打听可以让部队经过的地方。他是谁呀？"

"这是骄横的卡帕纽斯。他嘲笑我们的城市，并威胁要把你和你的妹妹掳走，送到勒那泽当奴隶。"

听到这里，安提戈涅吓得面如土灰。她转过身子，不想再往下看了。老人伸出手，牵着她一步一步地走了下去。

墨诺扣斯

同时克瑞翁和厄忒俄克勒斯在举行军事会议，决定派遣七个领袖分别把守忒拜的七道城门。这样，七个忒拜的王子将抵抗波吕尼刻斯和他的六个同盟军。但在开战以前，他们希望从鸟雀的飞过可以看出一种预兆，可以推测未来的结局。著名的预言高手提瑞西阿斯就在底比斯城内，他是奥宇埃厄斯和女仙卡里克多的儿子，他从小就被女神雅典娜降灾而失明。在母亲卡里克多的再三相求求下，雅典娜也没能恢复孩子的视力，但是却让孩子有了更加敏锐的听觉。日复一日，年复一年，孩子竟然能够听懂各类鸟儿的声音。从这时起，他成了鸟儿占卜者。

提瑞西阿斯年事已高。克瑞翁派他的小儿子墨诺扣斯去接他，把他领到宫中。国王向他打听过往的鸟儿是如何看待底比斯城的命运，提瑞西阿斯沉默片刻，终于开口说："俄狄甫斯的儿子把父亲赶出了国土，犯下了不可饶恕的罪孽，这将使底比斯蒙受灾难。亚各斯人和卡德摩斯族人将会互相残杀，两个儿子都将死在对方手下。为了挽救城市，只有一个办法，这个办法也是可怕的，我不敢告诉你们，再见！"

说完，他转身要走。可是克瑞翁再三央求他，他才留下来。"你真的想要听吗？"占卜者声音严肃地说，"如果想听的话，就回答我的问题。你的儿子墨诺扣斯在哪里？是他刚才把我引到这儿来的。"

克瑞翁说："他就在你的身旁！"

"那请他赶快离开这个地方吧，越快越好！"老人说。

为什么？"克瑞翁连忙问，"墨诺扣斯是他父亲忠实的儿子，他会保持沉默的。再说，让他知道拯救我们的办法，他一定会非常高兴的。"

"那你们听我说，我从飞鸟的声音中知道的事吧！"提瑞西阿斯说，"提瑞西阿斯说，"幸运是会降临的，但是却必须迈过一道沉重的门槛。龙牙种子中最幼小的一颗必须凋落，只有这样才能够胜利！"

"天哪！"克瑞翁喊叫起来，"你的话是什么意思？"

"要想保住整个城市，卡德摩斯的幼子必须献出生命。"

"你要我的儿子墨诺扣斯去死吗？"国王狂怒地跳了起来，"还是你去死吧！我根本就不需要你这样的占卜和预言家！"

"如果事实带给你灾难，你就认为它不会成为事实吗？"提瑞西阿斯严肃地问道。直到这时，克瑞翁才知道事情的严重性。他跪在提瑞西阿斯面前，抱住他的膝盖，请求这位盲人占卜者收回成命，盲人却丝毫不为所动，平静地说："神的旨意是不可逆转的。狄尔刻泉泽以前是妖龙藏匿的地方，你的儿子必须用自己的血敬献死神。只有这样，大地才能友好地和你相处。这位大地女神从前就曾让龙齿冒出地面，后来交给了卡德摩斯。小孩为他的城市做出牺牲，他将成为全城的救星。你自己选择吧，克瑞翁，现在只有这两条路。"

提瑞西阿斯说完，又让他的女儿牵着手离开了。克瑞翁默默无语，久久地站着。最后，他终于惊恐地喊叫起来："我多么愿意代替你去为我的祖国献身啊！可是你，我的孩子，命运却把灾难加在了你的身上，我真的要把你献出去吗？不，快跑吧，我的孩子，逃得越远越好。离开这座该诅咒的城市，穿过特尔斐、埃托利亚，一直到多多那神庙，就躲在神庙里！"

"好的，父亲，"墨诺扣斯眼中闪烁着光芒，他回答说，"我一定不会迷路的。"

克瑞翁这才放心，又去指挥作战了。男孩却突然跪在地上，虔诚地向着神祇祷告："原谅我吧，你们在天的圣洁之灵，我用谎话安慰了我的父亲。如果我真的背叛了祖国，那我该是多么可怕啊！请听我的誓言吧：在天之神，请收下我的一片真心！我愿意用我的生命换取我的祖国的平安！正如预言家所说，我要用我的血解脱祖国的灾难。"

说完，男孩高兴地跳了起来，朝官墙走去。他站在城墙的顶部，对方阵营的分布清晰可见。墨诺扣斯诅咒他们，希望他们快点死去，快点从自己的国土上消失。然后他从内衣里抽出一把短剑，割断喉咙，从城头上栽倒下去，正好跌在狄尔刻泉水边上，跌得粉身碎骨。他平静地躺在狄尔刻泉水的旁边。

攻打底比斯

神谕是实现了。克瑞翁竭力抑制自己的哀愁。厄忒俄克勒斯则为守卫七道城门的七个英雄安排七队人马，骑兵不断地上前补充，步兵亦出发做战士的后援，使每一个可以攻击的处所都有着安全的保卫。现在阿耳戈斯人跨过平原向前推进，暴风雨一般的攻城战开始了。从忒拜城头到敌人的阵营都呼声震天，号角呜呜地叫。

帕耳忒诺派俄斯首当其冲，带着部队攻打进第一座城门，他的盾牌上刻着母亲女猎手阿塔兰忒的神像，画面是母亲用飞箭征服埃陀利亚野猪的场面；安菲阿拉俄斯也冲到了第二座城门下，他的战车上装着祭祀的牲口，盾牌朴实无华，没有任何图案和色彩；攻打第三座城门的是希波迈冬，他的盾牌上刻着百眼巨人阿耳戈斯看守被赫拉变成母牛的伊俄姑娘；堤丢斯带领部队攻打第四座城门，他左手拿着盾牌，上面刻着一张蓬乱的狮皮，右手挥舞着一盏火把；被赶下台的国王波吕尼刻斯正指挥攻打第五座城门，他的盾牌上刻着愤怒的车前骏马；卡帕纽斯带领士兵来到第六座城门下，他甚至夸耀他可以和战神阿瑞斯试比高下，他的盾牌上画着一个举起城池、将它扛在肩上的巨人。最后，一座城门，也就是第七座城门，由亚各斯的国王阿德拉斯托斯攻打，他的盾牌上画着一百条口里衔着底比斯儿童的巨蛇。

当七支军队逼近城门时，他们投石射箭，挥舞长矛，但第一次进攻遭到底比斯人的顽强的抗击，亚各斯人被迫后退。堤丢斯和波吕尼刻斯大声命令："步兵、骑兵、战车通力合作，分小股攻击城门！"命令传遍了部队。亚各斯人重振旗鼓，又加紧了进攻的力度，可是没过多久他们又败下阵来。进攻者在城门前撞得头破血流，在城墙脚下躺着一排排的死者。

这时，亚加狄亚人帕耳忒诺派俄斯像旋风般冲向城门。他大声呼喊着，要用火和斧子砸毁并焚烧城门。守这座城门的是底比斯人珀里刻律迈诺斯，他观察着对方的行动，命令把铁制的胸墙拉开一点，只能容得下一辆战车进出，然后猛地砸下去，帕耳忒诺派俄斯惨死城下。第四座城门前堤丢斯还被挡在城门外，他万分气恼，他的头盔摇动着，盾牌不停地发出碰撞声。堤丢斯右手挥舞着长矛，朝着高墙冲了过来。底比斯人见他斗势凶猛，吓得几乎不知如何是好。正在紧要关头，厄忒俄克勒斯来到门口，他集合士兵，带领大家重新登上雉堞，然后又一个个地检查城门，这时咆哮如雷的卡帕纽斯出现在他的面前。卡帕纽斯扛来了一架高大的梯子，气势汹汹地把梯子靠在墙上，用盾牌挡住上面投下来的石子，勇猛地爬上去。战前他曾吹嘘自己攻陷固若金汤的城池的决心就算宙斯的闪电也不能抵挡，现在是报应的时候了，他刚从云梯上跳到城头时，宙斯用炸雷劈他，雷声震得大地动摇，他的四肢飞散，头发燃烧，鲜血迸溅。

国王阿德拉斯托斯认为这是宙斯下令反对他们攻城的预兆。于是，他决定带领自己的士兵退出战壕。底比斯人有的驾车，有的步行，冲出了城门，他们感谢宙斯降给的福旨。一场混战后，底比斯人大获全胜，把敌人驱赶到很远的地方，然后才退回城内。

同室操戈，兄弟决战

这便是攻打忒拜城的结局。但当克瑞翁和厄忒俄克勒斯退保城垣时，被击败的阿耳戈斯人又重新集合，准备再行进攻。这时，厄忒俄克勒斯决定派出一名使者前往城外的亚各斯兵营，请求罢兵息战。亚各斯的部队又包围了底比斯城，厄忒俄克勒斯站在城堡的顶端，大声地对着双方的士兵说："亚各斯和底比斯的士兵们，你们没有必要一边为波吕尼刻斯，一边为我，也就是波吕尼刻斯的兄弟葬送自己的生命。这是我们兄弟之间的事，请把一切交给我们两人解决吧！如果我把他杀掉，那么我就留在底比斯的王位上；如果我败在他的手下，那么国王的权杖就归他所有。你们亚各斯人仍然回到自己的国土上去，不必再在异国流血牺牲了。"

波吕尼刻斯立即从亚各斯人的队伍里跳出来，朝着城头上呼喊，声明愿意接受弟弟的挑战。双方士兵欢呼雀跃，签订协议。各自的首领相互发誓，表示坚决照此行事。

在决斗开始前，双方的预言家都聚拢来，献祭神祇，要从火焰的形象看出战争的结局。但这预兆很模棱两可，他们可以解释为双方都可以得胜或失败。当献祭终了，两兄弟已准备完毕，挺身而出。波吕尼刻斯掉头望着阿耳戈斯地方，举起双手祈祷："赫拉，阿耳戈斯的保护神哟，我从你的国土娶我的妻子，我居住在你的国土里。让我——你的公民得到胜利，让我的右手涂染我的敌人的鲜血！"

厄忒俄克勒斯也回到底比斯城内的雅典娜神庙，祈求说："啊，宙斯的女儿啊，保佑我舞动的长矛刺中敌人，让我取得最后的胜利！"

他刚说完，战斗的号角吹响了。兄弟俩冲到一起，同室操戈，相煎太急，一番残酷的血战就这样开始了。长矛抖动着，呼啸声从身旁穿来穿去，撞击着盾牌。后来，他们又朝对方猛力地扔去飞镖，但是由于双方的盾牌都很坚固，所以双方的武器都很难击中对方。一旁的士兵们紧张得汗水直流，把视线都挡住了。最后，厄忒俄克勒斯终于坚持不住了，原来在拼杀时他看到路上有一块石头，于是就用右脚把石头踢向一边。波吕尼刻斯挺起长矛冲过去，用利矛刺中他的膑骨。

亚各斯的士兵们高声欢呼，以为可决定胜负了。可是受伤的厄忒俄勒斯忍住疼，寻找进攻的机会。他看到对方光溜溜的没有遮拦的肩膀，便飞出一镖，正好击中波吕尼刻斯。厄忒俄克勒斯后退几步，拿起石头，把波吕尼刻斯的长矛砸得粉碎。双方的武器都被夺走了，战局分不出输赢。他们又抽出宝剑，刀光剑影飞舞着，盾牌相撞，杀声一片。厄忒俄克勒斯突然想起了在帖撒利国学的防身绝招，于是，他突然改变自己的进攻姿势，把左脚向后收拢，挡住下半身，然后伸出右脚。波吕尼刻斯还没有弄清楚怎么回事，他的臀部就已经被刺了一剑。利剑直达肚腹，鲜血直流，他疼痛难忍，弯着身子退到一旁，最后忍受不住倒在了地上。

厄忒俄克勒斯看到对方已经不行了，就放下宝剑向垂死的敌人弯下腰去。波吕尼刻斯虽然跌倒在地，却依然紧紧抓住了剑柄。他见厄忒俄克勒斯弯下腰来，便挣扎着用力一刺，刺穿了弟弟的肝脏。厄忒俄克勒斯随即倒在垂死的哥哥的身旁。

父亲俄狄甫斯的诅咒成了现实。

底比斯的七座城门统统打开。亲人和仆人们都冲了出来，围着他们国王的尸体放声大哭。安提戈涅倒在兄长波吕尼刻斯的尸体上，厄忒俄克勒斯还有一丝气息，但什么也没有说出来，只是从胸膛深处发出了一声低沉的叹息。波吕尼刻斯还保持着清醒的头脑，他朝着妹妹转过来，眼睛逐渐模糊地望着妹妹，说："我该如何感叹你的命运，妹妹，还包括已经死去的弟弟的厄运！他从我的亲人、朋友变成敌人，直到临死时我才感觉到我是爱他的！亲爱的妹妹，我希望你把我埋葬在家乡的土地上，请求愤怒的家乡人原谅我，至少满足我的这一遗愿。"

说完话，他就死在妹妹的怀里。这时，人群中传来争吵声。底比斯人认为他们的主人厄忒俄克勒斯取得了胜利，而亚各斯人则认为波吕尼刻斯取得了胜利。争执之下，大家又要拿起武器打斗。在兄弟俩决战时，亚各斯人自信波吕尼刻斯一定会取得胜利，所以就放下了武器，站在一旁呐喊助威。而底比斯人却井然有序地排着队，武器一直没有离开他们的手。这种形势对底比斯人特别有利。现在，底比斯人突然朝亚各斯人冲了过来。亚各斯人还来不及拿起武器，只好四散逃窜，成百上千的士兵死在底比斯人的长矛下。

亚各斯人逃跑时出了一件怪事。底比斯英雄珀里刻律迈诺斯把预言家安菲阿拉俄斯一直追到伊斯墨诺斯河岸。但是河水太大，安菲阿拉俄斯已经无路可逃了，无奈之中他吩咐驾车的士兵下河探路。可是，士兵还没来得及下水，追兵就已经到了河边，伸出的长矛铮光闪亮，威势吓人。突然一道闪电，劈开土地。裂开的大地张着黝黑的口，把安菲阿拉俄斯和他的战车全吞没了。

即刻忒拜周围四乡的敌人也被肃清。忒拜人携着死去了的敌人的盾牌和从被迫及？的俘虏手中掠得的战利品，由四面八方拥挤而来。他们满载着胜利品，举行一种凯旋的入城式。

克瑞翁的决定

兄弟两人在底比斯城前都已战死，他们的舅父克瑞翁成了底比斯的国王，他对两个外甥的丧葬事做出了决定：为厄忒俄克勒斯举行隆重的丧礼，如同国王的葬礼一样。百姓们全城出动，陪伴灵车直到墓地；而却不准备安葬波吕尼刻斯，让他暴尸城下。克瑞翁解释这样做的理由：因为波吕尼刻斯背叛了祖国，已经成为了全国人民的敌人，所以我们不应该痛惜他，而是让他任凭狗撕鸟啄，不予理睬。此外他还警告全城人民必须遵守国王的旨意，不得违命。他还派人看守尸体，以免有人将它偷去掩埋。如有人违反命令，一律用乱石将他击死。

安提戈涅听到这个在她看来是极残酷的命令，同时想起自己对于临死的哥哥所作的诺言。怀着沉重的心情，她去找她的妹妹伊斯墨涅，企图劝她帮助移去波吕尼刻斯的尸体。但伊斯墨涅是软弱而胆小的人，在她的血管中没有一滴英雄的热血。"姊姊哟，"她回答她，眼中饱和着眼泪，"你忘记了我们的父亲和母亲的可怕的死了吗？我们两个哥哥的不幸的毁灭你已经淡忘，因而你要我们这剩下的人也都得到同样的结果吗？"

安提戈涅转过身子。"我不需要你帮助，"她说，"我会独自一人埋葬我哥哥的尸体。如果我能完成这件事，即使死去也心甘情愿。"

不久，一个看守尸体的人惶恐不安地来到克瑞翁的面前。"我们看守的尸体被埋掉了，肇事的人没有抓到，她已经逃掉了。奇怪的是我们也对此毫无觉察，有人跟我们讲起此事时，我们都感到莫名其妙。尸体上只有一层薄薄的沙土，那里没有锄子，也没有铲子，连车轮的痕迹也没留下，真是奇怪啊。"

克瑞翁听到消息后勃然大怒。他威胁看守尸体的人，如果不把干这件事的人交出来，那么他们全得处死。另外，他又命令马上掸去尸体上面的泥土，重新设立岗哨，严加看守。看守们不敢怠慢，寸步不离地一直在太阳底下守着。突然，天空中刮起一阵飓风，空中飞沙走石。看守们看到天有异象，非常恐惧，正在他们不知所措时，又看到一个女孩走了过来。她手中拎着一把大壶，里面装满泥土，悄悄地走近波吕尼刻斯的尸体，举起大壶，向尸体倾撒了三次泥土。

看守们都坐在对面的山坡上监视，立即奔了过来，抓住那个姑娘，不由分说地把她拖去见国王。

安提戈涅与克瑞翁

克瑞翁即时看出这是他的外甥女安提戈涅。"孩子呀！"他喊道，"现在你垂头丧气地站在那里！你究竟是忏悔还是否认所被控的罪行呢？"？而我知道别的一种命令，那不是今天或明天的，而是永久的，谁也不知道它来自何处。无人可以违犯这种命令而不引起神祇的愤怒；也就是这种神圣的命令迫使我不能让我的母亲死去的儿子暴尸不葬。假使你认为我这种行动愚蠢，那么骂我愚蠢的人才真是愚蠢呢。"

"你以为，"克瑞翁看到姑娘倔强，反而更加愤怒，"你的顽强的精神不可屈服吗？落在别人强有力的手中，就不该那样傲慢！"

"除了把我杀死，你还能给我什么折磨呢？"安提戈涅回答道，"为什么还要推迟呢？我要死得光荣。而且我知道，你的居民们是因为害怕你的暴力才闭上他们的正义之口的，他们一定会在心底赞扬我的举动的。因为尊敬兄长，这是做妹妹们的首要义务。"

"如果你一定要尊敬和爱戴他的话，那么你就到地府里去尊敬和爱戴他吧！"国王大声叫道，他立即命令仆人，把她拖下去。忽然，国王看到伊斯墨涅跑了过来。听到了关于姐姐的命运后，她似乎在一瞬间完全抛却了软弱和胆怯，勇敢地来到国王面前，承认这件事情是自己和姐姐一起做的，如果要处罚，那就让她和姐姐一起去死。同时，她又提醒国王，安提戈涅不仅是他姐姐的女儿，也是他儿子海蒙的未婚妻。

克瑞翁没有回答，只是命令把伊斯墨涅也抓起来，把她们姐妹俩都押到内廷去。

海蒙与安提戈涅

当克瑞翁看见他的儿子慌忙向他走来，他知道必是他听说关于安提戈涅的判罪，所以出来反抗他的父亲。但海蒙却恭顺地回答他父亲的怀着疑虑的询问，只有在对他的父亲表明他的心迹之后，他才冒昧请求对于他的爱人的怜悯。"你不知道人民正说些什么话，父亲哟！"他说。"你不知道他们正在口出怨言，由于你的严厉的眼色，他们才不敢当面说你所不愿听的话。但这一切我却知道得很清楚！我可以告诉你，全城正为安提戈涅的遭遇不平；每一公民都认为她的行动是永久值得尊敬的；没有人会相信，一个妹妹不让野狗咬兄长的骨头，不让鸟雀啄他的肉而应该处死。所以，亲爱的父亲，听听民间的舆论吧！防民之口甚于防川。不听他们的话，洪流会溃决的呀。"

"你是教训我应该有理智吗？"克瑞翁轻蔑地说，"看起来你是袒护她，反对我。"儿子立刻回答："我只是为了你的女儿才跟你讲这番话。"

"我知道，"父亲愤怒地说，"盲目的爱情使你为罪犯辩护。可是，你想跟她活着结婚已经是不可能的啦。她活着时就会被砌过一个岩洞，只能得到少许的食物，不被饿死就行了。让她到地府的神面前去请求解脱吧！但现在对她来说已经太迟了。"

说完，他怒气冲冲地转过身走掉了。仆人们立即执行暴君残酷的命令。仆人们立刻执行暴君的残酷决定，安提戈涅当着众人的面被送进了石穴。她大叫众神和亲人，希望一辈子跟他们生活在一起，可是喊叫是无济于事的，最后她无所畏惧地走了进去。

波吕尼刻斯的尸体渐渐腐烂了，可是仍然没有掩埋。野狗和鸟类争相撕食他的尸体。年迈的预言家提瑞西阿斯来到克瑞翁面前，他有一件事要告诉国王，他说："我听到吃腐肉过饱的鸟儿在叽叽喳喳地议论，说供在神坛旁的祭畜没有显露吉祥的神气，反而露出了悲惨的晦气。你所做的一定引起了众神的不满，他们一定会迁怒于我们的，这是毫无疑问的。国王，你不能再顽固了！糟蹋死者，这会给你带来什么光荣呢？"

但正如同过去的俄狄浦斯一样，克瑞翁也不听这预言家的劝告。他咒骂他说谎，企图骗取金钱。为此这预言家很愤怒，他无情地当着国王面前揭示未来的事情。"那么，你看吧，"他严厉地说。"除非你为这两个死者牺牲掉一个你的亲骨肉，否则太阳将不会沉落。你犯了两重罪过：既不让死者归于地府，又阻止应该活在光天之下的生者留在世上。快些，我的孩子，引领着我离开这里。让这人凭他的命运去吧，我们不必理他。"说着他拄着杖，由他的引领的人牵着走开。

克瑞翁的报应

国王目送着盛怒的预言家提瑞西阿斯走了出去，突然他感到一阵难以名状的恐惧。他召集城里的长老们来商议现在该怎么办。

"从石牢中放出姑娘，埋葬被暴尸的王子遗体!"众人意见一致。

顽固的国王本不愿意做出让步。可是现在他不敢固执己见了，只得同意大家的意见，因为这是使他全家免于毁灭的唯一做法，提瑞西阿斯的预言已经说得明明白白了。他带领着仆人和随从、士兵先来到存放波吕尼刻斯尸体的地方，然后再去关押姑娘安提戈涅的坟墓石牢。夫人一个人留在宫中，不久，她听到街上一片呜咽声。夫人急忙来到前厅，遇到迎面过来的使者。

"我们向地府的神祇做了祈祷，"使者说，"然后给死者洗了圣浴，火化了他的遗骸，用故乡的泥土给他立了一个坟墓。后来，我们去了关押着安提戈涅的石穴，还没有到达就听见了哭声，国王听出了那是你们的儿子。我们赶了过去，透过石缝往里看。在死穴的深处，安提戈涅用面纱裹住了自己，已经上吊死了。你的儿子海蒙躺在她前面!抱着她的尸体不放，痛哭流涕，诅咒着父亲的残酷无情。这时，国王顺着打开的门走了进去，海蒙王子失望地看了他一眼，悄无声息地从剑鞘里抽出一把锋利的宝剑。他父亲急忙退出石洞，躲避他的刺杀。这时，海蒙突然伏剑自杀了。"

欧律狄刻听到这消息呆住了。最后，她匆忙离开了宫殿。这时国王克瑞翁绝望地回到宫殿，仆人们抬着他唯一的儿子的尸体跟着他。没过多久，人们又传来一个噩耗，他的王后躺在内室的血泊之中，也已经死去了。

安葬亚各斯英雄

俄狄浦斯的一家人中，只有死去的两兄弟的两个儿子和安提戈涅的妹妹伊斯墨涅活着。关于伊斯墨涅的事迹，自来很少传说。她没有子女，也没有结婚。她的死结束了这不幸的家族的故事。关于攻打忒拜的七个英雄，只有阿德刺斯托斯幸免于最后一次大会战的追击和屠杀。他乘着海神波塞冬与农业女神得墨忒耳所生的有翼的神马阿里翁飞奔逃脱。他平安地到达雅典，寄住在一所神庙的圣殿，作为一个祈祷者坚守着祭坛。他高举着橄榄枝，请求雅典人帮助他为死在忒拜城外的英雄们举行光荣的葬礼。

雅典人答应了他的请求，忒修斯亲自率兵来到底比斯。底比斯人只得同意埋葬那些阵亡的英雄们的尸体。阿德拉斯托斯给牺牲的英雄设立了七座柴堆，并为了纪念阿波罗举办了一次赛马。当点燃卡帕纽斯的柴堆时，他的妻子奥宇阿特纳突然扑入火堆，跟丈夫一起燃为灰烬。被大地吞没了的安菲阿拉俄斯始终没有下落。国王万分悲痛，为没有听安菲阿拉俄斯的话而感到后悔，"从此以后，我失掉了我军队的眼目，"他说，"他是勇敢的战士，又是超人的预言家。"

等到隆重的安葬仪式完成后，阿德拉斯托斯在底比斯城外，给报应女神涅墨西斯造了一座神庙，然后他和他的雅典盟军离开了底比斯。

后辈英雄厄庇戈诺伊

十年以后，攻打忒拜城死难英雄的儿子们决定再作一次征讨，为他们死去的父亲们复仇。他们共有八人，称为厄庇戈诺伊（意即后辈）即安菲阿剌俄斯的儿子阿尔克迈翁和安菲罗科斯，阿德剌斯托斯的儿子埃癸阿勒俄斯，堤丢斯的儿子狄俄墨得斯，帕耳忒诺派俄斯的儿子普洛玛科斯，卡帕纽斯的儿子斯忒涅罗斯，波吕尼刻斯的儿子忒耳珊得耳和墨喀斯透斯的儿子欧律阿罗斯。墨喀斯透斯原本不是七位英雄中的一员，而是国王阿德拉斯托斯的弟兄。年老的国王阿德拉斯托斯也参加了年轻一代的行动，但他不愿意再担任主帅。八个英雄一起在阿波罗神庙祈求神谕为他们选一个统帅。神谕告诉他们，合适的人选是阿尔克迈翁。

阿尔克迈翁不知道在为父亲报仇之前，能不能担任此职。于是他也祈求神谕，神谕回答说，两件事可以同时做。在这之前他的母亲厄里菲勒不仅占有了那个晦气的项链，而且还获得了阿佛洛狄忒的第二件倒霉的宝物，即面纱。那是波吕尼刻斯的儿子忒耳珊特罗斯继承的遗产，他又用它贿赂厄里菲勒，要她说服儿子参加讨伐底比斯的战争。

为服从神谕，阿尔克迈翁出任了统帅，并准备回来后再为父报仇。他在亚各斯建立了一支强大的军队。邻近城市里的许多好斗的武士也参与了进来。于是，一支浩浩荡荡的部队向着底比斯冲杀而来，就像十年前他们的父辈一样，底比斯城门前又开始了一次激烈的战斗。可他们比父辈幸运多了，阿尔克迈翁指挥得当，稳操胜券。白热化的激烈战斗中只有国王阿德拉斯托斯的儿子埃癸阿勒俄斯饮恨沙场，他是厄庇戈诺伊的族人。死在了底比斯人拉俄达马斯的手里。拉俄达马斯是厄忒俄克勒斯的儿子，他后来又被厄庇戈诺伊的主帅阿尔克迈翁打死。

底比斯人丧失了首领和很多士兵，便放弃阵地，退守城内。他们向盲人提瑞西阿斯寻求对策。预言家提瑞西阿斯那时还活着，但已有一百来岁了，他建议大家派使者向亚各斯人求和，同时弃城而逃。

底比斯人采纳了他的建议，派了使者前往敌营议和。谈判的空隙间，底比斯人把妻儿老小通通装在车上，逃离了底比斯城。直到半夜，他们才到了俾俄喜阿的一座城内。提瑞西阿斯也跟随大家一起逃了出来，但是半路上他就由于喝冷水受凉，不幸死了。聪明的预言家到了阴间也没有失去高超的感知和占卜的本领，得到冥王的重用。以提瑞西阿斯的女儿曼托留在了底比斯城内，落入占领者的手上。亚各斯人在进城前立下毒誓，将把在城内发现的最后的战利品献给阿波罗。因为曼托继承了父亲预知未来的本领，大家认为神肯定会喜欢她的，因此厄庇戈诺伊把曼托带到特尔斐。曼托受到人们的热烈欢迎，大家赞扬她的预言术和智慧。不久，曼托成了当时最有名的女预言家。人们常常看到有个老人和她一起进进出出。她把美丽的歌谣教给老人。不久，这些诗歌传遍了希腊。

这个老人就是著名的迈俄尼亚的歌者荷马。

阿尔克迈翁与项链

阿尔克迈翁从底比斯凯旋后，决定再去实现神谕的第二部分内容，即为他的父亲报仇。现在他的母亲拥有两件阿佛洛狄忒的倒霉礼物：一挂项链和一方面纱。那方面纱是波吕尼刻斯的儿子忒耳珊特罗斯继承的遗产，后来送给了埃律菲勒，为了怂恿她去说服阿尔克迈翁参加讨伐底比斯的战争。最后，他带着项链和面纱，离开了父母的故居，那是一个令他厌恶的地方。

虽然神谕要他去为父亲报仇，但杀害母亲也是违反伦理的罪孽，这事不能不受到神祇的惩罚。他们派复仇女神来迫害他。一位复仇女神奉命前来迫害阿尔克迈翁，于是阿尔克迈翁变得精神恍惚了。为此，他首先来到亚加狄亚，见到了国王欧伊克琉斯，也就是阿尔克迈翁的爷爷。但是，在这里也没有阿尔克迈翁的安身之处，复仇女神使他继续流浪。最后，他在亚加狄亚的珀索菲斯投奔了国王菲格乌斯，从而找到了一块安身之处，还娶了国王的女儿阿尔茜诺埃。两件不祥的礼物项链和面纱又到了她的手里。

阿尔克迈翁疯病好转，可是灾祸还没有摆脱。岳父的王国因为他的缘故连年遭灾，颗粒不收。阿尔克迈翁问神谕，神谕告诉他只有在他杀母时还未出现的地方才可以让他找到一丝安宁。这是因为埃律菲勒在死之前，曾经诅咒过任何一个收留杀母凶手的国度。

阿尔克迈翁绝望地离开了妻子和小儿子克吕堤俄斯，漂泊到远方去。经过长久的漫游后，他终于找到了要找的地方。在阿克洛斯河，他发现了一个刚从水里露出来的小岛。阿尔克迈翁在岛上定居下来，从此免除了灾难。可是新的欢乐和幸福又使他得意忘形起来，他抛弃了妻子阿尔茜诺埃和小儿克吕堤俄斯，娶了阿克洛斯河河神的女儿，美丽的姑娘卡吕尔荷埃。卡吕尔荷埃接连给他生了两个儿子阿卡尔男和阿姆福特罗斯。阿尔克迈翁拥有两件稀世珍宝的传说在岛上传的沸沸扬扬，没过多久，他的妻子终于按捺不住向他打听美丽的项链和面纱的事情。因为这两件礼物在前妻手上，阿尔克迈翁自然不愿向现在的妻子提从前的婚姻，所以他说把这两件宝贝藏在一个很远的地方，并同意给她取回来。阿尔克迈翁动身回到了珀索菲斯，重新来到以前的岳父和被他抛弃的妻子面前，向他们赔礼道歉，说自己由于神志不清，才客居他乡，没能回来。而且他的精神错乱一直未能彻底痊愈。他说："按照占卜所示，只有一种办法，才能使我彻底摆脱病魔，即把我从前送给你的项链和面纱带到特尔斐，献给神祇。"

妻子把两件宝物交给了他。阿尔克迈翁高高兴兴地带着宝物上了路，他完全没有想到这两件倒霉的宝物会使他毁灭。他的一名仆人向国王菲格乌斯告密说阿尔克迈翁又娶了一个妻子，现在要回礼物是想把它们送给第二房夫人。菲格乌斯的儿子听说妹妹遭到欺骗，非常生气。他们追赶阿尔克迈翁，偷偷地袭击了他，最后把项链和面纱带回来交给妹妹。

阿尔茜诺埃仍然爱着不忠实的丈夫。她责怪兄弟们不该把阿尔克迈翁杀害。她的几个兄弟很生气，决定惩罚阿尔茜诺埃。他们把阿尔茜诺埃抓住，装在一只木箱里运到了特格阿，告诉国王阿伽帕诺尔说阿尔茜诺埃是杀害阿尔克迈翁的凶手。后来，她在这儿悲惨地死去。

卡吕尔荷埃听到丈夫阿尔克迈翁被害的消息后，跪倒在地，祈求宙斯降下奇迹，让她的两个儿子阿卡耳南和阿姆福特罗斯立即长大成人，前去惩罚杀父的凶手。卡吕尔荷埃是个无辜的女子，宙斯听从了她的请求。她的两个儿子在晚上睡觉的时候还是小男孩，可第二天醒来时突然身体健壮，满面胡须，充满着报仇雪恨的欲望。兄弟俩一起来到了特格阿出门，这时，菲格乌斯的两个儿子帕洛诺斯和阿根诺尔正好也把苦命的妹妹阿尔茜诺埃送到这里。正当他们准备把阿佛洛狄忒的不祥礼物送到特尔斐神庙里时，两位满脸胡须的青年人怒气冲冲地冲了进来。菲格乌斯的两个儿子还不知发生了什么事就被兄弟俩打死在地了。兄弟俩给阿伽帕诺尔说清了事情的前因后果，然后又到了亚加狄亚的珀索菲斯。他们踏进王宫，杀掉国王菲格乌斯和他的妻子。然后他们回到家向母亲报告两人的战果。后来，他们又去特尔斐，奉我外祖父的命令把项链和面纱送到阿波罗神庙祭祀。从此，安菲阿拉俄斯一族人的灾难烟消云散。他的孙儿，即阿尔克迈翁与卡利洛厄的两个儿子，后来在厄庇洛斯招募移民，建立阿卡耳那尼亚。在父亲被杀以后，阿尔克迈翁与阿耳西诺厄所生的儿子克吕提俄斯也怀恨地离开母亲这边的亲戚们，逃避到厄利斯地方，并居住在那里。

第二十五章 特洛伊传说

特洛伊城的由来

在很古的时候，宙斯与一个海洋女仙所生的两个儿子伊阿西翁和达耳达诺斯统治着爱琴海的一个岛屿萨摩特剌刻。伊阿西翁因为自知是神祇的子孙，所以敢于觊觎俄林波斯圣山上的女郎。由于不能自制的热情，他向农业女神得墨忒耳求婚，他的父亲为了惩罚他的狂妄，用雷霆将他击死。兄长的离去使达耳达诺斯十分伤心，因而他离家出走前往亚细亚大陆。一天，他来到了密西埃海湾，那是西莫伊斯河和斯康曼特尔河的交汇之处。爱达山朝着大海渐渐下倾，形成无边无际的平原。这里的国王是透克洛斯，是土著的克里特人，所以这个地区的牧民也被称为透克里亚人。

国王透克洛斯热情地接待了他，赏赐给他一块土地，并把女儿许配给他。达耳达诺斯在山区建立了一块居民区，把它命名为达耳达尼亚，从那以后这个地区的特拉人改称达耳达尼亚人。达耳达诺斯之后的王位分别由他的儿子厄里克托尼俄斯、孙子特洛斯继承，所以，特洛斯统治的地区被叫作特罗阿斯，首都被称作特洛伊。现在透克里亚人和达耳达尼亚人自然都称为特洛伊人，或称为特洛埃人。

特洛斯死后，长子伊罗斯继父为王。有一次，他访问邻国佛律癸亚，佛律癸亚的国王要求他参加最近在那里发起的竞赛。伊罗斯在角力中获胜，得到五十个童男、五十个童女和一匹斑牛的奖赏，国王将这些给他，并再三说明一个古代的神谕，即在这斑牛所躺下的地方他将建立一座城堡。伊罗斯赶着母牛走去，因为母牛休息的地方正是自特洛斯以来被作为国都的地方，即特洛伊。于是，伊罗斯在那儿的山坡上建立了一座叫作伊利阿姆的城堡，又称伊利阿斯，还被叫做柏加马斯。这就是那个地方有时被称作特洛伊，有时候称作被伊利阿姆，有时候又被称作柏加马斯的原因。城市竣工之前，伊罗斯请先祖宙斯降下旨意，看神是否同意这项工程。次日，伊罗斯在自己的帐篷前捡到了一张从天而降的女神雅典娜的画像，像高六尺，双脚合拢，右手举着长矛，另一只手上拿着纺锤和衣服。这幅画像又被称作帕拉斯神像。关于这幅神像还有一段传说：女神雅典娜小时候被寄养在海神特里同家里，特里同还有一个名叫帕拉斯的女儿，两个女孩同岁，一起游戏，一起成长，成了要好的朋友。一天，两位年轻的姑娘打赌举行一场比赛。当帕拉斯摆出一副准备刺杀她的女友的姿势时，宙斯担心女儿受伤，就在她面前挡了一只十分坚固的山羊皮制成的神盾。帕拉斯突然看到神盾，大吃一惊，结果露出破绽，想不到雅典娜竟一枪刺死了她。女神十分悲痛，为纪念女友，她为女友帕拉斯造了一尊像，并把一副和羊皮盾一样的胸甲围在神像上。雅典娜把这神像放在宙斯的神像前，以此表示敬重。从这时起，她自称为帕拉斯·雅典娜。现在，宙斯征得女儿的同意，把帕拉斯神像从天空降落下来，暗示伊利阿姆城堡处在他和他的女儿的保护之下。

国王伊罗斯和欧律狄刻的儿子拉俄墨冬是一个任性而暴戾的人，他不单欺骗本国人，也一样欺骗神祇。他为了使没有像城堡一样设防的特洛亚城安全，想用城墙来围绕它，使它成为一个真正的城堡。这时阿波罗和波塞冬正因为反抗万神之父被逐出天国，在下界流落无依。宙斯的意思是要他们帮助拉俄墨冬建筑特洛亚城墙，使这个由他与他的女儿雅典娜保护的城可以抵御外来的侵略。当筑城刚开始的时候，命运女神将这两个漂泊的神祇带到特洛亚城区。他们向国王自荐并要求得到一定的薪给。他的建议得到了拉俄墨冬的赞成。波塞冬立即专注工作，古老的城市被又高又宽的城墙围着，不仅十分漂亮，且看起来是固若金汤。福玻斯·阿波罗赶着国王的畜群，在爱达山区的山谷和河岸间放牧。一年过去了，城墙已经竣工。可是国王拉俄墨冬却拒绝付工资。阿波罗批评国王不守信用，国王却下令将两人驱赶出国，并威胁说，要捆住福玻斯的手脚，并把他的两只耳朵割下来。因此，两个神祇发誓，与国王不共戴天，从此他们成了特洛伊人的冤家。雅典娜也不再保护这座城市，后来赫拉也参加进来，反对这座城市。在宙斯的默许和支持下，这座城市将听凭诸神去毁灭，它的国王和人民也要跟着遭殃。

普里阿摩斯、赫卡柏与帕里斯

国王拉俄墨冬和他的女儿赫西俄涅的命运在赫拉克勒斯的故事中已有所叙述。到最后，他的王位由儿子普里阿摩斯继承。普里阿摩斯娶的第二房夫人就是赫卡柏，她是夫利基阿国国王迪马斯的女儿。过了一段时间后，他们生下第一个儿子赫克托耳。生第二个孩子前夕，在夜深之际赫卡柏做了一个奇怪的梦。她梦见自己生下一支火炬，火炬点燃了特洛伊城，把它烧成灰烬。

在惊怖中她将这事告诉她的丈夫。普里阿摩斯即刻召来他前妻的儿子埃萨科斯。他是一个预言家，曾从他的外祖父墨洛普斯学会占梦的技艺。埃萨科斯宣称他的后母赫卡柏将诞生一个儿子，这儿子将引致本国城池的毁灭。因此他劝告在这儿子出生时就将他遗弃。

王后赫卡柏果然生了一个儿子。她对国家之爱胜过母子之爱，因此，她劝丈夫把婴儿交给一个仆人扔到爱达山上。仆人名叫阿革拉俄斯，他遵从使命把孩子遗弃在山里，幸亏孩子被一头母熊收留了。五天以后，阿革拉俄斯忍不住前往探视孩子，他看见孩子很安康地躺在森林里，就把婴儿带回家里抚养长大。他给孩子取名为帕里斯，像对待自己的亲生儿子一样。

帕里斯渐渐长大成人，他健壮有力，容貌出众。

帕里斯的判断

有一天，他偶然来到为高大的松杉和繁茂的橡树所荫蔽着的峡谷，这里离他的牧群很远，因他们找不到这深山中绿树荫翳的峡谷的入口。他正在抱着双手背靠着一株树从群山的空隙中眺望着特洛亚的宫殿和远处的大海，忽然听到震动大地的神祇走路的声音。他还没有集中他的精神，就已看见神祇之使者赫耳墨斯飞近。赫耳墨斯告诉他后面还会有众神走过来。真的，奥林匹斯山的三位女神正穿过软绵绵的草地向他走来，帕里斯心地升起一股神圣的悸动。

长着翅膀的神的使者对帕里斯说："你千万不必害怕，三位女神选中了你，请你当她们的仲裁。宙斯吩咐你接受这个使命，以后他会给你保护和帮助的。"

赫耳墨斯说完话就鼓起双翼，飞出狭窄的山谷，上了天空。帕里斯听了他的话，鼓起勇气，大胆地抬起头，用目光打量面前的三位女神。乍一看，他觉得三位神都能摘取最漂亮女子的桂冠。不过再经仔细打量一番后，原来的判断就开始动摇了。他一会儿说这位女子漂亮，不久又转向另一位女子，犹豫不定，难以判断。终于，他的目光集中在最年轻、最妩媚的女神身上，他觉得这位女神尤其美丽、动人。

这时，三个女神中最骄傲的一个，也是身材最高大的一个对他说："我是赫拉，宙斯的姨妹和妻子。这个金苹果是不和女神厄里斯参加珀琉斯英雄与忒提斯婚礼上当众投下的礼物，上面写着'最漂亮人'的字样！要是你愿把它判给我，你就可以统治地球上最美丽富饶的国家，即使现在你仅仅是一名被从王宫里驱逐出去的牧人。""我是帕拉斯，智慧女神。"第二个女神说，她的前额宽阔，美丽而妩媚的脸上有双蔚蓝色的眼睛，"假如你判定我最美丽，那么，你将以人类中最富有智慧者而出名。"

第三个人，她一直只是用眼睛表情，现在才最热情、最亲切地对这个牧童说："帕里斯，你一定不会为那些包含危险而又最不可靠的诺言所诱惑。我将赠给你一件东西，它除了快乐不会带给你别的。我将赠给你的东西是你的幸福所必需的：我要将世界上最美丽的妇人给你做妻子。我是阿佛洛狄忒，是爱情的女神呀！"

当阿佛洛狄忒站在牧人面前说这番话时，她正束着她的腰带，这使她显得更具魅力，更显得光彩照人，其他两个女神相形之下顿时黯然失色。帕里斯先接下了赫拉女神手中的这枚黄金宝物，然后把那个金苹果给了阿佛洛狄忒。这个时候，赫拉和帕拉斯怒气冲冲地背转过去，她们发誓要让他、他的父亲普里阿摩斯、甚至特洛伊人和他们的王国为今天她们所受的奇耻大辱付出代价。尤其是赫拉，从此以后便成了特洛伊人的仇敌。

阿佛洛狄忒又庄严地重申了她许下的诺言，并深深地向他祝福，然后离开了他。

从此以后，帕里斯作为一名不起眼的牧人住在爱达山上，希望女神给他许下的诺言能够实现。无奈之下他就与一个叫俄诺涅的漂亮姑娘成家了，她是河神与一位女仙生下的女儿。结婚以后，他们在爱达山的牧群旁厮守相伴，生活美满。有一天，帕里斯听说国王普里阿摩斯为一位死去了的亲戚举办比赛活动，便兴致勃勃地赶到了城里。到目前为止，他还没有进过城哩！普里阿摩斯为这场比赛设立了一项公牛奖。他派一位仆人到爱达山牧群中去牵一头公牛，这是奖励给优胜者的。被牵走的这头公牛正好是帕里斯最喜爱的，但是他却不能阻止把这头公牛牵走。所以他下定决心一定要在比赛中获得这项奖励。比赛的过程中，帕里斯显得无比灵活机智，英勇过人。他战胜了每个对手，尤其战胜了最高大的赫克托耳，他是普里阿摩斯和赫卡柏的儿子中最英勇的一个。国王普里阿摩斯的一个儿子得伊福玻斯因失败而感到愤怒和羞愧，不能自制，一直冲向这牧童要将他击倒。但帕里斯逃避到宙斯的神坛里，在那里，普里阿摩斯的女儿卡珊德拉，一个曾被神祇赋予预言天才的人，她一眼就看出他是她的哥哥。他的父母也在重逢的欢喜中拥抱着他，忘记了在他出生时预言家所说的警告，仍然将他作为亲生的儿子接待。

帕里斯享受了王子的待遇，得到了一幢华丽的住房，住房就在爱达山上。他高高兴兴地回到妻子和牧群那里。

不久，国王委托他去完成一件事，他踏上旅途，但并不知道这一去将会得到爱情女神许给他的礼物。

抢劫海伦

我们知道，当国王普里阿摩斯还在童年的时候，赫剌克勒斯曾征服过特洛亚，杀死拉俄墨冬，并劫去他的女儿赫西俄涅赠给他的朋友忒拉蒙为妻。现在，他知道赫拉克勒斯杀死了拉俄墨冬，而且攻占了特洛伊城。他还知道英雄忒拉蒙与赫西俄涅成了家，并让赫西俄涅作了萨拉密斯的女君主。自己的姐姐虽然没有受委屈，可是普里阿摩斯及其一家却难以忘记这场抢劫的始末，他们感觉受到了极大的侮辱。一天，宫殿里有人议论起这场劫婚耻辱，这勾起了国王普里阿摩斯对姐姐的怀念。看到父亲如此想念亲人，帕里斯站立起来便说："要是父亲能给我一支舰队，我一定能凭借众神的支持，用武力从敌人手中夺回父亲的姐姐。"他说话之所以如此胸有成竹，是因为他还记得爱情女神阿佛洛狄忒给他的许诺。帕里斯向父亲和兄弟们叙述了那天在放牧时的奇遇。普里阿摩斯毫不怀疑他的儿子帕里斯受到神祇们的保护。

在普里阿摩斯的许多儿子中有着预言家赫勒诺斯。他忽然说出一大串的预言，以为他的兄弟帕里斯如果从希腊带着一个妇人归来，阿耳戈斯人必会追到特洛亚，杀死国王和他所有的儿子，并将特洛亚城夷为平地。

这则预言引起大家的议论。小儿子特洛伊罗斯是个血气方刚的青年，他毫无顾忌地表示不相信这类预言，甚至嘲笑他哥哥胆怯，并劝大家不要被这种预言吓得失去了主张。其余的人还在权衡利弊，帕里斯的建议却得到普里阿摩斯的大胆支持。

国王召集市民宣称，过去他曾派使节在安忒纳沃斯带领下前往希腊，要求希腊人对抢劫姐姐赫西俄涅表示赔罪，并将她归还回国。希腊人却让安忒纳沃斯受尽屈辱，把他赶了回来。现在，他支持儿子帕里斯统率一支强大的部队，用武力实现用好话没能实现的目的。国王的建议得到安忒纳沃斯的支持。他回想起自己在希腊国遭受的羞辱，大骂希腊人都是战争的懦夫，不堪一击的和平狂人。他的讲话激起了人民对希腊人的愤怒，他们一致要求战争。

但普里阿摩斯是个贤明的国王。他不愿轻率地过早地做出决定，而是要求大家畅所欲言，发表自己的意见。这时，从人群中站出一位年迈的特洛伊人潘托斯，他童年时曾听他父亲奥蒂尔斯说过一则神谕：如果将来有一位拉俄墨冬血统的王子从希腊带回一个妻子，特洛伊人将会遭受灭顶之灾。老人最后说："我们一定要远离争取荣誉的诱惑。朋友们，让我们还是在和平和安宁中生活，别把我们的生命在战争中作赌注孤注一掷。最后，也许连自由都会失掉。"

人群中发出一片嘟哝声，大家对这项建议表示不满，纷纷要求国王普里阿摩斯不要理睬一位老人的恐吓的话，而要大胆地把心中决定的事付诸实行。

于是普里阿摩斯下令在伊得山建造船只，做一切航海的准备，并派遣他的儿子赫克托耳到佛律癸亚，帕里斯与得伊福玻斯到邻国派俄尼亚去，为特洛亚征集军队。凡能执戟的特洛亚人都准备作战，因此在短时期内遂组成了一支强大的军队。国王命令以帕里斯为统帅，并指派他的兄弟得伊福玻斯，潘托俄斯的儿子波吕达玛斯和王子埃涅阿斯为他的参将。强大的战船下海了，日夜兼程向希腊的锡西拉岛奔去，帕里斯首先想从那里登陆。旅途中，他们遇到了希腊的诸侯斯巴达国王墨涅拉俄斯的船队。墨涅拉俄斯当时正要去皮洛斯访问贤明的国王涅斯托耳，迎面驶来的高大巍峨的战船引起了他的赞赏。特洛伊人也对他们的船只装饰感到惊奇，他们认为船上肯定有希腊国重要的王侯。可双方都互不认识，所以两支船队擦肩而过。特洛伊的战船顺利到了锡西拉岛，帕里斯想从这里登陆到斯巴达去，准备与宙斯的双生儿子卡斯托耳和波吕丢刻斯交涉，要求归还他的姑母赫西俄涅。如果希腊人拒绝交出赫西俄涅，那么帕里斯准备直航萨拉密斯湾，用武力夺回王后。

在航海到斯巴达之前，帕里斯希望在阿佛洛狄忒和阿耳忒弥斯的神庙里作祀神的献祭。同时岛上的人民也将这强大舰队的到来报告斯巴达。这时因为国王墨涅拉俄斯在外，政事由王后海伦一人主持。这是宙斯与勒达所生的女儿，是卡斯托耳和波吕丢刻斯的妹妹，是当时世界上最美丽的妇人。当海伦还是个姑娘的时候，曾被忒修斯劫持抢走。后来又被两位兄长夺了回来。她跟着继父斯巴达国王廷达瑞俄斯长大。海伦美丽无比，求婚的人络绎不绝。国王只能把海伦许配给一个人，因此他也就会得罪很多人。伊塔刻国王俄底修斯建议他让所有的求婚人立下誓言，他们必须和有幸被选中的新郎建立同盟关系，一起反对因为对这场婚姻不满而有意加害国王的求婚者。俄底修斯是最聪明的希腊英雄。廷达瑞俄斯按照计划行事，让求婚人在众目之下立下誓言。后来，他选中了阿特柔斯的儿子，阿伽门农的兄弟，亚各斯国王墨涅拉俄斯做他的女婿，继承了他的王位。海伦为他生了一个女儿赫耳弥俄涅。当帕里斯来到希腊时，赫耳弥俄涅还只是一个躺在摇篮里的婴儿。

美丽的王后海伦在丈夫外出期间孤零零地住在宫殿里，过得十分单调、乏味，感到非常寂寞。这时她听说一位外国王子即将率领强大的战船来到锡西拉岛，便怀着女性的好奇心，想看看这位王子和他的武装随从。于是，她动身去了锡西拉岛，在阿耳忒弥斯神庙里做了一番隆重的祭供牺牲。海伦走进神庙，恰好帕里斯刚祭供完，当他看见端庄的王后走进庙门，吃惊得马上垂下举起祈祷的双手。他不敢相信，因为他觉得好像重新见到了爱神阿佛洛狄忒本人，和那天在牧场上一样。帕里斯早就听说过海伦的美貌，但他依然觉得传说中的美女海伦无法与爱情女神给他送来的这位女子相媲美。帕里斯见到海伦时，一直认为她还是一个姑娘。当斯巴达王后亲自站立在他的面前时，帕里斯才恍然明白了，她一定是奉爱情女神的命令前来与他相会的。在这一刻，父亲的委托、征战的目的都烟消云散。他认为自己所带领千军万马，就是为了征服海伦而来的。正当帕里斯默默地沉思时，海伦也在打量这位从亚细亚来的俊美的王子。他一头长发，穿着东方闪亮的金丝长袍，身材魁梧，十分动人。顿时，她丈夫的形象从意识中消失了，取而代之的是这位年轻而英气勃勃的外乡人，他深深地烙在她的心上。

献祭完毕，海伦回到斯巴达的宫中，她竭力想要从心中抹去那个异国王子的形象，强使自己想念仍然逗留在皮洛斯的丈夫墨涅拉俄斯。可是一切全是枉然，帕里斯带着精兵来到斯巴达，与自己的随从进入宫殿大厅。墨涅拉俄斯的妻子热情慷慨地接待了这位前来造访的陌生王子。帕里斯王子讲话娓娓动听，眼睛里燃烧着激情的火焰，弹得一手动听的弦琴，王后那颗没有防备的心被迷惑得一时不知所措。帕里斯发现海伦对自己如此迷恋，彻底把父亲和士兵们的委托忘得一干二净，心中除了爱情女神的许诺外没有任何心思。他召集跟他一起来到斯巴达的全副武装的士兵，答应满足他们的任何条件，说服他们帮助他。然后他带领他们冲进王宫，把希腊国王的财富掳掠一空，并劫走了美丽的海伦。海伦表面上在反抗，可是心底里并非不愿意跟他走。

帕里斯带着战利品驶过爱琴海时，海面上突然风平浪静。在载着帕里斯和海伦的船只前面，波浪自动分开，年老的海神涅柔斯从水中伸出戴着芦花花冠的头，胡须和头发上滴着水。此刻船只像被钉在水面上一样，一动不动。涅柔斯大声向他们宣告一个不幸的预言："不幸的鸟飞在你们的船旗前！希腊人正带着军队接踵而至，他们要摧毁你们的罪孽联盟和普里阿摩斯的古老帝国！苦哇，达耳达尼亚人中的大多数男子汉将要为你的罪过付出生命！帕拉斯肯定已经在整理盔甲和盾牌了！这一场血战要经历多年，只有一位英雄的愤怒才能阻挡你们的城市的毁灭！一旦等到指定的时日来临时，特洛伊人的家宅将被希腊人烧成灰烬！"

年老的海神说完预言又潜入海里。帕里斯听到这预言，心里非常恐惧。一会儿，海面上又吹起了欢快的顺风。躺在王后的怀里，一切预言对帕里斯来说都显得微不足道了。他们一路来到克拉纳岛，在岛前下锚登陆。轻率而又毫无忠诚可言的墨涅拉俄斯的妻子在这里心甘情愿地跟帕拉斯共度了蜜月，他们在那里举行了隆重的婚礼仪式。而后，责任和家乡都被两个人统统忘掉了。他们依靠带来的财宝，在岛上过着豪华奢侈的生活。好几年过去了，他们才航行回到特洛伊去。

希腊人

帕里斯作为一名使者前往斯巴达，可是他的行为严重地违背了民法和宾主之道，不久就产生了恶果。

斯巴达国王墨涅拉俄斯和他的兄长迈肯尼的国王阿伽门农，是阿特柔斯的儿子、珀罗普斯的孙子，宙斯儿子坦塔罗斯的后裔，兄弟二人都属于希腊人中强大的诸侯王族。这是一个高贵与龌龊共存的家族。兄弟两人都是非常了不起的人，不仅统治斯巴达、亚各斯，他们还主宰着伯罗奔尼撒的其他王国。希腊的许多君主都是他们的盟友。

墨涅拉俄斯听到妻子被劫走的消息后，怒不可遏。他即刻离开皮洛斯，赶到迈肯尼，把事情告诉了哥哥阿伽门农和海伦的异父姐妹克吕泰涅斯特拉。夫妇两人一起分担着兄弟的屈辱与痛苦，阿伽门农极国安慰他，并答应提醒那些以前追求海伦的求婚人要记住曾经宣立的誓言。然后，兄弟两人遍游了希腊国，请求全部诸侯都来参加讨伐特洛伊的战争。特勒泊勒摩斯是响应号召的第一人，他是罗德岛上有名的国王，也是赫拉克勒斯的一个儿子。堤丢斯的儿子狄俄墨得斯和亚各斯国王答应率八十条海船参战；特勒泊勒摩斯预备了九十只战船，准备出征；还有狄俄斯库里，也就是海伦的两位兄长、宙斯的两个儿子卡斯托耳和波吕丢刻斯，也立即扬帆出海，马上跟踪追击。狄俄斯库里一直来到靠近特洛伊海岸的列斯堡岛，不料他们遇到风暴，船只失踪。传说他们并没有溺死，而是被父亲宙斯召回天上，变作两颗星星。他们从此成为海上水手的保护神。

现在，几乎全希腊都响应阿特柔斯的儿子的号召。只有两个国王还在犹豫不决，一个是狡黠的俄底修斯，另一个是阿喀琉斯。

伊塔刻国王俄底修斯是珀涅罗珀的丈夫。他觉得仅为一个不忠不义的女人而放弃自己的妻儿太不值得了。于是，在他看到帕拉墨得斯带着斯巴达国王来找自己时，就假装成精神病人。当时他并没有牵牛，而在耕犁前驾了一头驴，奇形怪状地去耕地。不过后来，他却忘记了撒种子，只是把盐撒在一畦畦的地上。帕拉墨得斯很聪明机智，能看透一切凡人的诡计。正在俄底修斯耕地的那时候，他偷偷地走进宫殿，把俄底修斯的小儿子忒勒玛科斯抱出来了，放在俄底修斯正要犁耕的地上。俄底修斯非常小心地把犁抬起来，从儿子旁边绕去。这就说明他根本没有什么精神病，只是装疯卖傻而已。现在他无法再固执地拒绝参加征战了，最后只得答应献出伊塔刻及其邻近岛屿的八条战船，听候墨涅拉俄斯国王的调遣。但从此他对帕拉墨得斯心怀不满，有了成见。

阿喀琉斯也迟迟没有答应参加征战。他是阿耳戈英雄珀琉斯和海洋女神忒提斯的儿子。当阿喀琉斯还只是一个新生婴儿的时候，他的女神母亲就希望把他炼成不老之身。为了不让其父亲看见，他的母亲趁着夜晚把儿子放在天火中燃烧，以熔化掉父亲遗传给他的凡胎。等到了白天，她又用神药医治儿子烧伤的伤口。这样反复地锤炼了几次之后的一天晚上，珀琉斯出来恰巧看到儿子在烈火中手脚挥舞，吓得他大叫一声，以致忒提斯没能完成她的心愿。她扔下儿子就逃走了，躲进海中，与仙女涅瑞伊得斯一起沉没在万顷碧波的深海王国，闭门不出。看到儿子严重的烧伤。珀琉斯就把他送到有名的伤科医生喀戎那里。半人半马的喀戎是个聪明的肯陶洛斯人，收留并扶养过许多英雄。他仁慈地收养了这个孩子，用狮肝猪胆以及熊的骨髓喂养他。当阿喀琉斯九岁时，希腊预言家卡尔卡斯预示，远在亚细亚的特洛伊城没有珀琉斯的儿子参战是攻不下的。他的母亲听说了这预言，知道这场征战将会牺牲她儿子的生命，因此连忙浮上海面，潜入丈夫的宫殿，给儿子穿上女孩的衣服，把他送到斯库洛斯岛，交给国王吕科墨得斯。吕科墨得斯见他是个女孩，便让他跟自己的女儿们一起生活、玩耍。后来，他的下巴上长出毛茸茸的胡子时，他向国王的女儿得伊达弥亚说出了自己男扮女装的秘密。两人于是萌发了爱情。岛上的居民还以为他是国王的一个女眷，实际上他已悄悄地当了得伊达弥亚的丈夫了。当人们得知王子成为特洛伊战场上取得胜利的必要条件时，预言家卡尔卡斯透露了他的居住地。对预言家来说阿喀琉斯的命运和住处根本不是什么秘密。狄俄墨得斯和俄底修斯前去接阿喀琉斯参加战争，两位英雄来到斯库洛斯岛，却只见到国王和他的一群女儿，他们硬是没有看出哪件花衣服下才是阿喀琉斯。俄底修斯突然拿来一只盾牌和一根长矛，放在姑娘们集合的大厅里。转眼间，外面吹奏起战斗的号角，就像敌人将要冲进宫殿一般。姑娘们惊慌失措，夺路奔逃，离开了大厅。阿喀琉斯却不为所动，他勇敢地抓起长矛、盾牌，俄底修斯的计策果真暴露了阿喀琉斯的真面目。不得已阿喀琉斯只得整理行装，率领帖撒利和密耳弥冬两大族人的士兵，而他的老师福尼克斯和朋友帕特洛克罗斯则伴随在他的左右。帕特洛克罗斯是同他在珀琉斯宫殿里一起长大的。现在，他们率领五十只战船驶入希腊海，前往奥里斯。奥里斯是俾俄喜阿国的一座港口城市，位于攸俾阿海湾，那是阿伽门农为所有的希腊王子和战船选定的集合地点。阿伽门农被推选为联军统帅。奥里斯港聚集的英雄除了上述的王子外，还有别的英雄们，其中最主要的有忒拉蒙和厄里玻亚的儿子大埃阿斯，以及他的异母兄弟、著名的弓箭手透克洛斯；从洛克里斯来的俄琉斯的儿子小埃阿斯；雅典的梅纳斯透斯和伊阿尔梅诺斯，他们都是战神的儿子；其他还有从俾俄喜阿来的诸位将领，佛西斯和攸俾阿等地的英雄好汉；伯罗奔尼撒人和亚各斯中还有卡帕纽斯、欧阿德涅和斯忒涅罗斯，以及墨喀斯透斯的儿子欧律阿罗斯；从厄利斯和其他城市来的迪俄瑞斯、波吕克珊诺斯、塔耳庇俄斯和安菲玛库斯；从亚加狄亚来的安刻俄斯的儿子阿伽帕诺耳；从皮洛斯来的涅斯托耳老人，他早就成了三朝元老；拖阿斯率领埃陀利亚人；厄利斯国王奥革阿斯的孙子梅革斯；从西马岛来的尼瑞乌斯，他是希腊军队中最英俊的男子；从克里特来的伊多墨纽斯和迈里俄纳斯；从罗德岛来的赫拉克勒斯的后裔特勒帕勒摩斯；从西马岛来的尼瑞乌斯，他是希腊将士中最英俊的男子；从卡吕冬来的赫拉克勒斯的后裔菲迪普斯和安底福斯；从菲拉克来的伊菲克洛斯的儿子帕达尔克斯和帕洛特西拉俄斯；从弗赖来的阿德墨托斯和贞洁的妻子阿尔刻提斯的儿子奥宇梅洛斯；从特里卡来的两兄弟帕达里律奥斯和马哈翁，兄弟两人医术高明，是阿斯克勒庇俄斯的儿子；从奥尔门尼翁来的欧律皮罗斯；从阿格律萨来的波吕帕特斯，他是庇里托俄斯的儿子，忒修斯的好友；从克福斯来的古诺宇斯以及从马克纳西亚来的帕洛托乌斯。

这便是阿特柔斯儿子，俄底修斯，阿喀琉斯以外的希腊人的王子和领袖；他们每人都带着一支强大的舰队在奥利斯港集合。那时对希腊人的称谓有很多，有时候称自己为亚各斯人，由希腊亚各斯人而来；有时他们称自己为丹内阿人，由古代埃及国王丹内阿斯而来；有时候称自己为阿希亚人，是由希腊的古代名字阿开雅而来；直到后来，他们才被称为格莱库斯人，那是因忒萨罗斯的儿子格莱库斯而得名；他们还称为希腊人，那是因丢卡利翁和皮拉的儿子希腊而得名。

希腊人知会普里阿摩斯

希腊人在阿开亚人准备着出征特洛亚的同时，阿伽门农与可靠的朋友和各方的领袖举行会议，决定先采取和平手段，派遣和平使节向普里阿摩斯国王抗议破坏法纪和强劫阿耳戈斯的王后，并要求归还海伦及墨涅拉俄斯的财宝。会议推选墨涅拉俄斯、俄底修斯和帕拉墨得斯为使团代表。虽然俄底修斯在心里跟帕拉墨得斯势不两立，但为了共同的利益，他还是服从了这位诸侯的命令。帕拉墨得斯因为经验丰富，阅历广泛，在希腊军中深受人们的爱戴。所以，俄底修斯愿意让他担任发言人，一起前往普里阿摩斯国王的宫殿。

特洛亚的国王和人民对于这些使节乘着这么巨大华丽的船舰来到，都感到惊慌失措。他们完全不知道这是怎么一回事。帕里斯还与他抢来的妻子一直住在克拉纳岛上，特洛伊人见他们没有回来还以为他们失踪了。普里阿摩斯非常后悔让帕里斯去希腊国，帕里斯不但没有接回姑母赫西俄涅，反而被希腊人全副武装地杀将过来。宫殿里的人们听到希腊使团接近城市的消息都很紧张，但他们愿意打开大门，欢迎三位诸侯的到来。这时国王已经召集他的儿子和城里的头面人物共商大计。

帕拉墨得斯在发言中，以全体希腊人的名义谴责普里阿摩斯的儿子帕里斯劫走王后海伦，是一桩伤天害理、违犯民法和宾主礼节的罪行。紧接着，他又指出战争将给普里阿摩斯的王国带来无限的损失。他一一列出希腊国全部强大诸侯的名字，说他们已经统领着一千多条战船出现在特洛伊城前的海面上。他希望两国能和平解决这一问题，归还被抢夺的王后。最后，他强调指出："希腊人宁肯赴死，也不会让他们的任何同胞承受陌生人的侮辱和欺凌。他们坚决要清除强加在他们人民头上的耻辱。所以，我们的最高统帅，强大的亚各斯国王阿伽门农，还有跟随他的诸侯和希腊英雄都委托我告诉你们，把你们劫走的王后还给我们，否则你们就会彻底毁灭！"

这种挑衅的话激怒了国王的儿子们和特洛亚的长老。他们都拔剑在手，以刃击盾，一个个杀气腾腾。但国王普里阿摩斯却命令他们镇静，并从座位上站起来说："外乡人，你们代表你们的人民给了我们这么多的责备，但首先请让我消除我的诧异。因你们向我们所控告的，我们一无所知。在我们看来，我们才正是应当向你们谴责你说的这种罪行。在和平时期，你们的首领赫拉克勒斯袭击我们的城市，俘虏了我无辜的姐姐赫西俄涅，后来又把她送给朋友忒拉蒙当女奴。真感谢忒拉蒙的好意，让我姐姐做了他的夫人，免受了卖身为奴的命运，但这些依然挽回不了这是一场抢劫的罪行。我派我的儿子帕里斯去你们的国家，是想接回被屈辱抢去的我的姐姐。但我的儿子帕里斯做了什么，他是怎样执行我的任务的，对此我一无所知。他一直没有回到我的身边，我也不知道他去了哪里。但我敢保证你们所说的海伦根本不在我的城市里，更不在我的宫殿里。因此，我现在无法答应你们的要求，即使想答应也做不到。如果我的儿子能平安回到特洛伊，真的带回他所劫持的希腊女子，而且她不要求我们庇护，那么我可以把她交给你们。可是，不管怎样，有一个条件，你们先要把我的姐姐赫西俄涅送回来！"

所有参加会议的特洛亚人都对国王的话欢呼赞成。但这时帕拉墨得斯又说话了，他的话显得愤怒而傲岸，他说："实现我们的要求是没有任何先决条件的。我们相信墨涅拉俄斯的妻子不在你的城内。不过，你得相信，她会回来的。你那个毫无希望的儿子抢夺了我们的王后，这是事实。我们的父辈赫拉克勒斯所干的事，我们却无法对它负责。可肆意侮辱我们的是你的一位儿子，我们希望子债父偿。赫西俄涅是自愿跟忒拉蒙的，这次还派了儿子来参战，他就是强大的国王大埃阿斯。海伦遭受的耻辱是被迫的，你们感谢神祇吧，他们让你的儿子还逗留在外面，这样你们还有时间考虑，但你们必须及早做出明智的决定，以免你们遭到彻底毁灭！"

普里阿摩斯和特洛亚人听到帕拉墨得斯不逊的言语都激怒得不能忍耐，但仍保持着对于使节应有的礼貌。会议即刻终止。由特洛亚的一个长老即埃绪厄忒斯与克勒俄墨斯特拉的贤明的儿子安忒诺耳保护着三个外国的王子，使其免于群众的袭击，并将他们领到自己家里，给与优厚的款待。他们扬帆拔锚，渐渐驶入大海。战争是不可避免的了。

阿伽门农与伊菲革涅亚

当大批战船会集在奥里斯港口时，阿伽门农外出狩猎消磨时光。有一天，一头献给女神阿耳忒弥斯的梅花鹿进入他的射程之内。国王围猎兴浓，端枪瞄准，打下了这漂亮的动物。还夸口说狩猎女神阿耳忒弥斯的枪法也不一定比他好。如此无礼的话语惹恼了女神，她让港口前风平浪静，奥里斯海湾的船只无法开出去，但战争却开始了。面对现状，希腊人不知所措，他们找到预言人卡尔卡斯，卡尔卡斯是占卜人和随军祭司，他是大预言家忒斯托耳的儿子。人们向他请教如何才能逃脱困境，他说："如果希腊人的最高首领阿伽门农国王情愿把他和克吕泰涅斯特拉所生的女儿伊菲革涅亚向阿耳忒弥斯女神祭供，女神就会原谅我们。那时海面上将会刮起顺风，神祇再也不会阻碍你们攻占特洛伊城了。"

阿伽门农听到这话，心情很沮丧。他派遣达那俄斯人的传令使，斯巴达的塔尔堤比俄斯向全希腊人宣布："阿伽门农正在辞去阿耳戈斯全军的统帅，因为他的良心不允许他杀害他所挚爱的女儿。"但这个决定向阿开亚人宣布之后，他们威胁着要反叛。墨涅拉俄斯匆匆奔进统帅大营，警告他的决定将会带来严重的后果。阿伽门农终于回心转意，愿意承受祭献女儿的可怕事实。阿伽门农给在迈肯尼的妻子克吕泰涅斯特拉写了一封信，让她把女儿伊菲革涅亚送到奥里斯军队中来。为了这件事情，他不得不向妻子撒谎，他说将为女儿和珀琉斯的小儿子，高尚的英雄阿喀琉斯订婚。人们根本不知道得伊达弥亚与阿喀琉斯的秘密婚事。但送信的使者刚被打发走，阿伽门农的父爱之心又占据了主要地位。他感到痛苦，后悔做出了轻率的决定。于是，他又在当天夜晚叫来可靠的老仆人，要他另送一封信给他的妻子，信上吩咐她不要把女儿送到奥里斯来，因为他已改变了主意，要把女儿订婚的事推迟到明年春天。

忠诚的仆人拿着信急忙走了，但他没有能到达目的地，因为墨涅拉俄斯对哥哥的迟疑不决早有觉察，已密切注视着他的行动。清晨，老仆人刚离营，就被墨涅拉俄斯抓住，信被搜去。他读完信就拿着信来找他的哥哥。

"真见鬼，你又动摇了！"他大声地责备他哥哥，"你还记得，当时你是如何渴望当远征军的统帅的？你当时显得那么谦卑而宽容地跟全体丹内阿人握手亲热，你一定还记得吧？那时，向每一个愿意参加的人敞开着你的大门，即使他是最平常的人，这一切却只是为了让你拥有这一指挥权。今天，你执掌了这个权利，你却再也不像从前那样把你的朋友当成朋友了，在家里也很少见到你的人影。在外面，更少见到你在军队中露面。你带军队来到奥里斯港，却被命运所折磨。当他们开始抱怨，说：'我们想扬帆起航，不想在奥里斯等着老死！'而你却举棋不动，只是徒劳地等待刮顺风。以前，为了不丢失你那个美妙的统帅权，你向我征求主张，谋求出路，而当预言人卡尔卡斯命令把你的女儿献给阿耳忒弥斯作祭供时，你主动愿意立誓，答应为这场战争牺牲自己的女儿，然而现在却说话不算数。像你这样的人真没出息。你开始到处奔波，忙碌地想执掌舵柄，但是一看到需要作出个人的牺牲才能摇动船舵时，又吓得退了回去。没有理智和见识的人，在艰难面前丧失了这些品质的人，是不配统率一支军队的，也不配掌管一个国家。"

"你为什么如此激动呢？"阿伽门农说，"是谁惹了你呢？你为什么这样恼怒？是为了你那美丽的妻子海伦吗？干吗不好好看住她呢？要是我有更好的办法，会在这里发傻吗？更糟的倒是你缺乏理性，你的目的就是想重新获得那个不忠实的女人。你应该为自己能够幸运地摆脱了她而感到高兴。不！我决不能杀死的我亲生骨肉！"

当两弟兄正互相争论，一个使者突来报告阿伽门农国王说，他的女儿伊菲革涅亚业已来到，女儿的母亲和他的幼子俄瑞斯忒斯也随后就来。使者一走开，阿伽门农就觉得自己已完全绝望了，这时墨涅拉俄斯走去握他的手。阿伽门农一面伸手一面热泪夺眶而出。他悲痛地说，"好吧，兄弟，胜利是你的，我已经毁了！"

但墨涅拉俄斯却改变了主意，他不愿意为了海伦而杀掉伊菲革涅亚。"让我请示神谕决定你女儿的命运吧，"他大声地宣布，"我要放弃她，用我的海伦来取代伊菲革涅亚。"

阿伽门农拥抱他的兄弟。"我感谢你，"他说，"亲爱的兄弟，你的高尚的精神使我们重新和好。我的女儿的血腥惨死是命中注定的。全希腊都在期待它。狡猾的俄底修斯和卡尔卡斯达成默契，他们争夺人民，甚至要谋害你和我，并要拉着伊菲革涅亚一起牺牲。要是我们逃到亚各斯，他们肯定会追过来，把我们从城堡里抓走。他们最后还会踏平古老的希腊城。因此，我请求你，兄弟，千万别让克吕泰涅斯特拉知道这件事，以便保证神谕的顺利实现。"

正在这时，妇人们走了进来。墨涅拉俄斯心情忧郁地走开了。夫妻两人寒暄一会儿，阿伽门农既尴尬又冷淡。女儿衷心地拥抱着父亲，看到父亲脸上愁云满面，她关心地问道："为什么你的眼光如此不安？父亲，难道你不高兴见到我吗？"

"不，亲爱的孩子，"国王心情沉重地说，"一个国王责任重大，总有许多烦恼！"

"不过你哭了，父亲？"伊菲革涅亚追问。

"我们即将面临一次漫长的分离！"父亲回答。

"呵，要是我能够和你一起去，"女儿高兴地叫喊起来，"那该多么幸福啊！"

"是的，你也要作一次远行。"阿伽门农神情严峻地说，"首先我们必须献祭，亲爱的女儿，这次献祭，你是必不可少的！"最后一句话几乎噎住了眼泪。他让一批随从带着毫不知情的孩子到为她准备的帐篷里去。面对妻子克吕泰涅斯特拉，阿伽门农也得做一番掩饰，把新郎的身世和命运介绍给她。等他打发妻子走后，他立即去找卡尔卡斯，跟他商量这一场不可避免的献祭的事。

然而，一件偶然的事使得克吕泰涅斯特拉碰到了年轻的王子阿喀琉斯。因为他的士兵不想再等下去了，所以阿喀琉斯前来找阿伽门农商量。克吕泰涅斯特拉热情地招呼他，像对待未来的女婿一样，阿喀琉斯惊讶得向后退了回去。他问："你说的是谁的婚姻大事？王后，我从未追求过你的女儿，而且，你的丈夫也从来没有对我提过这方面的事情！"

克吕泰涅斯特拉这才知道她受骗了。她站在阿喀琉斯面前，满面羞愧，心里怀疑。阿喀琉斯以年轻人的善良说："王后，请别难过，有人肯定是拿我跟你开玩笑。请别放在心上。要是我的惊讶使你受到了伤害的话，也请你多多宽容。"说完，他刚要再打一声招呼就去寻找统帅时，阿伽门农的心腹仆人正好走进来。那天早晨他被墨涅拉俄斯抢去信件，所以他把克吕泰涅斯特拉到营帐外，悄悄对她说："阿伽门农决定亲手杀死你女儿！"母亲顿时明白了神谕的详细内容。克吕泰涅斯特拉转过身，扑在阿喀琉斯的脚前，抱住他的膝盖，大声呼叫起来："哦，女神的儿子，快救救我，救救我的孩子！我一直把你当作未来的女婿，亲自把戴着花环的女儿送到你的军前营帐。我虽然已被蒙蔽，可是仍把你当作她的新郎！我当着一切神祇，当着你的女神母亲的面，请求你，救下我的女儿。向我们伸出双手吧，如果你肯援救我们，一切还会好转！"

阿喀琉斯满怀敬意地扶起了跪在面前的王后，对他说："请放心，王后！我是在一个虔诚而又乐于助人的家庭里长大的，我从喀戎学会了朴实而又灵活的思考方式。虽然我想获得荣誉，但是如果这一荣誉是建立在罪恶的基础之上，那我情愿放弃它。所以，我想保护你。无论我的手臂有多长，也要从她父亲的刀下把你的女儿救回来。如果我不能救出你的孩子，那就让我自己去死！"

珀琉斯的儿子对伊菲革涅亚的母亲作了庄严的保证后离开了。克吕泰涅斯特拉惊恐地走到丈夫阿伽门农面前。丈夫不知她已经知道了秘密，还用一语双关的话对妻子说："把你的孩子叫出来，因为面粉、水和婚宴前的祭品都已经准备好了。"

"哼！"克吕泰涅斯特拉叫起来，眼里闪着仇视的光，"出来吧，女儿，带着你的弟弟俄瑞斯忒斯一起来！"等到女儿伊菲革涅亚走出来时，她又接着说："看吧，她就站在这里，准备听从你的吩咐。我要你亲口告诉我：你真的愿意杀害我们的女儿吗？"

统帅愣住了，默不作声。他终于绝望地呼喊起来："啊，好凄惨的命运啊！我的秘密被戳穿了，让我代替女儿去死吧！"

"现在你听我说，"克吕泰涅斯特拉说，"我们的婚姻是以罪恶开始的。你用暴力劫持了我，把我的前夫杀死。我原来嫁给坦塔罗斯，那是堤厄斯忒斯的儿子。你从怀中抢走了我的孩子，而且残忍地杀害了他。我的两位兄长波吕丢刻斯和卡斯托耳本来是要处死你的，只是我年老的父亲廷达瑞俄斯看到你大叫救命的可怜样子，才放过了你，并恩赐把我嫁给了你，使你有了婚姻。我们结婚以来，我没做过任何对不起你的事情，你是可以作证的。我已成为你室内的幸福和室外的骄傲，生下了三个女儿和一个儿子。现在你却要抢走我的大女儿，这是真的吗？请你告诉我这是为了什么？是为了让墨涅拉俄斯重新得到他那背叛婚姻的妻子！在你将要杀掉女儿的时刻，你在念什么样的祷告词？你想在杀害女儿时从祈祷中得到什么呢？满怀不幸的返回故乡，就如现在你羞辱地离开故乡一样，对吗，还是希望我为你祈求降福呢？为什么要拿你自己的孩子作为祭供的牺牲呢？为什么不抽签决定应该让哪个希腊人的女儿作出牺牲尼？你为墨涅拉俄斯征战，难道为了让他保全自己的女儿赫耳弥俄涅，却要我牺牲自己的女儿？你说，我讲的话哪一句不真实呢？如果我讲的全是事实，那么就不要杀害我的女儿，你自己想想吧！"

伊菲革涅亚听到这些话也跪倒在父亲面前，泣不成声地说："父亲哟，假如我有俄耳甫斯的神奇的竖琴，假如我可以发出感动顽石的声音，那么我就能说出雄辩的话引起你的同情！但是，现在我唯一的武器便是这滴眼泪。请求别人怜悯的人都会手拿一根橄榄枝，我现在就用双手代替它，抱住你的双膝。父亲，你想杀死我！不要让我这么年轻就死去啊！我当着母亲恳求你。母亲忍受疼痛生下了我，现在不要让母亲为了我而忍受更大的折磨了。我与海伦跟帕里斯有什么相干？帕里斯来到希腊，而我为什么就该死呢？啊，看着我的眼睛，可怜可怜我吧！"

阿伽门农已下定决心，冷酷得像一块石头，他站在那里说："只要法理允许我同情，我就会同情，因为我爱自己的孩子，否则我就连禽兽都不如。现在我所做的都是不得已的，但是我却只能这样做。你们看我周围这庞大的船队，众多身穿盔甲的诸侯，我的孩子，按预言人的话，要是我不牺牲你，特洛伊就不能被攻陷。英雄们都希望希腊的任何女子再也不要遭到劫持，就为这个他们都下了铁一般的决心。要是我违反这一神谕和天意，他们会杀掉你们，也同样会杀掉我。我的权力到此为止，已经无能为力了。我不是向弟弟墨涅拉俄斯妥协，而是顺从全希腊人的要求。"

说完，国王就离开了她们。她们在哭泣中突然听到了兵器撞击的声音。"那是阿喀琉斯！"克吕泰涅斯特拉高兴地喊了起来。珀琉斯的儿子连忙跨了进来，身后跟着一群随从。"大家一致要求用你女儿的死来换取战争的胜利"他大声地说，"我反对他们，几乎被他们用乱石击死。"

"我的家乡的士兵呢?"克吕泰涅斯特拉屏住气问道。

"他们带头起哄，"阿喀琉斯继续说，"骂我是个害相思病的吹牛大王，绝不让俄底修斯等人伤害你们，我将用我的生命掩护你们。我倒想看看，他们是否真的有胆量进攻女神的儿子。要知道，特洛伊的命运与我的生命紧密相连，息息相关。"

这时，伊菲革涅亚突然从母亲的怀里挣脱出来。她抬起头来，勇敢而坚定地面对王后和阿喀琉斯。"听我说吧!"她沉着坦然地说，"亲爱的母亲，不要惹你的丈夫生气了。他是不能违反命运的。这位陌生人的高尚与勇敢令我很佩服，但他却为此付出了代价，遭到众人的辱骂。我将驱散众人心头可鄙的念头，去领受死亡，以此来了结这件事情。希腊人都盯着我。特洛伊的攻陷，战船的开航，甚至希腊女人的荣誉，都要取决于我。我将被载誉千秋万代，称作解放希腊的女子。我是一名凡人，女神阿耳忒弥斯要我为祖国献身，我甘愿献出自己的生命。牺牲自己而征服特洛伊，这就是我的纪念碑，就是我的结婚盛典。"

伊菲革涅亚目光炯炯，如同一位女神站在母亲和阿喀琉斯面前。阿喀琉斯突然跪在她的面前，说:"阿伽门农的女儿，要是我能拥有你的爱情，那么我将会成为天底下最幸福的人。一直以来我羡慕希腊国，现在我又因为羡慕希腊国而羡慕你，羡慕它竟然造就了你这样的女子。死亡是可怕的，请再三考虑一下吧! 我愿意给你创造良好的条件，愿意将你带回家乡，让你过上幸福的生活。"

伊菲革涅亚微笑着回答:"由于海伦，女人的美貌引起了够多的战争和残杀。我亲爱的朋友，你也不该为了我而死，也不该为了我而去残杀别人。不，让我来拯救希腊吧，我是自愿的!"

"高尚的心啊，"阿喀琉斯大声地说，"你按照自己的心愿去做吧! 我要带武器赶到祭坛去，但愿能免除你的死亡。或许临死前你还能改变主意。"说完，他匆匆赶在姑娘的前面朝祭坛走去。为了拯救祖国，姑娘没有丝毫怨言，坦然接受死神的挑战。母亲悲痛地倒在地上，她无法跟随女儿前去，眼睁睁地看着她死。

希腊所有的军队都集中在女神阿耳忒弥斯的圣林里。祭台已经搭建，在祭台旁站着祭司和预言人卡尔卡斯。在一群忠诚使女的陪同下伊菲革涅亚迈进小树林，她迈着稳健的步伐向父亲走去，一阵同情的呼唤声从士兵队列中传来。阿伽门农低下了头，躲避着女儿的目光，姑娘走近他，说:"亲爱的父亲，请你按照神谕的指示，让我在女神的祭台旁为祖国献出自己的生命吧，我已准备好了要把生命交给军队的首领们。我很高兴，但愿你们都能幸运而又胜利地返回故乡!"

军队中又响起一阵赞叹的低语声，这时传令使塔耳堤皮奥斯叫大家肃静并祈祷。预言家卡尔卡斯抽出一把锋利而雪亮的钢刀，将它放在祭坛前的金匣子里。阿喀琉斯提着宝剑，全副武装，走上祭台。姑娘向他投去慌乱的一瞥，这马上改变了他的主意。他把剑扔在地上，用圣水浇奠了祭台，然后抓起牺牲筐，像祭司一样在主祭台上走来走去，然后镇定地说:"啊，高贵的女神阿耳忒弥斯，请仁慈地接受由希腊国和阿伽门农供献给你的神圣的祭礼吧! 那是阿伽门农和全希腊给你献祭的。让我们的船一帆风顺吧，让特洛伊降伏在我们的长矛下。"

士兵们全都默默地听着，并低头致敬。卡尔卡斯拿着钢刀，念着祷词。人们清楚地听到祭物倒地的声音，奇迹出现了！姑娘在士兵们的众目睽睽下竟然不见了，一头高大的梅花鹿在地上挣扎地躺着，这是阿耳忒弥斯怜悯她，用一头梅花鹿救了伊菲革涅亚。

"希腊联军的首领们。"卡尔卡斯喊道，"看吧，看看这里的祭品吧，这是女神阿耳忒弥斯送来的，她宁愿牺牲这只梅花鹿而不愿牺牲那位姑娘，看来祭台不需要用姑娘的热血祭洒了。女神已经原谅我们了，会让我们的船自由进出的，并允许我们直捣特洛伊。海上的战友们，鼓起勇气来吧，我们今天就要离开奥里斯海湾!"他一边说一边看着牺牲的动物在火中慢慢地烧成灰烬。最后一点火星熄灭的时候，祭台前的寂静突然被呼啸的风声打断了。士兵们抬头望着海港，他们看到船只在海面上晃动着，大家发出欢呼声，离开了圣林，回去整装待发。

阿伽门农回到住地，他没有看到妻子克吕泰涅斯特拉。她的心腹仆人在第一时间赶回告诉了她关于伊菲革涅亚获救的消息，王后高兴地举起双手感谢苍天有眼，不过，她又痛苦地呼喊着："目睹我的孩子被杀人凶手抢走，我已经无法在这片土地上生活下去了。我决心离开这里，我的眼睛不能再见到谋杀孩子的凶手!"仆人马上为她叫来了马车和随从。等到阿伽门农完成了祭礼回来时，他的妻子早已在回迈肯尼的路上了。

遗弃箭手菲罗克忒忒斯

希腊人当天就扬帆起航，一阵顺风使他们飞快地航行在辽阔的大海上。不久，他们来到卡律塞岛，补充生活用水。墨里波阿的国王帕阿斯的儿子菲罗克忒忒斯是一位久经考验的英雄，他是赫拉克勒斯的战友，得到了赫拉克勒斯的神箭。在卡律塞岛上，菲罗克忒忒斯发现了一座倒塌的祭台，那是阿耳戈英雄伊阿宋在航行途中祭献给帕拉斯·雅典娜女神的遗迹。虔诚的英雄菲罗克忒忒斯万分高兴，他准备在已遭遗弃的圣地上给希腊人的佑护女神祭供牺牲。没想到石堆间突然蹿出一条毒蛇，这是看守圣地的蛇，它在英雄的脚跟上狠狠地咬了一口。菲罗克忒忒斯受了重伤，被抬上战船，等新鲜水补足完毕，船又起航了。可是菲罗克忒忒斯的伤口却肿了起来，疼痛难忍。同船的士兵也无法忍受化脓伤口的恶臭，他大声叫痛的呼喊声也扰得人不得安宁。

最后，阿特柔斯的儿子们与狡黠的俄底修斯秘密商议处置的办法。因为病人周围士兵们的怨言传到全军，引起了全军士兵的不安。他们担心菲罗克忒忒斯会把病毒传染给自己，疼痛的叫喊会减弱了希腊人的斗志，这些已经影响了部队的行动。首领们作出了残酷的决定，把可怜的菲罗克忒忒斯抛弃在罕无人迹的雷姆诺斯岛的滩涂上。可是他们没有想到他们失掉了他就等于失掉了战无不胜的弓箭手。

狡猾的俄底修斯被选定来执行这个任务。他把睡着的菲罗克忒忒斯装上一条小船，划上海滩，将菲罗克忒忒斯放在一座岩洞里，给他留下足够的衣服和食物。小船只在滩涂上停留了一会儿，安置完不幸的菲罗克忒忒斯，他们就驾着小船归队了。他们又继续航行，很快便追上了前面的大队战船。

希腊人攻击密西埃

希腊人的船队平安地来到小亚细亚的海岸。可是英雄们由于不熟悉这地方，又让一阵顺风吹得远离了特洛伊，来到了密西埃湾。他们在这里抛锚登陆。希腊人在沿岸地区到处遇到武装的士兵的阻拦，他们以当地国王的名义禁止希腊人登陆，并要他们先谒见国王，说出他们是哪里来的军队。

密西埃的国王也是希腊人，名叫忒勒福斯，是赫拉克勒斯和奥革的儿子。他在经过种种冒险后回到密西埃国王忒宇特拉斯的宫中，偶然遇到了失散多年的母亲。后来，他娶了国王的女儿阿尔基俄珀为妻，并在国王去世后，继承王位，统治密西埃。

希腊士兵根本不问这里的国王是谁，便拿起武器进攻守卫沿岸的士兵。另有几个守兵逃脱了，他们向国王忒勒福斯报告有几千名外来的敌人侵入国土，杀死岗哨并占领了海岸。国王闻讯，立即召集军队迎敌。他不愧为赫拉克勒斯的儿子，也是一位光荣的英雄，他按照希腊人的方式训练他的军队。因此希腊人出人意料地遭到他们激烈的抵抗，双方展开了殊死的拼搏。突然，从希腊士兵中冲出了一位神奇的英雄忒耳珊得耳，他是著名的国王俄狄甫斯的孙子，波吕尼刻斯的儿子，狄俄墨得斯的忠实战友。他在忒勒福斯的士兵群中横冲直撞，杀死了国王身边的统帅和亲密的战友。国王大怒，奋力扑了过去，和忒耳珊得耳对阵。结果，赫拉克勒斯的儿子取得了胜利，忒耳珊得耳被一枪刺倒在地。

狄俄墨得斯从远处看到他倒下，急忙奔了过去，还没有等到国王忒勒福斯摘下死者的武器，就抢过战友的尸体，扛在肩上，大步逃离了混乱的战场。他背着尸体经过埃阿斯和阿喀琉斯面前时，他们也十分悲愤，连忙重新召集溃散的军队，然后兵分两路，运用巧妙的迂回战术，包抄出击，很快扭转了战局，取得了优势。

忒勒福斯的异母兄弟忒宇脱朗堤俄斯被埃阿斯一箭射中倒地。正在追赶俄底修斯的忒勒福斯见到他的兄弟遇险，连忙过来帮助，不料被葡萄藤绊了一跤，因为狡猾的希腊人已把敌人引进葡萄园里，在有利的地区作战。阿喀琉斯见此情况，趁忒勒福斯刚从地上站起来的时候，赶上去用长矛刺中他的左腿。忒勒福斯坚持着站起来，拔出了矛，并在赶来的士兵的掩护下逃脱了。如果不是夜幕降临，双方的激战还要一直继续下去，现在他们只得撤离战场。

第二天，双方交换使者，谈判停战，以使双方有时间寻找并埋葬阵亡将士的尸体。直到这时希腊人才惊讶地发现，原来保卫这片国土的国王正是他们的同族兄弟、伟大的半神赫拉克勒斯的儿子。在自己的队伍中还有三位诸侯是忒勒福斯的亲戚，一位诸侯就是赫拉克勒斯的儿子特勒帕勒摩斯，忒萨罗斯国王的两个儿子菲迪普斯和安底福斯。三位诸侯王主动要求跟密西埃使者一起前去找兄弟忒勒福斯，向他解释在滩涂上登陆，前往亚洲的原因。

忒勒福斯高兴地接待了远道而来的亲戚，听他们讲述了神话般的故事。这时他才明白，正是帕里斯的倒行逆施使希腊国受到侮辱；墨涅拉俄斯如何联合他的兄长阿伽门农和其他希腊诸侯一起前来讨伐。因为特勒帕勒摩斯是国王的半个兄弟，所以担任发言人，他说："亲爱的兄弟和同乡，我们不会离开自己的民族。我们的父亲赫拉克勒斯为了自己的民族在世界各地英勇作战。他以对祖国的热爱在全希腊树立了无数的纪念碑。为了治愈敌人在希腊人身上留下的创伤，我们将加入你们的军队行列，共同围困特洛伊人！"

忒勒福斯伤势严重，正躺在床上休息。他乏力地站起身子，友好地回答说："你们不该这么说。亲爱的兄弟们，我们从朋友、亲戚成为今天血战的敌人，这不是我们的错。我的守护海岸的士兵曾问起你们的姓名和原因，但你们却为了战胜敌人不择手段。如果你们报上姓名，我自然会接待你们。而你们却对我的士兵不作任何回答，也不听任何劝告，就动手把他们砍倒在地。你们还在我身上，"他指了指伤口，"留下了永久的纪念，我这辈子都不会忘记昨天的这场血战。当然我是不会用这些琐事来破坏你们的雅兴的，我很兴奋，能在我的国家欢迎自己的亲戚和希腊朋友。但我不会跟你们一起讨伐普里阿摩斯，因为我的第二房妻子阿斯堤约黑就是他的女儿，我的岳父是一位虔诚的老人，他的其他儿子都是品德高尚的人，从没参与帕里斯犯下的种种罪行。我每天都面对着我的儿子欧律皮罗斯，我怎么可以帮着你们去毁灭他外祖父的王国呢？就像我没参加讨伐普里阿摩斯的战斗一样，我也决不会影响你们的战事。你们都是我的同乡，不管你们需要多少，尽管开口，我可以给你们准备一点粮草。然后以上帝的名义就去征伐，战斗到底。这一场战争我是拦不住的。"

得到这番答复后，三位诸侯满意地回到亚各斯人的营帐，他们向阿伽门农和其他诸侯汇报了他们谈判的结果，并说明已以和忒勒福斯建立了友谊。英雄们召开军事会议，决定派埃阿斯和阿喀琉斯去谒见国王，慰问他的创伤。到了那里，他们看到赫拉克勒斯的这位儿子忍受着极度的痛苦，阿喀琉斯感动得流下泪来，他实在是在无意中伤了一位希腊同乡，伤了赫拉克勒斯的高贵的儿子。国王由于他们的到来高兴得忘记了疼痛，抱歉地说，贵客临门，未曾远迎，有失宫廷礼节。他请两位客人到他的宫中，设宴隆重招待，并赠送许多礼物。

阿喀琉斯立即派出两名举世闻名的医生马哈翁和帕达里律奥斯，请他们帮助国王检查并治疗伤势。两个人虽医术高明，但神的儿子的镖枪并非等闲之物，他们只能通过敷贴的药膏来减轻其剧烈的疼痛。忒勒福斯国王在病榻上向希腊人做出种种许诺，答应供应战船上的生活用品和食物，直到春暖花开的季节才让部队远航出征。他还给希腊人详细介绍了特洛伊城的环境和通途，甚至透露了唯一可以登陆的位置，即斯康曼特尔河的入海口，这里一直是关键的军事要地。

帕里斯回来了

特洛伊人虽然还不知道庞大的希腊战船已经逼近他们的国土，但是自从希腊使节离开以后，全国人心惶惶，担心战争的来临。这时，帕里斯率领船队，载着被他劫持的王后和众多的战利品回来了。普里阿摩斯国王看到这不祥的儿媳走进宫中，心情并不高兴，他立即召集儿子们和贵族举行紧急会议。可是他的儿子们却不以为然，因为帕里斯已分给他们大量的财宝，还把海伦带来的漂亮的侍女送给他们成婚。他们受到财宝和美女的诱惑，加之他们年轻好战，因此他们商量的结果是，保护这位外乡来的女人，将她留在王宫里，决不还给希腊人。

但城里的居民十分害怕希腊人攻城。他们对王子和他抢来的美女深感不满，只是出于对年迈的国王的敬畏，他们才没有坚决反对宫中新来的女人。

会议上，普里阿摩斯决定收留海伦，不再把她驱逐出去。国王马上派王后去内室找海伦证实她是否自愿和帕里斯回到特洛伊。

海伦声称，她的身世表明她既是特洛伊人，也是希腊人，因为丹内阿斯和阿革诺尔既是特洛伊王室的祖先，也是她的祖先。她说她被抢走虽非自愿，但现在她衷心地爱上了新夫，并同他紧紧连在一起。她自愿成为他的妻子。在发生这件事后，她已经不可能得到前夫和希腊人的原谅。如果她真的被驱逐出去，交给希腊人处置的话，那么耻辱与死亡是她的唯一命运。她无其他的路可走。

她含着眼泪跪倒在王后赫卡柏的面前。赫卡柏也非常同情海伦，把她扶起来并告诉她，国王和众位儿子已经下定决心保护她，他们已经做好了反抗任何的侵略和攻击的准备。

希腊人来到特洛伊城下

海伦在特洛伊平安地住了下来，后来她和帕里斯移住到他们的宫殿里。人民对她的到来渐渐地适应了，并赞美她的美丽和可爱。因此，希腊人的战船出现在特洛伊的海岸时，城里的居民也不再像从前那样恐惧了。

首领们调查了市民和答应前来援助的同盟军的力量，感到有把握对付希腊人。他们知道，神祇中除了阿佛洛狄忒以外，还有战神阿瑞斯、太阳神阿波罗和万神之父宙斯站在他们这一边。他们希望借助神祇的保护守住城市，并击退围城的军队。

国王普里阿摩斯虽已年迈，不能作战，但他有五十个儿子，其中十九个儿子是赫卡柏所生。这些儿子都年轻有为，最出色的是赫克托耳，其次是得伊福玻斯。此外还有预言家赫勒诺斯、帕蒙、波吕武斯、安提福斯、希波诺斯和俊美的特洛伊罗斯。在他的身旁还有四个可爱的女儿，即克瑞乌萨、劳迪克、卡珊德拉和波吕克塞娜，她们在少女时就以美貌出众而闻名。部队早已进入战斗状态。赫克托耳担任最高统帅，率领全军迎敌。辅佐他的是达耳达尼亚人埃涅阿斯，他是国王普里阿摩斯的女婿，克瑞乌萨的丈夫，女神阿佛洛狄忒和老英雄安喀塞斯的儿子。安喀塞斯是特洛伊人引为骄傲的先辈。另外一支部队的统帅是潘达洛斯，他是吕卡翁的儿子，曾经得到阿波罗赠送的神箭，以善射著称；前来援助特洛伊的军队首领有阿德拉斯托斯及其兄弟安菲俄斯；阿西俄斯及其儿子阿达玛斯和弗诺珀斯；来自拉里萨的希珀托乌斯和彼勒俄斯，他们是战神的后裔；安忒诺尔和伊庇玛达斯的儿子阿革诺耳、阿尔席洛库斯和阿卡玛斯；皮赖克墨斯、弗莱迈纳斯、荷迪奥斯及其兄弟埃庇斯特洛福斯；克洛密斯和恩诺摩斯是密西埃援军的首领；福耳库斯和阿斯卡尼俄斯是夫利基阿援军的首领；墨斯忒勒斯和安提福斯是梅俄尼恩援军的首领；纳斯忒斯和安菲玛库斯兄弟是加里亚援军的首领；吕喀亚人萨耳佩冬和格劳库斯也领兵前来援助，他们是英雄柏勒洛丰的两个孙子。

希腊人已经登陆，他们沿沙滩在西革翁和律忒翁海角驻扎了下来，形成了一个巨大的营盘，看上去有点像座城池。战车上了陆地，一排排整齐地排列成行；各个支队的战船按他们登陆时的阵势，组成纵队。船只抬离水面，搁在岩石上，以免在水中长期浸泡遭受损失。双方部队虎视眈眈，还没正式交战。

一天，国王忒勒福斯专程从密西埃远道赶来，他慷慨地支持希腊人，给他们带来了战争中需要的一些物资。同时，他还深感无奈，因为自己受到标枪的重伤还马哈翁和帕达里律奥斯给他敷贴的药物也毫无效果。忒勒福斯疼痛难忍，托人询问福玻斯·阿波罗的神谕。答复是这样的：只有刺中他的那个标枪才能治愈他的伤口。忒勒福斯不顾神的语言的隐晦，还是登上了大船，忍受疼痛追上希腊船队。他从斯卡曼德洛斯河的入海处上岸，让人抬着进了阿喀琉斯的营帐。看到国王如此痛苦，年轻的阿喀琉斯十分悲伤。他取来标枪，倚在国王的脚前，不知道如何才能用它医治已经发炎化脓的伤口。英雄们也是不知所措地团团站在他的床前。俄底修斯忽然想起随军而来的两位医生，于是派人去请他们，想从他们那里得到解决的方法。听到召唤马哈翁和帕达里律奥斯连忙赶来，作为阿斯克勒庇俄斯的聪明儿子，他们一听到阿波罗神谕的内容，马上就明白了其中含义。他们从阿喀琉斯的标枪上锉下一点铁屑，小心地敷散在伤口上，奇迹立刻出现了：铁屑一撒入化脓的伤口，伤口转眼间就愈合结痂。不一会儿，高贵的国王忒勒福斯就能轻松地下地行走了。他再三向众位英雄致谢，并祝福希腊人战事顺利，然后登上船只回到密西埃王国去了。他那么匆忙离开，是为了避免看到这场战争，国为这是他亲密的客籍朋友和他亲密的岳父之间的战争。

阿喀琉斯的愤怒

希腊人正在同国王忒勒福斯告别时，特洛伊城的几座城门突然大开，全副武装的特洛伊士兵在赫克托耳的率领下像潮水似的冲过斯康曼特尔平原。那些驻扎在最前面的希腊士兵急忙拿起武器抵抗涌来的敌人，但众寡悬殊，招架不住。他们抵挡了一阵，终于使驻扎在营帐里的其余的希腊人集合起来，摆开阵势朝敌人进攻。战争开始了，赫克托耳所到的地方，特洛伊人就占优势；在离他很远的地方，特洛伊人则被希腊人击溃。

在希腊人中，首先被特洛伊英雄埃涅阿斯杀死的是伊菲克洛斯的儿子帕洛特西拉俄斯，他在祖国刚订婚就远征特洛伊。在登陆时他是第一个跳上岸的希腊人，如今他最先阵亡了。他漂亮的未婚妻拉俄达弥亚是阿耳戈英雄阿卡斯托斯的女儿，她那么悲伤地和他告别，送他去打仗，现在她永远见不到他的新郎了。消息传来，拉俄达弥亚悲痛欲绝，恳求诸神让她的未婚夫回到了阳间三个小时。三小时以后，姑娘自刎了，她终于跟未婚夫生死一道。

阿喀琉斯没有进入战场，他一直陪着国王忒勒福斯，心事重重地目送那渐渐驶去的孤帆远影。见他的朋友帕特克罗斯气喘吁吁赶到面前，阿喀琉斯急忙抓住他的肩膀，大声急叫："你怎么回来了？现在正是希腊人正进行第一场战斗，希腊人需要你。敌人阵营中为首的赫克托耳勇猛得像一头狮子，不管有多少猎人在它的洞穴前围猎，他都不惧怕。我们的帕洛特西拉俄斯已经被特洛伊国王的女婿埃涅阿斯打死了，要是你再不回来，更多的英雄就会在阵前遇难。"

阿喀琉斯穿过战船营的隙缝，回到自己的营房，他大声号召他的帖撒利士兵拿起武器，跟他迅速奔赴战场。阿喀琉斯的反击就像旋风一样，就连赫克托耳也抵挡不住。阿喀琉斯连续砍翻普里阿摩斯的两个儿子，忒拉蒙的儿子大埃阿斯跟他并肩作战，他盖过一切丹内阿人。在两位英雄的猛烈攻击下，特洛伊人纷纷逃脱，最后溃不成军，只得败退回去。希腊人不慌不忙地回到战船之上，趁着机会稍作休息。阿伽门农封埃阿斯和阿喀琉斯为船队卫士，其他英雄纷纷效法，个个成为战船上的卫士。

帕洛特西拉俄斯被隆重安葬，他们将他放在高大的柴堆上火化，然后把他的骨灰埋在海湾半岛上的一株枝叶繁茂的榆树下。葬礼还没有结束，特洛伊人又发起第二次攻击，他们又紧张地投入战斗。

国王库克诺斯的袭击

在特洛伊附近有个科罗奈王国，国王库克诺斯是海神波塞冬和一个女仙所生的儿子，他由忒纳杜斯岛的一只奇异的天鹅抚养长大，因此得名为库克诺斯，意即天鹅，他是特洛伊人的盟友。当他看到外来的军队在特洛伊登陆时，未等普里阿摩斯求援，便主动赶来援助他的老朋友。他在国内召集了一支大军，从后面悄悄地包围了希腊人的营地。这时希腊人正在追悼他们的阵亡英雄。他们哀伤地站在火堆旁边，手里没拿战器，专注地举行帕洛特西拉俄斯的火化仪式。突然，希腊人发现已被战车和武装的士兵包围。他们还没有弄明白这些战士是从什么地方冒出来的，库克诺斯便率领他的军队展开了一场血腥的屠杀。幸好，只有一小部分亚各斯人参加帕洛特西拉俄斯的葬礼。其他船上和营帐里的士兵迅速拿起武器，在阿喀琉斯率领下，迅速赶来声援。阿喀琉斯站在战车上，挥舞长矛，左冲右突，刺杀敌人，杀得科罗奈人抱头鼠窜，丢下一具具尸体。在混战中，他发现远处敌人的统帅正在追杀希腊士兵。阿喀琉斯催动雪白的骏马拖动马车，向库克诺斯奔去，面对面地朝他挥舞手中的长矛，大声叫喊："年轻人，不管你是谁，你死了也应感到安慰，因为你有幸死在女神忒提斯的儿子的长矛之下！"说着，他扔出标枪。可是，尽管他瞄得很准，标枪落在波塞冬儿子的胸膛上又弹了回来。阿喀琉斯惊奇地打量着对手，好像他是刀枪不入的人。

"不要表现得那么惊奇，女神的儿子，"对方微微一笑，对他说："不是我的盔甲或坚固的盾牌挡住了你的标枪。我有时也会像战神阿瑞斯一样，穿那种玩意儿，但只不过是为了玩耍一下，阿瑞斯从来不必借此保护自己的身体。即便我脱下所有的战袍，你的标枪也不会对我造成丝毫的损伤。我并不是普通仙女的儿子，而是神的宠儿，我的身体像钢铁一样坚硬。我的父亲统率海洋上的涅柔斯和他的女儿们。请看，你的面前站着的正是海神波塞冬的儿子!"

话刚说完，他奋力地扔出自己的长矛，长矛刺透了盾牌的铁面和裹扎的九层牛皮，直到第十层牛皮时才停下来。阿喀琉斯从盾中拔出长矛，又向神的儿子投去一枪。对方还是没有丝毫损伤，第三次尝试仍然毫无结果。阿喀琉斯大怒，像一头面前挡着红布的公牛，横冲直撞，但每次都没有成功，他急得眼睛都发红了。他又拼却全身的力气向库克诺斯投出一杆梣木标枪，正好击中了对方的左肩。立即鲜血直流，阿喀琉斯大声欢呼。

可是，他又高兴得太早了，原来这不是库克诺斯的血，而是他身边的战友被击中飞溅到他肩头的血。阿喀琉斯愤怒得咬牙切齿，他跳下战车，挥动宝剑，朝库克诺斯刺去。可是库克诺斯体硬如钢，阿喀琉斯把宝剑都砍断了。他在绝望中举起十层牛皮的盾牌，冲到对方面前，朝他的太阳穴猛砸了三四次，库克诺斯痛得头发昏，眼前发黑，微微后退，不幸绊在一块石头上，摔倒了。阿喀琉斯抢前一步，抓住库克诺斯的颈子将他按在地上。阿喀琉斯用盾牌压住他，双膝抵住他的胸口，用他盔甲的皮带勒住他的喉咙，将他勒死了。科罗奈人见他们的国王跌倒在地，顿时丧失了斗志，在惊慌失措中纷纷逃窜。

这次袭击的结果是，希腊人乘机侵入库克诺斯的王国，并从都城墨托拉带走了国王的儿子，作为战利品。然后，他们进攻邻近的基拉国，占领了这座坚固的城池，满载着战利品回到他们的营地。

帕拉墨得斯之死

帕拉墨得斯是希腊军队中最有见识的英雄。他勤恳、聪明、正直、坚定，而且长得俊美，能唱善弹。正是由于他的辩才才使全希腊的大多数王子赞同远征特洛伊。正是由于才智过人，他才识破了拉厄耳忒斯的儿子俄底修斯的诡计，因此，他得罪了希腊军队中的那位英雄。俄底修斯对他怀有敌意，想对他报复。这时，希腊人又从阿波罗那里得到一则神谕：希腊人必须向斯冥堤俄斯神祭供一百头牲口。斯冥堤俄斯是特洛伊地区对阿波罗的尊称。祭供的牲口便置放在阿波罗的神庙以及神柱前。帕拉墨得斯被选中送牲口去圣地祭供，神的祭司克律塞斯等待着他的到来，准备主持隆重的祭祀仪式。特洛伊地区尤其敬重阿波罗的风俗，有这样一段古怪的来历：国王透克洛斯率领着族人从克里特来到小亚细亚海湾，一则神谕命令他们在地下敌人钻出来的地方驻扎下来。他们到达哈马席拖斯城时，从地下钻出了许多老鼠，这些老鼠在一夜之间把他们的盾牌全都咬坏了。他们明白了神谕的意思，于是就驻扎了下来，并为阿波罗神造了一根神柱，神柱脚下躺着一只老鼠，当地伊俄利斯方言称作斯冥塔。

帕拉墨得斯亲自操办祭礼，向斯冥堤·阿波罗祭供了一百头绵羊，因此他得到了很大荣誉。但是荣誉却也加速了他的毁灭，因为俄底修斯更加嫉妒，并设计谋害他。他悄悄地把一笔黄金埋在帕拉墨得斯的营帐内，然后，他又以普里阿摩斯国王的名义写了一封信给帕拉墨得斯。信中谈到赏赐黄金一事，并感谢帕拉墨得斯出卖了希腊人的军事秘密。他把信落到一个夫利基阿的俘虏手上，然后假装被他发现了。他即刻下令杀死这个转信人。最后他在希腊王子们的会议上公布了这封信。

希腊英雄们看到信后，马上把帕拉墨得斯召唤进来，决定对帕拉墨得斯实行军事制裁。阿伽门农亲自主持军事会议，俄底修斯荣幸地担任主席。参加军事会议的都是一些最重要的参战诸侯。俄底修斯下达命令彻底搜查帕拉墨得斯的营帐，必要时可以掘地三尺。狡猾的俄底修斯埋在那里的黄金终于被发现了，帕拉墨得斯无言可辩。法官们不问实情，一致同意判决帕拉墨得斯为死刑。帕拉墨得斯心灰意冷，他看透了内情，但却无法提供自己无罪和对方有罪的证据。法官决定判决他被乱石击死，听到这一决定，他只是说了一句话："啊，希腊人啊，你们杀害了博学、无辜而又歌声嘹亮的夜莺！"在场的诸侯没有一人不嘲笑他那莫名其妙的辩护词，他们把这位高尚的人带到希腊军营内，执行了残酷的死刑。

帕拉墨得斯从容而勇敢地接受了它。一阵乱石雨点般地朝他砸来，他大声呼喊："真理啊，你欢呼吧，因为你终于死在我的前面！"当他呼喊时，俄底修斯用全力朝他的头上砸去一块大石头，他倒在地上，死了。但正义女神涅墨西斯从天上看到了这一切。她决定惩罚希腊人以及骗他们犯罪的俄底修斯，使他们遭到灾难。

阿喀琉斯和埃阿斯的业绩

特洛伊战争连续不断，整整进行了好几个年头。

希腊人驻扎在特洛伊城前，并未松懈。城内的居民因为养精蓄锐，所以很少出击。于是，希腊人组织兵力转而袭击特洛伊附近的地区。阿喀琉斯率领船队从海上攻破了十二个城市，还从陆上攻击了十一座城池。在讨伐密西埃的战争中，他劫持了祭司克律塞斯美丽的女儿克律塞伊斯。攻占吕耳纳索斯时，他攻占了王宫，逼得国王兼祭司勃里塞斯走投无路，自杀身亡。国王的女儿勃里撒厄斯，又叫布洛达弥亚成了他的战利品，被他带回，成为他宠爱的奴隶。阿喀琉斯还带兵攻击列斯堡岛和位于西埃的普拉科斯山麓的底比斯城。底比斯国王厄厄提翁是普里阿摩斯的亲家，他的女儿安德洛玛刻嫁给了特洛伊著名的英雄赫克托耳。阿喀琉斯攻进王宫时，他杀掉了厄厄提翁和他的七个儿子。厄厄提翁身材高大，相貌威严，年轻的阿喀琉斯在他的尸体前感到恐惧，不敢摘下死者的武器作为战利品。于是，他派人把国王穿戴闪亮盔甲的尸体火化，并造了一座巨坟将他埋葬，四周是高大繁茂的榆树。国王厄厄提翁的妻子，即安德洛玛刻的母亲，被他掳走为奴。后来他得到一大笔赎金，才将她释放回国。她回国后，坐在纺车前纺纱，却被女神阿耳忒弥斯的神箭射中而死。

攻占城池后，阿喀琉斯还带走了国王厄厄提斯的坐骑佩达索斯，虽然佩达索斯是一匹凡马，它却能跟阿喀琉斯的神马比试气力和速度。踏进国王的珍宝馆，阿喀琉斯眼前一片缭乱，他从无数的珍宝中搜到了一堆珍奇古玩，尤其是一块巨型的铁饼，简直是一个农民在五年内所需的农具用铁。

特洛伊露斯是普里阿摩斯和赫卡柏的儿子，他的命运与特洛伊城息息相关。传说只要他有一口气，特洛伊城就不会被攻陷。一天，文弱的小王子大胆地离开了特洛伊城，骑上骏马来到草原上，在一座水井旁，阿喀琉斯的士兵发现了他，特洛伊露斯匆匆到阿波罗神坛前祈求佑护。阿喀琉斯不顾神坛的威严和特洛伊露斯的喋喋哀求，一枪把小王子刺倒在地。特洛伊人听到消息后，十分震惊，因为他们都担心那则神谕的实现。赫克托耳首先冲了过去，抢回了兄弟的尸体，带到城内安葬。因为阿喀琉斯肆意冒犯了自己庙堂圣所，所以从此以后，阿波罗对阿喀琉斯万分生气。

除了阿喀琉斯以外，希腊人中另一个勇猛的英雄是忒拉蒙的儿子埃阿斯。他以掠夺城市而闻名。他率领战船一直到达色雷斯半岛。这里有国王波林涅斯托耳的王官。特洛伊国王普里阿摩斯把自己宠爱的小儿子波吕多洛斯送到这里，以免他遭到战祸。为报答色雷斯国王对自己儿子的抚育，普里阿摩斯送给国王许多黄金和珠宝。然而色雷斯国王是个不讲信义的人。当埃阿斯打到城下时，他用这些黄金珠宝和波吕多洛斯向埃阿斯求和。他不仅出卖了同普里阿摩斯国王的友谊，而且把收到的抚育波吕多洛斯的钱和谷物散发给希腊士兵。

满载而归的埃阿斯根本没有回希腊的战船营，而是乘风破浪，一直率领着军队开到了夫利基阿海岸，对国王忒耳特拉斯发动了猛烈的攻击。在激烈的战斗中，他杀掉了国王，抢走了国王的女儿忒克墨萨，把她带在心边，就如同自己的夫人一样。如果不是希腊风俗严禁向异国他乡的野蛮女子求婚，说不定他还真敢办一场热闹的婚礼呢！

阿喀琉斯和忒拉蒙的儿子从征战中满载而归。他们率领战船同时到达特洛伊城外的军营。希腊人热烈地欢迎他们，并围住了两位英雄，把橄榄枝的花冠戴在他们的头上，以此嘉奖他们取得的胜利。然后，英雄们聚在一起，商量如何分配他们带回的战利品。希腊人把战利品看成是他们的财产。现在女俘虏们被推到面前，她们的美貌令人称赞。阿喀琉斯理所当然地分到了勃里塞斯的女儿；埃阿斯也有权得到忒耳特拉斯国王的女儿忒克墨萨。阿喀琉斯还被允许留下勃里撒厄斯的使女狄俄墨得，因为她不愿离开从小在一起长大的国王的女儿，所以跪倒在阿喀琉斯的面前，含着眼泪苦苦哀求，不要让她离开她的女主人，终于得到了允许。祭司克律塞斯的女儿克律塞伊斯被赠给阿伽门农，这样才能表示对他的王权的尊重。阿喀琉斯自然也同意割爱。其他的一些战利品，无论是女俘还是抢来的财产，都在士兵中平均分配。由于俄底修斯和狄俄墨得斯的提议，从埃阿斯船上卸下的国王波林涅斯托耳的财产归埃阿斯，但阿伽门农自然也从中分到大量的金银。

波吕多洛斯

最后，英雄们商量如何处置最宝贵的战利品波吕多洛斯，他是国王普里阿摩斯的儿子。经过短暂的商量后，他们一致决定，派俄底修斯和狄俄墨得斯为使节前往特洛伊，要求以国王普里阿摩斯的儿子交换海伦，海伦的丈夫墨涅拉俄斯也一同前往，作为第三名使节。他们带着年幼的波吕多洛斯来到城前。按照国与国之间的交往礼节，使节历来是受到尊重的，因此他们三人毫无阻挡地进入城内，受到特洛伊人的接待。

普里阿摩斯和儿子们住在高高垒起的王宫深院，他们还没有听到外面的消息。使者们在特洛伊城内的广场上走着，周围站着一圈特洛伊人。墨涅拉俄斯以撕心裂肺的语言控诉着帕里斯的恶行，说他不该无耻地抢走自己的妻子，说帕里斯的行为违反了国际规则，践踏了自己的尊严。他说得十分动情、中听，以致特洛伊人也深受感动，流下了同情的眼泪，大加赞同他的说法。

俄底修斯见听众受到鼓动，也开始说话。"特洛伊的居民们，你们应该知道，希腊人并不是一批轻举妄动的野蛮人。他们习惯在一切举措中寻求荣誉，摈弃耻辱。正如你们所知道的，我们在动武之前，为了妥当而又友好地处理这场纠纷，曾经派出过和平使节。在和谈失败后，你们先袭击我们，战争才因此而爆发。现在，你们已经知道我们的力量。你们的盟国和属地都被毁灭，你们也感到在多年的围城后所面临的困难。但是，和平解决的希望仍然把握在你们的手上！你们把抢走的人交出来，我们就撤兵，带着我们的船队永远地离开你们的海岸。我们今天不是空手而来。我们给你们的国王带来一件宝贵的礼物，这要比那个异国的女人宝贵得多。那个女人给整个城市只会带来诅咒和谩骂。我们已为你们的国王送来他的小儿子波吕多洛斯。现在他被捆绑着站在你们面前，他期待着你们和你们的国王的决策。如果你们今天把海伦交出来，那么我们就释放这个孩子，将他送回他父亲那儿；如果你们拒绝交出海伦，那么你们的城池必将毁灭，而且，你们的国王还得亲眼看到他宁愿丢掉生命也不愿看到的一场悲剧。"

俄底修斯的话讲完了，全场一片寂静。接着智慧而又年迈的安忒诺尔发言，他说："亲爱的希腊人，你们曾经当过我的客人！你们所说的这一切，我们都晓得，我从心底里支持并赞同你们。但是我们生活在一个国王的命令便是一切的国度里，根据我们的宪法和我们世代相承并遗传的信仰以及众人的良心，我们是无法违背国王的意志的。只有在国王征求建议的时候。我们才有权对公众事务表示意见。但即使我们说了话，国王还是会按他的意志行事的。为了让你知道民众中精英的意见，我们将举行老人会议，他们将当面给你们陈述清楚。"

于是就这么办了。安忒诺尔召开长老会议，并让他们出席。大会由他亲自主持。特洛伊城的知名人物纷纷发表看法，认为帕里斯的行为是令人诅咒的罪孽。只有乐于战争而又心怀恶意的安提玛科斯为抢夺希腊王后的行为进行辩护。帕里斯曾用许多礼物收买他，让他为自己出力，竭力阻挠交出海伦。安提玛科斯背着英雄们提出了一个丧心病狂的建议，要把作为使者的三个最勇敢而又聪明的希腊英雄杀死。特洛伊人没有听从他的建议。他又劝说大家把希腊使者拘禁起来，要他们无条件交出波吕多洛斯，这个建议又被众人拒绝了。因为安提玛科斯继续公开地侮辱使者，所以被特洛伊人连骂带推地赶出了会场。

安提玛科斯忿忿来到宫殿城堡，把希腊使者到来的消息告诉了国王。国王马上召集儿子们举行殿前会议，参加会议的还有上了年纪的潘托斯。潘托斯是个很忠诚高尚的人物，深得年迈的国王的信任。他转向国王的诸位儿子中最正直、最勇敢而又最讲道德的赫克托耳，诚恳地请求让赫克托耳接受特洛伊人善心的建议，交出引起战争的女子。"帕里斯这么多年来，已经有了足够的时间，"他大声地呼喊着说，"享受他的猎物！现在，与我们结盟的城市全被攻陷了。难道看到他们的陷落我能真心安吗？这也会导致我们的自身命运的不幸。还有，你的幼弟还在希腊人手里，只有把海伦交出去，波吕多洛斯才能免遭可怕的下场！"

赫克托耳一想到兄弟帕里斯的恶行，就会面红耳赤。但他在国王的殿前会议上也不主张交出海伦。"她是前来我们宫中寻求保护的人，"他回答潘托斯说，"我们接受了她，而且还给她和帕里斯建造了一座华丽的宫殿。他们甜蜜地生活了几年。那时大家明知战争不可避免，却保持沉默，无人反对。现在我们有什么理由驱逐她。"

"我从来没有沉默过。"潘托斯回答说，"我的良心是平静的，我曾把父亲的预言告诉过你们，并警告过你们。不管以后面临怎样的灾难，我同样会忠实地帮助你们，一起捍卫特洛伊城和国王！"说罢，他站起身，离开了会场。最后，会议按赫克托耳的建议作出决定：特洛伊人不会交出海伦王后，但可以把抢来的财物还给他们。另外，他们可以从国王普里阿摩斯的女儿中挑选一人代替海伦，不管是聪明的卡珊德拉，还是美貌的波吕克塞娜，他们都会同意的，并且普里阿摩斯会给女儿陪嫁一份丰厚的宫廷嫁妆。随后希腊使者来到国王和他的儿子面前，当希腊人听到这一番交换条件时，墨涅拉俄斯立即大怒起来，说："真有趣，我怎么会从敌人中间挑选一个女子娶为妻室呢？这样的交换条件不是太可笑了吗？还是归还我青年时代的妻子而留着你们的野蛮女儿吧！"

这时国王的女婿，克瑞乌萨的丈夫埃涅阿斯霍地站起身来。他对带着讥笑说话的墨涅拉俄斯粗暴地呵斥道："假如事情由我和所有爱护帕里斯和尊重年迈的国王的人来决定，那么你这个可怜的家伙就既不能取回妻子，也得不到国王的公主。普里阿摩斯的王国里不是没有人！好了，话已经说够了！如果你们和你们的船队不立即撤走，那么就将尝到特洛伊人的力量！我们还有许多强大的同盟军与久经沙场考验的英雄和战士。虽然邻近的许多小国已被打败，但更大更强的同盟军即将到来！"

在国王的殿前，埃涅阿斯的讲话受到热烈的欢迎。希腊使者在赫克托耳的保护下才免受许多凌辱，他们怒气冲冲地带走了捆绑着的波吕多洛斯，国王普里阿摩斯只能眼睁睁地看着自己的爱子被希腊人带走了。希腊人听说他们的使者在特洛伊受到了耻辱，深感不满。军队中顿时爆发出一阵喧嚣，大家带着怒气表示要报仇雪恨。在军前特别会议上，希腊首领没有过多征求诸位国王的意见，就决定让无辜的少年波吕多洛斯承担他的兄长和父亲造成的罪孽，他们开往惩罚无辜少年的现场，可怜的孩子被送到特洛伊城前。城外一片欢呼，国王普里阿摩斯止不住好奇，率领他的儿子们共同登上城墙，看到的却是俄底修斯以武力加害自己爱子的悲剧。当时，石块从四面八方向光头的孩子投过去，孩子无处躲藏，没一会儿就悲惨地死于非命。希腊国王们把砸烂的尸体交给了可怜哀求着的父亲，让他去埋葬无辜的儿子。在特洛伊的英雄伊特俄斯掩护下，国王的仆人们来到城外，带着悲伤把孩子的尸体装上灵车，准备交给十分绝望的父亲。

阿喀琉斯勃然大怒

战争进入了第十年。希腊英雄埃阿斯向沿岸各地出征后又满载战利品回来。由于波吕多洛斯被害，这更激起了双方疯狂的仇恨，连天上的神祇也介入了人间的这场纷争。一部分神祇反对希腊人的残暴，同情特洛伊人；另一部分神祇则决定保护希腊人。赫拉、雅典娜、赫耳墨斯、波塞冬、赫淮斯托斯站在希腊人一边；阿瑞斯和阿佛洛狄忒则帮助特洛伊人。所以在特洛伊战争的第十年，战事和故事比以前九年的总和还要多。诗圣荷马正是以这个时期发生的事：阿喀琉斯的愤怒和他带给亚各斯人的种种苦难来叙述他的史诗的。

阿喀琉斯被激怒的原因是这样的：

他们的使节从特洛伊回来后，对特洛伊人的威胁，希腊人不敢松懈，准备迎接决战。正在这时，阿波罗的祭司克律塞斯向军营走来。他的女儿曾被阿喀琉斯抢走，后来又被送给阿伽门农。为了赎回自己的女儿，他手执一根和平的金杖，杖上缠着祭献阿波罗的橄榄枝，并带来了一大笔赎金，前来恳求希腊人归还他的女儿。他向阿特柔斯的儿子和全军要求说：“阿特柔斯和亚各斯的儿子们，让天上的神祇保佑你们攻占特洛伊，并能平安地回到自己的故乡。如果你们愿意接受我带来的赎金，归还我的女儿，我将虔诚地为你们祝福。看在阿波罗神的分上，把我的女儿交给我吧，我是阿波罗的祭司！”

士兵们以热烈的掌声回应克律塞斯，而国王阿伽门农却不大乐意，因为他不想失掉美丽的女仆。他便愤怒地说：“老东西，别让我再看到你！你的女儿是我的仆人，这是永远也不可改变的事实。我会把她带到亚各斯去，让她住在我的王宫里，每天给我纺纱织布！走开，不要不识抬举，乖乖回家去吧！”

克律塞斯没想到阿伽门农会如此狂妄，只得服从地、默默地退了出来。回到海边后，他高举双手，向苍天恳求着说：“斯冥堤耳，你统治那么大的地方，具有至高无上的权利，听一下我的祈祷吧！多年以来，我诚心地给你清洁庙宇，向你祭供牺牲，你应该替我报复亚各斯人，让他们知道你金箭的厉害。”

阿波罗听到了他的请求，气冲冲地离开了奥林匹斯神山，他肩上斜背着弓箭，箭袋里插着致命的箭羽。他躲在黄昏的薄暮里，偷偷来到希腊人的战船上空，接二连三地射下了毒箭。中了箭毒的希腊人都患上瘟疫，全都悲惨地死去了。一开始，阿波罗只是射向希腊军营中的牲口和狗，后来他又把箭对准士兵。一瞬间，瘟疫蔓延，尸横遍野。晚上时，军营的周围飘浮着一团团阴绿的鬼火。在接下来的九天里，希腊士兵吓得毛骨悚然。第十天，依照赫拉的建议，阿喀琉斯召开国民大会。他建议大家找一名祭司长或者占卜的人，然后向他们请教缓解阿波罗愤怒的办法，以使大家免受更大的灾祸。

随军预言家卡尔卡斯，能从鸟飞中得到预兆，他站起来说，如果阿喀琉斯恕他直言，他可以详细说明神祇为什么愤怒。珀琉斯的儿子叫他大胆地说出来，他可以保护他。于是他说："神祇并不是因为我们不守誓言和不献祭而生气。他愤怒是因为阿伽门农凌侮他的祭司。如果我们不把他的女儿还给他，阿波罗就不会善罢甘休，他将继续给我们降下灾难。我们只有满足他的愿望，才能重新获得神祇的恩典。"

阿伽门农听到这话热血沸腾，眼中闪出怒火，咄咄逼人地对他说："你这个不祥的预言家，从来没有对我说一句中听的话。你现在又来蛊惑众人，说阿波罗给我们降下瘟疫之灾，是因为我拒绝了克律塞斯赎取女儿。确实，我愿意将她留在这里。但是，为了使士兵们免受瘟疫之灾，我愿意把她交出来。当然，有一个条件，我要求有一件礼物，用来跟她交换！"国王讲完了话，阿喀琉斯回答说："不朽的阿特柔斯的儿子，贪婪驱使着你要求向亚各斯人索取和交换战利品。可是，我们从被征服的城市掠来的战利品早已分光了，现在当然不能把分给每个人的东西再要回来。因此，请放掉祭司的女儿吧！如果宙斯保佑我们攻占了特洛伊城，我们愿意三倍、四倍地补偿给你！"

"勇敢的英雄，"阿伽门农大声对着阿喀琉斯说，"不要企图来骗我了！你以为我就会俯首听命于你把祭司的女儿交出来吗？不！果希腊人不给我赔偿，我就平均分摊你们的战利品。不管是俄底修斯，埃阿斯，还是你，珀琉斯的儿子阿喀琉斯，也不管你们生多大的气，发多大的火，你们都得按我的要求去做。先去准备一条大船和祭供，由你指挥船只把克律塞斯的女儿送上船！"

阿喀琉斯神色黯淡地回答说："无耻又自私的君王！希腊人还有谁甘心听从你的指挥？特洛伊人并没有得罪我，我跟你一起来，只是想帮助你给你的兄弟墨涅拉俄斯报仇。而你却不珍惜我们的友谊，反而抢夺我的礼物。你得明白这些礼物都是我夺来的，是希腊人分给我的！无论攻占哪一个城市，虽然我承担着最艰难的战斗任务，但你每次分得的礼物都远远地多于我的。好吧，现在我就回夫茨阿去！没有我，看你能聚积多少宝贝，你就去试试吧！"

"好吧，那就请便吧！"阿伽门农大声说，"没有你，我仍有足够的英雄；有了你，总是引起争端！现在，我得告诉你，我虽然可以把克律塞斯的女儿还给他，但我却要从你的营帐里领出可爱的勃里撒厄斯以作补偿，并要让你明白，我毕竟比你高贵，也以此警告别人，不要像你一样违背我的意志！"

阿喀琉斯被激怒了。他在考虑是拔出剑来杀死这个阿特柔斯的儿子，还是暂且忍耐。正在这时，女神雅典娜悄悄地出现在他的身后，轻声说："你要镇静，别动用宝剑！如果你能听话，我将给你三倍的赏赐！"

阿喀琉斯顺从地把剑推回剑鞘，不过却以尖刻的语言反击阿伽门农说："你真卑鄙。什么时候有了天大的胆量，竟然学会了跟希腊国最高尚的英雄们明争暗斗？当着这根君王杖我跟你发誓：就像这根权杖不能像树木再发芽一样，你将再不会看到我去沙场拼杀了！就是杀人不眨眼的赫克托耳再来杀希腊人，也不要指望我来救你。总有一天，你将会对今天伤害我的尊严而感到后悔，但为时已晚了！"

　　说完，阿喀琉斯把他的权杖扔在地上，重新坐了回去。正直的涅斯托耳左右劝说着，希望双方能和好如初，然而他的一切努力都是徒劳的。最后，阿喀琉斯愤怒地对国王大声说："你就放手干吧，别希望我会听从你的指挥；我绝对不会为了一个姑娘而跟你和其他英雄大动干戈的。我警告你，不准你动我船上的任何财产和人员。要是你不珍重自己的生命，到时候别怪我手下无情。"散会后，阿伽门农命令将克律塞斯的女儿和祭品送上船，由俄底修斯押运回去。然后，这个阿特柔斯的儿子又命令传令官塔耳堤皮奥斯和欧律巴特斯从阿喀琉斯的营房里把勃里塞斯的女儿带来。他们不敢违抗主人的命令，不情愿地来到营地，他们看到阿喀琉斯坐在营房门口，因为心里胆怯，不敢开口说出他们的来意。但阿喀琉斯已经猜到了他们此来的目的，便说："你们不必犯愁，你们是宙斯与凡人的传令官，请过来吧，这不怪你们，这是阿伽门农的过错！好朋友帕特洛克罗斯，快把姑娘请出来，交给他们带回去！不过，我要你们在神祇和凡人面前做证，如果将来有人要我援助而遭到拒绝，那就不能怪我，而应责备阿特柔斯的儿子！"

　　帕特洛克罗斯让姑娘出来，姑娘心里闷闷不乐，因为她已经爱上了宽厚善良的主人。阿喀琉斯坐在海滩上，凝视着深暗色的海水，他泪流满面，大声呼喊着母亲忒提斯。不一会儿，就从波涛深处传来了母亲的声音："可怜哪，我的孩子，我生下了你，可是却让你在短暂的生命里忍受这么多的苦难和侮辱。虔诚的埃塞俄比亚人请雷神去俄刻阿诺斯海湾赴宴了，过二十天才能回来。他一回来我就去找他，抱住他的膝盖，向他苦苦哀求！现在不要理睬他们，你不要去参战，就在船旁坐着。"阿喀琉斯离开海滩，两手交叉在胸前，愤怒地回到营帐内，一言不发。

　　俄底修斯驾船来到卡律塞岛，把姑娘交给克律塞斯。女儿的出现使克律塞斯万分感激，他伸出双手，向福玻斯请求降福于希腊人。他的祈祷的确灵验，希腊士兵营内的瘟疫立刻消除了。俄底修斯驾船回到营中时，病人已经痊愈了。

　　到了第十二天，忒提斯并没有忘记自己的诺言，她穿过早晨的薄雾，从海面上升，来到奥林匹斯圣山。她看到宙斯坐在高山顶上，远在其他神祇之上。忒提斯坐过去，按照时俗，用左手抱住他的双膝，右手抚摸他的下巴，说："父亲哟，如果我曾经在口头上和行动上侍奉过你，那么，请准许我向你祈求：请看顾我的儿子吧，因为命运女神要他的荣誉过早地枯萎。阿伽门农肆意地侮辱他，剥夺了他的战利品，因此祈求你，万神之父，给特洛伊人降福吧，让他们保持胜利，直到希腊人把荣誉重新还给我的儿子为止！"

　　宙斯沉默良久，一动也不动。忒提斯更亲切地抱着他的双膝，低声说："父亲，请准许我的请求吧；或者干脆拒绝我，让我知道在诸神中你最不赏识我！"

　　忒提斯缠得万神之父不高兴地回答说："这样做并不妙，你是逼着我跟神祇之母赫拉作对、争吵。走开吧，别让她看到你！我点头示意，算是对你的回答。"宙斯只是以垂下眉毛示意，但奥林匹斯圣山已经震动起来。忒提斯满意地离开了宙斯，回到大海里。但赫拉却埋怨宙斯。宙斯平心静气地对她说："别来反对我的决定。别多嘴，听从我的命令。"赫拉听到他的话，感到害怕，不敢再反对他的决定。

阿伽门农考验他的人民

宙斯想起他对海洋女神忒提斯做过的暗示，为此，他派遣梦神来到阿伽门农的营房，国王正在熟睡。梦神变作涅斯托耳的模样，站在国王床头。在所有的长老中，国王最喜欢、最尊重涅斯托耳，他在朦胧中听到涅斯托耳对他说："怎么，阿特柔斯的儿子，你还在睡觉吗？掌管全军的人不应该睡得那么久。听从我的建议吧，我是宙斯派来的使者。他命令你集合亚各斯军队，现在已到了征服特洛伊的时候了。神祇已做出决定，让特洛伊城毁灭。"

阿伽门农突然惊醒过来，立即离开了营房。他披上衣服，扎紧鞋袜，背着宝剑，手提王杖，阿伽门农径直走上战船。他下达命令让大家前来开会，传令官从一座营房走到另一座营房，招呼大家前来聚会商议。阿伽门农在船上举行会议，他说："朋友们，听着！刚才神给我送来一个梦，梦中有一个像涅斯托耳的人。他告诉我宙斯决定让特洛伊毁灭。我们现在要做的就是重新树立斗志，走向战场，我建议你马上上船，离开特洛伊海岸。你们要到士兵们中间去，鼓动他们留下来继续战斗。"

阿伽门农说完后，涅斯托耳站起来对王子们说："如果是别人对我叙述这个梦，我会斥责他撒谎，而且不去理睬他。可是，现在说这话的人是我们希腊人的最高统帅。我们应该相信他，并照他的计划行事！"

涅斯托耳离开会场。统领和国王们跟他来到集市广场，这里聚着许多希腊人。看到首领的到来，喧哗声慢慢静下来，阿伽门农站在广场的中央，撑着国王的权杖，对全场的士兵说：

"亲爱的朋友们，集合在这儿的丹内阿民族的战士们！残暴的宙斯欺骗了我们，从前他曾郑重地允诺我可以征服特洛伊，得胜回国。但现在他陷入困境，命令我不体面地返回亚各斯，我们战死的人算是白白地牺牲了。当我们的后代子孙听说伟大的希腊人对付这么弱小的敌人都不能取胜时，那会感到耻辱。当然，特洛伊人有许多强大的同盟军，阻止我们不能如心中所想的那样攻占他们的城池。战争已打了九年，我们船只上的木板已开始腐烂，缆绳也在断裂。我们的妻子儿女在家中热切地盼着我们。所以，现在我们最好还是服从神意，上船起航，返回祖国。"

阿伽门农的讲话在士兵中引起了一阵骚动，他们哗地一声向战船涌了过去，踏起的尘土满天飞扬。士兵们七手八脚，这里拆除船下的横木，那里疏通通向大海的水道。他们相互支持，共同把船只送入大海。

奥林匹斯圣山上支持希腊人的神祇们看到这种场面也感到惊异。赫拉敦促雅典娜降到地上，阻止亚各斯人奔逃。帕拉斯·雅典娜听从吩咐，从奥林匹斯圣山上飞降到希腊人的军营中。她看到俄底修斯静静地站在自己的战船前面，不想去移动他的船。这时女神走近他，现出原形，亲切地对他说："你们真的想逃走吗？难道你们真的愿意把荣誉留给普里阿摩斯，把海伦留给特洛伊人吗？为了海伦，多少希腊人远离故乡。不，聪明而高贵的俄底修斯，你当然不能忍受这种耻辱！别再犹豫了！快去运用你的智慧和辩才，阻止他们吧！"

听到女神的呼唤，俄底修斯扔掉战袍，急步向混乱的士兵们走去。他的传令官欧律巴特斯拣起战袍，连忙赶了上来。俄底修斯遇到一群迎面而来的统领和贵族，焦急地说："难道你们也如此胆怯，如此灰心丧气吗？你们不该走而应该留下来，安顿好其他人。你们怎么知道阿特柔斯的儿子心里究竟在想什么，难道他不会考验希腊人吗？"他在途中看到有撤退的士兵就气愤地举起他的权杖挥打他们，还用粗暴的嗓音威胁说："可怜的家伙，不准离开原地半步！"

俄底修斯激昂的声音传遍全军，士兵们终于被劝阻离开了战船，仍回到集合的广场。大家安静下来，这时只听到一个人的叽里呱啦的说话声，他是忒耳西忒斯。他仍像平常一样说着怨恨的话，责备和反对国王和王子们。他是到特洛伊来的希腊人中生得最丑的一个，斜眼、跛脚、驼背、尖脑袋、一头的乱发。这个爱捣乱的家伙特别让阿喀琉斯和俄底修斯痛恨，因为他常常有意无意地诽谤他们。但这一次他却责备军队的统帅阿伽门农。"阿特柔斯的儿子，你还抱怨什么？"他尖着嗓门说，"你还要什么呢？你的帐篷里不是塞满了金银财宝和美女吗？你在这里过得多快活，多舒服啊，我们却被你搞惨了，说不出的烦恼和苦闷。还不如乘船回家去。让他一个人留在特洛伊吞食战利品，聚敛财富吧！"他又挑拨说，"他曾经侮辱了英勇的阿喀琉斯，强占了他的战利品！但这个没有骨气的珀琉斯的儿子没有胆量，否则，这个暴君早就没命了！"

听到骂声，俄底修斯走上前来，怒视着忒耳西忒斯，然后举起权杖抽打着他的脊梁和肩膀，边斥责边大声说："你这个流氓，如果我再听到你胡说，就撕下你的衣服，痛打你一顿，让你光着身子回到船上。如果我做不到，就别让我再在自己的肩膀上长着这颗脑袋，忒勒玛科斯也不算是我的儿子！"忒耳西忒斯被打得曲下身子，血迹斑斑，他痛得大喊大叫，火气冲冲地走了。大家面面相觑退让到旁边，看到这位无耻的人受到了应有的惩罚，他们心里十分安慰。

俄底修斯站在他的战士们面前，旁边站着变为传令兵的雅典娜，叫大家静下来。俄底修斯举起王杖，要在场的人注意，然后对他们说："朋友们，再忍耐一段时间。你们一定还记得我们离开奥里斯港时所得到的预兆。那时候我们在一棵茂密的槭树下向神坛摆百牲大祭。我感到这好像发生在昨天一样。一条乌黑的巨蛇从祭坛下爬出来，曲着身子爬上树。树枝上有一只鸟窝，窝里有八只小鸟挤在一起，第九只是哺育它们的母鸟。母鸟悲鸣着，扇动着翅膀掩护小鸟，巨蛇转过头，一口咬住它的翅膀。巨蛇吞食了母鸟和八只小鸟后，于是派它来的宙斯把它变成了一块石头。"亚各斯人当时都吓得呆住了。预言家卡尔卡斯对你们大声地说：'希腊人，你们为什么站在那里？难道你们没有看出这正是宙斯给你们送上的神谕？九只鸟表明你们围攻特洛伊的战斗要拖延九年，直到那时你们才能攻占雄伟的城池。'卡尔卡斯的预言还在我的耳旁回响。这一切将会应验的！战争已经过去了九年，现在已经是第十年了，胜利的信息不会太远了。你们一定要再坚持一段时间，直到我们粉碎普里阿摩斯国王的城堡！"

集会的亚各斯人用一阵欢呼回答了俄底修斯的问题。聪明的涅斯托耳利用转变了的会议气氛，向国王阿伽门农建议说："要是将来还有人想念家乡，就让他一个人上船回去就是了。你也可以由此得知谁是战士和统领中的英雄，谁是懦夫。"国王无比高兴，这项建议立马通过了。"涅斯托耳，你是我们之中最聪明的人。要是希腊人的指挥所里有十个像你这样的人，高耸的特洛伊城堡恐怕早就被攻陷并夷为平地了！我不得不承认，为了一个姑娘竟然跟阿喀琉斯断了交情，这实在是我考虑欠妥当。要是我们两人重新合好，恐怕特洛伊早就毁灭了。现在我们都应该饱餐一顿，准备好长矛、盾牌，给战马喂饱饮足，安排战车。假如有谁敢懈怠，就把他打烂喂猪狗。"

丹内阿人欢呼雷动。战士们都跳起来，奔向营房。一会儿，营房内升起袅袅炊烟。阿伽门农宰了一头公牛向宙斯献祭，并邀请亚各斯的贵族们一起进餐。然后他吩咐传令官发布作战命令。首领们率领军队冲向原野，阿特柔斯的儿子一马当先。他相貌堂堂，威风凛凛，目光和前额像万神之父的一样威严，宽阔的胸脯像海神波塞冬的一样健壮，而他的铠甲像勇敢的战神阿瑞斯的一样精良。

帕里斯和墨涅拉俄斯

阿耳戈斯人的军队如涅斯托耳的建议依照家族和部落编好了队，准备作战，他们终于看见特洛亚人的城垣后面烟尘滚滚，原来他们在前进了。阿耳戈斯人也开始向前推进。当两军逼近，即将开始作战时，从特洛亚人的队伍中跃出帕里斯，腰围豹皮的战裙，肩上背着弓，身旁挂着宝剑。他挥舞着两支铜尖的长矛，向达那俄斯人中的最勇敢的英雄单独挑战。当墨涅拉俄斯看见他从军队中跃出，他兴奋得如同饿狮遇着了羚羊和牡鹿一样。他全副武装从他的战车上跳下，迫切地要惩罚这掠夺了他的家室的贼徒。但帕里斯看到这样的对手，却感到惶恐。就好像他看到毒蛇一样，陡然面无人色，退到人丛中去。赫克托耳看见他瑟缩退回，他愤怒地大叫："兄弟，你空有英雄的外表，在心里却怯懦得如同女子，除了做一个拐骗的能手之外一无长处。我宁愿你在向海伦求婚以前就死了！你不看见阿耳戈斯人都在笑你么，因为你不敢和你劫取他的妻子的对手决战。现在你应当知道你所侵犯的是什么样的人。而现在，即使你受伤倒地，你的美发也染上尘土，我是不会同情你的。"

帕里斯回答说："赫克托耳，你虽然胆量出众，却心地冷酷。你斥责我当然不无道理，但你却不该笑话神赐予我的相貌。你如果想让我决一死战，那就先去让特洛伊人和希腊人平静下来，为了海伦及其财产我愿意跟墨涅拉俄斯斗个高低。胜利者就可以带着海伦及她的稀世珍宝一起回家。对此我们需要签订一项条约，战斗结束后，我们安家乐业，平平安安地创建特洛伊；希腊人也应该扬帆起航，退到亚各斯去。"

赫克托耳应声而出，止住特洛伊人的一片混乱。希腊人看到他的出现，纷纷向他投石、射箭、掷飞镖。阿伽门农却尽力对着希腊士兵大声呼喊说："亚各斯的士兵们，迅速停止行动！赫克托耳有话要说！"希腊人立即停止射击，一个个双手垂下。

赫克托耳大踏步走来，高声说明了兄弟帕里斯的决心，希腊人默不作声。终于，墨涅拉俄斯说："请听我说一句吧！我希望亚各斯人和特洛伊人能够罢兵息战，和平相处。这一场斗争是由帕里斯引起的，双方都受尽了灾难。我与他命中注定要一死一活，双方其余的士兵，不管是希腊人还是特洛伊人，都应该和平地生活。让我们立下誓言，祭供天地，然后开始这一场不可避免的决斗！"

双方士兵听了这话都很高兴。他们希望结束这一场不幸的战争。双方驾车的人都勒住马头，英雄们跳下车，解下盔甲，放在地上。赫克托耳派出两名使者，让他们回到特洛伊城内取来献祭的绵羊，同时请国王普里阿摩斯到战场上来。国王阿伽门农也派使者塔耳堤皮奥斯回船上牵来一头活羊。神祇的使者伊里斯变成普里阿摩斯国王的女儿拉俄狄克，也立即赶到特洛伊城，把消息告诉海伦。海伦正在纺机前，赶织一件华丽的紫袍。上面的图案表现特洛伊人跟希腊人战斗的情景。"快出来，你快出来，"伊里斯叫她，"你将看到一件奇事！特洛伊人和希腊人刚才还互相敌对，现在却罢兵息战了。他们倚着盾牌，把长矛插在地上，战争已经结束了。只有你的两个丈夫，帕里斯和墨涅拉俄斯上阵决战，谁赢谁就能把你带回去！"

女神说着，海伦的心里就充满对于她原来的丈夫、她的故乡和她的朋友们的怀念。她即刻戴上银白色面网，遮蔽着泪眼，领着两个侍女埃特拉和克吕墨涅来到斯开亚城门。在这里的城垛上有普里阿摩斯国王和几个特洛亚人中最年长而智慧的长老：潘托俄斯，堤摩忒斯，兰波斯，克吕提俄斯，希刻塔翁，安忒诺耳和乌卡勒工。最后两人是特洛亚城最聪明的人。他们因为年长没有参加战争，但在国事会议上他们的意见是最有远见的。他们从高处看见海伦走来，他们对她的美貌感到惊奇，并互相低语："难怪为着这样的一个女人特洛亚人和阿耳戈斯人甘愿遭受这多年战争的痛苦。她不是神采美丽得如同女神一样吗？但是，不管她多么美好，还是让她和阿耳戈斯人的舰队一起回故乡去，不要使我们和我们的子弟受到她的祸害吧。"

普里阿摩斯亲切地招呼海伦。"过来吧，"他说，"我的可爱的女儿，坐到我的身旁来！我要让你的第一个丈夫，让你的亲戚朋友们看一下，让他们知道你对这场苦难的战争是没有责任的。这场战争是神祇们加在我们身上的。现在告诉我，那个雄伟的男子是谁？他长得高大健壮，我还从来没有看到如此威武的国王。"

海伦走上一步，有礼貌地回答说："尊敬的公公，我离开了家乡、女儿和朋友，跟随您的儿子来到这里。想到这一切，我真希望溶化在自己的泪水里！要是我已悲惨地死去就好了。您问起的那个人就是阿伽门农，他是高贵的国王，勇敢的武士，他曾是我的姻兄。"老人又问："那边的人叫什么名字？他的个子虽没有阿伽门农高大，却也生得虎背熊腰，肩膀宽阔。"

"他是拉厄耳忒斯的儿子俄底修斯，"海伦回答说，"他是个狡猾的人，他的故乡在一座名叫伊塔刻的怪石嶙峋的海岛上。"

听到回答，安忒诺尔也不由得接口说道："公主，你说得对。我认识他，也认识墨涅拉俄斯，他们曾作为和平使者到过我的家里，我接待过他们。他们两人站在一起时，墨涅拉俄斯要比俄底修斯高大。但坐着时，俄底修斯显得更加威严。墨涅拉俄斯很少说话，但说的话很有分量，充满睿智。俄底修斯说话时，双目看着地上，手里拄着拐杖，样子显得很不安，很难猜透他是拘谨还是愚蠢。他如果坚持一件事情，那么，一说话，声如洪钟，滔滔不绝，再没有人比他更善于辞令了。"

普里阿摩斯向更远的地方看去。他大声地叫喊起来，"那边的那个巨人是谁？这个人高大如山，没有人能超过他。"

"他是英雄埃阿斯，"海伦看了一下接着回答说，"他是亚各斯人的顶梁柱。墨涅拉俄斯经常邀请他们，所以我能一一认识他们。他们都是我们家乡的勇猛战将。如果你们需要，我可以一一说出他们的名字。但是，我的两个兄弟卡斯托耳和波吕丢刻斯哪里去了，他们怎么不在这里？他们难道没有来吗？还是他们为自己的妹妹感到羞愧，不愿意前来参加作战？"说到这，海伦有一种不祥的预兆。她还不知道她的两位兄弟早已不在人世了。

这时两名使者抬着祭品从城里走了出来。祭品是两只绵羊和当地的美酒。使者伊特俄斯端出金光闪闪的金杯和酒壶慢慢来到中心城门，其中一人找到普里阿摩斯国王，对他说："国王，请动身吧，希腊人和特洛伊人的统领们在城外的空地上等着您呢，他们让您去签一项神圣的协议。帕里斯和墨涅拉俄斯将单独作战，胜利者就可以带着海伦及其财产回到自己的家乡了。丹内阿人回到希腊国，我们安心地建设特洛伊城。"

国王很惊讶，但还是下令为他套车。安忒诺尔跟他一起上了战车。普里阿摩斯自己握住缰绳，他们驶出城门，来到两军阵前。国王下了战车，带领随从走到两军中间。阿伽门农和俄底修斯也随即走了过来。使者们抬上祭品，用金碗调和美酒，给两个国王洒上圣水。阿特柔斯的儿子从佩在身上的剑鞘里抽出宝剑，按照通常的祭礼，割下绵羊前额上的羊毛，祈请万神之父宙斯为盟约作证。然后，他杀死四只绵羊，把祭品放在地上。使者们一边祈祷，一边用金杯中的美酒浇祭在地上，口中念念有词："宙斯和所有永生的神祇们，请你们明鉴：如果我们中间有人违背誓言，那么他的血，他的子孙们的血将像杯中的酒一样流在地上！"盟誓完毕，普里阿摩斯说道："特洛伊人和希腊人，我要重新回到伊利阿姆卫城上去，因为我不能眼睁睁地看着我的儿子在这里跟墨涅拉俄斯作生死决斗。他们中间谁胜谁负，只有宙斯知道。"国王吩咐使者把祭供的绵羊抬上战车，然后带随从一起上车，驾车朝城内驶去。

国王离开以后，俄底修斯和赫克托耳一起动手丈量决斗的场地。他们抽签来决定哪一方先向对方投掷长矛。写着各自的名字的签子放在头盔里，赫克托耳摇摇头盔，写着帕里斯名字的签首先跳了出来。两位英雄装备完毕，走进已经划定好的决斗区内，试着抖动他们的长矛。按照抽签的结果，帕里斯首先投去一枪，枪尖正好撞在墨涅拉俄斯的盾牌上，撞成了一个弯弓的形状。

下面轮到墨涅拉俄斯了，他从地上捡起长矛，也尝试着抖动了一下长矛，并且大声地祷告说："宙斯，为了让天下人从此以后都不敢以德报怨，请允许我惩罚侮没我的敌人吧！"祈祷完后，他也投去一枪，枪尖击碎了帕里斯的盾牌，穿透盔甲，钻进衣服，大腿鲜血直流。墨涅拉俄斯拔出利剑，向前一步，对着对方的头盔又挥去一剑。当的一声，剑断成两截，掉在了地上。

"残忍的宙斯，你为什么让我在比赛中失败？"墨涅拉俄斯大叫一声，朝帕里斯猛扑了过去。他抓住对方的头盔，翻转对手的身子，把他朝希腊人的阵地拖了过去。这时幸亏女神阿佛洛狄忒前来帮忙，她弄断了拖曳的皮带，否则帕里斯一定早就被墨涅拉俄斯卡住喉咙掐死了。最后，墨涅拉俄斯的手上只抓住了一只空空的头盔。他扔下头盔，又向对方急奔过来。阿佛洛狄忒唤来一片浓雾，挡着帕里斯并把他送到了特洛伊城内。她自己则装扮成斯巴达的年迈的女佣走近海伦。海伦正坐在城墙的塔楼里，周围簇拥着一群特洛伊女仆。阿佛洛狄忒扯动了一下她的衣角，对她说："过来，帕里斯正穿着非常华丽的衣服，坐在宫中内室等你呢。人们还认为他要去赴舞会去呢！谁也不会相信他刚从决斗的战场上失败而回。"

海伦抬起眼睛，看到美丽的女神阿佛洛狄忒突然消失在一片神光中。海伦会意地点了点头，悄悄地离开，回到自己的宫殿，看到丈夫正躺在床上。阿佛洛狄忒早已将他打扮一新。海伦坐在他的对面，嘲笑地问他："你就这样回来了吗？我宁愿看到你被杀死在战场上。你刚才还夸口说，无论投矛或是徒手作战，你都能轻而易举地战胜他！去吧，再去向他挑战！哦，不，还是留在这里。你再去，一定会被他打得粉身碎骨！"

"请你别再用刺激的话辱骂我了，"帕里斯沮丧地回答，"墨涅拉俄斯之所以能战胜我，是因为他得到了女神雅典娜的帮助。天上的神一定不会忘记我的，下一次我一定会取得胜利的。"

阿佛洛狄忒拨动了海伦的心弦，让她对丈夫产生无限的情意，马上海伦的态度就发生了很大的改变。她含情脉脉地看着丈夫，原谅似的亲吻着帕里斯。在战场上，墨涅拉俄斯还在寻找失踪了的帕里斯。可是，特洛伊人和希腊人都不知道他到哪里去了。最后，阿伽门农大声宣布："你们听着，特洛伊人！墨涅拉俄斯是胜利者。现在请你们交出海伦和她的财宝，此后，永远向我们纳贡！"

听到提议后，亚各斯人一片欢呼，特洛伊人却低头不语！

潘达洛斯

神祇们在奥林匹斯圣山上集会。赫柏不停地从一张桌子走到另一张桌子给神祇们斟酒。神祇们举起金杯一饮而尽。他们俯视着特洛伊城，宙斯和赫拉决定毁灭特洛伊城。万神之父命令女儿雅典娜即刻去特洛伊战场，怂恿特洛伊人破坏誓约，并侮辱正在庆祝胜利的希腊人。

帕拉斯·雅典娜变作劳杜科斯的模样来到特洛伊人中间，劳杜科斯是安忒诺尔的儿子。雅典娜找到了倔强的潘达洛斯，因为他从吕喀亚统领士兵赶来参战，是特洛伊人的盟军，所以觉得他非常适合完成宙斯交给的任务，女神拍着他的肩膀说："听着，潘达洛斯，你做大事的机会来了，特洛伊人会永远对你心存感激的，帕里斯也会对你厚礼相报。你看，墨涅拉俄斯一副骄傲的神色，多么令人气恼？拉开你的弓箭，把他射翻！"化装后的女神唆使着，说得娓娓动听，愚蠢的潘达洛斯果然言听计从，中了圈套。潘达洛斯解开箭袋挑选了一根带羽毛的箭，然后弯弓搭箭，用尽全身的力量嗖地一声射出一箭。羽箭穿越空中，雅典娜趁机作法，让飞箭射中了墨涅拉俄斯的腰带。箭镞穿过盔甲，射进了皮肉，鲜血立刻直流不停。

阿伽门农和伙伴们惊慌地围着他。"敌人违背了誓约，"国王叫道，"他们想将你害死。如果我失去了你，这叫我多悲痛啊。"

墨涅拉俄斯安慰他的哥哥："请放心，飞箭没有给我造成致命伤。我的腰带保全了我。"

阿伽门农立即派人去找神医马哈翁。他急忙赶来，从墨涅拉俄斯的腰带上拔下箭镞，然后解开腰带，脱下铠甲，仔细查看伤口。他蹲下身子，用口吸出瘀血，并敷上止痛膏。

当医生和英雄们正忙着照顾受伤的墨涅拉俄斯的时候，特洛伊的士兵已冲了过来。希腊人急忙拿起武器抵抗。阿伽门农把战车交给欧律墨冬，自己则跟士兵们一起步行作战。希腊人士气大振。

丹内阿人一群又一群地涌上前来，犹如大海的波涛一样，一浪赶着一浪。指挥员们颁发命令，士兵们纷纷行动，阵容齐整，毫无喧嚣。特洛伊人却如一群咩咩叫唤的绵羊，各种不同的语言混杂一团。诸神现在也忙得不可开交，他们尽力地完成各自的任务。战神阿瑞斯鼓动特洛伊人，帕拉斯·雅典娜激励希腊人。双方摩拳擦掌，一场血战，迫在眉睫。

鏖战

不久，双方面对面地厮杀起来。盾牌碰撞，长矛交错。战场上马嘶人喊，杀声震天。特洛伊人埃刻波罗斯冲在最前面，杀入敌群，不料被涅斯托耳的儿子安提罗科斯用矛刺中前额，倒在地上，成为第一个阵亡的特洛伊英雄。希腊王子埃勒弗诺阿即刻上去抓住他的一只脚，想把他拖过来，剥下他的盔甲。正当他弯腰拖他时，没有提防，被特洛伊人阿革诺耳刺中腰部，顿时倒在血泊中死了。

双方士兵正在激烈的战斗着。埃阿斯和西莫伊西俄斯相遇了，埃阿斯冲上去就是一枪，刺进了西莫伊西俄斯的前胸，枪尖从他的肩膀上斜着穿了出来。西莫伊西俄斯跟跟跄跄地倒在了战场上，埃阿斯猛扑过去，剥下死者身上的盔甲。特洛伊人安底福斯见状挺枪冲了过来，一枪刺向埃阿斯。埃阿斯及时躲过，枪尖却落在了俄底修斯的朋友琉科斯的身上。琉科斯是一位勇猛的战将，可怜成了枪下冤魂。看到朋友毙了命，俄底修斯恼羞成怒，朝着安底福斯就是一标枪，没想没标枪没有投中目标，却击中普里阿摩斯国王的私生子特摩科翁，枪尖穿透了他的太阳穴。王子惨叫一声，倒毙在地。特洛伊的前排士兵吓得连忙后退，赫克托耳也不听使唤地跟着溃逃。希腊人欢呼雀跃，拖走阵亡的士兵，然后继续挺入特洛伊的阵营。

阿波罗见状很恼怒，他鼓励特洛伊人前进。"你们不要轻易地放弃阵地！他们既不是铁铸的，也不是石制的。他们中最勇敢的英雄阿喀琉斯并没有参加作战。"在另一方，雅典娜鼓励丹内阿人奋勇冲击。因此，双方的英雄们死伤很多。

这时帕拉斯·雅典娜发挥神力，赋予堤丢斯的儿子狄俄墨得斯以勇气和力量。狄俄墨得斯大踏步地走上前来，他的一身披挂犹如秋夜的启明星，闪闪发光，从而使他的英雄本色更为光辉，他不惜献出生命，也要建功立业，如饿虎扑食般猛地扑向敌人。特洛伊阵营中的赫淮斯托斯的祭司达勒埃斯，是一位勇敢而又慷慨的人，两个勇敢的儿子菲格乌斯和伊特俄斯都被他送上了战场。这时，他们两人驾着战车恰好遇上了徒步作战狄俄墨得斯，菲格乌斯朝他掷去一杆长枪，枪从狄俄墨得斯的左腋下穿过，没有伤到他。相反，狄俄墨得斯奋起一枪，正好刺中菲格乌斯的前胸，使他摔下了战车。伊特俄斯一看狄俄墨得斯的阵势，也没敢前去保护兄弟的尸体。他急忙跳下马车，躲进了赫淮斯托斯为他张起的黑幕之中。赫淮斯托斯赶忙保护伊特俄斯，是因为他不希望自己的祭司一下子失去两个儿子。这时候，雅典娜握住她的兄弟、战神阿瑞斯的手，对他说："兄弟，我们最好暂时别去插手特洛伊人和希腊人的战事，让他们各自作战，看我们的父亲希望哪一方得胜。"阿瑞斯点点头，听从她的话，和她离开了战场。看起来，两方面的凡人似乎脱离了神祇的操纵，但雅典娜明白，她的爱将狄俄墨得斯还带着神力留在那里。亚各斯人又对敌人发起冲锋，阿伽门农追赶着荷迪奥斯，一枪刺中他的肩头；伊多墨纽斯戳倒菲斯托斯；机灵的斯康曼特律奥斯被墨涅拉俄斯一枪击倒；为帕里斯营造船只的菲勒克洛斯也被迈里俄纳斯杀死。此外还有许多特洛伊人在希腊人的手下丧命。狄俄墨得斯左冲右突，一会儿在这儿，一会儿在那儿，甚至看不出他究竟是希腊人，还是特洛伊人。潘达洛斯瞅准机会，拈弓搭箭，嗖地一声，射中了狄俄墨得斯的肩膀，鲜血顺着战车流了下来。潘达洛斯大声欢呼，鼓舞士气："特洛伊人，策马向前吧！最勇敢的丹内阿人已经被我射翻在地了！他的威风已经不存在了！"

狄俄墨得斯并未受到致命的伤害，他站在战车上，吩咐着副将斯忒涅罗斯："上车来，朋友，把弓箭递给我！"斯忒涅罗斯按他所说的行事，但战车上已淌满了鲜血。狄俄墨得斯在向雅典娜祈祷："宙斯的蓝眼珠女儿，你曾经保佑过我的父亲，请对我施加恩惠！保佑我的长矛刺中那个耀武扬威的人，不要让他再如此骄傲自大！"

雅典娜听到他的祈求，给他的四肢增添了力量。他突然感到身轻如飞鸟，伤口也不再疼痛，他又投入了战斗。"前进！"她对狄俄墨得斯说，"我已摘除了遮在你眼前的黑幕，现在你在战场上可以看出谁是凡人，谁是神祇。你要记住，如果有神祇朝你走来，你就大胆地跟他一起去战斗！但阿佛洛狄忒除外，如果她靠近你，你的矛就不要放过她！"

狄俄墨得斯

听到雅典娜的指示，狄俄墨得斯增加了三倍的勇气和力量，他像猛狮一样奋勇冲杀。他一枪刺中阿斯堤诺俄斯的肩膀，使他倒在地上；又用长矛戳穿了庇戎，并打死了欧律达玛斯的两个儿子，打死了弗诺珀斯的两个儿子，接着又把普里阿摩斯的两个儿子克洛弥俄斯和厄肯蒙从战车上打下来，剥下了他们的盔甲，他手下的士兵则把缴获的战车送上了战船。

国王普里阿摩斯的女婿埃涅阿斯是一名勇敢的英雄，他眼看着特洛伊人在狄俄墨得斯的杀戮和打击下逐渐减少，便冒着飞蝗一般的乱箭往前扑了过去，刚好迎面碰上潘达洛斯。埃涅阿斯对着他大叫起来："吕卡翁的儿子，你的弓箭，你的荣誉都到哪里去了？那个人杀死了我们这么多兄弟，如果他不是神变成的，你就应该瞄准他，一箭把他射死！"潘达洛斯听到这话回答说："好像有一位神在保佑着他，而且现在还附着在他的身上，让他充满了神力！如果不是这样的话，我相信刚才堤丢斯的儿子狄俄墨得斯已经被射死了。我真是一名不幸的将军！两名希腊统领已经被我打伤了，可最终却没能杀死他们。现在他们反而变得更加狂暴了，大概我是在一个不吉利的时辰带着弓箭来到特洛伊的！"

"别灰心丧气！"埃涅阿斯鼓励他说，"快上我的战车。"潘达洛斯跃身上车，站在埃涅阿斯身旁。两个人驾着快马，朝狄俄墨得斯飞驰而去。狄俄墨得斯的朋友斯忒涅罗斯看到他们冲了过来，便朝他的朋友大喊一声："两位勇敢的人朝你奔来了，他们是潘达洛斯和埃涅阿斯。埃涅阿斯是一个半神的英雄，他是阿佛洛狄忒的儿子！我们还是驾车逃走吧，你的勇敢和力量是对付不了他们的！"

狄俄墨得斯愤怒地看了他一眼，回答说："有什么可害怕的，我的生命里没有逃避和胆怯。不，我要迎着他们冲过去！如果我成功地杀死了他们，随后你就骑马过来，把埃涅阿斯的骏马当作战利品送回战船去。"说话间，潘达洛斯的长矛已经朝堤丢斯的儿子投过来了，它穿过盾牌，却又被盔甲挫了回去。"并没有射中堤丢斯的儿子！"狄俄墨得斯得意地向着特洛伊人大喊一声，而自己手中的飞镖正好打中了对方的颌骨。潘达洛斯从车上翻倒在地，鲜血直流，骏马往旁边奔窜而去。埃涅阿斯跳下战车，像一头凶猛的雄狮一样，他站在自己伙伴的身旁，准备歼灭任何敢于接近他的人。狄俄墨得斯举起一块两名男子都难以将它移动半步的巨石朝埃涅阿斯扔去，石块正好击中了埃涅阿斯的髋关节，埃涅阿斯痛得不省人事。女神阿佛洛狄忒爱子心切，一把抱住儿子，把他塞在自己衣服的缝隙里带出了战场，否则埃涅阿斯早就死于非命了。斯忒涅罗斯把缴获的埃涅阿斯的战马和战车送入船舱后，然后驾着自己的车辆又来到狄俄墨得斯身旁。狄俄墨得斯认出了女神阿佛洛狄忒，他猛追带着儿子的女神，奋力向她刺去一枪，枪尖划伤了女神的腕骨，女神手上滴出了神血。受了枪伤的阿佛洛狄忒痛得连忙大叫，身边的儿子也滚落在地。她急忙来到战场左侧的兄弟阿瑞斯身边。"噢，兄弟，"她请求着大喊起来，"我的伤口疼痛难熬，请给我备马，让我回奥林匹斯山上去吧！狄俄墨得斯那个凡人刺伤了我，他的力量强大，几乎能够亲自跟我们的父亲宙斯作战。"

阿瑞斯把战车借给他。阿佛洛狄忒驾车来到奥林匹斯圣山，哭着扑进了母亲狄俄涅的怀里。她抚慰女儿，领她来见父亲。宙斯含着微笑接见了她，对她说："你不是掌管战争的料，我可爱的女儿，你还是去主管婚礼，把厮杀留给战神去管吧！"雅典娜和赫拉却在一旁嘲笑地看着她，讥讽地说："怎么回事啊？也许是那个漂亮而不忠的希腊女人把阿佛洛忒狄吸引到特洛伊去了，在那里她一定抚摸了海伦的衣裳，把手在衣扣上划破了！"

　　同时，在下界的战场上，战斗越趋激烈。狄俄墨得斯朝着埃涅阿斯扑了上去，他三次使劲地给他以致命的打击，但是三次都被愤怒的阿波罗神用盾牌挡住。当他第四次冲过去时，阿波罗可怕地朝他怒喝一声："你这个凡人，不要放肆地和神祇对抗！"

　　听到这话，狄俄墨得斯恐惧而又不安地退了下去。阿波罗托着埃涅阿斯离开了混乱的战场，回到他在特洛伊的神庙，请勒托和阿耳忒弥斯的精心地照顾埃涅阿斯。勒托是阿波罗的母亲，阿耳忒弥斯是她的孪生姐妹。在阿波罗带着埃涅阿斯离开进，他在英雄刚才躺下的地方制造了一个幻象，让希腊人和特洛伊人以为他还在原地，彼此间激烈争夺，相持不下。阿波罗提醒战神阿瑞斯，一定要把胆敢与神作对的无耻之徒堤丢斯的儿子从战场上清除出去。战神打扮成色雷斯人阿卡玛斯的样子，趁着喧嚷来到普里阿摩斯的儿子面前，嘲笑他们说："你们还要让希腊人再危害多少人？难道你们想把战场摆在特洛伊的城门前吗？你们不知道埃涅阿斯正躺在地上吗？赶快起来，让我们从仇人的魔掌中救出这位忠诚的伙伴！"

　　阿瑞斯重新激起了特洛伊人的战斗热情。吕喀亚国王萨耳佩冬跑去找赫克托耳，对他说："赫克托耳，你的勇气到哪儿去了？不久前你夸口：即使没有同盟军，没有士兵，光靠你们几个兄弟和姐夫妹夫就能保卫特洛伊城。但我没有看见他们中有一个在战场上，他们像野狗看到雄狮一样缩在后面，逼得我们同盟军不得不单独作战。"

　　一番埋怨深深地打动了赫克托耳，他跳下战车，挥舞着长矛，率领着将士们，匆忙地穿过士兵的行列。他们兄弟几人以及特洛伊人重新转向战场。阿波罗让埃涅阿斯恢复了健康和力量后，把他送上战场。埃涅阿斯突然毫无伤痛地站在大家的面前，将士们看到他十分高兴，但是谁也没有时间问候他一声。他们涌入战场，成群结队地扑向敌人。

　　丹内阿人站在埃阿斯、狄俄墨得斯和俄底修斯的身后，静静地等待着。阿伽门农一马当先，朝着飞奔而来的特洛伊人射去一镖，埃涅阿斯的朋友得伊科翁应声倒下了。得伊科翁始终是亲临前线、积极作战的英雄。接着，埃涅阿斯也挥起大刀，亲手杀掉了俄耳西罗科斯和克瑞同两名丹内阿人。他们都是狄俄克赖斯的儿子，兄弟两人感情非常好，在伯罗奔尼撒的弗赖城长大，他们年轻力壮，犹如两头山间雄狮一样强壮。阿伽门农的兄弟墨涅拉俄斯挥动长矛，疾风一般朝密集的特洛人群猛扑过来。战神阿瑞斯鼓励着他，心里充满了担忧，生怕他被埃涅阿斯砍翻在地。涅斯托耳的儿子安提罗科斯同样也在关心着国王的生命安全，急忙靠近墨涅拉俄斯。埃涅阿斯和墨涅拉俄斯各怀杀气，举起长矛，拼得你死我活。埃涅阿斯看到对方又冲上一群人来，连忙退了下去。安提罗科斯和墨涅拉俄斯把两位朋友的尸体交给自己的战友之后，又回到了战场上。

　　赫克托耳率领最勇敢的特洛伊人冲了过来，战神亲自与他一道作战。狄俄墨得斯看到战神走来，大吃一惊，对士兵们大喊："朋友们，不要为赫克托耳的勇敢而感到惊讶；他的身旁有神祇护卫！"正说着，特洛伊人已经逼近。赫克托耳杀死了一辆车上的两个勇敢的希腊人。忒拉蒙的儿子埃阿斯赶过来，为他们报仇。他用长矛击中了特洛伊人的一个盟友安菲俄斯，使他栽倒在地。特洛伊人枪如飞蝗，朝他投过来，阻止他剥取尸体上的铠甲。

在战场的另一边，赫拉克勒斯的儿子特勒帕勒摩斯正朝吕喀亚人萨耳佩冬一步步逼近，萨耳佩冬远远地只能看见对方的身影，只听对方大声地呵斥着："娇生惯养的亚洲人，你也敢声称自己是宙斯的儿子，你可知道我的父亲乃是大名鼎鼎的赫拉克勒斯！你根本就是一个懦夫，即使你今天变得勇敢了，也难以逃脱到哈得斯那里报到的下场！"萨耳佩冬恼羞成怒地说："你不要小看了，如果我像你认为的那样至今都没有取得任何成绩的话，那么你的死将会给我增添光彩！"刹那间，两杆长矛舞动着交织在一起。萨耳佩冬掷去一枪，正中对方的脖颈。特勒帕勒摩斯呀地一声倒在地上，没有声息了。可是他先前掷出的飞镖也刺到了萨耳佩冬的左腿，镖尖直抵腿骨，不知伤势如何。萨耳佩冬被朋友们拖着离开了激烈战场。竟然没有人发现，飞镖正插在萨耳佩冬的腿上。

俄底修斯在吕喀亚人失去了首领的队伍中混战，他快要追上正在逃跑的萨耳佩冬时，赫克托耳急忙赶来了。萨耳佩冬以虚弱的声音对他喊着说："别让我落在亚各斯人的手里；保护我，即使我不能回国看到我的妻儿，也要在这座城里咽下最后一口气。"赫克托耳没有回答，他只是勇猛地驱逐萨耳佩冬周围的希腊人，连俄底修斯也不敢再往前一步。萨耳佩冬的朋友把他抬到离中心城门不远的一棵高大的山毛榉下。他青年时代的朋友珀拉工从他腿上拔出枪头。受了重伤的萨耳佩冬痛得昏了过去。不久，他又苏醒过来。一阵凉爽的北风吹过，又使他恢复了精神。

阿瑞斯跟赫克托耳并肩作战，不一会儿，希腊人就乱了阵脚，向着战船的方向撤退，撤退的途中共有六位勇敢的希腊战将栽在了赫克托耳的手上。

赫拉站在高高的奥林匹斯山上俯视着，俯视着人间这一幕激烈的战争，看到阿瑞斯帮助下的特洛伊人正在赶杀他们的对手，她内心不禁感到一丝畏惧。依照赫拉的旨意，雅典娜的战车早已装备一新，车轮上包裹着黄金，车辕上镶嵌着白银，轭具也闪耀着珠光宝气。赫拉还给战车套上她的快马。雅典娜身披父亲的盔甲，头戴金色头盔，一手拿长矛，一手执盾牌，盾牌上还画着戈耳工的头像，她一跃身跳上战车，坐在缠满金链的银椅上。赫拉在她旁边欢快地挥舞马鞭，催促快马飞奔向前。由时序三女神看守的天堂大门突然轰的一声自动开启，两位强壮的女神穿过雄伟的奥林匹斯山。在奥林匹斯山的顶峰，她们看到宙斯正端坐在那里。赫拉勒住马缰，对丈夫说："你的儿子阿瑞斯违背天命，杀戮希腊人以及无辜百姓，英勇的希腊民族快要毁在他的手里了，你难道一点儿也不愤怒吗？难道你没看到阿波罗和阿佛洛狄忒正在唆使那位作恶多端的暴君吗？现在你应该同意我去教训一下那个无理取闹的人，让他从此离开战场！"

"你可以去试试，"宙斯回答道，"让我女儿雅典娜和他对阵，她知道如何与他作战。"现在战车在空中飞奔，上面是繁星密布的青天，下面是高山和地，最后它降落在西莫伊斯河与斯卡曼德洛斯河汇合的地方。

女神们迅速加入到战斗中，她们看到士兵们团团围困着狄俄墨得斯。斯屯托耳是一位亚加狄亚人，生来大嗓门。于是，赫拉便打扮成斯屯托耳的模样走近他们，声如洪钟地大喝一声："亚各斯人，你们真不要脸！要是阿喀琉斯跟你们一起作战，你们将会更加英勇无敌！"丹内阿人听了这话，顿时受到鼓励，如虎添翼，雅典娜指出一条直通狄俄墨得斯的出路。而此时，狄俄墨得斯正坐在战车上，让凉爽的风吹拂潘达洛斯给他留下的箭伤，宽阔的盾牌带压在身上，汗水流淌着，这使他感到更加的疼痛，两只手丝毫无力。他用力地拉开带子，擦干血迹。雅典娜伸出双手，抓住骏马的轭具，说："说真的，堤丢斯虽说个子矮小，但却是一位勇敢的战士。而他的儿子却不像他的父亲那样勇敢。虽然堤丢斯曾经在底比斯城前违抗过我的誓言，可是我却无法拒绝对他的帮助。今天我也可以保护和帮助你，不过我不明白为什么你的四肢会这样无力？行了，你看上去哪里像猛如雄狮的堤丢斯的儿子，你不配啊！"狄俄墨得斯听到她的话，惊讶地抬头看着她，说："我已经认出你了，你是宙斯的女儿，我不想对你隐瞒真情。我后退，既不是因为害怕，也不是因为无力，而是因为一个强大的神祇逼得我这样的。是你从前给了我一双慧眼，所以我认出了他。他是战神阿瑞斯，我看见他率领特洛伊人作战。我毫无办法，只好退到这里，而且命令其他的希腊人也集合到这里，他们都在我的周围。"雅典娜听了他的话回答说："狄俄墨得斯呀，从现在起，你不用害怕阿瑞斯，也不用害怕其他的神祇，因为我是你的坚强后盾。勇敢地驾起战车，向战神冲去！"

雅典娜朝狄俄墨得斯的驾车副将斯忒涅罗斯使了个眼色，副将马上会意，点了点头就连忙从战车上跳了下来。雅典娜跳上战车，坐在副将的座位上，抓住马鞭和缰绳，驾着马车径直朝战神阿瑞斯冲了过去。这时的阿瑞斯刚刚战胜了最勇敢的埃陀利亚人珀里法斯，正要剥取他的盔甲。他看到站在战车上的狄俄墨得斯直扑过来，而女神雅典娜则把自己裹在密不见光的黑暗里。阿瑞斯慌忙放下珀里法斯，迎着堤丢斯的儿子走上前来的同时早把长矛瞄准了对面冲过来的狄俄墨得斯的胸脯。雅典娜神不知鬼不觉地用手悄悄地接住了长矛，使它改变了方向。雅典娜接过飞来的长矛，然后投了出去，正好击中阿瑞斯的肚子，刚好在铁腰带的下端。战神大叫一声，声大如雷。希腊人和特洛伊人听到后十分害怕，以为是宙斯的雷声。

只有狄俄墨得斯看到阿瑞斯驾着云团像旋风似的朝天空飞去。战神来到天上，坐在父亲身旁，将伤口指给他看。宙斯脸色阴沉地对他说："我的儿子，别再抱怨了！在奥林匹斯圣山的神祇里，我最不喜欢的就是你了。你总是喜欢战争、搏斗。你的倔强和执拗的态度更像你的母亲赫拉。不过，我还是不愿意看见你忍受创伤的痛苦。神祇中的医生弗厄翁会给你治疗的。"

说话间，众神都回到了奥林匹斯山，他们把战场留给了丹内阿人和特洛伊人。忒拉蒙的儿子埃阿斯破例冲入特洛伊人的人群之中，用枪刺穿了强健的色雷斯人阿卡玛斯。紧接着，狄俄墨得斯一举杀死了阿克绪罗斯和他的副将。四位英勇的特洛伊人死在墨喀斯透斯的儿子欧律阿罗斯手中；埃拉托斯倒在阿伽门农的脚下；透克洛斯杀死阿瑞塔翁；俄底修斯斩死了特洛伊英雄庇底狄斯；阿布勒洛斯倒在安提罗科斯的脚下。阿达斯特洛斯在回城的路途中被马匹绊倒在地，墨涅拉俄斯一把抓住了他。无奈之下，阿达斯特洛斯抱住墨涅拉俄斯的膝盖苦苦哀求："放我一条生路吧，阿特柔斯的儿子，我的父亲会给你很多金银财宝！"墨涅拉俄斯几乎动心了，这时阿伽门农走上前来责备他说："墨涅拉俄斯，你要对敌人发善心吗？我们不能特洛伊城养大的任何人，即使是母亲怀中的孩子也不能放过！"墨涅拉俄斯转过身，踢了求饶的人一脚。阿伽门农挺起长矛，把阿达斯特洛斯挑翻在地。人们在蜂拥而上的亚各斯人中听到涅斯托耳大声喊叫着："朋友们，任何人不得停下来抢拿财物、收集战利品。现在只是动手杀敌的时候！"

特洛伊人几乎大败，往城里逃走了，幸好普里阿摩斯的儿子，可以从鸟儿飞翔预卜未来的赫勒诺斯对赫克托耳和埃涅阿斯说："朋友们，一切都指望你们了。你们必须把逃跑的人都拦在城门口，这样我们仍能恢复战斗力，战胜丹内阿人。埃涅阿斯啊，这是神祇给你的任务。而你赫克托耳，你应立即回特洛伊去，告诉我们的母亲，请她动员城里的贵妇人到雅典娜的神庙去，将最贵重的衣服献在女神的膝上，并答应给她祭供十二头肥壮的母牛，请女神怜悯我们特洛伊的妇女、孩子和她们的城市，帮助他们抵抗这个可怕的狄俄墨得斯。"赫克托耳急忙赶回特洛伊城去。

格劳库斯和狄俄墨得斯

在战场上，吕喀亚人柏勒洛丰的孙子格劳库斯和堤丢斯的儿子狄俄墨得斯从各自的队伍里冲了出来。狄俄墨得斯逼近对手，看着他说："高贵的英雄，你是谁？我在战场上从来没有见过你。现在，你却以超群的勇气，前来抵挡我的长矛。我警告你，阻拦我的人都必死无疑。如果你是化身为人的神祇，那么我就不跟你作战。因为我害怕神祇发怒，不愿反对永生的神祇。如果你是一个凡人，那么就请过来，结果你也难免一死！"

希波洛库斯的儿子听完这番话，回答说："狄俄墨得斯，你真的想知道我的身世吗？我们人类世世代代相传，每个人都有自己的家族渊源！如果你实在想知道，那我就告诉你吧：我的先祖是埃洛斯，他是赫楞的儿子。埃洛斯生下奸猾的西绪福斯，西绪福斯生下了柏勒洛丰，柏勒洛丰生下了希波洛库斯，我就是希波洛库斯的儿子，叫格劳库斯。是我的父亲派我前来特洛伊的，我应该为先祖争夺荣誉。"

"尊敬的王侯，你我原是世交，从先辈那里他们就是朋友。我的祖父俄纽斯曾在自己家中热情的款待过你的祖父柏勒洛丰，让他住了二十天。我们的祖先还相互赠送了许多礼品：你的祖父赠给了我的祖父一只双耳金杯，我的祖父回赠你的祖父一条紫金腰带。那个金杯现在还收藏在我的家中。因此，你何苦来到亚各斯，你应该成为我的客人。如果我到吕喀亚去，也会投奔于你。在战场上我们不该动武。有足够的特洛伊人可供我杀戮，也有足够的希腊人可供你刺杀。让我们交换一下武器吧，也好使别人看到，我们是如何尊重我们先祖的友情。"于是，两个人从马车上跳下来，互相握手，并立誓友好。格劳库斯把自己的金盔掉换狄俄墨得斯的青铜甲。这就好像以一百条牛交换九头牛。

赫克托耳在特洛伊城

赫克托耳来到了中心城门，走到宙斯的山毛榉下。在这里，特洛伊的妇女们团团围住他，不安地向他打听丈夫、儿子、兄弟以及亲友的消息。他无法一一回答每个人的问题，只是要求她们向神祇祈祷。不过，很多人都从他那里听到了可怕的消息。不一会儿，他来到父亲的宫中，这是一座豪华的建筑，周围有由粗大的石柱支撑着的宽敞的厅堂，里面有五十间相连的大理石宫室。这里是王子和他们的妻子居住的地方。内廷的另一边有十二间相连的大理石建筑的厅堂，这里是国王的女儿女婿们居住的地方。宫殿由高大的城墙围绕，构成一座牢固的卫城。在这里赫克托耳遇到了他的善良的母亲赫卡柏，她正要到她最喜爱的女儿拉俄狄克那儿去。年迈的王后急忙朝儿子走过来，握住他的手，又是担忧又是爱怜地问他："儿子，你怎么离开了战场？想必是希腊人加紧围攻我们，所以你回来祈求宙斯的。我要给你送上最珍贵的美酒，使你可以祭供万神之父宙斯和其他的神祇，你自己也可以喝一口提提精神。对一名疲劳的战士来说，酒最能振作精神！"

赫克托耳微笑着对母亲说："不要让我喝酒啦，否则我会失去力量的。亲爱的母亲，我也不想用一双未曾洗过的手给众神之父祭供礼品。母亲，你去吧，带领着最高尚的特洛伊妇女们、带着香烛到雅典娜的宙宇去吧，把你的最华丽的衣服供祭在雅典娜的膝盖上，答应给她祭供十二头肥壮的母牛，请她佑护我们平安幸福。我把兄弟帕里斯也叫到战场上去，即使他被大地吞吃下去，我也不会同情他，因为为了他我们特洛伊人几乎要沦为希腊人的奴隶啦。"

告别了儿子，母亲赫卡柏走进收藏最美丽丝绸衣衫的卧室，那些衣衫大部分是帕里斯与海伦在回归途中从西顿带来的。她找出一件最华丽、最漂亮、花式又是最鲜艳的衣服，随后在高贵的妇女们簇拥下，来到雅典娜的寺庙。安忒诺尔的妻子，帕拉斯在特洛伊的女祭司特阿诺给她们打开了神庙的大门。妇女们围绕着雅典娜的神像，虔诚地举起双手，默默向雅典娜女神祷告。特阿诺从王后手里接过衣服，搁在圣像的膝盖上，对宙斯的女儿恳求着说："帕拉斯·雅典娜，高贵而又法力无边的女神，城市的佑护神，可怜可怜城市、妇女和孩子吧！让狄俄墨得斯自取灭亡吧！为此，我们还将祭献十二头肥牛为供品。"没想到的是帕拉斯·雅典娜却拒绝了他们的恳求。

赫克托耳已经来到帕里斯的宫殿，它在国王和赫克托耳的宫殿附近，赫克托耳和帕里斯都是单独居住的。赫克托耳手执一根长矛，矛长丈余。青铜矛头和矛杆的交接处用一道金环箍着。他看到兄弟帕里斯正在房内检查武器，修理他的硬弓。海伦则坐在她的侍女中间，做着日常的事情。赫克托耳嘲笑般地看着帕里斯，大声斥责他："你坐在这里过舒服日子，实在是罪过。兄弟，城里这么多人因为你都在城外作战。如果你看见这时有人逃避战斗，你也许会责骂他们。来吧，在城市还没有被敌人攻破并烧毁之前，帮助我们去防守城池！"

帕里斯回答他说："你的这些话很有道理，兄弟，我也知道我这样做是不对的，但是我的内心充满了悲痛，无心恋战。刚才夫人已经劝说过我了，她要我重上战场。你先去吧，我随后就来！"赫克托耳一言不发。海伦面有愧色地说："兄弟，我给你们王族和特洛伊人民带来了多少灾难啊！我真希望当年跟帕里斯回到这里以前就死在海洋上！现在面临如此严重的灾难，我真希望自己是一位英勇夫君的妻子，他应该记住由自己而带来的耻辱和埋怨。他没有任何的自豪,他的胆小一定会带来可怕的后果。而你,赫克托耳,先进来休息一下吧,战争的巨大压力正重重地压在你的肩膀上!"

"不,海伦,"赫克托耳回答说,"别如此友好地请我休息,我绝不能休息。我必须回到特洛伊人那里去战斗。你要劝说帕里斯,使他跟我一起去。现在我还得赶回宫去,看望我的妻子、儿子和仆人。"说着,赫克托耳转身走了。但他在房里没有看到妻子。女仆告诉他:"当她听说特洛伊人遭到打击,希腊人取得胜利时,她就离开了宫殿,想爬到城楼上去。女佣抱着孩子,只好跟在她后面。她心里焦急得不能控制自己了。"

赫克托耳走遍了大街小巷也没有发现妻子,当他来到中心城门时,他的妻子安德洛玛刻从对面走了过来。安德洛玛刻是底比斯国王厄厄提翁的女儿,女佣阿斯提阿那克斯抱着男孩跟在她的身后。父亲含着微笑看着可爱的儿子,安德洛玛刻含着眼泪靠过来,温柔地握着丈夫的手说:"赫克托耳,你的勇敢一定会使你丧掉性命的。阿喀琉斯杀害了我的父亲,阿耳忒弥斯的弓箭夺去了我母亲的生命,我的最好的七个兄弟也都死在阿喀琉斯的手上。现在,除了你之外,我再也没有亲人啦。对我来说,你就是父亲、母亲、兄弟。你还是留在这座塔楼上吧!为你可怜的儿子、即将成为寡妇的妻子考虑考虑吧!最英雄的武士,如埃阿斯、伊多墨纽斯、狄俄墨得斯、阿特柔斯的儿子等已向无花果树的高地进攻了三次了,也许是占卜人给了他们的预言,也许是他们自己发现了这一薄弱之处。"赫克托耳亲切地看着妻子,说:"亲爱的,我也关心着这一切。不过,我如果待在这里,远远地站着旁观,那么我会在特洛伊的男女老少面前感到惭愧。我在内心总是有个声音命令我到最激烈的前线去战斗。虽然,我已经预感特洛伊城终有一天会毁灭,普里阿摩斯和他的人民也将会遭殃。可是比起这一切,更使我感到难过的是想到你将受到的痛苦。丹内阿人将把你抢回去,让你当女佣,做奴隶;你在亚各斯那边将纺纱织布,或者挑水浇灌,看到你泪流满面的人都会说:'这就是赫克托耳的妻子!'唉,想到这些,我愿意现在就死!"

他朝儿子伸出双手,孩子却由于害怕父亲头上的铁盔和飘动的马鬃盔饰而哇哇大哭,并紧紧地抱住保姆的脖子。父亲微笑地看着孩子和母亲,迅速脱下头上发光的铁盔,然后抱起儿子,高高举起,接着深深地吻了可爱的儿子。他仰望苍天祈求着:"宙斯和诸神,让我的儿子跟我一样,成为特洛伊人的自豪吧。保佑他强壮、勇敢、成为特洛伊的首领。人们终有一天会说:'这个孩子比他的父亲更有本事,更伟大!'让他的母亲也为他感到骄傲、自豪!"说完,他把儿子放到妻子的手上,妻子微笑着又含泪把孩子抱在怀里。赫克托耳摸着妻子的脸说:"温柔的妻子,不要过分悲痛!我是受神的保护的,没有人敢违背神的意志来杀害我,但是无论是谁都难以逃脱自己的命运!"讲完这番话,赫克托耳又重新戴上头盔走了。安德洛玛刻悲伤地哭了起来,抱着儿子朝家走去。

帕里斯也带着锃亮的青铜武器在城内穿过,他赶上了哥哥,看到哥哥正在跟他的妻子安德洛玛刻告别。"我劳你久等了,"帕里斯大声地说:"我来迟了,不是吗?"赫克托耳却亲切地回答说:"好兄弟,我不能不说你是一个勇敢的人,不过你常常落后,你总算自愿回来了。特洛伊人为你受尽了苦。我听到他们鄙夷地议论你时,我就感到痛心。好吧,这件事我们以后再说吧。等到我们把希腊人赶出特洛伊,在宫中饮酒,庆祝自由时,我们再来谈论这件事!"

赫克托耳和埃阿斯的决战

女神雅典娜从奥林匹斯圣山上看到赫克托耳兄弟两人正向战场走去,她随即降到特洛伊城。在宙斯的山毛榉树下,她遇到阿波罗。"狠毒的女人,什么风把你从奥林匹斯圣山上吹下来了?"阿波罗问她,"你还坚持让特洛伊人失败吗?我劝你不要在今天让他们决战吧。如果你们,我是说你和赫拉不甘心,一定要让巍峨的特洛伊城变成废墟,那就让他们下次再打吧!"

雅典娜回答说:"好的,我正是怀着这种想法从奥林匹斯圣山上赶来的。可是,你告诉我,怎样才能让他们不打呢?"

"我们要使强有力的赫克托耳更有勇气,"阿波罗说,"让他向丹内阿人单独挑战。"

听到两位神的对话之后,占卜人赫勒诺斯匆忙找到赫克托耳,小声地对他说:"智慧的普里阿摩斯的儿子,这一回你愿意听从我的劝告吗?你想让特洛伊人平安无事吗?你去要求希腊人和特洛伊人停止战争,请亚各斯人找出一名最勇敢的武士跟你决斗。你可以大胆放心地去战斗,因为命运还没有决定你就在此死亡,所以你是毫无危险的。"

听了赫勒诺斯的话,赫克托耳很高兴,他是希望大家停止战斗。接着,他手持长矛的中部,走到混乱的部队之间。士兵们看到这个信号,就停止了战斗,阿伽门农也招呼希腊人就此止步。变成两头苍鹰雅典娜和阿波罗,栖息在宙斯的圣树上,只听赫克托耳开始说:"特洛伊和希腊的士兵们,你们听听我的打算!我们在不久前缔结的盟约并没有获得宙斯的批准,所以我们两个民族不得不拼个你死我活。其意图非常明显,那就是征服特洛伊,或者彻底毁灭你们希腊人。希腊国兵营中最善战的英雄们,敢与我单独决斗的请出阵吧!我的条件其实也很简单,我只希望宙斯在这里作证:如果阿波罗赋予我神力,让对手死在我的箭下,他的盔甲要让我解下来,然后挂在特洛伊城的福玻斯神庙内。如果我被对手刺伤了,他就可以拿走我的武器,可是应该把我的尸体归还给我的国家和亲人,以使我在家乡得到隆重的安葬。当然,你们也可以把死者运回战船,举行隆重的葬礼,然后给他在赫勒持滂海湾立一座墓碑,让后来的人说:看吧,这里是曾经跟神一般的赫克托耳战斗而捐躯的人的坟墓!"

丹内阿人保持沉默,因为拒绝挑战是耻辱,可是接受挑战又有生命危险。他们正在为难时,墨涅拉俄斯站了起来,并斥责自己的同胞说:"你们这些怯懦的人哪,都像女人似的,根本不是男子汉。如果没有一个人敢跟赫克托耳作战,那真使我们羞得无地自容!我愿意迎战,让诸神决定命运吧!"

说着他紧束铠甲，但如果不是希腊的几个王子及时把他拖回的话，这次他必死无疑。阿伽门农握住他的手，说："兄弟，你怎么想起来要跟这位强有力的对手作战？你疯了吗？你要知道，连阿喀琉斯在战场上见到他也不敢鲁莽从事。我们请你三思而行。"

涅斯托耳也向墨涅拉俄斯讲述了当年跟亚加狄亚人厄洛宇特哈利翁决战的经历，希望借此来阻止他的鲁莽。他还说，"如果我还年轻，还跟当年一样健壮，赫克托耳马上就能找到自己的对手！"

他的话音刚落，军队中的九位国王同时站了起来，阿伽门农一马当先，狄俄墨得斯也不甘示弱，然后是两位埃阿斯，另外的就是伊多墨纽斯、迈里俄纳斯、欧律皮罗斯、托阿斯和俄底修斯，他们一致表示准备迎战。涅斯托耳又开始说话了："抽签决定吧，不管抽到谁都必须代表希腊前去应战，决不能退缩。如果前去应战的人能够从艰苦的战斗中得胜回来，全希腊人都会为他感到自豪和骄傲的。"接着，每一个人都准备了一个签，将它投入阿伽门农金色的头盔里，士兵们一起祷告。之后涅斯托耳摇了摇头盔，从中跳出了一个签子，这是忒拉蒙的儿子埃阿斯的签子。传令官移动着脚步，让各位英雄过目抽到的签子。埃阿斯高兴地大叫起来："朋友们，这是我的签子。希望我能战胜赫克托耳，现在我就去披挂武装，大家为我祈祷祝福吧！"

希腊人遵从他的意志。于是，埃阿斯束紧金光闪闪的铠甲，大步走向战场。他挥舞着粗大的长矛，好像战神一样，严肃的脸上泛起一丝微笑。丹内阿人看到他威武的形象都很高兴，而特洛伊的士兵却感到恐惧，连威风凛凛的赫克托耳也感到心跳加速。但他不能后退，因为这场决斗是他挑起来的。埃阿斯走到赫克托耳面前，威胁地对他说："赫克托耳。这下你该知道，丹内阿人中除了珀琉斯的狮心儿子外还有别的英雄。好吧，让我们开始作战！"

这时，赫克托耳回答说："好吧，不要废话，让我们开始血战吧！神一般的忒拉蒙的儿子，你不要把我当成一名胆小的孩子进行挑逗，我身经百战，自有自己独特的本领。你是一位强壮勇敢的好汉，你放心地决斗吧，我不会使用任何奸计的，但我也会毫不留情地朝你投掷长矛的。看吧，看它能否射中你。"

说完，赫克托耳迅速地投出一杆长矛，长矛射中了埃阿斯的盾牌，矛尖穿透了六层裹扎的牛皮，直到第七层时才停了下来。现在轮到忒拉蒙的儿子投枪了，他的投枪飞过空中，击碎了赫克托耳的盾牌，扯破了他的战袍，若不是赫克托耳及时躲闪，投枪一定会刺穿他的臀部。双方各自取回投枪，重新回到原来的位置站定。赫克托耳再次瞄准埃阿斯的盾牌中心，可是他的枪尖弯曲了，无法穿刺铁盾。埃阿斯的投枪反而钻透了他的盾牌，划破了他的脖子，一股黑血顿时涌出。赫克托耳后退了两步，右手稳健地抓起一块巨石后飞快地投出，正好击中了敌人的盾牌浮雕，发出一声金属撞击的巨响。这时埃阿斯从地上捡起一块更大的石头朝赫克托耳掷去，石块打穿了赫克托耳的盾牌，并砸伤了他的膝盖。赫克托耳不得不又往后退了几步，可是他仍然紧紧地抓住盾牌。隐藏在他旁边的阿波罗伸出手来，赶忙扶住他以使其站定身子。埃阿斯和赫克托耳又拔出剑来扑向对方，决定一决雌雄。这时，特洛伊人的传令官伊特俄斯和希腊人的传令官塔耳堤皮奥斯匆忙走上前来，他们用棍棒把两位激烈交战的英雄隔开了。"别再斗了，"伊特俄斯大叫一声，"你们两个都是勇敢的人，都受到宙斯的喜爱。这是我们共同看到的事实！现在已是夜晚了，都回去吧！"

"跟你的同胞去说吧！"埃阿斯回答他，"正是他向最勇敢的希腊人进行挑战！如果他同意停战，那么我也同意！"赫克托耳向对方说："埃阿斯，是神祇给了你强壮的身体、力量和投矛的本领。我们今天暂且停战，以后我们再决斗，直到神祇把胜利交给我们两个民族中的任何一方为止！现在让我们互换礼物作纪念，让特洛伊人和希腊人将来有理由说：'你们瞧，他们在战斗时想拼个你死我活，然而在分手时却是友情深厚！"说着，赫克托耳把银柄宝剑，还有剑鞘和漂亮的剑相赠给对方，埃阿斯解下他的紫金腰带送给赫克托耳。最后双方各自分手。

休战

丹内阿人的王子们聚集在他们的最高统帅阿伽门农的帐篷里。他们向宙斯祭供了一头五岁的肥壮公牛。欢宴时，大家又把最好的牛排让给了胜利者埃阿斯。在他们酒醉饭饱后，涅斯托耳提议明天休战，以便收集战场上阵亡的丹内阿人的尸体，并运到战船附近将它们火化，等以后回国时再把骨灰交给阵亡人的子女。他的提议得到大家的赞同。

特洛伊人也正在城堡内召开会议，他们为牺牲的战士感到伤心，因此商讨决战的事情。聪明的安忒诺尔站起身来说："特洛伊的同胞和盟友们！潘达洛斯撕毁了神圣的协议，使我们卷入一场违约的战争，这给我们的人民造成了巨大的损失。因此我提议把亚各斯女子海伦和她的财物都还给阿特柔斯的儿子。"帕里斯表示不同意，他说："安忒诺耳啊，如果你是认真地讲这番话的，那一定是神祇让你失去了理智。我明确地宣布，我决不把海伦交出去。我从亚各斯带回的珠宝可以退给他们。而且，如果他们要求补偿的话，我还乐意从自己的财产中再给他们增加一些！"年迈的国王普里阿摩斯在儿子讲话后用宽慰的语气对大家说："我们在今天不再议论其他事了，朋友们，让士兵们开始晚餐吧，你们也请宽衣解甲，好好休息。我们的使者伊特俄斯明天到希腊人的船上去，问他们是否愿意跟我们休战，让我们把死者火化掉。要是我们不能达成一致协议，再重新开战。"

第二天一大早，使者伊特俄斯就来到希腊人面前，宣读了帕里斯的赔偿计划和国王的停战提议。听到这消息，丹内阿人的勇士们良久默不作声。最终，狄俄墨得斯打破沉默说："希腊的朋友们，他们的提议只能说明特洛伊人已经觉察到了灭亡的威胁。我们不要指望得到帕里斯的珠宝财物，即使我们重新获得了海伦，也甭想着财物的事。"大家以热烈的掌声给以回应。阿伽门农对使者说："希腊人对帕里斯计划的答复，你已亲耳听到了。但是，我们也会仁慈地给你们留有时间，去火化死者。执掌雷霆的天神可以明鉴我们的承诺！"说罢，他举起权杖，直指苍天。

伊特俄斯回到特洛伊，看到特洛伊人正在开会商议。他报告了对方的答复。随后全城的人都动员起来，有的收尸，有的人拾木柴。希腊人的军营里也同样地忙碌着。在灿烂的阳光下，敌对双方的人平静地来来往往，各从对方的阵地中寻觅阵亡的士兵。特洛伊人含着热泪替他们的阵亡将士清洗肢体上的血污，默默地把尸体抬上车，送上高高的柴堆。希腊人也含着悲痛操办着同样的事，直到火焰熄灭时，他们才回到自己的战船。他们忙碌了整整一天，到了用晚餐时，伊阿宋和许珀茜伯勒的儿子奥宇纳奥斯从雷姆诺斯岛用大船运来许多名酒，因为，他和希腊人是很要好的。这礼物来得正及时，希腊人感到分外高兴，他们放怀畅饮，享用了一顿美餐。

特洛伊人也想趁着这个时候休息一阵。但宙斯却没让他们过上平静的生活。整整一夜，雷声轰鸣，从未间断。特洛伊人预感到新的灾难的来临，内心极度恐惧，连酒杯都没敢往嘴边凑一下，而是忙着给愤怒的众神之父浇奠祭供。

特洛伊人的胜利

宙斯突然改变了主意。"你们听着，"第二天清晨，他对前来圣山开会的诸神和女神们说，"今天有谁胆敢帮助特洛伊人或者希腊人，我就把他扔入塔耳塔洛斯地狱，那深度如同天地间的距离。然后我再锁上地府的铁门，使他永远也回不了圣山。如果你们怀疑我是否有力量做到，那么你们可以试一试：用一根金链拴住天宫，然后一齐用力拉，看看是否能把我拉到地上。相反，我可以把你们连同大地、海洋全都拉上来，并将链条系在奥林匹斯圣山上，让大地永远吊在半空。"

众神听完宙斯愤怒的讲话，个个胆战心惊。接着，宙斯登上他的雷霆马车，驶向了爱达山，那里有他的一片小树林和祭坛。他高高地坐在山顶上，傲视着山下的特洛伊城堡和希腊人船营，看到双方的士兵正在忙碌地筹备战斗。特洛伊人的士兵数量远远少于对方，可是他们却士气高昂，积极参战，因为他们十分清楚这一仗关系着家眷的生死、国家的存亡。片刻之后，城门被打开，步兵、骑兵一齐喊杀着冲了出来。搏斗了一早晨，双方杀得难解难分，血流成河，还是未分胜负。到了晌午时分，太阳突然拨开云层钻了出来，宙斯邀请两位神坐上金车，然后把他们吊悬在空中观看希腊人和特洛伊人的战斗。突然，希腊人的命运变得艰难起来，特洛伊人却犹如升上天堂。

宙斯立即用一道闪电落在希腊人的军队中间，宣告他们命运的改变。这个凶兆威慑着希腊人，英雄们都感到沮丧。伊多墨纽斯、阿伽门农，甚至连两位埃阿斯都坚持不住了。只有年迈的涅斯托耳仍在前线。帕里斯一箭射中他的马，这匹马惊恐地直立起来，然后倒在地上打滚。涅斯托耳挥舞宝剑正想割断第二匹马的缰绳时，赫克托耳驾着战车朝他猛扑过来。如果不是狄俄墨得斯及时赶来，这位高贵的老人必定会有生命危险。狄俄墨得斯大声劝阻俄底修斯不要逃跑，但劝阻不了他。于是他来到涅斯托耳的马前，将涅斯托耳的马交给斯忒涅罗斯和欧律墨冬，然后把老人抱上了自己的战车，朝赫克托耳驶去。他向对方投去他的矛，虽没有打中赫克托耳，却刺穿了御者厄尼俄泼乌斯的胸膛。眼看着朋友死在自己身旁，赫克托耳十分悲痛。他让他躺下，唤来另一个御者，又朝狄俄墨得斯冲了过来。

　　宙斯明白，今天和堤丢斯儿子的较量，赫克托耳十分不利，可能最后还会彻底输掉的。一旦赫克托耳战死，战场形势马上就会出现转机，希腊人当天上午就可能攻占特洛伊。这种结果是宙斯不愿意看到的。所以他便甩手朝狄俄墨得斯的车前扔去一道闪电，吓得涅斯托耳连缰绳都从手上滑落下去了，他大声疾呼："狄俄墨得斯，快扭转马头！你没有注意到吗？今天宙斯是不会让你取胜的。"

　　"我知道，"狄俄墨得斯回答说，"可是，我一想到赫克托耳将来在特洛伊的国民大会上宣布说堤丢斯的儿子在我面前吓得魂飞魄散，我的心里就无法容忍这般耻辱！"

　　涅斯托耳不以为然，他说："不管赫克托耳如何嘲笑你，特洛伊的男男女女是不会相信的。你在战场上杀掉了他们无数的朋友和丈夫，他们能说你是懦夫吗？"他一边说，一边掉转了马头。赫克托耳立即追了上来，他大声喊道："堤丢斯的儿子，希腊人在会议或宴席上都对你推崇备至，将来，他们会看不起你，把你看成一个胆小鬼！攻占特洛伊并把我们妇女用船运走的希腊英雄中一定没有你了！"

　　听到恶毒的嘲讽，狄俄墨得斯考虑了再三，最终他决定掉转马头，跟取笑自己的人一比高低，可是，这时宙斯又从爱达山上投下了三个炸雷。因此，他还是决定逃跑。赫克托耳在后面奋起急追。

　　看着这一切，赫拉心急如焚，便想劝说希腊人的保护神波塞冬前来助狄俄墨得斯一臂之力。对于兄长的意愿，波塞冬是不敢违抗的，他也不敢违背天意，因此没有答应赫拉的要求。一会儿工夫，希腊人溃败而逃，纷纷上了战船。就在赫克托耳将要涌上战船，想用火把把希腊人的战船营烧成灰烬时，赫拉鼓励阿伽门农把慌乱的希腊人重新召集起来，从而免除了此祸。阿伽门农身披一件闪闪发光的紫金战袍登上了俄底修斯的大船，显得既高大又威武，他站在甲板上大声呼喊说："真是丢人，你们的英雄气概哪里去了，全是吹牛大王。差点让赫克托耳一个人就把我们全部收拾了，我们的战船营差点就变成了一片火海。哦，宙斯啊，你将让我成为千古罪人，遭万人唾骂！"说到这里，阿伽门农泪如雨下。他的这番举动感动了宙斯。宙斯给希腊人送上吉兆一头雄鹰。雄鹰抓着一只小鹿，翱翔在空中，并将幼鹿扔在宙斯的祭坛前。

　　丹内阿人看到这吉兆，又鼓起勇气，重新聚集起来，顽强抵抗蜂拥而来的敌人。狄俄墨得斯从战壕里跳出来，冲在前面，正好碰上特洛伊人阿革拉俄斯，狄俄墨得斯一枪刺中想转身逃跑的阿革拉俄斯的后背。阿伽门农和墨涅拉俄斯随后跟上来，紧接着是两位埃阿斯、伊多墨纽斯、迈里俄纳斯和欧律皮罗斯。第九个上来的是透克洛斯，他由异母兄弟大埃阿斯的盾牌保护着，弯弓搭箭，射倒了一个又一个特洛伊人。他在射倒了八个人后，又瞄准赫克托耳射去一箭。箭射偏了，却射中了普里阿摩斯的私生子戈尔吉茨翁。透克洛斯又向赫克托耳射去一箭，但阿波罗让箭偏离了目标，它射中了驾车的阿尔茜泼托勒摩斯。赫克托耳忍着悲痛，让他的朋友躺在车上。他叫来第三个人为他驾车，然后凶猛地向透克洛斯冲去。透克洛斯正要弯弓搭箭，被赫克托耳用一块尖利的石块砸在锁骨上，筋也断了，一只手僵硬地靠在踝骨旁，双膝弯曲着跪在地上。埃阿斯连忙伸出盾牌挡住兄弟，直到又来了两个人。才把呻吟不已的透克洛斯抬离了战场，送上大船。

宙斯接着又激起了特洛伊人的斗志。赫克托耳咆哮如雷，瞪着一双直冒火星的眼睛，追赶砍杀希腊人。希腊人只得跑上战船，非常惊吓地祈祷神的保佑。赫拉看在眼里，痛在心里，转过脸去，对雅典娜说："我们难道还要对垂危的丹内阿人保持沉默，见死不救吗？你瞧，赫克托耳是多么地狂妄，他毫不留情地把希腊人杀成了一片血海！"

"是的，我的父亲是有些残忍，"雅典娜回答说，"他已经忘记了我从前是怎样热情地帮助他的儿子赫拉克勒斯脱离险境的，忒提斯以爱情笼络他之后，他反而不愿见我了。我想这一切都会改变的，帮我准备一下礼品，我要去见见父亲！"

宙斯非常不满意两位女神的举动，于是他命令伊里斯前去堵车。伊里斯前来阻拦时，坐在车上的两位女神正要穿过奥林匹斯神山的前门。两位女神见宙斯大发脾气，只得掉转车头。一会儿，宙斯乘坐雷车回来了，这使神山的顶峰山摇地动，他没有听从妻子和女儿的乞求。他对妻子说："明天，你将看到特洛伊人展开更狂烈的进攻。勇猛的赫克托耳必定要把希腊人赶到船尾，压断船舵，才肯收手。希腊人走投无路时，只好重新请出受尽欺辱的阿喀琉斯，这是命中注定的！谁也改变不了。"赫拉听了一言不发，非常伤心。

晚上，赫克托耳召集战士们开会。他说："要不是天黑了，我们说不定已经把敌人彻底歼灭了！现在，我们也不用回城去了，只要派少数人把牛羊、面包和美酒送来。我们在四周燃起篝火，以防敌人偷袭。我们自己则开怀畅饮，包扎伤口，天一亮，我们就开始进攻希腊人的船只。我要看一看究竟是狄俄墨得斯把我从城墙上摔死，还是我从他的尸首上剥下他的盔甲和兵器！"特洛伊人欢声雷动。他们遵照命令，燃起篝火，然后又吃又喝。他们的马匹也没有卸下鞍具，嚼着燕麦和大麦，随时准备再上战场。

希腊人拜见阿喀琉斯

在希腊人的军营里，士兵们还没有从刚才败逃的恐惧中恢复过来。这时阿伽门农又悄悄地召集诸位王子举行会议。他们坐在一起，神情沮丧。阿伽门农作为盟军的最高统帅，叹了一口气说："朋友们和战士们，宙斯对我很苛刻。他仁慈地给过我一个吉兆，示意我将征服特洛伊人并胜利返乡，而现在他却骗了我，要我失败而归，把这么多勇敢的军士丢弃在战场上。我们虽然已经攻陷了许多城池，而且还要占领更多的城市，可是我们命中注定不能征服特洛伊。因此，让我们一起乘上我们的战船返回我们的祖国吧！"

听完他的一番讲话，大家默不作声，沉默了很长时间。最后，狄俄墨得斯打破沉寂说："国王，刚才是谁在希腊人面前嘲笑我的勇气和胆识？怎么现在就要逃走了呢？宙斯显然给了你权力，却没有给你胆量。你难道真的认为希腊国的勇士们会轻易地被征服吗？好吧，如果你真的思念家乡，那么你就回去吧！路是畅通无阻的，你的船也已准备就绪，你可以上路了。我们其他人将留下来，直到揭毁普里阿摩斯的城堡为止。假如希腊的士兵全都走掉了，我和我的朋友斯忒涅罗斯也要留下来奋战到底，我们坚信是神的意志让我们走到这里来的！"

英雄们听到他的话大声喝彩。涅斯托耳说："虽然你像我的小儿子，但你说的话却像出自一位理智的成年人之口。来，阿伽门农，你应该邀请我们欢宴。你的帐篷里有的是美酒。让守卫的哨兵在土墙边注意动向，我们则在这里碰杯，你则可以听到我们提出的最好的建议。"

于是，王子们在阿伽门农处饮宴，他们的信心在渐渐地增强。饮毕，涅斯托耳又说："阿伽门农，你在那一天违反了我们的心愿，从受辱的阿喀琉斯的营帐里抢去了勃里塞斯的美丽的女儿。那一天的事情你当然不会忘掉。现在是重新思考的时候了，我们必须说服这位受了委屈的人和你和解。"

"你说得对。"阿伽门农回答说，"我承认，这是我的错。我愿意改正，愿意给受了凌辱的人很多的补偿。我打算赔偿十泰伦特的黄金，二十只炊鼎，七只三脚祭鼎，十二匹骏马，七名从勒斯波斯岛抢来的漂亮姑娘，我还可以退还美丽的勃里撒厄斯。我可以庄严发誓，我一直对勃里撒厄斯以礼相待，十分尊重。如果我们战胜了特洛伊，在分发战利品时，我愿亲自把他的战船装满黄金和青铜，另外，除了海伦，他还可以在特洛伊挑选二十名最漂亮的女子。等我们返回了亚各斯，我也可以让他从我的女儿中挑选一人为妻，我会像对待我的独子俄瑞斯盛忒斯一样对待他。我还可以答应给他七座城市作为女儿的嫁妆。只要他愿意和解，我都一一照办。"

"你给阿喀琉斯的赔偿可真是不少啊。"涅斯托耳回答说，"我们立刻挑选最合适的人去见他。福尼克斯你可以作为使者的首领，大埃阿斯、俄底修斯、荷迪奥斯和欧律巴特斯你们陪同前往。"

在隆重地举行祭礼后，由涅斯托耳提名的王子们离开会场，朝弥尔弥杜纳人的船队走去。他们看到阿喀琉斯正在弹一架精致的竖琴，琴上装饰着银制的琴马。他正在和着琴音歌唱古时英雄的光荣战绩，阿喀琉斯看到他们走来，惊愕地站了起来。原来默默无声坐在对面看他弹奏的帕特洛克罗斯也站起身来。两个人走上前迎接他们。阿喀琉斯握住福尼克斯和俄底修斯的手，大声说："贵客临门，欣喜无比！我想你们一定有难处才来找我的，可是，我依然爱你们，即使我对希腊人气恼，但我仍然欢迎你们！"

帕特洛克罗斯赶忙端来一大罐美酒，阿喀琉斯把烤好的一只山羊和两只绵羊的脊背，还有一条肥猪腿拿上桌，大家开怀畅饮，酒足饭饱。恰在此时，只见埃阿斯朝福尼克斯使了一个眼色，俄底修斯抢先说："珀琉斯的儿子，祝你长命百岁，你的餐食真是太精美了。可是，我们并不是为了品尝你的美食才来找你的。我们遭遇了沉重的灾难，而灾难的化解完全取决于你，取决于你是否参与到我们的行列中来，这关系我们的生死存亡。特洛伊人紧逼着我们的围墙和战船，赫克托耳借着宙斯的信任士气高昂，不可抵挡。虽说我们已经无法挽回失败的命运，但是如果你肯帮助我们，那将出现转机。压制你的傲气吧。相信我，友谊强于纷争。你的父亲珀琉斯在你出征前不是这样叮嘱过你吗？"然后，俄底修斯又细细列举了阿伽门农答应给他的赔偿品，向阿喀琉斯做出了许多保证。

可是，阿喀琉斯却回答说："尊贵的拉厄耳忒斯的儿子，我必须直截了当地用一个不字来回答你的好话。我恨阿伽门农，就像恨地狱大门一样。无论是他还是其他希腊人都不能劝说我回心转意，重新回到他们的队伍里。他们何时酬谢过我的功劳？我曾经日夜操劳，流血流汗，只是为了替那个不知感恩的人夺回一个女人。我夺来的战利品全部献给了阿特柔斯的儿子；他贪得无厌，自己占有了大部分，仅把少量的分给我们；他甚至夺走了我最心爱的女人。因此，明天在给宙斯和诸神献祭后，我们将乘船航行在赫勒持滂海湾的海面上。我希望三天以后就能回到夫茨阿。阿伽门农已欺骗了我一次，我不会第二次受他的骗！你们回去吧，把我的意思告诉国王。可是我希望福尼克斯留下来。你愿意跟我一起回到祖辈们生活过的地方吗？"

福尼克斯极力劝说阿喀琉斯，但是无论他怎么做，也没能使阿喀琉斯回心转意。只见埃阿斯站起来，说："俄底修斯，我们走吧！朋友们的友情是打动不了阿喀琉斯的，他的心肠无比坚硬！"俄底修斯也站起身来，他们共同向神祭奠致意，然后率领其他使者离开了阿喀琉斯的营帐，只有福尼克斯留了下来。

多隆和瑞索斯

俄底修斯传达了阿喀琉斯的话，阿伽门农和其他王子们听了以后都沉默着。一整夜，阿伽门农和他的兄弟都没有合眼，天还没亮，就心神不定地起床了。墨涅拉俄斯把英雄们一个个地从营帐内唤醒，并鼓励他们振作起来；阿伽门农则来到涅斯托耳的住处，他看到老人还躺在床上。老人从睡梦中惊醒，他对阿特柔斯的儿子喝问道："你是谁？怎么深更半夜地潜入我的营帐，是寻找朋友呢，还是寻找走失了的牲口？你说，你到底来干什么？"

"涅斯托耳，是我，"国王低声地回答，"我是阿伽门农，我为丹内阿人的命运惶恐不安，我一刻也不能安睡，这都是宙斯在折磨我啊！你快下起来，让我们一起去外面看看哨兵，看他们是否睡着了，谁能保证特洛伊人不会趁着黑夜偷袭我们呢？"涅斯托耳赶紧穿上羊毛燕尾服，披上紫金大衣，抓起长矛，随着阿伽门农在战船间的小道上视察起来。他们先叫醒了俄底修斯，说明来意后，俄底修斯急忙扛上盾牌，随他们一起走了出来。涅斯托耳又走进狄俄墨得斯的营帐，将他推醒。"你这位不知劳累的老人，"狄俄墨得斯睡眼惺忪地回答说，"你从来不让自己安生片刻！我们军营中有许多比你年轻的人，他们会在晚上为你的军队站岗放哨，帮你叫醒睡梦中的各位英雄。"

"你说得对，"涅斯托耳回答说，"我有足够的人，还有儿子们，可以代我去干这些事情。但是我们处境困难，所以我不能不亲自出来。现在是生死关头，你还是起来吧，帮我们去叫醒埃阿斯和梅革斯吧！"狄俄墨得斯即刻起来，披上一张狮皮，并找来了两位英雄。他们一齐检查岗哨，看到哨兵没有一个睡觉，他们都拿着武器，随时准备战斗。

差不多所有的国王都被从睡梦中叫醒了，大家聚在一起，开会商讨应对特洛伊人的办法。涅斯托耳第一个发言："朋友们，我提个建议，你们看是否行得通。我们是否可以派一个人潜入到特洛伊人的军队中，并从中打探他们的军事秘密，从而划清他们的战斗部署，这应该对我们大有益处吧？对于有这样胆量的英雄应当重赏！"狄俄墨得斯紧接着站起来，主动要求去执行这项任务，只是希望得到一个人的协助。很多人都表示愿意，这包括两个埃阿斯、安提罗科斯、墨涅拉俄斯、迈里俄纳斯和俄底修斯。狄俄墨得斯说："如果让我挑选的话，我决定让俄底修斯和我一起去。如果他陪我去，我相信我们一定会平安地归来的，他的聪明才智会保佑我们的！""不要嘲笑我，也不要夸奖我。"俄底修斯不好意思地说，"我们出发吧，天空中的星斗告诉我们，夜晚只剩下三分之一的时间了。"

为了不暴露自己的身份，狄俄墨得斯从特拉斯墨得斯处借来双面剑、牛皮盾和没有装饰的战盔，而把自己的剑和盾放在营内；俄底修斯使用的则是迈里俄纳斯送给他的弓、箭袋、剑、盔和毡披。武器准备停当，狄俄墨得斯和俄底修斯两人化装了一番就上路了。他们刚离开希腊的军营，忽然听到右上空飞过一只苍鹭。两人为帕拉斯·雅典娜送来的好消息而兴奋，请求得到女神的庇佑，让他们顺利完成今晚的侦察任务。

正当希腊英雄计划侦察特洛伊人军情的时候，赫克托耳也召集了会议，做出了同样的决定。他答应给有胆量侦察敌情的人奖励一辆战车和两匹最名贵的骏马，那是从希腊人那儿缴获的战利品。特洛伊人中有一位名叫多隆的，他是著名使者欧墨得斯的儿子，颇受人尊敬。他其貌不扬，但很富有。他听说可以得到阿喀琉斯的战车和骏马，不禁怦然心动，表示愿意去敌人军营侦察和探听丹内阿人的会议情况。他即刻背上弓箭，披上灰狼皮，戴上蛇皮盔，手执长矛出发了。他走的路正好是希腊两个英雄走的路。俄底修斯听到脚步声，悄悄地告诉同伴："狄俄墨得斯，有人从特洛伊营房过来了。他可能是个探子，也可能是到战场上剥取尸体铠甲的人。我们让他过去，然后跟踪他，把他抓住，或者把他送上大船去。"两个人潜伏在路旁的尸体中间，多隆毫无疑虑地从他们身旁走过。他走过一段路后，听到后面有响声，便停住脚步，以为是赫克托耳派人来召他回去。在后面的人离他只有一箭之距时，他突然认出他们是敌人。他吃了一惊，撒腿就跑，快得犹如一只被猎狗追逐的兔子一样。"站住，否则我就朝你投矛了！"狄俄墨得斯大喝一声并掷出他的长矛。狄俄墨得斯故意掷偏，矛尖从逃跑者的肩头擦过。多隆吓得面如土色。停了下来，站在那里，下巴颤抖，牙齿打战。等两个英雄过来抓住他时，他哀求道："饶了我吧，我是有钱人，我可以给你们黄金，你们要多少，我给多少！"

"别怕，"俄底修斯说，"告诉我们，你为什么到这里来？"多隆胆战心惊而又浑身颤抖着说出了事情的真相，俄底修斯听后微笑着说："你的胃口真不小，小伙子，竟敢打珀琉斯儿子的坐骑的主意！饶你一命可以，但是现在你要告诉我：你是从哪儿离开赫克托耳的，他的兵器呢？他的坐骑在哪里？同盟军都住在哪儿？其他的特洛伊人在哪儿？"多隆回答说："我离开时，赫克托耳正同国王们在伊洛斯的坟墓旁召开会议；士兵们在各自烤火取暖，没有特别的防备；部分同盟军的首脑们分散睡在士兵当中，四周也没有增设专门的岗哨。如果你们要进入特洛伊人的营房，最先遇到的是色雷斯人，他们的统帅是阿埃俄纽斯的儿子瑞索斯。瑞索斯的战马健壮高大，驰骋骤扬，我从来没见过如此罕见的坐骑。他的战车镶金嵌银，而他本人则穿着耀眼的黄金甲，像神一样。好了，我已经把我所知道的都告诉你们了，现在你们可以把我送上战船，或者把我捆绑着留在这里，以此证明我说的全部属实。"

狄俄墨得斯神色暗淡地看了他一眼说："我明白了，你想逃走。可是我的手有责任不让你再危害亚各斯人！"多隆听了这话，吓得哆嗦着伸出右手，想去抚摸英雄的下颌，没想到堤丢斯儿子的剑已经割下了他的脑袋。两位英雄取下他的蛇盔和狼皮，摘下长矛，解去硬弓，然后把他的盔甲放在几堆芦苇的显眼处，作为回去的路标。收拾完毕，他们又向前走去，撞见一群正在呼呼大睡的色雷斯人。色雷斯的士兵每人都有一辆由两匹马拉动的战车，脱下的盔甲整齐地放在地上，闪闪发光。瑞索斯睡在士兵当中，他的战马由缰绳拴着，站在最后一排的战车旁。

"这就是我们所要寻找的人，"俄底修斯小声地对堤丢斯的儿子说，"现在让我们马上动手，你去解下马匹，或者你干脆去杀人，把马交给我来处理。"狄俄墨得斯没有回答，却顿时野性发作，左砍右杀，不一会儿就打死了十二名色雷斯人。但聪明的俄底修斯却立即拖开尸体，给马匹让出通道。这时，狄俄墨得斯挥剑杀死了第十三个人，此人就是国王瑞索斯，他正在神祇送来的噩梦中呻吟。俄底修斯趁着混乱解下车旁的马匹，拉着缰绳，将它们赶出军营，然后给伙伴悄悄地打了一声唿哨。狄俄墨得斯正在犹豫，是拖着车辕把国王的战车拉出来，还是干脆把它背在肩膀上扛走。女神雅典娜跑来警告他，要他快走。狄俄墨得斯急忙跳上一匹骏马，俄底修斯同他并辔而驰，用弓背赶着马，飞快地奔向自己的营地。

看到雅典娜站在狄俄墨得斯一边，特洛伊人的佑护神阿波罗心中十分不悦。阿波罗马上叫醒瑞索斯最好的朋友，色雷斯人希波科翁。希波科翁来到国王放马的地方，眼前的惨象让他暴跳如雷，马丢了，人被杀了，他非常悲痛地大叫一声，呼唤着朋友瑞索斯的名字。特洛伊人赶紧跑过来，看到眼前的一切，他们一下子也惊呆了。

两名希腊人已经赶到了刚才杀害多隆的地方，狄俄墨得斯跳下马，捡起路旁的盔甲，交给俄底修斯后又跳上了马。俄底修斯更换了另一匹战马。不一会儿，他们就回到了战船旁边。涅斯托耳首先听到马蹄声，还未来得及反应，两位英雄已经跳下马来，向周围站立的朋友打招呼，给他们讲述这次幸运的战斗经过。俄底修斯的身后跟随着一群快乐的亚各斯人，他们一起走向堤丢斯儿子的营房。夺取的马匹拴到了国王马儿的旁边，给它们加上了可口的燕麦饲料。俄底修斯把多隆的沾满血迹的盔甲扔在船上，准备在给雅典娜祭祀时使用。两位英雄先到海水中擦掉全身的汗水和血迹，然后坐在温水池内休息了一会儿，再用香膏涂抹全身。洗完后，他们端起满满的大罐，尽情地享用早餐。

希腊人二度兵败

现在已是白天。阿伽门农命令战士们都穿上铠甲，他自己也穿上他的美丽的胸甲，这胸甲是用十排青铜片和十二排金片，二十排锡片交织成的。保护脖颈的部分曲回作蛇形，灿烂如虹彩。这是库普洛斯国王喀倪剌斯的赠品。然后他将宝剑用镶金的带子背在肩上。剑是银的，剑柄则饰以黄金的钉头。他持着他的圆盾，周围有十道青铜箍，上面有二十颗锡钉。在暗蓝的盾面中央刻绘着可怖的墨杜萨的头，盾带则是一条有三个扭结着头的紫龙。在头上他戴着一顶嵌着四只角的战盔，上有马缨飘荡，顶饰威严地抖动着。最后他执着两支有雪亮的青铜枪尖的长枪，大步走上战场。天上的赫拉和雅典娜看到这国王，也用欢欣的雷霆向他致敬。现在军队飞速地前行。首先步兵越过壕沟。在步兵之后则是战车。大队人马都喧声震耳地向前移动。

特洛伊人站满了对面的山坡，他们的首领站成一排，埃涅阿斯、赫克托耳、波吕达玛斯，后面还有阿卡玛斯、波吕波斯和阿蒙诺耳，他们三人都是安忒诺尔的儿子，都是骁勇善战的勇士。担当指挥的赫克托耳身穿金甲，浑身放光，就像雷霆之火。

顿时，特洛伊人与丹内阿人厮杀在一起，他们有的用头顶，有的用脚踢，奋力拼杀，个个凶猛得像饿狼。最后，希腊人取得了明显的优势。阿伽门农手抓一枪，把皮亚诺耳和他的副将全都打翻在地，希腊人进入了敌人队列的纵深地带。

在激烈的鏖战中，宙斯亲自保护赫克托耳，使他不受到流矢的伤害。他让赫克托耳顺着城池的方向，朝着山坡上古代国王伊罗斯的大坟逃去，可是阿伽门农大声呼叫着追赶他。赫克托耳来到宙斯圣林附近，离中心城门不远的地方时，和他率领的战士一起停住了。宙斯派出神祇的女使伊里斯吩咐他尽快从战斗中脱身，让其他人抗击，直到阿伽门农受伤为止。到那时，万神之父会亲自引导他取得胜利。赫克托耳遵从了神祇的吩咐，他在后卫线上不断地鼓励士兵们勇猛地向前冲杀。

双方士兵的杀戮又达到了另一个高峰。阿伽门农奋勇在前，再次杀入特洛伊及其盟军的队列之中。首先他遇到了安忒洛尔的儿子伊斐达玛斯，他是一位勇猛无比的大英雄，由祖母在色雷斯把他养大，结婚之后又回到了故乡，直接参加了这场战争。阿伽门农扔出的长矛没有投中伊斐达玛斯，反而被他的枪尖碰到了自己的腰带，但枪尖并没有伤及阿加门农，而是变弯了。阿伽门农一把握住对方的长矛，猛地夺了过来，紧接着又向对方投去一剑，伊斐达玛斯当即被劈翻在地。阿伽门农剥下伊斐达玛斯的武装，开心地炫耀着。安特诺尔的大儿子科翁看到这一切，匆忙奔过来给弟弟报仇。他斜刺了一枪，正中阿伽门农的手臂，紧接着又刺中了他手肘骨。阿伽门农感到一阵剧烈的疼痛，但却丝毫不敢怠慢，继续拼死战斗。科翁企图把倒地的兄弟拖出混乱的人群，正在忙乱之际被阿伽门农赶上了，当时就被刺翻在地，躺在了兄弟的尸体旁，奄奄一息了。

阿伽门农虽然手臂上鲜血直流，仍然在特洛亚军队中用枪、用剑、用石头奋战。最后血液凝结，一种剧痛迫使他离开战场。他即刻乘上战车，吩咐御者驱车回船舰去。一阵尘土飞扬，他的战车飞快地奔向阿耳戈斯人的营幕。

赫克托耳看到阿伽门农撤离了战场，他想起了宙斯的命令，于是奔到特洛伊人的前锋队伍中，大声呼喊："朋友们，你们建功立业的时刻到了！希腊人中最勇敢的英雄离开了战场，宙斯将使我们得到胜利，前进，冲进丹内阿人的队伍，冲啊！"

他一边喊，一边像一阵旋风似的向前冲锋。不久，希腊人中有九个王子和许多士兵死在他的枪下。赫克托耳把希腊人几乎赶到他们的战船附近。这时俄底修斯对狄俄墨得斯说："我们的人为什么放弃了抵抗？来吧，朋友，你站在我的身边，我们宁死也不让赫克托耳占领我们的战船营，我们要打退他的进攻！"狄俄墨得斯点点头，用投枪击中特洛伊人蒂姆勃莱俄斯的胸口。蒂姆勃莱俄斯从战车上滚到在地上死了，俄底修斯也杀死了他的御者摩利翁。他们继续向前冲去，这时，希腊人重新赢得了喘息的机会。在高高的爱达山上观战的宙斯让双方杀得不分胜负。赫克托耳终于从战斗的队伍里认出了这两个骁勇的英雄，他率领他的军队朝他们冲了过来。

狄俄墨得斯看到赫克托耳向着自己奔来了，趁机扔出一杆长矛，正中赫克托耳的头盔。虽然长矛又嘣地一声弹了回去，但赫克托耳却被打翻在地，他双膝弯曲，右手撑地，眼前一片黑暗。直到堤丢斯的儿子狄俄墨得斯匆忙赶来时，他才恢复过来。赫克托耳连忙跳上战车，急忙奔回自己的营地。狄俄墨得斯恼羞之下把另一个特洛伊的士兵打翻在地，并解下了他的盔甲。

正在这时，隐藏在伊罗斯纪念柱的后面的帕里斯嗖地射出一箭，正中蹲跪在地上的狄俄墨得斯的脚跟，飞箭穿过鞋子，刺在脚骨上。帕里斯从隐藏处跳了出来，哈哈大笑地嘲笑那位受了箭伤的敌人。狄俄墨得斯回过头来，看见了射箭人的面目，大声喊叫起来："这不是采猎女色的英雄？没想你在战场上你也如此的卑鄙，在公开的战斗中你伤不了我，现在却从背后伤了我的脚跟，你有什么得意的呢？对我来讲，就像被孩子刺了一下，根本算不上一回事！"看到狄俄墨得斯受了伤，俄底修斯急忙赶了上来。他帮着受伤的狄俄墨得斯拔出了脚上的飞箭，帮助他登上战车，让朋友忒涅罗斯照顾着朝船队飞奔而去。

现在，只有俄底修斯一人陷入敌人的阵地中，不过特洛伊人都不敢靠近他。这位英雄思考着，他到底应该撤退还是坚持战斗。不久他意识到必须坚持战斗下去。特洛伊人已经紧紧地围住他，包围圈越来越小。他感到自己像一头奔突的野猪，周围是一群围攻的猎人和疯狂逼近的猎犬。他盯着冲来的敌人，毫无惧色，不久，就有五个特洛伊人被他杀死。第六个人索科斯看见他的兄弟刚才被俄底修斯杀死，便大声叫道："俄底修斯，今天不是你杀死希帕索斯的两个儿子，并剥取他们的盔甲，就是你在我的长矛下丧命！"

说完，索科斯奋起一枪，刺穿了俄底修斯的盾牌，枪尖刺破了他肋骨边上的皮肤。为了不让俄底修斯受到重伤，雅典娜赶来保护他。俄底修斯感觉自己没有受到致命的伤害，便缓慢地撤退了两步，然后又凶猛地冲向对方，正中逃跑的索科斯的双肩中央，枪尖一直从前胸穿了出来。俄底修斯这才有机会从自己的伤口里忍痛拔出长矛。看到俄底修斯血流如注，旁边的特洛伊人奋不顾身地冲了过来。俄底修斯急忙后退，连呼救命！

墨涅拉俄斯首先听到了俄底修斯的呼救声，他连忙对身旁的埃阿斯说："快点起来，我听到俄底修斯正在呼救，他肯定是遇到危险了。"两人急忙冲了回去，看到他正用长矛上下抵挡着，保护着自己的身体不再受到伤害。忽然，特洛伊人看到了埃阿斯的盾牌，怕得犹如小猫见了雄狮一样，浑身颤抖不已。墨涅拉俄斯趁机抓住俄底修斯的手，把他拉上了战车。而埃阿斯却冲向了特洛伊人，他犹如秋天暴发的山洪，席卷着枯败的松树、栎树，直杀得敌人尸横遍野。

赫克托耳不知道这里的战事，他在战场的左侧，即靠近卡曼德洛斯河的河岸上作战。赫克托耳看到那些紧随着英雄伊多墨纽斯的年轻士兵，便冲了上去，杀伤了许多士兵。丹内阿人一下子围了上来，准备报仇。要不是帕里斯射出的一支带有三个倒钩的箭，射中丹内阿军队中最有名的医生马哈翁的右肩，那些年轻的士兵是不会后退的。伊多墨纽斯见状急得大声呼叫："涅斯托耳！快扶马哈翁上车！一个能够医治箭伤、精于医道的人抵得上几百个其他的人！"涅斯托耳连忙将受伤的马哈翁扶上战车，然后驱车奔回战船。

在特洛伊人的另一军队阵营中，埃阿斯正杀得起劲。赫克托耳的驾车副将看到自己的军营中阵势大乱，连忙提醒赫克托耳应该前去帮忙。赫克托耳犹如虎入羊群，在希腊士兵中纵横驰骋，杀得他们尸横遍野。但他时时谨记宙斯的警告，避免与埃阿斯发生正面冲突。不过，也许是神之父让埃阿斯的灵魂里产生了恐惧，看到赫克托耳越来越接近地逼过来，埃阿斯连忙背起盾牌，朝战船停泊的方向逃走了。

特洛伊人见此情形，纷纷朝他背挂盾牌的肩膀掷出长矛。他边逃边转身向后查看敌人的进程，最后，埃阿斯来到了走向战船的路前，他用盾牌守住路口，抵挡着蜂拥而入的特洛伊人。

再说涅斯托耳带着受伤的马哈翁乘马车撤离了战场，他们来到战船上，在船尾的后甲板上遇到了身受重伤的阿喀琉斯。阿喀琉斯安静地坐在那里，观看着他的兄弟们被特洛伊人追杀得东奔西跑。他叫来了帕特洛克罗斯，对他说："去，问一下涅斯托耳，他从战场上带回的伤员是谁。真是莫名其妙，我怎么感觉自己有点同情希腊人了。"

帕特洛克罗斯遵命来到船队。老人看到他时连忙从椅子上站起来，握着他的手，友好地想要给他让座。帕特洛克罗斯说："不必客气，尊敬的老人！阿喀琉斯派我来看一下，他想知道受伤的人是谁。现在我知道了，原来是神医马哈翁英雄。我得赶快回去告诉他。你知道我那位朋友是个急性子！"

可是涅斯托耳却深情地拉住了他，说："阿喀琉斯现在怎么关心起亚各斯人来了？其实受伤的不只是马哈翁，实际上他们都受了致命的重伤，阿伽门农和俄底修斯受了枪伤，狄俄墨得斯受了箭伤，很多勇敢的武士都躺在营房里，这里正躺着我刚刚把他带离现场的马哈翁。面对希腊人遭受如此沉重的灾难，阿喀琉斯却不知同情，他难道想等到我们的船只被烧尽了，所有的希腊人都尸横遍野才甘心吗？呵，我是多么地希望自己像年轻时代一样身强力壮！那是我鼎盛的时代，我作为一名胜利者高高兴兴地居住在珀琉斯。那时候我曾经见过你，你的父亲墨诺提俄斯和年幼的阿喀琉斯。那里年迈高龄的老英雄就告诫他凡事都要一马当先。而对你，你的父亲则反复叮嘱你要当好他的朋友和向导。你回去把希腊人的情况告诉阿喀琉斯吧！也许你的劝说会打动他。"

帕特洛克罗斯在回去时经过俄底修斯的战船，他遇到忍痛跛着腿走路的欧律皮罗斯。他恳清帕特洛克罗斯用半人半马的肯陶洛斯人喀戎的医药来医治他的箭伤。帕特洛克罗斯很同情他，扶他走进营帐，让他躺在水牛皮褥子上，然后用刀剔出锋利的箭镞，并用温水洗去黑血，把辛辣的药草揉碎，敷在伤口上，直到血液慢慢地结成血痂。他就这样细心地治疗这个受伤的英雄。

抢夺围墙的战斗

希腊人曾在自己的战船周围挖沟筑墙保护他们的战船。可是他们忘了给神祇献祭，所以这些沟和墙不能保护他们。波塞冬和阿波罗决定要用山洪和海水来摧毁整个建筑。当然，这一切都得在特洛伊城陷落后才能做。

战争已经逼近到围墙了。亚各斯人害怕赫克托耳的威力，都心惊胆战地挤在战船上。赫克托耳如一头雄狮奔了过来，鼓励士兵们越过战壕。可是战马却畏缩不前，因为壕沟挖得又宽又深，沟边密密麻麻地栽着尖木桩，战马到了沟边都打着响鼻，竖起前腿，只有步兵才可以冒险越过。波吕达玛斯看到这里的情况，便和赫克托耳商议："如果我们强迫马匹过去，一定会落进深沟里惨死。还是让驾车的御者们把战车全都停在沟边，我们全部手执武器，在你的率领下越过战壕，突破围墙。"

赫克托耳赞同了这一建议。听到命令英雄们立即跳下战车，驾车的副将则留在了车上。士兵聚集在一起，然后分成五队：第一队由波吕达玛斯和赫克托耳率领，第二队跟着帕里斯，第三队由得伊福玻斯和赫勒诺斯统领，第四队的指挥是埃涅阿斯，第五队为格劳库斯和萨耳佩冬率领下的同盟兄弟。久经沙场考验的英雄们迅速站到各自国王的一边。只有阿西俄斯不愿意放弃战车，向左面驶去，左面有一条希腊人建造的通道，是留给自己的战马和马车使用的。阿西俄斯看到通道的大门打开了，于是便骑马冲进通道。许多特洛伊的士兵也跟随其后，大声呼喊着冲了进来。虽然希腊人在这里给逃窜回营的军士留下了一条通道，但却在门口设立了一道坚固的防卫。勇敢的好汉勒翁透斯和波吕帕特斯守在这里，他们奋力阻挡着蜂拥而入的特洛伊人，砍杀着冲上来的特洛伊士兵，围墙那边的塔楼里也投下如雨点般的石块，战斗一瞬间激烈起来。

正当阿西俄斯和他的士兵们在这里进行遭遇战，并有许多人被打死的时候，其他的特洛伊人则步行通过沟壕，冲击希腊人的其他营门。亚各斯人不得不改变战略，集中力量保护战船。那些站在他们一边的神祇也十分忧伤地从奥林匹斯圣山上俯视着。可是，由赫克托耳和波吕达玛斯率领的一队却还迟疑着，没有冲过壕沟，这一队最英勇而人数又最多。这是因为他们看到了一种不吉利的预兆：一只雄鹰从左侧飞临上空，鹰爪下逮住一条赤链蛇。它拼命挣扎，扭转头去咬鹰脖子。雄鹰疼痛难熬，扔下赤练蛇飞走了。赤练蛇正好落在特洛伊人的中间。他们恐惧地看着蛇在地上挣扎，认为这是宙斯显示的征兆。

潘托斯的儿子波吕达玛斯惊恐地对赫克托耳说："我们现在千万不能轻举妄动，否则，我们也会像这只雄鹰一样，无法成功地把猎物带到家中。"赫克托耳阴沉地回答说："鸟儿往左面飞或者往右面飞跟我有什么关系？我的目标就是拯救国家！

这也是天神宙斯的决定！你为什么害怕战斗，浑身发抖？不过我可以不客气地告诉大家，逃避战斗的人一定会死在我的枪下！"说完赫克托耳转身就走了，其他人也跟了上去。宙斯却从爱达山上给希腊人的战船送去一阵巨风，刮得到处尘土飞扬，天昏地暗，希腊人的勇敢也随之被刮到九霄云外去了。这更增加了特洛伊人的信心，他们相信雷霆之神是会照顾自己的。因此，他们计划着要摧毁丹内阿人的高大围墙，推开防护墙，拆下塔楼的雉堞，用铁钎破坏露在墙外的木桩。

丹内阿人手持盾牌排成人墙，寸步不离围墙，坚定地站在防护墙旁，用投枪和石块猛击来犯的特洛伊人。这时宙斯又帮助了赫克托耳，否则他是不可能攻破围墙城门的。事情是这样的：宙斯极力鼓动着萨耳佩冬，使他英勇威武得犹如一头来势凶猛的山狮。面对敌人，萨耳佩冬边战斗边转过头对伙伴格劳库斯说："亲爱的朋友，如果要想得到吕喀亚人的荣誉和受人尊敬的酒杯，我们今天必须发挥自己的智慧和胆识，把希腊人打得一败涂地，只有这样人民才会像神一样尊敬我们。起来！今天要么我们亲自取得荣誉，要么就得让其他人在我们的身后歌颂荣誉！"说完后，两个人指挥吕喀亚人奋勇向前。

梅纳斯透斯站在围墙塔楼上，看到吕喀亚人凶猛地冲了过来大吃一惊。他四处观看，看看有没有援兵。他看见两个埃阿斯在远处，忙派传令兵托俄忒斯请他们快来救援，帮助他解脱围困。大埃阿斯带领透克洛斯和背着弓箭的潘狄翁从内墙里急忙赶来。他们刚到，看到吕喀亚人正在攀登胸墙。埃阿斯从胸墙上拆下一块锋利多角的石头，猛地击中攀援而上的萨耳佩冬的朋友厄庇克莱斯的头颅，使他滚落下去。透克洛斯刺伤了格劳库斯的手臂。格劳库斯悄悄地退了下来，他生怕让希腊人看见并嘲笑他受了伤。萨耳佩冬看着他的朋友离开了战场，感到很痛心，他自己爬上墙垛，用长矛刺死了忒斯托耳的儿子阿尔卡蒙，然后奋力摇晃墙垛，使它开裂、掀翻，为后续部队开辟了前进的通道。埃阿斯和透克洛斯奋勇地抵御潮水般涌上来的特洛伊人。萨耳佩冬回头看着吕喀亚人，大声呼喊："吕喀亚人，你们忘记了应该进攻吗？我一个人是不能突破敌人防线的！我们必须齐心合力，才能开辟到达战船的道路！"

吕喀亚人紧接着就像飞一样地冲了上来，聚集在他们国王的周围。丹内阿人也加强了兵力，顽强抵抗。双方军士隔着一堵围墙激烈地拼搏厮杀。

战斗进行了多时，胜负也没有分出。宙斯又向赫克托耳伸出援助之手，接着，赫克托耳就冲上了围墙的城门。其他兄弟连忙跟上，有的人还从旁边登上了雉堞。赫克托耳看到城门紧闭，旁边竖立着一块中间粗大、顶部尖尖的岩石。赫克托耳以超人的力量托起地面上的巨石撞向门扇。牢固的门栓被赫克托耳的威力打断了，轰然一声倒在地上。赫克托耳跳进门洞，他的兵士们接着冲了进来，紧接着又有几百名特洛伊士兵登上围墙的城楼。前沿阵地上一片混乱，希腊人急急忙忙地朝船舱逃了回去。

争夺战船的战斗

宙斯让特洛伊人取得了很大的进展，他把希腊人推进失败的灾难中。宙斯坐在爱达山上，看了一会儿希腊人的战船营，又将视线移向色雷斯人的地盘。这时，海神波塞冬也忙碌起来，他坐在树林茂密的萨莫特拉克岛的山顶上，看着爱达山，看着眼底下的特洛伊城和丹内阿人的战船。他看到希腊人的防线被特洛伊人突破了，大为震惊。他站起身来，离开怪石嶙峋的山顶，迈开使山林震动的神祇的步伐，四步就来到爱琴海的岸边，汹涌澎湃的波涛下面耸立着他那金碧辉煌的宫殿。他穿上金铠甲，套上金鬃马，然后手执金鞭，跳上战车，驾着车冲过层层波浪。海怪们认出了他们的主人，海水自动分开让他通过，没有一滴水沾湿车轴。波塞冬来到丹内阿人的战船附近，卸下马匹，用金链锁住了马脚，把它们拴在忒涅多斯岛和印布洛斯岛之间的山洞里，并用长生不老的神料喂它们。然后他飞快地来到激烈的战场，看到特洛伊人紧紧地集结在赫克托耳的周围，并准备夺取希腊人的战船。

波塞冬走进希腊人的队伍，现在他已打扮成了预言家卡尔卡斯的模样。他看到两位埃阿斯的斗志昂扬，便说："我并不担心特洛伊人在其他地方的战斗，可是在这里却不一样。暴躁的赫克托耳犹如一头凶猛的狮子，我真为你们的局势担心啊。可是，英雄好汉们，如果你们意识到自己无穷的力量依然存在的话，那么你们就是能够拯救希腊人的。"说完，他用手杖点了两人一下，霎时间两位英雄变得手脚轻捷，勇气倍增。之后海神也消失不见了。小埃阿斯也就是俄琉斯的儿子，他首先认出了波塞冬。"埃阿斯，"他叫了一声同名兄弟，"刚才那人不是卡尔卡斯，他是波塞冬。我现在感到心底里犹如熊熊燃烧着的烈火，希望能前去拼搏决战！"忒拉蒙的儿子大埃斯回答说："我的手激动地握紧了长矛，心情非常轻松，腿脚灵便，渴望能跟赫克托耳拼个你死我活！"

波塞冬又来到那些灰心丧气、疲惫地躺在战船上的英雄中间。他鼓励他们，直到他们振作起来，又回到两个埃阿斯的身旁，沉着而坚定地准备痛击赫克托耳和特洛伊人。丹内阿人密集地排列成行，长矛林立，盾牌相连，战盔靠着战盔，战士们肩并肩，盔上的羽饰飘动，彼此接触。士兵们密密麻麻，人声鼎沸。特洛伊人也是群情激昂，在赫克托耳的率领下，呐喊声地动山摇。"特洛伊人和吕喀亚人，你们要挺住！"赫克托耳回头号召他的战士，"敌人组织的队伍是坚持不了多久的，他们必定在我的长矛打击下溃退，因为雷霆之神在支持我们。"他这样叫喊着，激励他的士兵。普里阿摩斯英勇善战的儿子得伊福玻斯用盾牌掩护着，大步前进。迈里俄纳斯把他看作攻击的目标，用他的矛朝他投去。得伊福玻斯用坚固的盾挡住了，矛尖折断了。迈里俄纳斯很恼怒，他转身回船，去取一支更结实的长矛。

特洛伊人和希腊人的战斗还在进行着，波塞冬的孙子安菲玛库斯在慌乱之中露出了一点破绽，被赫克托耳趁机刺死。摩利奥纳是厄利斯国国王阿克托耳的妻子，她和波塞冬私自结合生下了双胞胎儿子克雷阿托尔和欧律托斯，他们被称为摩利奥纳之子。安菲玛库斯就是克雷阿托尔的儿子。看到自己的孙子死了，波塞冬既愤怒又悲痛，他急忙来到营房，企图怂恿更多的希腊人前去迎战。路途中，波塞冬看到迎面走来的伊多墨纽斯，他刚把一位受伤的朋友送回战船上，海神波塞冬变成托阿斯的样子走近他，责备他说："克瑞忒人的国王啊，你知道大祸临头了吗？今天没有参加战斗的人都不能平安地从特洛伊返回故乡！"

"是这样的，托阿斯。"伊多墨纽斯大叫着回答了迎面而来的神，接着他走到营房里，找出两杆长矛后就匆忙走了出来。迈里俄纳斯正好从他旁边擦过，他要去寻找一杆长矛，他原来的长矛刚才被得伊福玻斯的盾牌撞断了。"我看出来了，你正需要武器。"伊多墨纽斯叫了他一声，说："我的帐篷里的墙边上存放了二十支缴获的长矛，你任意挑选一支最好的吧！"迈里俄纳斯找到一根又粗大又结实的长矛，然后二人一起回到了战场。虽说伊多墨纽斯上了年纪，可是打仗时仍十分勇敢，跟年轻人没什么两样。

伊多墨纽斯虽说上了年纪，可是打仗时十分勇敢，就像年轻人一样。伊多墨纽斯遇到的第一个对手是向卡珊德拉求婚，并因此站在特洛伊人一边的俄特律墨纽斯。俄特律墨纽斯被一枪投中，伊多墨纽斯高兴地说："快活的新郎呀，现在快去娶普里阿摩斯的女儿吧！其实，你如果站在我们一边，帮我们征服特洛伊，你也可以娶阿柔特斯的漂亮女儿为妻的！好吧，现在你跟我一起上船取嫁妆吧！"他正在嘲讽时，阿西俄斯乘着战车奔来，要为死者报仇。阿西俄斯拉开架势刚要投枪，伊多墨纽斯的矛已刺中他的喉咙。他的御者看到这情景惊得目瞪口呆，双手不听使唤，忘掉了驱车逃回。涅斯托耳的儿子安提罗科斯举起长矛将他击中，把他挑翻在车下。

得伊福玻斯想要为死去的朋友阿西俄斯报仇，朝着伊多墨纽斯迎面扑了过来，他瞅准机会朝对面的克瑞忒人投去一枪。克瑞忒人伊多墨纽斯灵敏地蹲下身去，用盾牌挡住了身体。投枪从他头顶飞过，矛尖从盾牌边滑过，一下击中了国王许普塞诺耳的肝脏。"亲爱的朋友阿西俄斯，我总算为你报了仇。"这位特洛伊人高兴地喊了起来，"在地下有人服侍你了，我给你送来一位仆人！"两位伙伴迅速地把呻吟不已的许普塞诺耳带离了混乱的战场。伊多墨纽斯继续战斗，杀死了安喀塞斯的女婿阿尔卡托斯，然后呵斥着说："得伊福玻斯，看我们谁更厉害呢，我给你来了个三比一！如果你不服气，你就亲自试一下吧，看看我是否真是宙斯的后裔！"伊多墨纽斯是国王弥诺斯的孙子，也是宙斯的重孙。听到伊多墨纽斯挑衅的话语，得伊福玻斯犹豫了，他不知道自己一人是否能战胜他，是否还需要再去找一位勇敢的特洛伊人帮忙呢。稍微思考了一下，他决定和他的姻兄埃涅阿斯一起挑战伊多墨纽斯。看到两个对手迎面而来，伊多墨纽斯并没有表现出丝毫的胆怯，他从容镇定地等候一旁。不过他也吩咐过伙伴们如果他出现危险就来援助他。埃涅阿斯对准伊多墨纽斯掷去一枪，投枪从伊多墨纽斯身旁飞过，落在了地上。相反，伊多墨纽斯投出的长矛却击中了俄诺玛俄斯。正当他趁机从死者身上拔出长矛的时候，特洛伊人又箭如飞蝗一般地朝他射去，伊多墨纽斯不得不往后撤退。得伊福玻斯投出的长矛也没有击中伊多墨纽斯，却击倒了阿斯卡拉福斯。迈里俄纳斯更是恼羞成怒，飞去一枪，刺中了得伊福玻斯的手臂，把得伊福玻斯的帽盔都震落了。迈里俄纳斯跳了过来，从伤者手臂上拔出投枪，匆忙回到自己人的队列。波吕忒斯不得不背着受伤的兄长得伊福玻斯撤离战场，他们越过战场，朝等候一旁的战车走去。

其他人还在继续激战。现在珀珊德洛斯的灾难到了。他遇上了勇敢的墨涅拉俄斯。阿特柔斯的儿子墨涅拉俄斯用枪掷他，没有掷中，他的敌人却奋力投来一矛，正中墨涅拉俄斯的盾牌，矛尖折断了。墨涅拉俄斯拔出宝剑，珀珊德洛斯从盾下抽出长柄战斧，两个人扑上来相互砍杀。这个特洛伊人击中对方的盔饰，却被对方一剑砍中。珀珊德洛斯摇晃一下，扑倒在地上，奄奄一息。墨涅拉俄斯赶上一步，一脚踩在他的胸脯上，嘲笑地说："你们这批猪狗，竟敢抢夺我年轻的妻子，抢夺我的财产，现在又来破坏我们的战船，杀害我们希腊人。你们这些贪得无厌的家伙，难道还不满足吗？"他说着，剥下死者的铠甲，交给他的朋友，然后又继续前进。

赫克托耳一路砍杀，所向无敌，闯入了亚各斯人的混乱战斗中，但他却不知道另一翼的战斗正朝着希腊人的胜利发展着。

在希腊人的反击之下，特洛伊人受尽了屈辱，他们被希腊人赶出了阵营，只得灰溜溜地逃回城去。幸亏波吕达玛斯及时赶来，提醒倔强的赫克托耳说："朋友，你难道没有看到笼罩在我们头上的危险吗？你也应该听一听别人的建议，我们召开一个高贵的英雄们的会议吧，让我们共同决定，我们是应该继续战斗下去，还是应该赶快撤退。我只是担心我们一味地抵抗只会换来向希腊人支付更多的赔偿。他们那位最勇敢的战士还在船上时时刻刻地等候着我们呢！"

赫克托耳听从了朋友的劝告，委托他快去召集最高贵的人举行会议。说完，他又转身朝战场奔去。路途中，他向每一位统领传达到波吕达玛斯那里去集合的命令。后来，他在最前沿的战场上寻到了他的兄弟得赫勒诺斯和伊福玻斯，还寻到了阿西俄斯和他的儿子阿达玛斯。眼前的景象十分悲惨，有的人受了伤，有的人已经死去。看到兄弟帕里斯时，他生气地大喝一声："我们的城市即将被摧毁了，我们的厄运也快要来临了。其他的统领都去参加会议了，而你应该继续去战斗！"

"我喜欢陪着你，"帕里斯回答说，他对兄弟表示不满，"你应该知道我的力量和胆识！"说完，他们两人一起来到战斗最激烈的地方。特洛伊人不顾对方的抵抗，英勇地砍杀。不久，赫克托耳到了最前面，但希腊人并不像以前那样畏惧了。勇敢的埃阿斯大胆地向他挑战，但这位特洛伊人不顾他的辱骂，只是朝着前方的战船冲去。

波塞冬激励希腊人

当武器在外面碰击得叮当地响，高年的涅斯托耳却安静地坐在营棚里，饮着酒，并看顾负伤的医师玛卡翁。后来战争的叫喊声音越来越大，他将他的宾客交托给赫卡墨得并叫她为他预备洗浴。然后他持枪执盾离开营帐。他看到战斗发生了不祥的转机在犹豫着究竟去作战，还是去找国王阿伽门农商量，这时阿伽门农、俄底修斯和狄俄墨得斯正从船舰向他走来。三个人都受了伤，都拄着枪走路。他们仅仅出来观察战局的发展，并不以为自己可以参加作战。他们都十分焦虑地和涅斯托耳讨论他们的军队的命运。

"我们已面临绝境，"阿伽门农说，"我们所辛苦挖掘的壕沟和我们满以为可以抵御任何攻击的围墙，现在都不能保护船舰，敌人已进入我们的核心。我相信如果我们阿耳戈斯人不自动撤离，宙斯必然会使我们在这里毁灭，远离阿耳戈斯故乡可耻地死去。所以让我们将距海最近的船舰都拖下水去，期待着黑夜的来到。那时如特洛亚人退回城去，我们再回去将其余船舰都拖下水，乘黑夜逃脱一切危险。"

听到阿伽门农的这番提议，俄底修斯很不满意地说："阿特柔斯的儿子，你怎么能这样我们英勇的人民呢？战斗还在进行，你却想把战船开走，这不等于毫无顾忌地把我们希腊人抛弃在战场上吗？"

"不，我没有，"阿伽门农辩解道，"我也不是一意孤行的人！如果有人提出更好的建议，我可以收回自己刚刚说的话。""最好的主意就是我们立即返回战场，"狄俄墨得斯大叫地说，"虽然我们不能拼搏厮杀，可是作为正直的军事统领，我们可以激励士兵们继续作战。"

波塞冬听到这番话感觉非常愉快，于是他变成了一位老兵走了过来，握住阿伽门农的手说："阿喀琉斯眼看着希腊人遭受失败的命运，他却沾沾自喜，坐观成败，真是一种莫大耻辱！可是请你们放心，神并不憎恨你们，他会让你们亲眼看到特洛伊人即将溃败撤退时尘土飞扬的狼狈情景！"说完，他转身朝战场冲了过去，鼓励着士兵勇敢向前，他洪亮的声音犹如千军万马。海神的鼓励让希腊的英雄们充满了更大的勇气和信心。

赫拉在俄林波斯圣山的最高峰观战，她看见宙斯的兄弟波塞冬援助她的朋友们，她也忍不住要采取行动。她在心的深处怨恨高坐在伊得山上的宙斯，想用方法骗他，转移他对于战争的注意。最后她想出一种计策。她即刻到她的儿子赫淮斯托斯为她在神祇的宫殿里所建造的那间密室去。他在门上装了为别的神祇所不能打开的门。赫拉现在走进房里，将房门反锁住。她沐浴，在娇美的身体上涂抹香膏，并梳理发光的美发，穿上雅典娜为她缝制的华丽而精致的锦袍，在胸前簪上金花的别针。她在腰上围着灿烂发光的腰带，耳朵上戴着极珍贵的宝石耳坠，最后又罩上极软柔的轻纱的面网，并在美丽的脚上穿着精美的绊鞋。她这样光华美丽地离开她的密室，来找爱情女神阿佛洛狄忒。

"亲爱的女儿，你别恨我，"她温和地说，"有一件事我要请求你的帮助，希望你不会拒绝母亲的请求！我的养父母忒提斯和俄刻阿诺斯生活在大地的极边，他们总是勾心斗角，没有和睦的一天。为了让他们相互谅解，相互爱慕，我需要借用一下你的腰带。"说完这话赫拉又在心中暗自祷告："原谅我吧，亲爱的女儿，原谅我对你说了谎话。因为我知道咱俩的保护对象不同：你保佑特洛伊人，我保护希腊人。所以不得已之下我才这样做的啊！"

阿佛洛狄忒没看透赫拉的骗局，毫不猜疑地回答说："母亲，你是众神之祖的王后，拒绝你的请求是不应该的，也是不允许的。"说完，她爽快地解下腰间五光十色的宝贵腰带，腰带上集中了一切魔法的魅力。"拿去吧！"她还补充了一句说，"善良的母亲，你一定会取得成功的。"

赫拉带上宝物来到遥远的色雷斯国，直接走进睡神斯拉芙的卧室，命令他在当天晚上把众神之祖宙斯送入酣睡的梦乡。听到赫拉的话，睡神吓了一跳，他是不会忘记上回听从赫拉的命令把宙斯的头脑闹糊涂的事的。那是很久以前的事了，当时大英雄赫拉克勒斯刚从荒凉的特洛伊回来，而赫拉却想把他打到科斯岛去。于是，她就怂恿睡神把宙斯的头脑弄糊涂了。等到宙斯明白了骗局的真相时，他把众神全都聚集在一起，进入他的大厅。如果不是斯拉芙急忙躲入黑夜的怀抱里，一定难逃被宙斯废黜的厄运。想到这里，睡神仍然心有余悸。没想到赫拉却安慰他说："你不用害怕，特洛伊人能和宙斯的儿子相提并论吗？这一点你是应该知道的，听我的劝告没有错的。事成之后，我将把美惠三女神中最年轻、最美丽的女子赏赐给你为妻。"睡神勉强地答应了他的旨意，但必须让她指着冥河斯提克斯对自己的承诺发誓。

赫拉美艳娇媚地来到爱达山顶。宙斯看到她，心中充满甜蜜而狂热的爱意，即刻忘掉了特洛伊人的战事。"你怎么到这里来了，"宙斯问妻子，"你把马匹和金车放在什么地方？"

赫拉听了微微一笑，狡黠地回答说："亲爱的，我想到大地的尽头去劝说我的养父母俄刻阿诺斯和忒提斯，让他们重新和解。"

"你难道总跟我闹别扭吗？"宙斯回答说，"这件事以后也可以做的，你还是留在这里让我们一起观察两大民族的战争吧！"

赫拉听到这话感到失望，因她看出，即使她的美丽和阿佛洛狄忒的宝带都不能使宙斯忘却下面平原上的大战和对于阿开亚人的恼怒。但她隐藏住心中的沮丧，伸出雪白的双臂搂抱着宙斯。"我听从你的话，"她温柔地对他说，同时示意跟在她后面偷偷站在宙斯身后等待命令的看不见的睡神。睡神默默地压着宙斯的眼皮。宙斯还来不及回答，就睡眼朦胧地倒在赫拉的怀里深沉地睡去。赫拉立即派遣睡神作为使者到波塞冬那里，告诉波塞冬说："现在正是时候，实现你的计划，并使阿耳戈斯人得到光荣，因为我已用计使宙斯躺在伊得山的绝顶上酣睡了。"

波塞冬变成一个希腊英雄的模样，急忙来到前线，对丹内阿人大声喊道："军士们，难道我们甘愿把胜利拱手让给赫克托耳吗？难道我们甘愿让他摧毁我们的战船吗？我知道，他是利用阿喀琉斯生气罢战的机会肆无忌惮。但如果我们没有阿喀琉斯就被征服了，那实在是天大的耻辱！你们都要振作起来，让我领头，大家一齐前进。我们倒要看看赫克托耳能不能挡得住我们！"希腊人听了他的话，群情激昂，他们愿意听从这位勇士的呼唤，连那些受了伤的王子们也振奋起来，重新投入战斗。士兵们鼓起勇气，在波塞冬的率领下前进。他为大家开路，所向披靡，谁也不敢跟他较量。

赫克托耳也毫无畏惧，率领特洛伊人奋不顾身地投身战场。赫克托耳首先朝大埃阿斯投去一杆飞枪，击中了目标，如果不是大埃阿斯身上盾牌和宝剑的宽厚皮带保护了他，他可能已经危在旦夕了。赫克托耳投出了长矛，两手空空，只得退回自己的队伍之中。埃阿斯赶紧在身后朝他掷去一块巨石，没有提防的赫克托耳背上受创，"啪"地一声，昏倒在地上，他的头盔和盾牌散落在地，身上的铠甲叮当作响。希腊人齐声欢呼，长矛如雨点般地投掷着，想致倒地的赫克托耳于死地。特洛伊方面的英雄也毫不示弱，高贵的阿革诺耳、吕喀亚人萨耳佩冬、波吕达玛斯、格劳库斯和埃涅阿斯一齐出动，用盾牌挡住身体，连忙从地上扶起赫克托耳，把他送上战车。战车飞也似的朝特洛伊城奔驰而去。

希腊人看到赫克托耳逃走，更加英勇地追击敌人。埃阿斯更加勇猛，朝四面八方投枪刺杀，杀死了许多特洛伊人。不过希腊人中也有几位英雄阵亡，这使他们的伙伴们哀痛不已。小埃阿斯为死者复仇大显身手，他冲入特洛伊人的队伍中大肆砍杀，如风卷残叶一般。特洛伊人一片混乱，惊恐万分，纷纷退出战壕，越过寨栅逃跑了。

阿波罗激励赫克托耳

特洛亚人一直逃到他们的战车所在的地方才停留下来。他们人心惶惶，惊惧万分。这时宙斯在伊得山的绝顶上睡醒了，从赫拉的怀里抬起头来。他一跃而起，立即看到下面的景象：特洛亚人正在逃遁，阿耳戈斯人疯狂追击。在阿开亚人的队伍中，他看见他的兄弟波塞冬。他看见赫克托耳的战车走回城去，现在停下来，赫克托耳被人从车上抬下，放置在地上，他的朋友们都在他的周围。普里阿摩斯国王的受伤的儿子业已失去知觉。他喘息着，且口吐鲜血，因为击倒他的并不是一个平凡的英雄呀！

人类与神祇之父的宙斯望着他，产生无限的怜悯。他铁青着脸说："你不害怕你将是第一个为你这罪恶受苦的人吗？你忘记了过去你怎样被悬吊在半空中，两足缚在铁砧上，双手用金链子捆绑着，所有俄林波斯的神祇如果走近你的身边，没有不被我摔下面去的情景吗？那是你煽动北风反对我的儿子赫剌克勒斯所得到的惩罚。你又渴望着再受一次这样的刑罚吗？"

赫拉知道自己犯下了不可饶恕的错误，不敢开口反驳，过了好长一阵才说："天在上，地在下，冥河斯提克斯的波涛都可以给我作证，波塞冬并不是听从我的命令才反对特洛伊人的。如果他来征求我的意见，我一定会劝说他遵循你的命令的。"

听完赫拉的表白，宙斯紧皱的眉头才慢慢舒展开来，这是因为赫拉身上的阿佛洛狄忒的爱情魔带正在发挥作用。宙斯和颜悦色地说："夫人，如果你我意见一致，那么波塞冬就不会趁虚而入了。为了表示你是真心诚意的，现在你就传令让伊里斯和阿波罗请前来见我，我要派伊里斯传信给波塞冬，让他远离特洛伊战场，我还要让福玻斯·阿波罗快去给赫克托耳治伤，给他增加新的力量！"

赫拉惊得脸色都变了，不得不离开了爱达山峰，来到奥林匹斯圣山，走进诸神正在用餐的大厅。神祇们恭敬地从座位上站起来，向她举杯进酒。她接过女神忒弥斯的酒杯，美美地喝了一口酒，然后告诉他们宙斯的命令。阿波罗和伊里斯急忙遵命离去。伊里斯飞到混乱的战场上。波塞冬听到他哥哥的命令，心中很不高兴。"这是没有道理的，因为我跟他平起平坐，不相上下。当年抽签划分权力，我抽中的一份是掌管蓝色的海洋，哈得斯主管黑暗的地狱，宙斯主管辉煌的天空。但大地则为我们共同管理！"

"我能把这番不服从的话转告给众神之父吗？"伊里斯犹豫不决地问他。

海神波塞冬沉思了一会儿，很不服气地大喊一声："好吧，我走！但是，宙斯

必须明白：如果他离开了我，离开了庇护希腊人的奥林匹斯诸神，依然固执地拒绝
毁灭特洛伊的话，那么在我们之间一定会燃起无法和解的怒火！"说完后，他转过
身，便消失在万顷碧波之中。

福玻斯·阿波罗离开奥林匹斯山，一路来到赫克托耳身旁。宙斯已经给了赫克
托耳新的精神和力量，所以阿波罗到来时，赫克托耳已经站了起来，而不再是倒在
地上。赫克托耳感觉到身上的冷汗已经没有了，呼吸也舒畅多了，他的意志清醒，
精神重新振奋起来。看到对面走来一个对自己满怀同情的人，赫克托耳悲哀地抬起
目光说："仁慈的神，你究竟是谁呀？你如此关心我，对我嘘寒问暖，这真让我感
动啊！你是否听说，我是被英勇的埃阿斯用一块巨石击倒的，那块石头正好击中了
我的胸部，阻止了我夺取战争的胜利？刚才我还以为难逃今天的厄运，必须去地狱
见冥王哈得斯了！"

"放心吧，"阿波罗回答。"宙斯派遣我，他的亲儿子福玻斯到你这里来。我将
依照他的命令持着盾保护你，如同我过去自愿援助你一样，并为你挥舞我手中的金
剑。再乘上你的战车吧。我自己将走在前头，为你的马匹开路，并帮助你逐退阿耳
戈斯的队伍。"

赫克托耳听完阿波罗的话，马上跳起来，跃上战车。希腊人看到赫克托耳飞一
般扑了过来，顿时吓得呆住了。最先看到赫克托耳的是埃托利亚人托阿斯，他即刻
将他看到的告诉那些王子。"天哪，真是出了奇迹。"他大声叫道，"我们都亲眼看
到赫克托耳被忒拉蒙的儿子用巨石击倒，但他现在又站了起来，驾着战车冲了过
来。这一定是宙斯在援助他！你们快听我的劝告，命令部队都退回战船，让最勇敢
的人跟我在这里抵挡他的进攻。"

希腊人的英雄们听从了托阿斯的劝告，最高贵的国王和最勇敢的战士迅速集合
起来，并聚集在伊多墨纽斯、迈里俄纳斯、埃阿斯和透克洛斯的周围，他们掩护着
士兵们全部撤退到战船上。特洛伊人的士兵再次冲了上来，赫克托耳高高地站在战
车上指挥士兵如何作战，一路上所向披靡。阿波罗躲在云层中间，用手上举着的盾
牌指引着赫克托耳，在他的带领之下特洛伊英雄们勇往直前。看着对方士兵排山倒
海般地涌过来，希腊英雄也毫不示弱地，他们摆开阵势，杀声震天。不一会儿，
投枪呼啸，箭矢纷飞，双方英雄兵戎相见，杀戒顿开。特洛伊人箭不虚发，这是因
为福玻斯·阿波罗自始至终都在帮助他们。希腊人被他挥舞着的金盾和大声的呼喊
吓得胆战心惊。赫克托耳趁势作威，首先击毙了俾俄喜阿人的国王斯提希俄斯，接
着梅纳斯透斯的忠实朋友阿尔刻西拉俄斯也被他用枪挑杀了；埃涅阿斯杀死了雅典
人伊阿索斯和洛克里斯人埃阿斯的异母兄弟墨冬，并缴获了他们的武器和铠甲。波
吕忒斯杀死了厄咯俄斯；克洛尼俄斯被阿革诺耳送进了地府；墨喀斯透斯倒在了波
吕达玛斯的脚下。侥幸从前沿阵地上逃出来得伊俄科斯却被帕里斯用枪投中，枪尖
从他的后背直穿过了前胸。看到胜利在即的特洛伊人脱掉阵亡将士的盔甲，希腊人
吓得乱作一团，向战壕和寨栅处溃逃，有些士兵已经退到了围墙后面。赫克托耳对
着特洛伊人命令道："马上放下尸体，快去抢占战船。"说完，赫克托耳驾着战车朝
壕沟奔去，特洛伊的英雄们也都驾着战车紧跟而来。阿波罗站在壕沟的中间，抬起

充满神力的脚，猛踩战壕边上松动的地方，沟土哗地一声塌了下去，铺成一条通道。太阳神首先从通道上跨过壕沟，用金盾推倒希腊人的围墙。希腊人逃入战船之间的巷道中，高举双手向神祇祈祷。当涅斯托耳祈祷时，宙斯深表同情，用慈悲的雷声回答他。特洛伊人以为天降喜兆，便呐喊着连人带马冲进围墙里面。从战车上挥剑砍杀。希腊人逃上战船，在甲板上抵御敌人。

当阿耳戈斯人和特洛亚人正为争夺围墙发生剧战，帕特洛克罗斯仍然坐在欧律皮罗斯的优雅的屋子里，为他看顾伤口并调药膏给他医治。但是当他听到特洛亚人摧毁墙垣和阿开亚人惊怖地叫喊着逃亡时，他拍了一下大腿，苦痛地说："欧律皮罗斯，虽然我还远没有使你的健康恢复，但我现在已不能再留在这里，因为外面的杀声已来得太逼近。请你的同伴看护你吧。我必须亲自跑去看珀琉斯的儿子，并在神祇的保佑下努力说服他参加这次战争。"争夺战船的厮杀越来越激烈，双方相持不下。赫克托耳跟埃阿斯正在争夺一艘战船。可是，赫克托耳既不能把埃阿斯推下水去，也不能放一把火烧毁战船。当然，埃阿斯也无法击退赫克托耳的进攻。埃阿斯一枪刺中赫克托耳的亲戚卡莱托尔，赫克托耳转身杀死埃阿斯的伙伴吕科佛翁。透克洛斯急忙赶来援助他的兄弟，从背后一箭射中波吕达玛斯的御者克利托斯。波吕达玛斯徒步作战，奋力牵住往回逃的战马。透克洛斯看得真切，又朝赫克托耳射去一箭，但宙斯让弓箭折断，箭镞飞向一边。这射手发现有神祇在阻挠，感到很痛心。这时埃阿斯劝他的兄弟放下弓箭，执矛持盾作战。透克洛斯照他的意思办了，并在头上戴了一顶坚固的头盔。赫克托耳大声呼喊战士们前进："英雄们，勇敢前进呀！我发现雷霆之神亲自折断了希腊人的弓箭！神祇们是站在我们一边的！"

埃阿斯在另一方也大声呼叫："亚各斯人，你们面临抉择的时候到了，我们必须救出战船，否则我们没有其他的选择，只有死亡。如果我们的船只被赫克托耳毁灭了，那你们只能从波涛上步行回家啦！"说罢，他顺手一枪，结束了一名冲锋而来的特洛伊英雄的生命。但是，每当他杀死一名特洛伊人时，赫克托耳就会杀死一名希腊战士。

双方混战之时，墨涅拉俄斯杀死了多罗普斯，然后大家蜂拥而上，抢夺他的武器和铠甲，这时的战事稍微缓和了一下。面对赫克托耳的再次扑来，埃阿斯和他的朋友们则用盾牌和长矛筑起了一道坚实的围墙，以此来保护他们的战船。此刻，墨涅拉俄斯看到了涅斯托耳的儿子安提罗科斯，便对其大喊道："你是全军最机灵、最年轻的人，更是最勇敢的好汉！冲出去，杀一个特洛伊人回来让我们瞧瞧！"墨涅拉俄斯用话语煽动着小伙子。安提罗科斯果然从混乱中冲了出来，抖动着他那根充满杀气的长矛。他环顾四周，等他瞄准时，特洛伊人早已四散而去了。但是，他的投枪还是击中了希克塔翁的儿子墨拉尼普斯。墨拉尼普斯应声倒在地上。安提罗科斯立即跳了过去，想要摘下他的盔甲，可是他看到赫克托耳迎面扑来，又因为害怕而急忙逃了回去。特洛伊人向他投枪射箭，安提罗科斯一直逃到自己的队伍中，才敢回过头来望了一眼。

现在特洛伊人的主力部队朝战船冲了过去。宙斯好像决心要让忒提斯无情的愿望得到满足，因为她也跟儿子阿喀琉斯一样怒气长久未能平息。宙斯等待着，他要让一艘希腊战船起火燃烧，以此为信号立即改变战局，把溃退的命运降临在特洛伊人的头上，而把胜利重新赐给希腊人。这时，赫克托耳愤怒地大肆砍杀，他杀得口中喷着白沫，两眼在浓眉下闪着凶狠的光芒，战盔上的羽饰在空中威武地飘动。宙斯知道赫克托耳的死期快到了，所以最后一次赋予他神力和威严。帕拉斯·雅典娜正在一步步地引他走向残酷的死亡。但现在赫克托耳看到哪儿丹内阿人最密集，就朝着哪儿冲去。他苦战了许久，均未能获胜。丹内阿人紧密地站立着，如同一座山岩，任何巨浪都无法使它动摇。由于宙斯的帮助，希腊人又受到了沉重的打击，开始从前排的战船上退到帐篷里，不过他们并没有彻底被打败，而是顽强地在帐篷里继续战斗。希腊人相互鼓励着，老英雄涅斯托耳更是不停地鼓励士兵。忒拉蒙的儿子埃阿斯抓紧一切时机检查战船，他借助一把二十二寸长的摇橹从一条船跳上另一条船，召唤希腊人赶快下来。赫克托耳自然也不甘空闲，朝着一条战船冲了过去。宙斯从后面推了他一把，使他快步如飞，紧接着士兵们也跟随而来。

争夺战船的血腥拼杀又重新开始。希腊人宁死也不后退，特洛伊人却想放火烧毁战船。赫克托耳乘机占据了一艘战船的船尾。这是帕洛特西拉俄斯当年来特洛伊时乘坐的大船，可是他在这场战争中第一个丧生。战船还在，可惜不能载他回乡了。现在特洛伊人蜂拥而上，希腊人誓死抵挡，双方为这艘战船拼命争夺，在短兵相接中，弓箭和投枪都派不上用场，大家挥舞着战斧和利剑，地上血流成河。赫克托耳紧紧守住船尾，等他稍微缓过一口气来，便大声呼叫："快拿火把来，放火烧！宙斯终于给了我们这一天报仇雪恨！这些船给我们带来那么多的苦难，让我们去占领它们，这是宙斯给我们的命令！"

箭矢如飞，防不胜防，埃阿斯几乎阻挡不住赫克托耳的进攻了。他只好从船舷上退避到舵手的坐板上，但是他仍然挥舞着长矛，坚持抵抗，奋勇阻击着那些举着火把愈加逼近的特洛伊人。与此同时，他大声疾呼着他的伙伴及其士兵们："朋友们，现在到了你们争当英雄好汉的时刻！你们没有可以凭借倚靠的城池，也没有任何可供后退逃跑的尺寸之地！你们远离故土，蹲居在了敌国土地上。因此我们的命运全都寄托在自己的两条强有力的胳膊上！"他一面呼叫，一面枪挑剑砍正在靠近船只的手持火把的特洛伊人。不一会儿，他的面前已经躺下了十二具特洛伊人的尸体。

帕特洛克罗斯之死

当埃阿斯站在船上进行生死搏斗的时候，帕特洛克罗斯急忙去找他的朋友阿喀琉斯。他一走进朋友的营房，就泪流不止。珀琉斯的儿子同情地望着他，说："帕特洛克罗斯，你哭得像个小姑娘一样。难道从夫茨阿传来了什么坏消息吗？我知道你的父亲墨涅提俄斯还健在，我的父亲珀琉斯也健在！或者你是悲叹亚各斯人的命运？他们的悲剧完全是自己造成的。总之，你有什么心事，直截了当地告诉我吧。"

帕特洛克罗斯叹了一口气，最后开口说道："高贵的英雄，请恕我直言！正如你所料，希腊人的悲惨命运如同巨石一样重重地压在我的心头！最勇敢的英雄们或死或伤，全都躺在战船里不能动一下。俄底修斯，狄俄墨得斯和阿伽门农都中了枪，欧律帕洛斯的腿上也受了箭伤，他们都在接受治疗，无法再上战场。而你又坚持自己的立场，丝毫没有帮助他的意思。难道珀琉斯和忒提斯不是你的亲生父母，想必你是阴沉的大海或是坚硬的顽石生养的，所以心肠如此残忍！好吧，如果你是因听从你母亲和众神的旨意而不能参加战斗的话，那么至少应该让我和你的战士们前去援助希腊人吧。把你的铠甲借给我用一下，或许特洛伊人会把我误当成你，从而让他们惊慌失措。也因此可以让丹内阿人获得一刻重振旗鼓的时间！"

阿喀琉斯皱着眉头冷冷地说："不是我的母亲或任何神祇的命令阻止我走上战场。这是我心头的剧烈的苦痛，一个阿耳戈斯人敢于抢劫作为同伴的我，敢于抢劫我的合法的锦标。但是我从未有意要永远怀恨在心，并且一开头就决定了，当战争逼近我的船舰时要将这些事情忘却。现在我还无心亲自参加作战，但你可穿上我的铠甲，率领我的战士前去。全力冲向特洛亚人并将他们从船舰赶走吧。只是有一个人你不能和他作战，那便是赫克托耳。并且要十分小心不要落在一位神祇的手里，因为阿波罗爱我们的敌人。你们一经救出了船舰就即刻回来，让其余的人在广场上厮杀吧。因为我宁愿让所有的阿耳戈斯人都毁灭，只剩下我们两人活着来征服特洛亚城。"

战船旁的厮杀愈演愈烈，可埃阿斯的呼吸却越来越艰难了，他那扛着大盾的肩膀也开始失去了知觉。埃阿斯浑身流着恐惧的冷汗，但却不敢有丝毫的大意。当赫克托耳一剑挥来，把他的长矛从耳根斩断，矛尖扑地一声掉落在地面上时，埃阿斯发现某一位神的暴力正是冲着希腊人而来的。赫克托耳趁势往船上扔了一根特别大的火把，不一会儿的工夫，船尾舵把上就燃起了熊熊的火焰。

看到外面战船上冒着熊熊燃烧的烈火，在自己帐篷里的阿喀琉斯抑制不住一阵内心的疼痛。"起来，帕特洛克罗斯，"他大喊一声，"你快去看看，千万不能让特洛伊人抢走我们的船只，那样我们的归路就会被阻断的！我马上亲自去召集士兵！"帕特洛克罗斯很快系起胫甲，系上五彩缤纷的护甲，背上宝剑，戴上飘拂着马鬃的战盔，左手拿盾，右手提矛。帕特洛克罗斯想借用阿喀琉斯那杆来历不凡的长矛，但却没有说出口。阿喀琉斯的长矛是用帖撒利国佩利翁山上的一棵梣树制成的。半人半马的肯陶洛斯人喀戎是珀琉斯的教官，他把这根长矛赠送给了珀琉斯，后来又传给了阿喀琉斯。这根长矛粗大沉重，除了阿喀琉斯外，没有别的英雄能够拿的动。帕特洛克罗斯让驾车手奥托墨冬套上神马珊托斯和巴利俄斯，这两匹马是鸟身女妖波达尔革和西风神生下的后代。奥托墨冬又在旁边加上了阿喀琉斯特地从神秘的底比斯城带来的追风马佩达索斯。阿喀琉斯亲自召集弥尔弥杜纳人组成了一支部队，一共挑选了五十条战船，每条战船由配备五十人，分别由五位指挥官率领。他们分别是：河神斯佩尔锡俄斯和珀琉斯的美丽女儿波吕多拉生下的儿子孟斯提俄斯、赫耳墨斯和波吕墨勒的儿子奥宇多洛斯、仅次于帕特洛克罗斯的最英勇的战士珀珊德洛斯，最后是双鬓斑白的福尼克斯和拉厄耳忒斯的儿子阿尔喀墨冬。这五位将领，威风凛凛，意气风发。

他们出发时，阿喀琉斯大声地告诫他们："弥尔弥杜纳的战士们，你们不要忘记，你们在过去曾经多次威胁过特洛伊人，你们还责备我不该愤怒，使你们不能参加战斗。现在，你们渴望的时刻终于来到了。勇敢地战斗吧！"说完，他走进营房，从母亲忒提斯亲自放在船上的箱子里取出一只精制的酒杯。箱子里还放着紧身衣、锦被、外衣和其他珍宝。阿喀琉斯的这只酒杯除他以外无人动用过。此外，阿喀琉斯还用它盛酒，只为宙斯举行祭礼。现在，他走到门外，浇酒在地，向宙斯举行祭礼，并祈祷宙斯保佑希腊人取得胜利，让他的朋友帕特洛克罗斯平安回来。宙斯听到了他的祈祷，同意了他的第一个请求，对第二个请求却面有难色地摇了摇头。但这些表情阿喀琉斯却无法看到。他回到营房里，收好酒杯，然后出来观看这场血腥的战斗。

密耳弥多涅斯人如同蜂群一样拥在他们的领袖帕特洛克罗斯的后面，奔向敌人。当特洛亚人看见他来到，就心怀恐惧，阵容混乱，因他们以为他是阿喀琉斯。他们都绝望地四顾，寻找逃亡之路。帕特洛克罗斯趁着他们心怀恐惧的时候，向包围着普洛忒西拉俄斯的船舰的密集的敌人投掷出他的发亮的枪。它击中派俄尼亚的皮赖克墨斯，射穿他的右肩。他苦痛得吼叫着向后栽倒，周围的派俄尼亚人也恐惧得自相扰乱，纷纷逃避。帕特洛克罗斯将火焰扑灭，因此船舰只烧去了一半。特洛伊人被丹内阿人追赶着逃入船间的小道，随即丹内阿人也追了上来，周围响起了一片喊杀声，双方撕打成一团：帕特洛克罗斯投去一枪，枪尖穿透了阿瑞吕科斯的大腿；托阿斯心口被墨涅拉俄斯刺中一枪；菲洛宇斯的儿子梅革斯弄破了安菲克罗斯的面颊；阿蒂姆尼俄斯的臀部被涅斯托耳的儿子安提罗科斯刺了个窟窿；看到兄长阿蒂姆尼俄斯倒在地上，玛里斯非常愤怒地赶了过来，一边用身体挡住死者，一边挥舞着长矛，阻止安提罗科斯靠近；涅斯托耳的另一个儿子特拉斯墨得斯举枪刺中对手的肩膀；倒霉的玛里斯倒在地上，没有了呼吸；小埃阿斯敏捷地跳上前来，他发现克雷沃波罗斯正奔跑在杂乱的人群之中，立马赶上去一剑刺在了对方的脖子上；佩纳劳斯和特洛伊英雄吕孔都拿着矛，面对面地奔了过来，但都没有刺中对方，紧接着又拔出剑来，搏斗一场；里俄纳斯一剑砍在了正要登车逃跑的阿卡玛斯的左肩上，当时就倒地死去了；伊多墨纽斯举枪刺入厄律玛斯的口腔，让他断了气。

大埃阿斯一心想用矛刺中赫克托耳。但赫克托耳是久经沙场的老将，机警而有经验，他用盾挡住身体，让箭矢和投枪纷纷弹落在地上。这位英雄已经看出胜利已不再属于自己和特洛伊人，但他仍坚定地留在战场上，希望以此保护和救援他们的亲密战友。后来，敌人的势力越来越大，他才不得不掉转车头，驱马越过壕沟。其他的特洛伊人却没有这么幸运，许多战车都在壕沟里撞碎。侥幸逃出壕沟的人蜂拥着向特洛伊城奔逃。帕特洛克罗斯呐喊着追击正在逃命的特洛伊人。有许多人倒栽葱跌落在车轮之下，同时战车也倾覆了。最后珀琉斯的儿子的神马跃过壕沟，帕特洛克罗斯更鞭策它们前进，希望能追及赫克托耳的飞奔的战车。他沿途杀死了所有在围墙与河流中间战地上遇到的敌人。他如同风暴一样地往前冲，普洛诺俄斯，忒斯托耳，厄律拉俄斯和别的九个特洛亚人或者为他的矛投中，或为他的枪刺死，或为他所投出的石头打死。吕喀亚的萨耳珀冬看到这情形很悲痛，他激励他的队伍，并自己全副武装跳下战车。帕特洛克罗斯也跳下来，于是两人都吼叫着相向奔来，就如同两只有着钩嘴和利爪的鹰互相猛扑一样。

宙斯怜悯地垂下目光，注视着他的儿子萨耳佩冬。这时，赫拉却在一旁讥讽他："亲爱的，你在想什么呢？一个凡人的生死是早就被注定了的，难道你想拯救他吗？你应该考虑一下，如果众神把自己的儿子全部掳掠着拉出战场，那结果将会如何？你还是听从我的建议，让他死在战场上吧，你可以把他交给睡神和死神，让吕喀亚人事后把他们的英雄抬离混乱的战场，然后把他安葬在吕喀亚！"宙斯同意了女神的看法，他的眼睛里滴出了一滴泪水，滚落在大地上。

两位勇士之间只有一箭之距，帕特洛克罗斯首先击中了萨耳佩冬的伙伴特拉茜特摩斯。萨耳佩冬投出的一枪，并没有刺到帕特洛克罗斯，而是落在了凡马佩达索斯的右肩上。佩达索斯挣扎着倒了下去，旁边的两匹神马也因此受到了惊吓，变得暴躁起来：轮具吱嘎作响，缰绳错乱地搅在一起。这时驾车的奥托墨冬及时从腰间拔出一把利剑，割断了马的皮带，不然两匹神马的缰绳就要被拉断了。

萨耳佩冬又第二次投枪，但没能击中对方，而帕特洛克罗斯却投中了萨耳佩冬的肚子，他扑地一声倒了下去，绝望地呼唤着朋友格劳库斯，要他和其他的朋友抢出他的尸体。说完他就咽气了。

格劳库斯正在祈祷福玻斯·阿波罗治愈自己胳膊上的创伤，这是在攻夺围墙时透克洛斯给他留下的箭伤，伤口的疼痛一直折磨着他，使他迄今为止也无法参战。阿波罗可怜他，立刻停止了他的疼痛。格劳库斯快步穿过特洛伊人的队伍，召集英雄埃涅阿斯、波吕达玛斯和阿革诺耳，迅速前去守护萨耳佩冬的遗体。虽说萨耳佩冬是国王们的异姓兄弟，但他却像一根擎天大柱一般支撑着他们的城市，恶讯传来，国王们万分悲痛，他们像疯了一样朝丹内阿人冲了过去，赫克托耳更是一马当先。双方英雄迎面扑来，为抢夺阵亡的萨耳佩冬的尸体互不相让，制造了一场血战。

宙斯仔细地观看着这场战斗。他思考着是否让帕特洛克罗斯立即战死。但他觉得还是应该让他在临死前先获得胜利为好。于是，阿喀琉斯的这位朋友又击退了特洛伊人和吕喀亚人的反扑。希腊人剥下了萨耳佩冬的铠甲。帕特洛克罗斯正要把尸体交给弥尔弥杜纳时，阿波罗奉宙斯之命从神山降到战场上，把萨耳佩冬的尸体扛在肩上，一直来到斯卡曼德洛斯河的河岸上。他把尸体放在河里，用清水把尸体洗净，涂上香膏，然后把它交给睡神和死神这一对孪生兄弟。两兄弟把尸体送回吕喀亚，用故乡的泥土把它掩埋。

帕特洛克罗斯一连打死九个特洛伊人，他身披战甲，一路砍杀，仿佛进入无人之境。若不是阿波罗站在坚固的城楼上保护着特洛伊人，帕特洛克罗斯早就单枪匹马地一个人夺取特洛作城了。这个墨诺提俄斯的儿子一连三次的攻城都被阿波罗打退了，他只是用坚固的盾牌挡住帕特洛克罗斯，大喊一声："退下去！"帕特洛克罗斯就被吓得连忙向后撤退。

赫克托耳一直逃到中心城门，才让马车停了下来，他不得不考虑是率领士兵重回喧嚣的战场还是引他们入城后锁住城门。正当他勒住马缰绳犹豫时，福玻斯变成赫卡柏的兄弟阿西俄斯的样子，靠近他说："赫克托耳，为什么你要停止战斗呢？骑着你的战马，向帕特洛克罗斯冲过去。阿波罗肯定会把胜利作为礼物送给你？"阿西俄斯是赫克托耳的叔叔，他说完话后就消失在喧嚣的战场上了。赫克托耳顿时大受鼓舞，勉励驾车的开勃里俄纳斯也赶紧催马回去。阿波罗在前面引路，他们进入希腊人的队伍之中，随处制造混乱。赫克托耳的目标只是帕特洛克罗斯。

帕特洛克罗斯见他逼近，连忙跳下战车。他左手提了根长矛，又用右手从地上拾起一大块石头向刻勃里俄纳斯掷去，击中他的前额。可怜的御者顿时跌倒在地上死了。帕特洛克罗斯如同一头雄狮朝阵亡者的尸体奔去。赫克托耳勇敢地保护着他的异母兄弟的尸体。他抓住死者的头，帕特洛克罗斯却拉住死者的脚。特洛伊人和丹内阿人在两边拼搏，互相厮杀。直到傍晚，亚各斯人才占了上风。他们冒着如雨的箭矢，夺取了刻勃里俄纳斯的尸体，剥下了他身上的铠甲。

看到自己的战果，帕特洛克罗斯倍受鼓舞，更加勇敢地向特洛伊人掷出投枪，二十七名特洛伊士兵又死在了他的枪下。可是，当他再度展开攻击时，死神却正在窥视着他，因为他的投枪居然瞄准了福玻斯·阿波罗。浓雾笼罩着大地，帕特洛克罗斯根本无法发现神已经出现在了战场上。阿波罗站在他的身后，在他的背部轻拍了一下，帕特洛克罗斯立即头晕眼花，站不稳脚跟。神又趁机打落他的头盔，头盔滚到马蹄旁，其饰品上的羽毛沾满了灰尘和血迹。阿波罗弹出他手中的长矛，解开他肩头的盾牌皮带，帕特洛克罗斯身上的铠甲便脱落在地。此时，只见潘托斯的儿子欧福耳玻斯从他的背后刺来一枪，一下就穿透了他的胸口。欧福耳玻斯是特洛伊的一位英雄，已经有二十个希腊人死在了他的枪下，现在他又赶忙回到自己的队伍中。赫克托耳也来到了战场上，他挥舞着长矛刺向帕特洛克罗斯的腹部，矛尖居然从背后穿了出去。赫克托耳兴奋地喊叫起来："哈哈，帕特洛克罗斯！看你还怎么把我们的城市化成一片废墟，看你还怎么把我们的妇女变成奴婢装上船舱，今天我就让你的愿望化成泡沫！"

帕特洛克罗斯已经奄奄一息了，只听见他用微弱的声音回答说："你去幸灾乐祸吧！宙斯和阿波罗使你毫不费力地得到了胜利，如果不是他们插手战争，我的长矛将会杀死你，并将杀死你的二十个士兵！在神祇里，福玻斯把我征服了，在凡人里，欧福耳玻斯把我征服了。你只能现成地剥取我的铠甲！可是有一点我可以预言，你的厄运快到了，而且我知道你将死在谁的手里！"帕特洛克罗斯说话时气息微弱，不一会儿，他的灵魂出窍，悠悠地到地府去了。

特洛伊人欧福耳玻斯和墨涅拉俄斯都想夺下帕特洛克罗斯的尸体，因此双方大动干戈。欧福耳玻斯大声喊了起来："墨涅拉俄斯，还债的时刻到了。我的哥哥许普勒诺耳被你杀死了，我怎么能放过你，我要为他报仇！"说完，他拿着长矛向阿特柔斯的儿子冲了过去。枪尖撞在盾牌上，立刻变成了一支弯钩。墨涅拉俄斯也不甘示弱，抬起长矛刺中了对方的喉咙，欧福耳玻斯倒地而死，墨涅拉俄斯夺走了他的武器。若不是阿波罗嫉妒他，墨涅拉俄斯连欧福耳玻斯的衣甲也一块取走了。赫克托耳重新回来守护欧福耳玻斯的尸体，因为阿波罗告诉了他阿喀琉斯的那匹神马是不可获得的战利品。听到特洛伊大英雄的高声呼喊，墨涅拉俄斯知道自己无法抵御率兵而来的赫克托耳，只好不情愿地丢下尸体和衣甲，撤退回去寻找帮手。墨涅拉俄斯在战场的左侧看到了埃阿斯，连忙冲他呼喊，请他共同争夺帕特洛克罗斯的尸体。等他们二人回来时，赫克托耳已经剥取了帕特洛克罗斯的衣甲，正准备着把尸体拖回自己的阵地，却突然看见埃阿斯手持七层牛皮的盾牌冲了过来。赫克托耳赶忙放下尸体回到特洛伊人的战斗行列中去。赫克托耳跳上战车，让士兵把帕特洛克罗斯的衣甲送回城去并保存起来，以作为表彰自己战线的纪念品。埃阿斯仿佛一头雄狮保护着自己的猎物一样，他站在帕特洛克罗斯的尸体前，不让特洛伊人靠近。墨涅拉俄斯也站在他一旁共同守护。

格劳库斯沉下脸看着赫克托耳说：“你哪里值得受人称赞呢？瞧你见了埃阿斯，如此胆怯，竟逃了回来，你有什么光荣？从现在起，你一个人去保卫特洛伊吧！以后你别指望吕喀亚人会和你一起战斗。你不保护我们的国王，你的朋友和战友萨耳佩冬的尸体，让他暴尸城外，我们又怎能指望你保护一个普普通通的人呢？如果特洛伊人也有我们吕喀亚人这样的勇气，我们马上就把帕特洛克罗斯的尸体拖进特洛伊城里。如果亚各斯人想要回帕特洛克罗斯的铠甲，那他们一定愿意把萨耳佩冬的尸体归还给我们！”格劳库斯这么说，是因为他不知道阿波罗已从希腊人手中夺走了萨耳佩冬的尸体，并妥善安葬了。

“你责怪我是没有道理的，格劳库斯，”赫克托耳回答说，“你以为我害怕埃阿斯吗？我从来没有对哪场战争畏惧过。但宙斯的神意比我们的勇敢更有威力。我的朋友，你现在可以走近看看，我是否真的像你说的那样胆怯，缺乏勇气！”说着他就追赶他的战友。他们正拿着从帕特洛克罗斯身上剥下的阿喀琉斯的铠甲送回城里去。赫克托耳换上阿喀琉斯的铠甲，那是神祇在珀琉斯和海洋女神忒提斯结婚时送给他的礼物。后来珀琉斯把它传给了儿子阿喀琉斯。

赫克托耳换上阿喀琉斯的衣甲，拿来神的武器，下界的一切被神和人之祖宙斯在天堂里看到了，他阴沉着脸，内心深处泛出了一串话，然后严肃地摇了摇头，“可怜的人哪，死神已经向你靠近，你却还一无所知。你杀死了阿喀琉斯最好的战友，还剥下了他的衣甲，又用女神儿子的武器装饰自己。这下你感觉自己光荣了吧，可惜你从战场上再也回不来了，也看不到你的妻子安德玛洛刻了。就让我再赐你一回胜利，算是补偿吧！”随着宙斯的这番许诺，赫克托耳顿时感到身上的铠甲变紧了。这是因为战神阿瑞斯已经附在了他的身上，让他的四肢充满了力量。赫克托耳发一声呐喊，冲到自己的伙伴面前，率领他们挥舞着长矛向敌人冲了上去。

争夺帕特洛克罗斯尸体的战斗再一次开始了。赫克托耳异常勇猛，埃阿斯不由得回过头来对墨涅拉俄斯说：“我们现在应该担心自身的安全，而不应该是担心已死的帕特洛克罗斯的身体。我们已经被赫克托耳率领的人马团团围住了。你快试一下，看看丹内阿的英雄们是否听到了我们呼救的声音。”

墨涅拉俄斯尽力放声呼喊。第一个听到喊声的是洛克里斯人埃阿斯，即俄琉斯的儿子，一位敏捷的英雄。他急忙赶来，随后伊多墨纽斯和他的战友迈里俄纳斯，以及其他不以数计的战士也赶来了。希腊人挺着长矛团团围住阵亡的英雄帕特洛克罗斯的尸体。可是，特洛伊人又压了过来，并要动手拖走尸体。幸好埃阿斯赶来救援。当特洛伊人的同盟军，珀拉斯癸人希珀托乌斯用皮带系住尸体的脚踝准备拖走尸体时，大埃阿斯就用矛戳穿了他的头盔，使他立刻倒地身亡。赫克托耳瞄准埃阿斯投去一枪，却投中了福咯斯人斯刻狄俄斯。弗诺珀斯跳过来保护希珀托乌斯的尸体，却被埃阿斯用长矛刺穿胸甲，一直刺进腹腔。特洛伊人只得撤退，赫克托耳也略略后退。希腊人几乎违背宙斯的神意获得了胜利。但这时阿波罗赶了过来，他变成年老的使者珀里法斯，把英勇的埃涅阿斯引到战场上来。埃涅阿斯认出了对方是神祇，所以大声高呼，激励他的士兵，然后奋勇地走在队伍的最前面。特洛伊人重新回转身来冲向敌人。埃涅阿斯挺枪杀死了雷奥克律托斯。吕科墨得斯为他被杀死的朋友报仇，杀死了对方的珀奥尼亚人阿庇萨翁。

最后，希腊人终于又用长矛保护了战友的尸体。

战斗进行了整整一天，还没有结束的迹象，战斗越来越激烈，双方士兵都杀红了眼睛，谁也不肯放弃战斗。丹内阿人大声呼喊："我们宁愿让大地吞吃掉，也绝不会放弃这具尸体独自乘船返回家乡！"

特洛伊人也不甘示弱地说："即使我们一个个都死光了，也不会有谁愿意放弃这场战斗！"

正当双方狂砍滥杀的时候，阿喀琉斯的两匹神马却静静地站在一边。听到驾车手帕特洛克罗斯最终死于赫克托耳的手里，已经躺在尘土里时，它们不由得像人一样痛哭起来。无论奥托墨冬说尽好话，还是用马鞭进行威胁，费尽九牛二虎之力也没有把它们弄回船上，而是像石柱一样静静地屹立在死者的墓前。它们站在战车前，垂着脑袋，好像通人情事故一样眼中流下一串串热泪。宙斯在空中看到这幅悲惨的景象，非常怜惜地说："真是可怜的动物啊，我为什么要把宝贵的青春送给你们，又把长生不老送给平常的凡人珀琉斯啊！难道只是为了让你们跟不幸的人类共同遭受痛苦吗？我会保佑你们的，赫克托耳休想对付你们，更别奢望将你们驾在他的车前。"

于是，宙斯赋予神马勇气和力量。两匹马即刻抖掉鬃毛上的尘土，拖着战车，飞快地奔向特洛伊人和希腊人的地方。奥托墨冬阻挡不住，只得任凭马拖着战车前进。他一个人在战车上很难施展本领，无法一手驾车，一手向敌人掷出长矛。拉厄耳忒斯的儿子阿尔喀墨冬看到奥托墨冬驾着空车朝混乱的战场冲去，感到很奇怪。"阿尔喀墨冬，我的战友帕特洛克罗斯被杀死了，除了他以外，你是最好的御者。"奥托墨冬朝他喊道，"如果你愿意的话，我便把马交给你，让我腾出手来全力作战。"

看到奥托墨冬从座位上跃身而起，赫克托耳便对埃涅阿斯说："瞧，阿喀琉斯的神马正向我们奔来，但是它们的驾驶人却显得无能为力，一定不能让这批战利品逃出我们的手掌！"埃涅阿斯点点头，两个人举着盾牌冲了过去。克洛弥俄斯和阿勒托斯随后跟了上来。奥托墨冬向宙斯祈祷，宙斯赋予他无限的力量。"阿尔喀墨冬，抓紧马背！"奥托墨冬大喊一声，"墨涅拉俄斯，埃阿斯，你们快过来，让其他的人保护死者的尸体，我们应该反击活人的进攻！你们应该帮助我摆脱赫克托耳和埃涅阿斯的纠缠，因为他们是特洛伊人中最勇敢的两位英雄！"说完，他挥舞着长矛，一枪刺穿了阿勒托斯的盾牌，枪尖直穿过去，阿勒托斯当即倒在地上毙命。赫克托耳朝奥托墨冬掷出一杆投枪，投枪呼啸着从对方头顶上飞过。两个人刚要拔剑再战，正好大小埃阿斯同时赶到，分开了扭成一团的两位战士，逼迫特洛伊人又回到帕特洛克罗斯的尸体边。

那里的战斗正在激烈进行。宙斯改变了主意。他派雅典娜女神穿过乌云来到地上。雅典娜扮成年老的福尼克斯，朝墨涅拉俄斯走去。墨涅拉俄斯看见老人走来，便说："福尼克斯老人，但愿雅典娜今天给我力量，让我可以为已死的朋友报仇，因为我从你的目光中已经看出你在谴责我。"女神听了他的话非常高兴，因为墨涅拉俄斯在诸神中唯独尊崇她，于是她给他的两臂和两腿增添了力量，让他内心刚强而凶猛。他挥舞着长矛，朝帕特洛克罗斯的尸体所在的地方冲去。赫克托耳的战友，即厄厄提翁的儿子波得斯见情况不妙，刚要转身逃跑，阿特柔斯的儿子的矛尖已经刺中了他。

阿波罗变作弗诺珀斯的形象走近赫克托耳，有点生气地对他说："赫克托耳，如果一个墨涅拉俄斯就把你吓跑了，将来哪个丹内阿人还会害怕你呢？他杀死了你最好的朋友，现在又要从你手上夺走帕特洛克罗斯的尸体！是你出击的时候了！"他的一番话激得赫克托耳怒火万丈，他连忙走上前去。宙斯摇了摇他的神盾，让爱达山弥漫在浓云密雾之中。不久，雷电交织，他给特洛伊人送去喜讯。

"墨涅拉俄斯，"埃阿斯说，"不知道涅斯托耳的儿子安提罗科斯在哪儿？他是最合适的使者，让他去告诉阿喀琉斯，说他的朋友帕特洛克罗斯被杀死了。"墨涅拉俄斯四处去寻找，终于在混乱的人群中找到了安提罗科斯。"你难道还不知道，安提罗科斯，"他说，"有一个神祇使丹内阿人遭到灾难，使特洛伊人得到了胜利？帕特洛克罗斯已经阵亡，希腊人失掉了他们最勇敢的英雄。现在只剩下一个比他更勇敢的人还活着，那就是阿喀琉斯。你快到阿喀琉斯的营房里去，把这个悲哀的消息告诉他。他也许会来抢救已被赫克托耳剥去铠甲的尸体。"

听到这一噩耗，安提罗科斯非常吃惊，他的双眼满是泪水，呆呆地站在那里，许久也没说一句话。后来，他将武器交给了自己的搭档劳杜科斯，自己急忙向战船方向奔去。墨涅拉俄斯再次来到帕特洛克罗斯的尸首旁边，和埃阿斯商量如何将已经阵亡的战友搬运回去。他们对阿喀琉斯的援助没抱多大的希望，因为敌人已经剥走了尸体身上的铠甲。他们将尸体扶起来，放在肩上，扛起来就走了。虽然特洛伊人在身后大声呼喊，挥动着长矛追了上来，但是如果埃阿斯扭转过身来，他们也没有胆量和他相斗。两个人十分费力地扛着战友的尸体向战船方向走去，其他希腊人也连忙从战场撤离。

阿喀琉斯悲痛异常

安提罗科斯发见阿喀琉斯在船舰前面，思忖着一种他还不知道的业已实现的命运。当他看见一个阿耳戈斯人向船舰奔来，他感到苦恼并自言自语地说："为什么阿开亚人从战地跑回来，好像是溃败后逃回营幕似的？我希望神祇没有成就我母亲曾经说过的预言：在我还活着的时候，密耳弥多涅斯一个最英勇的英雄必死在特洛亚人的手里。"

这时，安提罗科斯带着噩耗，泪流满面地朝他走来，老远就朝他大声叫道："唉，我们的帕特洛克罗斯已经阵亡。赫克托耳剥去了他的铠甲，现在，双方正在争夺他那赤裸的尸体。"

听到这一噩耗，阿喀琉斯眼前一阵发黑，不知所措，他用双手抓起泥土，撒在自己身上，而后又突然扑倒在地，用力揪扯着头发。女佣们听到声响，也从帐篷内跑了出来，围在主人的身边。当她们听说帕特洛克罗斯的死讯时，他们边捶胸边大声号哭，因为她们是阿喀琉斯和帕特洛克罗斯作为胜利品俘虏来的，但是对她们却像亲人一般友好。安提罗科斯抓住阿喀琉斯的双手，害怕他会猛然拔出剑来寻死。

阿喀琉斯这么悲痛地大声号哭，以致在深海中坐在白发老父身旁的他的母亲也听到他的声音，并默默啜泣。别的涅柔斯的女儿们听到她的哽咽，也悄悄地进入她的银色的洞府，捶击着柔软的胸膛和她们的姊姊一起悲泣。"天哪！"忒提斯对站在一边的兄弟姐妹们说，"我生了一个多么勇猛、多么高贵、多么帅气的儿子啊！可是他再也不能回到珀琉斯的宫殿了。他承受了巨大的折磨，而我却无力帮助他！我现在要去看看我的儿子，看他是不是毫发无损地坐在战船边观看战局。"

女神带着姐妹，分开波涛，来到曲折的海岸上，朝正在哭泣的阿喀琉斯走去。"孩子，你为什么痛哭呢？"母亲大声问他，"你有什么痛苦呢？快告诉我，一点也别隐瞒！你不是一切都中意吗？希腊人不是都挤在战船四周，清求得到你的帮助吗？"阿喀琉斯叹息着说："母亲，这一切对我还有什么用呢？我的亲密战友帕特洛克罗斯被敌人杀死了。赫克托耳还剥下他身上的铠甲。那是我的铠甲，是诸神在你结婚时送给珀琉斯的礼物。唉，要是珀琉斯取了一个人间的女子就好了，那你就不会为自己的儿子无限悲痛了！我再也不能回到我的家乡去了。如果我不能用长矛将赫克托耳杀死，为帕特洛克罗斯报仇，那么我的心就永远不能安宁，我的良心就不容许我活在人间！"

忒提斯听完这些话，泪流满面地回答说："儿子，赶紧放弃这样的念头。赫克托耳死亡之后你自己的末日也不到了，这都是命运安排好的呀！"

听罢，阿喀琉斯愤怒地大叫起来："如果让我立即去死，我也毫无怨言。但是我不相信命中注定我不该去保护惨遭杀害的好朋友。看，如果不是我，他就不会离开故乡，也不会客死他乡了。我这短短的一生对希腊人没有什么帮助，我也没有给我的朋友帕特洛克罗斯和那些遭遇死亡的人带来幸福。我现在就去寻找杀害我朋友的凶手，我必须让特洛伊人清楚：血债是要用血来偿还的！亲爱的妈妈，希望你别阻拦我去作战！"

"我非常支持你的想法，我的儿子，"忒提斯说，"明天清晨，当太阳从东方升起时，我会为你送来赫淮斯托斯铸造的铠甲和武器。但是，你必须记住，在我回来之前，你千万不要提前进入战争。"说完，便招呼着让姐妹们潜入海底，她自己则前去奥林匹斯山寻找神铁匠赫淮斯托斯。此时，特洛伊人为抢夺帕特洛克罗斯的尸体一再进攻。赫克托耳凶猛地向前追击，他有三次追上了抢尸体的埃阿斯，并抓住了尸体的脚，要把它拖走，但三次都被两个埃阿斯打退了。他退到一旁，然后又站住，大声地叫喊决不罢休。两位同名的英雄埃阿斯想把他从尸体旁赶走，但没有成功。如果不是伊里斯奉赫拉之命，瞒着宙斯和诸神，悄悄地吩咐阿喀琉斯武装起来，那么赫克托耳真的会把帕特洛克罗斯的尸体抢走了。"我该怎么作战呢?"阿喀琉斯问神祇的使者，"敌人抢走了我的武器，而我的母亲到赫淮斯托斯那儿取盔甲了。她吩咐我在她回来之前，我不能去作战!"

"我们知道你非凡的武器被抢走了。"伊里斯回答说，"但只要你就这样走近壕沟，在特洛伊人面前亮亮相。他们看到你，也许就会停止前进。希腊人乘机可以休息片刻。"

伊里斯说完就走了。阿喀琉斯站起来，雅典娜将自己神奇的盾牌挂在他肩上，他的脸顿时就散发出神一样的光芒。阿喀琉斯虽然走近了壕沟，但他仍然谨记母亲的忠告，只是远远地站在那里呐喊加油，而没有投入战场。雅典娜和着他的声音一起呐喊，听上去好像面临着呼啸的战号一般，特洛伊人听到后感到大事不妙，立刻就将战车和马匹撤了回去。驾车人看到阿喀琉斯头上闪烁着光芒，特洛伊人因此乱了手脚，他们中的十二名勇士居然栽倒在马车轮下，死在了自己战友的乱枪之中。

现在，帕特洛克罗斯的尸体终于到达安全的地方。希腊的英雄们把他放在担架上，大家围着尸体，默默致哀。阿喀琉斯看到他的亲密战友躺在担架上，看到他被枪尖刺烂的尸体，禁不住伏在尸体上痛哭起来。

阿喀琉斯重新武装

双方军队在艰苦的鏖战后稍事休息。特洛伊人从车上卸下马匹，还来不及想到用膳，就集合商议。大家笔直地站成一圈，没有人敢坐下来，因为他们心有余悸，生怕阿喀琉斯会再来。

这时潘托斯的儿子波吕达玛斯走了过来。他是个明智的人，能知过去未来，他劝告大家不要等到天明就赶快撤回城去。"如果阿喀琉斯重新武装起来，等到明天早晨他就会发现我们在这里。到那时候，要是还有人能够逃回城去，那真是万幸了。因此我建议所有战士都到城里过夜，那里有高大的城墙和坚固的城门，可以保护我们，明天早上我们再上城墙。如果他真的从战船上下来围攻我们，我们也能抵挡他!"

现在赫克托耳发言，他的眼光是坚毅的。"波吕达玛斯，你的话很刺耳。现在宙斯既已使我胜利，我现已将阿耳戈斯人逐退到海边，你的怯懦的建议在人们看来只是愚蠢的，没有一个特洛亚人会听你的话。至于我，我要吩咐所有的战士都饱食并严密戒备。如果任何人担心他的积蓄和财产，那么就让他将家产拿出来，供大家饮宴吧。我们自己享受它总比让给阿开亚人要好一些。天明时我们将到船舰去继续攻击敌人。如果阿喀琉斯真的重回战场，那算是他自走厄运，因为我将坚持战斗，直到他或我夺得胜利的花冠为止。"赫克托耳的错误的言语比波吕达玛斯的合理的提议对于大家的心情有更重大的影响。他们都大声欢呼，并且狼吞虎咽地饱餐一顿。

希腊人彻夜围着帕特洛克罗斯的尸体哀悼他。阿喀琉斯怨愤地说："现在，命运女神已经决定让我们两个人的鲜血洒在异国的土地上，因为，我已不能回到我年迈的父亲珀琉斯和母亲忒提斯的宫殿里。特洛伊城前的黄土将会掩埋我的尸体。帕特洛克罗斯哟，命运注定我要死在你的后面，因此我在没有夺回赫克托耳的铠甲并取得他的首级以前，我还不能参加你的葬礼。他是杀害你的凶手，我要拿他头颅向你献祭，并且还要向你献祭十二个特洛伊的贵族子弟。亲爱的朋友，现在你暂且在我的船上安息，让我完成我的大业吧！"他说完，便命令他的朋友们取来一口大鼎，烧了温水，给阵亡的英雄净身，涂抹香膏。然后，他们将尸体抬起，放到床上，从头到脚盖上一条贵重的亚麻布尸被，再盖上一件罩袍。

忒提斯匆忙来到赫淮斯托斯居住的宫殿，这座铜质大殿内金碧辉煌，这座宫殿是跛腿艺术家赫淮斯托斯亲手建造的。忒提斯来到时，他正汗流浃背地劳作着。他要造二十只装有金轮三鼎大镬，这样的三鼎镬不用人推动，便能够转动着滚到奥林匹斯大殿的众神前面，又能滚回它们自己的屋子，这真是人间珍品，世上奇迹。除了耳柄以外，三鼎镬基本已经完工。赫淮斯托斯挥着锤子，准备把钉子钉到合适的地方。司美女神卡律斯是他的妻子，她温柔地牵着忒提斯的手，领她坐上银交椅，并且推来一张矮凳，搁在她的脚下，然后把丈夫唤到跟前。

赫淮斯托斯看到海洋女神忒提斯，高兴得大叫起来。"我多高兴啊，最高贵的女神光临我家做客。她是我初生时救过我的恩人，因为我生下来就是跛腿，母亲把我遗弃了。如果不是欧律克勒和忒提斯把我拾回去，并在海边的石洞里抚养我长大，我早就死掉了，我的救命恩人今天居然到我家里来了！亲爱的妻子，好好款待客人！让我先把面前杂乱的东西收拾一下。"

赫淮斯托斯跛着腿，费劲地把风箱从火边挪开，把工具锁进一只银制的箱子，然后用海绵洗干净手、脸、脖子和胸脯，又穿上了燕尾服，一拐一拐地走出房间。赫淮斯托斯离不开一些女佣的帮助，虽然这些女佣并不是真正的姑娘，但她们却几乎和活人一样，她们有力量、声音、理解力，还具有艺术天赋，她们都是赫淮斯托斯用黄金铸成的。赫淮斯托斯接过一把漂亮的椅子，靠近忒提斯坐了下来，握着她的手说："敬爱的女神，什么风把你吹到了我的宅第？告诉我，你有什么要求，只要我能做到的我一定照办！"

忒提斯叹了口气，向他讲述了儿子阿喀琉斯的事情，并向赫淮斯托斯讲明了来意，请他为儿子制造头盔、盾牌、甲胄、护脸和脚上的盖踝。

"放心吧，尊贵的女神！"赫淮斯托斯回答说，"你不用担忧！我马上就动手给你的儿子赶造盔甲。如果我造的盔甲能够使他免于死亡，我会感到格外高兴。他会喜欢我造的盔甲的，每一个看到的人都会感到惊讶的！"说完，他离开了女神，跛着腿来到炉灶旁，架上二十只风箱，让它们扇风吹火。坩锅里熔化着金、银、铜、锡。赫淮斯托斯把铁砧放在坐垫上，右手抓起大锤，左手抓住钳子，开始锻造。他先打成一面五层厚的盾牌，背面有一个银把手，镶上三道金边。盾面上绘制了大地、海洋、天空、太阳、月亮和闪烁的星星；远方是两座美丽的城市，一座城市里正在举行集会。那里有集市，正在争吵的市民，传令的使者和当权者；另一座城市被两支军队围困着。城里有妇女、孩子和老人；城外有埋伏的战士；另一边是激烈的战斗场面：有受伤的士兵，有争夺尸体和盔甲的斗争。他还在远处刻绘了一幅和平宁静的田园风光：农民在赶牛耕地，起伏的麦浪，挥镰割麦的收获者，田旁有一棵大栎树，树下放着餐食。此外，盾面上还有一块葡萄园，银子制的水淋淋的葡萄挂满了枝蔓。周围是用蓝钢做成的沟渠，还有一个用锡制成的篱笆圈，一道浅洼通往葡萄园。这是一块精美的果园：欢乐的青年男女徜徉其中，姑娘们背着美丽的竹筐，里面装满了香甜的果实，她们迈着轻盈的步伐，一步步地走向远方。人群中有一个弹手琴的男孩，其他人围着他唱歌跳舞。另外，他又塑造了金和锡制成的牛群，它们沿着绵绵不断的河流觅草，旁边又加上了四个金子制成的牧人和九条猎犬。前面是两头雄狮，雄狮跃入畜群，抓住一头小牛。牧人唆使猎犬保护小牛，猎犬在狮子面前乱蹦乱跳，不知如何应对。另外，他还描绘了一座优美的山谷，银铸似的绵羊放牧在山谷间，吆喝的牧人、草舍、牛棚、竹子都栩栩如生；最后是一群穿戴整齐跳着轮舞的青年男女，女子头上装饰着花环，男子身背银带，斜挎着金色的挂刀；两名滑稽的丑角正在围着一名歌手转动着，歌手弹着竖琴，围观的人簇拥着他们，争先恐后，观看轮舞；盾面的外圈以一条湍急的河流点缀，宛如一条巨龙。

赫淮斯托斯造好盾牌，又赶造了一副比火焰还要光亮的铠甲；然后造了大小和头部正好合适的战盔，顶上有金色的羽饰；最后用柔软的锡制成胫甲。当一切完工后，赫淮斯托斯把它们交给阿喀琉斯的母亲。她接了过去，再三感谢他，然后把它们带走了。

天刚蒙蒙亮，忒提斯就赶到了儿子身边，她把全副装备放在阿喀琉斯的面前。看到如此精美的装备，阿喀琉斯又是伤心，又是欢喜。他把神的作品一件件地举到空中，目不转睛地看着，爱不释手，然后一件件地穿戴起来。披挂妥当后阿喀琉斯来到了岸边，呼唤丹内阿人集合起来。他声如巨雷，士兵们都涌了过来，连从未离开过战船的舵手也赶来集合。狄俄墨得斯和俄底修斯手持长矛，跛着腿走了过来。最后来的是阿伽门农，因为他还忍受着科翁曾给他留下的创伤的剧痛。

大家集合完毕，阿喀琉斯毅然站立起来，说："阿特柔斯的儿子，尽管过去的不愉快还在伤害着我们的灵魂，但我的愤怒已经减轻多了。让我们忘记过去，团结起来，奔向新的目标吧！"

阿喀琉斯和阿伽门农和解

希腊人听了他的话，发出雷鸣般的欢呼。后来统帅阿伽门农也站起来说："请大家安静！在这种闹声中谁还能听清别人的讲话？请你们听我说。希腊的儿女们常常谴责我在那个不幸的日子里所做的无礼的事情。其实，这并不是我的罪过。那是宙斯、命运女神和复仇女神让我在那次的群众大会上丧失了理智，因此，我犯下了过错。当赫克托耳屠杀亚各斯人时，我不断地在思考自己的过失。我渐渐意识到是宙斯使我迷了心窍。现在，我愿意做出补偿，并向你赔罪，阿喀琉斯，重上战场吧。我将把俄底修斯不久前以我的名义许诺的礼物都给你。如果你愿意的话，请在这里稍等，我叫我的奴隶把礼物都搬来。"

大英雄阿喀琉斯回答说："尊敬的大统帅阿伽门农，我接受你的道歉，同意上战场去厮杀。时间紧迫，让我们马上行动起来吧，因为还有很多事情需要我们去准备呢！"聪明的俄底修斯建议道："阿喀琉斯，大家还没有进食，给大家一点空闲时间吧。趁此机会好让阿伽门农把礼物送到我们这边来，也好让丹内阿人开开眼界，让他们作个证明。然后，他还应该在大帐营内隆重地宴请您。"

"这是一个绝顶的好主意，俄底修斯，"阿特柔斯的儿子回答说，"阿喀琉斯，你从战士中亲自选一批信得过的、身强力壮的小伙子来，然后让他们给你搬回我送你的礼物。我们要给宙斯和太阳神上供祭品，让塔耳堤皮奥斯马上送一头公猪来，为我们的重归于好而宣誓。"

"随你的便吧，"阿喀琉斯说，"只要我还没有给朋友报仇，我绝不会用餐饮酒！"

俄底修斯在一旁安慰他："希腊人中最高贵的英雄，你比我强健，也比我勇敢。可是在计谋方面，我自认比你强些，因为我比你年长，比你经历得多。所以，你还是听从我的劝告吧！丹内阿人不需要饿着肚子来哀悼死者。一个人死了，我们安葬他，为他哀悼一天。幸存的人该吃就吃，这样才能保持体力，更加勇猛地投入战斗！"

说完，他带领着涅斯托耳的儿子们，还有墨革斯、托阿斯、墨拉尼普斯、迈里俄纳斯和吕科墨得斯等人一起来到阿伽门农的营房。他们获得了阿伽门农所答应的礼物：七只三脚祭鼎，七个漂亮的姑娘，八个美丽的勃里撒厄斯，十二匹骏马，二十口炊鼎。俄底修斯拿着十泰伦特的黄金，走在大家前面，年轻人带着其他的礼物，紧跟其后。阿伽门农从座位上站了起来，通知塔耳堤皮奥斯去抓一只公猪，准备用它来祭供。一番祈祷之后，他割断了公猪的喉管。宰杀的公猪被塔耳堤皮奥斯扔进了波涛汹涌的大海，鱼儿纷纷前来啄食。就在这时，阿喀琉斯站起身说："宙斯父亲，你为什么有时会让人们糊涂啊！如果你不让如此多的丹内阿人死于非命，也不会激起阿特柔斯的儿子对我的怒火，更不会让他用暴力抢走属于我的美女！"

集会解散了。王子们围着阿喀琉斯劝他进食，然而他一再拒绝。"如果你们真的爱我，"他说，"就让我安静地留在这里，直到太阳沉入大海为止。"说完这些话，他叫他们去用餐。只有阿特柔斯的两个儿子、俄底修斯、涅斯托耳、伊多墨纽斯和福尼克斯没有离开。他们想方设法宽慰他，然而无效。阿喀琉斯仍然静静地站着，面带哀伤。宙斯俯视着他，满怀同情。他转过身子，对女儿帕拉斯·雅典娜说："你怎么一点也不关心这位高贵的英雄呢？去吧，用琼浆玉液和长生不老的食物给他滋补！"

女神来到下界，神不知鬼不觉地就把琼浆玉液和长生不老的食物灌入了英雄的腹内，完成任务后帕拉斯回到父亲居住的神宫。丹内阿人的士兵从战船上走了下来，战盔碰着战盔，胸甲擦着胸甲，大家相互拥挤着，脚下的大地发出轰隆隆的响声。阿喀琉斯接过神的礼物，先穿上护甲，然后束起胸甲，背上利剑，提起闪亮的盾牌，接着又戴上一顶重重的头盔，头盔上飘扬着高耸的黄金羽饰。阿喀琉斯披挂停当之后，试着转动一下身体，他的盔甲和武器如同鸟翼，仿佛要从地面上飞起来似的。阿喀琉斯挺起他父亲珀琉斯又粗又沉的长矛，其他的丹内阿人都无法挥舞这根长矛。奥托墨冬和阿耳奇摩斯给马套上鞍具，把嚼环放在马嘴里，然后把缰绳拉到战车上。奥托墨冬和阿喀琉斯跳上了同一辆战车，阿喀琉斯站在了奥托墨冬的后面，他朝着父亲的战马呼唤着："神马啊，请你们把今天带上战场的英雄平安地带回家来！"正在说话间，一幅神奇的景象出现在他的眼前：他的战马珊托斯深深地埋下头来，飘动的鬃毛一直垂挂到地。它突然从女神赫拉处得到了说话的能力："强大的阿喀琉斯，今天我们把你带上战场，你将会展现出你最风光的一面，但是灾难的一天也将随之而来，命中注定你将要丧身于一位神之手。"战马张口还要往下说时，复仇女神的威力阻止了它，它再也发不出声音了。阿喀琉斯生气地说："珊托斯，你为什么要跟我说死亡的事？我是不会相信你的预言的。我自己明白，灾难将会降落到我的头上。但是，只要战场上还有特洛伊人，我就不会死的。"说完，他大叫一声，就催促战马勇猛向前冲去，扑向战场。

神和凡人的战斗

宙斯在奥林匹斯圣山上召集神祇集会，允许他们可以自由决定援助特洛伊人或希腊人。因为如果神祇不参战，阿喀琉斯就会违背神意，占领特洛伊城。神祇们奉旨行事，随着各自的心愿选择援助的对象：万神之母赫拉、帕拉斯·雅典娜、波塞冬、赫耳墨斯和赫淮斯托斯赶到希腊人的战船上；阿瑞斯和福玻斯、阿耳忒弥斯和她的母亲勒托，以及被神祇称为珊托斯的河神斯卡曼德洛斯、阿佛洛狄忒等动身到特洛伊人那儿去。

阿喀琉斯的加入，使希腊人信心十足，勇气倍增。特洛伊人从远方就看到穿着崭新战衣的珀琉斯的儿子，看到他宛如战神一样杀气腾腾，顿时都吓得发抖。忽然，诸神又麻木地附在双方军士之中，战场立刻又变得激烈和残酷起来，胜利不知将落于谁手。只见雅典娜一会儿站在围墙的壕沟旁，一会儿站在大海旁，发出的如雷的呐喊声。另一边的阿瑞斯一会儿站在高高的城墙上提醒特洛伊人，一会儿又如暴风一般呼啸着穿过西莫伊斯河的军士行列。战争的主宰者宙斯也不甘寂寞，从奥林匹斯山上发出隆隆的雷声。波塞冬把海底搅的地动山摇，连爱达山都快被撕裂了。这使得冥王哈得斯特别担心，他害怕大地裂开之后地府将再无秘密可言。站在士兵们的背后让各位神大不过瘾，因此他们直接走上战场，现在变成了神与神的较量。阿耳忒弥斯手操硬弓与众神之母赫拉对峙；福玻斯·阿波罗举着箭矢遇到海神波塞冬；勒托和赫耳墨斯交锋；赫淮斯托斯跟河神斯卡曼德洛斯厮杀；帕拉斯·雅典娜与战神阿瑞斯激战。

当神祇杀成一团，难分难解时，阿喀琉斯在人群中寻找赫克托耳交战。阿波罗变成普里阿摩斯的儿子吕卡翁，把英雄埃涅阿斯引到阿喀琉斯的面前。埃涅阿斯穿着闪亮的铠甲，勇猛地向前奔去。但赫拉在混乱的战场上发现了他，她立即召集与她友好的神祇们，对他们说："波塞冬和雅典娜！你们考虑一下，看看这事该怎么办。在福玻斯的唆使下，埃涅阿斯朝阿喀琉斯扑了过去。我们或者逼使他退回去，或者给阿喀琉斯增添力量，让他感觉到伟大的神祇也在支持他。不过，今天他不能发生意外，我们从奥林匹斯圣山上飞下来的目的就是如此。以后，他必须顺从命运女神给他安排的厄运。"

波塞冬回答说："还是再仔细考虑一下吧，我的王后，站在你们一边而对抗另一边的神，这是我不愿意去做的。因为我们是神，力量太大，任何凡人都是承受不起的。我们应该待在一旁，静静地观看。如果阿瑞斯或者阿波罗首先妨碍阿喀琉斯放手作战，那我们就可以光明正大地进行战斗了！"

同时，战场上簇拥着一群群士兵。双方的队伍迎面扑来，大地在他们的脚下隆隆震响。不久，两个凶猛的英雄从各自的队伍里跳到前面，一个是安喀塞斯的儿子埃涅阿斯，另一个是珀琉斯的儿子阿喀琉斯。埃涅阿斯首先跳出来，他头上的羽毛盔饰在硕大的头盔旁威武地飘拂，胸前护着牛皮大盾，手里威吓似的挥着投枪；阿喀琉斯也像一头雄狮一样冲上前。等他走近埃涅阿斯时，大声喝道："埃涅阿斯，你怎敢离开队伍，来到我的面前？你以为杀死我就能统治特洛伊吗？难道特洛伊人答应赐给你一大片土地，作为战胜我的报答吗？你还记得吗，在这场战争开始时，我把你从爱达山顶上赶下来的事吗？那时你吓得没命地奔逃，连头也不敢回，一直逃到吕耳纳索斯城才敢停下来。我在雅典娜和宙斯的援助下征服了城市，把它夷为平地。由于神祇的怜悯，我才免你一死。但是，神祇不会第二次救你了。我劝你赶快退回去，还是给我让路为好！"埃涅阿斯反驳道："珀琉斯的儿子，你以为我是小孩子，用几句话就能把我吓住吗？我们都知道对方的底细。我知道你是海洋女神忒提斯的儿子。但我是美丽的女神阿佛洛狄忒的儿子，是宙斯的外孙，我为此而感到荣耀。让我们别在这里饶舌吧，还是试试我们的战矛！"说着他投出他的矛，击中阿喀琉斯的盾牌，穿透两层青铜，第三层是黄金的，矛尖到此阻住了，不能穿透后面的锡层。现在轮到珀琉斯的儿子投矛。他的矛击中了埃涅阿斯的盾牌，矛头穿过边缘最薄的部分落在埃涅阿斯身后的地上。他吓得急忙执着盾牌蹲下身去。阿喀琉斯挥着宝剑冲了过来，埃涅阿斯情急之中拾起地上一块通常两个人也难以举起的巨石，灵巧地投掷出去。如果不是波塞冬注意到这情况，巨石一定击中对方的头盔或者盾牌，而他自己也一定死在珀琉斯儿子的剑下。

顿时原先不支持特洛伊人的诸神也对埃涅阿斯产生了一丝怜意。波塞冬说："这真是十分遗憾的事啊！埃涅阿斯只不过是听从了阿波罗的话，难道我们就应该让他去地狱见冥王哈得斯吗？尽管宙斯仇恨普里阿摩斯家族，但他决不会想把这一族人彻底消灭掉，而是想通过埃涅阿斯传递香火，延续强大的王族。如果他死了，我担心宙斯会发怒的。"赫拉回答说："我和帕拉斯曾经郑重地发过誓，决不动弹半个手指来抑止特洛伊人所遭受痛苦和不幸的命运。因此我们是不会插手的，你想怎么做随你的便。"

波塞冬飞到战场上，他先在阿喀琉斯眼前降下一阵浓雾，然后又从埃涅阿斯盾牌上拔出长矛，扔回到主人的脚前。做完这一切，波塞冬再把埃涅阿斯推到他的同盟战友考科涅斯人正在准备战斗的地方。"埃涅阿斯，是哪一位神蒙蔽了你的眼睛，"波塞冬嘲笑着责怪他说，"你竟胆敢对众神的宠儿开战？在将来的战场上你必须回避他，直到他完成命运规定的任务而遭受报复以后，你才可以放心大胆地在最前线战斗！"

海神说完话就离开了，顺便撩开了阿喀琉斯眼前的浓雾。阿喀琉斯无意间发现他的长矛又回到了自己的脚下，也没弄清对手是怎么不见的。阿喀琉斯生气地说："一定是神帮助他逃脱的，他见到我总是逃跑。"说完，阿喀琉斯又回到自己的士兵行列中，鼓励他们英勇奋战。赫克托耳也在另一边鼓励着自己的军士，队伍中发出一阵激烈的尖叫声。福玻斯·阿波罗看到赫克托耳充满杀气地奔向珀琉斯的儿子，便在赫克托耳的耳旁警告他不要轻举妄动。赫克托耳当时就被吓得连忙逃回了自己的阵地。阿喀琉斯跳入特洛伊士兵的人群中，手起枪落，首先杀死了伊菲提翁和特摩莱翁。接着又朝刚从战车上跳下来的希波达玛斯刺了一枪，枪尖从背上直穿了过去。他拔出枪回头又戳在了普里阿摩斯的另一个儿子帕蒙的脊骨上。帕蒙痛得大叫着，跪倒在地上死了。不过行吟诗人荷马说的却不是帕蒙，而是普里阿摩斯的小儿子波吕多洛斯。

赫克托耳看到自己的兄弟倒在地上，眼前顿时一片黑暗。他实在不能再袖手旁观了，于是不顾神的警告，直接向阿喀琉斯扑了上去。阿喀琉斯连连叫好，大声喊道："正是你让我痛苦不已。赫克托耳，我们终于在战场上碰面了，你快过来领死吧！"

"即使我站在离你很远的地方，"赫克托耳毫无畏惧地回答说，"我也知道你是一个英勇的人，但是神祇也许会帮助我取得胜利。"他说着就掷出他的长矛。雅典娜正好站在阿喀琉斯的背后，她向矛轻轻地吹了一口气，使它退了回去，无力地落在赫克托耳的脚下。阿喀琉斯猛地冲过来，举枪投射赫克托耳。阿波罗马上降下一片浓雾包围住赫克托耳，又急忙拉他离开了战场。阿喀琉斯一连三次都扑了个空。当他掷第四枪又扑空时，禁不住威吓似的吼道："狗崽子，这次便宜了你，让你又逃脱一死。一定是福玻斯保护了你。但如果有一位神祇帮助我，下一次你必然在我手里丧命！"

说着，怒火冲天的阿喀琉斯像猛虎扑入羊群似的冲进敌阵，杀死了十名英勇的特洛伊人。

阿喀琉斯激战河神斯卡曼德洛斯

当逃亡的特洛亚人来到湍急的斯卡曼德洛斯河时，他们在此分为两部分。一部分向城里逃亡，来到一天以前赫克托耳曾经击溃阿耳戈斯人的场地。但赫拉降下浓雾阻止他们继续前进。另一部分迫近河岸，纷纷跃入急流，两岸发出喧嚷的回声。他们如同被火把驱逐到河里的蝗虫一样挣扎着，整个的河流全拥挤着人马和战车。

这时珀琉斯的儿子将他的枪斜靠在河岸上的一株柽柳旁，只是挥舞着利剑如同神祇一样向他们追击。即刻河水变得殷红，在他的突击下波浪中发出阵阵的呻吟声和喘息声。他好像一只在河水里横冲直撞并尽其所能吞食小鱼的巨大的河豚一样。甚至在他的双手因杀戮过多而感到麻痹时，他还捉到十二个没有淹毙的青年，将他们拖到河岸上来，他们差不多都恐怖得失去了知觉，交给他的队伍。他们将被献祭来给他的朋友帕特洛克罗斯。

阿喀琉斯又一次冲入了湍急的河流，这次他遇上了普里阿摩斯的儿子吕卡翁。看到吕卡翁，阿喀琉斯不由吃了一惊。因为阿喀琉斯在一次夜袭普里阿摩斯的果林时曾以俘虏过他。后来他被卖身为奴并被贩运到奥宇纳奥斯当国王的雷姆诺斯海岛。再后来，他又被卖给印布洛斯岛的国王厄厄提翁，是厄厄提翁把他带回了阿里斯柏城。吕卡翁在那里生活了一段时间后，趁人不注意时悄悄地离开阿里斯柏城，一人逃到了特洛伊。现在他又第二次与阿喀琉斯见面了。阿喀琉斯自言自语道："真是冤家路窄啊！我们又见面了，好吧，那就让我用长矛再在他身上尝试一下吧！"阿喀琉斯还没来得及提枪瞄准，吕卡翁便扑过来一把抱住他的膝盖说："阿喀琉斯，请同情我吧！我曾用一百头公牛从你手里换回了自由。如果你能放过我，现在我愿意给你三倍的赔偿金！经历了长期的奴役之苦，我回到家乡才只有十二天。一定是宙斯仇恨我，所以才让我再次落入你的手中，可是请千万不要杀我。我是普里阿摩斯和拉俄托厄的儿子，不是赫克托耳的同母兄弟。而杀死了你朋友的却是赫克托耳。"

阿喀琉斯皱了皱眉头，用无情的口吻回答说："你这个蠢才，别跟我提及赎金！帕特洛克罗斯没有死之前，我愿意饶恕任何人。但现在任何人我都不放过！这回你也得死。帕特洛克罗斯比你勇敢得多，他不是也被杀死了吗？看着我的眼睛，我知道，总有一天我也会死在敌人的手里！"吕卡翁听到他的话，就伸开双臂，静静地让他刺死。阿喀琉斯拖着死者的脚，把尸体扔进湍急的水里，并且嘲笑似的叫道："我想要看看，你们常常献祭的河流会不会把你救活！"

阿喀琉斯的话激怒了站在特洛伊人一边的暴躁的河神斯卡曼德洛斯，于是，他变成人的模样从旋涡中探出头来，朝着英雄阿喀琉斯大叫一声："丧心病狂的珀琉斯的儿子，你的可恶已经超出了一个平常人的做法！是你让我的河水里充满了死人，河水几乎已经不能顺利地流入海洋了，这是多么残忍的事实啊！"

阿喀琉斯回答说："你是一位神，我当然要听从你的话。可是，只要特洛伊人还没有全部回城，只要我还没有跟赫克托耳决一胜负，我的手臂是不会停下休息的。"说完，他朝逃跑的特洛伊人追了上去，把他们重新赶回了河岸。特洛伊人一个个跳入了河水，阿喀琉斯也跟着跳下了河，复仇的心让他忘记了河神的命令。河流突然愤怒地暴涨起来，河水上涌，翻腾起浑浊的波浪，波浪咆哮着把死者全都推上河岸。河神的浪花猛烈地拍击着阿喀琉斯，阿喀琉斯的身体剧烈地摇晃着，最后，他紧紧地靠在了一棵榆树上，没想到河神却把大树连根拔起，他依靠着树枝才回到了河岸。上岸之后，阿喀琉斯拔腿就逃，在原野上拼命地奔跑。河神咆哮着从后面追了上来，一把将他抓住。阿喀琉斯试图摆脱河神的攻击，不过河水是铺天盖地地淹没了他。不得已之下，阿喀琉斯指着苍天哀告说："宙斯父亲，难道就没有一位神可怜我，愿意救我逃脱这河流的暴力吗？就连我的母亲也欺骗了我，她说我会死在阿波罗的箭下，而我现在却要惨死在波涛之间！我是多么愿意死在赫克托耳的手上，因为强者死在强者的手上才是无比光荣的！"

他正在悲号的时候，波塞冬和雅典娜化身为凡人来到他的身旁，握住他的手，安慰他，因为命中注定他不会在河水中淹死。两位神祇在离开之前救助他，雅典娜赋予他神力。他纵身一跳，跳出了波涛，又落在平地上。可是，河神斯卡曼德洛斯仍不罢休，他卷起巨浪，并大声召唤他的兄弟西莫伊斯。"快来，兄弟，让我们合力制伏这个强人。否则，他在今天就会摧毁普里阿摩斯的城池！来吧！帮我一把，召来山中的泉水，鼓动一切湍急的溪流，掀起你的狂涛，将巨石冲到这里！让他的力量和铠甲不起作用！"他说完，就咆哮着向阿喀琉斯涌来，水花、鲜血和尸体搅和在一起扑向阿喀琉斯。不久，西莫伊斯的河流也奔涌过来，声援河神，汹涌的波涛淹没了阿喀琉斯的头顶。

看到自己的宠儿受难，赫拉吓得喊叫起来。赫拉对赫淮斯托斯说："亲爱的儿子，快去帮帮珀琉斯的儿子吧，只有你的火焰才能对付滔天的激流，我会亲自从海滩旁吹来一股西南风，让风把火苗一直吹送到特洛伊人的军队之中。你需要点燃河边的树木，让河水彻底蒸发干净！希望你不要怕受到威胁而退缩。只有大火才能对付毁灭！"女神的刚讲完，赫淮斯托斯扇起的火焰就燃遍了整块大地。它首先烧尽了被阿喀琉斯杀死的特洛伊人的尸体，然后又用火焰烘焦了原野，汹涌的激流终于停止了。河旁的柳树、榆树、柽柳和各类青草全都燃烧起来，河中的鲤鱼和其他的鱼类都惊恐地鼓动着鳃帮，喘息着寻求清泉。最后，连河流都成了一片熊熊燃烧的火海。河神斯卡曼德洛斯呻吟着钻出波涛说："喷吐火焰的神，我不想再跟你斗了，我认输了，让我们停止战斗吧！特洛伊人和阿喀琉斯的纠纷跟我没关系，我再也不会参与其间了。"他呜呜咽咽地说着，而他的许多水域却在翻滚沸腾着，如同热锅上的油脂一样发出吱吱的声音。最后，他又大声悲痛地转向众神之母，呼喊着："赫拉，你的儿子赫淮斯托斯为什么如此折磨我？我并没有犯下多大的错误。现在我愿意安静了，可是需要你下命令，请他让我静静吧！"

于是赫拉转身对儿子说："停止吧，赫淮斯托斯，不要因为凡人的缘故而使一个神祇继续受苦！"火神即刻熄灭了他的火焰。河神也退回河床。在远处的西莫伊斯也平静下来，让他的河水缓缓地退了回去。

神跟神的战斗

别的神祇们也陷于剧烈的纷争。他们彼此仇恨，彼此攻击，以致大地变色，空气响鸣，如同战斗的喇叭声一样。宙斯站在高高的奥林匹斯圣山上，听着人间喧嚣的声音，看着诸神相互争斗，高兴得心儿都快跳出胸膛了。战神阿瑞斯首先出阵，他挥舞着灿烂的长矛冲向帕拉斯·雅典娜，并且嘲笑似的对她说："你为什么要挑动神祇间互相厮杀？你还记得当年你唆使堤丢斯的儿子用枪刺伤我的事吗？这就等于是你亲手刺伤了我神圣的身体一样。今天我想我们可以算清这笔债了！"说着他挥舞着可怕的长矛朝女神刺了过来。女神躲开了他的攻击，在地上抓起一块巨石朝他掷去。石块砸在他的脖子上，使他噗的一声跌落到地上，头发上沾满了尘土。雅典娜哈哈大笑，带着胜利的喜悦说："蠢货，你竟敢和我较量，你大概从来没有想到我比你高强得多。现在，让你的母亲赫拉去诅咒你吧。她对你非常恼怒，因为你竟然庇护狂妄的特洛伊人，反对希腊人。"她一面说，一面将炯炯的目光从他身上移开。

赫拉来到时，阿佛洛狄忒搀扶着呻吟着的战神正要离开战场。她连忙对雅典娜说："啊，帕拉斯，你难道没有看到阿佛洛狄忒扶着野蛮的阿瑞斯正要离开吗？阿瑞斯真是个让人讨厌的家伙，你难道不想去攻击他们吗？"帕拉斯·雅典娜应声便向他们追了过去。她来到安静柔和的阿佛洛狄忒面前，劈胸就是一掌，阿佛洛狄忒还没不知怎么回事就摔倒在地了。受伤的战神也跟她一起倒在地上。

雅典娜大喝一声："哈哈，让一切敢于支持特洛伊人的家伙都像你们一样摔倒在地吧！如果站在希腊人一边的神都有我这样的战斗力，特洛伊城早已成为废墟啦。"听到雅典娜的话，赫拉脸上浮起一丝满意的微笑。

接着，惊天动地的海神波塞冬对阿波罗说："福玻斯，为什么人们要袖手旁观，无动于衷呢？你看，别的神都已经加入到战斗中了。如果我们根本就没有跟别人较量过，将来我们会被奥林匹斯山的神耻笑的！"

福玻斯笑了笑说："仁慈而又威严的海洋神啊，如果仅仅是为了凡人就让我跟你动武的话，那真是作孽。"阿波罗实在不敢和他父亲的兄弟同室操戈，混战一场。

但他的妹妹阿耳忒弥斯在一旁嘲笑他，讥讽地说："福玻斯，你难道想逃跑，让吹牛皮的波塞冬轻易地取胜吗？你在背上背了弓有什么用呢？难道这只是一个玩具吗？"赫拉听到她的嘲笑很生气。"你这个不知羞耻的丫头，你既然背上背了弓箭，你敢跟我较量吗？"赫拉问她。"你最好还是回到树林里去射一头公猪或野鹿，那要比跟高贵的神祇作战容易得多！今天因为你无礼，我要你尝尝我的厉害！"说着她用左手抓住阿耳忒弥斯的双手，右手扯下她肩上的箭袋，并用它狠狠地打她的耳光。阿耳忒弥斯顾不上自己的弓和箭，如同一个挨打的胆怯的小孩一样，哭喊着跑开了。如果不是赫耳墨斯埋伏在近旁的话，阿耳忒弥斯的母亲勒托真会拔刀前来援救她的。赫耳墨斯看着勒托说："勒托，我不想和你作战，因为和雷霆之神所爱过的女人作战是很危险的。"勒托见他说话随和，对自己甘拜下风，也就消了气。她拾起女儿的弓和箭，追赶着她的女儿回奥林匹斯圣山去了。

阿尔忒弥斯坐在父亲的膝盖上，痛哭流涕，身体抽搐着，十分悲伤。宙斯这是变成了一位慈祥的父亲，他把女儿抱在怀里，温柔地跟女儿说："我的宝贝女儿，快告诉我，是谁如此大胆，竟敢欺负我的女儿？"

阿尔忒弥斯抽泣着说："父亲，是你的妻子，可怕的赫拉伤害了我。她把所有的神都拉进战争和纠纷，搅得天下大乱。"宙斯听后哈哈大笑，抚摸着女儿的头，给她说了许多安慰的话。

在下界，福玻斯·阿波罗急忙走进特洛伊人的城市，他很担心丹内阿人不顾命运的安排，在今天就要攻陷城池。其他诸神都回到了奥林匹斯山，他们的心情千差万别，有的充满凯旋的喜悦，有的尽是满腔的怒火。

阿喀琉斯和赫克托耳

普里阿摩斯国王站在特洛亚城的高耸的碉楼上，俯视强横的珀琉斯的儿子追逐着逃亡的特洛亚人，没有人或神祇阻止他前进。国王叹息着走下碉楼，并对保守城门的卫士们说："大开城门让所有逃亡的人都回到城里来，因为阿喀琉斯正在追击他们。等到我们的人回到城里之后，就将两重城门都下键，否则珀琉斯的凶狠的儿子会攻进城里来的。"卫士们将门栓移去，于是城门大开，安排好一条走向安全的道路。

特洛伊人满面灰尘，忍饥挨饿地逃了回来，阿喀琉斯在后面紧追不舍。这一切都被阿波罗看在眼里，他决定前去帮助特洛伊的士兵。阿波罗隐藏在浓雾之中挨近宙斯的圣林，他把逃跑的意识第一个传给了安忒诺尔的儿子阿革诺耳。阿革诺耳刚想逃跑，他又感到十分惭愧："在你身后穷追不舍的人是谁啊？他的身体不也是可以被伤害的吗？他也是一个凡胎啊！"于是，他安静下来，等待着冲锋而来的阿喀琉斯。

阿革诺耳一只手拿住盾牌，另一只手挥着长矛，朝阿喀琉斯大喝一声："你别以为马上就可以占领特洛伊城。我们中间也有顶天立地的英雄，他们准备为保卫父亲、母亲和妻子儿女而战。"说着他投出他的矛，击中对方新浇铸的胫甲，但矛"鸣"地一声弹落在地上，没有伤着阿喀琉斯。阿喀琉斯猛扑过来，但阿波罗用浓雾遮掩着将阿革诺耳带走，并诱使阿喀琉斯走上歧路，仍然追赶他，因为他已化作阿革诺耳的模样，穿过麦田，朝斯卡曼德洛斯河奔去。

阿喀琉斯紧紧在后面追击，希望追上对手。就在这时，特洛伊人从大开的城门里幸运地回到城里。他们争先恐后，你推我挤，直到进了城里才舒了一口气，擦着满头大汗，饮水解渴，然后在城垛上坐下或躺下休息。

希腊人背着盾牌，浩浩荡荡地朝城门涌了过来，这时只有赫克托耳还没有进到城里来。阿喀琉斯始终把阿波罗看作是阿革诺耳，一直在追赶着他。忽然，阿波罗挺直身子，转过头来，以神的声音开口说道："你为什么不去追特洛伊人，反而对我紧追不放？你要明白你在追赶的是一位神，你是伤害不了我的！"

这时阿喀琉斯即刻醒悟，他苦恼得大叫："你这欺诈而残酷的神祇呀！你引诱我离开了城垣！不是因为你，多少逃向伊利翁的特洛亚人都得丧命。但是你偷去了我的胜利，使他们毫无损伤地得救了，因为你是神祇并且不用害怕报复，尽管我是多么希望报复你的这种行为呀！"普里阿摩斯站在塔楼的瞭望台上，看到阿喀琉斯飞奔而来，老人特别担心依然在中心城门外站着的儿子，他大声呼喊："赫克托耳，亲爱的儿子！你为什么还不进城来？你想不顾危险地阻挡已经杀掉我那么多孩子的人吗？快进城吧，进来保护可怜的特洛伊人。可怜可怜你的父亲吧，宙斯已经把他折磨成一个无力的老人了，他在生命垂危时刻还陷落苦难，还必须目睹层出不穷的惨像，儿子们被杀了，女儿也被抢走了，城堡里的宝藏珍品也被洗劫一空。他自己也不知道会死于投枪还是长矛？他将会卧在宫殿的门边，由他亲手养大的狗来撕扯自己的尸体，舔食自己的血迹！"

赫克托耳的母亲赫卡柏，也哭泣着向下呼喊："赫克托耳，理解我的苦衷吧！你可以打退那位可怕的人的进攻，可是你一定不能靠近他的身边！"

父母亲的大声呼唤和哀求都不能使赫克托耳回心转意。他坚定地站在原地，静静地等待着阿喀琉斯，并且自言自语地说："那时，我的朋友波吕达玛斯劝我把军队撤回城去，但由于我指挥失误，许多人丧失了生命。我愧对特洛伊的男女老幼。也许有一天他们会说，赫克托耳由于相信自己的力量而毁了整个民族。至此，最好还是让我和那个可怕的敌人决一死战。要么我取得胜利，要么我战死城下！否则怎么办呢？难道我应当放下盾牌和盔甲，把海伦和帕里斯抢回来的珍宝都献出去？瞧，我想到哪里去了？如果我真的哀求他，他不会怜悯我的，相反，他会无情地将我杀死。看来还是和他交战为好，看看奥林匹斯圣山的神祇究竟让谁获得胜利。"

赫克托耳之死

阿喀琉斯越来越近，像战神一样威武雄壮，青铜武器灿烂夺目。赫克托耳看见，不由自主地颤抖起来，并转身朝城门走去。阿喀琉斯顿时扑了过来。赫克托耳沿着城墙，沿着大路没命地奔跑，并越过湍急的斯卡曼德洛斯河。阿喀琉斯跟踪追击。他们绕着城墙跑了三圈。奥林匹斯圣山上的神祇们都紧张地看着这一惊心动魄的场面。

"啊。神祇们，"宙斯说，"好好地思考一下眼下的情势吧。决定的时刻来到了。是让赫克托耳再次逃脱死亡呢，还是让他丧命？"

帕拉斯. 雅典娜回答："父亲，你说什么呀？命运女神早已判处死刑的人你还想使他得救吗？你觉得怎样好就怎样办吧，但绝不会得到神祇们的赞同。"

宙斯朝他的女儿点了点头，表示她可以照自己的意思行事。她立即从奥林匹斯圣山上降到特洛伊的战场上。

赫克托耳和阿喀琉斯仍然一前一后地奔跑着，没有任何人参与其中，因为特洛伊人全部退回了城内，而阿喀琉斯也不许他的士兵朝赫克托耳投掷飞镖和长矛。

他们围着城墙跑了四圈，又靠近斯卡曼德洛斯河流时，犹豫不决的宙斯站立起来，取出黄金天平，放进两枚生死砝码，其中一枚代表赫克托耳，另一枚代表阿喀琉斯。然后，他把天平推到中间，开始称量，结果赫克托耳的秤盘倾向了冥王哈得斯。

看到宙斯的决定，在一旁保佑赫克托耳的福玻斯·阿波罗不得不离开了他。雅典娜却走近阿喀琉斯，在他耳边悄悄地说："你先休息一会儿！让我去劝说赫克托耳大胆地投入决战！"阿喀琉斯遵照女神的指令，立即收住身子，停靠在插在地上的长矛旁，看着雅典娜朝赫克托耳走了过去。

雅典娜变为得伊福玻斯来到赫克托耳的面前，对他说："兄弟，让我们一起去反击阿喀琉斯！"赫克托耳看到他的兄弟非常高兴，他说："得伊福玻斯，你真是我最亲密的兄弟。现在，当别的兄弟都躲在安全的城墙后面。你却大胆地出城鼓励我作战，使我更加尊重你了。"于是雅典娜引着英雄朝阿喀琉斯走去。她举着她的长矛，跨着大步，走在前面。

赫克托耳对阿喀琉斯叫道："珀琉斯的儿子，我再也不躲避你了！现在我跟你拼个你死我活。但让我们向神祇发誓：如果宙斯看顾我，让我取得胜利，那么我只剥下你的铠甲，而把你的尸体还给你方。你对我也应该同样对待！"阿喀琉斯面色阴沉地说："休要多说！就如同狮子跟人之间不能共鸣一样，我们也不会成为朋友的。我们之间必须有一个人死掉。你逃不出我的手掌心的，你杀了我们那么多的士兵，现在到了由你赔偿的时刻了！"说完，阿喀琉斯就扔出一杆飞枪。赫克托耳赶忙弯下身子，投枪从他上空飞了过去。隐身的雅典娜把捡回的投枪又交给了珀琉斯的儿子。他狂怒地跳起来，投出一杆飞标，标枪不偏不倚，正好射中阿喀琉斯的盾牌，不过接着就弹落在地上了。赫克托耳吃了一惊，回头想向兄弟得伊福玻斯要第二杆长矛，但是得伊福玻斯却消失不见了。赫克托耳这才意识到刚才的得伊福玻斯是雅典娜装扮的，他明白了自己大限将近，命运已经决定他即将走向死亡了。这时候他唯一能做的就是不要让对方轻易地杀死自己，于是他抽出自己的巨剑，朝前扑了过去。

阿喀琉斯迫不及待地准备厮杀，也等不及再掷矛了，他用盾牌掩护着冲了上去。他头盔上的羽饰在风中飘拂，长矛闪着寒光。他睁大眼睛，寻找机会，想瞄准赫克托耳的身上露出的地方下手。可是从头到脚他都用从帕特洛克罗斯那里掠去的盔甲保护着，只有在肩与脖子相连接的锁骨旁露出一点空隙，使得他的喉咙稍有一点暴露。阿喀琉斯看得真切，狠狠地用矛刺去，矛尖刺穿赫克托耳的喉头，但没有刺破气管，他虽然倒在地上，受了重伤，但仍能勉强说话。阿喀琉斯高兴地说，要把他的尸体喂狗。赫克托耳央求他说："阿喀琉斯，我指着你的生命请求你，别让恶狗吞食我的尸体！无论你要多少金银都可以，只要把我的尸体送回特洛伊，让特洛伊人按照殡仪将我安葬！"

阿喀琉斯得意地摇摇头说："哀求是没有用的，你是杀害我最好的朋友的凶手！即使普里阿摩斯愿意用特洛伊城来赎你，也绝不会有人把撕咬你尸体的野狗赶走的！"

赫克托耳已经不行了，他时断时续地说，"我是……知道你的，我知道……你是一个毫无感情的人，我是得不到……你的可怜的。可是，……等到众神为……我报仇，阿波罗……在特洛伊的中央……城门前把你击倒时，但愿……你能想到我！"说完了这一番诅咒般的预言，赫克托耳的灵魂离开了身体，飞到地府哈得斯那里去了。

阿喀琉斯却在一旁大声呼唤："你就放心地去吧！不管宙斯和众神如何安排我的命运，我都会接受的！"说完，他从从赫克托耳身上拔出长矛，接着又剥下了原来属于自己的血淋淋的盔甲。

希腊人潮水似的涌过来，围观死者高贵的形象和雄伟的躯体。阿喀琉斯站在人群中说："朋友们，英雄们！感谢神祇赐福，让我在这里制伏了这个凶恶的人，他对我们的危害远远超过了其他人。让我们一鼓作气，杀向特洛伊城。我们倒要看看，他们是把城池献给我们，还是在没有赫克托耳的情况下仍敢抵抗。但我何必多讲，浪费时间呢？我的朋友帕特洛克罗斯不是还躺在船上没有安葬吗？士兵们，让我们唱起凯旋歌，并把我杀死的这个敌人拉回去祭奠我的朋友！"

这个残酷的胜利者一面说，一边走近尸体，用刀在脚踝和脚踵之间戳了个孔，用皮带穿进去捆在战车上，然后他跳上战车，挥鞭策马，拖着尸体向战船飞驰而去。

赫克托耳的母亲赫卡柏站在城墙上看到了这一幕惨痛的人间悲剧，她掀起头上的面纱，号啕大哭。国王普里阿摩斯也泪流满面。大家使足力气才勉强拉住了想从城墙上跳下去的国王，然后派人前去追赶凶手。

赫克托耳的妻子安德洛玛刻还不知道发生在赫克托耳身上的一切。她安静地坐在宫殿里，专心地绣花。突然城楼上传来一阵呻吟声，安德洛玛刻预感到大祸临头了，便惊叫起来："天哪，我的丈夫到底怎么样了？来人哪，快跟我去看一下，究竟发生了什么事？"安德洛玛刻穿过宫殿，急步朝城楼奔去，当她看到珀琉斯的儿子正用马车拖拽着丈夫的尸体在野地里飞跑时，安德洛玛刻顿时昏倒在地。过了很长时间，安德洛玛刻才醒了过来，她悲痛万分地哭泣着哀悼死者。此情此景，令神鬼皆会伤心。

帕特洛克罗斯的葬礼

阿喀琉斯携带敌人的尸体回到船舰之后，他把这尸体放在帕特洛克罗斯的尸床旁边俯卧在地上。成千上万的达那俄斯人解开战甲，坐下来举行殡仪。宰杀的牛、羊和野猪，阿喀琉斯预备大大犒赏战士们。他很勉强地被他的朋友们领着离开帕特洛克罗斯的尸床来到阿伽门农的屋里。在这里他们用一只大炊鼎支在火上烧水，并劝他洗去作战时四肢上淌下的血汗。但他固执地拒绝！并郑重地发誓："宙斯在上，在我没有将帕特洛克罗斯火葬，自己剃去头发并为他建立坟茔以前，我不能用水洗浴。现在得举行殡葬的宴会。而明天，阿伽门农国王，请下令砍伐林木，并做好一切准备，让火焰将我的朋友的尸体迅速焚毁。这事了结以后战士们便可继续作战。"王子们都尊重他的意见，并各自坐下饮宴。然后各回自己的营房。但珀琉斯的儿子，为他的密耳弥多涅斯人包围着，躺在海边被海水冲洗干净了的沙地上。

珀琉斯的儿子躺在海滩上，沙滩已被海水冲刷得干干净净。阿喀琉斯刚进入梦乡，只见可怜的帕特洛克罗斯在梦中走近他说："怎么，阿喀琉斯，你把我忘了吗？给我立一座坟吧！地府的门口有两个守卫的幽灵，他们威胁着不让我走过，他们说只有给了建一座坟墓，我才可以通过哈得斯的大门。只要我不被烧成灰烬，我就不得安宁。我的朋友，你也即将死在特洛伊的城墙附近，这是命中注定的。所以在给我造坟的时候你要留下余地，也好使从小一起长大的我们的骸骨能够埋葬在一起。"

阿喀琉斯伸出双手想去抓住阴影的双手，说道："我发誓，将按照你的要求去办事，兄弟！"影子像一团烟云，忽然就消失不见了。

天刚蒙蒙亮，阿伽门农命令大家牵着牲口前去爱达山砍伐树木，劈成木柴，让牲口驮回战船营。阿喀琉斯命令他的弥尔弥杜纳人穿上衣甲，驾上战车。不久，送葬的队伍就浩浩荡荡地出发了，国王们、武士们和驾车的人走在前列，几千名士兵步行殿后，帕特洛克罗斯的朋友和伙伴抬着盖满了大家各自剪下的卷发的遗体。

当他们来到阿喀琉斯所预先择定的地方，他们将尸床放下，用大量的木材垒成火葬堆。珀琉斯的儿子站在一边，割下一绺他自己的金色的头发，凝望着大海的巨浪，说道："我的祖国忒萨利亚的斯珀耳刻俄斯河啊，我父亲曾经发愿说，如果我凯旋，他要我为你剪下我的头发，并以五十只羔羊献祭于你那有着圣林和神坛的河源之前；但现在这个誓愿落空了。啊，河神呀，你充耳不听他的祈求，你不让我凯旋。所以别对我发怒，现在我将我的头发献给帕特洛克罗斯，由他携带着一起到地府里去。"说着就将这绺头发放在他的朋友的手中，并对阿伽门农说："国王啊，请吩咐人们都分散去饮宴。宴毕，大家同声悲悼并埋葬我的朋友。"阿伽门农一声令下，战士们各自回到自己的战船上。留下来的国王们开始运送砍伐的树木，他们堆了一个百英尺见方的巨大柴堆，尸体被停放在柴堆的最高层。然后，他们屠杀了几只绵羊和几头公牛，把它们作为供品放在柴堆的四周，灵柩旁搁着蜂蜜和油罐，支架上还拴着四匹活马。他们又从杀掉了帕特洛克罗斯的两条家犬和十二个特洛伊青年，祭供于灵前。葬礼的一切已经准备就绪。

木柴被点燃了，阿喀琉斯朝着死者大声喊道："让愉快伴随着你进入冥府吧，帕特洛克罗斯！我已经兑现了我所立下的誓言，大火将烧尽十二个特洛伊的祭供者。只有赫克托耳没有被祭供给你，我会把他的尸体喂狗！"阿喀琉斯的话里充满了杀气。可是众神却没有让他的愿望得逞：阿佛洛狄忒日夜守护着赫克托耳的尸体，不让任何一只饥饿的野狗走近。她又给尸体涂上玫瑰香油和长生不老膏，让赫克托耳周身上下没有一处受伤的痕迹。阿波罗扯来一片浓云遮盖在赫克托耳尸体的上方，以免太阳把尸体烘晒干。

现在，火葬帕特洛克罗斯的柴堆虽然点火，可是不能熊熊燃烧。阿喀琉斯转身向风神祈求，答应给北风神波瑞阿斯和西风神策菲罗斯献祭，并用金杯浇酒在地，请风神把木堆吹起大火。伊里斯把这消息传给了风神。他们从海面上呼啸而来，直扑柴堆。整整一夜，他们在柴堆四周扇起熊熊火焰。阿喀琉斯不断地浇酒在地，祭奠朋友的亡灵。直到清晨，才风止火熄，柴堆被烧成灰烬。帕特洛克罗斯的骸骨卧躺在柴灰中间，外围混杂着人骨和兽骨。遵从珀琉斯的儿子的命令，英雄们用酒浇熄了还在闪烁火星的余烬。他们含着眼泪，拾起朋友的白骨，盛在一只金甕里，送到阿喀琉斯的营帐里。然后，他们用石块和泥土给死去的帕特洛克罗斯筑起一座大坟。

一切都完毕后，殡葬的赛会即行开始。阿喀琉斯叫所有阿耳戈斯人都聚拢来，坐成一个大圆圈。然后他摆出铜三脚祭坛，大炊鼎，骡子，牡牛，穿着锦袍的受过技艺训练的妇人和珍贵的灰铁作为奖品。

普里阿摩斯会见阿喀琉斯

当参加竞赛的人散去之后，大家都饱食就寝。只是阿喀琉斯不能入睡，他整夜辗转反侧，想念着他的被埋葬的朋友。最后他从床上起来，沿着海岸走来走去。在天亮时，他又套上他的马匹，将赫克托耳的尸体绑缚在他的战车上，拖曳着它在帕特洛克罗斯坟墓的周围驰驱三匝。但阿波罗用他的金盾遮盖着这尸体，使它不致伤损。阿喀琉斯丢下它，让它翻扑在地上。所有在俄林波斯圣山的神祇，除赫拉以外，看着这景象都很悲痛。宙斯并遣使将阿喀琉斯的母亲忒提斯叫来，命令她尽速赶到阿耳戈斯人的营幕，告诉她的儿子，神祇们甚至宙斯本人都怒不可遏，因为他扣留赫克托耳的尸体不让赎回。

忒提斯听从命令，来到儿子的帐篷，走近他坐下，温和地说：“亲爱的儿子，你忧愁叹息，不进饮食，这样折磨自己还要多久呢？听着宙斯要我对你说的话吧：他和诸神都很愤怒，因为你虐待赫克托耳的尸体，并且始终把它扣在船上。我的儿子，还是索取一笔丰厚的赎金，把尸体交出去吧！”阿喀琉斯抬起头，注视着母亲说：“那就这样吧，我尊重宙斯和诸神的意见！谁给我赎金，谁就可以把尸体领回去。”

就在同一时间，宙斯又派出伊里斯来到普里阿摩斯的特洛伊城。伊里斯的心情十分沉重，因为在特洛伊城里到处都是悲叹，到处都是哭泣。她走到国王面前，悄悄地对他说：“达耳达诺斯的儿子，请安静下来，别再丧了！宙斯同情你，他已经说服了阿喀琉斯让你用礼金赎回你儿子的尸体。但是，你必须一个人去，只可以带一名年老的使者给你驾车，之后再将尸体运回城来。请你不要害怕，因为宙斯派了英勇的赫耳墨斯时时保护着你！”

普里阿摩斯相信了女神的话，命令众多儿子为他备马驾车。他自己则走进了香气扑鼻、柏木护墙的珍宝间，这里藏着各种各样的价值连城的珍奇古玩。他叫来妻子赫卡柏，把宙斯派人送来的消息告诉了妻子。赫卡柏听后竭力劝阻他，让他放弃这个想法，她不想让自己的亲人再有任何意外发生了。

“不要阻止我，”普里阿摩斯坚决地说。“不要在我的屋子里说些不吉利的话。即使我去到敌人的船舰会遭到死亡，就让那凶暴的人杀害我吧，只要能抱住我的儿子的尸体，哭个痛快就好了。”于是他揭开箱子，挑选十二件华丽的锦袍，和同样数目的紧身服和披风。之后，他又选了四只光金光闪闪的池盆，秤出十泰伦特的黄金，两口三脚鼎以及一支宝贵的酒杯。这支酒杯正是色雷斯人赠送给他的礼物。普里阿摩斯又对劝阻他前去的特洛伊人说：“你们还不够悲哀吗？为什么非要过来劝我啊？你们这批胆小如鼠的人，要是你们代替赫克托耳被杀死在那边的船上就好了！还不快去给我驾车，把这只篮子放在车上，让我赶快上路！”儿子们虽然都特别担心，但只能听从他的命令，于是就把名贵的骏马驾在普里阿摩斯的车前，把赎金和礼品放在车上，伴随国王的前去使者是一位老态龙钟的人。

赫卡柏怀着沉重的心情把举行祭礼用的金酒杯递给国王。女仆端着水壶和水盆走过来。国王普里阿摩斯用净水洗了手，端起金酒杯，站到庭院当中，浇酒在地，向宙斯大声祈祷："万神之父宙斯哟，爱达山的主宰呀，让我在珀琉斯的儿子面前得到怜悯和恩惠吧！请你显出预兆，让我放心大胆地到丹内阿人的战船上去！"国王的话刚说完，从右面高空的云端里飞来一头黑鹰，黑鹰展开大翅膀，掠过了城市。特洛伊人看到这吉兆都欢呼起来。年老的国王满怀信心地登上战车，坐了下来。

战车来到城外，普里阿摩斯和使者看到旁边是古代国王伊罗斯的大坟，便吩咐两辆车停下来歇一会儿，让牲口在河边饮水。这时已近黄昏，大地笼罩在暮色中。传令使伊特俄斯突然看到近处有一个人的身影，他吃了一惊，对普里阿摩斯说："主人，你瞧那边有一个人。我怀疑他等在那里准备谋害我们。"正说着，那人已经走了过来，原来，他不是敌人，而是宙斯派来的使者赫耳墨斯。普里阿摩斯不认识他，但这神祇却和他握手，并说是来保护他的。

普里阿摩斯松了一口气，说："我现在总算彻底放心了，果然有一位神的手始终保护着我，真是感激不尽，友好而又明智的人，感谢你的一路陪伴。可是，请告诉我，你是谁？"

赫耳墨斯回答说："我的父亲名叫波吕克托耳，他有七个儿子，我是最小的那个，叫赫耳墨斯。我也是弥尔弥杜纳人阿喀琉斯的朋友。"

"如果你是可怕的珀琉斯的儿子所结识的朋友，"普里阿摩斯变得有些急躁了，"那么请告诉我，我的儿子是否还在战船上，阿喀琉斯有没有把他喂狗吃？"

赫耳墨斯平静地回答说："请你放心好了，他还在阿喀琉斯的营帐里。虽然已经过了十二个昼夜，阿喀琉斯对他也没有一点怜悯之情，每天早晨都拖着他在朋友的坟前转圈，不过赫克托耳的尸体受神的保护，既没有腐烂，也没有被狗吃掉，至今完好无损。他的面目仍然栩栩如生，全身上下不见一丝血迹，所有的伤口都结了痂，没有一道疤痕，你看到时都会觉得这是一种奇迹。即使他死了，众神也一直照顾着他。"

普里阿摩斯兴高采烈地拿出随身带在车上的一个酒杯说："拿上它吧，陪同我去见你的朋友。"

赫耳墨斯拒绝收下金杯，他似乎害怕背着阿喀琉斯接受礼品。不过他也跳上战车，坐在老人身边，双手抓住缰绳。不久就来到战壕和围墙那儿。守卫的士兵正在用晚餐。这神祇用手一指，士兵们顿时垂下头来呼呼大睡。他又用手一指，围墙的营门自动打开。因此普里阿摩斯的战车一路平安地来到阿喀琉斯的营房门前。赫耳墨斯跳下车，劝普里阿摩斯抱住英雄阿喀琉斯的双膝，并指名英雄的父母向他哀求。说完，赫耳墨斯显露了自己的神祇身份，然后便消失不见了。

国王跳下战车，把马匹和车辆交给伊特俄斯，自己径直走进营房。他在室内看见了阿喀琉斯，奥托墨冬和阿耳奇摩斯陪在阿喀琉斯的左右。阿喀琉斯刚刚用完膳，餐桌还没有收拾好。普里阿摩斯静静地走近阿喀琉斯，来到他的面前，抱住他的膝盖，吻着他那双杀了自己儿子的双手，向阿喀琉斯祈求道："神一般的阿喀琉斯，想想你的父亲吧，他也会跟我一样年迈无力，也许他也会遭受邻人的仇视和威逼，像我一样孤立无援而又常常提心吊胆。可是他还有看到儿子的希望，还能盼望着儿子从特洛伊得胜回国。而我呢？当亚各斯人来特洛伊城时，我有五十个儿子，你再看看现在我还有什么呢？现在，唯一能够保护我、保护城池的儿子也离我而去了。怎么能说我不是这场战争中损失最为惨重的人呢？因此，我希望你大发善心，把我儿子的尸体还给我吧，我会给你大笔赎金的。珀琉斯的儿子，听从神的劝告，想想你自己的父亲，可怜可怜我吧！"普里阿摩斯的一番话激起了大英雄无限的乡恋之情，他也渴望能见到远方的父亲。阿喀琉斯温和地握住老人的手，把老人扶了起来，无限同情地说："可怜哪，作为父亲，你忍受了太多的折磨。为了要回儿子的尸体，你竟敢独自一人来到丹内阿人的战船，只是为了见一个杀了你的这么多儿子的人，这表现了多么大的英勇气势啊！你的儿子都英勇善战、十分厉害，你也一定有颗金刚岩般的坚实心肠！好吧，现在就让我们静静地坐下来商量一下，光靠忧郁和悲伤将难以改变任何局面。尽管神是无忧无虑的，但他们却给可怜的凡人定下了忍受悲愤的命运。宙斯的家门前放着两只罐子，一只罐内装着灾难和不幸，另一只罐内则装着愉快和幸福。众神给珀琉斯送上财富、权力，甚至还有作为神的妻子，这些礼物是美丽的。然而，有一位神也给他的儿子下了咒语，那就是他的儿子将会早死。而你呢，老人哪，你也是在歌颂和祝愿中走过来的，但也没有摆脱奥林匹斯山的众神给你送上的苦难。从此以后，你的城墙前将持战争不断，厮杀不绝。你只有忍受这份苦难，你再也无法唤回你的高贵的儿子了！"

普里阿摩斯回答说："宙斯的宠儿呀，只要赫克托耳还躺在你的营房里没有得到安葬，我就不忍心坐下。请让我把他赎回吧。收下我献给你的一大笔赎金，饶恕我，并回你的祖国去吧！"

阿喀琉斯听到他最后的一句话皱起了眉头，说："老人家，请别强迫我！我愿意把赫克托耳的尸体还给你，因为我的母亲已将宙斯的命令告诉了我。而且，我也明白，是神祇帮助你，把你带上了我的战船。否则，一个凡人无论有多大的胆量，也无法来到这儿。但请你不要再提非分的要求，让我烦恼。"老人不再言语，阿喀琉斯走出帐篷，战士们跟在他后面。

他们在帐篷外解下马匹，并让使者进入室内，然后从车上搬下作为赎金的礼品，只留下两件披风和一件紧身衣，以便用来遮盖赫克托耳的尸体。阿喀琉斯命人清洗赫克托耳的尸体，并涂抹香膏，穿上衣服。他亲自把尸体放在尸床上。当他的同伴们把赫克托耳的尸体抬上战车时，阿喀琉斯叫唤着他朋友的名字："帕特洛克罗斯呀，如果你在阴间地府听说我把赫克托耳的尸体还给了他的父亲，请别生我的气！他带来的赎金很丰厚，这也有你的一份！"

阿喀琉斯走进营房，坐在国王的对面，说："瞧吧，你的儿子完全按你的愿望获得了解脱。天一亮，你就可以把他带回去了。现在让我们一起用餐吧！你会有时间为可爱的儿子伤心落泪的，只要你把他运回家去，你就可以大声痛哭啦！他是值得你痛哭的人。"说完，大英雄又站起来急忙走出去，杀掉了一只绵羊，他让朋友们剥下绵羊皮，把羊肉切成小块，串在铁杆上精心烧烤。然后，大家又坐回桌旁，阿喀琉斯分羊肉，奥托墨冬分发面包，大家饱餐了一顿。普里阿摩斯打量着主人的完美身材，阿喀琉斯看起来就像一位天神。阿喀琉斯看到国王英俊的面貌，听到他富有哲理的讲话也暗暗地佩服他的为人。宴饮之后，普里阿摩斯对阿喀琉斯说："高贵的英雄，请让我去休息吧，自从我的儿子去世之后，我还没有合过一次眼呢。而且，今天我还是第一次喝酒吃肉呢！"

阿喀琉斯命令他的伙伴和女仆在厅内准备好两张床铺，并且垫上紫金被褥，铺上毯子，又把毛皮锦袍搁在床上当作被盖。阿喀琉斯友好地问道："请告诉我，你为高贵的儿子举办葬礼，前后一共需要多少天？在这段时间里，我们将停止一切战争！""如果你如此重义气、如此重感情的话，"普里阿摩斯回答说，"请给我十一天的时间，让我完整隆重地安葬我的儿子。现在我们全都被围困在城里，要到城外很远的山区才能砍到木柴，为此我们就需要九天的时间来准备。在第十天我们会安葬赫克托耳，举办丧宴，第十一天时给他立坟墓。等到第十二天，如果你认为必须进行的话，那我们就可以继续战斗了。"阿喀琉斯回答说："好吧，就按你说的意见去办。我将劝阻队伍，直到那时才重新开战。"说完，他有力地握了握老人的右手，借以打消普里阿摩斯的种种顾虑，然后让他去床上休息。他自己则睡在了最里面的房间里。

当他们都进入梦乡时，神祇赫耳墨斯思量着怎样才能悄悄地把特洛伊的国王从众多的士兵面前送回城去。最后，他轻轻地走到老人的床前，对他说："年迈的国王，你在敌人的营房里睡得多安稳哟。是的，你用重金赎回了儿子。可是，当阿伽门农和其他的希腊人知道了这件事，就会扣留你，并向你在家的儿子们索取三倍的赎金！"普里阿摩斯听了大吃一惊，急忙唤醒使者。赫耳墨斯亲自给他们套上车，并与国王同乘一车。伊特俄斯赶着车，带着尸体悄悄地从希腊人的营地驶了出去。不久，就远离了敌人的营地。

赫克托耳的尸体在特洛伊城

赫耳墨斯伴送普里阿摩斯一直到斯卡曼德洛斯河边。他在这里离开国王，飞回俄林波斯圣山。剩下普里阿摩斯和使者，一路上悲伤愁叹，继续前行。他们来到城里天已大明。一切人都在熟睡，只是卡珊德拉一个人看见他们归来。她登上宫殿的城垛，远远地看见他的父亲站立在车上，使者驱着骡车，骡车上载着赫克托耳的尸体。她看见这，不禁放声大哭，使整个静寂的城池都响震着她的悲声。"都来呀，特洛亚的男人和女人们！唉唉，赫克托耳回来了，但回来的仅仅是他的尸体！从前他活着从战场上得胜归来时，你们都向他欢呼迎接，现在他已牺牲了，也要一样地向他致敬啊！"

在她的叫喊下，特洛伊的男男女女都奔了出来，走向城门。赫克托耳的母亲和妻子走在前面，哭泣着去迎接装载尸体的战车回城。

士兵们把赫克托耳的尸体抬入国王的宫殿，被放置在一张结实的床上，随后王宫里就响起了低沉的哀乐。年轻的王后安德洛玛刻抱住赫克托耳的头，忍不住放声大哭道："亲爱的丈夫啊，你怎么忍心让我成为可怜的寡妇，让我孤身一人带着可怜的孩子。特洛伊城失去了你的保护可能就要被毁灭了，您的儿子也许难以长大成人！不久，我们就可能成为希腊人的俘虏，被押送到他们的战船上。而你，我可怜的儿子阿斯提阿那克斯，将来也许会在一名残忍的管家监督下忍受耻辱和劳役。或许他还会被希腊人从城楼上推下去，因为他的父亲曾经杀害过无数的希腊人，这里面可能有他们的兄弟、父亲或者儿子。唉，赫克托耳，你给自己的父母带来难以诉说的悲哀，也给我带来了无尽的绝望啊！"

在安德洛玛刻哭诉后，赫克托耳的母亲赫卡柏也大声地哭诉起来。"赫克托耳，我亲爱的儿子，天上的神祇们是多么喜欢你啊，他们在你惨死后也没有忘掉你。你被敌人杀死，拖在地上转圈，可是，你现在好像毫无损伤，栩栩如生地躺在宫殿里，好像阿波罗射出的箭无意中使你死去似的。"

接着是海伦哭诉。"赫克托耳呀，"她说，"在所有我丈夫的兄弟之中你是我最敬爱的。帕里斯从我的故乡将我带来，现在已足足二十年；在这二十年中我没有听你说过一句不中听的言语。那是真的，普里阿摩斯国王也慈爱待我，但当家里面任何别的人，我丈夫的兄弟或姊妹，他的母亲或者他的兄弟们的妻子，当他们抱怨或责骂我时，你就出来使他们息怒，并常常为我解围。失去你，我就失去了一个救助者和一个朋友。现在每一个人都要嫌弃我了！"海伦说到悲伤处禁不住热泪盈眶，聚集一旁的特洛伊人也叹息不已。普里阿摩斯对着人群大声地说："特洛伊的百姓们，请你们现在就出城去砍伐木柴。珀琉斯的儿子曾经答应过我在将来的十一天之内，他们是不会对我们发起进攻的，所以你们根本不用担心丹内阿人会埋伏并暗算你们，这样的事情是不会发生的！"

特洛伊人按照国王的吩咐，立即备马驾车，在城前准备出发。他们运送了九天的木柴。到第十天时，大家哭泣着把赫克托耳的尸体抬上高高的木柴堆，然后点火烧柴。全城的人围着熊熊燃烧的烈火，看着它烧成一堆灰烬之后，他们又用美酒浇熄了火堆。这时赫克托耳的兄弟和朋友们含着眼泪捡起灰中的白骨，然后用紫锦衣料裹扎好，装在一只小金里，放在墓穴内。墓穴周围砌以细长的条石，垒成一座高耸的坟墓。特洛伊人在坟墓附近设立了严密的哨卡，以防备希腊人的突袭，防止他们破坏隆重的葬礼。一切完毕之后，大家都回到城内，宫殿里开始了严肃而又庄重的殡葬宴会。

彭忒西勒亚

当赫克托耳的殡葬结束后，特洛亚人因畏惧勇猛的阿喀琉斯，仍然待在城里不敢走近他所在的地方，如同牛群远避着狮子的洞窟一样。城内仍然充满着对于已故英雄的哀悼，人民都极端的愁苦，就好像特洛亚城已被征服者烧毁了一样。

正在他们悲痛绝望的时候，突然他们意料不到地盼到了援兵。在小亚细亚靠近忒耳莫冬河的本都一带住着亚马孙女王彭忒西勒亚和她的女战士，她也是战神阿瑞斯的女儿。她之所以率军前来援救特洛伊，一方面是因为这个民族天性喜欢战争和冒险，一方面是因为她无意中犯下了罪孽，需要赎罪。有一次彭忒西勒亚在打猎时看到一头梅花鹿，她举枪朝梅花鹿掷去，不料误中了她心爱的妹妹希波吕忒。这个罪过像石头一样压在彭忒西勒亚的心头。无论她在哪里，复仇女神总是追随她，任何献祭都无法平息女神的怒火。彭忒西勒亚希望借助使神祇喜欢的远征来摆脱困境，因此她挑选了十二个女英雄来到特洛伊。这十二个女英雄虽然楚楚动人，然而比起她们的女王彭忒西勒亚又黯然失色。女王就像在时序女神的陪同下从奥林匹斯圣山上降到人间的黎明女神一样。

当特洛亚人从城头上看见彭忒西勒亚，强健而秀丽，穿戴着青铜的盔甲和灿烂发光的胫甲，统率着她的女战士们走到城边，他们就从各方面会集而来。她们越走近，他们越加惊叹这女皇的美丽，她面上的表情是既威严而又极其动人的。她微笑着，长睫毛下面的眼睛特别显得明亮而年轻。她的红色的面靥完全同处女一样，但充满热情和活力的身躯却远比处女强健得多。特洛伊人大声欢呼女王的到来，就连国王普里阿摩斯也稍展愁眉，感到了一线希望。想到了死去的儿子们，他又抑制住兴奋的情绪。普里阿摩斯前去迎接女王，把她引入自己的王宫，拿出最好的食品接待她，像亲生女儿一样对待她。按照国王的旨意，仆人们又送上贵重的礼物。国王普里阿摩斯还答应特洛伊获得解救之后，他将会给女王赠送更多的礼品。

亚马孙女王彭忒西勒亚从贵宾席上站起来，说出了一个任何凡人都不敢做出的大胆而又可怕的誓言。她向国王发誓要杀死神灵一般的阿喀琉斯，征服亚各斯人，烧毁敌人的战船。安德洛玛刻听到她的话，心里在想：可怜的人哪，你可知道你说了些什么话吗？你难道发疯了，看不到死神已经在你的面前向你招手吗？特洛伊人把我的丈夫赫克托耳尊奉为神祇一样，可是珀琉斯的儿子仍用长矛把他杀死了，让他饮恨沙场！

亚马孙的女英雄们长途跋涉，一路辛劳，用过晚餐之后她们就在女仆的带领下进入内室休息了。彭忒西勒亚躺在舒适的眠榻上，不一会儿便酣然入睡了。雅典娜趁机给她送来一场迷梦。在梦中，女王看到了父亲阿瑞斯，阿瑞斯催促她马上同阿喀琉斯开战。醒来后，彭忒西勒亚感到一阵快速的心跳，她看到天已亮，决定当天就实现誓愿。女王马上跳下床来，穿上父亲阿瑞斯送给她的铠甲，扎紧胫甲，束紧胸铠，佩上剑鞘由白银和象牙制成的利剑。披挂停当之后，她又取出盾牌，戴上头盔，头盔上是闪亮的黄金羽饰。彭忒西勒亚左手握着两根长矛，右手握着一把双面利斧，这是不和女神送给她的武器。一切就绪后，女王冲出了国王的宫殿，势如宙斯抖落大地的快闪猛雷。

她欢喜而兴奋地奔跑到城墙边，激励特洛亚人奋勇作战，为自己和特洛亚城争取光荣。由于她的号召，不敢面对阿喀琉斯的人们又重新鼓起勇气，准备决战。但彭忒西勒亚急欲厮杀，一跃骑上她的行走如飞的美丽的马匹，这是特剌刻的国王珀瑞阿斯的妻子赠给她的礼品。她的女战士们也各自骑上马匹，跟随着她奔驰到战场。许多特洛亚队伍也追随在她们左右。仍然留在宫殿里的国王普里阿摩斯高举双手向宙斯祈祷："今天，万神之父哟，让阿开亚人都在阿瑞斯女儿的面前溃败，并使彭忒西勒亚能平安地回到城里来吧。请你为了亏阿瑞斯，你的有威力的儿子的光荣，这样做吧！请为了那个为神祇所生并且本身亦如神祇一样的女儿这样做吧！也请为了我这样做，因为我曾经从阿耳戈斯人遭受这么多的苦难，并丧失了这么多的儿子。啊，当达耳达诺斯的高贵家族还没有完全灭亡，当特洛亚古城还在巍然耸立时，请你这样做吧。"但他的话刚刚说完，一只鹰就从他的左上方飞过。它的大翼刷刷地击着空气，利爪攫着一只被撕碎的鸽子。看到这个恶兆，这老人浑身颤抖，陷于绝望。

希腊人看到特洛伊人突然来袭战船营，士兵们急忙披挂上阵，杀气腾腾地冲了出来。顿时长矛挥动，盾牌互击，铠甲相撞，头盔直碰，特洛伊的大地上血流满地，惨不忍睹。彭忒西勒亚肆意地砍杀着希腊士兵，她所率领的女英雄也毫不示弱，个个奋勇争先。女王一连杀死了摩利翁以及其他七名希腊英雄。亚马孙女英雄克罗尼亚一刀砍倒了帕达尔克斯的朋友墨尼波斯，她的这一举动激怒了帕达尔克斯，他投出一枪，刺伤了克罗尼亚的臀部。彭忒西勒亚眼疾手快，一刀斩断了帕达尔克斯伸出的手，但却没来得及救下她的朋友，克罗尼亚倒在尘土之中死了。希腊人也急忙救回帕达尔克斯。

彭忒西勒亚又势不可挡地杀入了希腊人的阵营，希腊人被吓的节节败退。大获全胜的女王在希腊人的背后得意扬扬地呼喊着："今天我要替普里阿摩斯洗清耻辱，狄俄墨得斯在哪里？埃阿斯在哪里？阿喀琉斯又去了哪里了？你们为什么不来跟我较量一番呢？"说完，她又毫不在乎地杀入亚各斯人的队伍，用枪挑、举斧砍、还弯弓搭箭射杀敌人。她的身后跟随着普里阿摩斯的儿子们，再往后是一批特洛伊的士兵。希腊人的士兵一批一批的倒下了，他们无法抵抗这沉重的打击。特洛伊人的战车到处碾轧，轧死了许多希腊士兵，似乎有一位自天而降的神正在帮助他们彻底战胜希腊人。

可是，战斗的喧嚣声还没有传到强大的埃阿斯和神祇之子阿喀琉斯那儿。他们仍坐在帕特洛克罗斯的墓旁，深深地怀念死去的朋友。

特洛伊人已经逼近希腊人的战船营了。他们正要焚烧战船时，忒拉蒙的儿子埃阿斯突然听到激烈的厮杀声，他对阿喀琉斯说："我听到战斗的喊杀声，让我们去击退特洛伊人，别让他们烧掉我们的战船！"阿喀琉斯也听到战斗的声音。他们急忙穿上铠甲，朝着响起厮杀声的地方奔去。

亚各斯人在惊慌失措中看到两个英雄冲了过来，顿时增添了勇气。阿喀琉斯和埃阿斯立即勇猛地投入战斗。埃阿斯对付特洛伊人，他挥舞长矛一连杀死四个敌人。阿喀琉斯抵挡亚马孙人，四个年轻的女战士死在他的手下。然后，他们又合力朝敌人的主力冲过去。不一会儿，特洛伊人就倒下一大片，其余的人也抱头鼠窜。

看见战局有变，彭忒西勒亚愤怒地朝两个男人扑了过去。她首先朝阿喀琉斯投去了一枪，不料，被大英雄的盾牌挡住了，长矛仿佛撞在一块岩石上被弹落在地。她的第二杆长矛又瞄准了埃阿斯，口中大吼着："你们这些吹牛大王，竟敢夸口说自己是最强大的英雄，真是大言不惭、口出狂言。第一枪算是饶了你们，第二枪却一定要取你们的性命！你们将会看到比你们两个大男人还要强大得多的女人！"两位英雄听了这些话哈哈大笑。女王的投枪击中了埃阿斯腿上的银甲护胫，但却没伤着皮肉就落在了地上。埃阿斯不愿跟这位亚马孙女人计较，便冲向了特洛伊人的士兵，而把彭忒西勒亚留给了阿喀琉斯。他相信阿喀琉斯毫不费力就会打败这位骄傲的女王的。

彭忒西勒亚看到她的第二支矛又失败了，她不禁长叹一声。这时阿喀琉斯打量着她，并对她说："妇人，告诉我，怎么你会有这胆量来反对我们，我们这些世界上最强有力的英雄，宙斯的子孙，在我们的面前，赫克托耳也战栗而且倒下了？你必定疯了，所以敢于以死威胁我们，而你自己的末日业已来到。"说完，他挥舞着手中那杆战无不胜的长矛就朝着亚马孙女人奔了过来，投枪正中女王的右前胸，鲜血立刻喷涌而出。彭忒西勒亚眼前一片漆黑，手中的战斧也掉落在地上。女王又挣扎着站了起来，用眼睛盯住她的敌人。阿喀琉斯像饿虎扑食一般地冲过来，把女王拖下了马。彭忒西勒亚思索着下一步应该如何去做，是拔出剑来进行反抗，还是向胜者求饶，放自己一条生路呢？可是阿喀琉斯并没有给她时间，彭忒西勒亚的狂妄实在让他痛恨，一枪又起，女王被打翻在地，倒在地上死了。

特洛伊人已经逼近希腊人的战船营了。他们正要焚烧战船时，忒拉蒙的儿子埃阿斯突然听到激烈的厮杀声，他对阿喀琉斯说："我听到战斗的喊杀声，让我们去击退特洛伊人，别让他们烧掉我们的战船！"阿喀琉斯也听到战斗的声音。他们急忙穿上铠甲，朝着响起厮杀声的地方奔去。

亚各斯人在惊慌失措中看到两个英雄冲了过来，顿时增添了勇气。阿喀琉斯和埃阿斯立即勇猛地投入战斗。埃阿斯对付特洛伊人，他挥舞长矛一连杀死四个敌人。阿喀琉斯抵挡亚马孙人，四个年轻的女战士死在他的手下。然后，他们又合力朝敌人的主力冲过去。不一会儿，特洛伊人就倒下一大片，其余的人也抱头鼠窜。

亚马孙女王的父亲战神阿瑞斯得知此事后，他陷入了深深的悲伤之中。伴着隆隆雷声，他犹如闪电一样朝着大地冲了下来，他决定消灭一切希腊人。这时宙斯及时地在他的头上响起阵阵炸雷，警告他不能这样做，因此他也不得不放弃自己的愿望。他是不敢违背宙斯的意愿的，只好无可奈何地站在那里。

这时，只见面貌丑陋的忒耳西忒斯走上前来，他看着阿喀琉斯一动不动地站立着，就嘲笑地说："你这不是犯傻吗，何苦为一位给我们带来灾难的女子折磨自己呢？你看上去就如同一个好色之徒！你以为所有的女人都会成为你的战利品吗？不是这样的，她们的长矛也会杀死你的！你真是个贪得无厌的男人！"听到这些嘲讽的话，阿喀琉斯诉心中升腾起一股怒火。他朝着忒耳西忒斯迎面就是一拳，忒耳西忒斯的牙齿被打脱落了，口中吐出了鲜血，挣扎了一会儿便倒在地上死了。他的死不会引起任何人的怜悯，因为他是一个平时只知道贬低别人，而在战场上却胆怯如鼠的无耻之徒。

但是，有一个人对忒耳西忒斯的死不能无动于衷，即堤丢斯的儿子狄俄墨得斯，因为他和忒耳西忒斯是亲戚。狄俄墨得斯非常愤恨。如果不是有几个丹内阿人的英雄拦阻，他会拔剑跟阿喀琉斯决斗的。珀琉斯的儿子也为失手打死了忒耳西忒斯向狄俄墨得斯道歉。因此，双方才没有火并。

普里阿摩斯对女王彭忒西勒亚的死感到痛惜。他派人前往希腊人的营房，要求将尸体交还给他。阿特柔斯的儿子们因为怜惜女王，也同意把女王的尸体交还。国王普里阿摩斯命人在城前垒起一座高大的柴堆，将女王的尸体放在上面，在周围放了许多珍贵的陪葬品。他点燃木柴，顿时烈焰腾空，熊熊燃烧。当尸体焚化后，站在周围的特洛伊人用香甜的美酒浇熄了余烬。他们捡起她的骸骨放在小金箱里。最后庄严的殡葬队将它送往城内塔楼附近的拉俄墨冬国王的墓穴。战死的十二个亚马孙女战士也和她一起埋葬。

希腊人也掩埋了阵亡的死者，并哀悼他们。

门农

第二天，特洛伊人站在城墙上戒备地四下瞭望。他们担心强大的胜利者阿喀琉斯会随时攻来，并架起云梯，登上特洛伊城头。首领们正在开会，在会上，一个年迈的特洛伊人堤摩忒斯站起来说："朋友们！我一直在考虑如何摆脱目前的困境，可是始终想不出一个办法来。自从赫克托耳被战无不胜的阿喀琉斯杀死后，我相信，即使是一位神祇参战，也会被敌人打败。阿喀琉斯这次又制伏了亚马孙女王，起初有多少丹内阿人死在她的斧下，但她还是被杀了。所以我们现在得考虑是否应该放弃这座不幸的城市。干脆到另一个安全的地方去？"

听完蒂密忒斯的这番话，普里阿摩斯站起身来说："亲爱的朋友，还有你们，特洛伊人和各位同盟弟兄！我们不能懦弱地离开家乡，这样做冒的风险会更大。我们必须在惨烈的战场上寻找打败敌人的办法。我一早就派使者前去找埃塞俄比亚的国王门农了，他答应会前来帮助我们。现在，他已经带领着一支强大的队伍在路上了。所以，让我们耐心地等待吧！"

原来，门农是普里阿摩斯的侄子，他的父亲是拉俄墨冬的儿子，名叫提托诺斯。提托诺斯曾经被朝霞女神厄俄斯（又名奥罗拉）劫去，并使他做了自己的如意郎君。厄俄斯恳请宙斯降福，给提托诺斯不老之身。宙斯满足了她的愿望。可是，女神却由于一时疏忽忘了请宙斯赐他永远年轻。结果，提托诺斯虽然寿比南山，容貌却一天天老去，现在看起来就像枯老的岩石一样。

正在大家争得不可开交的时候，只见一位好汉站起身来，他就是英雄波吕达玛斯。波吕达玛斯建议说："我的主人和国王，假如门农真的会来，我是不会反对的。但是，我却担心他和他的伙伴会到我们这来送死。当然，我也不会同意离开我们祖祖辈辈生活过的土地的。因此，我们眼下应该做的就是把海伦公主连同她从斯巴达带来的一切统统交给希腊人，而且越快越好，免得敌人一把大火把我们的城市焚烧得一无所有！"

所有的特洛伊人心里都同意他的主张，只是不敢当面向国王陈述。海伦的丈夫帕里斯则站起来指责波吕达玛斯，说他是懦夫，是希腊人的说客。"提这种建议的一定是第一个临阵逃跑的人。"帕里斯说，"特洛伊人呀，你们想一想，听从这种人的建议是否明智呢？"

波吕达玛斯很清楚，帕里斯宁愿部队哗变，宁愿自己死掉，也不愿放弃海伦。于是，他不再说话，其他人也沉默无言。大家陷入沉思，却想不出良策。突然，外面传来消息，说门农已经率领部队来到了。特洛伊人犹如船员在海上经过暴风雨的袭击又看到了闪烁的星光一样。国王普里阿摩斯更是高兴，因为他确信埃塞俄比亚的军队一定能打败敌人，并烧毁他们的战船。

朝霞女神厄俄斯的宝贝儿子门农终于来到了特洛伊，国王普里阿摩斯摆宴迎接了门农和他所带领的英雄好汉，并赠送给他们极其珍贵的礼物。紧张的气氛一扫而光，大家满怀敬意共同纪念死去的特洛伊英雄。门农又叙述了部队一路征程中的故事，特洛伊的国王听得入神，眉开眼笑。他热情地握着门农的手说："门农，我感谢众神反你送到我的宫殿里来，你比任何凡人都更像神。所以，我满怀胜利的信心欢迎你的到来，你一定会战胜希腊人的！"说完，他端起一个纯金的酒杯，为新来的同盟兄弟而干杯。门农仔细地观看着这个珍贵的酒杯，这是赫淮斯托斯的杰作，也是特洛伊王室的传家之宝。门农看了一下，然后便回答说："现在说什么都没有用，只有在战场上才能显示出英雄本色。现在就让我们回寝室休息吧，明天还有一场激烈的战争等待着我们呢。"随后，门农站起身来走了出去。

夜幕笼罩着大地，下界的人们都已沉入了梦乡。奥林匹斯山上却灯火辉煌，众神们一边用膳，一边议论着特洛伊的战局。克洛诺斯的儿子、知晓未来如同知道现在的天神宙斯首先开口说："其实，不管支持希腊人还是支持特洛伊人，你们的担心都是徒劳的。因为还会有无数的战马和英雄加入双方的战斗，并且会永远留在战场上。虽然你们挂念一些人的安危，但是你们别想为挽救他的生命而向我求情。因为命运女神是无情的，对我也不例外。"

众神中谁也不敢违抗宙斯的旨意，只好一声不吭地离开餐桌回到了自己房中。他们哀伤地躺在床上，渐渐地合上双眼，进入梦乡。

第二天早晨，朝霞女神厄俄斯不情愿地步入天空，昨晚宙斯的讲话，让她担心不已，她明白自己的爱子门农将面临可怕的厄运。门农睡醒了，他揉了揉眼睛，跳下床铺。今天他准备为自己的朋友而跟敌人决一死战。特洛伊人也穿上了衣甲，和埃塞俄比亚前来的无数客人组成强大的战斗部队，毫不迟疑地冲出城门，奔向平坦的战场。

希腊人看到他们冲来都很吃惊，急忙拿起武器，冲出营房。他们深深信赖的阿喀琉斯正在他们中间。他高高地站在战车上。特洛伊军队中的门农也同样威风凛凛，犹如战神一样。士兵们紧紧地围在他的四周，斗志昂扬。两支队伍恰似两大海洋，激起万丈狂澜，汹涌着相对卷来。长矛飞舞，杀声震天。不久，特洛伊人纷纷在阿喀琉斯的枪下毙命。但门农也杀伤了许多希腊人。涅斯托耳的两个战友已经死在他的手下。门农渐渐逼近了老人涅斯托耳，因为老人的战马被帕里斯一箭射中，战车嘎的一声突然停住了。门农高举长矛朝他冲来。老人大吃一惊，恐怖地呼唤儿子安提罗科斯。儿子应声飞快地赶来，用身子掩护父亲，并将矛向埃塞俄比亚国王掷去。门农侧身躲过，结果矛击中他的朋友，珀哈索斯的儿子厄索普斯。门农大怒，扑向安提罗科斯，一枪刺中他的心脏。安提罗科斯牺牲了自己，拯救了他的父亲。阿开亚人看到他倒地死去，都深感悲痛。尤其是父亲涅斯托耳更感悲痛，因为儿子是为他而死的，并且亲眼看到他被敌人杀死。但是他仍能镇静地呼唤另一个儿子特拉斯墨得斯来援救，并保护安提罗科斯的尸体。特拉斯墨得斯在混战的嘈杂声中听到父亲的呼喊声，便同斐瑞斯一起奔来，准备抗击厄俄斯的儿子，打下他的嚣张气焰。门农却充满了自信，让他们一直走近，巧妙地躲过对方接二连三投来的长矛。有的长矛虽然击中他的铠甲，但都被弹落，因为他的神祇母亲在铠甲上施过神法。当他们又和别人作战时，门农开始剥取安提罗科斯的铠甲，希腊人无法阻挡他。涅斯托耳看到这里，大声悲号，呼唤他的朋友们快来援救。他自己也从战车上跳下来，想以其微弱的力量跟门农争夺儿子的尸体。门农看他走近，对他很敬畏，连忙主动地退到一旁。

他说："老人家，我实在不能跟你挑战！刚才我瞄准了你，实在是因为我没有看清远处的你，还以为你是一位英勇善战的年轻人呢。现在，我看清楚了，你的年龄实在太大了，还是赶快离开战场吧，免得我在混战中误伤了你。"涅斯托耳往后退了几步，眼看着自己的儿子躺在尘土之中，却无可奈何。特拉斯墨得斯和斐瑞斯也不由得往后撤了撤。门农和他的埃塞俄比亚人乘势发威，亚各斯人惊慌逃散，到处躲避锋利的投枪。

涅斯托耳万不得已只能向阿喀琉斯求助："你看，我的儿子安提罗科斯被门农杀死了，还被门农剥掉了衣甲和武器。我可怜的儿子就要被拖去喂狗啦！快去救救他吧，真正的朋友才会两肋插刀，肝胆相照呢！"阿喀琉斯立刻朝门农冲了过来。门农远远地就看见了阿喀琉斯，他急忙从地上捡起一块石头朝他猛地扔了过去，石头从阿喀琉斯的铠甲上弹了下去。阿喀琉斯跳下战车，飞奔向前，举起长矛直攻门农，长矛刺中了门农的肩膀。门农奋不顾身，倒扑过来一枪击中了阿喀琉斯的手臂，鲜血滴落在地上。门农得意扬扬，大声呼喊："可怜的家伙，如今站在你面前的是一位神的儿子，你根本就不是他的对手，因为我的母亲厄俄斯是奥林匹斯山上的女神，她比你的母亲忒提斯聪明十倍！"阿喀琉斯笑着说："不久的结果就会告诉你，我们之间谁才出身于高贵家庭？我将用你为年轻的英雄安提罗科斯祭供，就像为我死去的朋友帕特洛克罗斯报仇雪恨一样。"

说着，他双手紧握长矛，门农也同样握着他的枪。他们面对面地冲了过来。宙斯也让他们在此时变得更强更有力，胜过平时十倍。结果，两人相持不下，谁也没有伤着对方。他们又寻找机会，企图杀伤对方的腿部或腹部，可是都未能奏效。两人彼此逼近，碰得铠甲叮当作响。埃塞俄比亚人、特洛伊人和亚各斯人高声呐喊，震得地动山摇。尘土在他们脚下飞扬，战场上一片迷蒙，双方的队伍杀得难分难解。奥林匹斯圣山上的神祇们俯视着这场鏖战不分胜负，也感到高兴。这时宙斯召来两位命运女神，命令黑暗女神降临于门农，光辉女神降临于阿喀琉斯。诸神听到这命令时大声叫喊，有的是欢喜的呼叫，有的是悲哀的吼叫。

地上的两个英雄还在恶战，没有感到命运女神已经走近身边。门农和阿喀琉斯用矛、用剑，甚至用石头互相攻击，像磐石一样坚定，互不退让。双方的士兵也杀成一团，难解难分，身上鲜血和汗水并流，地上满是尸体。命运之神终于介入了战斗。阿喀琉斯奋力挺枪，刺中门农的胸脯，枪尖从后背透出。门农倒在战场上死去。

　　一见形势不好，特洛伊的士兵掉头就逃，阿喀琉斯随后赶来，紧追不放。空中的厄俄斯发出一声长叹，躲进了乌云中，大地顿时变成了一片黑暗。众位风神奉了母亲厄俄斯之命席卷而来，从阿喀琉斯的手中吹落了死者的遗体，又挟着尸体从空中飞了起来。当尸体被吹到空中时，鲜血一滴滴地洒在地面上。之后，鲜血变成了一条永不枯竭的血流，蜿蜒曲折地流到爱达山山脚，河水中飘起一股浓烈的血腥味。风神将尸体抬离了地面，埃塞俄比亚人不愿意离开自己的国王，追着尸体一路跟了下去。特洛伊人和亚各斯人则惊诧不已，他们看着尸体从头顶飞过，越飞越远，最后却不见了踪影。风神把门农的尸体一直送到了河神阿索甫斯的身边，河神的女儿在圣林丛中为门农建起了一座坟墓。门农的母亲厄俄斯在众多仙女的陪同下来到了门农的身边，她流着热泪注视着儿子的遗体。退回到城内的特洛伊士兵虽然不知道门农的尸体被风吹到了哪里，但是他们也悲痛地为门农英雄举行了悼念仪式。

　　有神话传说，门农的战友们全部变成了飞鸟，每年他们都从自己的故国家园飞到门农的墓地哀悼他们的国王，并在墓前举行纪念比赛。门农的母亲请求宙斯给他赐福，让他有不老之身，宙斯也答应了这位母亲的要求。后来，人们在底比斯附近看见一根巨大的石柱，在日出前它会发出一种奇怪的声音，石柱上面雕刻着一位国王的坐像，据说这就是门农，他坐在这里为悠然升起的朝霞女神欢呼、祝福。看见自己的儿子还活着，厄俄斯叹息儿子的苦难遭遇，忍不住流下了清澈的眼泪。她的眼泪落在花草树木上，变成了一颗颗晶莹剔透的朝露。

阿喀琉斯之死

　　双方损失惨重，希腊人和特洛伊人陷入悲痛的状态，战争进入了对峙状态。

　　第二天清晨，皮罗斯人把他们国王的儿子安提罗科斯的尸体抬回战船，将他安葬在赫勒持滂海湾的海岸上。年迈的涅斯托耳强忍着悲痛，但阿喀琉斯的心情却难以平静，他对朋友的死感到悲愤。天刚破晓，他就扑向特洛伊。特洛伊人虽然害怕阿喀琉斯，但仍渴求战斗，他们从城垣后冲了出来。不久，双方又开始了激烈的战斗。阿喀琉斯杀死了无数的敌人，把特洛伊人一直赶到城门前。他深信自己的力量超人，正准备推倒城门，撞断门柱，让希腊人冲进普里阿摩斯的城门。

　　福玻斯·阿波罗在奥林匹斯圣山上看到特洛伊城前尸横遍野，血流成河，十分恼怒。他猛地从神座上站起来，背上背着盛满百发百中的神箭的箭袋，向珀琉斯的儿子走去。他用雷鸣般的声音威吓他说："珀琉斯的儿子！快快放掉特洛伊人！你要当心，否则一个神祇会要你的命！"

　　阿喀琉斯虽然听出了阿波罗的声音，但是他一点也不害怕。他不顾警告，大声地说："难道你想要挑拨我去跟神作对吗？上一次就是你帮助赫克托耳从我手上逃走了，这个仇我还没有报呢。我劝你还是回到奥林匹斯神山上去吧，否则，别怪我的长矛不长眼睛，但愿我的长矛不会打中你的贵体！"

　　说着，他转身离开了阿波罗，仍去追赶敌人。愤怒的福玻斯隐身在云雾里，拉弓搭箭，朝着珀琉斯的儿子容易伤害的脚踵射去一箭，阿喀琉斯感到了一阵钻心的疼痛，像座塌倒的巨塔一样栽倒在地上。他愤怒地叫骂起来："谁敢在暗处向我卑鄙地放冷箭？如果，他胆敢面对面地和我作战，我将叫他鲜血流尽，直到他的灵魂逃到地府里去！懦夫总是在暗中杀害勇士！我可以对他明确地说这些话，即使他是一个神祇！我想，这是阿波罗干的事。我的母亲忒提斯曾经对我预言，我将在中央城门死于阿波罗的神箭。恐怕这话要应验了。"

大英雄说完话，呻吟着从伤口上拔出毒箭，愤怒地一把甩开，脚踵间顿时流出一股乌黑的血。阿波罗收下箭羽，隐藏在云雾之中，匆忙回奥林匹斯山去了。到了山上，他钻出浓雾，重新加入到奥林匹斯众神之中。赫拉看见他，讥笑道："福玻斯，你这样做是没有道理的！你也参加了珀琉斯的婚礼，也像其他神一样祝福他子孙满堂。现在你却帮助特洛伊人夺去了珀琉斯的唯一的儿子的性命。你这样做是因为嫉妒！我看你将来如何在众目睽睽之下面见涅柔斯的女儿？"

阿波罗低着头，一声不吭地坐在一边。可是众神对此事的态度却大不相同，有的非常生气，而有的则悄悄地感谢他哩！鲜红的血液在阿喀琉斯的肢体里燃烧着，沸腾着，他抑制不住战斗的欲望，突然从地上跳起来，甩动着长矛，扑向了敌人。阿喀琉斯一枪刺中了赫克托耳的朋友俄律塔翁，枪尖刺透了太阳穴。接着他又刺中希波诺斯的眼睛，枪挑了阿尔卡托斯的面颊，赶杀逃跑的特洛伊人，可是他的身体却在逐渐地冷却。阿喀琉斯不得不停止脚步，用长矛支撑住身体。阿喀琉斯的声音如雷，看见特洛伊人逃跑的背影，他大声地吆喝："你们去逃吧！即便我死了，你们也难逃我的投枪。我的复仇之神将会惩罚你们！"

特洛伊人听见他的声音，看着他的身影，吓得拼命地奔跑。阿喀琉斯的肢体越来越僵硬了，终于支撑不住倒下了，倒在了其他死者的身体上。他的盔甲和武器掉在地上，大地发出一阵沉闷的轰隆声。

阿喀琉斯的死敌帕里斯第一个看见他倒了下去。他喜出望外，不由得欢呼起来，即刻激励特洛伊人去抢夺尸体。许多原来见了阿喀琉斯的长矛都赶快逃避的人都围拢过来，想剥取他的铠甲。但埃阿斯挥舞长矛守护着尸体，逐退逼近的人。他还主动地朝特洛伊人进攻，吕喀亚人格劳库斯死在他的长矛下，特洛伊的英雄埃涅阿斯也受了伤。

和埃阿斯一起战斗的还有俄底修斯和其他的丹内阿人。可是特洛伊人也在顽强地抵抗。帕里斯大胆地举起长矛，瞄准埃阿斯投去。但埃阿斯躲过了，顺手抓起一块石头猛地砸了过去，打在帕里斯的头盔上，使他倒在地上，他的箭袋里的箭散落一地。他的朋友们赶快把他抬上战车。帕里斯仍在呼吸，但很微弱，由赫克托耳的骏马拖着战车朝特洛伊飞奔而去。埃阿斯把所有的特洛伊人都赶进了城里，然后，踩着尸体和满地散落的武器，大步走向战船。

趁着战斗的空隙，各位国王把阿喀琉斯的尸体抬离了战场，一直送上战船。大家围着他，陷入了无限沉痛之中。

年老的涅斯托耳好不容易才劝住大家不要悲伤，他提醒大家应该给英雄的尸体沐浴，然后把尸体送入营帐，并举行哀悼仪式和隆重的葬礼。按照涅斯托耳的吩咐，大家用温水给珀琉斯的儿子洗澡，给他穿上舒适的衣服，这是阿喀琉斯的母亲忒提斯特意给他做的出征战袍。阿喀琉斯静静地躺在营帐里，雅典娜从奥林匹斯神山上垂下一瞥同情的眼光，洒落了几滴美味甘露，直接落在了死者头上，美味的甘露防止了遗体的腐烂或变形。得到神的妙药之后，阿喀琉斯的尸体看上去就像活人一样，这令亚各斯人惊讶不已。现在的大英雄容光焕发，神采奕奕地躺在营帐内，好像平静地睡着了一样。

希腊人放声痛哭，悼念他们的伟大英雄。哭声传了汪洋大海，母亲忒提斯与涅柔斯的女儿们也听到了希腊人的哭泣声，她们心痛不已，不由得也失声痛哭起来，赫勒持滂海峡回荡着他们的悲泣之声。黑夜里，忒提斯带领着女儿们驾着巨浪来到海边，这里停靠着希腊人的战船。大海里的妖魔鬼怪跟她们一起咆哮，她们悲痛万分地来到尸体旁。忒提斯看到儿子躺在床上，情不自禁地泪如泉涌，她走近用双手抱住了儿子，吻着儿子的嘴唇，久久不愿离开。丹内阿人非常敬畏众位女神，他们不敢与女神直接接触，所以一直回避，直到女神们离去。天亮了，大家才重新来到阿喀琉斯的尸体旁。

于是他们从爱达山上砍伐树木，高高地垒成一堆。柴堆上放着许多被杀死的人的盔甲和武器，还有许多祭奠的牲口，祭供的黄金和其他名贵的金属。希腊的英雄们各从头上割下一绺头发，阿喀琉斯生前最宠爱的女佣勃里撒厄斯也剪下自己的一束秀发，送给主人作为最后的礼物。他们还在柴堆上浇上各种香膏，并供上大碗的蜂蜜、美酒和香料。英雄的尸体放在柴堆的顶上。然后，他们全副武装，有的骑马，有的步行，围着巨大的柴堆绕圈而行。礼毕，他们将柴堆点燃。火苗熊熊燃烧起来。遵照宙斯的旨意，风神埃洛斯送出了急风，呼啸着扇起冲天的火焰，木柴堆烧得噼啪作响。尸体化为灰烬。英雄们用酒浇熄了余烬。在灰烬中阿喀琉斯的骸骨清晰可辨，如同一位巨人的骨架。他的朋友们捡起他的遗骸，装进一只镶金嵌银的盒子中，并安葬在海岸的最高处，和他的朋友帕特洛克罗斯的尸骨并排。然后他们建起了一座坟墓。

阿喀琉斯的几匹神马也像通人性一样，知道主人已经死去，它们挣扎着脱离了束缚已久的缰绳，不再愿意分担人类的艰苦和辛劳。死者的朋友们好不容易重新追上烈马，使它们平静下来。

大埃阿斯之死

为纪念阿喀琉斯，希腊人举行了隆重的殡葬赛会。首先进行角力竞赛。埃阿斯和狄俄墨得斯两个英雄参加了竞赛，他们势均力敌，不分胜负。其次进行了拳术比赛，后来又进行了跑步、射箭、掷铁饼、跳远、战车竞赛等。竞赛紧张激烈，动人心魄。获胜者都各自得到了奖品。

忒提斯准备把她儿子的铠甲和武器作为奖品奖给有功的英雄。她蒙着黑色的面纱，无限悲痛地对丹内阿人说："现在，请最勇敢的希腊英雄，即那个救出了我儿子的尸体的英雄站出来，我愿把儿子用过的武器奖给他。这些都是神祇的赠礼，而且神祇自己也很喜欢这些宝贵的礼品。"

说话间从队伍中跳出两名英雄：拉厄耳忒斯的大儿子俄底修斯和忒拉蒙的儿子大埃阿斯。埃阿斯伸手接过武器，请阿伽门农、伊多墨纽斯和涅斯托耳为自己的功绩作证。俄底修斯也请他们为自己说话，因为他认为这些人是希腊队伍中最聪明、最受尊重的人。涅斯托耳拉着要求自己当证人的两位英雄来到一边，神色忧虑地说："如果两位英雄为了争夺阿喀琉斯的武器而反目为仇，那么我们离灭亡也不会太远了！无论把阿喀琉斯的武器给你们中间的哪一位，另一位都会感到受到了冷遇，可能他就会委屈地离开战场。这样的结果会使我们每一个人都受到处罚的。因此，希望你们还是听从我的建议：还是让特洛伊人给你们充当裁判吧，他们是不会有偏见的，也不会偏袒任何一方！"听了涅斯托耳的建议，两位好汉点头答应了。他们在俘虏群中挑选出几位正直的特洛伊人，让他们充当法官。

埃阿斯看到俄底修斯竟敢与自己争夺荣誉，他生气地大喝一声："是哪个妖魔蒙上了你的眼睛，俄底修斯，你竟敢与我比个高低？你怎么能跟我比呢？你跟我比，就如同一条狗想跟狮子比试一样。难道你不记得当年我们讨伐特洛伊时，你是多么地为难了吗？呵，如果当年你没来那该多好啊！而且，也是你说服了我们把受伤的菲罗克忒忒斯抛弃在了雷姆诺斯海岛上；你还因为私仇诬陷了比你强、比你聪明的帕拉墨，从而害死了他；现在，你又忘记了我对你的救命之恩，竟然厚颜无耻地来和我争夺阿喀琉斯的武器；难道不是我独自一人既扛着阿喀琉斯的尸体又扛着他的武器走回来的吗？你连大英雄的武器都扛不动，更不用说扛他的尸体了！如果知趣的话，你就赶快退下去，我不仅比你强大，出身也比你高贵，而且还是阿喀琉斯的亲戚！"说着说着，埃阿斯不由得激动起来。俄底修斯却微笑着嘲讽说："埃阿斯，你何必浪费这一番口舌呢？你骂我胆小无力，可是你却不知道这世上只有智慧才能使人强大。正是因为智慧和聪明教会了水手如何穿过惊涛骇浪，教会了驯兽师如何驯服雄狮、野兽和猛豹，教会人们让公牛为人类服务的也是智慧。故此，无论是在战争中还是在会议上，一个聪明的人永远比一个愚蠢的、只会用蛮力的人更有价值。狄俄墨得斯就曾称赞我是他朋友中最机敏的人，他带上我一同前往瑞索斯的营房的原因也就在这里。希腊人当然应该感激我的智慧，正是我为他们说服了珀琉斯的儿子前往征伐特洛伊。而今天，我们却在这里为争夺他的武器而争吵不休。假如丹内阿人真的需要一位新的英雄，请听我讲一句话吧，我认为他既不是你那浑圆粗大的胳膊，也非军中任何人的滑稽玩笑，那一定是我的动人言语。再说，众神不仅赋予了我智慧，还给了我一身力量，根本就不存在你把我从敌人手中救出来、我到处逃命的说法。相反，我会勇敢地迎着敌人冲上前去，杀掉一切敢于对抗我的敌人。你为了自己的安全，像一棵稻草一样站在那里，而不管其他人的死活。"

两个人就这样语言激烈地争吵了好一阵，互不相让。最后，担任裁判的特洛伊人被俄底修斯的语言所打动，一致同意把珀琉斯儿子的武器判给俄底修斯。

埃阿斯听到这个裁决，顿时怒火中烧，血液在血管里沸腾，身上每条筋肉都在颤动。他像根石柱似的呆呆地站在那里，垂着头注视着地面。最后，他的朋友们好言相劝，才把他拖回战船上。

夜色笼罩着大海。埃阿斯坐在营帐内，不吃不喝，也不睡。最后，他穿上铠甲，手执利剑，想着是去把俄底修斯砍成碎片，还是去烧毁战船，或者把希腊人全杀死。

这时，保护俄底修斯、反对埃阿斯的雅典娜使他发狂，否则，他在三者中必然择一去行动。

埃阿斯苦恼得不能控制自己，他奔出营房，冲进羊群中。女神蒙蔽了他的双眼，使他以为那是希腊人的军队。牧羊人看到对面冲来一个狂人，马上躲进斯卡曼德洛斯河旁的灌木林中。埃阿斯在羊群中，挥舞利剑，左砍右杀，同时他嘲弄地说："你们这些猪狗，快去死吧！你们再也不会为不公正的裁判作证了！还有你，"他继续说，"你这躲在角落里，昧着良心的坏家伙，从我手里夺去了阿喀琉斯的武器，现在这也帮不上你的忙了。一件铠甲能给懦夫帮什么忙呢？"说着，他抓住一头大绵羊，把它拖到营房里，绑在门柱上，并挥起皮鞭，用尽全力朝它抽打起来。

这时，雅典娜从身后靠近他，摸着他的脑袋，让疯癫从他身上退去了。不幸的英雄忽然眼前一亮，看见自己站在一只被捆绑着的公羊跟前，公羊的背脊早已被鞭打得皮开肉绽。到这个时候，大埃阿斯才明白一切都是命中注定的，是神在愚弄自己，而神却在帮助俄底修斯，想到这里他的双手顿时垂了下去，英雄气概也逐渐消失了。埃阿斯瘫倒在地上，知道众神一定在怨恨自己。等他终于再次站起来时，发出长叹说："天哪，拥有不老之身的众神为什么这么恨我？他们为什么把我推入耻辱的境地，而偏爱狡猾的俄底修斯呢？现在，我的双手沾满了绵羊的鲜血，要是让士兵看到的话，我将被全军笑话的，我也会被敌人嘲笑一辈子的！"

夫利基阿的公主忒克墨萨怀抱着孩子，走遍了全营上下四处寻找埃阿斯。忒克墨萨是埃阿斯攻占夫利基阿国时的战利品，并把她带回营作了自己的妻子。忒克墨萨对丈夫十分温柔体贴，她看到丈夫不开心，就想问一下事情的原因，但丈夫并没有告诉她。过一会儿，看见埃阿斯离开了营房，忒克墨萨的心里升起一股不祥的预兆。后来，她亲眼看到了丈夫在羊群中的所作所为，就急忙跟随着一起回到营房，她发现丈夫羞愧地站在那里，绝望地呼叫着兄弟透克洛斯和儿子欧律萨克斯的名字，想以死解脱自己所受的耻辱。忒克墨萨一把抱住埃阿斯的膝盖，请求丈夫不要扔下自己，她还提醒埃阿斯还要照顾年老的父亲和在萨拉密斯的母亲，并将儿子塞到他的怀里，告诉他，如果孩子现在就失去了父亲，那么孩子怎样才能长大成人呢？

埃阿斯十分感动地抱过孩子，吻着他，说："孩子，希望你像父亲一样，但不要像父亲一样不幸。希望你更幸福，并成为一个真正的人。我的兄弟透克洛斯将会把你抚养成人。现在，我的随从要把你送到萨拉密斯我的父母那儿，他们会照顾你，你在那里一定会享受童年的欢乐。"说着，他把孩子交给仆人，并留下遗言托他的同父异母的兄弟照应他的妻子忒克墨萨，然后他从她的拥抱中挣脱出来，抽出他从赫克托耳那儿缴来的利剑，将它插在营房的地上。接着，他向苍天举起双手做祈祷："万神之父宙斯啊，我求你为我做一件好事：在我死后，让我的兄弟透克洛斯即刻赶到我的身边，免得敌人将我抢去喂狗。我也请求你，复仇女神，如同我的惨死一样，让阿特柔斯的儿子也不得好死！来吧，请不要慈悲，请随心所欲地施行报复吧！还有你，太阳神，你在灿烂的天空飞越而过，当你的金车经过我的故乡萨拉密斯上空时，请你稍待一下，把我的不幸的命运告诉我年迈的父亲和可怜的母亲。再见了，神圣的阳光！再见了，萨拉密斯！再见了，家乡的原野！再见了，雅典城和故乡的山水！再见了，特洛伊广阔的原野，我在这里生活了多年，经历了多年激烈的战斗！死神，请你降临吧，请给我投来同情的目光！"说着，他拔剑自刎，倒在地上。

得知了埃阿斯自刎的消息，丹内阿人聚集地涌了过来。他们扑倒在地，万分悲痛地抓起泥土，撒在自己的头上。透克洛斯还依稀记得父亲当初的嘱托，必须和哥哥埃阿斯一起从特洛伊回国，不允许他独自回去。看见兄长已死，他也想追随哥哥而去，幸好希腊人及时取走了他的宝剑，才没有造成更惨重的损失。透克洛斯扑倒在兄长的尸体上，失声痛哭。过了好大一会儿，透克洛斯才又重新镇定下来。他回头去寻找亡兄的妻子，正好看见忒克墨萨僵直地坐在死者身边，手上还抱着幼小的孩子，陷入了绝望之中。透克洛斯赶忙上前安慰嫂嫂，答应保护她，并像父亲一样抚育她的孩子。他吩咐士兵把哥哥的妻子和幼子赶紧送往萨拉密斯的父母身边。他自己则留在了营内，因为他害怕父亲忒拉蒙会勃然大怒。

紧接着，透克洛斯准备埋葬兄长的遗体。但是，墨涅拉俄斯却站出来阻挡说："他的所作所为比我们的敌人，比特洛伊人更为卑劣残酷！一个试图凶杀的人是不值得得到隆重的安葬的。"阿伽门农也走上前来支持兄弟的意见，还骂透克洛斯是奴隶的儿子。透克洛斯提醒他们不要忘记埃阿斯为希腊人和整个希腊军队所做出的英雄业绩：特洛伊人火烧丹内阿人的战船时，是埃阿斯拯救了希腊大军，因此希腊人应该感谢埃阿斯。但是，他的努力白费了，在场的人并没有被说服。他愤怒地大喝一声："多亏你们还是埃阿斯在战场上出生入死的兄弟，你们现在的所作所为就是想把埃阿斯的遗孀忒克墨萨，他的儿子，他的兄弟全部赶出了营房！你们的行为会被后人所不齿的！"聪明而且狡猾的俄底修斯向前一步，神色慌张地对阿伽门农说："你能允许一位诚恳的朋友冒昧地说两句真话吗？"

"请说吧！"阿伽门农奇怪地看了他一眼，"我把你当成军队中最忠诚的朋友！"

俄底修斯说："这样最好，那就听我的说吧。高高在上的众神，你们千万不能直接就把这位英雄拖出营房！如果像埃阿斯这样伟大的英雄都得不到安葬的话，那还有什么公平可说呢？因此也就践踏了你们神的公平和意志啊！"

阿特柔斯的儿子听到这话，惊讶得说不出话来。终于阿伽门农大声问道："俄底修斯，你愿意为这个人违背我的意志吗？你难道没有想到你现在为他求情，而他却是你的死敌吗？"

"他的确是我的仇敌，"俄底修斯回答说，"他活着时我恨过他。现在，他已经死了，我们应该为失掉一位高贵的英雄而感到悲哀。这时，我不能也不允许再把他当作自己的仇敌。我同意安葬他，并帮助他的兄弟完成这一神圣的义务。"

透克洛斯看到俄底修斯走来时本已厌恶地走开，现在听到他这番话时。便连忙走上去，谅解地伸出了双手。"高贵的英雄，"他大声说，"你是他的最大的仇敌，现在却只有你为他说话！可是我仍然不想让你触摸他的尸体，因为他的灵魂还是不愿意与你和解的。我为得到你的帮助而高兴，你可以在其他方面帮助我，因为还有许多事情等着做呢！"说完，他指了指始终悲愁地默默地坐在一旁的忒克墨萨。俄底修斯转身朝她走去，坚定地对她说："任何人都不得占有你，把你当作他的奴隶。只要透克洛斯和我还活着，你和你的孩子便会得到安全，就好像埃阿斯仍活在你的身旁一样。"

阿特柔斯的两个儿子听到这话感到惭愧，不敢再持反对意见。埃阿斯的巨大身体由几个人用力抬起，他们把他送上战船，洗去他身上的泥土和血迹。最后，又把他放在巨大的柴堆上火化。

预言家的建议

第二天，丹内阿人一起赶来参加墨涅拉俄斯召集的会议。大家坐下后，他开始发言："各位国王们，请听我一句劝吧！看到我们的士兵日益减少，我的心都在流血啊，他们是为了我才投身于战争的，但结果那么多的人都不能平安地回到自己的家乡。其实不然，让我们离开这块不祥之地。让活着的人都乘船回去。阿喀琉斯和埃阿斯都已经不在人世了，我们还能指望谁帮助我们取得胜利呢？对于海伦，我的那位不贤惠的妻子，我也已经失去信心了，就让她留在帕里斯的身旁吧！"

墨涅拉俄斯说了这番话，其用意是想试探一下希腊人，因为在他心里他比任何人都想消灭特洛伊人。没有看透他的诡计的狄俄墨得斯不满地从座位上站了起来，嘲讽着说："你真是卑鄙和怯弱啊！希腊人的勇敢子孙们是不会离开半步的，他们不冲上特洛伊城头是不会罢休的！"

狄俄墨得斯刚刚说完坐下，预言家卡尔卡斯站了起来，提出了一个明智的建议，以调和这两种极端相反的意见。他说："你们都清楚，九年前，当我们准备出发进攻特洛伊时，我们不得不把受伤的英雄菲罗克忒忒斯遗留在凄凉的雷姆诺斯海岛上。虽然，当年他的伤口发出的难闻的恶臭和因为疼痛而发出的呻吟让我们无法忍受。可是不管怎么说，我们这样做毕竟是不仁不义，而且是不公的。我认识了特洛伊的一位俘虏，他是一位预言家，他预言只有靠菲罗克忒忒斯从他的朋友赫拉克勒斯处继承得来的神箭，我们才有希望攻取特洛伊城。除此之外，还一定要有菲罗克忒忒斯和阿喀琉斯的儿子皮尔荷斯亲自上场。特洛伊人之所以把这则预言告诉我，是因为他自己也不信预言的真实性。我提议立即派出最英勇的英雄狄俄墨得斯和最能言善辩的好汉俄底修斯，让他们前往斯库洛斯岛迎接阿喀琉斯的儿子皮尔荷斯，然后通过皮尔荷斯说服菲罗克忒忒斯带着赫拉克勒斯的神器援助我们，这样，我们就可能征服特洛伊城。"

希腊人听到这个建议都欢呼起来，表示赞成。狄俄墨得斯和俄底修斯两位英雄立即乘船，扬帆而去。军队再次武装起来，准备迎战。特洛伊也在着手备战，忒勒福斯的儿子欧律皮罗斯从密西埃引来一队救援的士兵，从而又增添了新的力量，这让特洛伊人十分高兴。而希腊人因为丧失了两个英勇善战的英雄，所以他们在战争中遭受损失，是不可避免的。

涅俄普托勒摩斯

当战事正在特洛亚进行，阿耳戈斯人的使节俄底修斯和狄俄墨得斯平安地抵达了斯库洛斯岛。在这里，在他的外祖父的门外他们遇到阿喀琉斯的年轻的儿子皮洛斯，阿耳戈斯人叫他作涅俄普托勒摩斯，意即"青年战士"。他正在学习射箭，投枪和以快马驾驶战车。他们在旁边观察了一会儿，注意到他面部的悲痛的表情，因他已经听到他的父亲的死耗。他们更走近时，看见他的面貌和身躯都十分和阿喀琉斯相像，他们很感到惊奇。皮洛斯首先招呼他们。"欢迎啊，外乡人，"他说。"你们是谁，从哪里来的？你们找我做什么呀？"

俄底修斯回答说："我们是你的父亲阿喀琉斯的朋友，我们相信，和我们讲话的是他的儿子。你在身段和面貌上同阿喀琉斯多像啊。我是拉厄耳忒斯的儿子俄底修斯，和我一起来的人是神堤丢斯的儿子，名叫狄俄墨得斯，我们是从特洛伊赶来的。我们是听从了预言家卡尔卡斯的预言，才前来请你一同参加讨伐特洛伊的战争的，这样我们就可以快速地攻陷城池，取得战争胜利。如果你同我们一同前往，希腊人愿意送给你丰厚的礼品，而我也愿意把奖给我的你父亲的武器送给你。"

皮尔荷斯高兴地回答他说："如果阿开亚人奉神命来召唤我，那么我们明天就航海出发。现在请你们随我去外祖父的宫殿用餐吧！"在国王的宫殿里，他们看见了阿喀琉斯的遗孀得伊达弥亚，她还没有从丧夫的悲痛中走出来。儿子走上一步，对母亲说有陌生的客人来访，但却没有提及客人的名字和来意，以免让母亲为自己担心。得伊达弥亚彻夜难眠，她想起来正是这两个来客当年劝她丈夫参战，征伐特洛伊，因而使她成了寡妇。当年，就是他们劝说丈夫前去参战，讨伐特洛伊的，她预料到儿子也可能将卷入同样的悲惨命运，这使她更加担忧了。第二天早晨，得伊达弥亚扑在儿子的怀里，大声呼唤："啊，我的孩子，尽管你不愿意向我承认，你将和陌生人一起前往特洛伊，但是我心里非常清楚下一步你将要做什么。孩子不要跟他们一起去啊，那是众多英雄、包括你的父亲的葬身之地啊！你现在还年轻，缺乏战斗经验！听我的话吧，留在家里！我不愿意让自己的儿子战死战场！"

但皮洛斯回答道："母亲，别为还没有发生的事情感到悲伤。并且，没有一个在战争中丧命的人不是由命运女神所决定的。如果我命该早死，那么还有比这再好的事么：获得一个不辱没先人的光荣的死，为全希腊的人民而死？"

这时，他的外祖父吕科墨得斯从床上起来，对他的外孙说："我看你真像你的父亲。但是，尽管你可以幸运地经历特洛伊战争，但在回国的路途中也还有很多灾难等着你。海上旅行永远是最危险的！"外祖父向前走了一步，吻了皮尔荷斯一下，并没有阻止他的想法。皮尔荷斯从泪流满面的母亲的怀抱里挣脱出来，离开了外祖父的宫殿。两位希腊英雄和二十个得伊达弥亚的忠实仆人跟在后面。他们到了海边，登船起程。

海神波塞冬送他们一路顺风。不久，在天亮时，他们已看到爱达山的山峰。他们一行人驾着船一直来到特洛伊城前的海滩边，希腊人和特洛伊人在战船旁正搏杀得不可开交，欧律皮罗斯一阵狂砍乱杀。假如不是正在靠岸的狄俄墨得斯从船上跳下海滩，并大吼一声把船上的勇士们召唤到自己身边，欧律皮罗斯真的要把战船营的围墙推倒了。

他们马上奔到离海滩最近的俄底修斯的营房里，用他的武器和其他从敌人那儿缴来的武器武装起来。涅俄普托勒摩斯套上父亲阿喀琉斯的盔甲，显得更加英姿焕发，威武无比，准备着随时进入激烈的战争中。跟他一起来的好汉们也个个以他为模范，纵身战场。现在特洛伊人被迫从围墙旁后退，拥挤在欧律皮罗斯的周围。

涅俄普托勒摩斯大显身手，他箭无虚发，杀伤不少特洛伊人。特洛伊人陷入了绝望之中，他们认为眼前的这位好汉就是勇敢的英雄阿喀琉斯。父亲的灵魂果真附在了涅俄普托勒摩斯的身上；还有父亲的朋友女神雅典娜也在保护着他。投枪、飞箭在他身前身后呼啸而过，但是却伤不了他丝毫的毛发。希腊的士兵们看见阿喀琉斯的儿子参战，士气大振，一鼓气杀死了无数的特洛伊人。到傍晚时，欧律皮罗斯和特洛伊的军队不得不撤退回城。

当涅俄普托勒摩斯从恶战归来正在休息时，他的祖父珀琉斯的朋友亦即他的父亲的教师年老的福尼克斯来探望这年轻的英雄。他看见他的样子完全和他父亲一样，极感到惊奇。他真是悲喜交集，喜的是看见这英勇的青年英雄，悲的是又想到他的父亲的死。他含泪拥抱涅俄普托勒摩斯，并连连吻他的前额和胸部。"啊，孩子哟，"他叫了起来。"我感觉到你的父亲又活回来，和我们生活在一起了。但我不愿让你想起他因而悲哀气馁。我希望你有充沛的士气。你必须援助阿耳戈斯人，杀死这个给我们带来了无限伤害的忒勒福斯的儿子，因为你之比他高强，正如你父亲比他父亲高强一样！"这时青年只是很谦谨地回答："由战争来决定谁是最勇敢的战士罢！"说完就走回船舰去，因夜幕已降，战士们都得进屋休息，准备明天的大战。

第二天清晨，战斗重新开始。双方拼杀了很久，仍然不分胜负。看见一位朋友被特洛伊的士兵打死了，欧律皮罗斯顿时恼羞成怒，一连杀掉了很多敌人。最后，他来到了涅俄普托勒摩斯面前，两个人挥舞着长矛，同时出招，一场血战已无法避免。"你这小儿是何方人氏？你怎敢和我作战？"欧律皮罗斯大声问道。

涅俄普托勒摩斯回答说："你是我的敌人，为什么要问我的来历呢？但是你送命的时刻却来了！"涅俄普托勒摩斯回答道，"对了，还是告诉你吧，好让你死得瞑目，我就是阿喀琉斯的儿子，他以前杀伤过你的父亲。这根矛就是我父亲的武器，它来自佩利翁山的峰顶，现在就让你来尝尝它的厉害！"说完，他从战车上翻身跳下，挥舞着粗大的长矛。欧律皮罗斯也赶快从地上拾起一块巨石，向敌人的金盾奋力地投了过去，可是金盾一点损伤也没有。两位英雄如同猛兽一样对撞过来。他们的身后跟着各自的人马，互相厮杀起来。他们有时盾牌相碰，有时彼此击中铠甲和头盔。两个人越斗越勇，力量倍增，这是他们都出身于神的家族的缘故。欧律皮罗斯是赫拉克勒斯的孙子，宙斯的重孙，而涅俄普托勒摩斯是女神忒提斯的孙子。到了最后，欧律皮罗斯露出了一个破绽，正好被涅俄普托勒摩斯看出，他赶紧挺上一矛，刺中了对方的喉咙。一股鲜血从伤口喷涌出来，他即刻倒在地上死了。

现在特洛亚人在涅俄普托勒摩斯面前即将纷纷溃逃，如同遇到狮子的群羊一样，幸亏凶猛的战神阿瑞斯出来援救，瞒着其他的神祇，偷偷地离开俄林波斯圣山，驱策着喷火的快马所拖曳的战车一直奔到战地上来。他高举他的可怕的长枪，并号召特洛亚人向敌人猛冲。因他隐蔽在云雾中不为人所见，他们听到他的雷霆一样的吼声都很吃惊。普里阿摩斯的儿子即预言家赫勒诺斯是第一个听出这是神祇的吼声的人。"不要畏惧！"他向特洛亚人大声呼叫。"我们中间有了一个朋友，即伟大的战神阿瑞斯！你们没有听到他的号召吗？"

特洛伊人大受鼓舞，稳住了阵脚，跟追赶而来的希腊人展开了激战。阿瑞斯朝特洛伊人吹上一口神气，让他们具有巨大的勇气。最后，希腊人的士兵开始动摇了。但是，战神阿瑞斯并没有吓退涅俄普托勒摩斯的进攻，小英雄继续奋战，杀死一个又一个的敌人。阿瑞斯非常生气涅俄普托勒摩斯无视自己的存在，正要撕破裹在身上的浓雾，向小英雄显出自己的神貌时，女神雅典娜也从奥林匹斯山来到了特洛伊战场。她的到来使得大地抖动，斯卡曼德洛斯河的河水急速地上涨，闪电飞驰，雅典娜手拿戈耳工盾牌，盾牌上的蝮蛇正在向外喷出火焰。女神的双脚刚刚着地，她的头盔却碰到浓云，不过凡人是看不见她的。如果不是宙斯在两位神祇中间响起一声炸雷警告他们，两位神祇一定要血战一场了。现在，他们都接受了宙斯的旨意，帕拉斯回到了雅典，阿瑞斯撤回了色雷斯。战场又重新回到凡人手中，特洛伊人终于顶不住了，士兵们朝城里飞奔而去，希腊人跟随在后，紧追不舍。逃回特洛伊城内的人们紧闭城门，站在城头，英勇地反抗希腊人的猛烈攻击。丹内阿人眼看就要攻破城门，占领特洛伊了，宙斯却扯来一片乌云，包裹住特洛伊城，阻挡了丹内阿人的继续进攻。贤明的涅斯托耳劝希腊人赶快后撤，并掩埋他们的死者。

第二天清晨，达那俄斯人看见特洛亚的卫城清晰地耸立在蔚蓝的天空下，他们都很惊奇。因此他们知道昨日下午的大雾乃是万神之父宙斯所制造的奇迹。这一天是休战的一天，特洛亚人可以从容埋葬密索斯的欧律皮罗斯。涅俄普托勒摩斯来到阿喀琉斯的坟墓旁，给父亲祭祀，他含着泪说："父亲，虽然你已去世，我还是要向你问候，你永远活在儿子的心中！呵，假如我能在活着的希腊人中看见你，那该多么好啊！现在，你看不见你的儿子，我看不见我的父亲！这是多么令人悲伤的事啊！我一定能够战胜特洛伊人的，见到我的丹内阿人说我在相貌和行为上都像你！"

他到很晚才回到战船上。第二天，双方又在特洛伊城前展开激烈的争夺。希腊人仍然没能攻克城池。预言家卡尔卡斯警告丹内阿人撤回战船，他说："朋友们，只要菲罗克忒忒斯还没有带着他的战无不胜的神箭离开雷姆诺斯海岛，那么你们是无法攻破城池的。"

丹内阿人经过商议，派聪明机智的俄底修斯和英勇少年英雄涅俄普托勒摩斯前往雷姆诺斯迎接菲罗克忒忒斯。他们即刻登上一艘快船，向目的地进发。

菲罗克忒忒斯在雷姆诺斯岛

他们在楞诺斯岛的荒无人烟的海岸上登陆。九年前，阿耳戈斯人出征特洛亚离开家乡后不久，在这地方俄底修斯曾经遗弃了患着不治的创伤的菲罗克忒忒斯。他将他放置在有两个入口的山洞里。山洞的一个部分在冬天也很温暖，另一部分在炎热的夏天也很凉爽。附近流着清新的泉水。两个英雄很快地找着了这个地方，看到一切如旧。山洞里却没有人。只有树叶所铺的床榻，压得平平的，好像刚才还有人睡过；另有一个用木头刻削的粗陋的碗和一些木柴，表示这里仍有人居住。在太阳下并排晒晾着带有创伤血迹的破布，因此他们相信菲罗克忒忒斯仍然生活在这里。

"乘他不在这里，让我们想一个好办法，争取说动他。"俄底修斯跟阿喀琉斯的小儿子说，"要想制服他，我们只有使用计谋。因此，你和他见面时，我不能在场，因为当时是我出的主意把他抛弃在这荒岛上的，他有足够的理由恨死我了！他若问你是谁，问你从何处来，你可以如实回答，告诉他你是阿喀琉斯的儿子。然后你对他说假话，就说你愤怒地离开了希腊人，准备返回家乡，因为希腊人把你从斯库洛斯岛接到特洛伊城前，是想让你帮助他们攻破特洛伊城，但是，他们却拒绝归还你父亲的武器，反而把它给了我，俄底修斯。这时，你可以责骂我一通，想怎么骂就怎么骂，我不会感到受到侮辱而生你的气的。因为不用计谋我们就不可能得到这个人，更不可能得到他的箭矢。因此，你得考虑，怎样才能说动他，并拿到他百发百中的弓箭。"

涅俄普托勒摩斯打断他的话，说："拉厄耳忒斯的儿子哟，听你讲这种话，我就感到厌烦，我实在不愿意这样做。我和我的父亲都不是善于使诈的人，我宁可战胜他，也不愿意在此使用奸计。况且他孤身一人，而且只有一条腿，他怎么能够胜过我们呢？"

"因为他有百发百中的弓箭呀！"俄底修斯平静地回答说，"我知道，孩子，我知道你从小就不会欺骗别人，我在年轻时也是手脚灵敏却不太会说谎话，可是经验告诉我，靠行为不能解决的事情往往可以利用语言来解决。你只要想着，只有赫拉克勒斯的硬弓才能制伏特洛伊城，这时你就不会拒绝说几句骗人的假话了！"涅俄普托勒摩斯终于被他年长的朋友说服了，于是俄底修斯躲了起来。不一会儿，菲罗克忒忒斯饱受折磨的声音从远处传来，他远远地就看到了停泊在海滩旁的船只，于是向涅俄普托勒摩斯和他的随从走了过来，他大声地问道："你们是什么人？怎么会来到这荒山野岛？虽然我看见你们身着希腊人的衣衫，却仍然想听听你们讲话的声音，我已给很久很久没有听到希腊人的声音了。我一身褴褛如同野人，但是你们不用害怕，我也是一个可怜的人，被朋友们遗弃在这里，真是一个苦命的人哪。"如果你不是带着恶意到这儿的，就请说话吧。"

涅俄普托勒摩斯一如俄底修斯所教导他的回答他。菲罗克忒忒斯欢喜得大叫。"啊，可爱的家乡话呀，我已很久没听到了！啊，高贵的阿喀琉斯的儿子！啊，吕科墨得斯和美丽的斯库洛斯岛！而你，他抚养大的孩子，刚才你说什么呢？显然，达那俄斯人虐待了你正如同虐待我一样！我是波阿斯的儿子菲罗克忒忒斯，俄底修斯和阿特柔斯的儿子们在我极其痛苦的时候将我遗弃在这里。他们乘我酣睡时将我抬到这里，只留给我一些褴褛的衣服和少许的食物。想想我醒来时的情形！我发觉自己孤独地躺在这里，船舰业已离去，身边没有医师，没有援助，除掉孤寂和苦痛外一切都没有，那时我是多么的害怕啊！一天天，一年年过去了，我不能不独自一人设法维持自己的生活。我的弓箭供给我必要的食物。但即使我的箭百发百中地射到动物，我还得跛着脚吃力地走到它们倒地的地方，将它们取来。我不能不从流泉取水，从树林取得木材。且经过长久的时间我没有火。最后我找到一种燧石，将它在铁器上划过就可冒出火花。一有了火，我就有了单纯生活所必需的一切，只是还缺乏健康。这个岛当时是世界上最贫苦的地方。没有航海的人自愿到这里来。这里也没有好的登陆处所，也没有任何交易的对象。在这里着陆的人总是迫不得已。过去便有少数这样的人。他们同情我，并给予我衣服和食物，但没有人愿意将我带回到我的故乡。我过着这种悲惨的孤独生活已足足十年，而这都是俄底修斯和阿特柔斯的儿子们的罪过。但愿神祇惩罚他们的罪恶行为吧！"

听到这里，涅俄普托勒摩斯十分感动，可是他想起了俄底修斯对他的警告，于是又强忍住自己激动的心情。他告诉菲罗克忒忒斯英雄自己的父亲已故，还给他讲了许多关于家乡和朋友的奇闻趣事，之后又把俄底修斯委托他讲的故事说了一遍。菲罗克忒忒斯听得非常认真，动情之处还流下了浑浊的泪水，后来他握住阿喀琉斯的儿子的手说："现在，亲爱的孩子，看在你父母亲的分上，我请求你，不要再让我遭受折磨了。我知道自己不是一个方便的旅伴，可还是请你带上我，带我离开这片恐怖的荒岛，带我回到你的家乡去吧，从那里到俄塔，到我的父亲居住的地方并不远。"

涅俄普托勒摩斯怀着沉重的心情，假意地答应了他的请求。"只要你愿意，现在我们就可以上船去。但愿有位神保佑我们一路顺风，让我们尽快地离开这座荒岛，平安地到达目的地，那才是我们该去的地方！"尽管菲罗克忒忒斯的腿部有病，他还是一下跳了起来，高兴地紧紧握住年轻人的手。这时，他们派出去打探消息的人出现在他们的面前，那人装扮成希腊水手的样子，一起来的还有另外一个水手，他们说狄俄墨得斯和俄底修斯正在途中，要去寻找一个名叫菲罗克忒忒斯的人，因为，预言家卡尔卡斯说，没有菲罗克忒忒斯，特洛伊城就不能攻破。听到消息后，菲罗克忒忒斯十分担心，他已经完全信任年轻的英雄涅俄普托勒摩斯，于是便赶紧拿出赫拉克勒斯的神箭，让涅俄普托勒斯替他保管。涅俄普托勒摩斯几乎无法忍受了，在年轻英雄的纯洁心里，诚实的天性战胜了说谎的邪恶。他们刚走到海岸边，涅俄普托勒摩斯就说："菲罗克忒忒斯，我必须告诉你真实的情况，我是俄底修斯派来的，你现在必须跟我一起前往特洛伊，希腊人和阿特柔斯的儿子们正在那里等你呢！"菲罗克忒忒斯惊得回头就跑，他一边诅咒，一边祈祷。

年轻的英雄还没有来得及对他表示同情，俄底修斯就从隐蔽的树丛中跳出来。他命令仆人们把不幸的老英雄捆起来。菲罗克忒忒斯立刻认出了他。"呵，天哪！"他大叫一声，"我被出卖了啊。现在拉扯我的人就是以前抛弃我的人，他用谎话骗走了我的神箭！好孩子，"之后，他又转向涅俄普托勒摩斯说："好孩子，把弓箭还给我！"

但俄底修斯不让他继续说下去。"决不！"他喝道。"即使这孩子愿意也不行！你必须和我们同去，因为关系重大，为了阿耳戈斯人的利益，为了征服特洛亚城！"

说完，他把菲罗克忒忒斯交给了手下的仆人，拉着一言不发的涅俄普托勒摩斯向前走了。菲罗克忒忒斯站在洞口不肯移动半步，咒骂着这可耻的骗局，请求神降下报复。突然，他看到他们两人回来了，正在争吵。菲罗克忒忒斯听见年轻人愤恨地喊叫："不，我真是作孽啊！我竟然用无耻的奸计骗了一位高尚的人！我愿弥补这一罪恶的行为，你只有夺得我的生命才能把这个人带到特洛伊！"两个人立即拔出了利剑，局势非常紧张。看到少年英雄誓死保护自己，菲罗克忒忒斯一下子扑倒在阿喀琉斯儿子的脚下。"好孩子，不要为了我再去伤害自己了，而我也向你保证，用我的朋友赫拉克勒斯的神箭保卫你的祖国，使它不受任何人的侵犯！"

"跟我来吧！"涅俄普托勒摩斯一面说，一面从地上扶起老人，"我们今天就回夫茨阿，回到祖国去。"

这时蔚蓝的天空突然一片漆黑。他们抬起头，菲罗克忒忒斯认出了脚踩乌云飘浮在空中的朋友赫拉克勒斯。赫拉克勒斯已经成为神祇了。

"你不要回去！"赫拉克勒斯在天上用神祇般的声音大声呼唤，震得大地隆隆作响，"听着，我的朋友菲罗克忒忒斯，我传达的是宙斯的决议，必须照办！你知道我费了极大的努力才得到了不老之身，你命中注定要先身受痛苦，而后才可以享受荣华富贵。如果你跟这位年轻人去特洛伊，你的创伤即可愈合。此外，众神选中了你去杀死帕里斯，因为他才是这场灾难真正的源头。你将会冲进特洛伊城，得到最好的战利品，装着稀世珍宝满载而归，你可以带着它们去看你的父亲帕阿斯，他仍然活着。如果战利品还有剩余的话，你可以将它们放在柴堆上，焚烧在我的墓旁，用来祭祀。再见了，我的朋友，你好自为之！"菲罗克忒忒斯听见这番话，向渐渐远逝的朋友伸出双手。"幸运啊！"他大喊一声，"让我们上船。将你的手给我，阿喀琉斯的高贵的儿子。而你，俄底修斯，在我的身旁同行，不要疑惧，因为你的要求终究是符合神祇的愿望的。"

帕里斯之死

希腊人已经包围特洛伊城很多天了，但是却久攻不下，他们急切地盼望着俄底修斯一行人的到来。

一天，希腊人盼望已久的载着菲罗克忒忒斯的船驶进赫勒持滂的港口。他们欢呼着朝海边奔去。张开虚弱双臂的菲罗克忒忒斯被随从们高举着抬到河边，大家费力地牵引着这位跛腿的英雄来到迎接他们的丹内阿人面前。这时，从人群中走出来一位英雄，他认真地检查了一下菲罗克忒忒斯的伤口，满怀信心地说："凭借神的力量，他的伤口很快就会痊愈的。"他就是医生帕达里律奥斯，是菲罗克忒忒斯的父亲帕阿斯的老朋友。亚各斯人给菲罗克忒忒斯沐浴洗澡；医生给他涂抹上草药；众神给他降福去灾，不一会儿，菲罗克忒忒斯身上的各类疾病顿时消散了，他又能够行动自如了。这支军队的首领，阿特柔斯的儿子们，看见他迅速摆脱了疾病的困扰，也为之惊叹不已。等到菲罗克忒忒斯酒足饭饱之后，阿伽门农抓着他的手，满怀愧意地说："亲爱的朋友！请你原谅我以前的无知，给你带来了如此多的痛苦。

但是，从现在的情况看来，当初我们所做的也是应了神的心愿的。所不，不要再生气了，众神已经对我们做出了惩罚！请你接受我们的礼物，让我们和好如初吧。这里是七名特洛伊姑娘，十二只三足鼎，二十匹骏马。但愿你能喜欢，并请你和我一起住在我的营帐里。"

"朋友们，"菲罗克忒忒斯友好地回答说，"我不再生你们的气了。朋友们，也包括你们中的任何一个人！"

第二天，特洛伊人正在城外埋葬他们的死者，这时他们看到希腊人涌来向他们挑战。聪明的波吕达玛斯建议大家快速撤到城内去，他是已故的赫克托耳的朋友。但是特洛伊人却没有听他的忠告，反而为埃涅阿斯的提议所鼓舞。他们在埃涅阿斯的激励下，宁愿战死在战场。

双方又激战起来。涅俄普托勒摩斯挥舞着父亲的长矛，一连杀死十二个特洛伊人。但是埃涅阿斯和他英勇的战友欧律墨涅斯也消灭了不少的希腊英雄，帕里斯杀死了斯巴达的墨涅拉俄斯的随从特摩莱翁。菲罗克忒忒斯也在特洛伊人群中纵横拼杀，就像不可战胜的阿瑞斯一样。之后，帕里斯大胆地朝菲罗克忒忒斯射出一箭，但飞箭没有射中，反而从他的身旁越过打中了一旁的克勒俄多洛斯的肩胛骨。克勒俄多洛斯稍稍后退，并用长矛保护自己。可是帕里斯的第二支箭又射来，把他射死了。

菲罗克忒忒斯把这一切看在眼里，怒不可遏。菲罗克忒忒斯大叫道："你这个特洛伊的贼，你是我们一切灾难的罪魁祸首，现在到了让你偿还的时候了！"说完，他搭上箭，拉开弓弦，箭镞几乎要淹没在弓弦内了，只听呼的一声，羽箭迅速地飞了出去，但是却只在帕里斯身上划开了一道小口子。帕里斯急忙举弓射箭进行反击。菲罗克忒忒斯又射出了第二箭，正好射中了帕里斯的腰部。他浑身战栗，忍着剧痛，转身逃走了。

医生们围着帕里斯检视伤口，战斗还在激烈地进行着。

夜幕降临，特洛伊人才退回城内，丹内阿人也回到战船上。菲罗克忒忒斯的箭一直刺到了帕里斯的骨髓，这支箭曾被赫拉克勒斯浸过剧毒，中箭后的伤口已经开始腐烂发黑，帕里斯呻吟着，整夜无法入睡。对于帕里斯所受的伤，任何医生都无能为力。受伤的帕里斯忽然想起一则神谕，只有被丢弃的妻子俄诺涅才能救他。那还是帕里斯在爱达山上当牧人时，他从妻子的口中听到的。他也曾和妻子俄诺涅度过了一段美好的日子，现在却不得不由仆人抬着前往爱达山。他的前妻还一直住在那里。

仆人们抬着他爬上山坡，树上传来不祥的凶鸟的鸣叫，这鸟鸣声使他不寒而栗。帕里斯来到前妻的住所时，女佣和俄诺涅对他的造访感到非常地惊讶。他倒在妻子的脚前说："我尊贵的妻子，我正在苦难之中，请你千万别再拒绝我了！残酷的命运女神让海伦来到我的面前。如今，我当着众神的面和我们间从前的真挚爱情恳求你，请你可怜可怜我，用药来医疗我的伤口，免除我难忍的疼痛吧。因为，你过去曾经预言，只有你一人才能救我生命！"

可是。他的苦苦哀求丝毫也不能让遭受遗弃的妻子回心转意。她不无讥笑地说到，"你为什么要来找我，我可是遭你抛弃的人呀，难道又是那海伦的青春迷惑了你不成？去吧，找她去吧，看看她是否能帮助你走出痛苦。但不要指望用你的泪水和哭诉能博取到我的同情！"说完后，她就把帕里斯送出门外，这时，她并不知道自己的命运和她的丈夫是紧密相连的。帕里斯让仆人们扶着，痛苦不堪地沿着茂密的爱达山森林往回走。在半路上，他因箭毒发作而咽下最后一口气。他死了，海伦再也见不到他了。

一位牧人把他惨死的消息告诉了他的母亲赫卡柏，她顿时晕倒在地。普里阿摩斯仍不知道这件事，他伤心欲绝地呆呆地坐在儿子赫克托耳的坟旁，听不见外面发生的任何事。与之相反，海伦在痛哭，与其说她为丈夫悲泣，还不如说她为自己悲泣。

俄诺涅独自待在家里，心里感到深深的后悔。她回忆起往日与帕里斯耳鬓厮磨的恩爱的青春时光。她感到心痛，泪流难止。她拼命奔跑，穿过激流和山谷，从一座山到另一座山，任凭自己的双腿，奔波了一夜。月亮女神塞勒涅在皎洁的夜空，无限同情地看着她，禁不住遮掩了自己的脸。俄诺涅来到已经架设好的木堆旁，那是准备焚烧她丈夫的尸体的地方。牧人们向帕里斯表示了最后的悼念。俄诺涅看见丈夫的遗体，就用衣袍蒙住自己的脸，迅速跳进那熊熊燃烧的柴堆。站在一旁的人还没有来得及拉住她，她已经被火焰吞噬，和她的丈夫一起烧为灰烬。

围攻特洛伊

第二天清晨，希腊人离开战船来到特洛伊城下，准备攻城，他们兵分几路，每一路攻打一座城门。特洛伊人坚守着塔楼和城墙，进行着顽强抵抗。卡帕涅斯的儿子斯忒涅罗斯一马当先，跟随战绩卓越的狄俄墨得斯勇猛地攻打中心城门。勇敢的波吕忒斯和得伊福玻斯联合其他英雄，一起站在城门上，用石头和箭矢打退蜂拥而上的攻城士兵。涅俄普托勒摩斯率领他的部队攻打伊达城门。特洛伊英雄赫勒诺斯和阿革诺耳激励士兵们进行顽固的斗争。面对俄底修斯和欧律波罗斯的不断攻击，英勇的埃涅阿斯站在高高的城墙上镇定沉着，他指挥军队投掷石块，打击进攻者。同时透克洛斯在西莫伊斯河岸奋勇作战。

俄底修斯在战斗中突然灵机一动，想出一个主意。他让战士们把盾牌拼连在一起，顶在头顶上，看起来就像一间房子的屋顶一般。大家就在这一座盾牌屋顶下聚成一堆，如同一个完整的整体。丹内阿人大胆地冲击着城门。他们听见无数投枪、石块和飞箭从城墙上飞下来的声音，但却没能伤害到任何人。于是，他们像团乌云一样向城门推进。大地也在他们的脚下发出吱吱的叫声。阿特柔斯的儿子们心里充满着喜悦。他们看见士兵们组成的坚固堡垒坚定不移地向前推进。他们命令武士们对城门再次发动攻击，准备把城门从铰链上拉下来，然后用双面斧把门劈开。眼看俄底修斯的战术就要让他们取得胜利了。

但奥林匹斯圣山上保护特洛伊人的神祇们给埃涅阿斯的双臂增添了神力，让他扛起一块巨大无比的石头朝着盾牌屋顶狠狠地投掷下去，结果可想而知：一批向前冲来的都人被砸成肉饼，倒在了他们的盾牌下，动弹不得。埃涅阿斯站在高高的城墙上，他的盔甲放射出无限光辉。不动声色地战神阿瑞斯身披一朵乌云，与他并肩站着，让埃涅阿斯投掷石块以后，又百发百中地把箭射向正确的方向。希腊人连连中箭倒地，引一阵恐慌。埃涅阿斯站在城头上放声高呼，鼓舞着士气。城下，涅俄普托勒摩斯也在激励士兵们坚持进攻。血腥的战斗整整进行了一整天，没有停息过片刻。

另一路攻城的希腊人比较得手。勇敢的洛克里斯的猛将埃阿斯用矛箭把守城的战士射落下来。他舞枪射箭，锐不可当，左右逢源。他的同乡和战友，也就是勇敢无比的阿尔喀墨冬看见城墙上有一处无人防卫的地方，他就赶紧架起云梯，急步而上。阿尔喀墨冬把盾牌顶在头上，舍生忘死地为他的战友们开辟进城的道路。

埃涅阿斯从远处看见了他。阿尔喀墨冬刚刚爬上城墙，埃涅阿斯就把一块石头投了过来，正中阿尔喀墨的脑袋。阿尔喀墨冬仰面倒下，云梯也断成了几截。像一支离弦的箭，阿尔喀墨冬在空中翻滚着，没有落到地面，就已经死了。菲罗克忒忒斯看到安喀塞斯的儿子像一头猛兽一样沿着城头奔跑反击，便向他射出一箭，这支箭在对方的盾牌上撕下了一道小口，之后，这支箭又射中了特洛伊人墨蒙，墨蒙即刻就从城上翻身落下。接着埃涅阿斯向菲罗克忒忒斯的朋友托克塞克墨斯投去一块巨石，击碎了他的头颅。

菲罗克忒忒斯愤怒地抬头看着城楼上的仇敌，大声叫道：“埃涅阿斯，你以为你是世界上最英勇的人吗？但是，当你从城楼上投下石头时，你就像一个懦弱的女人！如果你还是一条好汉，那就走出城来，跟我比试长矛、弓箭！我告诉你，我就是帕阿斯的儿子！”

但这位特洛伊人没有时间回答他的话，因为城垣的另一处又在告急，迫切地需要他的求助。于是，他大步流星般地奔了过去。

木马计

希腊人围攻特洛伊城的战争进行得非常激烈，过了很长一段时间也没有结果，各路人马的进攻都被击退了。这时，一条神谕告诉他们，伊利阿姆的命运决定于帕拉斯的神像，也就是女神雅典娜的神像。狄俄墨得斯和俄底修斯商量了一阵后，一致决定偷回神像。两位英雄化装成乞丐的模样，潜入了敌人的城池。趁着夜深人静的时候，他们走进寺庙大门，发现了神像并偷偷地带了出来。次日早晨，两人就高高兴兴地带着神像回到了营帐。但是接下来的一场攻城战也被特洛伊人打退了。

于是，占卜家和预言家卡尔卡斯召集会议，他说：“你们用这种办法攻城是没有用的。听着，我昨天看到一个预兆：一只雄鹰正在追一只小鸽子，小鸽子躲进了山岩的缝隙里，雄鹰在山岩旁等了很久，小鸽子就是不出来。接着，雄鹰就躲进了附近的灌木丛中，小鸽子却不知是计，傻头傻脑地爬了出来。雄鹰看准机会，飞箭般地扑了过去，一下抓住了不知所措的小鸽子，毫无怜悯地勒死了它。所以我们应该以这只雄鹰为榜样，对特洛伊城不能强攻，而应智取。”

卡尔卡斯说完以后，英雄们就尽力思索，要想出一个计谋来结束这可怕的战争，但他们的劳心苦思都没有结果。最后俄底修斯想出一条妙计。"让我们造一个巨大的木马，在马腹中尽可能地装满阿耳戈斯最勇敢的英雄。其余的人则乘船舰撤退到忒涅多斯岛去。但在航海出发以前，必须焚毁军营中的一切，使得特洛亚人能够从碉楼上看见烟火，不怀戒备，并蜂拥出城。同时我们让我们当中一个为特洛亚人所不认识的战士冒充逃难的人，到特洛亚城去，告诉他们说阿开亚人正拟将他杀死献祭神袛，祈求归途中一路平安，但他却设法逃脱了。他说阿开亚人建造了一只巨大的木马献给特洛亚人的敌人雅典娜，他自己就是藏匿在这只木马下面，直到阿耳戈斯人的船舰出发后，才偷偷地爬出来的。担当这个任务的人必须能对特洛亚人重述这个故事，回答他们将要提出的一切问题，并且必须显得很真实，使他们不至于怀疑。这时他们一定同情这个可怜的外乡人，将他带到城里去。在那里他要设法让特洛亚人将木马拖进城门。当敌人熟睡的时候，他将给我们一个预先约定的暗号。这时我们从木马的腹中涌出，并燃起火把召唤忒涅多斯岛的队伍，然后用火和利剑毁灭特洛亚城。"

俄底修斯说出了他的计策，大家都惊叹他的妙计。预言家卡尔卡斯更加兴奋，为找到这位知音而感到高兴。预言女子摇摇晃晃地走过大街小巷，一路呼喊着："你们知道我们将要走进哈得斯的地府了吗？我看见城市里到处都是烈火和血腥，我看见木马的腹中隐藏着厄运！而你们特洛伊人却欢天喜地将它迎入我们的城堡，为什么不听我的劝告呢？即使我费尽口舌也不能打动你们。那就让复仇女神去报复你们吧，你们都会成为她的祭品和牺牲的。"

没人有相信她的话，反而引起了一阵阵的讽刺和嘲笑。

特洛伊城陷入了一片火海，只有一间房子躲过了死亡的惩罚，那就是特洛伊老人安忒诺尔的住所。因为在墨涅拉俄斯和俄底修斯来到特洛伊城时，他曾经保护过他们，并且热情地款待了他们。为了感谢他，丹内阿人特地赦令保护他的生命及财产。

俄底修斯说出了他的计策，大家都惊叹他的妙计。这个计策正合预言家卡尔卡斯的心意，他完全赞成。同时，为这位狡黠的英雄能够理解自己的意图而高兴。他让集会的人注意到雄鹰的吉利的预兆和显示宙斯赞同的响雷，并催促希腊人赶快行动。但阿喀琉斯的儿子却站起来，提出了异议："卡尔卡斯，勇敢的战士必须在公开的战场上制伏敌人。让胆怯的特洛伊人躲在城楼上去打仗吧！但我们不想使用诡计或别的不光明磊落的方法。我们必须在公开的战斗中表明我们是坚强的战士！"

他的话充满了大无畏的精神，连俄底修斯也不得不佩服他的高尚和正直的品质。但他又反驳说："你是高贵父亲的优秀儿子。你的话表明了你是一位勇敢的英雄。可是，必须记住，你的父亲，这位半神的英雄都未能攻破这座坚固的城堡。你应该知道，世界上不是所有的事情都可以靠勇敢取得成功的。因此，我请求你和诸位英雄，听从卡尔卡斯的建议，听取我的建议，立即着手实施我的计划。"

除了菲罗克忒忒斯，每个人都欢呼赞成拉厄耳忒斯的儿子。但菲罗克忒忒斯支持涅俄普托勒摩斯的意见，因他渴望着战斗，他对于战斗还没有心满意足。结果他们两人几乎要说服所有的阿耳戈斯人，但宙斯表示不同意和愤怒。电光闪击着，雷声震动了阿耳戈斯人所站立的大地，因此他们知道宙斯赞成卡尔卡斯和俄底修斯的计划。涅俄普托勒摩斯和菲罗克忒忒斯虽然心里不愿意，也不得不表示让步。

于是，希腊人全撤回到战船上，他们在开始工作之前，都躺在船上好好地睡觉和休息。半夜时，雅典娜托梦给希腊英雄厄珀俄斯，吩咐他用粗木制造巨马，并答应帮助他，使他尽快完工。厄珀俄斯知道这是女神雅典娜，便喜滋滋地从床上跳了起来，牢牢记住女神的吩咐。

天刚亮，他就对大家讲起女神托梦的事。希腊人一听，即刻来到爱达山砍伐高大粗壮的松木。木料很快运到赫勒持滂的海岸上。许多年轻人帮厄珀俄斯一起干活。有的锯木头，有的削枝叶。厄珀俄斯自己造木马，他先造了马脚，削制马腹，并在马腹上方做了拱形的马背。接着又安置了马胸和马颈，还在马颈上装了精致的马鬃，似乎正在风中飘动，马头和马尾上粘了细密的绒毛。马的两耳竖起，圆溜溜的马眼睛炯炯有神。总之，整个马就像活马一样。在雅典娜的帮助下，他用三天的时间完成了任务。大家都惊叹他的这件艺术杰作。他们甚至相信这匹马随时都会嘶鸣、奔跑。厄珀俄斯朝天空举起双手，在全军士兵的面前祈祷："伟大的女神帕拉斯·雅典娜！请听我的祷告，请保佑我和你的木马吧！"所有的希腊人也和他一起祈祷。

同时，特洛伊人紧闭城门，躲在城内。奥林匹斯圣山上的诸位神祇因对特洛伊的命运看法不一也就分为两派，一派保护希腊人，另一派则反对。他们降临人间，在斯卡曼德洛斯河上排成阵势，只是凡人看不见他们而已。海洋的诸神也同样如此，有的站在这一边，有的站在另一边。五十名海中仙女是涅柔斯和多里斯的女儿，自认为是阿喀琉斯的亲戚，因此站在希腊人一边。其他的海洋神祇则站在特洛伊人一边，他们掀起狂涛巨浪，向战船和木马打来。如果命运女神允许，他们真想把它们全摧毁。

神祇们的战斗开始了。阿瑞斯向雅典娜发起冲击。这对其他的神祇们是一种信号，即刻神祇们都厮杀起来，各不相让。他们的黄金铠甲碰撞在一起，铿锵作响；在他们的脚下大地震颤。他们的喊杀声一直传到地府。塔耳塔洛斯地狱里的提坦神也为之心惊胆战。原来宙斯业已出外旅行，神祇们即选择这个时间决战。宙斯到了大地的极边俄刻阿诺斯海和忒堤斯岩洞。虽然距离这样远，但他仍然对于特洛亚城所发生的一切心里彻底明了。宙斯马上知道神祇们在厮杀，便即刻坐上雷车，催动双翼追风马，由伊里斯驾车，回到奥林匹斯圣山。他迅急朝地上的神祇发出闪电。神祇们大吃一惊，立即停止了战斗。正义女神忒弥斯是唯一没有参战的神祇。她降落到神祇中，向他们宣布宙斯的决定：一切神祇立即放下武器，否则，将使他们彻底毁灭。神祇们畏惧万神之父，只好压制住心中的怒火，愤愤不平地撤离了战场。

这时，在希腊人的营地，木马已经做好。俄底修斯在会议上站起来发言。"丹内阿人的首领们，现在已到了显示真正的力量和勇气的时候了。因为现在我们得钻进马腹，躲在里面度过一段没有阳光的日子，迎接光明的未来，请相信我，钻进马腹比面对敌人作战需要更大的勇气！因此只有最勇敢的人才能做到！其余的人可以先乘船到忒涅多斯岛去。在木马附近只留一个胆大机灵的人，他要按照我说的去做。谁愿意担任这一重任呢？"

大家迟疑着，没有一个人敢站出来。最后，希腊人西农挺身而出。他说："我愿担任这一任务。让特洛伊人折磨我，让他们把我活活烧死吧，我已下定了决心！"他的话受到大家的欢呼。可是有些人却说："这个年轻人是谁啊？我们从来没有听到过他的名字。他也从来没有建立过特殊的功业！他一定是着了魔，魔鬼不是要毁灭特洛伊人，就是要毁灭我们。"

涅斯托耳立起身来，鼓励他说："现在我们需要更大的勇气，因为神祇已给了我们结束十年战争的方法。让我们迅速钻到木马里去，我感到自己的体内充满着年轻人的力量，就好像当年我要走上伊阿宋的阿耳戈船一样。要不是那时珀利阿斯国王不让我上船，我一定参加那次远征了。"

老人一面说，一面想首先通过木门跳进马腹。这时阿喀琉斯的儿子涅俄普托勒摩斯希望他把这种荣誉让给他，而老人则率领别的人到忒涅多斯岛去。涅斯托耳好容易才被说服。于是，涅俄普托勒摩斯全副武装，第一个走进宽敞而又漆黑的马腹。在他后面是墨涅拉俄斯、狄俄墨得斯、斯忒涅罗斯和俄底修斯。随后则是菲罗克忒忒斯、埃阿斯、伊多墨纽斯、迈里俄纳斯、帕达里律奥斯、欧律玛科斯、安提玛科斯、阿伽帕诺尔和其他许多英雄，他们紧紧地挤在马腹里。最后，则是木马的制造者厄珀俄斯。他进了马腹，把梯子拉进马腹关上木门，从里面闩上。英雄们默默地挤坐着马腹里，不知道等待他们的是什么样的命运。

其余的人放火烧毁棚屋以及所有不能带走的家具什物。然后他们登上船舰，由阿伽门农和涅斯托耳指挥向忒涅多斯出发。这是会议时大家决定这么做的，大家不愿叫这两个英雄进入木马，一个由于他是全军的统帅，另一个由于他年迈已高。他们在忒涅多斯岛抛锚上岸，并期待着预先约好的举火的信号。

特洛伊人很快发现海岸上烟雾弥漫，他们在城头细细观望，发现希腊战船已经离去。特洛伊人非常高兴，成群结队地跑到海边。当然，他们仍存戒心，没有脱铠甲。他们在敌人扎营的广场上发现了一匹巨大的木马。他们围着它，惊讶地打量它，因为它实在是一件令人赞叹的艺术杰作。士兵们争论起来，有的主张把它搬进城去。放在城堡上，作为胜利的纪念品。有的人不相信希腊人留下的这件莫明其妙的礼物，主张将它推入大海，或者用火烧掉。这时藏在马腹里的希腊英雄们听了都吓得不寒而栗。

这时阿波罗的特洛伊祭司拉奥孔从人丛中走出来，他还没有走到木马前就劝阻大家说："不幸的人哪，哪个魔鬼使你们迷了心窍？难道你们真的以为希腊人已经离开，以为丹内阿人的礼品不包藏计谋吗？你们难道不知道俄底修斯是什么样的人吗？马腹里一定隐藏着危险。否则，它一定是一种作战机器，埋伏在我们附近的敌人会用它来攻击我们。总之，不管它是什么，你们决不能相信希腊人！"说着，他从站在一旁的战士的手中取过一根长矛，将它刺入马腹。长矛扎在马腹上抖动着，里面传出一阵回声，空荡荡的，像从空穴里传出的声音一样。然而特洛伊人的心已经麻木了，他们两耳已经听而不闻。

当这事正在进行时，有几个迫近木马观看的好奇的牧人发现了隐藏在木马腹下的西农；他们将他拖出，并带去见普里阿摩斯国王。所有围观木马的人现在都拥来看这新的景象。西农站立着，没有武装，显然是吓呆了。他表演着俄底修斯所教给他的一切。可怜地站在那里，朝天空伸出双臂，哭泣着哀求："天哪，我能到什么地方去，到哪儿乘船呢？希腊人将我赶出来，而特洛伊人也一定会杀死我的！"那些最初抓住他的牧人被他的话感动了。接着，他告诉他们自己是如何成为祭品的，又是如何在最后时刻逃出来的。"我已经无法回到我的故乡去了。"他接着又说，"我现在落入你们的手中，你们是仁慈和慷慨地偿我一条命，还是像我的同乡一样将我处死，这完全由你们决定了！"

他这套话编得很巧妙，特洛伊人听了深受感动，连普里阿摩斯国王也相信了，对他说了一些抚慰的话，并允许他在城里安身，只是要他说出这匹木马究竟是怎么回事，因为他刚才说到木马时也是十分虔诚、敬畏的。西农立即举起双手，假意祈祷起来。"众神在上，我作为牺牲已经给你们献祭过了，啊，神坛和威胁我生命的利剑啊，你们为我做见证，我和我的同乡人的关系已经断绝。因此，我现在泄露他们的秘密，已根本算不上是一种罪过了！在战争期间，丹内阿人一直把他们的希望寄托在女神帕拉斯·雅典娜的援助上。自从她在特洛伊的神像被盗以后，事情就变得糟糕了。你们特洛伊人也许不知道，这是我们狡猾的希腊人干的。女神十分愤怒，她撤回了对丹内阿人好心的援助。这时预言家卡尔卡斯说，我们应该立即乘船回去，在故乡再听取神祇的吩咐。他说，因为神像没有重归原处。我们就无法指望战争取胜。由于预言家的劝告，丹内阿人终于决定回国。临走前他们又按照预言家的建议造了这匹巨大的木马，作为献给女神的礼品，以便使她息怒。卡尔卡斯要求把马身造得特别高大，使你们特洛伊人无法把马拖进城门，放在城里。因为木马拖进城里，雅典娜就会保护你们而不保护希腊人了。相反，如果你们损坏了这匹木马，这正是丹内阿人所希望的，那么你们一定会遭殃。丹内阿人打算，他们在亚各斯听取了神祇旨意后，马上再回来，并准备在夺取你们的城池后，把女神的神像重归原处。"

这些谎话使特洛亚人很感动。国王普里阿摩斯也温和地对西农说话。他叫他忘记他的残忍的同伴，并许可他在城里居住。他所要求的唯一报答是关于这个所谓"圣木马"的详细报道。事情是这样的，在波塞冬的祭司死后，阿波罗的祭司拉奥孔兼任他的职务，于是他在海边给海神献祭一头大公牛。这时从武涅多斯岛的方向游来两条大蛇，它们穿过明镜般的海面，一直游向海岸。它们从海面伸出有血红肉冠的蛇头，蛇身在水里蜿蜒摆动，激起浪花。它们游上岸，吐着信子，吱吱叫着，火焰般的蛇眼闪着可怕的光。仍然围着木马的特洛伊人吓得面如土色，掉头就逃。但这两条蛇逶迤游到海神的祭坛前。拉奥孔和他的两个儿子正在那里忙着祭供。毒蛇缠住这两个孩子，用毒牙狠狠地咬他们柔嫩的肌肉，孩子们痛得大声吼叫，他们的父亲拉奥孔抽出宝剑，急忙奔来。但毒蛇也把他缠住了。他刚用斧头砍杀的那头公牛鲜血淋漓地从神坛上奔逃出来，哞哞地吼叫着，甩落了脖子上的斧头。可怜的拉奥孔和他的两个儿子终于被毒蛇活活地咬死。这两条毒蛇一直游到雅典娜的神庙，盘绕着躲在女神的脚下。

特洛伊人把这场恐怖的事件看作祭司因怀疑木马而遭到的惩罚。有些人急忙回到城里，在城墙上开了一个大洞，另一些人给木马脚下装了轮轴，并搓了粗绳，用来套在木马的颈子上。于是，他们一起使劲，胜利地把木马拖回城去。男孩子和女孩子们兴高采烈地跟在后面，唱着节日的赞歌。当木马通过城门的高门槛时，有四次被阻，但终于滚过去了。每次颠动时，马腹中都传出了金属撞击的声音。可是特洛伊人仍然没有听见，他们欢呼着把这匹巨大的木马拖到卫城上。在高兴的人群中只有女预言家卡珊德拉耷拉着头，目光呆滞，她是神祇赋予预言才能的人，每次都没有失误。她观看天象和自然之物发现许多不祥之兆，奇怪的是人们都不相信她。现在她也看出了危险，一种预感驱使她，冲出了王宫。她披散着头发，眼里冒着灼热的火花。她摇晃着身子穿过大街小巷，一路上呼喊着："特洛伊人呀，你们还不知道我们的道路直通哈得斯的地府吗？我看到城市充满着血腥和火光，我看到死神从木马的腹中冲出来！你们还在欢呼着将它送上我们的卫城。你们为什么不相信我的话呢？我即使说上千万句，你们还是不相信我。复仇女神因为海伦而决定向你们复仇，你们已经成了她们的祭品和俘虏了。"

但特洛伊人只是讥笑和嘲弄她。

特洛伊城的毁灭

在这天夜里，特洛伊人举行饮宴和庆祝。他们吹奏笛子，弹着竖琴，唱起欢乐的歌。大家一次又一次地斟满美酒，一饮而尽。士兵们喝得醉醺醺的，昏昏欲睡，完全解除了戒备。跟特洛伊人一起饮宴的西农也假装不胜酒力睡着了。深夜，他起了床，偷偷地摸出城门，燃起了火把，并高举着不断晃动，向远方发出了约定的信号。然后，他熄灭了火把，潜近木马，轻轻地敲了敲马腹。英雄们听到了声音，但俄底修斯提醒大家别急躁，尽量小声地出去。他轻轻地拉开门闩，探出脑袋，朝周围窥视一阵，发现特洛伊人都已经入睡。于是，他又悄悄地放下厄珀俄斯预先安置好的木梯，走了下来。其他的英雄也跟在他后面一个个地走下来，心紧张得怦怦直跳。他们到了外面便挥舞着长矛，拔出宝剑，分散到城里的每条街道上，对酒醉和昏睡的特洛伊人大肆屠杀。他们把火把扔进特洛伊人的住房里，不一会儿，屋顶着火，火势蔓延，全城成了一片火海。

隐蔽在忒涅多斯岛附近的希腊人看到西农发出了火把信号，立即拔锚起航，乘着顺风飞快地驶到赫勒持滂，上了岸。全体战士很快从特洛伊人拆毁城墙让木马通过的缺口冲进了城里。被占领的特洛伊城变成了废墟。到处是哭喊声和悲叫声，到处是尸体。残废和受伤的人在死尸上爬行，仍在奔跑的人也从背后被枪刺死。受了惊吓的狗的吼叫声，垂死者的呻吟声，妇女儿童的啼哭声交织在一起，又凄惨又恐怖。

但希腊人也遭到重大的损失，因为尽管大部分敌人都来不及拿起武器，但他们仍然拼死搏斗。有的人扔杯子，有的人掷桌子，或者抓起灶膛里的柴火，或者拿起叉子和斧子，或者拿起手头所能抓到的任何东西，攻击冲来的丹内阿人。这时希腊人围攻普里阿摩斯的城堡，许多全副武装的特洛伊人潮水般冲出来，进行殊死而又绝望的拼杀。

战斗进行时，已在深夜，但房屋上燃烧的火焰，阿开亚人手持的火把，把全城照耀得如同白昼。整座城市成了一片战场。战斗越来越激烈，越来越残酷。

然后，他熄灭了火把，潜近木马，轻轻地敲了敲马腹。英雄们听到了声音，但俄底修斯提醒大家别急躁，尽量小声地出去。他轻轻地拉开门闩，探出脑袋，朝周围窥视一阵，发现特洛伊人都已经入睡。于是，他又悄悄地放下厄珀俄斯预先安置好的木梯，走了下来。涅俄普托勒摩斯一见大喜，举起宝剑，扑了过来。普里阿摩斯毫无惧色地看着涅俄普托勒摩斯，平静地说："杀死我吧！勇敢的阿喀琉斯的儿子！我已经受尽了折磨，我亲眼看到我的儿子一个个死了。我也用不着再看到明天的阳光了！"

"老头子，"涅俄普托勒摩斯回答说，"你劝我做的，正是我想做的！"说完，他挥剑砍下国王的头颅。希腊的普通战士杀人更为残酷。他们在王宫内发现了赫克托耳的小儿子阿斯提那克斯。他们从他母亲的怀里把他抢去，充满对赫克托耳及其家族的仇恨，把孩子从城楼上摔了下去。孩子的母亲朝着他们大声哭叫："你们为什么不把我也推下去，或者把我扔进火堆里？自从阿喀琉斯杀死我的丈夫之后，我只是为了这个孩子才活着。请你们动手吧，结束我的生命吧！"可是他们都不听她的话，又冲到别处去了。

死神到处游荡，只是没有进入一所房子，那里住着特洛伊的老人安忒诺尔。因为墨涅拉俄斯和俄底修斯作为使者来到特洛伊城时，曾经受过他的庇护，并受到热情的款待，所以丹内阿人没有杀死他，并让他保留所有的财产。

几天前，杰出的英雄埃涅阿斯还奋勇地在城墙上打退了敌人的进攻。但是，当他看见特洛伊城火光冲天，经过长时间拼杀仍然不能退敌时，他就如同历经风暴的水手，竭尽全力去挽救自己的生命。他把年迈的父亲安喀塞斯背在背上，牵住儿子阿斯卡尼俄斯的手，匆忙逃了出去。埃涅阿斯紧紧抓住儿子快速奔跑着，以致孩子的脚都离开了地面。作为母亲的阿佛洛狄忒始终保护着埃涅阿斯，一路上大火避让，烟雾让道，丹内阿人射过来的箭和投过来的矛枪全都被她挡住了。埃涅阿斯成了唯一带着老小逃出城市的人。

墨涅拉俄斯在不忠贞的妻子海伦的房前遇到得伊福玻斯，他是普里阿摩斯的儿子。自从赫克托耳死了以后，他就成了家里和民族的顶梁柱。帕里斯死后，特洛伊人又把海伦下嫁给他。当晚，他正沉迷在酒宴的欢庆之中，迷迷糊糊听见阿特柔斯的儿子们杀进来的消息，一骨碌从地上就爬了起来，急忙穿过宫殿的走廊，打算逃走。墨涅拉俄斯上前一步，一枪刺进他的后背。"就让你死在我妻子的门前吧！"墨涅拉俄斯吼道，声震如雷，"我多希望能亲手杀死帕里斯！任何罪人都不能从正义女神忒弥斯的手下逃脱！"

墨涅拉俄斯把尸体踢到一边，沿着宫殿的走廊走去，到处搜寻海伦，心里充满了对结发妻子海伦的矛盾感情。由于害怕丈夫，海伦浑身颤抖着躲在阴暗的角落里，以致墨涅拉俄斯费了好大的劲儿才找到她。看见面前的妻子，墨涅拉俄斯大发恨意，他真想一剑砍死海伦。多亏阿佛洛狄忒的庇护，才使海伦免遭一死。她把海伦打扮一新，非常妩媚动人，又从墨涅拉俄斯的手中夺走了宝剑，平抚了他心中的怒气，唤起了他深藏心底的旧爱。突然，他听到身后亚各斯人威严的喊杀声，他又感到羞愧，觉得不贞的海伦使他丧失了脸面。他又硬起心肠，捡起地上的宝剑，朝妻子一步步逼近。但他还是没忍心杀死妻子。这时，他的兄弟阿伽门农正好赶来，他把手放在墨涅拉俄斯的肩膀上，对他大声说："兄弟，放下武器吧！你不能杀自己的妻子。我们正是为了她才受尽了如此多的苦难。如果现在你杀掉她，那么多的希腊人的血不是白流了吗？况且在这件事情上，海伦的过失远远小于帕里斯。他，他的家族，甚至他的人民都为此受到了惩罚，遭到了毁灭！"

墨涅拉俄斯听从了劝告，表面上装着不愿意的样子，心里却很高兴。后来，他与海伦一起回到斯巴达。墨涅拉俄斯死后，海伦又被驱逐到罗德岛，那就是后话了。

当大地上正在大肆屠杀时，天上的神祇用乌云遮掩起来，悲叹特洛伊城的陷落。只有赫拉和早已阵亡的阿喀琉斯的母亲忒提斯等神为此发出由衷的欢呼，即便是诅咒特洛伊失败的帕拉斯·雅典娜也忍不住流下了伤心的泪水。埃阿斯竟然一把揪住雅典娜的祭司卡珊德拉的头发，把她从雅典娜的神庙里拉了出去，雅典娜看在眼里，愤怒与羞愧使得她面如火炭，灼热难耐，她的神像吱嘎作响，就连神庙下的地基也在呻吟，她发誓要报复他，因为他犯了亵渎之罪。大火、屠杀延续了很长时间。熊熊的火柱直冲高空，宣示着这座不幸城市的彻底毁灭。

墨涅拉俄斯、海伦、波吕克塞娜

第二天早晨，特洛伊城的居民不是被杀死，就是被俘虏。他们还把城里数不胜数的珍宝、黄金、白银、琥珀、豪华的饰品和漂亮的少女运到了海边的战船上。墨涅拉俄斯带着海伦离开了还在燃烧着的特洛伊城，虽然他面挂愧色，但心里却十分得意。他的兄弟阿伽门农走在一边，他从埃阿斯的怀抱中夺走了高贵的卡珊德拉。赫克托耳的妻子俄诺涅也被阿喀琉斯的儿子涅俄普托勒摩斯当作俘虏带走了。王后赫卡柏成了俄底修斯的俘虏，步子艰难地走在路上。无数的特洛伊妇女紧跟在王后的身后，她们一路哭泣着。只有海伦默不作声，她对特洛伊人民怀有深深的愧意，她眼睛盯在地上，脸上火烧为燎的，心中盘算着自己将遭受什么样的厄运，不由得一阵恐惧袭上心来。她急忙拉上面纱蒙住脸，拉着丈夫的手哆哆嗦嗦地往前移动着脚步。

当她来到战船时，丹内阿人立即为她无比的美丽所倾倒。他们悄悄地说，为了眼前的这位美女，他们跟着墨涅拉俄斯远走他乡，经历了十年苦难和付出的代价都是值得的。每个人都不想伤害这位美丽的女子，都心甘情愿把她交给自己的首领，而他的一颗仇恨的心也被女神阿佛洛狄忒所软化，早已宽恕了她。

战船上举行了欢乐的宴会，英雄们围着餐桌开怀畅饮。席间一位歌手弹奏着齐特儿琴，他洪亮的歌喉再现了大英雄阿喀琉斯曾经的英雄气概和传奇事迹。宴会一直进行到深夜，然后才各自回营休息。

现在，当海伦和墨涅拉俄斯单独待在营房里时，她扑倒在丈夫的脚下，抱住他的双膝说："我知道，对于我的不忠不贞，你用死惩罚我也不过分。但是请你想一下，当初我并不是主动离开你的宫殿的，而是帕里斯趁你不在而用暴力劫持了我。当时我也想用死保全自己的贞洁，但是周围成群的女仆竭力劝我要为你和我们的小女儿赫耳弥俄涅考虑，所以我才屈从了帕里斯。现在随你怎么处置我吧。我无限后悔，伏在你的脚下！"

墨涅拉俄斯爱怜地把她从地上扶起，回答说："海伦，忘记过去的事吧，一切的噩梦都已过去了，海伦，别怕！将来我再也不会说起这件事！"说着，他把她抱进怀里，甜蜜地吻着她。

这时，阿喀琉斯的儿子涅俄普托勒摩斯正在酣睡。忽然，他父亲的灵魂来到营中。父亲吻着他的胸脯、眼睛和嘴唇，然后对他说："别伤心，亲爱的儿子，虽然我死了，但是现在我能和众神生活在一起。希望在以后的日子里，无论是在战斗中还是在会议上，你都要向你的父亲学习：战斗时必须站在前面，会议上应该虚心请教，虚心听取老人们智慧的言语，夺取像你父亲一样的荣誉，为自己的幸福而感到高兴。生命与死亡的大门只有一步之遥，这一道理你应该从我的身上明白的。这是因为整个人类就如同春天的花卉一样：一部分鲜花盛开，一部分却枯萎凋零。最后，请你告诉大统帅阿伽门农，用最珍贵的战利品祭献给我，让我在奥林匹斯圣山上什么也不缺！"

阿喀琉斯说完，像阵轻风一样离开了涅俄普托勒摩斯，小英雄醒来后感到非常高兴，梦中的情形就和父亲生前一样。

第二天清晨，丹内阿人起了床，思乡之情使他们渴望早点出发归去。他们正想起锚，珀琉斯的孙子来到丹内阿人群中，他以年轻有力的声音大声说："你们听着，丹内阿的兄弟们，今天夜里我亡父的灵魂来到了我的梦中，他在梦里嘱托我要把从特洛伊缴获的战利品中最精美的珍宝祭供给他，让他也为特洛伊的毁灭而感到高兴和满足。因此在完成对死者应尽的神圣义务前，我们大家不能离开海滩半步。如果不是他战胜了赫克托耳，你们怎能取得今天的胜利？"

丹内阿人虔诚地决定满足已故英雄的愿望。海神波塞冬非常同情珀琉斯的儿子，他掀起了万丈巨浪表示对他的哀悼。因此即便希腊人不愿意按照阿喀琉斯的意愿去做，他们也没法离开海滩。看见大海动荡，希腊人相互悄悄地说："阿喀琉斯不愧是宙斯的后代，你们瞧，天地自然跟他的命令配合得是多么密切啊！"因此，他们更加愿意听从亡灵的吩咐，一起涌到高耸在海岸上的英雄的坟前。

现在的问题是：什么是最珍贵的战利品呢？拿什么来献祭他呢？无奈之下，每个希腊人都把自己缴获的珠宝和俘虏交了出来，聚集在海岸边，黄金、白银、琥珀和各类珍宝古玩应有尽有，可这一切在年轻姑娘波吕克塞娜的天姿国色面前都显得逊色多了。波吕克塞娜是国王普里阿摩斯的女儿。因此希腊人一致认为波吕克塞娜是全部战利品中最精美的。看见大家把眼光都投向自己，姑娘并没有被吓得面如土色。她曾在城头上多次看到阿喀琉斯的英姿，虽然他是她的敌人，可是他那魁梧的身材和超人的胆量给她留下深刻的印象。据说，在阿喀琉斯靠近被围困的城门时，抬头间看见了城墙上美丽的姑娘，他的内心立刻燃起一股对姑娘的爱情火焰，以致当场大叫一声："普里阿摩斯的女儿，如果你嫁给我，也许我可以平息你父亲跟丹内阿人的战争呢！"说完这话，大英雄很快就感到失言，感到后悔了。但是据说姑娘波吕克塞娜却被这番话深深地打动，并铭记在心底。从此以后，她就热烈地爱慕这个特洛伊人的敌人。

现在，当所有的人都认为她是献给大英雄的最好的礼物时，姑娘却镇定自若。希腊人在珀琉斯儿子的墓旁树立起了高大的祭坛，摆上了各式祭皿。国王的女儿波吕克塞娜从被俘虏的妇女中跳上前来，从祭坛前的各类器具中抽出一把锋利无比的尖刀，刺入自己的心脏，顿时她倒在血泊里。

周围的人发出一声恐怖的惊叫声。年老的王后赫卡柏扑倒在女儿的尸体上，悲伤地号啕大哭。

波吕克塞娜倒地死去后，大海又变得宁静了。看到此景，涅俄普托勒摩斯满怀同情地跑上前去，把奄奄一息的姑娘从祭坛边拉开，打算以王家礼仪把她安葬。

接着，亚各斯人举行会议。涅斯托耳站起来说："我们出发回乡的时刻终于来到了。海神波塞冬平息了滔天巨浪，阿喀琉斯也满意地接受了波吕克塞娜的祭礼。让我们推船下海，扬帆出发！"

不幸的返程

在涅斯托耳的建议下，一切都已准备好。当他们将大量的各种战利品运载到船上时，他们热情地呼叫着。首先是大批的奴隶给带上船去，一路哽咽而且哭泣着。然后阿耳戈斯人自己上船。

只有预言家卡尔卡斯一个人仍留在岸上，他劝大家不要出发，因为他预感到希腊人在经过卡法尔山时将会遭遇不幸。卡法尔山坐落于攸俾阿岛的前沿山脉。

可是他们不相信他的预言，也不听从他的劝告，因为他们已经归心似箭了。只有著名的预言家安菲阿拉俄斯的儿子安菲罗科斯对卡尔卡斯的话半信半疑，他已经登上战船，但又把脚收了回来。他父亲的预言天赋深植在他的心底，他也有同卡尔卡斯一样的预感。只是他那可怜的父亲已经在底比斯城前战死沙场了。于是，命运女神注定他们两人不能重返希腊，后来他们定居在小亚细亚的喀里喀亚城和潘费利亚城。

希腊人解下系在岸上的缆绳，上了船，然后拔锚起航。没过一会儿，起伏的波涛就把归心似箭的希腊军士送入了大海的深处。船头上堆满了缴获来的武器，桅杆上挂着无数胜利的纪念品，战船上簇拥着鲜花；希腊的士兵把花编织在长矛、盾牌和头盔上，五颜六色，非常喜气。站在船头向大海浇下美酒，虔诚地祈求神祇保佑他们平安地回到家乡。

可是，他们的祈祷没有到达奥林匹斯圣山，混乱的风把他们的祈求吹得烟消云散，根本就没有抵达奥林匹斯神山。

当英雄们充满怀念和希望遥望前途时，被俘虏的妇女和孩子们则频频回顾在废墟中仍然冒着青烟的特洛亚城。她们勉强压抑她们的哽咽，隐藏着心中的痛苦，以默默的泪水来冲淡她们的悲哀。有些女郎们双手抱着两膝，有些则用手掌遮蒙着脸面。年轻的妇女把孩子抱在怀里。站在她们当中的卡珊德拉依然显露出高贵的身材和当年的雍容华贵，她并没有眼泪，相反却在嘲笑周围那些抱怨的人。想当初，她就警告过大家可能会发生今天的一切，但是现在叫苦不迭的她们以前却是讽刺挖苦、决不相信的。不过，她虽然嘴里说着蔑视她们的话，心里却为特洛伊城的毁灭感到悲叹。

特洛伊城变成一片废墟，残留的老人和受伤的人茫然地在那里转悠。为首的是安忒诺尔，他准备埋葬死者，这项工作非常浩大。少数幸存的人搬来大量的木柴，垒成一大堆。然后，他们垒了一个大火葬堆，把所有的尸体放在上面，然后点燃柴堆，悲泣着将死者火化。

同时阿耳戈斯人已经远离阿喀琉斯的坟墓和特洛亚的海岸。但他们的快乐也被忧伤所冲淡，因为想到有多少同伴战死了，多少朋友被遗留在异乡的土地上。他们经过了一个又一个的海岛与海岸，克律萨岛、忒涅多斯岛、基拉岛、爱达山延伸在海洋中最外端的雷克同半岛，最后又来到了勒斯波斯岛。呼啸的海风吹送着船帆，汹涌的波涛卷起层层巨浪，希腊人的战船随风向前行驶着。希腊人的战船乘风破浪地前进，海水撞击船头，船尾留下一缕雪白的水花。

如果不是因为帕拉斯·雅典娜对洛克里斯人埃阿斯的渎神行为感到不满，取得胜利的希腊人一定会平安地抵达希腊海岸的。当希腊人的大队人马驾船来到汹涌澎湃的攸俾阿岛时，女神决定报复他们。雅典娜向奥林匹斯山上的众神之父宙斯讲述了埃阿斯在她的神庙里对女祭司卡珊德拉施行的暴行，维护人间正义的宙斯批准雅典娜按照自己的想法行事，还把库克罗普斯替他新铸的雷电借给女儿，让她掀起狂风巨浪，阻止希腊人前进。

雅典娜使奥林匹斯圣山响起了隆隆的雷声，浓云密布山头。大地和海洋顿时变成一片漆黑。紧接着，她又派出女使伊里斯前去寻找风神埃洛斯。

风神听到命令即刻行动。他用巨大的三叉戟挖开锁闭各种风的岩洞。各种飓风从山洞里奔窜而出，风神命令它们快速组成撼天动地的飓风，它们一路呼啸着飞往卡法尔山。风神的话还没说完，风儿们就急速上路了。大海在它们脚下掀起万丈巨浪，如同连绵的崇山。看见滔天巨浪，亚各斯人惊慌失措，吓得不知如何是好，划动船桨的手也停了下来。暴风撕碎了船帆，刮断了桅杆。最后，掌舵的人也精疲力竭，束手待毙。黑色的夜幕笼罩着大地，波塞冬也来帮助帕拉斯·雅典娜，顿时雷声轰隆，闪电交加，不少船只都被风浪打翻了。风浪冲击船只，木板开裂，船身破碎。抱着木片救生的人也被巨浪吞掉。

最后，雅典娜用最激烈的雷霆轰击埃阿斯的战船，船只顿时碎裂。空中传来一声炸雷的声音，大浪铺天盖地地卷了过来，吞没了将要粉碎的破船。士兵们在水中丧生。

埃阿斯紧紧地抓住一根木头，顺着波浪漂着。他甩动有力的双手，划开波浪，企图逃避灭顶之灾。可是，一会儿巨浪把他推上浪尖，一会儿又把他送入谷底，闪电也从他头上滑入海水，身后留下隆隆的雷声。不过，雅典娜并没有让他死亡从而得到解脱。况且，埃阿斯还没有彻底丧失勇气，他一把抱住了一块耸立在波浪之间的礁石，双手紧紧合拢。埃阿斯还夸口称，即使奥林匹斯圣山上的众神联合起来用波浪冲击他，他也要救出自己。

震撼大地的海神波塞冬听到他的狂言，不禁大怒。他继续作法，直搅得大海呼啸，山摇地动。卡法尔山的山崖也在抖动着，海岸在他的呼啸声中都崩裂了。最后，埃阿斯紧抓不放的山岩被连根拔起，这位洛克里斯人又被甩入了大海。波塞冬把一块巨大的泥团重重地压在落难的埃阿斯身上。埃阿斯在海陆的夹击下粉身碎骨。

丹内阿人的战船，有的裂为碎片，有入沉没海底。大海咆哮，暴雨倾泻，仿佛丢卡利翁的洪水再次袭击了附近的大地。

希腊人过去曾用石头击死了帕拉墨得斯，现在他们也遭到了报复。这位英雄的父亲垴普利俄斯国王依然统治着攸俾阿岛，他看见希腊船队经过自己的海岸，想起了惨遭杀害的儿子。这好像在他的伤口上撒了盐一样，多少年来，一颗悲伤的心使他从未忘记儿子帕拉墨得斯。于是，国王赶紧来到海滩旁，让手下人在卡法尔山的最危险的礁石区立起一排火把，希腊人以为海岛上的人因同情他们而向他们发出救援信号，于是他们朝礁石区驶来，许多船只又在这里触礁沉没。

同时，波塞冬又命令海浪淹没特洛伊城外的希腊人的战船营，以及壕沟和围墙。不一会儿，象征希腊人荣誉的各种标志都被海洋神破坏掉了，只留下一堆废墟和几艘装载英雄们和特洛伊女俘的船只。这些人又一次经过了艰难险阻和长途跋涉才回到希腊海岸。但事实上平安到达家乡的只有以下几位英雄：狄俄墨得斯回到了亚各斯；涅斯托耳回到了皮洛斯；菲罗克忒忒斯回到了墨里波阿；涅俄普托勒摩斯回到了夫茨阿；伊多墨纽斯和迈里俄纳斯回到克里特。年老的忒拉蒙责怪透克洛斯未能为大埃阿斯报仇，不允许他在萨拉密斯登陆，他只得前往塞浦路斯，并在那里定居下来。